대 산 세 계 문 학 총 서 **0 1 0**

오블로모프 1

ОБЛОМОВ

ИВАН АЛЕКСАНДРОВИЧ ГОНЧАРОВ

ИВАН АЛЕКСАНДРОВИЧ ГОНЧАРОВ
ОБЛОМОВ

Ордена Трудового Красного Знамени
издательство Наука. Ленинградское отделение.
199034, Ленинград, В-34, Менделеевская линия, 1.

오블로모프 1

I. A. 곤차로프 지음
최윤락 옮김

문학과지성사
2002

대산세계문학총서 010_소설
오블로모프 1

지은이 I. A. 곤차로프
옮긴이 최윤락
펴낸이 이광호
펴낸곳 ㈜문학과지성사
등록번호 제1993-000098호
주소 04034 서울 마포구 잔다리로7길 18(서교동 377-20)
전화 02) 338-7224
팩스 02) 323-4180(편집) 02) 338-7221(영업)
전자우편 moonji@moonji.com
홈페이지 www.moonji.com

제1판 1쇄 2002년 3월 26일
제1판 3쇄 2025년 1월 21일

ISBN 89-320-1319-5
ISBN 89-320-1246-9(세트)

이 책의 판권은 옮긴이와 ㈜문학과지성사에 있습니다.
양측의 서면 동의 없는 무단 전재 및 복제를 금합니다.

이 책은 대산문화재단의 외국문학 번역지원사업을 통해 발간되었습니다.
대산문화재단은 大山 愼鏞虎 선생의 뜻에 따라 교보생명의 출연으로 창립되어
우리 문학의 창달과 세계화를 위해 다양한 공익문화사업을 펼치고 있습니다.

ИВАН АЛЕКСАНДРОВИЧ ГОНЧАРОВ

오블로모프 1
| 차례

제1부 · 11
제2부 · 247

제1부

제1장

가로호바야 가(街)*. 군청소재지 주민 전체가 살고 있다 해도 믿을 법한 거대한 아파트 촌. 아침 나절, 그 중 한 동의 자기 아파트에, 일리야 일리이치 오블로모프**가 제 침대에 누워 있다.

그는 서른두셋 남짓으로, 중키에 인상이 좋아 보이는, 짙은 잿빛 눈의 소유자다. 하지만 얼굴 생김새만 놓고 보자면, 딱 부러진 이념도 없는 것이, 무언가에 몰입할 만한 인물로는 보이지 않는다. 자유로운 새처럼 생각이 얼굴에서 산책을 하고, 눈 안을 휘저으며 이리저리 날아다니다가 반쯤 벌어진 입술에 내려앉는가 싶다가도, 어느새 이마의 주름살 사이로 숨어버렸다가 이번엔 어디론가 아주 자취를 감춰버리곤 한다. 그럴 때면 만면에 따분한 기색이 내비친다. 따분함이 얼굴로부터 온몸으로, 심지어는 잠옷의 구김 사이로까지 구석구석 옮겨다닌다.

이따금 그의 시선은 탁해져 있다. 피곤 때문이 아니라면 분명 따분함 때문이리라. 그러나 단 한 순간 피곤도, 따분함도 그의 얼굴에서 온화함을 내몰지는 못한다. 그 온화함은 얼굴이 아닌 마음에서 우러나오는 것이기 때문이다. 마음은 언제나 열려 있고, 눈과 미소, 그리고 고갯짓과 손짓에서도 환하게 빛을 발한다. 눈썰미가 있는 냉정한 사람이 지

---

* 상트-뻬쩨르부르그의 중심가 중 하나로서 주로 중류층 사람들이 거주했음.
** 러시아 이름은 이름과 부칭(父稱) 그리고 성으로 이루어져 있다. 보통 편한 관계에서는 이름만, 공식적 관계에서는 이름과 성을 함께 부른다.

나는 길에 오블로모프의 외모를 본다면 아마도 이렇게 말할 것이다. "마음이 너그럽겠어, 솔직해 보이기도 하고!" 애정 어린 눈길로 한참 동안 주의 깊게 그의 얼굴을 본 사람이라면 필시 기분이 좋아져서 입가엔 미소를 머금고 그 자리를 뜨게 되리라.

일리야 일리이치의 안색은 붉지도 검지도, 그렇다고 곱상하게 허옇지도 않다. 별반 특색이라고는 찾아볼 수 없는 안색이다. 어쩌면 그렇게 보이는 것일지도 모르는데, 이는 원래 피부의 탄력이 없어 보이는 여름 탓이라기보다는, 오히려 운동 부족 혹은 바깥 바람을 적게 쏘인 탓이리라. 윤기 없는 허연 목의 빛깔과 작고 오동통한 손, 그리고 가녀린 어깨로 판단하건대, 그의 몸은 전반적으로 남자 체격이라 하기엔 왠지 연약해 보인다.

그의 일거수일투족에는 한껏 수선을 피울 때조차도 부드러움과 일종의 우아함을 잃지 않는 나태가 은연중에 내포되어 있다. 걱정거리가 먹구름처럼 얼굴에 몰려들면, 시선은 멍해지고 이마엔 주름이 잡히면서 의심과 슬픔과 놀람이 교차하기 시작한다. 하지만 이러한 근심이 일정한 하나의 사고(思考)틀로 굳어지는 경우는 드물고, 무엇을 하겠다는 의욕으로 발전하는 일은 더더구나 거의 없다. 모든 근심은 한숨으로 해결되고 무관심과 졸음 속에서 기력을 잃고 만다.

실내복은 그의 죽은 듯한 얼굴 표정과 연약한 체격에 정말 잘 어울린다! 그가 입고 있는 페르시아산 잠옷에서는 유럽 냄새라곤 맡아볼 수 없다. 팔도 없는데다가 허리도 없고 전혀 부드럽지도 않은, 말 그대로 정말 동양식의 잠옷으로, 얼마나 펑퍼짐하던지, 몸을 두 번 휘감고도 넉넉할 정도다. 소매는 유행과는 전혀 동떨어진 동양식으로 손끝에서 어깨까지 점점 폭이 넓어지는 모양을 하고 있다. 비록 애초의 말쨍함은 온데간데없고, 자연스러운 광택은 손때가 타서 군데군데 퇴색해버렸다지만, 그래도 동양식 염색의 선명함과 천의 공고함은 여전히 간직하고 있다.

오블로모프의 눈에 잠옷은 비할 데 없이 소중한 수많은 장점을 지니고 있다. 어찌나 부드럽고 신축성이 뛰어나던지 입고 있다는 느낌을 전혀 주지 않는다. 그러다 보니 말 잘 듣는 하인처럼 미세한 몸의 움직임에도 전혀 거스름이 없다.

간편하고 자유로운 것을 선호하는 오블로모프는 집에서 넥타이도 매지 않고, 더구나 조끼도 걸치는 법이 없다. 그가 신고 있는 신발은 길쭉하고 널찍한 것이 얼마나 부드러운지 모른다. 쳐다보지도 않고 침대에서 마루로 발을 쭉 뻗으면 곧장 발이 신발로 빨려 들어간다. 일리야 일리이치가 침대에 눕는 것은, 환자나 잠을 자고 싶은 사람이 피치 못할 사정으로 침대에 눕는 것, 혹은 피곤에 지친 사람이 어쩌다 한 번, 혹은 게으름뱅이가 기분 한번 내보자고 침대에 눕는 것과는 성질이 다르다. 즉, 말 그대로 일상인 것이다. 사실 거의 매일 집에 틀어박혀 있고, 집에 있는 날은 항상 누워 있다. 그것도 지금 우리가 그를 발견한 바로 그 방, 그에겐 침실 겸 서재이기도 하고 또 거실이기도 한 바로 그 방에서 말이다. 그에겐 방이 세 개나 더 있지만 거기를 들여다보는 일은 아주 드물어서 고작해봐야 아침에 누군가가 자기 서재를 청소할 때나 어쩌다 들여다볼 정도다. 사실, 청소라고 매일 하는 것도 아님은 당연하다. 그 방들의 가구는 가리개로 덮여 있고 커튼이 내려져 있다.

일리야 일리이치가 누워 있는 방은 언뜻 보면 정돈이 아주 잘되어 있는 듯하다. 방에는 마호가니 소파와 실크로 커버를 만든 소파 두 개, 진귀한 새들과 과실들을 수놓은 병풍들이 배치되어 있다. 그리고 실크 커튼, 양탄자들, 몇 점의 그림, 구리 세공품, 도자기 그리고 자질구레한 많은 예쁜 것들이 여기저기 진열되어 있다.

그러나 딱 한 번 방안을 훑어보고서도 저간의 사정을 짐작하고도 남을 만한 눈맵시를 지닌 사람이라면 아마도 이 방이 반드시 필요한 최소한의 질서만을 지키고 있다는 사실과, 형식으로부터 자유롭고자 하는 그 주인의 어떤 욕구를 읽을 수 있을 것이다. 오블로모프가 자기 방을 정돈할 때 단지 그 점에만 신경을 썼음은 물론이다. 세련된 취미의 소유자라면 우아함과는 거리가 먼 이런 육중한 마호가니 소파와 흔들거리는 서가에는 영 불만을 터뜨릴 것이다. 소파의 등받이는 밑으로 내려앉았고, 붙어 있어야 할 버팀목들은 군데군데 떨어져나간 채이기 때문이다.

그림들도, 화병도 그리고 자잘한 물건들도 매한가지다.

그러나 정작 자기 방의 정돈 상태를 보는 주인의 시선 역시 냉담하고 별다른 생각이 없음 또한 지적하지 않을 수 없다. 이렇게 묻고 있는 듯하다. '누가 이 모든 걸 여기 이렇게 너절하게 늘어놓았지?' 자신의 물건에 대한 오블로모프의 냉담한 시선과 하인 자하르의 더더욱 냉담한 시선으로 인해 방안의 모습은 성격이 어느 정도 꼼꼼한 사람이라면 누구에게나 그 너절함과 소홀함으로 경악을 불러일으키기에 충분하다.

그림들 주위의 벽은 먼지가 뒤덮인 거미줄로 장식이 되어 있다. 거울은 대상을 비추기보다는 어찌나 먼지가 자욱하던지 먼지 위에 글씨를 써서 무엇인가를 기억하기 위한 메모장으로나 쓸모 있어 보인다. 양탄자는 얼룩 천지다. 소파에는 까마득히 잊혀진 수건이 놓여져 있고, 식탁에는 어제 저녁을 먹고 치우지 않은 접시가 소금 그릇과 함께 널브러져 있으며, 뜯어먹다 남긴 뼈다귀들과 빵 부스러기들이 여기저기 나뒹굴고 있다.

만약에 이 접시와 침대에 올려져 있는 방금 피운 담뱃대가 아니라면, 혹은 침대에 누워 있는 바로 그 주인만 아니라면, 아마도 여기는 아무도 살지 않는 빈집으로 오해를 사기에 충분하다. 모든 게 너절하게 나뒹굴고 있고 모든 게 퇴색해 있어, 사람이 살고 있다는 흔적은 찾아볼 수가 없기 때문이다. 서가에는 두세 권의 책이 펼쳐진 채로 나뒹굴고, 신문들은 흩어져 있으며, 책상 위엔 펜들과 잉크가 놓여져 있다. 뽀얀 먼지와 누렇게 바랜 상태로 보아 펼쳐져 있는 책은 그렇게 내팽개쳐진 지 한참 되었음을 한눈에 짐작할 수 있다. 만약 잉크병에 펜을 담근다면 아마도 놀란 모기만이 윙윙거릴 것이다.

일리야 일리이치는, 오늘, 평소와는 달리 아주 이른 시각인 아침 8시에 눈을 떴다. 큰 근심거리가 있었던 것이다. 그의 얼굴엔 공포도 아니고, 그렇다고 우울함이나 분노도 아닌, 그 무엇인가가 번갈아 나타났다. 뭔가 내부에서 격렬한 싸움이 진행되고 있지만 그렇다고 아직 조리있는 설명이 가능한 상황도 아닌 것이 분명했다.

무슨 일인고 하니, 오블로모프는 어제 시골 촌장으로부터 결코 유쾌하지 못한 편지 한 통을 받은 것이다. 촌장이 적어 보낼 수 있는 좋지 않은 일이란, 누구나 쉽사리 짐작하겠지만, 흉년 아니면 수입의 경감 따위들이다. 작년에도, 그리고 재작년에도 촌장은 자기 주인에게 똑같은 편지를 보내온 게 사실이다. 하지만 이번 편지는 모든 뜻밖의 일이 그렇듯 오블로모프의 마음에 아주 강력한 파장을 몰고 왔다.

적절한 해결 방법을 궁리해낸다는 것이 쉽지만은 않다. 우선은 일리야 일리이치의 고민을 합리화시킬 필요가 있다. 그는 촌장으로부터 처음 불쾌한 편지를 받고 나서 이미 영지 관리 개혁과 혁신 방안에 대한 다각적인 구상에 착수했던 것이다.

그가 생각해낸 방안에 따르면 다양한 경제적, 행정적인 여러 방법을 도입해야만 했다. 그러나 그 방안이라는 것이 아직 완전한 구상 단계에 이르지도 못했다. 또 촌장의 불쾌한 편지는 매년 반복되었기 때문에 그로 하여금 끊임없이 뭔가를 하도록 강요하면서 평안을 깨는 결과만을 초래할 뿐이었다. 오블로모프는 어떤 특단의 조치를 강구해야만 할 필요성을 인식했다.

그는 눈을 뜨기 무섭게, 침대에서 일어나 곧바로 씻고 나서 차를 마신 다음, 뭔가 멋진 생각을 해내고 기록을 해야겠다, 그리고 이 문제를 해결하기 위해 총력을 기울여야겠다고 생각했다.

그러나 반 시간이 넘도록 그는 여전히 누워서 이런저런 생각에 괴로워하다가, 급기야는 차를 마신 다음에 일에 착수해도 문제될 것은 없고, 늘 하던 대로 침대에서 차를 마시고 더군다나 누워서 생각을 해도 별 무리는 없으리라는 데까지 생각이 미쳤다.

그리고는 생각한 대로 실천했다. 차를 마신 후 그는 짐짓 일어날 것처럼 자리에서 몸을 일으키는 척해보았다. 하지만 신발을 보면서 한쪽 발을 침대에서 꺼내 내뻗는가 싶다가는 다시 되돌렸다.

9시 반이 되어서 일리야 일리이치는 재차 몸부림을 쳤다.

"도대체 나란 인간은 왜 이 모양이야?" 화가 나서 소리내어 중얼거렸다. "양심이 있어야지. 일을 할 시간이야! 그저 멋대로라니까……"

"자하르!" 그가 소리쳤다.

자하르의 방은 일리야 일리이치의 방과는 크지 않은 복도 하나만을 사이에 두고 서로 나뉘어 있다. 그 방에서 처음엔 목에 사슬을 맨 개가 짖는 소리와 아주 흡사한 소리가 들리는가 싶더니 이내 어디선가 쿵 하고 뛰어내리는 발소리가 들렸다. 다름아니라 자하르가 보통은 졸며 앉아서 대부분의 시간을 보내는 침상에서 뛰어내리는 소리다.

겨드랑이가 헤져서 안의 셔츠가 쑥 삐져나온 헐렁한 겉옷 차림의 중년 남자가 방안으로 들어왔다. 구리 단추가 달린 회색 조끼를 걸치고 있었는데, 훌랑 벗겨진 머리는 머리통이 아닌 무릎 뼈를 연상시켰고, 세 갈래로 땋아도 될 듯한 그의 새치투성이 아마빛 구레나룻은 푸짐하고 덥수룩했다.

자하르는, 외모야 타고났으니 그렇다 치고, 심지어 시골에서 걸치고 다녔던 옷차림새도 굳이 바꿔볼 생각을 하지 않았다. 옷도 시골에서 애초에 가져온 것들을 그대로 흉내내서 지어 입고는 했다. 회색 겉옷과 조끼를 특히 그는 마음에 들어 했다. 왜냐하면 이 나름의 제복태가 나는 옷들은, 언젠가 고인이 되신 옛 주인 어른을 교회에 마지막으로 보내드릴 때 입었던 제복과, 그리고 초대를 받아 여기저기 마실을 다닐 때 입곤 했던 제복에 대한 어렴풋한 향수를 불러일으켰기 때문이다. 그의 기억에 따르면 제복은 오블로모프 집안 사람으로서 갖는 유일한 자랑거리였다.

그 외에는 어느 것도 광활하고 평화로웠던 두메산골 생활을 떠올리게 하지 못했다. 옛 어른들은 벌써 돌아가신 지 오래여서 가족들의 초상화만 남아, 모르긴 해도, 지금쯤은 다락 어느 구석에 팽개쳐져 있을 것이다. 옛 생활 풍습과 가족의 중요성에 대한 옛이야기들은 점차 사라져 시골에 생존하고 계신 몇 안 되는 나이 많은 어르신네들의 기억 속에서만 아직 살아 있었다. 때문에 자하르에게 이 회색 겉옷은 무엇보다 소중했다. 이 옷에서, 그리고 주인의 얼굴과 거동에 아직은 고스란히 남아 있어 돌아가신 어르신네들을 생각나게 하는 몇몇 특징들에서, 더욱이 어느 땐 속으로, 어느 땐 소리내서 불평을 하게 만들지만 그래도 주인으로서 의당 누리게 되는 자유와 권리에 대한 은근한 존경심을 강요하는 주인의 변덕에서, 그는 제 생명을 다한 위대한 주인의 어렴풋한 암시를 보았다.

이 변덕이 없다면 그가 어떻게 지금의 주인을 자기 주인으로 모시겠다는 생각을 한단 말인가. 이 변덕 말고 그에게서 그의 청춘을, 오래전에 떠나온 시골을, 옛 저택에 대한 전설을, 나이 든 하인들과 유모들과 어머니들에 의해 이어져 내려오고 대대로 전해져온 유일한 연대기를 불러일으킬 수 있는 것은 없었다.

오블로모프 가문은 한때 부자로 명성이 자자했지만, 알게 모르게 가난해지고 가세가 기울더니만 급기야 다른 귀족 집안들 사이에서 잊혀졌다. 단지 백발의 하인들만이 지난날들에 대한 기억들을 간직하고 마치 귀한 보배를 다루듯 그렇게 서로에게 전할 따름이었다.

자하르가 자신의 회색 겉옷에 특별한 애정을 느끼는 이유가 바로 여기에 있었던 것이다. 그가 구레나룻을 소중히 여기는 이유는, 아마도, 시골의 나이깨나 먹은 하인들이라면 누구나 이런 위엄이 있어 보이는 장식을 붙인 채로 살아왔던 것을 어릴 적부터 보고 자란 때문이리라.

일리야 일리이치는 골똘히 무언가를 생각하고 있었던 터라 자하르가 나타난 것도 전혀 눈치채지 못했다. 자하르 역시 아무 말도 없이 마냥 서 있기만 했다. 그러다 결국엔 헛기침을 했다.

"뭐야?"

일리야 일리이치가 물었다.

"부르신 것 같은디?"

"내가? 무엇 때문에 널 불러, 생각 안 나!" 기지개를 켜면서 오블로모프가 대답했다. "나가 있어, 생각나면 부를 테니까."

자하르는 나갔다. 일리야 일리이치는 여전히 누워서 망할 놈의 편지에 대해서 거듭거듭 생각했.

15분이 흘렀다.

"너무 누워 있었어! 이젠 일어나야지…… 그건 그렇고, 촌장의 편지를 다시 한 번 꼼꼼히 읽어봐야겠어. 그런 다음에 일어나지 뭐. 자하르!"

다시 예의 뛰어내리는 소리와 발 구르는 소리가 더 심하게 들렸다.

자하르가 들어왔고, 오블로모프는 다시 생각에 잠겼다. 자하르는 2분 가량 서 있다가 인사도 없이 삐딱하니 주인을 살핀 후, 문 쪽으로 나가려 했다.

"어디 가는 거야?"

돌연 오블로모프가 물었다.

"암 말씀도 안 하시는디 뭐하러 그냥 서 있는대유?"

자하르는 예의 그 쉰 목소리를 냈는데, 그의 말에 의하면, 옛 주인어른과 개를 데리고 사냥을 나갔을 때 목구멍에 너무 세찬 바람을 맞아 목소리가 그렇게 되었다고 했다.

그는 방 한가운데 어정쩡하게 반쯤 돌아선 채로 오블로모프 쪽을 쳐다보았다.

"발이 어떻게 되기라도 한 거야, 왜 진득하니 서 있질 못해? 보다시피 생각 중이잖아. 좀 기다려! 아직 거기 있어? 어제 온 촌장의 편지 좀 찾아와봐. 어디다 뒀어?"

"뭔 편지? 편지 같은 건 구경두 못 해봤는디."

"어제 우체부한테 직접 받은 편지 있잖아. 지저분한 거 말야!"

"주인님이 따루 챙겨두신 걸 지가 무슨 재주루 알어유?"

손으로 책상에 놓여져 있는 종이 뭉치며 너절한 물건들을 뒤적이면서 자하르가 말했다.

"뭐 하나 제대로 아는 게 없어. 거기 휴지통 봐봐! 아니면 소파 뒤로 떨어졌는지도 모르지. 등받이가 망가진 게 언젠데 여태껏 손도 안 보고. 목수라도 불러주랴? 네가 망가뜨렸잖아. 생각도 안 난다, 이거지?"

"지가 망가뜨린 게 아녀유. 저절루 망가진 거지. 소파가 백 년을 가나? 때가 되면 망가지는 게 당연하지."

일리야 일리이치는 굳이 반박의 필요성을 느끼지 않았다.

제1부　19

"찾았어?" 이렇게 묻기만 할 따름이었다.

"여기 편지 비슷한 게 있긴 한디."

"그거 말고."

"그럼 더 이상은 없슈."

자하르가 응수했다.

"알았어, 가봐!" 일리야 일리이치가 더 이상은 참을 수 없다는 듯이 말했다. "내가 일어나서 찾아보지."

자하르가 자기 방으로 가서 침상으로 뛰어오르려고 손을 막 대려는 순간, 다시 다급하게 부르는 소리가 들렸다.

"자하르, 자하르!"

"아이고 맙소사!" 주인 방으로 향하면서 자하르가 툴툴거렸다. "이게 웬 생고생이람? 차라리 죽는 게 낫지!"

"뭐유?"

불만의 표시로 눈을 반쯤만 뜨고 주인을 쳐다보았다. 주인 쪽에서 보면 두세 마리의 새가 금세라도 날아오를 것 같은 덥수룩한 구레나룻만 보이게 하려고 그는 한 손으로 방문을 짚고 삐딱하게 서서 말했다.

"손수건, 얼른! 보면 모르겠어? 안 보이냐고!"

일리야 일리이치가 화난 목소리로 외쳤다. 자하르는 주인의 명령과 비난에 하등의 불만이나 분노도 없이 자기 입장에서 그냥 당연하다고 치부해버리는 듯싶었다.

"손수건이 워디 박혔는지 지가 워찌 안대유?"

방안 여기저기를 어슬렁거리면서, 의자 위에는 아무것도 없다는 것을 한눈에 알 수 있음에도 불구하고, 의자 하나하나를 모조리 들추며 그가 중얼거렸다.

"뭐 하나 안 잃어버리는 게 있어야지!"

거실 쪽에 혹시 있지 않을까 하는 생각에 문을 열면서 한마디를 덧붙였다.
"어디 가? 여기서 찾아보란 말야! 삼 일째 거긴 얼씬도 안 했어. 어서 찾아봐!"
일리야 일리이치가 보챘다.
"손수건이 워디 간 겨? 없슈!"
자하르가 손을 저어가면서 구석구석을 둘러보며 말했다.
"거기 있네." 갑자기 그가 화난 목소리로 투덜거렸다. "주인님 밑에! 거기 삐져나와 있구먼! 자기가 깔구 누워 있는 손수건을 날더러 찾으라니, 원!"
그리고는 대답도 기다리지 않고 자리를 떴다. 오블로모프는, 보아하니, 자기의 실수를 인정하기가 퍽이나 싫은 눈치였다. 재빨리 자하르에게 죄를 뒤집어씌울 다른 구실을 찾아냈다.
"집구석 한번 깨끗하다. 먼지하며, 너절한 게, 맙소사! 저기, 저 구석 좀 보란 말야. 하는 일이 뭐야, 도대체……"
"아니, 하는 일이 뭐냐니유……" 자하르가 억울하다는 투로 툴툴거렸다. "애쓰구 있잖유. 사는 게 뭔지! 먼지두 훔치구, 청소두 거의 매일 하는디……"
그는 마루 한가운데와 오블로모프가 평소 식사를 하는 식탁을 가리켰다.
"저기두, 그리구 저기두." 그가 투덜거렸다. "청소두 다 돼 있구, 정리 정돈두 완벽하구, 뭐 결혼식을 올려두 되겠구만서두…… 더 뭘 바란대유?"
"그럼 이건 뭐야?"
일리야 일리이치가 벽과 천장을 가리키면서 그의 말을 가로막았다.

제1부　21

"이건? 그리고 이건?"

그는 어제부터 널브러져 있는 수건과 책상 위에 잊혀진 채 떡하니 올려져 있는, 빵 부스러기가 가득한 접시를 가리켰다.

"거야 치우면 그만 아뉴."

자하르가 접시를 집으면서 퉁명스럽게 대꾸했다.

"이거만 치우면 그만이라고? 벽에 가득한 먼지하고 거미줄은 어쩌고?"

오블로모프가 벽을 가리키며 반박했다.

"부활절에 하면 되잖유. 성상두 닦구 거미줄두 걷어내구……"

"책하고 그림도 다 닦을 거야?"

"책하구 그림들이야 성탄절 전에 하면 되구유. 때 되면 아니시야랑 책장 청소 죄 할 거구만유. 시방 청소할 시간이나 있슈? 주인님이 죙일 집에 계신디."

"나야 가끔 극장에도 가고, 마실도 다니고, 뭐 그러잖아……"

"청소를 한밤중에 하는 놈 보셨슈?"

오블로모프가 비난의 눈초리로 노려보다가 고개를 설레설레 젓고, 한숨을 내쉬는 동안에도 자하르는 태평하게 창 밖을 내다보며 마찬가지로 한숨만 따라 내쉬고 있었다. 주인은 아마도 이런 생각을 하지 않을까 싶다. '그래 네가 나보다도 더 오블로모프답다.' 반면 자하르는 이렇게 생각하고 있지는 않을까? '허구한 날 거짓말은! 댁은 그저 씨도 안 먹힐 잘난 소리 하는 데는 선수유. 그래, 먼지나 거미줄, 댁이 안 치우신다 이거지.'

"먼지에서 좀벌레가 생기는 거 알기나 알아?" 일리야 일리이치가 입을 열었다. "가끔 벽에 기어다니는 빈대가 보이질 않나!"

"빈대는 지 방에도 있구먼유!"

자하르가 태평하게 대꾸했다.

"그럼 그게 좋단 말이야? 지저분하잖아!"

자하르의 얼굴에는 미소가 돌았다. 눈썹과 구레나룻이 한쪽으로 치우치는 바람에 이마를 포함해서 온 얼굴에 불긋한 반점이 번졌다.

"빈대가 이 시상에 있는 게, 지 탓이라두 된단 말인가유?" 그가 짐짓 놀라는 척하며 말했다. "지가 빈대를 만들어내기라두 했냐구유?"

"이게 다 불결함 탓이지, 그럼 뭐야?" 오블로모프가 말을 낚아챘다. "말도 안 되는 소리만 하고 있어!"

"불결함두 지가 만들어낸 게 아니잖유."

"네 방 보니까 밤마다 쥐가 뛰어다니더라, 다 들려."

"쥐두 지가 만든 거 아뉴. 이런 놈들, 쥐건 고양이건 빈대건 없는 디가 있간디유."

"남들 집에 무슨 빈대, 벼룩이 있다는 거야?"

자하르의 얼굴엔 거의 믿기지 않는다는 표정이, 아니 차라리 그런 일은 절대 없을 것이라는 확신이 역력했다.

"지 방엔 숱하게 많지만서두." 그가 막무가내로 대답했다. "일일이 감시할 수가 있나, 아니면 틈새마다 쫓아 기어 들어갈 수가 있나유."

마치 이렇게 혼자 생각하는 듯싶었다. '아니, 빈대 없는 침실이 그래 진짜 침실이여?'

"청소해, 구석의 쓰레기도 치우고. 그럼 빈대니 하는 것들도 없어질 거야."

오블로모프가 훈계를 했다.

"치워봐야 또 쌓일 텐디유 뭐."

자하르가 대꾸했다.

"안 쌓여, 그래서도 안 되고."

"쌓일 텐디, 지가 확신해유."

자하르가 힘을 주어 대답했다.

"쌓이면 다시 치우면 되지."

"뭐유? 그럼 맨날 구석 청소를 하란 말유, 시방?" 자하르가 물었다. "이래 가지구야 뭔 사는 맛이 난대유? 차라리 뒈져버리는 게 낫지!"

"다른 집은 왜 깨끗하다고 생각하는데?" 오블로모프도 지지 않았다. "앞집 피아노 조율사네 좀 봐. 잘 보면 거기도 여자 애 혼자서 다 해……"

"그럼 독일 사람들 쓰레기는 워디서 난대유?" 자하르가 뜬금없이 반박하고 나섰다. "좀 보셔유, 그 사람들이 워째 살고 있는지! 온 식구가 뼈다귀 하나를 들구 일주일 내내 빨아 먹어유. 겉옷은 지 애비가 입었다가 자식놈한티 대물리구, 그리구는 다시 애비가 입구. 그 여편네와 딸내미들은 다 짤뚱한 옷만 입는다구유. 죄다 마치 거위처럼 껑뚱하게 걷어올려서유. 그 사람들 집구석에선 우리네처럼 옷장에 해마다 다 헤진 옷가지가 더미루 쌓여 있지도 않구 구석마다 겨울 대비용으로 빵 껍질을 쌓아놓는 짓거리는 절대 하지 않는다는 걸 아셔야 해유. 그 집구석에서 빵 껍질이 썩는 일은 있을 수 없슈. 그거루 과자를 만들어서 맥주 안주루 먹는다니께유!"

자하르는 그런 인색한 생활에 대해서 생각하면서 이빨 사이로 침을 퉤 하고 내뱉었다.

"더 이상 말이 필요 없어!" 일리야 일리이치가 대꾸했다. "치우기나 해."

"이 담에 치우는 게 낫겠슈. 도련님 땜에 뭔 재주루 청소를 해유, 시방."

"뭔 말이 그렇게 많아! 내가 방해가 된단 말이지?"

"두말하면 잔소리쥬. 종일 집구석에 처박혀 계신디, 그럼 계신 데서 청소를 하란 말씀이셔유? 하루 왼종일 한 번 외출이라두 해보셔유. 당장 치울 테니께."

"게다가 이젠 날 쫓아내려는 생각까지 했단 말이지? 네 방으로나 꺼져버려."

"모처럼 옳은 말씀하시네!" 자하르가 맞장구를 쳤다. "오늘이래두 외출만 하신다면 아니시야랑 싹 깨끗이 치울 텐디. 말 나온 김에, 둘이서 이 일을 다 하기는 벅차서 그런디, 부릴 만한 여편네 하나라두 불러주시면 정말 감쪽같이 해치울 수 있을 거유."

"아휴! 생각해내는 거라니, 일하는 여자를 새로 들이자고? 가서 네 일이나 해."

일리야 일리이치가 말했다.

그는 벌써 자하르를 끌어들인 게 잘못이라는 생각을 하기 시작했다. 이 알다가도 모를 걸물을 건드렸다가는 본전도 못 건진다는 사실을 잠시나마 잊었던 것이다.

오블로모프는 청결을 원했고, 게다가 그런 일이 자신도 모르는 사이에 착착 진행되었으면 하고 바랐다. 하지만 자하르와 이야기를 하다 보면 말다툼만 생기고, 내내 먼지를 닦아라, 바닥을 쓸어라, 하는 요구만 하다 말기 일쑤였다. 자하르는 자하르대로 청소를 하려면 온 집안을 들쑤시는 소란이 뒤따르게 된다는 사실을 어떻게든 증명해 보이려고 갖은 애를 썼다. 바로 이 방법만이 주인으로 하여금 정신을 못 차리게 만드는 유일한 방법임을 그는 잘 알고 있는 터였다.

자하르는 자기 방으로 물러나고, 오블로모프는 깊은 생각에 빠졌다. 몇 분 후면 벌써 반 시간이 지나게 된다.

"이게 뭐람?" 일리야 일리이치가 마치 치를 떨듯하며 중얼거렸다.

"곧 11시가 되는데 난 아직 일어나지도 않았고, 여태껏 세수도 안 했어!"

"자하르, 자하르!"

"아이구, 맙소사! 정말!"

예의 서론과 함께 뛰어내리는 소리가 다시 들렸다.

"세수할 준비 됐어?"

오블로모프가 물었다.

"준비야 오래 전에 됐습쥬!" 자하르가 대답했다. "왜 안 일어나구 그러구만 계신대유?"

"준비가 됐으면 말이 있어야 될 거 아냐? 벌써 일어났는데. 가 있어, 바로 따라갈 테니까. 할 일 좀 하고, 앉아서 뭐 좀 적고 나서 가지."

나갔던 자하르가 1분도 채 안 되어 뭔가가 잔뜩 적혀 있는 기름때 투성이 공책과 종잇조각들을 들고 다시 돌아왔다.

"저, 뭐 쓰시려거든 이참에 계산부터 좀 맞춰주실티유? 돈을 치를 일이 있슈."

"무슨 계산? 무슨 돈?"

일리야 일리이치가 불만스런 어조로 물었다.

"푸줏간하구 야채가게, 세탁소 그리구 빵가게에서 다들 돈 달라구 난린디유?"

"그저 돈이 문제구만!" 일리야 일리이치가 투덜댔다. "넌 그때그때 하나씩 계산서를 보여줄 일이지, 이렇게 한 번에 불쑥 내밀면 어쩌자는 거야?"

"도련님이 맨날, 내일, 내일 하시면서 지를 내쫓으셨잖유……"

"그럼 지금도 내일 계산하면 안 될까?"

"그럴 순 없슈! 다들 다신 외상 안 준다면서 물러설 생각들을 안 해유. 오늘이 달초잖유."

"아휴!" 오블로모프가 걱정스런 한숨을 내쉬었다. "새로운 걱정거리가 생겼군! 그래 얼마나 되는데? 책상에다 올려놔. 지금 일어나서 씻고 볼 테니까"

일리야 일리이치가 말했다.

"씻을 준비는 다 됐어?"

"준비됐슈."

"그럼, 우선 씻고……"

그는 침대에서 일어나려고 몸을 일으켜 세우면서 끙끙거리기 시작했다.

"말씀드리는 걸 잊었는디유." 자하르가 틈을 들이다 입을 열었다. "주무시구 계신 동안 관리인이 사람을 하나 보내서 허는 말이, 속히 한번 다녀가시라구 그러대유…… 우리보구 새집을 구하라는 말 같던디."

"뭐, 그건 또 무슨 소리야? 다녀올 일이면 당연히 다녀와야지. 넌 왜 그렇게 성가시게 구는 거야? 벌써 세번째 같은 소리를 하고 있다는 거 알기나 해?"

"성가시기는 지두 마찬가지유."

"간다고 그래."

"그 사람들 허는 말이, 주인님이 다녀가신다구 약속하신 지 벌써 한 달이 지나도록 오시지 않으니, 결국엔 경찰에 호소하는 수밖에 없다 하던디유?"

"할 테면 하라고 해!" 오블로모프가 딱 잘라 말했다. "날이 좀 풀리면 다녀오지 뭐, 한 삼 주 후에."

"삼 주라니 뭔 말씀이셔유! 관리인 하는 말이 이 주 후면 일꾼들이 와서 다 부순다던디…… 당장 내일이나 모레 오시라 했단 말여유."

"아아니! 뭐가 그리 급해! 내일이라고? 생각 좀 해봐라! 차라리 지금 당장이라고 명령하지 그래? 너도 그렇지, 자꾸 집 얘기 내 앞에서 꺼내지 말란 말이야. 내가 벌써 한 번 그러지 말라고 했는데 또 그러고 있어. 그래 안 그래?"

"그럼 지보구 워쩌란 말씀이셔유?"

자하르가 볼멘소리를 냈다.

"어쩌란 말이냐고? 네가 나하고 다른 게 뭐야!" 일리야 일리이치가 대답했다. "네가 지금 나한테 묻고 있다니! 이게 내 일이야? 제발 나 괴롭히는 일일랑 그만두고, 하고 싶은 대로 하더라도 잘 좀 알아서 처리해서 이사만이라도 하지 않도록 해야 할 거 아냐. 주인을 위해서 그 정도 노력도 못 해?"

"일리야 일리이치, 아니 지가 뭘 어떻게 처리한단 말씀이셔유?" 자하르가 한껏 누그러진 쉰 소리를 냈다. "집이 지 집이 아닌디, 나가라면 나가야지 남의 집에서 워째 이사를 안 하구 버틴대유? 지 집이라면야, 그야 기꺼이 어떻게든 해보겠지만……"

"어떻게든지 구슬러봐야지. 이를테면, '우리가 여기 산 지도 오래 됐고 집세도 꼬박꼬박 내지 않느냐'는 둥 해가며."

"얘기야 해봤습쥬."

자하르가 대답했다.

"그랬더니 그 사람들 뭐라고 그래?"

"뭐라긴유, 더 할 말 없다면서 '이사하시오, 집을 수리해야 합니다'라는디 뭔 말이 더 필요한감유. 저기 박사님네랑 이 집을 가지구 크게 수리를 해서 주인 아들 결혼식을 준비한다나 봐유."

"나 참 맙소사!" 오블로모프가 성난 목소리로 말했다. "그런 멍청이들이 결혼을 해!"

그는 돌아누웠다.

"만약에 주인님이 직접 집주인한테 편지라도 몇 자 적어 보내면, 혹시 주인님은 건드리지 않구 저쪽 집부터 공사를 시작하진 않을는지."

자하르는 이 말을 하면서 손으로 오른쪽을 넌지시 가리켰다.

"알았어, 일어나서 몇 자 적어보지…… 네 방에 가 있어, 생각을 좀 해볼 테니까. 네가 할 줄 아는 일이 뭐 있겠어. 이런 같잖은 일에 내가 꼭 나서야 하냐고."

자하르는 나갔고 오블로모프는 생각을 하기 시작했다. 그러나 무언가를 생각한다는 게 여간 어려운 일이 아니었다. 촌장 편지 건 아니면 새집으로의 이사 건 아니면 계산서 정리하는 일? 그는 밀려오는 온갖 세상사 근심으로 정신이 없어져 여전히 누운 채로 뒤척이기만 했다. 시간이 가면서 단지 단속적인 탄식만이 들려왔다. '아휴, 제기랄! 세상사라는 게 신경 쓸 게 한둘이 아니구만.'

얼마나 오랫동안 그가 아무 결정도 못 내리고 그냥 그렇게 시간을 보내게 될는지는 아무도 모를 일이지만, 어쨌든 현관에서 초인종 소리가 들려왔다.

'아니 누군가 온 모양이군!' 오블로모프는 잠옷의 매무새를 만지며 중얼거렸다. '아직 일어나지도 않았는데, 이게 웬 창피람! 이렇게 이른 시각에 누굴까?'

여전히 그는 누워서 호기심 어린 눈으로 문 쪽을 바라볼 뿐이었다.

제2장

스물댓쯤 되어 보이는, 건강미가 넘치고, 미소 띤 볼과 입술과 눈을 가진 젊은 청년 하나가 들어왔다. 보는 것만으로도 타인의 부러움을 사기에 충분한 젊은이였다.

머리를 말쑥하게 빗어 넘긴 그의 나무랄 데 없는 옷차림, 얼굴과 내의, 그리고 장갑과 프록코트의 신선함은 눈이 부실 지경이었다. 조끼에서는 자잘한 장신구가 잔뜩 달려 있는 아주 고급스러운 시곗줄이 눈에 들어왔다. 그는 아주 얇은 프랑스산 바티스트 손수건을 꺼내 동방의 향기를 풍기고는, 태연하게 얼굴과 반짝반짝 빛나는 모자를 문지르고 반질반질한 구두를 쓸어내렸다.

"아, 볼코프, 잘 지냈소?"

일리야 일리이치가 인사를 했다.

"안녕하신가요, 오블로모프?"

신수가 훤한 신사가 그에게 다가가며 인사를 했다.

"가까이 오지 말아요, 가까이 오지 말아요. 찬 기운이 옮아요!"

"오, 아직 철이 덜 드셨나, 편한 것만 찾으시게!"

볼코프 역시 모자를 어디에 놓으면 좋은지를 살피면서 인사를 했다. 온통 먼지투성이인 걸 확인한 그는 모자를 내려놓지 않았다. 프록코트의 양끝을 뒤로 휙 제치고 의자에 앉으려다가, 다시 한 번 유심히 의자를 살피더니 그냥 서 있는 편이 낫겠다고 생각했다.

"아직도 안 일어나신 겁니까? 입고 계신 그 실내복은 웬 거지요? 그런 거 요즘 사람들 안 걸친 지 오랜데."

그가 오블로모프에게 면박을 주었다.

"이건 실내복이 아니라 잠옷입니다."

넓은 잠옷자락으로 사랑스럽게 몸을 감싸며 오블로모프가 대꾸했다.

"건강하신가요?" 볼코프가 물었다.

"건강이라뇨!" 오블로모프가 하품을 하면서 대답했다. "좋지 않아요! 신경 쓰이는 일이 한둘이 아니라서. 어떻게 지내세요?"

"저요? 별일 없어요. 건강하고 유쾌하고, 아주 유쾌하지요!"

젊은이가 말에 감정을 실어 대답했다.

"어디서 이렇게 이른 시각에 오시는 길인가요?"

오블로모프가 물었다.

"항구에서요. 한번 보세요, 코트 괜찮지 않나요?"

오블로모프 앞에서 몸을 돌아보며 그가 말했다.

"훌륭한데요! 한껏 멋을 내서 맞추셨군요. 그런데 뒤가 왜 이렇게 넓지요?"

"이건 승마용으로 특별히 만들어진 거랍니다."

"아니 그럼 승마도 하세요?"

"당연하지요! 오늘을 위해서 코트도 따로 주문했답니다. 오늘이 5월 1일 아닙니까? 가류노프와 에카쩨린고프*에 갈 겁니다. 아하! 모르세요? 가류노프 미샤가 승진을 했어요. 그래서 우리가 축하도 할 겸 겸사겸사 해서지요."

볼코프가 기쁨에 넘쳐서 덧붙였다.

"아니 이런!"

---

* 소설의 배경인 뻬쩨르부르그의 네바 강변에 위치한 근린공원.

오블로모프가 말했다.

"그 친구 말은 밤색인데, 연대에 있는 말들이 다 밤색 말이라나 봐요. 내 말은 검정 말이거든요. 어떻게 가실 거죠, 걸어서 아니면 마차로?"

"전 생각이 별로……"

"5월 1일에 에카쩨린고프에 안 가본다고요? 무슨 말씀이세요, 일리야 일리이치! 다들 가는데!"

"다들이라니요? 아니에요, 전부야 어떻게!"

오블로모프가 말꼬리를 흐렸다.

"갑시다, 일리야 일리이치! 소피야 니콜라에브나와 리지야 둘만 마차를 타고 갈 건데, 그 맞은편 자리에 앉아서 아가씨들하고 가면 좋을 거예요……"

"아니에요, 마차는 안 탈래요. 내가 거기서 뭐하겠어요?"

"아니면, 미샤가 다른 말을 내준다면 가실래요?"

"생각해내느라 애를 쓰시는구만." 오블로모프가 거의 혼잣말로 중얼거렸다. "왜 그렇게 가류노프 집안일에 열심이신가요?"

"누구한테도 얘기하면 안 됩니다. 정말 약속이에요?"

소파로 가까이 다가앉으며 볼코프가 말을 이었다.

"그럼요."

"전…… 리지야를 사랑하고 있어요."

그가 속삭였다.

"브라보! 오래됐어요? 그 아가씨 아주 매력적인 것 같던데."

"벌써 삼 주 됐습니다!" 볼코프가 깊은 한숨을 내쉬며 말했다. "미샤는 두쉔카한테 홀딱 빠졌고요."

"어떤 두쉔카요?"

"어디 딴 데서 온 사람 같군요, 오블로모프! 두쉔카를 모르세요? 도시 전체가 발칵 뒤집혔었어요. 얼마나 춤을 잘 추는지! 오늘 우린 발레 구경 가려 하는데, 미샤 그 친구 꽃다발을 던지겠다잖아요. 데려가긴 해야 하는데 그 친구가 아직 수줍음 많이 타는 풋내기라서…… 아휴! 어쨌든 동백꽃 따러 가야 해요……"

"어딜 간다고요? 그건 그렇고, 점심 같이 안 할래요? 이야기를 좀 했으면 하는데. 두 가지 좋지 않은 일이 생겼거든요……"

"그럴 수 없어요. 쥬메네프 공작과 점심 선약이 있거든요. 거기 가류노프 집 사람들이 다 와요. 더구나 그 아가씨…… 리진까* 아가씨도 올 거고요." 그가 귓속말로 덧붙였다. "아직 공작 댁에 가본 적이 없군요. 얼마나 유쾌한 댁인데! 유행의 첨단이랄 수 있어요! 별장은 어떻고요! 꽃 속에 파묻혀 익사할 지경이랍니다! 복도는 고딕식으로 꾸며져 있어요. 여름이면 춤 파티가 열리고 '인간 그림들'**이 전시된다고들 하더군요. 가보실 거죠?"

"아뇨, 갈 일이 없을 것 같아요."

"아휴! 그런 집이 또 있을까! 올 겨울엔 수요일마다 쉰 명이 안 모이는 날이 없었고, 간혹 백 명을 헤아리기도 했다니까요……"

"맙소사! 지독히도 심심할 게 뻔해요!"

"무슨 말씀하시는 거예요! 심심이라니! 사람이 많으면 많을수록 신나는 법이죠. 리지야도 거기 있었는데 처음엔 알아보지 못하다가 순간 갑자기……"

---

* 리지야의 애칭. 가까운 사이에 친숙함을 표현하기 위해 애칭을 즐겨 사용함.
** 놀이의 일종으로 어떤 한 주제를 정지된 동작으로 표현하면 관객들이 알아맞힌다. 배우가 된 사람은 절대 말을 해서는 안 된다.

쓸데없이 난 그녀를 잊으려 애쓴다네
이성으로 열정을 억누르고 싶어한다네……

노래를 한 곡조 뽑고 잊은 듯 의자에 앉았던 그가 갑자기 벌떡 일어나 옷에서 먼지를 털기 시작했다.
"여긴 천지가 다 먼지투성이군요!"
그가 말했다.
"자하르 하는 짓이 다 그래요."
오블로모프가 불만을 터뜨렸다.
"자, 전 이만 가봐야겠어요! 미샤의 부케를 위해 동백꽃 따러 갑니다. Au revoir."*
"저녁때 발레 끝나고 잠깐 들러서 차 한잔 하면서 무슨 일이 있었는지 얘기 좀 해주세요."
오블로모프가 초대를 했다.
"그럴 수 없어요, 무씬스키네 집에 간다고 했거든요. 오늘이 그 사람들 마침 집에 있는 날이라서. 저와 같이 가시면 되겠네. 원하시면 소개시켜드릴게요."
"아니에요, 제가 거기서 무슨 볼일이 있다고?"
"무씬스키네서요? 괜찮아요, 웬만한 사람들, 다 그 집에 드나들어요. 무슨 볼일이라뇨? 그냥 이런저런 이야기들 하느라고 가는 거지요……"
"이런저런 얘기하는 게 원 답답한 일이 돼나서."
오블로모프가 말했다.

---

* 프랑스어: 작별 인사. 당시 러시아에서는 귀족들 사이에 자신의 학식과 고귀함을 내보이기 위해 프랑스어를 사용하는 경우가 많았음.

"그럼, 메즈드로프 씨네 가보세요." 볼코프가 끼어들었다. "거기선 한 가지에 대해서만 이야기를 나누는데, 예술에 대해서 말이죠. 베네치아 학파나, 베토벤이나 바하, 레오나르도 다빈치······"

"허구한 날 하나의 주제를 갖고 이야기한다는 것도 이런저런 얘기하는 거나 다 지루하긴 매일반이에요! 학자티 내는 것 말고 뭐가 있어요!"

오블로모프가 하품을 하며 말했다.

"이래저래 구미에 맞는 데 찾기가 힘들군요. 그런 집들은 많아요! 요즘은 거의 매일 사람들이 모이죠. 사비노프네서는 목요일마다 모이고, 마클라쉰네서는 금요일, 뱌즈니코프네서는 일요일, 쥬메네프 공작 댁에선 수요일마다 모임이 있지요. 우리집은 매일 사람들이 들끓어요."

볼코프가 눈을 반짝이며 말을 끝냈다.

"매일 빈둥거리며 시간 보낼 일은 없겠군요?"

"게으름이라! 빈둥거린다는 게 도대체 뭐예요? 들어보세요!" 태평스레 그가 설명했다. "아침엔 독서를 한단 말이죠. 아는 게 많아야 해요. 새로운 소식들에도 밝아야 하고. 내가 하고 있는 일이 어떤 직책을 맡아 하는 일이 아니란 게 얼마나 다행스러운지 몰라요. 일주일에 두 번 근무를 하고 장군과 식사를 한 다음, 여기저기 그동안 오래 발길을 끊었다 싶은 곳에 간단 말이죠. 거기 가면······ 새로운 여배우도 볼 수 있고······ 러시아 극장에 가든가, 프랑스 극장에 가든가. 오페라 시즌이 다가오는데, 난 벌써 예약을 다 해놓았어요. 지금은 사랑에 빠져 있고······ 여름이 시작되는군요. 미샤가 휴가를 받는다고 했으니까, 한 달 동안 그가 사는 시골로 가서 마음껏 즐길 생각입니다. 사냥도 하고. 그 사람들 이웃이 또 대단한 사람들이랍니다. bals champtres*도 열

---

* 프랑스어: 시골 무도회.

어준다니까요. 리지야와는 숲속도 거닐고 뱃놀이도 하고 꽃도 따고…… 아휴!"

그가 기쁨에 도취되어 어쩔 줄을 몰라했다.

"그건 그렇고 시간이 됐군요…… 그럼 이만 가보겠습니다."

먼지가 뽀얗게 앉은 거울을 보느라 애를 쓰면서 그가 인사를 했다.

"잠깐만 기다려봐요." 오블로모프가 그를 붙잡았다. "당신하고 일 관계로 이야기를 나누고 싶었는데요."

"Pardon,* 봐서 시간이 되면, 다음에 이야기하죠! 아, 그럼 지금 같이 굴 먹으로 안 가실래요? 가서 이야기하면 되잖아요. 갑시다, 미샤가 낸다고 했거든요."

"아뇨, 무슨 말씀이세요!"

오블로모프가 말했다.

"자, 그럼 안녕히."

그가 나가다 말고 다시 돌아왔다.

"이거 보셨어요?"

그가 꽉 끼는 장갑을 낀 손을 보여주며 물었다.

"이게 뭔데요?"

오블로모프가 영문을 몰라 반문했다.

"새로 산 lacets**랍니다! 얼마나 훌륭하게 조여지는지 보세요. 단추 채운다고 두 시간씩 씨름할 필요도 없어요. 끈을 잡아당기기만 하면, 준비 끝이라구요. 이건 파리에서 이제 막 들여온 겁니다. 원하시면 한번 구경이나 하시라고 가져와보고요?"

"좋아요, 가져와보세요!"

---

* 프랑스어: 죄송합니다.
** 프랑스어: 장갑에 달린 끈.

"그리고 한번 봐주시겠어요. 정말 멋지지 않나요?"

많은 시곗줄 장식 가운데 하나, 가장자리가 접혀진 명함을 더듬으면서 그가 말했다.

"뭐라고 써 있는지 잘 분간이 안 되는데요?"

"Pr. prince M. Michel. 쮸메네프의 성이 빠졌어요. 공작이 부활절에 달걀 대신 선물한 거랍니다. 그럼 이만, au revoir. 아직도 열 군데는 더 들러야 해요. 정말 이게 바로 사는 맛 아니겠어요?"

그리고 그는 사라졌다.

'하루에 열 군데를 돌아다닌다니, 불쌍한 사람이로군!' 오블로모프가 생각했다. '그것도 사는 건가!' 그는 심하게 어깨를 움찔거렸다. '그럼 사람은 어떻게 하고? 도대체 사람이 뭘 위해서 그렇게 뼈가 부서져라 일해야 한단 말야? 그야 극장에 가서 눈요기라도 한다든가, 혹은 리지야든 누구든 아무에게라도 사랑에 빠지는 것도 물론 나쁘다 할 수야 없지. 그 아가씨 매력적이긴 해! 시골에서 그런 아가씨와 꽃도 따고 뱃놀이 다니는 것도 좋지. 아무리 그래도 하루에 열 군데를 돌아다닌다니, 불쌍한 사람이야.'

이런 결론을 내리고, 몸을 다시 뒤척이면서 자신에겐 그런 쓸데없는 바람이나 생각이 없다는 사실에, 또 수선 떨며 돌아다니지 않아도 되고 이렇게 누워서 인간적 품성과 평안을 누릴 수 있다는 사실에 더없는 만족을 느꼈다.

새로운 초인종 소리가 그의 사색을 깼다.

새로운 손님이 들어왔다.

그는 러시아 황실 문장 단추가 달린 진초록 프록코트를 걸친 신사였다. 말끔하게 면도를 했으며 새까만 구레나룻이 얼굴에 가지런히 테를 두른 것처럼 나 있고, 두 눈은 막일하는 그러면서도 침착하고 생각이 있는 사람의 인상을 풍기고, 아주 빤질빤질한 얼굴에 음침한 미소를 흘리는 위인이었다.

"안녕하신가, 수지빈스키!" 오블로모프가 반갑게 인사를 나누었다. "옛 직장 동료 한번 찾아와주는 게 그리도 어렵단 말인가? 가까이 오지 말게나, 가까이 오지 마! 자네에게서 찬 기운이 옮아."

"잘 지내시나, 일리야 일리이치. 진작부터 한번 들러야지 하면서도, 자네 알잖아, 우리 근무라는 게 얼마나 지독한지! 저기 보게나, 보고 서류만 해도 한 가방일세. 지금도 누가 찾기라도 하면 즉각 알리라고 일러놓고 오는 길이라네. 단 일 분도 가만 놓아두질 않는다니까."

"지금 출근하는 건가? 이렇게 늦게?" 오블로모프가 물었다. "10시 출근이잖아……"

"전엔 그랬었지. 맞아. 지금은 다른 일을 맡고 있다네. 보통 12시에 출근해."

그가 마지막 단어에 힘을 주었다.

"아! 알 것 같아! 자네 과장이 된 게로구만! 오래됐나?"

수지빈스키가 크게 고개를 끄덕였다.

"축제 준비에 일이 얼마나 많은지, 말도 못 해! 8시부터 12시까지는 집에서, 12시부터 5시까지는 사무실에서, 게다가 저녁에도 일이 있다니까. 사람들 만날 틈이 없다네!"

"음! 과장님이 그렇지!" 오블로모프가 맞장구를 쳤다. "축하하네! 무슨 과장이야? 관리들하고 근무했었잖은가. 내 생각에 내년이면 5등관도 충분하겠는데."

"무슨! 그게 어디 말대로 되나! 올해 훈장 하나는 더 받아야 해. 추천은 된 거 같은데, 지금은 또 다른 일을 맡고 있잖아. 이 년 연속 받는다는 건 생각도 못 하거든……"

"식사나 같이 함세. 승진주 한잔 해야지!"

오블로모프가 말했다.

"안 돼, 오늘은 부장이랑 선약이 있어. 목요일 있을 보고 준비해야해. 정말 일이 뭔지! 현에서 올라온 서류들을 그대로 보고했다간 큰일나! 일일이 내 손으로 다시 확인해야 한다네. 포마 포미치란 사람 꼼꼼하기가 웬만해야지. 자기 눈으로 직접 봐야만 직성이 풀리는가 봐. 오늘 식사 후에 같이 만나야 해."

"정말 식사 후에도 말인가?"

오블로모프가 믿기지 않는다는 투로 물었다.

"두말하면 잔소리지. 좀 일찍 끝내고 에카쩨린고프에서 뱃놀이라도 할 수 있으면 좋으련만…… 응, 자네도 놀러갈 건지 물어보려고 들른 거라네. 그래서 이렇게……"

"몸이 별로 안 좋아서 못 가네!" 인상을 쓰며 오블로모프가 대답했다. "그리고 할 일도 많고……"

"안됐군!" 수지빈스키가 말했다. "날도 좋은데, 오늘만이라도 좀 쉬었으면 좋으련만."

"그건 그렇고 뭐 새로운 소식이라도 있나?"

오블로모프가 물었다.

"그럼, 있다 뿐인가. 이를테면 보고서를 꾸밀 때 이젠 '충복 아무개'란 말 대신 '보고함'이라고 쓰고, 근무 기록 카드는 절대 두 부를 내서도 안 된다네. 그리고 우리 사무실에 책상 셋하고 특별 부임한 관리들이 더 늘었지. 우리 위원회는 폐쇄됐고…… 많아!"

"그럼, 우리 옛 동료들은?"

"아직 별일은 없어. 스빈킨이 그만둔 거 말고는!"

"정말인가? 그 부장은 뭐래?"

오블로모프가 떨리는 목소리로 물었다. 옛날 일을 상기하자 갑자기 무서운 생각이 들었다.

"수사가 진행되는 동안 표창을 연기하라는 명령을 내렸어. 일이 심각해. '징계설'까지 나돌고 있으니까." 수지빈스키가 거의 귓속말로 덧붙였다. "부장도 거의 포기하는 눈치야. 고의적이라고나 할까."

"일이 그렇게 되어가고 있군. 쉬운 일이 없어."

"정말 말도 말게! 하지만 그래도 포마 포미치 같은 사람과 같이 일한다는 건 즐거운 일이야. 표창을 안 받고는 자리 지킬 생각을 말아야해. 누구든 일을 안 하면, 다 그게 윗사람들 머리에 남아. 승진하는 놈은 승승장구하는 거고, 승진이나 십자훈장 하나 못 받는 놈은 돈이라도 내미는 수밖에 없는 거고……"

"자네 얼마나 받아?"

"그러니까 봉급이 천이백 루블에, 식비가 칠백오십 루블, 아파트 임대료 육백 루블, 특별수당 구백 루블, 접대비로 오백 루블, 그리고 포상금이 천 루블이지."

"와! 엄청나구만!" 오블로모프가 침대에서 벌떡 일어나며 소리쳤다. "자네 목소리가 좋아서 그런 건가? 이탈리아 가수 뺨치잖아!"

"또 뭐가 있더라! 맞아 펠레스베토프는 게다가 상여금을 더 받아. 일은 나보다도 적게 하면서 말이지. 도대체 앞뒤가 안 맞아. 그 친구 그러니 평이 안 좋긴 하지만서두. 난 사람들의 인정을 받고 있거든." 그가 눈을 내리깔면서 겸손을 떨며 덧붙였다. "장관이 얼마 전에 내 얘기를 하면서 내가 '관청의 자랑'이라 하질 않았겠나."

"대단해! 8시부터 12시까지, 12시부터 5시까지, 게다가 집에서까지도 일한 덕 아닌가 그게, 응, 안 그래?"

"만약에 내가 관청 근무를 안 했으면 무슨 일을 했을까?"

수지빈스키가 물었다.

"뭔들 못 했겠나! 책을 읽든지, 아님 글을 쓰든지……"

오블로모프가 대답했다.

"지금도 내가 하는 일이 읽고 쓰는 일인데 뭐."

"내 얘기는 그게 아니라, 작가가 되었을 거라는 거지……"

"작가는 아무나 되나? 자네는 그럼 글 안 써?"

"대신 내 영지를 관리하고 있잖은가." 오블로모프가 한숨을 쉬며 말했다. "난 지금 새로운 계획을 구상 중이네. 다각적인 혁신 방안을 말이지. 괴로워, 괴로워…… 그래도 자네는 어쨌든 자기 일이 아닌 남의 일을 하는 거잖아."

"뭐 어쩌겠나! 돈 벌려면 일하는 수밖에. 여름에나 좀 쉬지. 포마 포미치가 일부러 나를 위해 출장을 생각해보겠노라 약속을 했거든…… 그렇게만 되면 말 다섯 필이 끄는 마차가 나오고 하루에 경비로 삼 루블씩은 받게 되겠지. 그 다음엔 표창을 받는 거고……"

"돈을 줍는구만 아주!"

오블로모프가 부러워하며 한마디 내뱉고는 한숨을 크게 내쉬고 생각에 잠겼다.

"돈이 필요해. 가을에 결혼하거든."

수지빈스키가 덧붙였다.

"뭐라고? 정말인가? 누구랑?"

오블로모프가 관심을 보이며 물었다.

"농담이 아니라, 무라쉬나양하고. 기억나? 시골 별장, 우리 옆집에 살던…… 자네 그때 우리집에서 차 마실 때 그 아가씨 봤을걸?"

"아니, 기억 안 나! 괜찮은 아가씨야?"

"그럼, 아주 예쁘지. 괜찮으면 가서 식사라도 하세."

오블로모프가 망설였다.

"응…… 좋긴 한데, 단지……"

"다음 주에."

수지빈스키가 말했다.

"그래, 그래, 다음 주에." 오블로모프가 활기를 띠었다. "아직 옷이 다 준비가 안 됐거든. 그래 집안은 좋은가?"

"응, 아버님이 4등문관이신데, 한 만 루블 받으신다지. 집도 나라에서 나와. 집의 반을, 그러니까 방 열두 개를 우리한테 내주시겠다는군. 가구도 나라에서 나오고, 난방이며 전기며 다 그래. 살 만은 하겠어."

"살 만하다고? 어떻게 더 좋은 조건을 바래? 수지빈스키, 대단하군!"

부러움에 어쩔 줄을 몰라 하며 오블로모프가 덧붙였다.

"일리야 일리이치, 결혼식에 혼례관을 들어줄 사람이 필요한데 누가 적당할지 한번 생각해보라구."

"그러지 뭐! 가만, 쿠즈네초프나 바실리에프, 아니면 마호프는 어때?"

"쿠즈네초프는 오래 전에 결혼했고, 마호프는 내 후임으로 왔고, 바실리는 폴란드로 전근을 갔단 말이야. 이반 페트로비치는 블라지미르 훈장을 받았고, 알레쉬킨은 4등문관이지."

"그 사람 아주 좋은 사람이지!"

오블로모프가 말했다.

"좋은 사람이고 말고. 그 사람이면 괜찮겠어."

"정말 좋은 사람이야, 성격도 온화하고 변함이 없는."

오블로모프가 덧붙였다.

"책임감이 강한 사람이야. 책임감이 없으면, 여기저기 손 비비고 다니면서 더러운 짓이나 하고, 남 잘되는 거 보기 싫어서 어떻게든 앞서 갈려고 별의별 짓을 다 하게 되는 거라구."

"정말 훌륭한 사람이지! 꼼꼼하게 검토를 못 해서 서류에 틀린 계산을 적어넣어도 무슨 시말서를 쓰게 하거나 어디에 회부하는 적도 없어. 그냥 다른 사람한테 다시 맡기면 그만이야. 정말 대단한 사람이야!"

오블로모프가 결론을 내렸다.

"거 있잖아, 세몬 세묘느이치, 그런 사람 다신 없을 거야." 수지빈스키가 말했다. "원숭이라고 나무에서 안 떨어진다는 보장 있냐고? 얼마 전에 한 번 떨어졌다네. 현에서 보고가 올라오기를, 우리 관청 소유로 되어 있는 건물 증축 건이었는데, 한마디로 국가 재산을 횡령으로부터 보호하자는 취지로 개집을 짓자는 거였지. 우리 건축 책임자, 그 사람 요령도 있고 어떻게 일을 처리해야 하는지도 잘 알고 정직한 사람인데, 아주 적절한 예산을 짠 거야. 그런데 예산이 터무니없이 많이 책정되어 있는 것처럼 보였던 거지. 그러니 개집 하나 짓는 데 무슨 그런 돈이 필요하냐며 실사를 한다, 어쩐다, 수선을 피우게 되었다네. 그래 결국 찾아낸 게 삼십 코페이카*도 안 되는 돈을 찾아내긴 했지. 지금 그래서 서면 보고를 하네 마네……"

초인종이 다시 울렸다.

"잘 있게나." 관리가 작별 인사를 했다. "내가 말이 좀 많았군. 저기, 무슨 일이 있는 모양인데……"

"잠시만 더 앉았다 가게." 오블로모프가 그를 붙잡았다. "자네의 조언을 좀 구하고 싶은데. 좋지 않은 일이 두 가지나 생겨서……"

"안 돼, 안 돼, 내 일간 다시 들르겠네."

---

* 러시아의 화폐 단위. 100코페이카는 1루블.

그가 막 문을 나서며 말했다.

'꽉 막혔어, 좋은 친군데, 꽉 막혔어.' 눈으로 그를 배웅하며 오블로모프가 생각했다. '세상 다른 일엔 눈도 귀도 멀고, 벙어리가 된 거나 진배없어. 세상에 나가 시간이 가면서 일에 이리저리 치이고, 그런 관리들이 어디 한둘인가…… 그걸 경력이라고들 하고 있으니! 대체 사람한테 뭐가 그리 필요해? 지혜나 의지, 감정 따위들이 왜 필요한 거야? 다 사치야! 자기 명대로 살다 가면 돼지 뭘 그리 아둥바둥대는지…… 12시부터 5시까지 사무실에서 일하고, 집에선 집에서대로 8시부터 12시까지 일한다니, 불쌍한 친구야!'

그는, 9시부터 3시까지, 8시부터 9시까지 자기 방 소파에서 빈둥거릴 수 있다는 사실에 잔잔히 밀려오는 기쁨을 느꼈고, 보고를 할 필요도, 보고서를 작성할 필요도 없이 그저 자유로이 느끼고 생각할 수 있다는 사실에 왠지 뿌듯했다.

오블로모프는 나름의 철학을 펼치느라 무성한 구레나룻과 콧수염에 뾰족한 턱수염을 기른 마르고 까무잡잡한 신사가 침대 옆에 서 있는 것도 눈치채지 못했다. 그는 수수한 옷차림을 하고 있었다.

"안녕하십니까, 일리야 일리이치?"

"안녕하십니까, 펜킨? 다가오지 말아요, 가까이 오지 마세요. 냉기가 옮아요!"

오블로모프가 말했다.

"아, 정말 당신은 기인이에요! 정말 어쩔 수 없는, 만사태평의 게으름뱅이십니다, 그려!"

"지금 태평하다고 하셨나요?" 오블로모프가 반문했다. "지금 촌장에게서 온 편지를 보여드리죠. 머리가 깨지는 것 같은데, 저보고 태평하다구요? 어디서 오시는 길인가요?"

"책방에서요. 잡지가 나왔나 알아보고 오는 길입니다. 내 논문 읽어보셨나요?"

"아뇨."

"보내드릴 테니 읽어보세요."

"무슨 내용인데요?"

오블로모프가 크게 하품을 하며 물었다.

"상거래에 대해서 하고 여성 해방 문제, 그리고 드디어 도래한, 좋은 우리네 4월에 대해서, 게다가 다시 발명된 불연소체에 대해서지요. 어떻게 그렇게 전혀 독서를 안 하세요? 그게 다 우리 하루하루의 삶 아닙니까. 저는 무엇보다도 문학에서의 사실주의적 경향을 지지한답니다."

"일이 많으신가 보죠?"

"그럼요, 아주 많아요. 일주일에 두 편씩 신문에 논문도 싣고, 서평도 쓰고, 그리고 짧은 소설도 하나 썼지요."

"무슨 내용인가요?"

"어떤 도시에서 시장이 소시민을 때려서 이빨을 부러뜨린 사건입니다."

"그렇군요. 그런 게 정말 사실주의적 경향이라는 거군요."

"그렇지 않겠어요?" 기쁨에 넘친 문학가가 맞장구를 쳤다. "저 지금 어떤 생각을 나름대로 전개하고 있는데, 전 알아요, 이건 아주 새롭고 용기 있는 일이라는 걸 말이죠. 한 행인이 구타를 목격하고 현지사(縣知事)를 만난 자리에서 불평을 했어요. 현지사가 사건 조사차 파견된 관리에게 실사 외에도 시장의 신상명세와 행동거지에 대한 자료를 수집하라는 지시를 내렸지 뭡니까. 파견 관리가 시민들을 불러서 마치 상거래에 대한 조사를 하는 것처럼 하면서 이 일을 캐기 시작한 거죠. 그런데 그 시민들이 어쩐 줄 압니까? 연신 굽신거리고 웃으면서 시장을 칭찬하더랍니다. 관리가 우회적으로 사건의 진상을 알게 된 거예요. 사람들이 그러는데, 소시민이라는 작자들이 순 사기꾼이라는 겁니다. 썩은 물건을 팔지 않나, 저울을 속이지 않나, 심지어는 국가 재산마저도 뒤로 빼돌리고, 정말 도덕성은 눈꼽만큼도 없는 치들이어서, 차라리 그 구타가 당연한 징벌이라고 하더랍니다."

"이를테면 소설 속에서 시장의 구타가 마치 고대 비극배우의 fatum(운명)이나 마찬가지라는 겁니까?"

오블로모프가 물었다.

"그렇다고 봐야죠. 소질이 다분하신데요, 일리야 일리이치. 소설을 써도 되겠군요! 어쨌든 시장의 전횡과 일반 평민들의 도덕적 타락을 성공적으로 보여주었다고 생각합니다. 그리고 하급 관리들의 졸렬한 조직 체계와 엄하지만 그러나 법에 합당한 조치들의 필요성도 말이죠…… 이런 생각, 정말 신선하지 않습니까?"

"그래요, 특히 나 같은 사람에겐. 전 책을 별로 읽지를 않아서……"

"정말 여긴 책이 거의 보이지 않는군요! 부탁드리는데, 다른 건 말고라도 이거 하나만은 읽어보세요. 아주 대단한, 정말 폭로소설이라 할 만한 작품이거든요. 『뇌물수수자의 타락한 여인에 대한 사랑』이라는 겁니다. 작가가 누구인지는 말할 수 없어요. 아직 비밀이거든요."

"그게 도대체 뭡니까?"

"우리 사회의 모든 메커니즘이 적나라하게 폭로되어 있어요. 그것도 서정적인 색채로 말이죠. 모든 사회의 원동력들과, 사회라는 계단의 난간 하나하나가 다루어져 있어요. 작가에 의해 허약하지만 아주 비도덕적인 고관대작과 뇌물로 그를 구워삶으려는 사기꾼들이 떼거지로 마치 법정에 소환되듯이 끌려나온답니다. 게다가 타락한 모든 부류의 여자들…… 프랑스인, 독일인, 핀란드인, 하여튼 모두 다 예외 없이……

놀랄 만큼 실감나게 속속들이 파헤쳐져 있어요. 일부만 들어보았는데 정말 대단한 작가예요! 그 사람에게서 단테, 그리고 셰익스피어가 느껴진다니까요."

"과장도 지나치시네!"

오블로모프가 어이없다는 투로 말했다.

펜킨도 사실 과장이 지나쳤음을 스스로 눈치채고 입을 다물었다.

"직접 읽어보시면 다 알게 됩니다."

벌써 흥분이 가신 그가 덧붙였다.

"아뇨, 펜킨. 난 읽지 않을 겁니다."

"왜요? 지금 야단들인데. 모두들 이 얘기만 해요."

"그러라지요! 몇몇 사람들은 하는 일은 하나도 없이 입만 살아 있어요. 그런 소질을 타고난 사람들이 있다니까요."

"그렇다면 호기심에서라도 읽어보시죠."

"내가 모를 것 같아요? 이 사람들이 이런 글을 쓰는 이유 말입니다. 다 자위하는 거라고요."

"자위라뇨? 얼마나 신빙성 있는 얘긴데요. 정말 웃음이 나올 정도로 똑같다니까요. 살아 있는 초상화라 할 수 있어요. 장사치도 관리도, 장교도 순경도 정말 실제와 똑같이 묘사되어 있어요."

"왜들 그렇게 애를 쓰는 건가요? 누구를 묘사하든 간에 그게 다 심심풀이를 위해서 아니냐고요? 어디에도 정작 삶이라는 건 없어요. 삶에 대한 이해도 동정도 없고, 당신네들이 인간적이라 떠드는 것도 어디서도 찾아볼 수 없어요. 단지 자존심만 있을 뿐이라는 거죠. 도둑과 타락한 여자들을 묘사하면서 한다는 게 고작 거리에서 붙잡아 감옥에 처넣는 것뿐이죠. 그들 소설에선 '보이지 않는 흐느낌'이 아니라 단지 눈에 보이는, 조잡한 웃음과 사악함만이 들릴 뿐입니다······"

"그럼 뭐가 더 필요하다는 겁니까? 지금 말씀 잘하셨어요. 들끓는 악, 죄악에 대한 혹독한 탄압, 타락한 인간에 대한 경멸의 웃음…… 그거면 충분하죠."

"아뇨, 전부가 아니에요!" 갑자기 흥분한 오블로모프가 말했다. "도둑과 타락한 여자, 그리고 교만한 바보를 그리되 인간을 잊어선 안 돼요. 도대체 인간성은 어디에 있습니까? 머리로만 글을 쓰려는 겁니까?"

오블로모프가 열변을 토했다.

"사고를 위해서는 가슴은 불필요하다, 이 말인가요? 그렇지 않아요. 사고란 사랑에서 싹트는 겁니다. 타락한 사람에게 손을 내밀어 일으켜 세워주든가, 아니면 그가 죽어가면 진정 가슴 저리게 울어주든가 해야지, 조롱해선 안 돼요. 사랑하고 그 사람 안에서 자기 자신을 기억해 내고 마치 자신에게 하듯 그 사람을 대한다면, 그때 난 당신들 글을 읽고 당신들 앞에 고개를 숙일 겁니다……" 소파에 다시 조용히 누우며 그가 계속했다. "도둑과 타락한 여자를 묘사하면서 인간에 대해서는 잊어가고 있어요. 그렇지 않으면 묘사를 할 줄 모르는 거죠. 거기서 당신들은 무슨 예술을, 서정적 색채를 발견했다는 겁니까? 타락, 더러운 것을 폭로하되 제발 서정 어쩌고 운운하진 마세요."

"그렇다면 자연을 묘사하란 겁니까? 사방이 다 끓어오르고 움직이는데 이슬, 꾀꼬리 아니면 영하의 아침이나 그리고 있으라는 겁니까. 우리에겐 단지 하나, 사회의 발가벗겨진 생리가 필요하단 말입니다. 지금 무슨 노래나 흥얼거리고 있을 때냐고요……"

"인간, 제 말은 인간을 사랑하자는 겁니다……"

"고리대금업자, 위선자, 도둑질이나 하는 얼간이 관리 나부랭이들을 사랑하자고요? 듣고 계세요? 무슨 말씀하시는 거예요? 문학에 대해 공부를 안 하시는 티가 역력하군요!"

펜킨도 흥분했다.

"말도 안 돼요. 그런 인간들은 징벌하고, 시민사회에서, 사회라는 곳에서 추방시킬 필요가 있어요……"

"시민사회에서 추방을 시켜요?" 펜킨 앞에 벌떡 일어서며 오블로모프가 흥분된 어조로 말했다. "그건, 지금은 쓸모 없어 보이는 이 접시도 애초에는 번쩍번쩍했다는 사실을 잊어버리는 거나 다를 바가 없어요. 망가져버린 사람이라도 여전히 그래도 당신들과 전혀 다를 바 없는 사람이란 말입니다. 추방이라니요! 아니 어떻게 당신들이 그 사람을 인류 사회에서, 자연의 품으로부터, 하나님의 축복으로부터 추방할 수가 있어요?"

그가 두 눈에 쌍심지를 켜고 거의 절규하다시피 소리쳤다.

"너무 흥분이 지나치신 거 아닌가요?"

이번엔 펜킨이 놀란 목소리로 말했다.

오블로모프 자신도 자기가 너무 지나치게 흥분하고 있음을 느꼈다. 그는 갑자기 입을 다물고 1분 남짓 가만히 뜸을 들이고 있다가, 하품을 하고는 천천히 소파에 기대 누웠다.

둘 다 침묵에 빠졌다.

"보통 어떤 책을 읽으세요?"

펜킨이 물었다.

"전…… 여행에 관한 게 더……"

다시 침묵.

"그 책 나오면 읽어보시겠어요? 그러신다면 다음에 가져오고……"

오블로모프가 그럴 필요 없다며 고개를 내저었다.

"그럼 내 소설이라도 보내드릴까요?"

제1부　49

오블로모프가 그러라며 고개를 끄덕였다.

"이젠 그만 인쇄소에 가볼 시간이군요! 내가 왜 왔는지 혹시 아세요? 에카쩨린고프에 가자고 하려 했어요. 제게 마차가 있거든요. 내일 그 소풍 건에 대해서 기사를 써야 합니다. 같이 살펴보다가 제가 눈치 못 채는 게 있거든 알려주시면 좋으련만. 그럼 더 즐거울 것 같은데. 같이 가십시다……"

"사양하겠어요. 몸이 좀 불편해서." 오블로모프가 얼굴을 찡그리고 이불을 덮으면서 대답했다. "눅눅한 건 아주 질색이에요. 아직 땅이 다 마르지 않았잖아요. 아, 식사하러 오시지 않을래요? 같이 이야기도 좀 나누고…… 안 좋은 일이 두 가지나 생겨서……"

"안 돼요, 오늘 샹-조르주아 식당에서 편집회의가 있고, 거기서 바로 소풍을 갈 생각이거든요. 그리고 밤새 써서 새벽에 인쇄소에 보낼 게 있어요. 자 그럼 이만."

"조심해 가세요, 펜킨."

'밤에 글을 쓴다고, 잠은 언제 자고? 그러고도 고작 일 년에 오천 루블을 번다니! 빵 값밖에 안 되는 돈 아냐! 내내 글을 쓰네 하며 생각과 자신의 영혼을 하찮은 일에 소비하고, 신념을 바꾸고, 지혜와 상상력을 팔고, 자기의 천성을 겁탈하고, 흥분했다가는 팔팔 끓어오르고 다 타버리면서도 평안이란 걸 알지도 못하고, 그저 어디론가 움직이기만 하면서…… 쓰고 또 쓰고 마치 바퀴처럼, 마치 기계처럼. 내일도 쓰고 모레도 쓰고, 축제가 오든 여름이 오든 그저 쓰기만 한다, 이거 아냐? 언제나 다 그만두고 쉴 수 있담? 불쌍한 사람!'

말라붙은 잉크병만이 덩그러니 놓여 있고 펜은 어디 갔는지 하나도 보이지 않는, 아무것도 없는 책상으로 고개를 돌려 눈길을 준 그는, 아직도 이렇게 누워 있을 수 있고 갓난아이처럼 걱정거리가 하나도 없다는 사실에, 그리고 분주히 쏘다니지 않아도 되고 팔 것도 없다는 사실에 적잖은 기쁨을 느꼈다……

'그럼 촌장 편지는, 집 문제는?'

갑자기 생각이 여기에 미치자 그는 다시 걱정에 잠겼다.

그때 또 초인종이 울렸다.

"오늘 우리집에 무슨 파티라도 열리나?" 이렇게 혼잣말을 하고 손님이 들어오기를 기다렸다.

나이도 잘 모르겠고 얼굴 생김새도 어쩐지 낯선 인물이 들어왔다. 사실 잘생기지도, 그렇다고 못생기지도, 키가 크지도 작지도, 금발도 아니고 갈색머리도 아닌 사람을 보고 나이를 점친다는 게 어려울 때가 종종 있다. 그런 사람은 성격에서도 눈에 확 띄는 특징을 잡아낼 수가 없어서, 좋은지 나쁜지 분간이 어렵다. 그런 그를 이반 이바느이치라 부르는 사람도 있고, 어떤 사람들은 이반 바실리이치라 부르기도 하고 또 어떤 사람들은 이반 미하일르이치라 부르기도 했다.

성도 각양각색으로 불렀다. 누구는 이바노프라고 하고, 누구는 바실리에프 혹은 안드레에프라 불렀고, 어떤 사람들은 알렉세에프려니 생각하기도 했다. 그를 언뜻 처음 본 사람에게 그 사람의 이름을 말해주면 이름은 고사하고 얼굴마저도 금방 잊을 게 뻔하다. 그리고는 그냥 못 알아보겠다고 말할 것이다. 그 사람의 존재는 모임에 아무런 인상을 주지 않는다. 마치 그 사람의 부재 또한 모임에 아무런 영향도 미치지 못하는 것처럼. 번뜩이는 지혜도 독창성도 그의 머리에선 찾아볼 수 없다. 마치 체구에서도 특별한 점이 발견되지 않는 것처럼.

어쩌면, 적어도, 보고 들은 것을 다 말할 수 있는, 다른 건 말고라도 그것 하나만큼은 할 수 있는 능력이 있을지도 모르지만, 그는 어디에도 별반 나타나지 않는 사람이었다. 뻬쩨르부르그에서 태어나 어디에도 가보지 않았기 때문에 보고 듣는다는 게 고작 남들도 다 아는 것들뿐이었다.

그런 사람이 매력적이라 할 수 있을까? 사랑을 하긴 하는지, 미워할 줄은 아는지, 혹은 남을 괴롭힐 줄은 아는지 모르겠다. 어쨌거나 사랑을 할 수도, 하지 않을 수도 있고 남을 괴롭힐 수도 있지 않을까? 왜냐하면 어느 누구도 이것들로부터 자유로울 수는 없을 테니까. 그런데 그의 사랑 방식은 참으로 교묘했다. 아무리 주먹질을 해대도 그 어떤 증오심이나 복수심도 유발시킬 수 없는 그런 사람들도 있기 마련이다. 무슨 짓을 해도 그런 사람들의 다정다감함은 변함이 없다. 어쨌거나 그런 사람들의 사랑은, 굳이 온도로 표현하자면, 비등점에는 결코 도달하지 않는다는 사실을 인정해야만 한다. 그래서 그런 사람들을 두고 말하면서 그들도 다른 사람들을 사랑한다, 혹은 착하다,라고 물론 말할 수는 있다. 그러나 본질적으로는 그들은 남들을 사랑하지도 않으며, 단지 악하지 않다는 이유만으로 착하다는 말을 들을 뿐이다.

만약에 그런 사람이 보는 앞에서 누가 거지에게 자선이라도 베풀려고 하면 그는 아마도 자기 동전을 거지에게 던질 테고, 만약에 욕하고 쫓아내고 비웃기라도 하면 그는 또 덩달아서 욕하고 비웃을 것이다. 그를 부자라 부를 수도 없다. 왜냐하면 부자가 아니고, 십중팔구는 가난할 테니까. 하지만 결정적으로 그렇다고 그를 가난뱅이라고 부를 수도 없는 것이 그는 가난한 사람이 갖고 있지 못한 많은 것을 소유하고 있기 때문이다.

그는 1년에 300루블 남짓 되는 수입원도 갖고 있고, 게다가 대단하다고 할 수는 없지만 직장도 있고, 많진 않아도 월급도 받는다. 궁핍을 겪지도 않고 남에게 돈을 빌리지도, 그렇다고 어느 누구 하나 그에게서 돈을 빌릴 생각도 하지 않는다.

직장에선 딱히 자신만의 업무도 없다. 왜냐하면 그가 일을 남보다 못하는지 아니면 어떤 일에서라도 남보다 나은 비상한 재주가 있는지 판단할 수 있는 빌미를 동료나 상사에게 전혀 제공하지 않기 때문이다.

자신의 배로 나온 엄마 말고는 그가 세상에 태어났음에 관심을 갖는 사람 하나 없을 테고, 불과 몇몇 사람만이 일생 동안 그를 알고 지내지만 사실은, 그가 이 세상에서 어떻게 사라지는지 눈치채는 사람은 아무도 없을 것이다. 그에 대해 묻는 사람도, 애석해하는 사람도 없고 누구 하나 그가 죽었다고 기뻐할 사람도 당연히 없을 것이다. 적도 친구도 없지만 아는 사람은 많다. 아마도 장례식만이 지나는 행인의 관심을 끌고, 생전 처음, 잘 알지도 못하는 이에게 애도를, 깊은 경의를 표하게 할 수 있을 것이다. 아마도 호기심 많은 어떤 사람은 장례식도 치르기 전에 잠깐 들러 고인의 이름을 묻고는 당장에 그 자리에서 잊어버리는 경우도 있을 것이다.

이 알렉세에프, 바실리에프, 안드레에프, 그것도 아니면 마음대로 불러도 상관없는 이 사람은 인간 무리에 대한 돌아오지 않는 메아리, 불분명한 그 흔적에 대한 어떤 불완전하고 개성 없는 암시라 할 수 있지 않을까.

심지어 대문 옆 모임이나 구멍가게에서 진행되는 공공연한 대화에서 자기 주인을 방문하는 모든 손님들의 성격 분석을 곧잘 하곤 하는 자 하르마저도, 그냥 알렉세에프라 치고, 이 사람의 차례가 오면 항상 난감함을 느꼈다. 오랫동안 생각을 했고, 그 뒤에 간당간당 매달려 있을지도 모르는 한 자락의 특징이라도, 외모에서건, 행동에서건, 아니면 얼굴의 특징에서건 끄집어내보려고 무던히도 애를 썼지만 결국에는 손을 내저으며 '이 양반은 가죽도 없고, 낯짝도 없고, 행동에도 특별한 게 하나도 없구만!' 이라며 혀를 내두를 정도였다.

제1부 53

"아!" 오블로모프가 그를 맞았다. "당신이군요, 알렉세이. 어떻게 지내십니까? 어디서 오시는 길인가요? 가까이 오지 마세요, 가까이 오지 마세요. 악수할 생각 마세요. 냉기가 옮아요!"

"무슨 말씀이십니까, 냉기라뇨! 워낙은 오늘 찾아올 생각은 아니었는데, 압치닌을 만나서 집에 데려다주는 길입니다. 같이 가시자고 들렀어요, 일리야 일리이치."

"어디로요?"

"압치닌 집으로 같이 가십시다. 거기에 마트베이 안드레이치 알리아노프, 카지미르 알베르트이치 프하일로, 바실리 세바스찌야느이치 칼르이먀긴도 있어요."

"그 사람들이 왜 거기 모여 있는 건가요. 내게 무슨 볼일들이 있다고 그러죠?"

"압치닌이 같이 식사나 하자는군요."

"음! 식사라……"

오블로모프가 혼잣말로 중얼거렸다.

"그 다음에 다 같이 에카쩨린고프로 떠난답니다. 당신보고 전세 마차를 빌려오시라 하던데요."

"거기서 뭘 하는데요?"

"뭘 하긴요! 오늘 소풍이 있잖아요. 모르신단 말예요, 오늘 5월 1일인 거?"

"좀 앉으세요. 생각 좀 해봅시다……"

"일어나세요! 옷 입어야지요."

"잠깐만 기다려보세요. 아직 이른데."

"이르다니요! 12시까지 같이 오라 했단 말입니다. 적어도 두 시간 전엔 식사를 하고 그 다음에 소풍을 가자는 거지요. 얼른 갑시다! 외출 준비하라 이를까요?"

"옷을 입긴요, 아직 세수도 전인데."

"그럼 우선 씻으세요."

알렉세에프는 방안을 왔다갔다하기 시작했다. 나중엔 여태껏 천 번도 더 보았을 그림 앞에서 걸음을 멈추고 창 밖을 흘깃 내다보고는 서가에서 뭔가를 집어들고 손안에서 굴리다가 이리 보고 저리 보더니만 다시 제자리에 내려놓았다. 휘파람을 불며 다시 거닐기 시작했다. 오블로모프가 일어나 씻는 것을 방해하지 않으려는 배려였다. 그렇게 10분이 흘렀다.

"뭐하시는 거예요?"

갑자기 알렉세에프가 일리야 일리이치에게 물었다.

"뭐요?"

"아직도 누워 계시네?"

"왜 일어나야 하는데요?"

"맙소사! 우리를 기다린단 말입니다. 가고 싶다면서요."

"어디로 간다고요? 아무 데도 가고 싶지 않아요……"

"아이고, 일리야 일리이치. 방금 압치닌네 집에 식사하러 갔다가 에카쩨린고프에 가기로 했잖아요……"

"그럼 진창길을 가야 할 텐데! 보니까, 저기 지금 비가 오려고 하는데, 바깥이 어둑어둑해지는 게."

오블로모프가 늑장을 부렸다.

"하늘엔 구름 한 점 없는데 무슨 비가 온다고 그럽니까? 창문을 하도 안 닦으니까 바깥이 어두워 보이는 거죠. 유리 더러운 것 좀 봐요! 지척을 분간하기도 힘들겠어요. 커튼 하나는 아직 걷어올리지도 않았으니."

"그런 말일랑 좀 참았다가 자하르한테나 해주세요. 자하르, 요즘

일하는 여편네를 쓰자 하질 않나, 하루 왼종일 날 집 밖으로 내쫓을 궁리를 하지 않나!"

오블로모프는 생각에 잠겼고, 알렉세에프는 앉아 있는 책상을 손가락으로 두들기며 벽과 천장을 둘러볼 뿐이었다.

"그럼 어쩌자는 겁니까? 어떻게 할까요? 옷을 갈아입으시렵니까 아니면 그냥 집에 계시렵니까?"

몇 분이 지나서 그가 물었다.

"어딜 가는데요?"

"에카쩨린고프에 간다니까요?"

"도대체 에카쩨린고프에 가면 뭐 공짜 떡이라도 준답니까, 정말!"
오블로모프가 화난 투로 한마디 했다.

"좀더 앉았다 가면 안 됩니까? 방안이 추운가요? 아님 무슨 안 좋은 냄새라도 나요? 왜 그렇게 저쪽만 쳐다보는 겁니까?"

"아뇨, 항상 여기 오면 편해요, 아주 만족합니다."
알렉세에프가 대답했다.

"아니 그렇게 편한데 뭐하러 다른 데로 자꾸 가시려는 겁니까? 우리집에 종일 있다가 식사도 하고, 저녁엔…… 맙소사!…… 맞아, 까맣게 잊고 있었군. 내가 가긴 어딜 가! 타란찌에프가 식사하러 온다 했는데. 오늘이 벌써 토요일이군."

"정 그러시다면야…… 좋아요, 그럼……"

"내게 무슨 일이 있었는지 얘기 안 했죠?"
오블로모프가 활기를 띠며 물었다.

"무슨 일 말입니까? 모르겠는데요."
알렉세에프가 그의 눈을 똑바로 쳐다보며 말했다.

"그 일 때문에 내가 이렇게 안 일어나고 있는 거 아닙니까? 누워서 어떻게 하면 그 불미스러운 일에서 벗어날 수 있을까 생각하고 있었던 거지요."

"그게 뭔데요?"

억지로 놀란 표정을 만드느라 애쓰면서 알렉세에프가 물었다.

"두 가지 불미스러운 일입니다! 어떻게 해야 할지 나도 모르겠어요."

"무슨 일인데요?"

"집에서 쫓겨날 판입니다. 생각해보세요. 다니면서 처리할 일도 많을 테고, 이것저것 부서지고 야단법석을 떨어야 할 텐데…… 생각만 해도 끔찍합니다! 그래도 이 집에서 팔 년을 살았는데. 집주인이 나보고 '되도록 빨리 집을 비워주세요' 하던데, 그런 돼먹지 못한 인간이 또 어디 있겠어요?"

"빨리 비워달란다 이거죠? 그럴 일이 있었군요. 이사한다는 게 귀찮기는 하죠. 이사 한번 하자면 번거로운 일이 여간 많은 게 아니죠. 잃어버리는 것도 있고 깨지는 것도 있고, 하여간 귀찮은 일임에는 틀림없어요! 아 정말 괜찮은 집인데…… 집세는 얼마나 해요?"

"어디서 다른 집을 구하나, 그것도 이렇게 갑자기? 어디 새는 데도 없고 따뜻하고 아늑한데. 여태껏 딱 한 번 도둑맞은 적이 있긴 하지만! 저기 천장은 그렇게 튼튼해 보이지는 않아요. 아마 미장이가 시원찮았던 모양입니다. 그래도 무너지진 않겠죠."

"차근차근 말씀해보세요!"

알렉세에프가 고개를 저으면서 말했다.

"어떻게 하면 이사를 안 하고 일을 해결할 수가 있나?"

오블로모프가 생각에 잠기며 혼잣말로 중얼거렸다.

"계약서는 쓰고 집을 빌리신 겁니까?"

천장에서 마루까지 두루 훑어보며 알렉세에프가 물었다.

"그럼요, 단지 계약 기간이 지나긴 했지만. 다달이 집세를 내고 있지요…… 그런데 언제부터였는지는 기억이 잘 안 나요."

둘 다 생각에 잠겼다.

"어떻게 하실 생각인데요?" 어느 정도의 침묵이 지나고 알렉세에프가 물었다. "이사를 갈 건가요 안 갈 건가요?"

"어떻게 해야 좋을지 모르겠어요. 생각도 하기 싫어요. 자하르더러 어떻게든 해보라 하지요, 뭐."

"보아하니 이사 다니기를 좋아하는 이들도 있는 것 같아요. 집을 옮겨 다니는 일에서 만족을 찾는 사람들이지요……"

"그럼, 그치들이나 이사 다니라 하세요. 난 어떤 변화도 지금은 원치 않으니까요! 집 문제만이 아니에요! 좀 보세요. 촌장이 뭐라고 편지를 보내왔는지. 지금 보여드리죠. 어디 있더라? 자하르, 자하르!"

'아이고 염라대왕이 따로 없어!' 벽난로에서 뛰어내리며 자하르가 툴툴거렸다. '차라리 내가 죽는 게 낫지!'

그가 들어와 주인을 멍하니 쳐다보았다.

"편지 찾아봤어?"

"워디서 편지를 찾남뉴? 뭔 편지를 찾는지 지가 알기나 해유? 진 까막눈인디."

"어쨌든 찾아보란 말야."

"도련님이 어제 저녁에 편지 비슷한 걸 읽으셨잖유. 그 이후로는 본 적 없슈."

"그럼 그게 어디로 갔다는 거야?" 일리야 일리이치가 화가 나서 소리쳤다. "내가 삼켜버린 것도 아니고. 확실히 기억해. 네가 어제 나한테서 편지를 받아서 저기 어디다 놓았잖아. 그래 거기, 잘 좀 살펴봐!"

그가 이불을 털자 그 사이에서 편지가 마루로 떨어졌다.

"어라, 어라, 잠깐, 잠깐!"

오블로모프와 자하르가 동시에 서로에게 소리를 질렀다.

"그러구두 맨날 나만 보고 뭐래!……"

자하르가 나가고 오블로모프는 회색 종이에 진짜 크바스*로 쐬어진 편지를 읽기 시작했다. 편지는 갈색 밀랍으로 봉인되어 있었다.

오블로모프가 읽기 시작했다.

"인자하신 주인 어르신, 그간 별고 없으신지요. 우리의 주인이자 부양자이신 일리야 일리이치……"

여기서 그는 몇 줄에 걸친 안부 인사와 건강을 비는 말들을 건너뛰고 중간부터 다시 읽기 시작했다.

"무엇보다도 먼저 소유 영지엔 아무 일도 없다는 걸 알려드립니다, 주인님. 벌써 오 주째 비가 안 오고 있습니다. 하나님께서 노하셔서 비를 안 주신다는 걸 알아야 합니다. 이런 가뭄은 노인네들도 처음 본답니다. 봄 작물들이 불에 그을린 것처럼 다 타고 있습니다. 겨울 작물들은 벌레들이 다 갉아먹었고 그도 아니면 이른 동장군에 다 얼어죽었습니다. 봄 작물들을 다시 심는다고 수확을 거둘 수 있을지는 아무도 모릅니다. 행여라도 자비로우신 하나님이 저희를 불쌍히 여기셔서 걱정해주시지 않는다면 우린 모두 죽은 목숨이랍니다. 성 이바노프 날**이 되어서 또 세 농부가 떠났습니다. 라프쩨프, 발라쵸프, 특히나 대장장이네 아들놈 바시카도 말입니다. 여편네들을 남자들 데려오라고 내쫓았더니 그 여편네들도 안 돌아오고, 들리는 말이 지금 쳴키에서 산다고들 하더군요. 베르홀료보에서 제 교부(敎父)가 쳴키로 떠났습니다. 집사가 그 사

---

* 러시아 전통 음료수.
** 구력으로 6월 24일.

람을 그리로 보냈답니다. 사람들이 다 망가진 나무 쟁기를 갖고 나오니까 집사가 교부를 첼키로 보내며 다른 쟁기를 보고 오라 했다는군요. 제가 도망간 농부들을 만난 죄목으로 교부를 처벌하려고 시골 경찰에게 가서 인사를 꾸벅했더니만 그 나리 하시는 말씀이 '서면으로 제출해. 그럼 다 그렇게 될 테니까. 당장 원거주지에 붙잡아놓지' 하시고는 아무 말씀도 안 하시기에 제가 그분 다리를 붙들고 눈물로 호소했습니다. 그랬더니 그분이 욕을 하며 고함을 치시는 거예요. '꺼져, 꺼지지 못해! 다 처리된다고 했잖아. 서면으로 제출하란 말야!' 저는 서면 제출은 하지 않았습니다. 여기에선 일꾼을 구할 수도 없어요. 모두들 일자리를 구한다며 배를 타겠다고 볼가 강으로 떠났답니다. 요즘 사람들이 그렇게 다 멍청이가 되어버렸습니다. 주인 어르신, 일리야 일리이치! 올해는 시장에서도 우리 삼베를 안 받아줄 겁니다. 그래서 삼베 말린 것하고 도료를 광에다 넣어서 자물쇠를 채우고 밤낮으로 지키라고 스이추크를 거기다 세워놓았답니다. 그 사람 아주 줏대 있는 사람이랍니다. 주인님 물건에 손 못 대도록 저도 밤낮으로 지키고 있습니다. 다른 이들은 그저 술에 취해서 땅 한 뙈기라도 떼달라고 난리랍니다. 자작농들은 소작료를 안 내니까요. 그래 올해는, 자비로우신 주인 어르신, 작년보다 이천이 모자란 액수만 보내드립니다. 그저 가뭄이 작물을 모두 망치지만 않는다면 하고 바랄 뿐이고, 그저 은혜를 베풀어주십사 바랄 뿐입니다."

다음엔 충성심의 표시와 서명이 따랐다. '주인님의 촌장, 충복 프로코피 브이짜구쉬킨이 제 손으로 봉함.' 글을 쓰는 법을 잘 몰라 서명 대신 십자가를 그려놓았다. '촌장이 부르는 대로 그의 처남, 젬카 크리보이가 대필함.'

오블로모프가 편지의 마지막을 살폈다.

"언제 썼는지 연월일도 없구만. 분명 촌장이 편지를 쓴 건 작년일 거야. 여기 이바노프의 날이라 되어 있고, 가뭄 어쩌고 하는 걸 보면! 그럼 늑장을 얼마나 부리다 보낸 거야?"

그는 다시 생각에 잠겼다.

"자? 어떻게 생각하세요? '이천이 모자란 액수' 라니! 그럼 얼마가 남는 거야? 작년에 얼마를 받았더랬죠?" 그가 알렉세에프를 보면서 물었다. "내가 그때 얘기 안 했던가요?"

알렉세에프가 눈길을 천장으로 돌리며 생각에 잠겼다.

"슈톨츠가 오면 물어봐야지. 모르긴 해도, 칠천, 팔천…… 하여튼 적어놓아야 한다니까! 그럼 결국엔 육천으로 해결을 보겠다고! 굶어 죽기 십상이군! 어떻게 살란 말이야?"

"무슨 그렇게 심각한 일이라고 그럽니까, 일리야 일리이치? 무슨 일이 있더라도 절대 실망해서는 안 되는 법이지요. 전화위복이란 말도 있지 않습니까?"

"무어라고 써 있는지 듣고도 그러세요? 쥐꼬리만한 돈 보내면서 위로하네 어쩌네 하며 얼렁뚱땅 넘어가려고 하지만, 거의 불미스런 일만 만든다니까요! 해마다 그래요! 이래서야 어디 주인이랄 수 있냐고요! '이천이 모자란 액수라!'"

"맞아요, 엄청난 손해군요. 이천이라, 장난이 아니군요! 알렉세이 라기느이치도, 사람들이 그러는데, 일만 칠천 대신 일만 이천을 받았다고 하더군요."

"육천이 아니라 일만 이천이라면야. 촌장이 정말 날 화나게 하는구만! 만약 흉작이네 가뭄이네 하는 것이 사실이라면…… 왜 그럼 미리부터 사람 부아를 건드리는 거야?"

"그렇군요…… 사실이 그렇다면…… 그럴 필요까지야 있을라고요. 농사꾼들한테 무슨 정중함을 바라겠어요? 농사꾼들이라는 게 뭐 하

제1부 61

나 제대로 이해하는 게 없다니까요."

"그럼 만약 지금의 내 처지라면 어떻게 하겠어요?"

오블로모프가 행여라도 위로가 될 만한 무슨 생각을 해내지 않을까 하는 작은 희망으로 알렉세에프를 보면서 물었다.

"생각을 해봐야지요, 일리야 일리이치. 이런 일은 급하게 결정해선 안 돼요."

알렉세에프가 대답했다.

"현지사한테 몇 자라도 적어 보내볼까요?"

일리야 일리이치가 심각하게 물었다.

"현지사가 누군지나 알아요?"

일리야 일리이치는 대답 대신 생각에 다시 잠겼다. 알렉세에프도 입을 다물고 무언가를 곰곰이 생각하기 시작했다.

오블로모프는 손으로 편지를 주물럭거리다가 머리를 한 차례 쓸어내리더니 이번엔 팔꿈치를 무릎에 고정시킨 채 그렇게 몇 분 동안을 앉아 있었다. 밀려오는 골치 아픈 생각들에 괴로워하면서.

"슈톨츠라도 빨리 와준다면 좋으련만! 곧 가마, 하고 편지를 보내놓고는 어딜 그리 쏘다니는지! 오기만 하면 다 해결해줄 텐데."

오블로모프는 다시 비애에 잠겼다. 한참을 둘 다 말이 없었다. 드디어 오블로모프가 먼저 정신을 차렸다.

"그래 하여튼 해결을 하고 봐야지!" 그가 결의에 차서 말했다. 거의 침대에서 일어날 것만 같아 보였다. "되도록 빨리 해결해야 해. 꾸물거릴 때가 아니지…… 우선 첫번째로……"

바로 그때 현관에서 초인종 소리가 다급히 들려왔다. 오블로모프와 알렉세에프도 깜짝 놀랐고, 자하르도 침상에서 단번에 뛰어내렸다.

제3장

"집에 계신가?"

누군가 현관에서 크고 거친 목소리로 물었다.

"이 시간에 워딜 가졌슈?"

자하르가 더 큰 목소리로 대꾸했다.

건장한 체격에 키가 크고 어깨가 떡 벌어지고 당당해 뵈는 마흔 남짓의 사내가 들어왔다. 큰 머리에 뚜렷한 얼굴 윤곽, 튼튼하고 짧은 목에 황소 눈만한 큰 눈, 그리고 두툼한 입술의 소유자였다. 언뜻 이 사람을 보면 거칠고 단정치 못한 사람이라는 생각이 들겠지만, 금방 옷치레에 별반 신경을 쓰지 않는 사람이라는 것을 알 수 있을 것이다. 깨끗이 면도한 그를 본다는 게 여간 힘든 일이 아니지만, 그 사람에겐 아무래도 그만인 것처럼 보였다. 자기 옷차림에 신경을 쓰는 일도 없었고 항시 어떤 냉소적인 냄새가 풍기는 차림이었다.

이 사람이 바로 오블로모프의 고향 친구 미헤이 안드레이비치 타란찌에프였다.

타란찌에프는 모든 일을 음울하게, 반은 의심을 품고, 모든 주위 사물을 눈에 띄게 나쁜 쪽으로만 바라보는 경향이 있었다. 마치 어떤 부정에 모욕이라도 당한 사람처럼, 혹은 마치 자신의 장점을 인정받지 못한 사람처럼, 그리고, 아무리 싫더라도 팔자려니 하고 운명에 괴로워하며 복종하는 것이 아니라 스스로 자신의 운명을 개척하려는 강한 성격의 소유자처럼, 모든 일과 모든 사람들에 대해서 그는 늘 욕이라도 퍼부을 태세였다.

그의 행동거지는 언제나 용감무쌍하고 자유분방했다. 말을 할 때 어찌나 큰 소리로 쏘아대던지 거의 매번 화가 난 사람처럼 느껴졌다. 어느 정도 떨어져서 들으면 마차 세 대가 다리를 건너는 소리 그 자체였다. 누가 있어도 주저하는 법도 없고 말하기 전에 우물쭈물 생각하는 법도 없었으며, 아무리 친한 사람이라도 예외 없이 누구에게나 거침없이 대했다. 마치 어떤 사람의 집에 초대받아 점심이나 저녁을 얻어먹으면서도, 이야기를 할 때만큼은 이야기를 나누는 것 자체가 초대한 사람에게 커다란 영광이라도 베푸는 일인 것처럼 행동했다.

그의 기지는 놀랄 만큼 탁월해서, 일반적인 사회 문제나 까다로운 법률 문제에서 어느 누구도 그보다 더 뛰어난 판결을 내리지 못했다. 그는 언제, 어떤 경우에도 유효적절한 이론을 세우고 아주 정확한 증거를 갖다 댐으로써 여태껏 그와 논쟁을 벌였던 사람으로 하여금 입이 쩍 벌어지도록 만들었다.

그런데 본인 자신은 25년 전 어느 조그만 사무실에 서기로 들어가 이 분야에서 머리가 세도록 한 우물만 파왔다. 자신은 물론이고 그 어느 누구도 그가 더 높은 직책에 오르리라고는 생각하지 않았다.

사실 그는 말만 앞세우는 데 선수였던 것이다. 그는 말로는 모든 일을 명확하고 쉽게 해결했는데, 특히 남의 일에 관련해서는 더했다. 그러나 정작 손끝이라도 까딱해야 할 일이 생기거나 엉덩이라도 자리에서 떼야 할 일이 생기면, 예컨대, 여태껏 구상해놓은 이론을 정작 실천에 옮기고 실제적으로 일을 진행시키고 일처리에 박차를 가할 때가 되면, 그는 전혀 딴사람으로 돌변했다. 전혀 불필요한 사람이 되는 것이다. 갑자기 일이 꼬이거나 아니면 몸이 안 좋아진다거나 행동거지가 서툴러지고 아직 착수하지도 않은 일이 생기고, 만약 또 생기더라도 역시 똑같은 일이 반복되고 만다. 정말 갑자기 아기가 되어버려서 제 앞가림도 못 하게 되고, 어떤 데선 아주 작은 일도 전혀 아는 바가 없어진다. 또 어떤 데선 지각하고, 중간쯤 진행한다 싶다가는 이내 집어던져버리고, 그것도 아니면 거꾸로 일을 해야 한다면서 더 이상 고칠 수도 없게 일을 아예 망쳐놓고는 한참이 지나서야 욕이나 할 줄 아는 위인이다.

왕년의 지방 공증인이었던 그의 아버지는 남의 일을 처리하는 기술과 경험, 그리고 사무실에서 그간 재빠르게 쌓아올린 실무 경력을 아들에게 고스란히 물려주려 했다. 그러나 운명은 그렇게 호락호락하지 않았다. 소싯적에 돈을 벌기 위해 러시아식으로 혼자 배웠던 아버지는, 아들이 시대에 뒤처지는 것을 원치 않았고 남의 뒤치다꺼리나 해주는 까다로운 학문 이외에 뭔가 다른 것을 배웠으면 하고 바랐다. 그는 3년 기한으로 라틴어를 배우도록 아들을 사제에게 보냈다.

천성이 똑똑한 청년이 3년 동안 라틴어 문법과 문장론을 수학하고 코넬리우스 네포스*의 시 분석을 시작하려 할 즈음, 아버지는, 아들이 이미 많은 것을 배웠고 이 지식이면 구세대에 대해 상당한 우위를 점할 수 있고, 마지막으로 더 공부를 하다간 아마도 사무실에서 근무하는 데 해로울지도 모른다는 결론에 도달했다.

열여섯 살의 미헤이는 라틴어 공부를 혼자 어떻게 해야 할지 몰라 처음에는 부모의 집에서, 나중에는 지방법원의 명예 속에서 점점 라틴어를 잊어가기 시작했는데, 그 즈음 아버지가 다니는 작은 연회에 쫓아다니고 있었다. 바로 이 실전 학교에서, 공공연한 토론 중에 젊은 청년의 지성은 섬세하게 발달했다.

그는 젊은이다운 민감함으로 왕년의 공증인들의 손으로 진행되었던 민사 및 형사소송과 흥미진진한 사건들에 대한 아버지와 그 친구들

---

* Cornelius Nepos(기원전 99?~기원전 24?): 고대 로마의 전기작가이자 웅변가.

의 이야기를 귀담아들었다.

    하지만 이 모든 것도 말짱 헛수고가 되어버렸다. 미헤이에게선 실무가의 자질도, 엉터리 변호사의 자질도 길러지지 않았다. 비록 아버지의 모든 노력이 여기에 초점이 맞추어지긴 했다지만. 사실, 운명이 노인의 구상을 망쳐놓지만 않았더라도 성공할 수 있었을는지도 모른다. 아버지가 나누는 대화의 모든 이론들을 완전히 습득한 미헤이에게는 이론을 실전에 적용시키는 일만 남아 있었다. 그러나 아버지의 갑작스런 죽음으로 법정에 들어가지 못했고, 한 마음씨 좋은 독지가 덕에 뻬쩨르부르그로 가게 된 것이다. 물론 그 독지가는 어떤 관청에 서기 자리를 주선해주고는 당연히 그를 까맣게 잊었다.

    그렇게 해서 타란찌에프는 평생 이론가로만 남게 되었다. 뻬쩨르부르그 관청에 다니면서 그가 라틴어를 이용해 할 수 있는 일이란 하나도 없었고, 섬세한 이론을 가지고 자기의 판단에 따라 옳은 일이든 그른 일이든 성취해낼 수 있는 일 또한 하나도 없었다. 그런고로 그는 자기 안에서 졸고 있는 힘, 원수 같은 상황 때문에 자기 안에 갇혀 있고 실현의 희망은 전혀 없어 보이는 바로 그 힘을 지니고, 항시 의식하고 있었다. 아마도 자기 안에 있는 전혀 쓸모 없는 힘을 의식하고 산다는 것이 타란찌에프로 하여금 사람들을 대할 때 거칠고 악의에 차 있고, 항상 화나 있고, 욕을 입에 달고 다니도록 만들었는지도 모를 일이다.

    그는 서류를 베껴 쓰거나 신문을 철하는 따위의, 지금 자기가 하고 있는 일을 안타까운 심정과 경멸의 눈으로 바라보았다. 단지 저 멀리서 마지막 남은 한 올의 희망만이, 주세 관련 관청에서의 업무만이 그에게 미소를 보내고 있었다. 바로 그 길만이 아버지가 일만 벌여놓고 이루지 못한, 인생을 확 바꾸어놓을 기회라고 그는 생각하고 있었다. 이런 기대감 속에서, 아버지가 준비해놓고 창조해낸 실천이론과 인생이론, 이를테면 뇌물과 간교함의 이론이 그로 하여금 시골에서의 중요하고도 값진 경력도 마다하고 뻬쩨르부르그에서 잔일이나 하는 아주 보잘것없는 존재로 살도록 만들고, 공식적인 관계에서의 결점에도 불구하고 다른 사람들과 나름의 원만한 관계를 유지하도록 만든 주 요인이었다.

그는 타고난 뇌물수수자여서, 일도 없고 의뢰인도 없음에도 불구하고 동료들이나 가까운 사람들로부터 뇌물을 받아내기 위해 갖은 술수를 다 썼으며—어떻게 그리고 왜 받는지는 아무도 모를 일이다!—어디서나, 누구에게나, 교활함과 집요함으로 자신을 대접하도록 강요하거나 마땅치도 않은 존경심을 요구하지 않으면, 언제나 트집을 못 잡아 안달이었다. 다 헤진 옷 때문에 괴로워한 적도 없다. 그럼에도 그는 먼 훗날 풍부한 양의 포도주와 보드카가 있는 훌륭한 정찬이 없으면 어쩌나 하는 불안을 떨쳐버리지 못했다.

이 때문에 그는, 자기 친구들의 모임에서, 모든 사람들에게 컹컹거리고 누구나 꼼짝도 못 하게 하면서도 동시에 어디서, 또 어디로 날아가는 고깃점이든 간에 껑충 뛰어서 덥석 물어버리는, 그런 집개의 역할을 흔쾌히 도맡았다.

오블로모프의 집을 가장 뻔질나게 드나드는 두 사람, 알렉세에프와 타란찌에프의 면면은 그러했다.

왜 이 두 러시아 영세민 계급이 그를 찾을까? 그들 자신이 그 이유에 대해선 잘 알고 있었다. 먹고 마실 수 있고 좋은 시가를 피울 수 있기 때문이었다. 그들은 따뜻하지만 생기는 없는, 항상 변함없는 환대와 냉대를 동시에 받았다.

그렇다면 오블로모프가 이들을 집에 들이는 이유는 무엇일까? 이에 관해서 그는 별로 생각해본 적이 없었다. 밑천도 없고 딱히 직업도 없으며 생산적인 일을 할 만한 재주도 없고 단지 먹고 마실 줄이나 아는 그런 계층의 남녀 군상들이 고리타분하지만 부유한 오블로모프를 찾는 것은 당연지사라고 말할 수도 있다. 가관인 것은 그들 모두 한결같이 관등이네 칭호네 하는 것들을 갖고 있다는 것이다.

게다가 살다 보면 자질구레한 일에 반드시 필요한 허섭쓰레기 같은 사람들 또한 있게 마련이다. 그들은 세상을 살아가며 불필요한 일을 하지 않으면 좀이 쑤신다. 어디론가 사라진 궐련 곽을 누가 내놓을 것이며 바닥에 떨어진 손수건을 누가 주울 것인가? 마땅히 함께 나누어야 할 두통을 누구에게 하소연할 수 있으며, 간밤의 꿈을 이야기하고 해몽을 부탁할 수 있는 사람이 누구인가? 내일의 꿈에 대해서 적혀 있는 책을 읽고 누군들 곤히 잠들 수 있겠는가? 어쩌다 한 번 그런 영세민 계급도 물건을 사기 위해 가까운 이웃 도시에 가서 경제 발전에 일조를 할지도 모르지만, 그렇다고 그게 그들이 의도했던 것도 아닐 것이 분명하다.

타란찌에프는 엄청 소란을 떨었고, 부동성과 권태로부터 오블로모프를 끌어내기도 했다. 그는 소리치고 논쟁하고 일종의 장관을 연출하면서 게으른 우리 주인님으로 하여금 입을 열고 무언가를 하도록 만들곤 했다. 꿈과 평온함이 가득한 방에 타란찌에프는 생동감과 활력을 부여하기도 했고, 때로는 외부로부터 그런 걸 끌어들이기도 했다. 오블로모프는 손끝 하나 까딱하지 않고 자신 앞에서 격동적으로 움직이고 이야기하는 어떤 것을 듣고 볼 수가 있었다. 게다가 그는 타란찌에프를 정작 어려운 일에 대해서 그에게 조언을 해줄 능력이 있는 사람이라고 순진하게 믿고 있었다.

오블로모프가 알렉세에프의 방문을 무시하지 못하고 나름대로 견디고 있는 또 다른 이유가 있었다. 만약에 지금까지 하던 대로, 이를테면 아무 말 없이 누워서 코를 골며 졸거나 방안을 할 일 없이 거닐고 싶을 때 알렉세에프는 그 방에 있으되 없는 사람이라고 생각해도 문제될

게 없는 사람이었다. 그는 그대로 입을 다물고 코를 골거나 책을 뒤적이고 눈물이 찔끔할 정도로 늘어지게 하품을 하면서 그림이나 자잘한 물건들을 찬찬히 들여다보곤 했다. 그는 그렇게 사흘이라도 버틸 수 있는 사람이었다. 그러다 심심해서 이젠 대화라도 나누면서 책을 읽고 어떤 문제를 해결하고 열을 올려야겠다 싶은 생각이 들면 오블로모프는 자신의 청중을, 항시 동감과 침묵, 그리고 대화, 흥분, 어떤 사고를 나누어 가질 수 있는 관심을 언제든지 손쉽게 찾을 수가 있었다.

다른 손님들은 자주 찾아오는 편도 아니었고 온다 해도 앞의 세 명의 손님처럼 1분 남짓 머무르는 것이 고작이었다. 그들과는 점점 살아 숨쉬는 관계가 소원해졌다. 오블로모프는 간혹 어떤 새로운 소식에 관심을 갖고 한 5분 가량 이야기를 나누다가는 그것에 만족하고 입을 다물었다. 그들과의 관계에서는 상호성이라는 대가가 항시 기다리고 있었다. 반드시 어떤 흥밋거리에 동참해야만 했다. 그들은 사람들의 무리 속에서 멱을 감았고, 각자 오블로모프가 이해하고픈 마음이 전혀 없는 저들만의 방식으로 삶을 이해하고 있었다. 그들은 그런 삶 속에서 오블로모프를 혼동하고 있었으니 이 모든 것을 오블로모프가 마음에 들어 하지 않는 것은 당연한 일이다. 그러다 보니 그는 더욱 구석으로 밀려나지 않을 수 없었다. 정말 이 모든 것은 그의 천성과는 거리가 멀었던 것이다.

진정 그에게는 한 사람만이 있을 뿐이었다. 그 사람 역시 오블로모프에게 평온함을 주지 않기로는 별반 다를 게 없는 사람이다. 새로운 소식과 과학, 삶이라는 걸 사랑하면서도 그에게선 어딘가 깊고 따뜻한 진실을 보았기에 오블로모프는 다정하게 대하는 많은 사람들 가운데서도 유독 그 한 사람만을 진정 사랑하고 신뢰했다. 아마도 같이 자라고 배우고, 함께 살았기 때문일 것이다. 그는 다름아닌 안드레이 이바노비치 슈톨츠였다.

지금은 여행 중이라 만날 수 없지만 오블로모프는 매 순간 그를 기다리고 있었다.

제4장

"잘 지냈나, 친구." 타란찌에프가 털북숭이 손을 오블로모프에게 내밀며 똑똑 끊어지는 목소리로 말했다. "자네 여태껏 누워 있는 건가, 통나무처럼?"

"가까이 오지 말게, 가까이 오지 말라고. 자네에게서 냉기가 옮아!"

오블로모프가 이불을 둘둘 말면서 말했다.

"아, 기껏 하나 궁리해낸 것이, 냉기가 어째?" 타란찌에프가 빈정거렸다. "그래, 좋아. 사람이 손을 내미는데 거절한단 말이지! 곧 정온데 아직 뒹굴기나 하고!"

그는 직접 오블로모프를 침대에서 일으켜 세우려 했다. 하지만 오블로모프는 미리 경고를 하고, 발을 재빨리 내려 곧바로 실내화에 집어넣었다.

"그렇지 않아도 일어나려던 참이야."

그가 하품을 하며 말했다.

"일어나려던 참인 거 나도 다 알아. 그러다 점심때까지 뒹굴 거라는 것도 말이지. 어이, 자하르! 자네 어디 있는 거야. 늙은 멍청이 같으니라고? 얼른 도련님 옷 좀 입혀드려."

"자하르가 뉘 집 똥개라두 돼나. 워디서 개짓는 소리가 나나 했네!"

자하르가 방안으로 들어오며 타란찌에프를 표독스럽게 노려보면서 중얼거렸다. "우체부라두 온 것처럼 방을 다 어질러놓구!"

"어쭈, 꼬박꼬박 말대꾸구만. 쭈그렁바가지가!"

타란찌에프가 말을 하며 지나가는 자하르를 차기 위해 발을 들었다. 자하르가 걸음을 멈추고 그에게로 몸을 돌리고는 털을 곤두세웠다.

"치시겠다! 이게 시방 뭐하시는 짓이래유? 나갈 티유……"

문 쪽으로 다시 나가면서 그가 말했다.

"됐네, 미헤이 안드레이치*. 자넨 왜 그리 일을 만들어! 건드려서 뭐하려고? 자하르, 네 할 일이나 해!"

오블로모프가 둘 사이에 끼어들었다.

자하르는 홱 돌아서서 그를 한 번 째려보고는 잽싸게 옆을 지나쳤다.

오블로모프는 그에게 기대서 아주 피곤한 사람처럼 마지못해 침대에서 일어나, 겨우겨우 큰 소파로 가서 털썩 주저앉고는 꼼짝도 하지 않았다.

자하르는 화장대에서 기름과 빗과 솔을 집어들고 그의 머리에 기름을 바르고 가르마를 탄 다음, 빗질을 시작했다.

"시방 세수하실 건감유?"

"조금 있다가, 방에 가 있어."

"아하, 당신도 여기 계셨군요?"

자하르가 오블로모프의 머리를 빗고 있을 때, 알렉세에프를 발견한 타란찌에프가 불쑥 말을 건넸다.

"못 봤어요. 여긴 무슨 일로? 친척뻘 되는 그 사람, 어떻게 그렇게

---

* 안드레이비치를 대화 중에는 보통 안드레이치로 부른다.

제1부　71

돼지 같은 사람이 있을 수 있어요?"

"친척이라니요? 친척이라곤 한 명도 없는데요."

알렉세에프는 놀란 듯 휘둥그레진 눈으로 타란찌에프를 보면서 민망해하며 말했다.

"그러니까, 아직 거기서 근무하는 사람인데, 이름이 뭐더라?……아파나시에프다. 근데 친척이 아니라뇨? 친척이지."

"제 성은 아파나시에프가 아니라 알렉세에프입니다. 제겐 친척이 없어요."

"그럼 이 사람도 친척이 아니란 말입니까? 그 사람, 당신처럼 좀 빈약해 보이고, 이름이 바실리 니콜라이치일 텐데."

"그렇다면 친척이 될 수 없죠. 내 이름은 이반 알렉세이치입니다."

"뭐, 어쨌든 당신하고 닮았어요. 그 사람 돼지나 마찬가지죠. 그 사람 보거든 이 얘기하면 안 됩니다."

"난 그 사람 알지도 못하고 본 적도 없습니다."

알렉세에프가 궐련 곽을 열며 말했다.

"담배 하나 주시겠소? 프랑스제가 아니라 보통 걸 피우는구만? 응, 그래."

냄새를 맡으며 타란찌에프가 말했다. 그리고는 "왜 프랑스제가 아닌 거야?" 하고 심드렁하게 덧붙였다.

"맞아요, 당신 친척 같은 돼지는 여태껏 본적이 없어요." 타란찌에프가 말을 이었다. "내가 언젠가, 벌써 이 년이 다 되어가는데, 오십 루블을 빌려 쓴 적이 있었지요. 오십 루블이 큰돈이나 됩니까? 어떻게 안 잊고 기억할 수가 있겠어요? 그런데 아니더라고요. 기억하더란 말이죠. 한 달이 지나서도 어디서든 만나면 '빚진 거 어떻게 됐습니까?' 하는 사람이라고요. 지긋지긋해! 더군다나 어제 관청까지 찾아와서는 '알기로 봉급을 받은 것 같은데 이제 빌린 돈 돌려주시죠' 라는 거예요. 봉투째 다 줘버렸지 뭡니까? 정말 창피해서 쥐구멍에라도 들어가고 싶은 심정이었다니까요. 불쌍한 것들은 어쩔 수 없다니까! 그 돈이야 그냥 없던 거로 치면 그만이죠! 그런 위인한테 오십 루블 던져줄 정도는 나도 되지. 그만큼은 살아요! 이보게 친구, 시가 하나 주게."

"시가, 저기 상자에 있네."

오블로모프가 서가를 가리키며 대답했다. 그는 주위에서 일어나는 일에 전혀 신경도 안 쓰고 이야기에 귀도 기울이지 않고, 느긋하고 멋진 자세로 소파에 앉아 생각에 잠겨 있었다. 그는 자신의 작고 하얀 손을 사랑스럽게 쳐다보며 만지작거리고 있었다.

"어! 이게 다야?"

시가를 꺼내고 오블로모프를 쳐다보면서 타란찌에프가 사뭇 심각하게 말했다.

"그게 다야."

오블로모프가 기계적으로 대꾸했다.

"자네한테 얘기했잖아, 다른 거, 외제로 사놓으라고! 꼭 기억하라고 기껏 말해봐야 소용이 없어, 참! 생각해봐, 다음 토요일에나 아마 들르게 될 테니 오랫동안 못 보잖아. 알아? 아이고 이건 정말 지독하군!" 시가를 피우고 연기 한 모금은 공기 중에 내뱉고 한 모금은 들이마시고서 그가 말을 이었다. "담배도 못 피우겠어."

"자네 오늘은 일찍 왔구만, 미헤이 안드레이치."

오블로모프가 하품을 하며 말했다.

"벌써 내가 지겨워졌단 말인가, 정말이야?"

"그게 아니라, 생각해보니, 자넨 보통 점심때가 다 되어서야 오곤 했는데, 지금은 1시도 아직 안 됐잖아."

"그렇지 않아도 점심에는 뭐가 나오나 알아보려고 일부러 일찍 왔지. 자네 이 쓰레기로 대접하려나? 오늘 뭘 준비하라고 일렀는지 알아야겠네."

"부엌에 가서 물어보게나."

오블로모프가 말했다. 타란찌에프가 방에서 나갔다.

"그럼 그렇지!" 되돌아오며 그가 말했다. "소고기와 송아지 고기야! 참, 이보게 일리야. 자넨 어떻게 살아야 하는지도 모르면서 아직 그래 지주라 할 수 있나! 자네가 무슨 주인님이야? 지주로 살면서 친구들 대접할 줄을 모르니! 마데이라 포도주 사놓았나?"

"몰라, 자하르에게 물어보게." 그의 말을 듣는 둥 마는 둥 하며 오블로모프가 대꾸했다. "저기, 분명 포도주가 있을 거야."

"이거 전의 거나 마찬가지로 독일 거잖아? 그러지 말고, 영국 가게서 사야지."

"상관없어, 이거로도 충분해. 안 그러면 또 심부름을 보내야 할 테니까!"

"돈 이리 내봐. 내가 지나는 길에 들러서 나중에 가져올 테니까. 다른 데 또 들러야 하거든."

오블로모프가 상자를 뒤져서 붉은 빛이 나는 10루블짜리 지폐를 꺼냈다.

"여기 십 루블인데, 마데이라 포도주는 칠 루블이잖아."

"다 줘. 거기서도 거슬러줄 테니까, 걱정 말게!"

그는 오블로모프의 손에서 지폐를 낚아채고 잽싸게 호주머니에 찔러 넣었다.

"그럼, 난 가네." 타란찌에프가 모자를 쓰며 말했다. "5시쯤에 다시 오겠네. 들를 데가 좀 있어서. 주세청(酒稅廳)에 자리를 약속했거든. 가서 알아보라고 그러더군…… 그러면, 일리야 일리이치, 마차 세 내서 에카쩨린고프에 가는 거지? 나도 데려가는 거고?"

오블로모프가 아니라는 뜻으로 고개를 가로저었다.

"뭐야, 게을러서야 아니면 돈이 없어서야? 아휴, 정말 포대 자루가 따로 없다니까! 그럼, 다녀옴세……"

"잠깐만, 미헤이 안드레이치." 오블로모프가 소리쳤다. "자네의 조언을 구할 일이 좀 있네만."

"또 무슨 일이야? 얼른 얘기해보게, 시간이 없어."

"두 가지 안 좋은 일이 갑자기 터져서 말이지. 집에서 쫓겨날 판이고……"

"집세를 제대로 안 낸 모양이구만. 쫓겨나도 싸지!"

이렇게 대답한 타란찌에프가 막 다시 나가려 했다.

"내 말 좀 들어봐! 난 항상 집세는 선불로 내는걸. 그게 아니고, 집을 고치려 한다니까…… 잠깐 기다리라니까! 어디 가는데? 어떻게 해야 할지 가르쳐주게. 다음 주에 이사하라고 난리라네……"

"내가 무슨 자네 조언자라도 되나? 그렇게 생각하면 오해야……"

"도무지 생각이 나지 않는다니까. 수선 떨며 소리치지만 말고 생각을 좀 해보게, 어떻게 하면 좋을지. 자넨 실리에 밝잖아……"

타란찌에프는 벌써 그의 말엔 아랑곳하지 않고 무언가를 생각하기 시작했다.

"그럼, 다 수가 있어. 나한테 감사할 준비나 해." 모자를 벗고 자리에 앉으면서 그가 말했다. "점심에 샴페인이나 준비시키라고. 자네 일은 다 해결된 거야."

"그게 무슨 소리야?"

"샴페인 준비하는 거야?"

"그야 당연하지. 조언이 들을 만한 가치가 있다면야……"

"그럼 그만두지. 자네에겐 조언할 가치가 없는 것 같군. 내가 뭐하러 자네에게 공짜로 조언을 해주겠나? 저분에게 물어보게." 알렉세에프를 가리키며 그가 덧붙였다. "아니면 그 친척에게 물어보든지."

"자, 그만하면 됐고. 말해봐!"

오블로모프가 다그쳤다.

"다른 게 아니라, 바로 내일 당장 다른 집으로 이사를 하는 거야……"

"에이! 그럼 그렇지! 그럴 줄 알았다니까……"

"기다려봐, 끼어들지 말고!" 타란찌에프가 소리쳤다. "내일 내가 아는 아주머니 집으로 이사를 하게, 브이보르그 방면*으로 말이지……"

"그것도 생각해낸 거라고 말하는 건가? 브이보르그 방면이라면, 겨울에 늑대들이 뛰어다닌다던데."

"섬에서 그리로 뛰어다닐 수도 있는 거지. 그렇다고 그게 자네하고 무슨 상관이란 말인가?"

"거긴 허허벌판에 아무도 없잖아."

"말도 안 되는 소리! 거기에 내가 아는 아주머니가 산다니까. 그 사람 집이라구, 큰 텃밭도 있고. 그 사람 아주 좋은 여자야. 애들 둘이 딸린 과부라네. 그리고 독신 오빠가 같이 살고 있어. 그 사람 머리 돌아가는 게 저기 구석에 앉아 있는 사람하곤 다르다니까." 알렉세에프를 가리키며 그가 말을 이었다. "우리 둘이 합해도 그 사람 머리 못 당해!"

"그게 다 나하고 무슨 상관이야?" 오블로모프가 더 이상 참지 못하고 말했다. "난 거기로 이사 안 해." 오블로모프가 단호하게 말했다.

---

* 여기서는 핀란드와의 국경 도시 브이보르그가 아니라 뻬제르부르그의 북쪽에 위치한 인근 지역을 일컬음. 당시에는 아직 거주자들이 많지 않은 외진 곳이었음.

"젠장할!"

모자를 푹 눌러쓰고 문 쪽으로 나가며 타란찌에프가 대답했다.

"생각을 해보게! 무엇 때문에 내가 그 촌구석으로 이사를 해야 한단 말인가? 여기서는 뭐 집을 구할 수 없을까봐서? 비록 일이 이 꼴이 되고 말았지만……"

"바보가 따로 없구만!" 돌아서며 그가 말했다. "자넨 여기가 뭐가 그리 좋아 보여서 그러나?"

"뭐가 좋긴? 다 가깝잖아. 가게들도, 극장도 그리고 아는 사람들도 있고…… 그래도 시내 중심가잖아. 전부 다……"

"뭐라고? 집 밖에 나간 게 언젠데? 극장에 가본 건 언제고? 아는 사람들 집에 무슨 마실을 얼마나 다닌다고 하는 소린가? 한번 물어보세. 시내 중심가가 어째?"

"아무리 그래도 그게 아니지!"

"그거 봐, 자네 스스로도 제대로 몰라! 거기 가면, 생각해보라니까, 자네 우리 아주머니 집에서, 마음씨 좋은 여자 집에서 조용히 아무 걱정 없이 살 수 있단 말야. 귀찮게 하는 사람 하나 없고, 누가 떠들길 하나 시끄럽길 한가, 게다가 깨끗하고 청결하지. 자네도 눈이 있으면 좀 보게. 이게 주막집에서 사는 거지 어디…… 그러고도 주인님입네, 지주입네 할 수 있냐고! 거긴 깨끗하고 조용하고 누구하고 할 이야기가 있나, 심심할 정도야. 나 말고 자네를 찾는 사람도 없을 거 아닌가. 애들이 둘이니 그 애들하고 놀고 싶으면 얼마든지 놀 수도 있지! 더 이상 뭐가 더 필요해? 경제적으로 따진다 해도 얼마나 이익이 되나 보라구. 자네 여기 집세가 얼만가?"

"천오백."

"거긴 천 루블이면 그 집 전체를 다 세낼 수 있다네! 거기다 방들은 얼마나 밝고 좋은데! 그 아주머니가 오래 전부터 조용하고 진중한 사람을 찾고 있었단 말일세. 그래 내가 자네가 안성맞춤이다 싶어서……"

오블로모프가 별 생각 없이 싫다는 표시로 고개를 내저었다.

"아니야. 자넨 이사하게 될 거야! 잘 따져보라구. 자네에게 두 배는 이득이 아니냔 말야. 집 하나 빌리면서 오백 루블이면 크다고 생각하지 않나? 책상도 두 배는 좋고 깨끗할 테고, 식모건 자하르건 간에 더 이상은 자네 돈에 손댈 엄두도 못 낼 테고……"

현관에서 투덜거리는 소리가 들렸다.

"정돈도 훨씬 잘되어 있어. 자네 식탁엔 더러워서 어디 앉을 수나 있겠어? 후추가 있길 한가, 식초도 안 사놓고, 칼도 썻지도 않고. 자네 말마따나, 이불보들은 온데간데없고 사방에 먼지하며, 정말 끔찍해! 거기선 여자가 집안일을 할 거 아니냐고. 자네나 저 멍청한 자하르가 안해도 되고……"

현관에서의 투덜거리는 소리가 더 커졌다.

"저 늙어빠진 개는…… 더 이상 생각이고 뭐고 할 필요가 없어. 자넨 다 준비되어 있는 상태로 그냥 살기만 하면 돼. 거기서 더 생각할 일이 뭐 있겠나? 이사만 하면 그거로 그만이야……"

"어떻게 난데없이 이도 저도 아닌 브이보르그 방면이야……"

"밀어붙이라니까 그러네!" 얼굴의 땀을 훔치며 타란찌에프가 말했다. "지금이 여름이니까, 별장에 가 있는 셈치면 되는 거야. 무엇 때문에 여기서 썩겠다는 거야, 가로호바야에서…… 거기 가면 베즈바로트코 공원도 있어, 또 바로 옆은 오흐타지, 네바 강은 엎어지면 코 닿을 데지, 자기 텃밭을 가꿀 수도 있고, 먼지가 있나, 푹푹 찌길 하나! 생각할 게 없어. 지금 아주머니한테 점심 전에 휭하니 다녀올 테니까, 자넨 마차삯이나 내놓게. 그리고 내일 당장 이사하는 거야……"

"아니 이런 사람이 다 있어! 난데없이 생각해낸 거 하고는. 그래 브이보르그라니…… 이건 아무래도 좋은 생각이랄 수가 없어. 안 돼, 자네가 여기서 살려고 지금 수 쓰는 거지? 여기서 산 지 팔 년인데, 변화는 원치 않아……"

"아무리 그래도 자넨 이사할 거야. 지금 아주머니한테 다녀오겠네. 자리 알아보려던 건 다음에 가기로 하고……"

그가 막 나가려 했다.

"기다려, 기다려보게! 자네 어디 가는 거야?" 오블로모프가 그를 불러 세웠다. "아직 더 중요한 일이 남아 있네. 보게나, 내가 촌장한테서 어떤 편지를 받았는가. 그리고 어찌해야 할지 결정해주게."

"도대체 자넨 누구를 닮은 거야?" 타란찌에프가 꾸짖는 투로 말했다. "할 줄 아는 일이 하나도 없으니. 뭐든 다 나야 나! 도대체 이런 자네를 어디에 쓸꼬? 자넨 사람이 아니라 짚더미야!"

"편지가 어디 있더라? 자하르, 자하르! 편지를 또 어쩐 거야?"

"촌장에게서 온 편지 여기 있습니다."

구겨진 편지를 집어들며 알렉세에프가 말했다.

"아, 여기 있군."

편지를 받아든 오블로모프가 소리내서 읽기 시작했다.

"자네 생각은 어때? 어떻게 했으면 좋겠어?" 편지를 다 읽은 일리야 일리이치가 물었다. "가뭄에 세금에……"

"정말 가망 없는 사람이구만!"

타란찌에프가 말했다.

"가망이 없다니 무슨 소리야?"

"어째 가망이 없냐구?"

"정말 그렇다면 어서 어떻게 하면 좋을지 얘기나 해주게."

"그럼 뭘 해줄 건가?"

"샴페인 준비한다고 하지 않았나, 뭐가 더 필요해?"

"샴페인이야 집 알아봐준 대가고, 기껏 자네에게 좋은 일을 해주면 뭘 하나? 고맙다는 인사는 고사하고 되려 싸우려고 덤비니, 정말 배운 망덕도 유분수지! 자네가 그럼 알아서 집을 구해보게나! 잘도 구하겠군. 무엇보다 중요한 안정이 생기는데, 아주머니도 자네에겐 누이나 마찬가지고. 두 애들하고 혼자 사는 오빠, 나도 매일 들여다볼 테고……"

"그래, 좋아, 알았어. 자네는 얼른 촌장 편지 건을 어떻게 해야 할지나 얘기해보게."

"안 돼, 점심에 흑맥주라도 나오면 그때 얘기해주지."

"알았어 흑맥주라, 또 뭐가……"

"자 그럼, 이만 가보겠네."

다시 모자를 쓰며 타란찌에프가 말했다.

"아휴, 맙소사! 촌장이 편지에다 '이천이 적은 액수' 어쩌고 하는 판에 저 친구는 흑맥주를 내라 하니! 그래, 좋아 흑맥주 사면 될 거 아냐."

"돈 더 주게!"

"자네한테 준 십 루블에서 거스름돈이 남잖아?"

"브이보르그 방면까지 갔다 오는 데 드는 마차삯은 어쩌고?"

오블로모프는 은화 한 닢을 꺼내 마지못해 그에게 내밀었다.

"자네 촌장이란 놈 완전히 사기꾼이야. 자, 잘 들어보게." 타란찌에프가 은화를 주머니에 넣으면서 입을 떼었다. "그런 놈을 믿다니, 자네 어떻게 된 거 아닌가? 보라구, 무슨 노래를 흥얼거리고 있는지! 가뭄이네 흉작이네 소작료가 어떠네, 거기다 농부들이 떠난다구? 거짓말이야, 새빨간 거짓말이라니까! 내가 듣기로, 우리 슈밀로프 세습지에서는 작년의 수확으로 낼 돈을 다 지불했다 하던데, 왜 갑자기 자네 영지에선 가뭄이네 흉작이네 하냔 말야? 슈밀로프래봐야 자네네서 오십 베르스타* 밖에 더 떨어져 있냐구. 왜 그럼 거기선 곡식들이 하나도 안 탔겠어? 소작료 건만 해도 그래, 그것도 지어낸 말이야! 그놈 도대체 뭘 보고 있다는 건가? 그런 걸 어쩌자고 그냥 보고만 있으냔 말야? 소작료라는 게 어디서 나온 거야? 할 일이 없길 한가, 그렇다고 제대로 팔리질 않나? 아, 그놈, 순전히 도둑놈이야! 내 그놈 한번 손을 봐주지! 농부들이 다 떠나가는 게, 모르긴 해도, 그놈이 뭔가를 벗겨먹고 있거나, 제 손으로 놓아주고 있는 거라고. 성실한 사람들은 불평할 생각도 안 해."

"그럴 리야 있을라고. 경찰이 한 얘기도 편지에 써보낸 걸 보면, 다 솔직하고……"

"아이고, 이보게나! 아는 거라곤 쥐뿔도 없구만. 그런 사기꾼들은 다 그렇게 솔직한 척 편지를 쓴다니까. 나를 믿으라구! 예를 들어서," 알렉세에프를 가리키며 그가 말을 이었다. "저기 정직한 사람, 순한 한 마리 양이 앉아 있네. 저 사람이 편지를 솔직하게 쓸 수 있을 것 같은가? 전혀 안 그래. 저 사람의 친척, 교활한 그 돼지라면 몰라도. 자네도 솔직하게 편지를 쓸 만한 위인은 못 된다니까! 따라서, 자네 촌장이란 놈도 교활한 놈이기 때문에 솔직한 척하며 편지를 쓴 거라구. 자네도 보란 말야. 구구절절 입만 살아 있지 않냐구. '원거주지에 붙잡아놓네' 어쩌네."

"그럼 이 일을 어쩌지?"

"지금 당장 그놈 갈아치워."

"그럼 누구로? 농부들을 내가 알아야지? 그러다 갈아치우고 나서 더 나빠지면 어쩌고. 십이 년 동안이나 거긴 가보지도 않았는데."

---

* 미터법 시행 전 러시아의 거리 단위. 1베르스타는 1.067킬로미터에 해당.

"직접 시골에 가보게. 그렇지 않고는 방법이 없어. 가서 여름을 보내고 가을에 새집으로 이사를 하는 거야. 아주머니보고 준비하도록 내가 다 일러놓을 테니까."

"새집으로 이사 가라, 시골에 내려가라, 그것도 직접! 자네 제안은 모두 정말 절망적인 것뿐이군!" 오블로모프가 불만스런 투로 투덜거렸다. "극단적인 방법 말고 뭔가 절충안은 없을까?"

"이보게, 일리야 일리이치. 자네 정말 망가지기로 작정을 했는가 보군. 내가 자네라면 벌써 오래 전에 영지를 담보로 다른 영지나 아니면 여기 목 좋은 데로 집을 한 채 장만했겠네. 자네 시골이 그 정도야 값어치가 나가지. 그리고 집도 다 담보로 해서 다른 집도 또 사고…… 자네 영지 그저 나한테 주게. 그렇게 되면 사람들이 내 얘기로 꽃을 피울 텐데."

"자기 자랑일랑 집어치우게. 생각이나 좀 해보라니까. 어떻게 하면 이사도 안 하고, 시골에도 안 내려가고 일이 원만하게 처리될 수 있는지……"

"그럼 언제나 자네는 자리에서 일어나 움직일 생각인가? 한번 자신을 돌아보게. 자네가 어디에 도대체 쓸모가 있을지? 자네 같은 사람이 조국을 위해 할 수 있는 일이 뭐가 있단 말인가? 시골에 다녀오는 일에도 정색을 하니!"

"아직 시골에 가기엔 일러. 그전에 반드시 끝내야 할 계획이 있거든…… 자네 어때, 미헤이 안드레이치? 자네가 다녀오게. 해야 할 일도 잘 알지, 장소도 알고 있겠다, 난 나대로 여비를 안 들여서 좋고."

"내가 자네 뒤치다꺼리 해주는 사람이라도 되나?" 타란찌에프가 거드름을 피웠다. "나도 농부들을 어떻게 다뤄야 하는지 잊은 지 오래라서……"

"그럼 어떻게 하란 말야?" 오블로모프가 생각에 잠기며 말했다.

"난 정말 모르겠어."

"그럼 그 경찰한테 편지를 쓰게. 정말 촌장이 놀고먹는 농부들에 대해서 이야기를 했는지 직접 물어보는 거야." 타란찌에프가 충고를 했다. "시골에 좀 들러주십사 하고 부탁도 해보게나. 그 다음엔 현지사에게 편지를 써서 촌장의 행실에 대해 보고하도록 경찰에게 지시를 내리게 하는 거야. 이를테면 '존경해 마지않는 각하 나리, 공사다망하신 줄 아옵니다만 부디 촌장의 만행으로 말미암은 무시무시한 저의 불행을 굽어 살펴주십시오. 저는 이제 파산이랍니다. 제가 또 누구에게 의지를 하겠습니까? 아내와 빵 한 조각도 얻어먹지 못해 울고 있는 나이 어린 열두 명의 자식들도 어쩌고저쩌고……' 이렇게."

오블로모프가 웃음을 터뜨렸다.

"만약 애들을 보여달라 하면 어디서 그 많은 애들을 데려다놓나?"

"거짓말로 쓰는 거야. 자식이 열둘이라고 쓴다 해도 귓전으로 듣고 흘릴 테고, 조사 같은 건 더구나 하지도 않을 테니 '자연스럽게' 모든 일이…… 현지사야 편지를 비서에게 넘길 게 뻔하니까 자넨 동시에 비서에게도 돈을 적당히 넣어서 편지를 쓰는 거야. 실제 일처리를 하는 사람은 그 사람일 테니까. 그리고 이웃에게도 부탁을 해놓아야지. 자네 이웃이 누구지?"

"다브르이닌이 가까이 살지. 그 사람과 자주 만났어. 지금도 거기 살고 있으니까."

"그 사람한테도 정중하게 편지를 쓰게나. '이걸 받으시고 제게 은혜를 베풀어주신다면 기독교인으로서, 좋은 이웃으로서 은혜에 꼭 보답코저 합니다.' 그리고는 편지에다 뭐든지 뻬쩨르부르그산 선물, 이를테면 시가 따위를 넣어 보내는 거야. 자네는 전혀 다른 의도가 없는 것처럼 그렇게 행동하면 돼. 영 가망이 없는 친구 같으니라구! 나 같으면 촌장이 춤이라도 추도록 해주겠구만서두! 우체부가 거기로 언제 떠나나?"

"모레."

"자 이젠 앉아서 그대로 쓰게."

"모레나 되야 하는데 지금 꼭 써야 할 이유라도 있나? 내일 써도 되잖아. 들어보게, 미헤이 안드레이치. 기왕지사 하기로 한 '선행,' 마무리를 짓게나. 내 그럼 점심에 생선하고 닭이라도 더 내놓을 테니."

"뭘 더 바라는 건가?"

"자 앉아서 편지를 쓰는 거야. 편지 세 통 쓰는 거 자네한테야 일도 아니잖아? 자네는 그저 '솔직하게' 이야기를 하면……" 미소를 감추려 애쓰면서 그가 말했다. "저기 이반 알렉세이치가 받아 적으면 될 것 같은데……"

"얼씨구! 생각해내는 것 좀 보라니까! 나보고 편지를 쓰라고! 사무실에서도 벌써 삼 일째 아무것도 못 쓰고 있는데. 자리에 앉기만 하면 왼쪽 눈에서 눈물이 자꾸 흐르더라구. 보니까, 눈이 퉁퉁 부었고, 머리가 마비가 되는 게, 마치 깨질 것 같았어…… 자네 정말 게으름뱅이야, 게으름뱅이! 영 가망이 없어, 자네. 일리야 일리이치, 도대체 뭐가 되려는 건가?"

"아휴, 이럴 때 안드레이라도 빨리 와주면 좋으련만! 그 친구에겐 이건 일도 아닐 텐데……"

"은인을 찾았구만! 가증스런 독일 놈, 악당 중의 악당!"

타란찌에프는 외국인에 대해서 본능적인 혐오감을 갖고 있었다. 그에겐 프랑스인, 독일인, 영국인 모두 사기꾼, 모리배, 교활한 사람 혹은 강도나 다 같은 말이었다. 그는 심지어 민족간의 구분을 두지 않았고, 그의 눈엔 그들 모두 매한가지로 보였다.

"내 말 듣게나, 미헤이 안드레이치." 오블로모프가 의미심장하게 입을 열었다. "내가 언젠가도 자네에게 말을 삼가라고 부탁한 적이 있는 것 같은데, 더구나 내게 가까운 사람에 대해서라면 특히나……"

"가까운 사람에 대해서라!" 타란찌에프가 이죽거리며 대꾸했다. "그 사람이 자네에게 무슨 핏줄이라도 되나? 독일인이라는 거 다 알려진 사실이잖아."

"어떤 핏줄보다도 더 가깝지. 그 친구와 함께 자랐고, 같이 배웠어. 불손하게 이야기하는 걸 그냥 볼 수가 없어……"

약이 바짝 오른 타란찌에프의 얼굴이 붉으락푸르락해졌다.

"아! 정 자네 생각이 그렇다면 더 이상 자네 집에 얼씬도 하지 않겠네."

그가 모자를 쓰고 문 쪽으로 향했다. 오블로모프는 순간적으로 누그러졌다.

"자네가 내 친구에 대해서 존경심을 갖고, 그에 대해 말을 할 때에는 좀 조심해주었으면 해서 하는 말이네. 이게 내가 요구하는 전부야! 그렇게 힘든 일이 아닌 것 같은데?"

"독일인을 존경하라고?" 타란찌에프가 경멸조로 말했다. "왜 그래야만 하지?"

"내가 말한 대로, 그 친구, 나하고 같이 자랐고, 동문수학했기 때문이라면 부족하겠나?"

"정말 대단하구만! 동문수학한 친구 하나 없는 사람이 어디 있어?"

"만약 그 친구가 여기 있었다면 벌써 고민거리에서 날 꺼내주었을 거야. 흑맥주네 샴페인이네 하는 것들 내놓으라고 하지도 않고……"

"아! 자네 나를 비난한다 이거지? 정말 쩨쩨하게 구네, 그까짓 흑맥주하고 샴페인 가지고! 좋다구, 자네 돈 여기 있네…… 어디다 돈을 넣었더라? 도대체 그놈의 치사한 돈을 어디다 넣었더라?"

그는 기름때가 묻은, 뭔가가 잔뜩 적혀 있는 종잇조각을 꺼냈다.

"아냐, 이것도 아니고!…… 도대체 어디다 넣은 거야?"

그는 호주머니를 다 뒤졌다.

"애쓰지 말게. 찾을 필요 없어! 자네를 비난하는 게 아니라, 나를 위해서 그렇게 많은 일을 해준 사람에 대해서 좀더 좋게 평가해주었으면 하고 부탁하는 거야……"

"많은 일이라?" 타란찌에프가 악에 받친 목소리로 대꾸했다. "그럼, 그 친구 더 많은 일을 하겠군. 그 친구 말이나 듣게 그럼!"

"지금 그렇게 말하는 저의가 뭐야?"

"내가 하고 싶은 말은 다른 게 아니라, 그 독일 친구라는 작자가 자네를 홀랑 벗겨먹을 테고, 그럼 자네는 고향 친구인 진짜 러시아 사람을 근본 없는 부랑자로 대신한 것이 어떤 결과를 초래하게 될지 아주 생생하게 알게 될 거라 이 말이지……"

"내 말 들어보게, 미헤이 안드레이치……"

"더 이상 들을 필요도 없네. 벌써 많은 걸 들었고, 참을 만치 참았네! 신은 보고 계실 거야. 얼마나 내가 모욕을 받았는지…… 작센*에서는 빵 조각 하나 제대로 구경도 못 하던 그 친구 아버지가 여기 와서는 거드름을 피운다 이거지."

"자네 왜 돌아가신 분까지 들먹이고 난리야? 아버지가 무슨 죄가 있어서?"

"둘 다, 아버지도, 아들도 죄가 있지." 손을 내저으며 타란찌에프가 침울하게 말했다. "우리 아버지가 독일인들 조심하라고 충고하셨던 데

---

* 독일 북부 지방의 도시.

에는 다 이유가 있었어. 당신 당대 여러 부류의 사람들을 다 알고 계셨던 게지!"

"그 아버지는 무슨 점이 맘에 안 드는지, 어디 예를 들어보게!"
일리야 일리이치가 따져 물었다.

"왜냐, 아버지란 사람은 겉옷 하나에 장화 하나 달랑 신고서 우리 현으로 와서는 어느 순간 갑자기 자식에게 유산을 물려주었어. 이게 무얼 의미하겠나?"

"그분은 전부 사만 루블의 유산을 물려주었어. 일부는 자기 아내로부터 받은 지참금에서 취하고 나머지는 아이들을 가르치고 영지를 관리해준 대가로 받으셨지. 봉급도 꽤 많이 받으셨어. 보게나, 아버지는 잘못이 없어. 그럼 아들은 무슨 죄가 있나?"

"억세게 운이 좋은 애였지! 별안간 아버지로부터 물려받은 사만으로 삼십만의 자본을 만들었고, 관청에서도 7등급까지 승진을 했지. 게다가 학식도 있고…… 지금은 아직 여행 중이고! 팔방미인이지! 과연 진정 훌륭한 러시아 사람이라도 이 모든 걸 다 할 수 있을까? 러시아 사람은 뭐든지 하나를 선택해서는 결코 서두르는 법도 없이 조용조용, 쉽게쉽게, 어떻게든지 하려 하지! 양조업 쪽으로 진출을 했다면 좋았을 거야. 그런데 어떻게 부자가 되었는지 이해할 만해. 별 게 아냐, 젠장할! 깨끗하지 못한 방법! 소송이라도 걸고 싶어! 지금 어디서 굴러먹고 있는지 알 게 뭐야! 무엇 때문에 그 친구, 남의 땅에서 빈둥거리고 있는 거냐구?"

"공부하고, 모든 걸 직접 보고, 알고 싶어서지."

"공부를 한다! 여태껏 덜 배우기라도 했다는 건가? 뭘 배우는데? 그 친구 거짓말하고 있는 거야, 곧이들으면 안 돼. 그 친구 마치 자네 촌장처럼 바로 눈앞에서 자네를 속이는 거라구. 그 친구 하는 소리를 제대로 들어야 해. 7등관 나리가 공부를 하신다? 자네도 중등교육을 받았지. 그럼 지금도 공부를 하나? 그럼 저 사람도(그는 알렉세에프를 가리켰다) 공부 중인가? 그 사촌도 공부 중인가? 좋은 사람 중에서 누가 공부를 하나? 거기 독일 학교에서 그 친구가 앉아서 공부를 하고 있다고? 거짓말이야! 내가 듣기로, 그 친구 어떤 기계를 보고 계약을 하기 위해서 떠났다더군. 위조지폐 찍는 기계인 게 뻔해! 감옥에 처넣을까 보다…… 그놈의 주식이…… 아, 이 주식이 지금 내 마음을 이렇게 아프게 하고 있다네!"

오블로모프가 큰 소리로 웃었다.

"왜 웃는 건가? 내가 하는 말이 틀리다, 이 말인가?"

"나중에 이야기하세! 자네는 가려 했던 데나 다녀오게. 난 이반 알렉세에비치랑 이 편지들 다 쓰고 내 그 계획을 종이에 마무리하겠네. 이젠 한꺼번에 하는 수밖에……"

타란찌에프가 현관으로 나가려다 갑자기 다시 돌아왔다.

"까맣게 잊고 있었어! 아침부터 딴 일로 자네에게 들렀었는데." 타란찌에프가 전혀 거칠지 않은 목소리로 말했다. "내일 결혼식에 오라 하더군. 로카토프가 결혼하거든. 이보게 친구, 자네 프록코트 좀 빌려 입음세. 보다시피 내 것은 좀 헤져서 말이지……"

"어떻게 옷을 빌려줘?" 새로운 요구사항에 눈살을 찌푸리며 오블로모프가 말했다. "내 옷은 자네에게 안 맞을 텐데……"

"맞아, 안 맞긴! 기억 안 나나? 자네 코트, 내가 가서 쟀었잖아. 내 치수로 맞춘 거야! 자하르, 자하르! 이리와봐, 늙은 돼지!"

자하르가 곰처럼 으르렁거리기만 할 뿐 오지 않았다.

"좀 불러보게, 일리야 일리이치. 자네 몸종은 왜 저 모양이야?"

타란찌에프가 투덜거렸다.

"자하르!"

오블로모프가 소리쳤다.

"도대체 왜들 그러는 거유?"

침상에서 뛰어내리는 소리가 현관으로부터 들렸다.

"뭔 일이래유?"

타란찌에프를 보며 자하르가 물었다.

"내 검정색 코트 좀 가져와!" 일리야 일리이치가 지시했다. "여기 미헤이 안드레이치가 맞는지 입어보게. 내일 결혼식에 가야 한다니까……"

"코트는 못 줘유."

자하르가 단호하게 말했다.

"주인이 하라는데, 그게 무슨 돼먹지 못한 말버릇이야?" 타란찌에프가 소리쳤다. "일리야 일리이치, 이런 놈은 선도원에라도 보내야 되는 거 아냐?"

"그럴 필요까지야 있나. 노인네를 선도원에 보내다니! 자하르, 얼른 코트 가져와, 고집 피우지 말고!"

"못 줘유!" 자하르가 사납게 대꾸했다. "그럼 먼저 조끼하구 우리 셔츠나 가져오라구 하셔유. 벌써 오 개월째 그 집구석에 가 있으니께. 명명일(命名日)에 입는다구 가져가서는 제사를 지내구 있으니. 코트는 줄 수 없슈!"

"좋아, 난 가네! 잘들 있으라구, 제길할!" 타란찌에프가 화가 나서 호통을 치고는 나가면서 주먹으로 자하르를 위협해 보였다. "그건 그렇구, 일리야 일리이치. 내 자네 집은 빌려놓겠네, 듣고 있어?"

"그래, 알았어. 좋을 대로 하게!"

한시라도 빨리 그에게서 벗어나고픈 마음에 오블로모프는 서둘러

제1부 89

대꾸했다.

"그리고 내가 얘기한 대로 편지 쓰게. 그리고 현지사한테 자네에게 '더도 덜도 아닌' 아이 열둘이 있다고 편지 쓰는 거 절대 잊어서는 안돼. 5시에는 식탁에 수프가 준비돼야 하네! 아직 피로그* 만들어놓으라고 일러놓지 않았지?"

그러나 오블로모프에게서는 대답이 없었다. 그는 벌써부터 그의 말은 듣지도 않고 눈을 감고 뭔가 다른 생각에 몰두해 있었다.

타란찌에프가 나감으로 해서 방안엔 10여 분의 깰 수 없는 정적이 깃들었다. 오블로모프는 촌장의 편지와, 당면한 이사 걱정에 신경이 날카로워졌고, 한편으로는 타란찌에프의 부질없는 지껄임에 몸이 지쳐 있었다. 급기야 한숨을 내뱉었다.

"왜 편지 안 쓰세요?" 알렉세에프가 조용히 물었다. "내가 펜이라도 깎아드릴까요?"

"깎아주세요, 아니 부탁입니다, 가셔서 일보세요! 내가 알아서 하지요. 점심 먹고 나서 정서해주세요."

"알겠습니다. 정말 제가 방해가 되겠군요…… 가서 에카쩨린고프에서 우리 기다리지 말라고 말해놓겠습니다. 그럼 이만, 일리야 일리이치."

그러나 오블로모프는 그의 말을 듣고 있지 않았다. 그는 두 발을 오므려 마치 소파에 누운 듯이 앉아 있었다. 조는 것도 생각에 잠긴 것도 아니었다. 왠지 쓸쓸한 생각이 어쩔 수 없이 밀려들 뿐이었다.

---

* 러시아식 만두.

제5장

오블로모프는 관등으로 치자면 10등급에 해당하는 귀족 출신으로 10년째 뻬쩨르부르그에서만 살고 있다.

처음, 부모님 살아 생전에 오블로모프는 방 두 개 딸린 집에서 비좁게 살면서, 시골에서 떠날 때 같이 데려온 몸종 자하르에게만 만족하며 살았다. 아버지와 어머니가 돌아가신 후, 그는 350명 농노의 소유주가 되었고, 거의 아시아라 할 수 있을 정도로 외진 현 가운데 한 곳을 유산으로 물려받았다.

그는 이미 5천이 아니라 7천에서 만 루블에 달하는 소득을 올리고 있었다. 당시 그의 삶은 사뭇 다른, 규모 면에서 좀더 광범위했었다. 그래서 더 큰 집을 세 얻었고, 개인 정원에 요리사까지 두었고 두 필의 말도 길렀다.

당시 그는 아직 젊었고, 결코 활기에 넘친 삶을 살았노라고 큰소리칠 수는 없지만, 적어도 지금보다는 활력이 넘쳤음은 분명했다. 그때만 해도 그에게는 다양한 욕구와 무언가에 대한 희망이 간직되어 있었고, 운명과 자기 자신에 대한 많은 기대감이 용솟음치고 있었다. 내내 출세, 무엇보다도 관직에서의 자기만의 역할을 준비했다. 이는 다름아닌 그가 뻬쩨르부르그로 상경한 목적이기도 했다. 나중엔 사회적 역할에까지도 생각이 미쳤다. 그러자 먼 훗날, 청년에서 중년으로 넘어가는 연배쯤에 누릴 가정의 행복이라는 것이 모든 생각을 사로잡고 미소를 보내왔다.

그러나 날이 가고 해가 바뀜에 따라 보푸라기가 험상궂은 턱수염으로 변했고, 눈빛은 초점 없는 시선으로 바뀌었으며, 허리에는 잔뜩 살이

올랐고, 머리카락은 비우호적으로 말려 들어갔다. 그러다 보니 나이가 서른의 문을 두드리고 있는 지금껏 그는 그 어떤 활동 무대에도 단 한 발자국도 내딛지 못한 채, 아직도 10년 전의 바로 그 자신만의 무대 문지방에 서 있는 셈이었다.

그의 눈에 삶이란 둘로 나뉜 반쪽짜리 조각들의 만남이었다. 하나는 노동과 권태로 이루어져 있는데, 그는 두 의미를 동일하게 받아들였다. 다른 하나는 평온함과 온화한 기쁨으로 이루어져 있었다. 이 때문에 중요한 활동 무대인 관직은 애초부터 가장 유쾌하지 못한 모습으로 그에게 비쳐져 그를 어리둥절하게 만들었다.

시골의 품속에서, 온화하고 따뜻한 풍속과 풍습 가운데서 20년 동안 혈육들과 친구들, 그리고 친지들의 품 안에 싸여 자라난 그는 그때까지도 가족의 원칙이 몸에 배어 있었기 때문에 미래의 관직도, 예컨대, 아버지가 했던 대로 수입과 지출을 공책에 쉬엄쉬엄 적어넣는 따위의 일 정도로 생각했다.

그는, 한 관청에서 근무하는 관리들은 서로간의 안정과 만족을 일궈내는, 화목하고 밀접한 가족관계를 형성하고 있어서, 출근 업무라는 것이 매일매일 지켜져야 하는 의무적인 일이 결코 아니라 땅이 질거나 날이 덥거나 아니면 그저 기분이 내키지 않는다는 구실로도 정당하고 합법적으로 출근을 하지 않아도 되는 것으로 생각했다.

그러나 지진이라는 최악의 경우에도 출근을 해야만 하며, 출근을 하지 않아도 괜찮을 정도의 지진은 공교롭게도 뻬쩨르부르그엔 일어나지도 않는다는 사실을 알게 되었을 때, 그의 슬픔은 매우 컸다. 홍수라도 난다면 혹시 출근에 방해가 될지도 모르겠지만 홍수 또한 상당히 드문 경우였다.

그의 눈앞에서 '중요한' 이나 '아주 중요한' 이라 씌어 있는 서류 봉투가 아른거렸을 때, 여러 가지 교정과 발췌를 하고, 일에 열중하고 마치 농담처럼 '보고서'라 불리는 손가락 두 개 두께의 공책에 뭔가를 베껴 적으라는 지시를 받았을 때, 오블로모프는 더욱 깊은 시름에 잠겼다. 게다가 모든 일을 빨리 하라고 재촉하고, 모두들 어디론가 바쁘게 움직이며 전혀 멈춰 설 기색이 보이지 않는 것이었다. 심지어 한 가지 일이 다 끝나기도 전에 마치 그 안에 무슨 다른 힘이 숨겨져 있기라도 한 것처럼 모두들 다른 일거리를 움켜쥐었다. 두번째 일을 끝내고는 필시 금방 잊어버리고 세번째 일로 덤벼들 게 뻔했다. 결코 끝은 없는 것이다!

밤에도 두 번씩이나 그를 불러들였고 '보고서'를 쓰게 했으며, 심지어 손님들이 와 있는 자리에서 사람을 보내 불러내기를 한두 번이 아니었다. 모든 게 그 보고서 때문이었다. 그 모든 것이 그에게 공포감과 커다란 애수를 불러일으켰다. '도대체 생활은 언제 해? 생활은?' 애수에 젖어 같은 말을 되풀이할 뿐이었다.

장관이란 자고로 부하 직원들의 아버지라는 말을 귀에 못이 박이도록 집에서 들어왔던 그는 장관이라는 인물에 대한 우스꽝스러우면서 가장 가족적인 표상을 품고 있었다. 그에게 있어 장관이란, 공적인 일이든 사적인 일이든 아주 가까이서 부하 직원들에게 잘했으면 상을 내리고, 필요뿐만 아니라 만족에 대해서도 항상 배려를 아끼지 않는, 그래서 숨통을 트이게 해주는 그런 사람, 마치 제2의 아버지와도 같은 사람이었다.

일리야 일리이치는 장관이라 하면 의당 밤에는 잘 잤는지, 왜 두 눈이 퀭한지, 혹 머리가 아프지는 않은지에 대해서도 부하 직원들에게 걱정스럽게 물어볼 수 있는 사람이어야 한다는 데에까지 생각이 미쳤다.

그러나 그는 자신의 출근 첫날부터 심히 실망하지 않을 수 없었다. 장관이 출근하기 무섭게 야단법석에 북새통이 시작되었고, 모두들 당황해하고, 서로의 발에 밟히고, 어떤 이들은 장관에게 보이는 모습이 실제 있는 그대로의 모습보다 못하지는 않은가에 전전긍긍해하는 것이 아닌가!

이는, 오블로모프가 나중에서야 알게 된 일이지만, 부산을 떨며 상관을 맞이하는 부하 직원의 멍청할 정도로 놀란 얼굴에서 단지 자신에 대한 존경심뿐 아니라 심지어는 질투심마저도, 간혹 업무 능력에 대한 질투심마저도 간파해내는 상관들이 있기 때문에 벌어지는 소동이었다.

일리야 일리이치는 인간적으로 훌륭하고 호방한 장관을 만난다 해서 호들갑을 떨어야 하는 이유를 도무지 이해할 수 없었다. 자고로 누구를 언짢게 해서도 안 되고 부하 직원들에게는 더할 나위 없는 만족을 주는, 말 그대로 최고의 사람이 바로 장관이어야만 했다. 누구 하나 그에게서 싫은 소리, 혹은 고함 소리, 시끄러운 소리를 결코 들어본 적이 있어서도 안 된다. 그는 결코 누구에게도 요구하는 적이 없고, 단지 부탁을 한다. 이 일을 처리하라고 부탁하고, 자기에게 들르라고 부탁하고 그리고 체포하라고 부탁한다. 그는 누구에게도 '너'라는 반말을 사용해본 적도 없고, 모두가 그에겐 '당신'일 뿐이다. 관리 하나하나에게도, 전체를 통칭할 때도 마찬가지여야만 한다.

하지만 모든 부하 직원들은 장관이 있는 자리에선 모두 겁에 질려 있었다. 그들은 그의 부드러운 질문에도 자기의 목소리가 아닌, 예컨대, 다른 사람들과 이야기할 때와는 전혀 다른 목소리로 대답하곤 했다.

일리야 일리이치 역시 자신 스스로 왜 그런지도 모르면서 장관이 방에 들어오면 겁을 집어먹었고, 자기의 목소리는 어디론가 사라지고 장관이 말을 꺼내기 무섭게 무언가 다른 가늘고 혐오스러운 목소리가 나타나는 것이다.

일리야 일리이치는 관청에서도, 어질고 관용적인 장관 앞에서도 마찬가지로 공포와 우수에 시달려야만 했다. 그런 그가 엄하고 까다로운 장관을 만난다면 어찌 될까? 이는 신만이 알 일이다!

오블로모프는 그럭저럭 2년여에 걸쳐 근무를 했다. 아마도 3년째를 보내고 한 계단 승진을 했을지도 모른다. 허나 어떤 특별한 일로 인해 그는 조기에 관직을 그만두어야 했다.

그는 언젠가 아스트라한으로 보내야 할 공문서를 아스트라한겔스크로 보냈다. 자초지종이 다 밝혀졌다. 책임 소재를 가려냈던 것이다.

모든 관청 직원들은, 장관이 오블로모프를 불러 세워놓고 어떤 차갑고 차분한 말로 '서류를 아스트라한겔스크로 보낸' 이유에 대해 추궁할는지 호기심을 가지고 기다렸고, 과연 일리야 일리이치가 그에게 어떤 목소리로 대답할는지에 귀를 곤두세우고 있었다.

어떤 이들은 그가 대답을 하지 않을 것이며, 또 할 수도 없을 것이라 생각했다.

다른 사람들을 보면서 일리야 일리이치는 스스로 놀라지 않을 수 없었다. 비록 다른 사람이나 마찬가지로 그 역시 장관이 잘못을 지적하는 수준에서 끝내리라는 것을 알고는 있었다 해도, 사실 자신의 양심이라는 것이 질책보다도 훨씬 가혹했던 것이다.

오블로모프는 의당 받아야 할 징벌을 기다리기는커녕 곧바로 집으로 돌아와서는 진단서를 보냈다.

진단서에는 다음과 같은 내용이 적혀 있었다.

'아래 본인의 인장과 함께 서명한 본인은 다음의 진단 사항에 대해 증명함. 즉 10등관 일리야 오블로모프의 병명은 좌심실 확장에서 오는 심장 비대증 Hypertrophia cordis cum dilatatione ejus ventriculi sinistri 과 환자의 건강과 목숨에 치명적인 위협을 주는 간경화 hepatitis로, 매일의 출근이 발작을 유발할 수도 있다고 사료됨. 고로 발작의 재발과 악화를 예방하기 위해서 일시적으로 오블로모프의 출근을 금하고 정신적 노동과 제반 활동을 자제할 것을 권고함.'

그러나 이는 일시적 도움밖에는 안 되었다. 건강을 회복해야만 했고, 그렇게 되면 그후엔 다시 일상적인 직책으로 돌아가야만 했던 것이다. 그는 그렇게 하지 않았고 은퇴를 해버렸다. 그의 관청 근무는 그렇게 끝을 맺었고 다시는 복직되지 않았다.

사회에서의 역할은 그에겐 성공적이었다. 뻬쩨르부르그로 상경한 뒤 처음 몇 해 동안, 즉 그의 초기 젊은 시절엔 얼굴에 평화로운 표정이 자주 꽃을 피웠고 두 눈은 오랜 동안 삶의 불꽃으로 반짝였으며, 그로부터 빛과 희망과 정력의 기운이 흘러넘쳤다. 그는 모두와 마찬가지로 아주 사소한 일에도 흥분을 감추지 못했고, 또한 고통스러워했다.

그러나 이도 벌써 오래 전의 일이다. 사실, 누구에게나 진실한 친구가 그립고 누가 되었든 여자에게 사랑에 빠져 청혼할 마음의 준비를 하는 때가 찾아오기 마련이다. 다른 사람이었다면 그럭저럭 일이 성사되어 이후 남은 평생을 애통해하며 살 수도 있었으리라.

이 행복한 시절 일리야 일리이치 또한 많은 미인들로부터 부드럽고 상냥하며 심지어는 열정적인 시선들과 많은 약속을 담은 미소 세례와 두세 번의 도둑입맞춤, 그리고 눈물을 쏙 뺄 정도로 아픈, 우정 이상의 의미가 담겨 있는 악수를 청해 받은 적이 한두 번이 아니었다.

그렇지만 그는 미인의 포로가 되어본 적도 결코 없고, 그들의 노예가 되어본 적도 없으며, 심지어 부지런한 숭배자 역시 결코 되어본 적이 없는 사람이었다. 왜냐하면 여자들과 가까이 하는 일은 그에겐 여간 성가신 일이 아니었기 때문이다. 오블로모프는 먼발치서, 상당한 거리를 두고 흠모하는 것으로 만족했다.

사람들과 어울리면서 운명에 떠밀려 며칠씩 여자에 대한 열정에 사로잡히거나 자신을 사랑에 빠진 사람이라고 생각할 정도까지 일이 진척된 적은 거의 없었다. 그렇다 보니 그의 애정 관계가 제대로 된 로맨스로 발전할 수 없었던 것은 당연하다. 보통 애초의 단계에서 머무르기 일쑤였고, 더구나 서로의 천진난만함과 순수함 때문에 꽃다운 나이의 여학생이라면 마음속으로 그려봄직한 판에 박은 연애소설을 따라해보지 못했다.

대체로 그는 '고통스러운 낮과 죄 많은 밤'이 번뜩이는 검은 눈으로 파리한, 슬픔에 젖어 있는 처녀들, 이를테면 남모르는 수모와 기쁨을 간직한, 눈 밑에는 시퍼런 멍이 들어 있는 그런 처녀들을 훑어보았다. 그들은 항상 무언가 밝힐 비밀을 간직하고 있고 무언가 할 이야기가 있는 처녀들로, 이야기를 해야겠다 싶으면 처음엔 공포에 몸을 떨며 느닷없이 눈물을 터뜨리고 갑자기 친구의 목을 두 팔로 끌어안고는 한참 눈을 뚫어져라 쳐다보다가 다시 하늘을 보고, 운명지어진 저주스러운 삶에 대해 이야기를 늘어놓고 때로는 실신하기도 했다. 그는 겁에 질려 그들을 멀찍이 피해 다녔다. 그의 영혼은 아직 깨끗하고 순결했다. 아마도 자신의 사랑과 자신의 시대 그리고 감동적인 열정을 기다리는 듯싶었지만 다음 해가 가면서 기다리는 것도 그만두고 절망에 빠진 듯 보였다.

일리야 일리이치는 많은 친구들과 더욱 차갑게 작별을 고했다. 소작료와 흉작에 대한 촌장의 첫번째 편지 직후, 그는 가장 가까운 친구였던 요리사, 식모를 갈아치웠고 다음엔 말을 팔았으며 결국엔 다른 '친구들'도 놓아주었다.

집 밖으로 그를 끌어낼 일이란 전혀 없었고, 그 또한 하루가 다르게 견고하게 그리고 더욱 항구적으로 자신의 집 안에 틀어박혔다.

처음엔 옷을 입은 채로 하루 종일 집 안에 틀어박혀 있는 것도 힘겨워지더니 다음엔 절친한 친구를 제외하고, 그래도 넥타이와 조끼단추를 풀어 젖히고 심지어 '뒹굴 수도 있고' 한두 시간 눈도 붙일 수 있는 총각들 집에 식사 초대를 받는 것에도 영 밍그적거리기 시작했다.

이내 이런 저녁 모임에도 싫증이 나버렸다. 코트를 입어야 했고 매일 면도를 해야만 했던 것이다.

아침 습기가 몸에 좋고 저녁 습기는 몸에 해롭다는 기사를 어딘가에서 읽은 후로, 그는 습기를 두려워하기 시작했다.

이러한 그의 변덕에도 불구하고 친구 슈톨츠는 그를 사람들 속으로 밀어내는 데 성공해왔다. 하지만 슈톨츠는 자주 뻬쩨르부르그를 비우고 모스크바로, 니즈니*로, 크림으로 그리고 외국으로 전전하기 일쑤여서 그가 없으면 오블로모프는 다시 자신의 고독과 은둔 생활로 깊숙이 빠져들었다. 거기서 그를 빼낼 수 있는 일이란 단지 무언가 평범하지 않은, 삶의 일상성에서 일탈된 일뿐일 텐데, 그러한 일은 있어본 적도 없고 앞으로도 있을 것 같아 보이지 않았다.

해가 가면서 어떤 어린애 같은 소심함이 되살아났다. 이는 그의 일상적 삶의 영역에서는 결코 맞닥뜨린 적이 없던 것으로부터의 위험과 악에 대한 기대감이자 다양한 외적 현상에서 벗어남으로 해서 찾아오는 결과이기도 했다.

이를테면 침실 천장의 균열에도 그는 전혀 놀라지 않았다. 그는 적응을 한 것이다. 숨이 막힐 듯한 텁텁한 방안 공기와 꼼짝 않고 방안에 갇혀 앉아 있는 것이 밤의 습기보다 더 건강에 해롭지는 않을까, 하는 생각도 해본 적도 없다. 매일같이 배를 가득 채우는 일이 일종의 자살 행위라는 사실에 대해서도 그랬다. 하지만 이것에도 습관이 되어버려 전혀 놀라는 기색이라곤 없었다.

---

* 한때 고리끼 시로 불렸던 니즈니-노브고로드를 일컬음.

그는 움직임과 삶, 그리고 사람이 들끓는 것, 북새통엔 적응하지 못했다.

빽빽한 군중 속에서는 숨을 쉴 수가 없었다. 그는 배에 탈 때 저편 해안에 그저 안착해주기만을 바랐고, 말이 화살처럼 달려 마차를 산산이 부수어버리면 어쩌나, 하는 생각을 하면서 사륜마차에 몸을 실었다.

신경성 공포심이라고나 할까. 그는 그를 둘러싼 주위의 정적에 놀라기도 했다. 자신도 그 이유를 구체적으로 알지 못했다. 몸 속에 작은 개미가 기어다니는 것은 아닌가 싶기도 하고, 간혹 상상이 자신과 장난을 치고 어떤 초자연적인 현상을 보여주지는 않을까, 하는 생각을 하면서 어두운 구석을 겁에 질려 힐끔힐끔 곁눈질하기도 했다.

이런 연유로 해서 그는 사회 생활에 종지부를 찍었다. 그를 속인 유소년적인 혹은 그에게서 속임을 당한 모든 희망들을 향해, 그리고 남들이라면 늘그막에 가서나 애써 떠올리며 가슴의 두근거림을 느끼는 부드럽고 우수에 젖은 듯한 해맑은 추억들을 향해 그는 천천히 손을 내젓고 있었다.

제6장

그렇다면 그가 집에서 하는 일은 무엇일까? 독서를 할까? 아니면 집필을? 공부를?

그렇다. 만약에 책, 신문이 저절로 손으로 굴러들면 독서를 할 것이다.

훌륭하다는 소리를 듣는 작품에 대한 이야기를 어디선가 주워듣는다면 의당 그에게도 그런 작품을 읽고 싶은 열정이 생길지도 모르겠다. 실제로 책을 찾고 빌려달라 부탁하는 경우도 없지는 않았다. 바로 뜸을 들이지 않고 책을 대령하면 몰입해서 읽기 시작하면서 그에게도 어떤 대상에 대한 생각이 모양새를 갖추어갈는지도 모른다. 한 걸음 더 나아가서, 그것에 대해 통달할지도 모를 일이다. 그러나 잠시 후 쳐다보면 그는 벌써 태연히 천장을 쳐다보며 자리에 누워 있고, 책은 읽다만 채로, 전혀 이해되지 않은 채로 그의 옆에 널브러져 있기 일쑤다.

멀어지는 일이 빠져드는 일보다 더욱 신속하게 그를 지배했다. 그가 나중에 일단 버려진 책으로 돌아가는 일은 없었다.

하지만 사실은 그도 다른 사람들과 똑같이 중등 기숙 학교에서 열다섯 살까지 학업에 열중했다. 그 다음에 오블로모프의 부모는 오랜 입씨름 끝에 일류샤*를 모스크바로 보내기로 결정했고, 거기서 그는 좋든 싫든 학위 과정을 마쳤다.

소심하고 태평한 성격 탓에 그는 다른 사람들 사이에서, 응석받이 자식들에게 전혀 예외라고는 허용되지 않는 학교에서, 자신의 게으름과 변덕을 마음껏 펼쳐 보이지는 못했다. 그는 교실에 꼿꼿이 앉아서 선생님들이 하는 이야기를 들어야만 했다. 왜냐하면 딴 짓 하는 일은 절대 용납이 되지 않았기 때문이다. 그런고로 그는 아주 어렵게 땀을 뻘뻘 흘리고 한숨을 내쉬면서 주어진 과제를 익히지 않으면 안 되었다.

그는 선생님이 수업을 하면서 밑줄을 그은 문장 이외에는 더 들여다보지도 않았고 어떠한 질문도 삼갔으며 설명을 요구하는 적도 없었다. 그저 공책에 필기하는 것에 만족했고, 성가신 호기심을 내보이는 것

---

* 일리야, 즉 오블로모프의 애칭.

에도 싫증을 냈는데, 심지어 듣고 배운 것 중에서 모르는 것이 있는 경우에도 사정은 마찬가지였다.

어쩌다가 소위 통계학, 역사, 정치경제학이라 불리는 책을 통달했다 쳐도 사정은 달라지지 않았다.

슈톨츠가 배운 것 말고도 더 읽어야 한다면서 책을 가져다주면 오블로모프는 오랫동안 아무 말도 없이 그를 쳐다보기만 했다.

"자네도 내 편은 아니군, 브루투스*."

책을 받아들면서 한숨 섞인 넋두리를 해댔다. 그러한 과도한 독서는 그에겐 부자연스럽고 힘든 일로 받아들여졌다.

이런 공책들이 무슨 소용이란 말인가? 종이, 시간, 잉크 낭비 말고 도대체 뭐란 말인가? 교과서는 무슨 필요가 있는 것일까? 게다가 마지막으로 6~7년간의 은둔 생활, 엄격한 규율, 처벌, 노박이로 앉아서 지쳐가며 하는 이 공부, 모든 게 끝나기 전에는 뛰놀 수도, 장난칠 수도, 즐거워할 수도 없는 이 금기 사항들은 또 무슨 소용이란 말인가?

'언제가 되어야 삶이라는 걸 영위할 수 있는가?' 그는 다시 자문해 보았다. '결국 이 많고 많은 지식이 필요한 때는 언제란 말인가? 그 대부분이 아직도 살아가는 데에는 전혀 소용이 없는데. 예를 들어 정치경제학, 대수학, 기하학을 가지고, 오블로모프카**에서 내가 과연 무얼 할 수 있을까?'

역사 자체도 우수에 빠지게만 할 뿐이었다. 불행의 시대가 도래했다느니, 인간이 불행하다느니 하는 것만을 역사는 책을 통해 가르치고

---

* Brutus Marcus Junius(기원전 85~기원전 42): 줄리어스 시저에 대항해 반란을 꾀했던 음모단의 우두머리로 로마의 정치가. 시저는 친구로 여겼던 브루투스를 암살자들 사이에서 발견하고는 이런 말을 했다 함.
** 오블로모프가 태어나 어린 시절을 보냈던 오블로모프 가문의 세습 영지를 일컬음.

읽게 한다. 그리고는 죽어라 일하게 만들고 속을 다 휘저어놓고, 무서울 정도로 인내하며 노동함으로 해서 밝은 내일을 준비하도록 한다. 그런 날이 왔다 치자. 그럼 역사는 순간이나마 앉아서 쉴 수 있을까? 아니다. 다시 먹구름이 나타나고, 건물은 무너져 내리고, 다시 일에 매달리게 하고 온통 사람 마음을 휘저어놓아야 직성이 풀린다…… 밝은 내일은 그 어디서도 찾아볼 수 없고, 모두 허둥댄다. 삶이란 그렇게 흐르고 또 흘러 모든 게 혼잡 또 혼잡뿐인 것이다.

진지한 내용의 책들은 그를 지치게 만들었다. 사상가들은 그에게서 추상적인 진리에 대한 갈망을 불러일으키지 못했다.

대신 그를 자극한 이들은 시인들이었다. 그는, 누구나 그렇듯, 그들 앞에서만은 어린아이가 되었다. 그에게도 행복한, 누구에게도 등을 돌리지 않는, 모두에게 미소를 보내는 그런 삶의 순간, 이를테면 힘의 용솟음과 자기 존재에 대한 희망, 행복과 용기, 사회 활동에 대한 열망의 순간이 도래했다. 심장의 강한 박동과 전율, 냇물처럼 흐르는 설렘과 환희의 눈물의 시대가 도래한 것이다. 의식과 가슴이 맑아졌고, 졸음을 털어버렸으며 영혼은 활동을 갈구했다.

슈톨츠는 친구의 천성이 허락하는 만큼, 그 순간이 지속될 수 있도록 친구를 도왔다. 슈톨츠는 시인들을 이용해 그를 붙잡고 1년 반 동안 그를 사상과 과학 아래 묶어놓을 수 있었다.

젊은 이상의 환희에 찬 비상을 적절히 이용하면서 오블로모프는 시를 읽는 중에 쾌락 이외의 다른 목적을 세울 수 있었고 더 멀리 자신의 그리고 삶의 나아갈 길을 제시했으며 미래에 흠뻑 빠져들었다. 둘은 흥분했고, 눈물을 흘렸고, 서로에게 이성적이고 밝은 길로 나아가자는 환희에 찬 언약을 하기도 했다.

슈톨츠의 유소년적인 열정이 오블로모프에게도 감염되었고, 그 역시도 일을 하고픈 열망에, 먼 훗날의 그러나 무척 매혹적인 목적에 한껏 격앙되었다.

그러나 삶의 꽃은 피었으되 열매는 맺지 못했다. 오블로모프는 미몽에서 깨어났다지만 그것도 아주 간헐적이었고, 그저 슈톨츠가 하라는 대로 이 책 저 책을 읽어볼 뿐이었으며, 은연중에, 전혀 서두르는 기색도 없이, 욕심도 내지 않고 게으르게 그저 눈으로 건성건성 훑어볼 따름이었다.

그가 눈을 떼지 못하는 흥미로운 부분이 없는 것도 아니었지만, 그러나 만약에라도 이 대목에서 식사 시간이나 잠을 잘 시간이 찾아오기라도 하면 그는 금세 책장을 덮어버리고 식사를 하러 가거나 촛불을 끄고 잠자리에 들곤 했다.

책의 첫번째 권을 가져다주면 결코 두번째 권을 읽어보겠다고 하는 적이 없었고, 행여 가져다주면 마지못해 천천히 읽었다.

이후로 이미 그는 첫번째 권을 끝까지 읽지 않았고 대부분의 한가로운 시간을 책상에 팔꿈치를 얹고 머리를 괴고서 보냈다. 간혹 팔꿈치 대신 슈톨츠가 읽으라고 강요한 책을 이용하기도 했다.

그렇게 오블로모프는 학업을 마쳤다. 그가 마지막 강의를 듣던 날이 학업으로 치자면 헤라클레스의 기둥*이었다. 교장 선생님은 학업증명서에, 예전에 선생님이 책에 손톱으로 그랬던 것처럼, 자신의 서명으로 줄을 그었다. 우리 주인공은, 자신의 학업에 대한 더 이상의 열망을 펼치는 일은 무의미하다고 생각하게 되었다.

그의 머리는 죽은 문제들과 인물들, 시대, 숫자, 종교, 그리고 전혀

---

* 지브롤터 해엽 동단 양쪽에 서 있는 두 개의 바위. 고대인들은 여기가 세상의 끝이라고 믿었다. 여기서는 오블로모프가 결코 넘어본 적이 없는 마지막 한계점이라는 의미로 쓰임.

연관이 없는 정치경제학과 수학의 진리나 과제 등을 보관하고 있는 복잡한 고문서 관리소에 다름아니었다.

짝이 맞지 않는 전집류만을 공교롭게도 소장하고 있는 도서관이라고 하는 편이 옳을지도 모르겠다.

학업은 일리야 일리이치에게 이상한 영향을 미쳤다. 그에겐 과학과 실생활 사이에 그가 건너려고 시도조차 해보지 않은 온전한 심연이 자리잡고 있었다.

실생활과 과학은 그에겐 서로 전혀 별개의 것이었다.

모든 현존하는, 그리고 이미 오래 전에 폐기된 권리를 배웠고 실제 법률 소송에 대한 과정을 마친 그였지만, 집에 도둑이라도 들어 경찰에 서면 신고라도 해야 할 경우 기안지와 펜을 들고 오랜 동안 생각을 하다가는 결국 대서소에 사람을 보내는 일이 그가 할 수 있는 일의 전부였다.

시골에서의 회계 서류도 촌장이 처리했다. '학문이란 걸로 도대체 무슨 일을 할 수 있담?' 그저 생각만 할 뿐이었다.

그는 머릿속에서 제멋대로 놀고 있고 실없이 졸고 있는 생각에 방향을 제시할 수도 있는, 그런 지식의 짐을 벗어버리고 자신의 은둔 생활로 돌아가버렸다.

도대체 그가 한 일이란 무엇일까? 사실 자신의 삶에 무늬를 그리는 일을 계속해왔다. 그는 나름의 근거를 가지고 그런 자신의 삶 속에서, 책과 노력이 없이는 결코 해결할 수 없는 수없이 많은 현명함과 시흥을 발견해왔다.

관청 근무와 사회에 등을 돌린 뒤로 그는 자신의 존재 이유를 다른 방법으로 찾기 시작했고, 자신의 사명에 대해 골똘히 생각했으며 급기야는 사회 활동과 생활의 지평선이 자신 안에 내재한다는 것을 깨달았다. 그는 가정의 행복과 영지에 대한 고충이 그에게 운명지어져 있음을 이해할 수 있었다. 여태껏 그는 자기의 할 일을 제대로 알고 있지 못했다. 대신에 슈톨츠가 간혹 돌봐주었던 것이다. 그는 얼마가 들어오고 얼마가 나가는지에 대해서도 전혀 관심이 없었고 예산도 짜본 적이 없었다. 전혀 아무 일도 하지 않았다.

오블로모프의 아버지는 아버지로부터 영지를 받은 대로 그렇게 아들에게도 물려주었다. 아버지는 평생을 시골에서 살았으면서도 지혜를 짜내볼 생각도 하지 않았고 당시 남들이 다 하는 대로 이런저런 계획을 세운다고 골머리를 썩는 일도 마다했다. 이를테면, 토지 생산성의 근거를 파헤친다든가 옛것을 널리 퍼트리고 더욱 강화한다든가 하는 등의 계획 따위. 선조 때에 하던 파종 방식, 밭작물의 판로 역시 자신 대에도 여전히 똑같았다.

더욱이 만약 풍작이 들거나 오른 가격이 지난해보다 더 나은 수입을 가져다주게 되면 노인은 매우 만족스러워하곤 했다. 그는 이를 하나님의 축복으로 돌렸다. 그는 무언가에 골몰하고 돈을 벌기 위해 안달하는 것을 좋아하지 않았다.

"배불리 먹는 일도 다 신이 주관하시는 일이지!"

그는 입버릇처럼 되뇌었다.

일리야 일리이치는 이미 아버지나 할아버지와는 전혀 다른 사람이었다. 그는 공부를 했고, 세상 물을 먹을 만큼 먹었다. 이 모든 것은 그로 하여금 그들에겐 전혀 남의 것이나 진배없는 다양한 생각을 하도록 만들었다. 그는 돈을 버는 일이 죄가 아닐 뿐 아니라 자신의 노동으로 보편의 선(善)에 기여하는 일이 모든 시민의 의무라는 것을 이해하고 있었다.

이 때문에 그가 은둔 생활 속에서 스스로 그어놓은 삶의 무늬의 대부분을 영지 체제와 농민 관리라고 하는 새롭고 신선하며 시대적 요구에 부응하는 계획이 차지하고 있었던 것이다.

계획의 기본 이념, 즉 나아갈 방향이라든가 기본 줄기는 그의 머리 속에서 준비된 지 벌써 오래였다. 단지 세부적인 사항, 예산을 짜고 주판알을 튕기는 일만 남아 있을 뿐이었다.

그는 몇 년간에 걸쳐 지칠 줄 모르고 계획을 완성시키기 위해 일했으며, 걷는 중에도 앉아서도, 집에서건 사람들과 함께 있을 때건 가리지 않고 그 하나만을 생각했다. 혹은 추가하기도 혹은 수정하기도 하고, 혹은 어제 생각했던 것과 자는 동안 잊었던 것을 기억에서 끄집어내기도 했다. 그러다 이따금씩 마치 번개처럼 새롭고 전혀 예기치 않았던 생각이 머리를 스치고 머릿속에서 끓어오르면 일은 척척 진행되어가는 것이다.

그는 이미 준비된 남의 생각이나 실천하는 그런 변변치 못한 사람이 아니고 그 자신 창조자이자 스스로의 생각을 실천해내는 사람이었다.

그는 아침에 침대에서 일어나듯, 차를 마신 후 곧바로 소파에 누워 손으로 고개를 받치고 머리가 힘든 일에 녹초가 될 때까지 그리고 가슴에서 '보편의 선을 위해선 충분한 일을 했다' 라는 양심의 목소리가 들릴 때까지 그렇게 힘을 아끼지 않고 생각에 열중했다.

그제야 그는 일에서 손을 떼고 한시름 놓고, 걱정이 많아 보이는 자세에서 벗어나 덜 사무적이고 덜 딱딱하며, 꿈과 안일을 위한 더욱 편안한 자세를 취하기로 마음먹는다.

일로 인한 고충에서 벗어난 오블로모프는 자신에게로 떠나서 스스로 만들어놓은 세계 속에서 사는 걸 좋아했다.

그는 고차원의 생각이 가져다주는 쾌락 또한 이해할 수 있는 사람이었다. 전 인류적인 고통 또한 그에겐 남의 일이 아니었다. 어느 때는 마음 깊은 곳에서 인류의 불행을 생각하며 쓰디쓴 눈물을 흘리기도 했고, 아무도 모르는 고통과 슬픔, 그리고 저 멀리 그곳, 아마도 슈톨츠가 잡아끌던 바로 그 세계로 달려가고 싶은 열정을 남몰래 경험하기도 했다……

달콤한 눈물이 그의 뺨을 타고 흘러내렸다……

간혹 인간적 죄악과 거짓, 중상, 그리고 온 세상에 만연한 악에 대한 증오로 가득 차서 인류에게 그 해악에 대해 알리고픈 열정에 휩싸이는 경우도 있었다. 그러다가 바다에 이는 파도처럼 뇌리를 스치고 지나는 어떤 느닷없는 생각에 계획안을 구상하고, 다시 마음 안에 피가 끓어오름을 느끼면서 계획안의 구상이 실제로 의지로 변하기도 했다. 변화무쌍한 마음 상태를 지닌 그이기에 순식간에 두어 가지의 태도를 갑자기 바꾸는 민첩성을 보이기도 하고 두 눈을 반짝이며 침대에서 슬며시 일어나 손을 뻗고 의욕에 찬 눈길을 주위에 뿌리는 일도 예사였다…… 바로 그런 의욕이 영웅적 행위로 실현될 수만 있다면…… 정말 그런 날이 온다면, 저런! 한껏 고양된 노력의 결과로 기대해봄직한 기적이란 과연 어떤 모습일까?

그러나, 잘 보면 아침이 오는가 싶다가 어느새 낮이 저녁으로 기울고, 저녁과 더불어 오블로모프의 지친 힘도 평안을 찾게 된다. 폭풍우와 격동은 마음속에서 잦아들고 머리는 생각이라는 미몽에서 깨어나며 피는 더욱 천천히 혈관을 찾아들었다. 오블로모프는 조용히 생각에 잠겨 등을 돌리고는 우수에 잠긴 시선을 창에 던져 4층집 너머로 황홀하게 기우는 태양을 배웅했다.

얼마나 많은 순간 그는 그렇게 황혼을 떠나보내야 했던가!

아침이면 어김없이 찾아오는 삶, 그리고 격동과 꿈! 그는 가끔 나폴레옹뿐 아니라 에루슬란 라자레비치* 또한 전혀 맥을 못 추는 그런

---

* 유명한 동화의 주인공. 19세기 러시아의 시인 미하일 레르몬토프는 "에루슬란 라

무적의 사령관이 된 자신을 꿈꾸고는 했다. 전쟁과 그 전쟁의 이유를 생각해낸다. 이를테면 아프리카의 민중들을 유럽으로 내쫓기도 하고 새로운 십자군 원정을 도모하여 전쟁을 일으키기도 하며, 민중들의 운명을 결정하고 도시를 황폐하게 만들고 자비를 베풀거나 처형을 하기도 하면서 선과 관대함의 공을 세우기도 한다.

혹은 사상가나 위대한 예술가의 꿈을 꾼다. 모두 그에게 머리를 조아린다. 그는 월계관을 쓴다. 군중이 그의 뒤를 따르며 이렇게 외친다. '저기 봐, 저기 보라구. 오블로모프가 온다. 우리의 그 유명하신 오블로모프야!'

시련의 순간에 그는 고민거리에 고통스러워하고 누운 채로 이리저리 뒤척이기도 하고, 아예 엎어져 눕기도 하며 이따금씩은 심지어 정신을 잃기도 했다. 그럴 때면 침대에서 일어나 무릎을 꿇고 어떻게든 위협적인 폭풍우를 비켜가게 해달라고 하늘에 간청하면서 진심으로 간절한 기도를 하기 시작했다.

그런 연후에야, 자신의 운명을 하늘의 보호 아래 내맡기고는 안정을 되찾고 모든 세상사에 초연해졌다. 그러면 폭풍우는 더 이상 안중에도 없다.

그는 자주 자신의 정신력에 팽팽한 긴장감을 부여하고는 했다. 이따금 하루 온종일 흥분 상태에 빠져 있는 경우도 있었다. 그러다 낮이 저녁으로 기울고 태양이 커다란 공 모양으로 근사하게 4층집 너머로 기우는 바로 그 순간이 되어서야 그는 황홀한 꿈, 아니면 고통스러운 번민으로부터 깊은 한숨과 더불어 깨어나곤 했다.

자레비치는 20년 동안을 잠들어 있었지만 21년째 되던 해에 깊은 잠에서 깨어나 길을 나서 37명의 왕과 70명의 거인을 만나 그들에게 이제부터 자신이 통치를 하겠노라고 선포하기에 이르니—러시아가 바로 그와 같다"라고 쓴 바 있다.

그는 다시금 지는 태양을 생각에 잠긴 시선과 슬픈 미소로 배웅하며 흥분에서 벗어나 평화로이 잠들고 말았다.

일리야 일리이치의 이런 정신적 삶에 대해 눈치를 채고 있는 사람은 하나도 없었다. 누워만 지내면서 죽지 못해 허기를 채우고 있는, 더이상 희망을 품을 수 없는 사람으로 오블로모프를 치부하는 사람이 대부분이었다. 그의 머리에서 제대로 되는 일이 있을 리 만무하다는 게 그들의 한결같은 견해였다. 그를 아는 모든 이들의 머릿속엔 그와 같은 모습의 그만이 존재할 뿐이었다.

그의 능력이나 번뜩이는 머리, 가장 인간적인 정서의 내적 활화산 같은 활동에 대해서라면 슈톨츠만이 자세히 알고 있고 증명을 해 보일 수 있을 테지만, 슈톨츠는 거의 뻬쩨르부르그엔 머무르지 않았다.

한평생 자신의 주인 곁에서 수발을 들어온 자하르만이 그의 내적인 삶의 전부를 상세히 알고 있었다. 그러나 그는 주인이 만사를 무난하게 처리하고 있고 별 탈 없이 살고 있으며, 다른 삶의 방식은 있을 수도 없다고 확신하고 있는 터였다.

제7장

자하르의 나이는 쉰 남짓이었다. 그는 주인에게 몸바쳐 충성을 다하는 '용기와 덕'을 겸비한 하인-기사 칼레브*의 러시아 직계 후손은

---

* 미국의 작가 월터 스콧 Walter Scott(1771~1832)의 소설 주인공으로 충성스런 하인을 일컬음.

이미 아니었다. 덕행 면에서 그들과 견줄 수 있는 사람은 없었다. 그리고 언제나 악행과는 거리가 먼 사람들이었다.

우리의 기사 자하르는 '용기'와도 '덕'과도 전혀 거리가 먼 사람이었다. 그는 두 세대에 걸쳐 살았고, 이 두 세대는 그에게 자신들의 흔적을 남겼다. 앞선 세대로부터 그는 오블로모프 가문에 대한 한없는 충성심을 상속받았고, 다음 세대로부터는 교활함과 도덕성의 타락을 물려받았다.

무서우리만치 주인에게 충성심이 강한 그였지만 기실 하루도 주인을 속이지 않는 날이 없는 그이기도 했다. 구시대의 하인이 낭비와 무절제로부터 주인을 지켜주었다면, 자하르는 그 자신이 친구들과 어울려 주인집 돈으로 술 마시기를 즐기는 위인이었다. 이전의 하인이 내시(內侍)처럼 순진했다면, 이 인물은 뒤가 구린 여편네에게 추파를 던지는 사람이었다. 이전의 하인이 주인의 돈을 어떤 금고보다도 견고하게 지켜주었다면, 자하르는 주인이 셈을 치르며 세는 은화를 슬그머니 엿보거나 탁자에 놓여 있는 5코페이카짜리 동전 따위를 잽싸게 슬쩍하곤 했다. 만약에 일리야 일리이치가 거스름돈을 자하르에게 요구하는 일을 잊기라도 하는 날이면, 그 돈은 이미 주인에게 돌아갈 수 없는 운명에 처했다.

그는 더 큰 액수의 돈에는 손을 대지 않았는데, 이는 아마도 그가 아는 셈 단위가 고작해야 10코페이카나 5코페이카 동전 수준에 머물렀거나 혹은 눈치를 챌까봐 두려웠기 때문이라 할 수 있지, 결코 정직함이 그에게서 남아돌아서 그런 것은 결코 아니었다.

옛날의 칼레브가 닥치는 대로 먹어치우는 게 아니라 마치 잘 훈련된 사냥개처럼 주인이 주는 밥만 기다리다 죽어갔다면, 이 작자는 마치 주인이 주지 않는 무엇인가를 먹고 마시는 것만 같아 보였다. 옛 하인은 어떻게 하면 주인을 배불리 먹일까, 고민하고 행여 끼니를 거르기라도 하면 속이 상했다. 그러나 이 자하르는 주인이 접시에 담긴 음식을 하나도 남김 없이 고스란히 먹어치울까봐 전전긍긍하는 것이다.

게다가 자하르는 말이 많은 사내였다. 부엌이고, 구석 벤치고, 대문 옆이고 간에 사람들이 모이는 곳이라면 어디에서고 허구한 날, 사는 게 말이 아니라느니, 여태껏 이런 멍청한 주인은 들어본 적도 없다느니, 하며 불평을 늘어놓기 일쑤였다. 변덕이 죽 끓듯 하네, 구두쇠네, 화를 잘 내네 하지 않으면, 마음에 드는 구석이 하나도 없다면서 그 밑에서 사느니 죽는 게 낫다고까지 말할 정도였다.

그렇다고 자하르가 무슨 억하심정이 있다거나 주인이 잘못되기를 바라는 마음에서 그런 건 아니고 할아버지와 아버지에게서 물려받은, 좀 살 만할 때 주인을 욕하는 습관 때문이었다.

그는 이따금 심심하다거나 이야기 밑천이 떨어졌다 싶으면 그를 둘러싼 청중들에게 재미를 돋우기 위해서 뜬금없이 주인에 대한 유언비어를 지어내기도 했다.

"우리 주인님은 말이지 저 과부 집에 드나들어." 쉰 목소리로 그가 의미심장하게 속삭였다. "어젠 연애 편지까지 보내더라니께."

혹은 주인이 백 년에 한 번 나올까 말까한 노름꾼이자 술주정뱅이며, 밤새껏 카드를 치고 독한 술을 마신다고 못을 박기도 했다.

전혀 사실무근이었다. 일리야 일리이치는 과부를 찾아간 적도 없고 밤마다 평화로이 잠을 즐겼으며 카드는 손에 쥐어본 적도 없었다.

자하르는 청결과는 거리가 멀었다. 면도를 하는 것도 어쩌다 한 번, 비록 손과 얼굴을 씻는다 해도 고양이 세수가 전부였다. 씻을 때도 비누는 전혀 쓰지 않았다. 목욕탕에 들어앉아 있어도 한두 시간 시꺼면 손이 벌겋게 되었다가는 이내 다시 원상태로 돌아갔다.

그는 재주라곤 눈 씻고 찾아보아도 없는 사람이었다. 문이나 창문을 열 때에도 마찬가지로, 한쪽 문을 열면 금세 다른 쪽 문이 닫히고, 그리 쫓아가면 다른 문이 닫히는 식이었다.

그는 수건이나 어떤 다른 물건도 바닥에서 단번에 주워드는 적이 없었다. 항시 서너 번은 허리를 굽혀야만 했고, 다음번엔 잡겠지 하면 어느새 떨어뜨리기 일쑤였다.

만약 그가 방을 가로질러 식기나 다른 물건을 옮길 때면, 내딛는 첫 발부터 맨 위의 물건들은 바닥에 떨어질 채비를 해야만 했다. 처음에 하나가 허공을 가로지르면, 그는 바닥에 떨어지는 것을 막기 위해 뒤늦게 허둥대며 전혀 불필요한 움직임을 했고, 그러다 보면 두번째 물건이 다시 떨어졌다. 그는 놀라서 얼간이처럼 입을 헤벌리고는 당장 손에 들려 있는 것들을 보는 것이 아니라 떨어지고 있는 것들을 쳐다보곤 했는데, 이 때문에 쟁반을 비스듬하게 들고 있게 되어 나머지 물건들도 줄을 이어 바닥에 곤두박질쳤다. 그러다 보니 방 저쪽 끝에는 잔 하나 혹은 접시 하나만을 가져가는 경우가 허다했고, 가끔은 저주와 욕설을 퍼부으며 그나마 손에 남아 있는 것들마저도 스스로 내팽개칠 때도 있었다.

방을 질러가면서 그는 발이나 옆구리가 의자, 책장에 걸리기 일쑤였고 문의 열려진 반쪽을 곧장 통과하는 것도 매번이 아니어서 어깨가 닫혀진 쪽에 부딪치곤 했는데, 그럴 때마다 문짝 혹은 집주인을, 이도 저도 아니면 그걸 만든 목수를 욕했다.

오블로모프의 방에는 거의 모든 물건들이 망가져 있거나 부러져 있었는데, 조심스럽게 다루어야만 하는 작은 물건들이 특히 그러했다. 이 모든 것이 자하르 덕분이었다. 그는 물건을 손에 드는 자신의 능력을 모든 물건에 동일하게 적용하고 있었다. 실제로 그는 서로 다른 물건을 드는 데에도 전혀 차이를 두지 않았다.

촛불의 심지를 자르거나 잔에 물을 따르라는 분부가 내려진 때에도 그는 대문을 열 때 필요한 만큼의 힘을 사용했다.

자하르가 주인을 기쁘게 해준답시고 난데없이 치우고 닦고 고치고, 살판난 듯이 단숨에 정돈을 하겠노라고 열심을 떨지만 않아도 좋으련만! 재난과 손해는 끝이 없는 법. 집으로 들이닥친 적군도 그만큼의 해는 끼치지 않으리라. 이런저런 물건이 사방으로 곤두박질치고, 식기들이 깨지고, 의자가 뒤죽박죽되는 난장판으로 시작해서, 방에서 그런 물건들을 내던지는 일로 그 법석이 끝이 나거나, 혹은 자하르 스스로 욕설과 저주를 퍼부으며 자리를 뜨곤 했다.

자하르는 어느 날인가 자신의 활동 영역에 일정한 선을 그어놓은 적이 있다. 스스로는 결코 위반해본 적이 없는 선이었다.

그는 아침에 사모바르*를 끓이고 장화와 주인이 지적한 옷을 세탁했다. 그러나 지적하지 않은 옷은 그것이 비록 10년 동안 걸려 있다 해도 스스로 세탁하는 경우는 없었다.

그는 구석은 그냥 놓아두고 방 한가운데만을 청소하고, 위에 아무것도 놓여 있지 않아 치우는 수고를 하지 않아도 되는 탁자만을 골라 먼지를 훔쳤다. 그렇다고 매일 하는 것도 아닌 것은 당연했다.

대충 끝을 본 그는 이미 침상에 누워 코를 골거나 혹은 부엌에서 아니시야와 그리고 대문 옆에서 다른 머슴들과 아무 걱정거리도 없이 잡담을 늘어놓을 자격이 자기에게 있다고 생각했다.

만약 이것 말고도 다른 일을 하라고 시키면 그는 명령이 필요 없다거나, 그건 도저히 할 수 없는 일이라고 불평을 늘어놓으며 마지못해 시킨 일을 하곤 했다.

---

* 러시아 고유의 차 끓이는 주전자.

제1부   113

그가 스스로 한계선을 정해 그어놓았던 활동 영역에 새로운 일을 첨가시킨다는 것은 상상도 못 할 일이었다.

이 모든 점에도 불구하고, 다시 말해, 자하르가 술 마시고 유언비어를 퍼트리는 일을 즐기고, 오블로모프에게서 5코페이카짜리 은화들을 훔치고 온갖 물건들을 부수고 깨뜨림에도 불구하고, 어쨌거나 그는 자신의 주인에겐 진정 충성스런 하인이었다.

그는 주인을 위하는 일이라면 물불을 가리지 않았다. 이런 일이 어떤 경이로움을 자아내거나 혹은 어떤 상을 받아 마땅한 영웅적 행위라고는 생각하지 않았다. 차라리 당연하게 여겼다. 사실 달리 생각할 하등의 이유가 없었다. 혹은 차라리, 아무 생각 없이, 어떤 번민도 없이 그냥 행동에 옮길 따름이라고 말하는 편이 나을지도 모르겠다. 이런 문제에 있어서 그에겐 어떤 이론도 존재하지 않았던 것이다.

그는, 아마도, 숲속에서 짐승을 만났을 때, 왜 주인이 아니고 자기가 몸을 날려 공격을 해야 하는지에 대해 고민할 필요도 없이 무턱대고 짐승을 향해 몸을 던지는 개처럼, 죽음에라도 뛰어들 것이다.

하지만 반대로, 주인의 침대 옆에서 온밤을 뜬눈으로 지새야만 하고, 주인의 건강 혹은 심지어 생명까지도 그가 어떻게 하느냐에 달려 있는 경우라 해도, 자하르는 곧바로 잠에 빠져들 게 뻔하다.

겉으로 보기에 그는 주인에게 비굴해 보이지 않았을 뿐 아니라 심지어 주인에게 난폭하다고 할 정도로 허물없이 굴었고, 아주 사소한 일에도 농담이 아닌 진짜 화를 내기 일쑤였으며, 앞서 말한 대로 대문 옆에서 험담을 늘어놓기도 했다. 하지만 그것도 그때뿐이지 정작 일리야 일리이치뿐 아니라 오블로모프라는 성을 가진 모든 사람에게, 그리고 그에게 가깝고 귀하고 소중한 사람 모두에게 보여준, 피를 나눈 형제와도 같은 진실한 충성심은 그 무엇으로도 그 의미를 축소시킬 수 없는 그런 성질의 것이었다.

　이러한 감정은 개인으로서의 오블로모프를 바라보는 자하르의 관점과는 모순되어 보일 수도 있고, 주인의 성격에 대한 꼼꼼한 분석에서 연유한 저만의 어떤 확신이라고 말할 수도 있다. 허나 만약에 누가 그에게, 일리야 일리이치에게 너무 지나친 헌신을 하고 있는 게 아니냐는 식의 말이라도 한다면, 십중팔구 자하르는 이에 반박하고 나설 것이다.

　자하르는, 고양이가 자기의 다락방을 사랑하듯, 말이 마구간을, 개가 자기가 태어나고 자란 개집을 사랑하듯 그렇게 오블로모프를 사랑했다. 이런 헌신이란 점에 있어서 그에게는 이미 자신만의 특별하고 개성이 강한 특징이 자리잡고 있었다.

　예를 들어, 그는 오블로모프 집안의 마부를 요리사보다 더 좋아했고, 가축지기 바르바라를 그 둘보다도 더 좋아했고, 그들 모두보다 일리야 일리이치를 더 좋아했다. 하지만 어찌 되었건 간에 그에게 있어서 오블로모프가의 요리사는 이 세상 그 어떤 요리사보다도 나은 최고의 요리사였으며, 일리야 일리이치 또한 그 어떤 지주와도 비할 수 없는 최고의 지주였다.

　식당 주인 타라스카만 보면 그는 진저리를 쳤다. 하지만 이 세상에서 제일 좋은 사람을 데려다주어도 타라스카를 대신할 수는 없었다. 그 이유는 단지 하나, 타라스카가 오블로모프 집안의 사람인 까닭이었다.

　샤먼교의 주술사*가 자신의 우상을 거칠고 난폭하게 대하듯 오블로모프를 대하는 자하르의 태도 역시 거칠고 난폭했다. 샤먼교 주술사는 우상의 먼지를 털다가 떨어뜨리기도 하고, 가끔은 화를 내며 주먹을 휘두르기도 한다. 하지만 그의 마음 속엔 이 우상의 근본이 자신보다 우

---

* 고대 원시인들 가운데 신과 영혼을 달래고 미래를 예언하기 위해 마술을 부렸던 사제.

월하다는 변함없는 인식이 각인되어 있기 마련이다.

자하르의 경우도 별반 다를 게 없었다. 그의 깊은 마음 속에 이런 감정을 불러일으키고, 주인을 공경하게 만들고, 심지어 감동의 눈물 바다를 만드는 이유도 아주 사소했다. 그는 절대 남의 주인을 자기 주인보다 높게 보지 않았고 심지어 동등하게 보지도 않았다. 아마 자하르가 아닌 다른 하인이라면 충분히 그러고도 남을 것이다.

자하르는 오블로모프를 찾아오는 다른 지주나리들이나 손님들을 깔보듯 쳐다보았고, 시중들고 차나 다른 것들을 대접하면서도 아주 냉소적이어서, 마치 주인집이고 하니 그들의 체면이나 차려주자고 선심을 쓰는 듯했다. 찾아오는 손님들에게 막무가내였던 것이다. "도련님 지금 주무십니다만." 찾아온 사람을 불손하게 머리끝에서 발끝까지 훑어보며 이렇게 대꾸하곤 했다.

이따금 유언비어나 험담 대신에 그는 별안간 벤치 주변이나 대문 옆 모임에서 일리야 일리이치를 침이 마르도록 칭찬을 하기도 했는데, 그럴 때면 그의 환희는 끝이 보이지 않았다. 그는 똑똑하다느니, 온순하다느니, 대범하다느니, 선량하다느니 따위의 주인의 장점을 끝도 없이 열거하기 시작한다. 게다가 주인을 칭송하는 데 걸맞은 자질이 떠오르지 않으면 그는 다른 사람에게서 그것들을 빌려 주인에게 고귀함, 부귀 혹은 평범하지 않은 권위 따위의 자질을 부여했다.

만약에 집을 관리하는 문지기나, 어느 땐 바로 그 집주인마저도 협박을 해야겠다 싶으면 그는 항상 자기의 주인을 팔았다. "두고 봐, 도련님한테 이를 거야." 언제나 협박조였다. "아마 경을 칠 거다!" 그보다 더한 권위는 이 세상에 없다고 확신했다.

그러나 오블로모프와 자하르의 관계는 겉보기에 항상 어딘가 적의가 있어 보였다. 그들은 늘 붙어 살다 보니 서로를 꼴도 보기 싫어했다.

인간관계에서 아무리 일상적인 순간의 친분이라도 공짜로 얻어지는 것이 아님은 자명한 일이다. 단지 장점만을 서로 즐기고, 서로간의 단점을 가지고 찌르고 찔리는 관계가 되지 않기 위해서는 이편에서건 저편에서건 삶의 적잖은 경험과 논리 그리고 진심에서 우러나오는 따뜻함을 보일 필요가 있는 법이다.

일리야 일리이치는 자하르의 한 가지 대단한 장점, 이를테면 자신에 대한 충성심을 잘 알고 있었고, 자신도 이에 적응이 되어서 딴생각할 수도 없고 해서도 안 된다고 하는 극단적인 결론을 내렸다. 일단 이 장점에 적응이 되자 어느새 그는 그것을 즐기는 것도 불가능하게 되었고, 게다가 매사에 무관심한 자신의 성격에도 불구하고 자하르의 수없이 많은 사소한 단점들을 그대로 참아주지 못했다.

자하르가 마음 깊은 곳에 옛 하인들에게 특징적이라고 할 수 있는 주인에 대한 충성심을 품고 있으면서도, 세대 차이에서 오는 단점을 지니고 있다면, 일리야 일리이치 역시 그의 내적 충성심을 값지게 여기면서도 옛 주인들이 자신의 하인들에게 품고 있던 거의 피를 나눈 혈육과 같은 호의적인 관계는 갖고 있지 않았다. 그는 간혹 자하르와의 시끄러운 말다툼마저도 스스로에게 허용했다.

자하르 역시 그에게 넌더리를 내기는 마찬가지였다. 자하르는 젊은 시절 지주 귀족 댁에서의 몸종 교육을 마치고 일리야 일리이치의 시중드는 일을 맡게 되었는데, 그 이후로 자신을 한낱 사치품, 즉 옛 가문의 품위나 영광을 유지시키는 데 필요한 지주 귀족계급의 사적 소유물 정도로 생각할 뿐, 필수품이라는 생각은 하지 않았다. 이 때문에 그는 아침이면 어린 주인님의 옷을 입혀드리고 저녁이면 옷을 벗겨드리기만 할 뿐, 그 외에 남는 시간엔 아무 일도 하지 않았다.

천성이 게으른 그는 더더욱 게을러졌다. 하물며 따로 몸종 교육까지 받았으니 오죽하랴. 그는 하인들 사이에서 거드름을 피웠고, 사모바르를 끓이고 마루를 쓸고 닦는 노동과는 담을 쌓았다. 그는 현관에서 졸지 않으면, 사람들을 찾아가거나 부엌으로 향하고는 했다. 손으로 가슴에 성호를 긋고는 문에 기대어 서서 몇 시간이고 비몽사몽간에 사방을 두리번거렸다.

그렇게 살다가 별안간 온 집안일을 책임지는 중차대한 짐을 두 어깨에 짊어지게 된 것이다! 주인 시중들랴, 청소하랴, 걸레질하랴, 게다가 심부름한다고 이리저리 뛰어다니는 신세라니! 이 모든 것으로부터 그의 마음 속엔 음흉함이 자리잡았고 난폭하고 잔인한 성격이 나타났다. 주인의 목소리가 그를 침상에서 불러낼 때마다 매번 불평을 늘어놓는 이유가 여기에 있었다.

하지만, 외견상의 음흉함과 난폭함에도 불구하고 자하르는 매우 부드럽고 착한 마음을 지닌 사내였다. 그는 어린아이들과 시간을 보내는 것을 좋아했다. 마당에서고, 대문 옆에서고 아이들의 무리와 함께 있는 그를 자주 볼 수 있었다. 그는 아이들을 화해시키기도 하고 약을 올리기도 하고 같이 놀아주기도 하고, 아니면 아이 하나는 한 무릎에 또 한 아이는 다른 무릎에 앉히고 마냥 앉아 있기도 했다. 목 뒤에선 어떤 개구쟁이 하나가 팔로 매달려 있거나 혹은 그의 볼수염을 잡아당기기도 했다.

그렇게 살아왔는데 갑자기 시중들기를 요구하고 곁에 두고 한시도 여유를 주지 않는 오블로모프가 자하르의 눈에 곱게 비칠 리 없는 것은 당연했다. 타고난 천성과 전혀 격의 없는 기질, 무위에 대한 애착, 그리고 전대미문의 사라질 줄 모르는 태평함으로 동네 여편네나 부엌, 벤치나 대문 옆으로 달려가고는 했던 자하르로서는 어쩌면 당연한지도 모르겠다.

서로를 알게 된 지도, 둘이서 함께 생활한 지도 오래되었다. 자하르는 어린 오블로모프를 두 손으로 얼렀고, 오블로모프는 그를 젊고 민첩하며 능청맞은 대식가 젊은이로 기억했다.

둘 사이의 오랜 관계는 끊을래야 끊을 수 없는 관계였다. 일리야 일리이치가 자하르의 도움 없이는 두 발로 서지도, 잠자리에 눕지도, 머리를 빗지도, 신발을 신지도 못 했던 것과 마찬가지로 자하르 또한 일리야 일리이치 이외에는 어떤 주인도 생각해본 적이 없었다. 옷을 입히고 밥을 먹이고 험담을 하고 능청을 떨고 거짓말을 하면서 동시에 속으로는 오블로모프를 이 세상에서 공경할 수 있는 유일한 존재로 여겼던 것이다.

제8장

타란찌에프와 알렉세에프가 나가자, 자하르는 문을 잠그고 침상에 앉지도 않은 채 주인이 부르기만을 기다렸다. 왜냐하면 주인이 뭔가를 쓸 준비를 하고 있음을 들어 알고 있기 때문이었다. 그러나 오블로모프의 방은 무덤처럼 조용하기만 했다.

자하르는 문틈으로 도대체 무슨 일인지 훔쳐보았다. 일이야 일리이치는 손바닥으로 머리를 괴고서 소파에 누워 있다. 그 앞에는 책이 놓여져 있다. 자하르가 문을 열었다.

"아니 또 누워 계시는 거유?"

"방해하지 마, 책 읽고 있는 거 안 보여?"

"시방 씻구 글을 써야잖유."

자하르가 끈덕지게 물고 늘어졌다.

"그래, 정말 그렇군." 일리야 일리이치는 정신이 퍼뜩 들었다 "알았어. 잠깐 기다려. 생각 좀 해보고."

"또 눕겠구먼!" 페치카로 다가가며 자하르가 투덜댔다. "정말 잽싸단 말여!"

오블로모프는 벌써 한 달 전에 읽다 만, 너무 오래되어서 책장이 누렇게 변해버린 책을 읽었다. 그는 책을 제자리에 내려놓고 하품을 늘어지게 한 다음, '두 가지 불행한 일'에 대한 생각에 몰입했다. 정말 성가신 일이다.

"정말 답답하군!"

발을 폈다 오므렸다 하면서 중얼거렸다.

그는 안일함과 꿈속으로 빠져들었다. 하늘로 눈을 돌려 자신만의 사랑하는 별자리를 찾았다. 별자리는 하늘의 맨 꼭대기에서 저녁마다 오블로모프의 그림자를 그려놓는 석회 담벼락을 눈이 부시게 훤히 비출 뿐이었다. '이러면 안 돼지, 일이 먼저야.' 마음을 굳게 다져 먹는다. '그럼 다음엔……'

시골의 아침은 지나가버린 지 오래였고, 수도*의 아침 또한 저물어갔다. 마당에서 사람 목소리와 이런저런 소리들이 뒤엉킨 요란스런 괴성이 오블로모프의 귀에까지 들려왔다. 대부분 개 짖는 소리를 동반한 떠돌이 악사들의 노랫소리였다. 그들은 바다짐승도 보여주고 그밖에 무슨 물건이든 다 가져다 갖은 감언이설로 사라고 꼬득이곤 했다.

그는 팔베개를 하고 반듯하게 누웠다. 일리야 일리이치의 머릿속에

---

* 여기서는 당시 러시아의 수도였던 뻬쩨르부르그를 일컬음.

는 영지에 대한 계획 문제가 자리잡았다. 그는 소작료와 경작에 대한 무겁고 원론적인 몇 가지 논문에 대해 머릿속으로만 빠르게 한 번 훑고 나서 농부들의 태만과 잦은 떠돌이 생활을 근절시킬 좀더 혁신적인 방법이 없을까 하는 고민을 해보기도 하고, 시골에서의 자신만의 생활을 건설할 생각에 빠져보기도 했다.

시골에 집을 짓는 상상을 해보았다. 그는 아주 흔쾌히 몇 분간을 방 한가운데에 멈추어 서서 식당과 당구장의 길이와 폭을 재어보고 자기 방 창문을 어디로 내는 게 좋을까, 생각해보았다. 심지어 가구와 양탄자도 떠올려본다.

그 다음 곁채를 배치하고 올 손님의 수도 어림잡아보고 마구간과 헛간 그리고 사람들이 머물 곳과 이런저런 부속 건물에도 자리를 할당해보았다.

마지막으로 안마당에 생각이 미친다. 그는 모든 오래된 활엽수와 침엽수는 있던 그대로 놓아두고, 사과나무와 배나무 대신 그 자리에 아카시아나무를 심어야겠다고 결심했다. 정원에 대해서도 생각했다. 하지만 이를 위해서는 막대한 비용이 들어간다는 사실을 깨닫고는 다음 기회에 생각해보기로 하고 화원과 식물원 쪽으로 생각을 돌렸다.

거기서 그는 미래의 결실에 대한 생각이 아주 생생하게 떠올라, 마치 2, 3년 후면 시골로 이사를 하고 그맘때면 영지도 자기의 계획대로 운영이 될 테고 그러면 시골에 푹 박혀서 살게 되겠지,라는 생각을 하며 마냥 꿈에 부풀었다.

그는 여름날 저녁 테라스에서 뙤약볕을 가리는 나무를 처마 삼아 탁자에 앉아 긴 담뱃대를 물고 한가로이 연기를 내뿜으면서 나무들 너머로 펼쳐 보이는 풍경과 선선함, 그리고 고요를 한껏 즐기고 있는 자신을 상상해보았다. 저 멀리엔 들판이 노랗게 물들어 있고 낯설지 않은 자작나무 너머로 기우는 태양은 거울같이 번지르르한 호수를 빨갛게 물들이고 있다. 들판에선 수증기가 올라온다. 공기가 차지고 땅거미가 내려앉는다. 농부들이 무리를 지어 집으로 발길을 돌리고 있다.

일없는 문지기가 대문 옆에 앉아 있다. 거기에서는 유쾌한 목소리와 웃음 소리, 발랄라이카* 소리가 들려오고 있으며, 어린 소녀들이 술래잡기 놀이에 열을 올리고 있다. 그의 어린아이들이 그를 둘러싸고 떠들며 장난을 치고 무릎을 타고 올라가기도 하며 목에 매달리기도 한다. 사모바르 뒤엔 그를 둘러싼 모든 아이들의 여왕이, 바로 그의 여신……한 여인이 앉아 있다! 바로 아내! 더군다나 단순해 보이면서도 우아하게 꾸며진 식당엔 축하의 불꽃이 선명하게 반짝거리고 커다란 원탁은 음식으로 뒤덮여 있다. 궁정대신으로 분한 자하르가 새하얀 볼수염을 휘날리며 음식을 나르고 있는데, 듣기 좋은 소리를 내면서 크리스탈을 배치하고 은식기들을 내려놓고 있다. 하지만 어느 한 순간도 잔이나 포크를 바닥에 떨어뜨리는 일이란 없다. 넉넉한 만찬을 즐긴다. 옆자리엔 변치 않는 그의 죽마고우, 슈톨츠가 앉아 있고 나머지 사람들 또한 모두 낯이 익다. 그리고는 꿈속으로 빠져든다……

오블로모프의 얼굴엔 행복의 빛이 가득했다. 꿈이 너무도 선명하고 생생했으며 시적이었다. 그는 갑자기 어렴풋한 사랑의, 조용한 행복의 소망을 느꼈고, 갑자기 고향 마을의 들판과 언덕, 집, 그리고 아내와 아이들을 고대하기 시작했다.

5분 가량을 엎드려 자고 나서 그는 다시 천천히 돌아누웠다. 그의 얼굴엔 짧지만 감동적인 기분이 감돌았다. 그는 행복했다.

그는 만족스럽게 두 발을 쭉 뻗어보았다. 이 때문에 바지가 조금 위

---

* 러시아의 전통 현악기로 보통 3현으로 이루어져 있음.

로 추켜올라갔지만 그에게 이러한 사소한 무질서는 안중에도 없었다. 유쾌한 상상이 그를 수월하게, 자유로이 아주 먼 미래로 이끌었다.

이제 그는 자기가 좋아하는 생각에 사로잡혔다. 고향 마을에서 15베르스타 혹은 20베르스타 떨어진 작은 마을과 농장에 거주하는 친구들의 소모임에 대해 생각한다. 매일 번갈아 가며 서로의 집에 마실을 다니고 점심이나 저녁을 먹고 춤판을 벌인다. 유쾌한 나날들, 밝은 얼굴들, 고민이나 얼굴 찌푸릴 일도 없이 웃고 있는 둥근 얼굴들이 눈에 선하다. 개중엔 홍조 띤 얼굴도 있고, 이중 턱을 가진 왕성한 식욕의 소유자도 있다. 영원한 여름, 영원한 기쁨, 맛있는 음식과 달콤한 무위……

"하나님 맙소사!"

그가 행복의 탄성을 지르고 정신을 차렸다.

그때 마당에서 여러 목소리가 뒤섞인 왁자지껄한 소리가 들려왔다.

"감자요! 설탕요, 설탕 안 들여가실래요? 목탄이요! 목탄!…… 자비로우신 나리님들, 하나님의 사원 건립에 돈을 내세요!"

게다가 건축 중인 옆집에서는 망치 두드리는 소리와 일꾼들의 고함 소리가, 거리에선 요란한 마차바퀴 소리가 들려왔다. 도대체가 대화와 움직임이 없는 곳이란 그 어디에도 없단 말인가!

"아휴!"

일리야 일리이치가 고통스럽게 한숨을 내쉬었다.

'인생이란 게 도대체 뭐야? 도시의 소음이란 것이 얼마나 추악한가! 바라는 천국의 삶은 언제나 올 것인가? 언제 들녘으로, 고향의 숲으로 돌아갈 수 있으려나? 지금이라도 당장 나무 아래 풀밭에 누워 나뭇가지 사이로 햇살을 보며 얼마나 많은 새들이 나뭇가지에 앉아 있는지 세어보고만 싶구나. 그러면 동그랗고 보드라운 팔꿈치를 그대로 드러내고 햇볕에 그을린 목을 가진 어떤 아리따운 하녀가 아침도 가져다

주고 점심도 가져다주겠지. 앙증맞은 고것이 눈을 살그머니 내려뜨고 미소를 보낸다면…… 이런 순간은 언제나 오려나?'

'그렇다면 영지에 대한 계획은! 촌장은, 집 문제는?'

별안간 그 생각이 났다.

'그래, 그렇게 하는 거야! 지금이야, 바로 지금 당장!'

오블로모프는 황급히 자리에서 일어나 소파에 앉은 다음, 두 발을 마루로 내려 뻗었다. 한 번에 두 발이 신발로 빨려 들어갔다. 그렇게 한동안을 또 앉아 있었다. 다음 완전히 자리를 털고 일어나 2분 가량 서서 골똘히 생각에 잠겨보았다.

"자하르, 자하르!"

그가 책상과 잉크병을 쳐다보면서 큰 목소리로 외쳤다.

"또 뭐유?" 뛰어내리는 소리가 함께 들려왔다. "두 발이 쉴 날이 없다니께."

"자하르!" 일리야 일리이치가 책상에서 눈을 떼지 않고 신경질적으로 반복했다. "그게 뭐냐 하면 말야……" 그가 잉크병을 가리키며 입을 떼는가 싶더니만 말을 다 끝맺지도 않고 다시 생각에 잠겼다.

그럴 때면 순간 그의 두 팔이 하늘로 치솟고 무릎이 휘청거렸다. 그가 기지개를 켜고 하품을 늘어지게 하기 시작한다는 징조였다.

"우리, 그거 남았나 모르겠네." 기지개를 내내 켜면서 말에 뜸을 들였다. "치즈하고, 뭐더라…… 마데이라 포도주 좀 내와봐. 점심까진 아직 멀었고 그걸로 대충 아침을 때울 테니까."

"그게 여태 남아 있나유?" 자하르가 대꾸했다. "남은 건 아무것두 없슈……"

"남은 게 없다니?" 일리야 일리이치가 말을 자른다. "분명히 기억하는데. 한 덩이라도 있을 텐데……"

"없슈, 없어! 한 조각두 남은 게 없슈!"
자하르가 딱 잘라 말했다.
"있었대두!"
일리야 일리이치도 물러서지 않았다.
"없대두 그러시네."
자하르가 대꾸했다.
"그럼 사면 되잖아."
"돈을 줘야 할 것 아뉴."
"저기 잔돈 있을 거 아냐, 가져가."
"저긴 일 루블하구 사십 코페이카밖에 없는디, 일 루블 육십 코페이카는 있어야 한다구유."
"거기 동전도 좀 있었는데."
"본 적도 없슈!" 발을 바꾸어 디디면서 자하르가 말했다. "은화는 저기 있었구, 봤다구유, 그런데 동전은 없슈!"
"있었다니까 그러네. 어제 배달부한테 내가 직접 받았어."
"지두 거기 있었잖유. 잔돈을 주는 거 보긴 했는디, 동전은 본 적두 없구만유……"
'타란찌에프가 가져가진 않았을 텐데?' 일리야 일리이치는 망설이며 생각했다. '그럴 리 없지, 그 사람이 잔돈에 손댈 사람인가.'
"그럼 거기 또 뭐 있어?"
그가 물었다.
"아무것도 없슈. 어저께 먹다 남은 베이컨이나 혹시 있는지 아니시야에게 물어봐야겠슈. 가져와유?"
"있으면 가져와봐. 없다는 게 말이 돼?"
"그렇대두 그러시네, 없다구유!"

그리고 자하르는 곧바로 물러나왔다. 일리야 일리이치는 생각에 잠겨 방안을 천천히 서성거렸다.

'뭐 이렇게 성가신 일들이 많아. 영지에 대한 계획은 고사하고 당최 무슨 일을 할 수가 있나! 분명 치즈도 남았을 텐데.' 문득 다시 그 생각이 들었다. "자하르 이놈이 먹어치운 게야. 그러고서 없다고 오리발을 내미는 거라고! 그리고 동전은 도대체 어디로 사라진 거야?" 손으로 책상 위를 더듬으며 그가 중얼거렸다.

15분쯤 지나서 자하르가 두 손에 들려 있는 쟁반으로 문을 열어젖혔다. 방안으로 들어오면서 한쪽 발로 문을 닫으려 했지만 빗나가서 그만 허공을 차버렸다. 술잔이 미끄러지고 그와 함께 술병 마개와 흰 빵이 바닥으로 떨어졌다.

"뭘 떨어뜨리지 않으면 한 발자국도 내딛지를 못해!" 일리야 일리이치가 핀잔을 주었다. "떨어뜨렸으면 주울 생각을 해야지. 여전히 그냥 서서 뭐가 그리 좋은지!"

자하르는 두 손에 쟁반을 든 채로 흰 빵을 주워들기 위해 몸을 구부렸다. 하지만 쪼그려 앉고 나서야 두 손엔 쟁반이 들려 있어 주울 손이 없음을 알았다.

"뭐하는 거야, 주우라니까!" 일리야 일리이치가 쌀쌀맞게 말했다. "뭐하고 있어? 도대체 어쩌자는 거야?"

"에이, 이런 젠장할, 망할놈의!" 자하르가 떨어진 물건들을 보며 분통을 터뜨렸다. "점심때가 다 되어가지구 아침을 찾는 사람이 워디 있담?"

그리고 쟁반을 내려놓고 떨어진 물건들을 바닥에서 주워들었다. 빵을 주워서 후 불고는 책상에 올려놓았다.

일리야 일리이치는 아침식사를 하기 시작했고, 자하르는 멀찍이 떨어져서 그를 힐끔거렸다. 보아하니 할 말이 있는 눈치였다.

그러나 오블로모프는 그런 그에겐 눈길조차 주지 않고 아침식사에만 열중했다.

자하르가 두세 번 헛기침을 했다. 오블로모프는 여전히 콧방귀도 뀌지 않았다.

"집 관리인이 사람을 또 보냈더라구유." 마침내 자하르가 마지못해 입을 열었다. "심부름꾼이 그 사람한티 갔었는디 우리집을 한번 볼 수 없겠는가, 하구 말하더래유. 집 수리 문제루……"

일리야 일리이치는 한마디의 대답도 없이 먹기만 했다.

"일리야 일리이치."

잠자코 있던 자하르가 다시 속삭였다. 일리야 일리이치는 아무것도 들리지 않는다는 표정이었다.

"다음 주엔 반드시 다녀가시래유."

자하르가 씩씩거렸다. 오블로모프는 포도주 한 잔을 들이켜고 다시 입을 다물었다.

"어떻게 하면 좋아유, 일리야 일리이치?"

자하르가 속삭이듯 물었다.

"내가 그 얘기라면 다신 입 밖에 내지 말라고 했잖아." 일리야 일리이치가 무섭게 대꾸를 하고는 일어나 자하르에게 다가갔다. 자하르는 뒷걸음질을 쳤다.

"너, 정말 지독하다 지독해, 자하르!"

오블로모프가 의미심장한 말을 덧붙였다. 자하르는 모욕감을 느꼈다.

"그러니까. 지가 지독하다 이거지유? 그런디 무슨 근거루 지가 지독하다는 거유? 누굴 죽여본 적두 없구만."

제1부   127

"지독하지 않다고 우기시겠다?" 일리야 일리이치가 맞받아쳤다. "넌 내 인생을 엉망으로 만들었어."

"지는 지독한 놈이 아뉴!"

자하르가 못을 박았다.

"집 문제로 날 들볶고 있지 않느냐고?"

"지보구 그럼 어쩌란 말유?"

"그럼 난 어쩌고?"

"일전에 집주인한티 편지를 써보겠다구 하셨잖유?"

"누가 안 쓴다고 했어? 기다려, 편지란 그렇게 욱해서 쓰는 게 아냐!"

"시방 당장 써야만 한다니께유."

"지금 당장이라고? 처리해야 할 더 중요한 일이 있어. 넌 이게 무슨 장작 패는 일 따위처럼 그저 뚝딱하면 다 되는 줄 아나 본데? 나가 봐." 잉크병에서 말라버린 깃털펜을 뒹굴리며 소리쳤다. "잉크도 다 떨어졌네! 뭐로 쓰란 말야?"

"지가 크바스로 녹여보쥬."

자하르가 대답과 동시에 잉크병을 들고 현관으로 잽싸게 빠져나갔고 오블로모프는 종이를 찾기 시작했다.

"도대체가 종이도 없어!" 상자를 들여다보고 책상을 더듬으면서 혼자서 중얼거렸다. "없어! 아휴, 자하르 이놈. 도대체가 이놈은 뭐 하나 제대로 하는 일이 없어!"

"자, 이래도 네가 지독한 놈이 아니냐?" 일리야 일리이치가 막 들어서는 자하르에게 말했다. "그렇게 노려볼 것 없어! 어떻게 집에 종이 한 장이 없어?"

"일리야 도련님, 이게 웬 날벼락이래유! 지는 엄연히 기독교인인디, 지더러 지독한 놈이네 하며 욕하시는 이유가 뭐유? 지독한 놈이라고 하니 속이 후련하슈? 선친 생전에 태어나 자랐지만서두 선친께선 그저 여우라구 농담처럼 욕할 뿐이었구, 귀를 잡아당기시긴 했슈. 그런디 이런 욕은 첨 들어봐유. 정말 지어낸 말이 아뉴! 벼락이라두 맞을라구 그런답니까유? 여기 종이 대령했슈."

그리고는 선반에서 집어든 누런 종이 반쪽을 내밀었다.

"여기다 어떻게 편지를 쓰라는 거야?" 종이를 집어던지면서 오블로모프가 물었다. "내가 밤새 이걸로 컵을 덮었었단 말야, 컵에 뭐라도 들어갈까봐서…… 독 같은 거 말이지."

자하르는 돌아서서 벽을 응시했다.

"별 문제는 아니지. 이리 줘봐. 일단 쓰고 알렉세에프 보고 다시 베껴쓰라 하지 뭐."

일리야 일리이치는 책상에 앉아 잽싸게 결론을 내렸다.

'친애하는 집주인 나리!……'

"잉크 한번 지독하군!" 오블로모프가 한마디를 덧붙였다. "다음번엔 한눈 팔지 마, 자하르. 네 할 일을 제대로 좀 하란 말야!"

그는 잠시 생각에 잠겼다가 편지를 쓰기 시작했다.

'제가 2층을 빌려 쓰고 있고, 지금 당신께서 수리를 하겠노라고 말씀하신 이 집은 제 생활 방식에 딱 부합하고 오랜 동안 살다보니 내 집처럼 편안합니다. 제 하인놈 자하르 트로피모프에게 들으니, 당신께서 전하라고 하셨다던데, 제가 빌려 쓰고 있는 이 집을……'

오블로모프는 잠시 쓰기를 멈추고 쓴 것을 읽어보았다.

'모양이 좀 우습군. 관계사가 두 번 들어간 자리에 관계대명사가 또 연달아 들어갔어.'

그가 혼자 중얼거리고는 단어의 배열을 바꾸었다. 그렇지만 관계대

제1부   129

명사가 앞 말을 다시 수식하면서 재차 적절하지 않다는 결론을 내렸다. 이렇게도 저렇게도 바꾸어보았지만 관계사의 반복을 피할 길이 없을 것만 같았다.

그는 밑줄을 긋기도 하고 단어를 재배열해보기도 했다. 서너 번을 관계사를 재배열해보았지만 의미가 모호해지지 않으면 다른 관계사와 바로 인접해버렸다.

"또 하나의 관계사에서 빠져나올 수가 없군!"

그가 초조하게 말했다.

'아이고! 완전 엉망이군, 편지도 안 써지고! 이 따위 사소한 일 때문에 머리가 깨지는구나! 공적인 서류를 써본 지가 너무 오래되었어. 벌써 시작한 지 세 시간째야.'

"자하르, 와서 봐."

그는 편지를 네 조각으로 찢어 바닥에 내던졌다.

"봤지?"

그가 물었다.

"봤슈."

종잇조각을 주워 모으며 자하르가 대꾸했다.

"더 이상 집 문제는 입 밖에 내지 마. 도대체가 뭐야!"

"집세 문젠유?"

"아휴, 맙소사! 너, 날 못 잡아먹어서 환장을 했구나! 그래 얼른 얘기해봐, 얼마야?"

"월세 팔십육 루블 오십사 코페이카입쥬."

일리야 일리이치가 손바닥을 부딪쳤다.

"너 제정신이야? 한 달 내야 할 돈이 그렇게 많아?"

"석 달을 연체해서 그렇게 불어난 거유! 다 서류에 적혀 있으니께,

누가 훔치자는 게 아니라구유!"

"이래도 네가 지독한 놈이 아냐? 그 돈이면 소고기 수백 근을 사겠다! 무슨 꿍꿍이속이 있는 거지? 도대체 그게 뭐야?"

"지가 먹어 치우기라두 했단 거유?"

자하르가 얼버무렸다.

"안 먹었다 이거야?"

"아니, 빵 먹은 거 가지구 시방 절 야단치시겠다는 거유? 자, 직접 보슈!"

그리고는 계산서를 불쑥 그에게 내밀었다.

"그럼, 너 말고 또 누가 있어?"

기름때가 묻은 장부를 화가 잔뜩 나서 밀쳐버리며 일리야 일리이치가 말했다.

"게다가 백이십일 루블 십팔 코페이카가 빵하구 야채 사는 데 들었구유."

"영락없는 파산이로군! 이럴 수는 없어!" 오블로모프가 넋이 나간 목소리로 말했다. "네가 무슨 소야? 그렇게 풀만 씹고 있게……"

"아뉴! 지는 지독한 놈이잖유!" 자하르가 주인 쪽으로 몸을 휙 돌리고서 화난 목소리로 일침을 놓았다. "미헤이 안드레이치만 집 안에 들이지 않았어두 그렇게 돈이 헤프지는 않았을 거구만유!" 그가 덧붙였다.

"그럼 다 해서 얼마라는 얘기야, 계산해봐!"

일리야 일리이치는 이렇게 이르고 나서 자신도 셈을 하기 시작했다. 자하르는 손가락으로 셈을 했다.

"뭐 계산이 이 따위야. 할 때마다 달라!" 오블로모프가 투덜댔다. "자, 넌 얼마로 나와? 이백이야?"

"잠깐만 기다려보셔유. 조금만 시간을 더 달라구유!" 게슴츠레한 눈알을 이리저리 굴리면서 자하르가 대꾸했다. "팔이 열에다가 열이 열이니께, 백하구두 팔십에 다시 열이 둘이구……"

"그러다간 평생을 해도 끝이 안 나겠다. 네 방에 가고, 계산서는 내일 보여줘. 종이하고 잉크 잊지 말고…… 돈 드는 데가 한두 군데가 아니군! 조금만조금만 하다가 안 되면 일순간에 나 몰라라 버티고…… 어쩔 수 없는 인간이라니까!"

"이백오 루블하구두 칠십이 코페이카네유." 자하르가 셈을 끝내고 말했다. "돈 줘유."

"당장 무슨 돈을 내놓으라는 거야! 좀 기다리라고 하지 않았어. 내일 다시 한 번 보자고……"

"맘대루 하슈, 일리야 도련님. 허지만서두 재촉하는 사람들이 있응께……"

"알았어, 알았으니까 제발 좀 나가! 내일이라고 했으면 그냥 내일 받겠거니 하면 되는 거야. 나가서 네 할 일이나 해, 나도 내 할 일이 있으니까. 더 중요한 고민거리가 있단 말이야."

일리야 일리이치는 의자에 털썩 주저앉아 두 다리를 모았다. 밖에서 초인종 소리가 들리는 것도 알아차리지 못했다.

적당히 배가 나오고 허연 얼굴에 홍조 띤 볼을 가진 키 작은 사내가 들어왔다. 마치 술장식처럼 검은 머리카락이 뒤통수에만 무성히 나 있는 대머리였다. 머리가 없는 부분이 둥글고 깨끗해서 마치 상아로 갈아 만든 것처럼 윤기가 흘렀다. 손님의 얼굴은 특이하게도 어딜 보든지 간에 지나치게 남의 일에 간섭을 잘하겠구나 싶게 보였다. 뭔가를 표현하려는 듯한 소극적인 시선과 절제된 미소, 그리고 겸손해 보이면서도 형식적인 예의범절 또한 특이했다.

그는 단번에 열어젖힌 대문처럼 시원하고 편안한 프록코트 차림이었다. 안에 입은 속옷 또한 어찌나 흰백색으로 반짝이던지, 몸매의 모양새가 대머리를 연상시켰다. 오른손 검지손가락엔 짙은 빛깔의 보석이 박힌 크고 묵직한 반지가 끼워져 있었다.

"의사 선생님! 이게 어쩐 일이십니까?"

한 손은 손님에게 내밀고 다른 한 손으로는 의자를 끌어당기며 오블로모프가 소리쳤다.

"보고는 싶은데, 건강하셔서 불러주시질 않으니 이렇게 제 발로 오는 거 말고 딴 도리가 있겠습니까?" 의사가 농담조로 대꾸했다. 그리고는 금세 진지한 목소리로 덧붙였다. "사실은 위층의 당신 이웃에게 볼 일이 있어 왔다가 얼굴이나 볼까 해서 들렀지요."

"고맙습니다. 그런데 이웃은 왜요?"

"그게 말씀이죠, 한 삼 주나 사 주, 어쩌면 가을까진 살 수도 있고…… 다음엔…… 가슴에 수종이란 게, 사실 결과는 뻔한 거지요. 그건 그렇고 당신은 어떠세요?"

오블로모프가 슬픈 표정으로 머리를 저었다.

"나빠요, 의사 선생님. 선생님과 상담을 해야겠구나 하고 저도 생각하던 차랍니다. 어떻게 해야 좋을지 잘 모르겠어요. 소화도 잘 안 되고 명치 아래가 묵직하고 가슴이 답답한 게 호흡도 곤란합니다……"

애써 불쌍한 표정을 지으며 오블로모프가 말했다.

"손 줘보세요." 의사가 맥을 짚고 1분 가량 눈을 감았다. "기침도 해요?" 그가 물었다.

"밤마다, 특히 저녁을 먹을 때면 그래요."

"음! 심장 박동은 어때요? 두통은 없나요?"

그리고는 몇 가지 질문을 더 던지고 고개를 숙이고는 깊은 생각에 잠겼다. 2분이 지나서 갑자기 고개를 들고 의미심장한 목소리로 말했다.

"만약 이삼 년 이런 공기에서 더 살면서 그저 누워만 있고 기름진 것과 소화가 안 되는 음식을 먹게 되면 당신은 아마 쓰러져 죽게 되는지도 몰라요."

오블로모프가 별안간 몸을 부르르 떨었다.

"그럼 어쩌란 말씀이시죠? 제발 좀 가르쳐주세요!"

그가 애원하다시피 말했다.

"남들 하는 대로 해야죠. 외국에 다녀오세요."

"외국이라니요!"

오블로모프가 깜짝 놀라 반복했다.

"네, 왜요?"

"당치도 않습니다, 의사 선생님. 외국이라니요! 그게 될 법이나 한 말씀이세요?"

"왜 안 된다는 거지요?"

오블로모프가 말없이 자신을, 다음엔 자기 방을 둘러보고는 기계적으로 반복했다.

"외국이라니요!"

"왜 못 가시는데요?"

"왜 못 가다니요? 그게 다……"

"다라니요? 돈 때문인가요?"

"네, 그래요, 사실 돈도 없어요." 머리끝까지도 숨을 수 있는 아주 자연스런 장애물이 있다는 사실에 흐뭇해하며 오블로모프가 말을 시작했다. "이것 좀 보세요, 촌장이 뭘 써보냈는지…… 편지가 어디 있더라. 내가 어디다 뒀지? 자하르!"

"됐어요, 됐어." 의사가 사양을 했다. "그건 제가 관여할 바 아니고요, 제가 하고 싶은 말은, 당신이 사시는 모양새나 장소, 공기 그리고 하시는 일을 바꾸셔야만 한다는 겁니다."

"그렇다면 생각해보지요. 어디로 떠나란 말씀이지요? 그리고 그럼 또 난 뭘 하고요?"

"우선 독일 키싱겐으로 떠나세요. 거기서 유월과 칠월을 보내세요. 물도 많이 드시고. 다음엔 스위스나 오스트리아의 티롤로 떠나세요. 포도가 몸에 아주 좋아요. 거기서 구월과 시월을 보내는 겁니다……"

"어딘지도 모르는 티롤엔 왜 가!"

거의 들리는 목소리로 일리야 일리이치가 중얼거렸다.

"다음엔 어디든 좋으니까 건조한 곳으로 가세요. 이집트도 좋고……"

"설상가상이라더니!"

오블로모프가 속삭였다.

"걱정이나 고민은 멀리하셔야만……"

"내 일 아니라고 말씀은 잘하시는군요. 촌장한테서 이런 편지를 안 받아보셔서 하시는 말씀입니다."

"생각에서 벗어나야만 한다니까 그러시네."

"생각 말입니까?"

"네, 정신적 긴장요."

"영지 개혁에 대한 계획은 어쩌고요? 그러니까 나보고 사시나무 토막처럼 되어라?"

"그야, 알아서 하실 일이지요. 제가 할 수 있는 일이란 당신에게 경고하는 일뿐이니. 욕구 또한 조심하셔야 해요. 이런 것들이 치료에 나쁜 영향을 끼칠 수 있으니까요. 승마와 춤, 공기가 깨끗한 곳에서 하는 의

제1부　135

식적인 운동, 기분 좋은 대화, 특히 부인들과의 대화를 즐기려고 노력하실 필요가 있어요. 그것도 좋은 기분 때문에 심장이 부드럽게 뛸 수 있는 정도에서 말이죠."

오블로모프는 고개를 떨구고 그의 말을 경청했다.

"다음에는요?"

"다음엔 책을 읽는다든가 글을 쓰시는 일도 피해야 합니다. 만일의 경우에 대비하는 게 좋으니까요! 창이 남쪽으로 나 있고 꽃이 많은 빌라를 빌리시고 주위에 늘 음악과 여자들을 가까이하세요……"

"그럼 음식은 어떤 걸로 해야 하나요?"

"고기류나 하여튼 동물성 식품은 피하세요. 밀가루 음식이나 아교질 성분이 들어 있는 것도 마찬가지고요. 가벼운 수프나 야채를 잘 가려 드세요. 지금은 어디나 콜레라가 극성이니, 아주 조심해야만 합니다…… 하루에 여덟 시간 이상 밖에 나다니면 안 돼요. 총도 준비해두시는 게……"

"하나님!"

오블로모프가 신음 소리를 냈다.

"마지막으로, 겨울쯤 해서 파리로 가서 거기서 격동적인 삶을, 딴 생각일랑 말고 그냥 즐기세요. 극장에서 무도회로, 가장무도회로, 그리고 교외로 사람들 만나러 다니시고, 하여튼 주위에 친구들과 소란, 웃음이 끊이지 않도록 하세요."

"다른 또 필요한 건 없습니까?"

어설픈 화를 숨기며 오블로모프가 물었다. 의사는 생각에 잠겼다.

"바닷바람도 좀 쏘이신다면 어떨까요. 영국에서 배도 타시고 미국에도 배로 다녀오시고 말이죠……"

그가 자리를 털고 일어나 헤어질 채비를 했다.

"만약 당신이 정확하게 제 말대로만 하신다면……"
그가 덧붙였다.
"좋아요, 좋아, 당장 그렇게 하지요."
 배웅을 하면서 오블로모프가 빈정거리는 투로 대답했다. 의사가 나가자, 오블로모프는 왠지 서글픈 생각이 들었다. 그는 눈을 감고 두 손으로 머리를 괴고서 의자의 귀퉁이에 옹색하게 앉아 있었다. 아무것도 보이지 않고 어떤 느낌도 없었다.
 그의 뒤편에서 겁먹은 듯 부르는 소리가 들렸다.
"일리야 일리이치!"
"뭐?"
"집 관리인한테는 뭐라 말할까유?"
"무슨 얘기야?"
"집 이사 문제 말유."
"너 또 그 소리야?"
오블로모프가 신경질적으로 호통을 쳤다.
"아이구, 일리야 일리이치, 쇤네가 뭘 하겠슈? 알아서 궁리 좀 해 보셔유. 저야 천하게 살아왔구, 죽을 날두 가까웠으니……"
"그게 아니고, 너, 내가 집 문제로 죽는 꼴을 보고 싶어서 그래? 의사가 뭐라 했는지나 들어봐!"
 자하르는 뭐라 말해야 좋을지를 몰라 단지 한숨만을 내쉬었다. 그 바람에 목도리의 끄트머리가 가슴에서 펄럭였다.
"아주 날 죽이기로 작정한 거야? 내가 이제 지겨워졌다 이거지 응? 어서 말해봐!"
"하나님의 가호가 함께 하시기를! 만수무강하셔유! 언늠이 주인님 잘못되길 바란단 말여유?"

제1부 137

생각 없이 내뱉은 말이 불러온 비극적인 변화에 당혹스러워하며 자하르가 볼멘소리를 했다.

"너! 내가 이사 문제에 대해서는 더 이상 주절거리지 말라고 했는데, 넌 하루 다섯 번 그 일을 상기시키지 않고선 직성이 안 풀려서 그래? 이러니 내가 어떻게 기분이 상하지 않을 수가 있어? 제발 이해를 해줘. 하물며 이렇게 건강도 신통치 않은 참에 말야."

"일리야 일리이치, 아무리 생각해봐두…… 주인님이 왜 이사를 하지 않으려구 하시는지 도무지 이해할 수가 없슈."

속으로 겁을 집어먹고 자하르가 떨리는 목소리로 말했다.

"왜 이사를 안 하냐고? 아주 쉽게 말하는군!" 의자를 자하르 쪽으로 돌려 앉으며 오블로모프가 말했다. "이사한다는 게 어떤 건지 생각이나 해보았어, 엉? 아마, 생각해본 적도 없을 거다."

"그류, 진 꿈도 꿔본 적 없슈!"

자하르가 기가 죽어 대답했다. 쓰디쓴 무를 씹는 일만 아니라면 주인이 하는 무슨 말에도 동의할 수 있을 것만 같았다.

"생각해본 적이 없다면 자, 내 말을 좀 듣고 생각해봐, 우리가 지금 이사를 할 때인지 아닌지. 이사한다는 게 뭐야? 그건 다름아니라, 주인이 하루 종일 한데서 찬바람을 맞아야 한다는 걸 의미해. 아침부터 옷을 차려입고 서성거려야 하고……"

"그야, 잠시 집을 나서는 거 아닌가유? 하긴 하루 종일 집을 비우지 못할 이유는 또 뭐 있대유? 집에만 박혀 있는 게 건강에 더 해롭지 않겠슈? 보셔유, 월마나 헬쑥해지셨는지! 전에는 잘 담궈진 오이 같더만 시방은, 그렇게 방에만 박혀 있으시니께 그런지 몰골이 말이 아니란 말유. 길바닥에 나가서 지나는 사람들, 다른 사람들을 좀 보셨으면 좋으련만……"

"쓸데없는 소리 그만하고 내 말 좀 들어봐! 나보고 지금 거리를 헤매고 다니라는 말이야?"

"그럼유, 꼭 그래야 해유." 자하르가 발끈해서 말을 이었다. "사람들이 그러는디, 듣도 보도 못 한 괴물을 누가 데려왔다나봐유. 구경 간다구 난리던디. 주인님이 극장이나 가면무도회라도 나가시면 후딱 이사를 해버릴 수 있을 텐디 말유."

"쓸데없는 소릴랑 그만 지껄여! 너, 꽤나 주인 걱정하는 것 같다? 그래서, 하루 왼종일 거릴 헤매기만 하면 되고, 내가 어디서, 어떻게 끼니를 때우든, 그리고 식사 후에 낮잠을 자든 안 자든, 그런 건 안중에도 없다는 거야? 나 없이 이사를 하겠다고? 내가 안 봐도 어떻게 이사를 할지 눈에 선해. 항아리 같은 건 또 어떻게 나르려고? 적어도 난 알아."

점점 더 확신에 찬 목소리로 오블로모프가 말했다.

"이사가 뭘 뜻하는가 말이지! 부수고 소란 떠는 거 아니냐고. 온갖 물건을 바닥에 산더미처럼 쌓아놓고 말야. 저기엔 가방이 나뒹굴고, 소파 등받이, 그림들, 담뱃대, 책들, 이런저런 유리병들하며…… 다른 땐 눈에 띄지도 않던 것들이 어디서 그렇게 꾸역꾸역 나오는지, 원! 잊어버리지 않도록, 깨뜨리지 않도록 하려면 한시도 한눈을 팔아서는 안 돼…… 한 짝은 저기에, 다른 짝은 짐마차에 있지 않으면 이사 갈 집에 벌써 가 있고. 담배나 한 대 물어볼까 싶어서 담뱃대라도 집어들면 담배는 벌써 실어 나른 지 오래…… 앉고 싶어도 앉을 데가 없고, 뭘 만지려 해도 벌써 더럽혀지지 않은 게 없지. 어디든 먼지가 뽀얗고 닦을 걸레는 없고, 그러니 네 손처럼 지저분한 손을 해 가지고 어슬렁거려야 할 건 뻔하잖아……"

"지 손이 워때서유, 깨끗해유."

손이라기보다는 차라리 발바닥이라고 해야 옳을 성싶은 그 무엇을 보이며 자하르가 대꾸했다.

"알았으니까, 보여주기까지 할 필요는 없어!" 일리야 일리이치가 고개를 돌리며 말했다. "뭘 마시고 싶어서, 술병을 들어보지만 잔이 없는 거지……"

"병나발을 부시면 되겠구만!"

자하르가 멋쩍게 덧붙였다.

"너희놈들 하는 일이 다 그렇다니까. 빗자루질을 안 하고 걸레질을 안 해도, 양탄자를 안 털어도 아무렇지도 않다는 거지. 이사한 새집은." 일리야 일리이치가 머리 속에 그려지는 이사 장면을 떠올리며 말을 이었다. "사나흘 동안은 전혀 정돈이 안 되어 있을 테고, 뭐 하나 제자리에 가 있는 것이 없겠지. 그림들이 어떤 건 벽에, 어떤 건 바닥에 팽개쳐져 있을 테고, 덧신은 침대 위에 올라가 있고, 장화는 차와 포마드와 같이 한 보따리에 묶여 있을 게 뻔해. 쭉 훑어보면 의자다리는 부러져 있고, 액자 유리는 깨져 있을 테고 소파는 온통 얼룩투성이겠지. 뭘 좀 가져오라 해도 누가 알겠어, 어디에 있는지, 아니면 북새통에 잃어버렸는지, 그것도 아니면 옛날 집에 놓고 왔는지. 다시 거기로 가지러 간다고 이리 뛰고 저리 뛰고……"

"그런 날이 있다 보면 더 좋은 날도 있는 법 아니겠슈."

자하르가 말참견을 하고 나섰다.

"게다가 생각해봐! 새집에서 아침에 일어나면 얼마나 황당한가! 물도 없고 석탄도 없고, 겨울에 그렇게 추위에 떨고 앉아 있어봐. 방안은 냉기가 가득하고, 장작도 없지. 뛰어가랴, 얼른 장작 패랴……"

"이웃이 어떨지는 모르지만, 장작다발이나 물 한 양동이 사정하는 게 그리 만만한 일은 아니겠쥬."

"바로 그거야! 이사를 하고, 바로 그날 저녁이면 귀찮은 일이 다 끝날 것처럼 보이지만 그렇지 않아. 그러고도 이 주일은 더 시간을 보내야 한다고. 겉보기엔 모두 제자리를 찾은 거 같지만 잘 보면 아직도 할 일이 남아 있다는 걸 알게 될 거야. 커튼도 달아야지, 그림도 못 박아 걸어야지, 아주 진절머리가 나서 살맛이 안 나게 돼…… 게다가 그 비용, 비용은 또 어떻고……"

"지난번, 팔 년 전에는 이백 루블이 들었슈. 지금도 생각나네."

자하르가 자신 있게 말했다.

"그럴 리가, 농담이겠지! 새집에 이사 가서 그럼 처음엔 야만인처럼 살란 말이지? 금방 적응을 할 수 있을 거 같아? 난 잠자리가 바뀌면 닷새 넘게 잠을 잘 수가 없어. 심심해서 미쳐버릴 거야. 자고 일어나 저기 선반공 간판 말고 다른 무엇을 보게 된다는 것, 그리고 그 맞은편, 혹은 단발의 노파가 저기 창 밖을 내다보지 않는다면, 정말 난 심심해서 죽어버릴 거야…… 알았어, 이제? 지금 네가 주인을 어떤 지경으로 내몰고 있는지 말이야, 엉?"

일리야 일리이치가 책망의 눈빛으로 물었다.

"왜 몰라유."

자하르가 고분고분해졌다.

"알면서, 나보고 이사를 하라고 해? 이런 데다 힘 쓸 필요가 있겠어?"

"남들두, 심지어 우리보담 상황이 훨 안 좋은 경우에두 이사를 하잖유. 우리라구 못 할 게 뭐 있겠슈……"

자하르가 대꾸했다.

"뭐? 뭐라고?" 의자에서 벌떡 일어서며 일리야 일리이치가 당혹스런 어조로 물었다. "지금 뭐라고 했어?"

자하르는 주인이 왜 흥분해서 소리를 지르고 자리에서 일어났는지 영문을 몰라 별안간 당황했다. 그는 입을 다물었다.

"남들이 우리보다 못하지 않다고?" 일리야 일리이치가 경악을 금치 못하며 반복했다. "도대체 넌 지금 무슨 소릴 하는 거야? 이제야 알 만 해. 나란 존재가 너에겐 '남들'이나 별반 다를 바가 없다, 이거지?"

오블로모프는 자하르에게 비꼬듯이 넙죽 절을 하고서 가장 큰 모욕을 당한 사람의 얼굴을 해보였다.

"이러지 마셔유, 일리야 일리이치. 지가 감히 워찌 주인님을 다른 누구와 비교할 수 있겠슈?"

"눈앞에서 썩 꺼져!" 손으로 문을 가리키며 오블로모프가 명령조로 말했다. "널 더 이상 보고 싶지 않아. 아! '남들'이라고! 그래 좋아!"

자하르는 깊은 한숨과 함께 자기 방으로 사라졌다.

"사는 게 뭔지, 생각해보라구!"

침상에 걸터앉으며 그가 중얼거렸다.

"하나님 맙소사!"

오블로모프 입에서도 역시 신음 소리가 저절로 새어나왔다.

'아침에 일을 좀 하려 했더니만, 하루 온종일 기분을 엉망으로 망쳐놓는군! 누구냐고? 누구, 바로 충직하고, 서로 볼 거 안 볼 거 다 본 몸종이지. 말하는 꼴 좀 봐! 어떻게 그런 말을 할 수가 있담?'

오블로모프는 아주 오랫동안 마음의 평정을 찾을 수가 없었다. 그래서 자리에 누웠다가는 일어서고, 방안을 서성이다가는 다시 눕기를 반복했다. 그는 자하르의 짓거리, 즉 남들 수준으로 그를 깎아내린 이 엄청난 짓을 목도하면서, 여태껏 특별하다고만 생각해왔던 자하르의 그에 대한 존경심이 특별할 것도 없는, 그 어느 누구에게서나 흔히 찾을 수 있는 그렇고 그런 것이라는 사실을 깨닫게 되었다.

오블로모프는 이 비교에 대해 깊이 생각했다. 그리고 남이란 무엇이며 자신은 또 무엇인가, 그리고 이러한 비교가 어느 정도 가능하고 타당한지, 자하르가 그에게 가져다준 이 수모가 얼마나 견디기 힘든 것인지를 차분히 따져보았다. 마지막으로, 자하르가 과연 그를 의식적으로 모욕을 한 것인지, 다시 말해, 나라는 사람이 '남'과 별반 다를 바가 없는 사람이라고 과연 자하르가 확신하고 있는 것은 아닌지, 아니면 그저 생각 없이 혀가 내뱉은 말인지를 골똘히 생각했다. 이 모든 것 때문에 자존심이 잔뜩 상한 오블로모프는, 자하르가 '남들'이란 의미로 사용한 사람들과 자신의 차이점을 보여주고 그 행위의 추악성을 분명 일깨워줘야만 한다고 결심하기에 이르렀다.

"자하르!"

그가 또박또박 준엄하게 소리쳤다. 자하르는 부르는 소리를 듣고도 어쩐 일인지 매번 그랬던 것처럼 발길질을 하며 침상에서 뛰어내리지도 않고 궁시렁거리지도 않았다. 그는 천천히 벽난로에서 기어 내려와 손이고 옆구리고 할 것 없이 여기저기에 부딪치면서 조용히, 마지못해 걸음을 옮겼다. 마치 주인의 목소리만 듣고도 못된 짓이 발각되어 떨어지게 될 벌을 금세 직감하는 개와 다를 바가 없었다.

자하르는 문을 반쯤 열어젖혔다. 하지만 들어갈 엄두를 내지 못했다.

"들어와!"

일리야 일리이치가 말했다. 비록 문이 활짝 열렸다지만, 자하르는 마치 문짝에 몸이 붙잡아 매어져 있어서 도저히 문 안으로 들어갈 수 없기라도 한 것처럼, 문만 열어놓고 들어가지 않았다.

오블로모프는 침대의 끄트머리에 앉아 있었다.

"이리 와!"

그가 집요하게 말했다. 자하르는 어렵게 문에서 떨어져 나왔지만,

곧바로 문을 닫고 문에 등을 바짝 대고 서 있었다.

"이쪽으로!"

자기 바로 앞의 자리를 손가락으로 가리키며 일리야 일리이치가 말했다. 자하르는 반 발자국만 내딛고, 서라는 자리에서 2사젠*이나 떨어져서 멈춰 섰다.

"더 가까이 와!"

오블로모프가 말했다. 자하르는 단지 발을 움직여 발소리를 내면서 발자국을 내딛는 시늉만 할 뿐 제자리에서 꼼짝도 하지 않았다.

일리야 일리이치는 이번만은 무슨 수로도 자하르를 가까이 불러 세울 수 없음을 깨닫고, 서 있는 자리에 그대로 그를 세워놓고 얼마 동안 말없이 그저 질책의 시선만을 보냈다.

자하르는 주인의 무언의 직관에서 오는 어색함을 감지하고 그 어느 때보다도 더 주인을 의식하지 않는 듯한 표정을 지어 보였다. 주인 쪽을 향해 서 있으면서도 이때만큼은 일리야 일리이치에게 시선조차 주지 않았다.

그는 끈덕지게 왼편, 다른 쪽을 응시하기 시작했다. 거기서 그는 오래 전부터 아주 낯익은 물체, 그림 주변의 거미줄을 발견했다. 거미줄에는 다름아닌 자신의 태만에 대한 생생한 질책이 살아 숨쉬고 있었다.

"자하르!"

일리야 일리이치가 조용조용한 목소리로 품위 있게 그를 불렀다. 자하르는 대꾸가 없었다. 마치 '너 뭐하냐? 자하르가 또 있다던? 나야 여기 서 있잖여' 라고 생각하고 있는 듯했다. 그러면서 주인을 피해 좌우를 두리번거렸다. 거기서도 마치 옥양목처럼 뿌연 먼지가 덮여 있는

---

* 미터법 채용 이전의 길이 단위로 1사젠은 약 2.134미터에 해당.

거울이 자신의 존재를 일깨워주었다. 거울을 통해서 마치 짙은 안개 사이로 보이는 듯한 자신의 모습, 험악하고 못생긴 자신의 낯짝을 힐끔거렸다.

그는 이런 슬픈, 지나치게 낯익은 대상을 불만에 가득 차 바로 외면해버리고, 순간 일리야 일리이치에게로 시선을 돌렸다. 둘의 시선이 마주쳤다.

자하르는 주인의 눈에서 읽을 수 있는 질책을 견디기 어려워, 고개를 떨구고 구두코만 쳐다보았다. 거기, 먼지와 얼룩이 덕지덕지 붙어 있는 양탄자에서 다시 그는 주인나리를 모시는 일에 열의를 보이지 못했다는 애달픈 자신의 성적표를 읽을 수 있었다.

"자하르!"

일리야 일리이치가 감정을 실어 반복해서 불렀다.

"뭔 일이래유?"

거의 기어 들어가는 목소리로 자하르가 반문했다. 곧 떨어지게 될 불호령을 직감하고 몸을 사시나무 떨듯했다.

"크바스 가져와!"

일리야 일리이치가 말했다. 불안이 일순간 사라졌다. 자하르는 어린아이처럼 기뻐 어쩔 줄 몰라 하며 재빠르게 부엌으로 몸을 날려 크바스를 가져왔다.

"그래, 어때?" 비운 잔을 그대로 손에 들고서 일리야 일리이치가 짧게 물었다. "너도 불편하지?"

자하르의 얼굴에 나타난 험악한 표정이 잠시나마 참회의 빛을 띠며 부드러워졌다. 자하르는, 마음속 깊은 곳에서 깨어 치밀어오르는 주인에 대한 고마움의 첫 징조들을 느낄 수 있었다. 그는 갑자기 주인의 눈을 똑바로 쳐다보기 시작했다.

"네가 네 죄를 알렸다?"

일리야 일리이치가 물었다.

"'죄'라니 도대체 뭔 소리 하는 거여?' 자하르가 슬픔에 잠겨 생각했다. '말 한번 되게 섭섭하게 하시네. 워디를 뜨거운 것에 데기라도 한 것처럼 절로 눈물이 쏟아져 내릴 판이구먼.'

"도대체 왜 그러시는 거유, 일리야 일리이치." 자하르가 할 수 있는 가장 낮은 어조로 입을 열었다. "지가 무슨 말을 했다구 그러신대유. 지는 그저 그러니까 그게……"

"뭐, 너, 잠깐만!" 오블로모프가 말을 자르고 끼어들었다. "네가 무슨 짓을 한 건지 알기나 해? 저기에, 탁자에다 잔 내려놓고 대답해보란 말야!"

자하르는 아무 대답도 하지 않았다. 결정적으로 무슨 짓을 했는지도 이해하지 못했다. 하지만 그건 존경심을 품고 주인을 쳐다보는 데 아무런 방해가 되지 않았다. 심지어 고개를 떨구며 자신의 잘못을 뉘우치기도 했다.

"이런 네놈이 지독한 놈이 아니라고?"

오블로모프가 말했다. 자하르는 내내 입을 다물고, 그저 서너 번 두 눈을 크게 껌뻑거리기만 했다.

"넌 주인을 슬픔의 구렁텅이로 빠뜨렸어!"

일리야 일리이치는 띄엄띄엄 말을 하면서 자하르를 뚫어져라 노려보고 그가 난처해하는 것을 즐기고 있었다. 자하르는 당혹감에 어찌할 바를 몰랐다.

"슬프게 만들지 않았단 말야?"

일리야 일리이치가 물었다.

'슬프게 만들었다!' 이 새로운 섭섭한 말에 망연자실한 자하르가 속으로 중얼거렸다. 그는 시선을 한 곳에 두지 못하고, 지푸라기라도 잡는 심정으로 사방을 두리번거렸다. 다시 거미줄과 먼지, 거울에 비친 자신의 몰골과 주인의 얼굴이 눈앞에 어른거렸다.
'쥐구멍이라두 있음 들어가련만! 어휴, 차라리 죽는 게 나아!' 그는 아무리 꽁무니를 빼려 해도 지금의 이 절대절명의 상황에서는 빠져나갈 수 없다는 사실을 깨달았다. 자꾸 눈을 껌뻑이다 보니 두 눈에서는 눈물이 흐르는 것을 느낄 수 있었다.
급기야 그는 유명한 노래 한 구절을 따서 주인에게 대답했다.
"지가 뭘 그렇게 도련님을 슬프게 해드렸슈, 일리야 일리이치?"
거의 울먹이는 목소리였다.
"뭘?" 오블로모프가 말꼬리를 잡고 늘어졌다. "너 남이 도대체 뭔지 생각이나 해봤어?"
그는 하던 말을 멈추고 자하르를 노려보기 시작했다.
"그게 뭔지 말해줄까?"
자하르는 마치 곰이 제 굴에서 하듯이 돌아서서 온 방이 꺼져라 큰 한숨을 내쉬었다.
"남이라 함은, 누굴 보고 하는 소린지 알기나 해? 무례하기 그지없는 거렁뱅이에, 비천하고 교양머리라곤 조금도 없는, 그래서 지저분한 다락방에서 찢어지게 가난하게 살고 있는 작자들. 마당 저 한 귀퉁이에서 거적 하나 달랑 덮고 잠이나 자는 그런 인간 말야. 그런 작자들한테 뭘 기대할 게 있겠어? 아무것도 없어. 감자나 청어를 게걸스레 먹어 치울 줄이나 알겠지. 먹거리를 찾아 여기저기를 뒤지고 다니고 하루 온종일 이리저리 뛰어다니고 말이지. 아마 그런 놈한테야 새로 이사하는 게 식은 죽 먹기일 수도 있어. 저기 저, 랴가예프만 해도 그래. 그 사람이야 겨드랑이에 눈금자나 하나 끼고 손수건으로 옷가지 두어 벌 싸서 가면 그만이야…… '자네 어디 가나?' 하고 물으면 '이사 가,' 그게 끝이라고. 바로 이런 사람들이 '남'이라는 거야! 근데 네가 보기에 내가 그런 '남'과 같다, 이거지?"

자하르는 주인을 쳐다보고 선 채로 발 바꾸기만을 할 뿐 아무 말이 없었다.

"남이 도대체 뭐야? 별 거 아냐. 장화도 자기 손으로 닦고 옷도 혼자서 챙겨 입고, 가끔 주인 행세 한답시고 쳐다보지만, 맨 거짓말이나 하고 몸종이 뭔지도 모르는 그런 작자란 말야. 심부름 보낼 사람이 없어서 직접 필요한 걸 사느라 뜀박질을 하고 페치카의 장작도 스스로 뒤적거리고 간혹 먼지도 훔치는 그런 작자들이고……"

"독일 사람들 중엔 그런 사람들이 많아유."

자하르가 무뚝뚝하게 말했다.

"얼씨구! 그럼 난? 네 생각에, 내가 '남'이다?"

"주인님이야 전혀 다른 사람입쥬!"

자하르가 불만스럽게 투덜거렸다. 하지만 여전히 그는 주인이 무얼 말하고 싶어하는지 전혀 감을 잡지 못하고 있었다.

"내가 전혀 다른 사람이다, 엉? 잠깐, 네가 지금 무슨 말을 하고 있는지 좀 보라고! '남'이 도대체 어떻게 살고 있는지 좀 생각해보란 말야. '남'은 일하느라 지칠 새도 없고, 이리 뛰고 저리 뛰고, 말 그대로 아수라장이야. 일을 안 하면 입에 풀칠도 못 한다는 얘기지. '남'은 절이나 하며 굽신거리고 '남'은 애걸이나 하고, 그러니 비굴해질 수밖에…… 그런데 난? 자, 어디 판단해보셔. 어때, 그래도 내가 '남'이냐, 엉?"

"지 가슴을 아프게 하는 말씀일랑은 더 이상 하지 마셔유!" 자하르가 애걸했다. "오, 주인님, 제발!"

"내가 '남'이라며? 내가 빗자루를 들더냐, 아님 일을 하더냐? 적게 먹기를 해? 비쩍 마르길 했어, 딱해 보이기를 해? 내가 갖고 싶어도 못 갖는 게 있어? 시중들고 심부름해줄 사람도 있잖아? 내 손으로 직접 스타킹을 신느라고 애를 써본 적도 없어! 그럼 불안에 떨 이유가 있는 것 같애? 무엇 때문에 내가 그래야 해? 지금 내가 이런 소리 하는 게 누구 들으라고 하는 거야? 어렸을 때부터 내 시중드느라 따라다닌 네가 아니냐고? 내가 얼마나 애지중지 커왔는지, 또 크면서 단 한 번도 추위나 배고픔에 떨어본 적도 없다는 거, 부족한 거 하나 없었고 먹고살자고 돈 벌 궁리 해본 적도 없고 더더구나 나쁜 짓은 꿈도 꿔본 적도 없다는 걸 네가 두 눈으로 똑똑히 보았으니 잘 알 거다. 그런데 어떻게 나를 남과 비교할 생각을 다 해? 정말로 내 건강이 그 따위 '남들' 건강과 다를 바가 없단 얘기야? 정말로 내가 그 따위 일들을 하고 그걸 견뎌낼 수 있다고 생각하냐고?"

자하르는 이제 결정적으로 오블로모프가 하는 말을 이해할 수가 없게 되었다. 그러나 마음속으로 어찌나 흥분이 되던지 입술이 부풀어올랐다. 절대절명의 상황이 마치 먹구름처럼 그의 머리 위에서 으르렁거렸다. 그는 입을 꾹 다물었다.

"자하르!"

일리야 일리이치가 다시 그를 불렀다.

"내리실 분부라도 있으신가유?"

자하르가 겨우 들릴락 말락 한 소리로 중얼거렸다.

"크바스 좀더 가져와."

자하르는 크바스를 대령했다. 일리야 일리이치가 단숨에 들이켜고 잔을 내주자 그는 얼른 자기 방으로 줄행랑을 치려고 했다.

"아냐, 아직 안 끝났어, 기다려! 내가 지금 묻고 있잖아, 주인을 어떻게 그토록 가슴 아프게 모욕할 수 있는지. 그것도 갓난애 때부터 네 두 팔로 안고 다녔고 오랜 동안 시중을 들고, 네게는 은혜를 베풀어준 바로 그런 주인을 말야!"

자하르는 더 이상 참을 수가 없었다. 은혜를 베풀어준,이란 말을 듣자 정말 죽을 것만 같았다! 그는 더욱 빠르게 두 눈을 껌뻑거렸다. 가슴을 도려내는 듯한 일리야 일리이치의 말을 더 알아들으면 알아들을수록 슬픔은 커져만 갔다.

"잘못했슈, 일리야 도련님." 그가 잘못을 뉘우치며 쉰 목소리를 냈다. "지가 못난 탓이유, 지가 무식해놔서……"

자신이 무슨 짓을 했는지 이해조차 못 하는 자하르는 말 끄트머리에 무슨 동사를 써야 할지 도무지 알 수가 없었다.

"나로 말하면," 자신의 장점을 정당하게 평가받지 못해 모욕감을 느끼는 사람의 목소리로 오블로모프가 말을 계속했다. "여전히 밤낮으로 고민하며 일에 열중하고 있어. 간혹 머리에 불이 나고 심장이 오그라들기도 한단 말야. 밤마다 잠 못 이루고 뒤척이면서 더 나아질 수 있는 방법이 없을까를 늘 생각해…… 이게 다 누구 때문인지 알아? 누구를 위해서 그러는지? 다 네놈들, 농부들을 위해서야. 아마도 너를 위해서라 해도 무방하겠지. 넌, 아마도, 간혹 머리부터 이불을 뒤집어쓰고 있는 나를 보고, 그저 통나무처럼 누워서 잠이나 자고 있겠지,라고 생각할지도 몰라. 아냐, 그렇지 않아. 난 잠을 자는 게 아니고, 농부들이 어떻게 하면 부족함 없이 살 방도가 없을까, 어떻게 하면 딴사람들을 부러워하지 않고 살게 할 수 있을까, 어떻게 하면 무서운 최후의 심판날에 나, 나 하나님께 살려달라고 애원하며 눈물 흘리는 일 없이 나를 위해 기도하고 좋은 주인으로 나를 기억하게 할 수 있을까, 노심초사 생각하는 거지. 그러니 배은망덕도 유분수 아냐?"

오블로모프가 심한 질책의 목소리로 일장연설을 끝맺었다. 자하르는 결정적으로 가슴을 도려내는 듯한 마지막 말에 큰 감동을 받았다. 그는 서서히 흐느껴 울기 시작했다.

"일리야 일리이치!" 그가 울먹였다. "도련님 말이 다 맞아유! 도련님께서, 신의 가호가 있으시길, 그런 줄두 모르구! 아이구, 순결하신 성모 마리아시여! 이게 웬 난데없는 재난입니까……"

"이제야," 그의 말은 듣지도 않고 오블로모프가 말을 이었다. "네가 한 말이 얼마나 야단맞아 마땅한지 알겠지? 네 그 뱀 같은 혓바닥이 이 가슴을 후벼놓은 줄을!"

"뱀이라!" 자하르가 말을 내뱉고는 두 손을 모아 쥐고 울음을 터뜨렸다. 마치 방안에 수십 마리의 딱정벌레가 일시에 날아올라 앵앵거리는 것 같았다. "지가 뱀을 본 게 언제더라?" 그가 통곡을 하며 말했다. "맞아, 행여 꿈에라두 볼까 겁나는군, 징그러워라!"

두 사람은 서로를 이해하는 걸 그만두었고, 결국엔 서로 자신을 이해하는 것도 포기하지 않을 수 없었다.

"그러고도 주둥아릴 놀릴 거야? 계획대로라면 네놈에게 줄 독채와 채소밭, 그리고 배급식량도 정해놓았고, 봉급도 결정했어! 넌 관리인, 그러니까 집사 겸 대리인이 되는 거지! 농부들이 네게 굽신거리며 인사를 할거야. 자하르 트로피므이치님, 자하르 트로피므이치님 하면서! 그래도 넌 만족하지 못하고 '다른 사람들' 한테 불평을 늘어놓겠지! 이게 바로 내가 준비한 훈장이야! 그 명예가 주인 버금가는 거라고!"

자하르는 여전히 흐느껴 울고 있었고, 일리야 일리이치 역시도 감격하고 있었다. 자하르를 훈계하면서 그는 이 순간 농부들을 위해 좋은 일을 해내고야 말았다는 생각으로 충만되었고, 심지어 마지막 말을 할 때는 목소리도 떨렸고 두 눈엔 눈물이 그렁그렁 고였다.

"자, 이제는 하나님에게 맡길밖에!" 그는 화해의 어조로 자하르에게 말했다. "그리고 잠깐 기다려, 크바스 좀더 가져와! 목구멍이 말라 콱콱 막히는군. 그 정도는 알아차려야지, 주인 목이 쉰 거 안 들려? 척하면 척인 줄 알아야지!"

"너, 네가 무슨 잘못을 저질렀는지 알아야 해." 자하르가 크바스를 가져다주자 일리야 일리이치가 말했다. "다음부턴 절대 주인을 남과 비교하지 말란 말이야. 잘못을 고치려거든 어떻게 해서든지 집주인을 구워삶아서 내가 이사를 하지 않는 방향으로 일을 꾸며보라고. 그게 바로 주인을 편히 모시는 방법이지. 주인의 기분을 망쳐놓고 뭔가 새롭고 유익한 생각을 할 수 있는 기회를 박탈해서야 쓰겠어? 이러면 누가 손해 보는 줄이나 알아? 바로 너 자신이야. 바로 너희들을 위해서 내 한 몸 온전히 바치고 있고, 바로 너희들을 위해서 관직도 그만두고 내가 이렇게 틀어박혀 있는 거라고…… 자, 네게도 건투를 빈다! 벌써 3시를 치고 있군! 식사 시간까지는 두 시간밖에 안 남았는데, 두 시간으로 뭘 할 수 있겠어? 전혀 없어. 할 일이 태산이란 말야. 그렇다면 다음 우체부가 오기 전까지 편지를 준비해놓고 계획은 내일 마무리하는 걸로 해야겠군. 그럼, 나 이제 좀 눕겠어. 너무나 괴로움이 컸어. 너는 커튼 좀 내려주고 문을 꽉 닫아, 수면에 방해가 되지 않도록. 한 시간 정도 눈을 붙일 테니까 4시 반이 되면 깨워."

자하르는 주인을 방에 겹겹이 가두기 시작했다. 우선 주인을 감싸고 있는 이불을 푹 뒤집어씌운 다음, 커튼을 내리고 모든 문을 꼭 잠그고서 자기 방으로 물러 나왔다.

"뒈져버려라, 이런 망할 놈!"

눈물 자국을 훔치고 침상으로 기어 올라가면서 그가 중얼거렸다.

"정말, 경을 쳐도 싸지! 내 독채, 야채밭, 봉급!"

거의 마지막에 한 말만 알아들은 터라 자하르는 이렇게 중얼거렸다.

"가슴이 찡한 말도 재간이 있는 사람이나 할 수 있는 겨. 심장을 칼루다 도려내는 것 같어…… 내 집, 내 채소밭, 거기서 두 발 쭉 뻗구 누워보았으면!"

침상머리를 호되게 내리치면서 말했다.

"봉급이라! 은화나 오 코페이카짜리 동전 하나라두 수중에 있어야 담배를 사 피우더라두 피울 수 있구, 여편네들 대접이라두 할 수 있지 않겠냐구! 빌어먹을!…… 생각해보라구, 이대로 그냥 죽을 수야 없지!"

일리야 일리이치는 벌렁 누웠지만 곧바로 잠을 이룰 수가 없었다. 그는 생각에 생각을 거듭했고, 그러면 그럴수록 견딜 수가 없었다……

"난데없이 두 가지 안 좋은 일이 생기다니!" 이불을 머리끝에서부터 둘둘 말아 덮으면서 중얼거렸다. "제발 조금만 더 견뎌보자!"

그러나 정작 이 두 불행, 다시 말해서 촌장의 뭔가 속셈이 있어 보이는 편지 건과 새집으로의 이사 건은 더 이상 오블로모프를 자극하지 않았고 단지 걱정스러운 여러 기억들 가운데 하나로 여겨질 뿐이었다.

'촌장이 위협하고 있는 낭패까지는 아직 많은 시간이 남아 있어. 그때까지 많은 일들이 변할 수가 있어. 비가 내려 흉작을 모면할 수도 있지 않을까? 아마도 체납금도 촌장이 메워놓을 수도 있고. 도망간 농부들도, 그가 쓴 대로, '정착지로 이주시킬 수도 있는 문제'지.'

'제깟 농부들이 떠나봐야 어디로 떠나겠어?'

그는 작금의 상황에 대해서 시간이 가면 갈수록 좋은 쪽으로 포장하여 생각하게 되었다. '까짓것 밤에 그 축축한 데 먹을 것도 없이 떠날 테면 떠나보라지. 잠은 또 어디서 자고? 숲속에서 잔단 말야? 아마 앉지도 못할걸! 그래도 비록 역겨운 냄새나는 집칸이지만 적어도 따뜻하

지 않냐고……'

'그렇담 걱정할 게 뭐람?' 생각이 꼬리를 물었다. '계획이 성사될 날도 멀지 않았어. 그런데 뭘 미리부터 놀란다지? 에휴, 나야……'

이사에 대한 생각은 좀더 그를 신경 쓰이게 했다. 이는 아직도 뜨끈뜨끈한 최근의 불행이었다. 그러나 이미 평정을 되찾은 오블로모프의 마음 속에는 이 사실에 걸맞은 하나의 일이 벌써 진행 중이었다. 비록 걱정스런 마음으로 이사의 필연성을 예감하고 있었고, 더군다나 그 일에 타란찌에프라는 인물이 개입이 되어 있긴 했지만 그는 의도적으로, 살아가며 생길 수 있는 이 걱정스런 사건을 적어도 일주일 뒤로 미뤄놓을 수 있었다. 벌써 온전한 일주일간의 평화를 벌어놓은 셈이었다!

'아마도, 자하르가 노력하고 있으니까 어쩌면 이사를 안 가도 될는지 몰라. 정말, 잘 해결될 거야. 내년 여름까지 시간을 벌 수 있을지도, 아니면 아예 집을 고칠 생각을 버리게 될지도 모르는 일이고. 어떻게든 그렇게만 된다면 좋으련만! 톡 까놓고 말해서…… 지금 이사를 한다는 게 어디 될 법한 소리야!'

그렇게 그는 걱정 반 자위 반의 상태에 처해 있었다. 이번에도 결국에는 정말로, 아마도, 어떻게든과 같은 위안을 주는 절충어(折衷語)들에 의지를 하는 도리밖에는 없었다. 이는 우리의 먼 조상이 언약궤에서 발견했던 소망과 안식의 방주나 다름없었다. 때마침 찾아낸 방법 덕택에 그는 두 가지 불행으로부터 자신을 보호할 수 있었다.

벌써 가볍고 상쾌한 마비의 기운이 사지를 감싸왔고, 마치 수줍은 첫 동장군이 수면을 흐릿하게 만들 듯 조금씩 그의 감정을 꿈꾸듯 몽롱하게 만들기 시작했다. 1분 가량 의식은 온데간데없어져버렸다. 그러다 갑자기 일리야 일리이치가 정신을 차리고 두 눈을 떴다.

'아직 세수도 안 하고 뭐하고 있담! 정신을 어디다 팔고 있는 거야? 게다가 뭐 하나 해놓은 일이 없잖아. 계획을 서면으로 작성하려고 했는데 아직 손도 안 대고 있고, 촌장한테 편지도 쓰지 않았고 현지사한테도 마찬가지고, 집주인한테는 시작은 해놓고 마무리를 하지 않았고, 영수증 확인도 안 했고 돈도 내주지 않았어. 아침이 그냥 후딱 지나버렸네!'

다시 생각에 잠겼다……

'도대체 그게 뭐야? 어쨌거나 남이라면 벌써 다 했을 일을!' 머리 속에 다시 그 생각이 맴돌았다. '남이라, 남…… 남이란 도대체 뭐야?'

그는 자신과 '남'과의 비교 속에 깊이 빠져들었다. 생각에 생각을 거듭하기 시작했다. 이제는 자하르에게 이야기해주었던 남에 전혀 상반되는 또 하나의 생각이 머릿속에 자리를 잡았다.

그는, 다른 사람이라면 편지를 죄다 썼을 테고 관계대명사와 관계사가 서로 단 한 번도 충돌하지 않도록 할 수 있을 뿐만 아니라 새집으로 이사도 가고 계획도 완성하고, 더욱이 시골에도 다녀왔으리라는 것을 인정하지 않을 수 없었다.

'나라고 이 따위 일들을 못 할 이유가 어디 있담…… 사실 편지를 쓸 만한 능력도 충분하지. 편지보다도 훨씬 골치 아픈 것도 다 써왔잖아! 그런데 그런 능력이 다 어디로 가버린 거야? 좋아, 이사한다는 게 도대체 뭐지? 마음먹기 달린 거지! '남'은 절대 잠옷 한 번 걸치는 적이 없어.' 다시 남에 대한 성격 규정이 덧붙여졌다. ''남'은……' 이 순간 하품이 나왔다…… '거의 잠도 못 자고…… '남'은 삶을 즐기지. 그런 사람은 어디 안 가는 데가 없고 뭐 하나 안 보는 게 없고 사사건건 다 참견을 하려 들지만서도…… 그럼 나는! 난…… '남'이 아니지!' 하며 그는 슬픔에 잠겨 깊은 생각에 빠져들었다. 그는 이불에서 머리를 끄집어냈다.

오블로모프의 삶에서 분명한 의식적인 순간 하나가 찾아들었다.

갑작스레 그의 마음 속에 인간의 운명과 사명에 대한 생생하고 분명한 생각이 떠올랐을 때, 이러한 사명과 그의 개인적 삶 사이의 대비가 언뜻 엿보였을 때, 머릿속에 마치 고이 잠들어 있는 폐허 속으로 갑자기 비친 한줄기 빛에 놀란 새들처럼 다양한 삶의 문제들이 잠에서 깨어 하나둘씩 무질서하게 겁먹은 날갯짓을 퍼덕일 때, 그는 무서워 견딜 수 없었다.

자신의 덜떨어짐, 발육부진을 앓고 있는 것과 같은 정신력, 모든 일을 방해하는 부담감으로 인해 그는 말할 수 없이 슬프고 마음이 아팠다. 다른 사람은 아주 대범하게 살고 있는데, 자신의 좁고 초라한 인생의 행로에만 육중한 바위가 던져져 있는 것만 같다는 부끄러움마저도 그를 괴롭혔다.

소심한 그의 마음 속엔 괴로움의 자각이 생겨나, 그의 기질의 다른 많은 측면들이 전혀 잠에서 깨어나지 못했고 나머지 측면들도 조금씩은 건드려질지언정 어느 것 하나 끝까지 생겨나는 법이 없었다.

설상가상으로, 묘지에서와 마찬가지로 자신 안에 어떤 훌륭하고 밝은, 혹 이미 죽어버렸는지도 모를 그런 근본이 숨겨져 있지나 않을까, 혹은 이미 오래 전에 의당 돈으로 환원되었어야만 할 금덩이가 산 깊은 곳에 간직되어 있는 것과 마찬가지로 여전히 곱게 간직되어 있는 것은 아닐까 하는 가히 병적이라 할 느낌을 그는 갖고 있었다.

그러나 금은 보석 위에는 쓰레기와 오물이 겹겹이 쌓여 있었다. 혹은 마치 평화와 삶을 사랑하는 데 필요한 본래부터 타고난 보물을, 누군가가 그의 마음 속에서 파헤쳐서 훔쳐간 것만 같았다. 인생 행로를 향해 돌진하려는 그를, 지성과 의지라는 돛을 단 돛단배의 쾌속 항진을 무엇인가가 방해하고 있었다. 어떤 비밀스런 적이 길 초엽에 묵직한 손을 가로 걸치고 있었고 곧게 뻗은 인간의 사명이란 길에서 멀찌감치 그를 밀쳐내고 있었다……

이젠 인적이 드문 산골짜기에서 곧게 뻗은 오솔길로 빠져나오기에는 이미 늦은 것만 같았다. 숲이 그를 에워싸고 있고 그의 마음의 숲은 점점 무성해지고 어두워져만 갔다. 오솔길은 점점 잡초로 무성해졌다. 맑은 의식은 더더욱 드물게 잠에서 깨었고 단지 일순간 잠자는 정력을 깨울 따름이었다. 이성과 의지는 평행선을 그으며 달린 지 오래였고 다시 돌아올 길은 막막해 보였다.

살아가며 겪게 되는 사건들은 현미경으로나 보일 정도의 크기로 세분화되었지만, 그에겐 이 사건들을 어떻게든 처리해볼 만한 여력이 남아 있지 않았다. 그는 어떤 하나의 일을 끝내고 다른 일로 넘어가지 못하고 거듭 밀려오는 파도에 떠밀리듯 일들에 치여 살았다. 그에겐 의지의 탄력을 이용해서 어떤 일에 반항하거나 그 후속 조치를 이성적으로 할 만한 힘이 없었다.

스스로에게 이런 남모르는 고백을 해야만 하는 그의 심정은 착잡하기만 했다. 지난 일에 대한 헛된 안타까움과 신랄한 양심의 질책이, 마치 바늘처럼 그를 찔렀고, 그는 온 힘을 다해서 이 질책의 짐을 벗어버리고 자기 밖에서 죄인을 찾아 그를 향해 침을 꽂으려고 무던히 애를 썼다. 그러나 누구에게 침을 꽂는단 말인가?

"이게 다…… 자하르란 놈 탓이야!"

그가 중얼거렸다. 자하르와 벌였던 말다툼의 세세한 장면을 기억해냈다. 그러자 그의 얼굴이 창피함으로 온통 벌겋게 변해버렸다.

'누가 엿듣기라도 했으면 어쩐다지?' 여기에 생각이 미치자 온몸이 빳빳이 굳어졌다. '천만다행이야, 자하르란 놈이 남한테 애길 할 줄 아는 위인이나 되나. 한다 해도 믿을 사람도 없고. 다행이야!'

그는 안도의 한숨을 내쉬고 자신에게 저주 섞인 말을 하고는 뒤척이며 탓할 사람을 물색해보았지만 딱히 떠오르는 인물이 없었다. 비탄의 한숨 소리가 자하르의 귀에까지 들렸다.

"크바스라도 불어서 드시나!"

자하르가 성을 내며 중얼거렸다.

"어째서 난 그래 이 모양인가?" 거의 울먹이는 목소리로 오블로모프가 자문해보고는 다시 머리까지 이불을 뒤집어썼다. "정말!"

살아야만 하는 대로, 이를테면 남들이 사는 대로 살게 놓아두지 않는 옳지 못한 이유를 찾느라 헛된 시간만 보낸 그는 한숨을 쉬고 두 눈을 감아버렸다. 몇 분이 지나서 졸음이 다시 그의 감정에 어느 정도 족쇄를 채우기 시작했다.

"나 역시도…… 하고는 싶지만……" 겨우겨우 눈을 깜빡이며 그가 말했다. "뭐든지 말이지…… 정말 내 천성이 벌써 나를 욕보인단 말인가…… 그렇지는 않아, 다행히도…… 불평을 해봐야 무슨 소용이야……"

그러고 나서야 안도의 한숨이 들려왔다. 그는 흥분에서 정상적인 자신의 상태, 안정과 태평스런 마음으로 돌아가고 있었다.

"보다시피, 팔자려니 해야지…… 이제 어떻게 한다?"

잠을 이기지 못하고 겨우 중얼거렸다.

"수입이 이천이 더 적게 들어온다면……" 정신이 몽롱한 상태로 갑자기 큰 소리를 냈다. "그래, 그래, 잠시만……" 반은 정신이 들었다.

"그런데…… 내가…… 왜…… 이 모양이 되어버렸는지…… 정말 재미있군!" 그가 다시 속삭였다. 두 눈이 완전히 감겼다. "그래, 왜? 당연히……그건…… 그 때문에……" 더 말을 하려고 애썼지만 말을 끝맺지 못했다.

그렇게 그는 그 이유에 대해 결론을 내리지 못했다. 혀와 입술이 말하는 중에 순간적으로 얼어붙었고 언제나 그렇듯 반쯤 벌어진 채였다. 말 대신에 다시 한 번 한숨 소리가 들렸고 뒤이어서 평화스럽게 잠든 한 인간의 고른 코고는 소리가 들리기 시작했다.

꿈은 느리고 게으른 생각의 흐름을 멈춰 세웠고, 순식간에 이전 세대의 사람들이 살았던 과거의 다른 세상으로 그를 데리고 갔다. 우리 독자들도 그와 함께 과거로의 시간 여행을 떠나보도록 하자.

제9장

오블로모프의 꿈

지금 이곳은 과연 어디란 말인가? 오블로모프의 꿈에 이끌려 우리가 도착한 이 은혜의 땅은 어디인가? 정말 더할 나위 없이 아름다운 두메산골이다.

정말, 이곳에서는 바다도, 험한 산도, 절벽도, 벼랑도, 울창한 숲도 하나 보이지 않는다. 웅장하다거나 거창하다거나 무시무시한 장관은 없다.

그런 것, 거창하고 웅장한 것이 왜 필요하단 말인가? 예를 들어, 바다는? 바다는 바다일 뿐! 바다는 인간에게 슬픔만을 가져다줄 뿐이다. 바다를 보고 있노라면 울고 싶어진다. 끝없이 펼쳐진 물의 장막 앞에 서면 위축감으로 마음에 분란이 일어나고, 끝이 보이지 않는 장관의 단조로움에 기진맥진한 시선이 쉴 자리가 없다.

거센 파도의 으르렁거림은 연약한 귀로 하여금 쉴 여유를 주지 않는다. 태초부터 여태껏 변하지 않는, 음울하고 영문을 알 수 없는 자신의 노래 가사를 그저 되풀이할 따름이다. 노래에선 마치 고통의 운명을 타고난 듯한 괴물의, 예나 지금이나 똑같은 통곡과 불평 소리, 누군가의 상서롭지 못한 째지는 목소리가 내내 들려온다. 주위엔 새들도 지저귀지 않는다. 단지 무언의 갈매기들만이 흡사 수형자처럼 해변을 날고 물 위를 선회할 뿐이다.

자연의 통곡 앞에서는 짐승의 으르렁거림도 전혀 힘을 쓰지 못하고, 인간의 목소리도 보잘것없으며, 인간 자신 또한 너무나도 왜소하고 연약해서 웅장한 장관의 작은 일부분으로 전혀 눈에 띄지도 않고 사라져버리고 만다! 아마도 바다를 바라보기가 그토록 힘에 부치는 이유가 바로 여기에 있지 않나 싶다.

아니, 바다, 저 하고픈 대로 내버려두라고 그래! 정적과 불변은 마음속에 위안의 감정을 불러일으키지 못한다. 태산 같은 물의 겨우 보일 듯 말 듯한 동요 속에서 인간은 비록 잠들어 있으되 무한한 힘을 본다. 그 힘은 때때로 인간의 콧대 높은 의지를 독살스럽게 조롱하기도 하고, 인간의 대담한 생각과 모든 걱정, 그리고 어려움을 깊숙이 숨겨주기도 한다.

산과 벼랑 또한 인간에게 즐거움을 주기 위해 창조된 것이 아니다. 그것들은 위협적이고 무섭기가 인간을 덮치기 위해 높이 쳐든 야수의 발톱과 이빨 같다. 그것들은 너무나도 생생히 우리의 연약함을 일깨워주고, 공포와 삶에 대한 근심에 우리를 사로잡히게 만든다. 저기 절벽과 벼랑 위의 하늘은 너무도 멀고 도달 못 할 것만 같아서 마치 사람들과는 관련이 없어 보이기도 한다.

그러나 우리의 주인공이 갑자기 눈을 뜬 평화로운 두메산골은 전혀 그렇지가 않다.

그곳의 하늘은 그 반대로 땅에 아주 가까이 바싹 다가와 있다. 하지만 더욱 강하게 화살을 날리기 위해서가 아니라 단지 땅을 사랑으로 더욱 힘차게 포옹하기 위해서일 것이다. 하늘은 머리 위에 그다지 높지 않게 펼쳐져 있어 마치 고향집의 푸근한 지붕을 연상시켰고, 선택된 이 두메산골을 모든 재난으로부터 보호하고 있는 것처럼 보였다.

그곳의 태양은 거의 반 년을 밝고 뜨겁게 비치다가 은연중에, 분명 마지못해 그곳으로부터 멀어진다. 마치 다시 한두 번 애지중지하는 곳을 보고, 그곳에 악천후 중에도 밝고 따뜻한 가을날을 선사하기 위해 되돌아가는 것만 같다.

그곳의 산들은 상상력을 위협하는, 어딘가에 솟아오른 무서운 산들의 모형을 그저 떠놓은 것만 같다. 기분좋게 누운 채로 장난치고 떠들면서 등으로 미끄러져 내려오거나, 아니면 앉아서 넘어가는 해를 보며 명상에 잠기기 딱 알맞은 일련의 완만한 둔덕들이다.

강은 놀고 장난치면서 유쾌하게 내달린다. 강은 넓은 연못으로 흘러들기도 하고 냇물이 되어 빠르게 돌진하기도 하고, 혹은 마치 생각에 잠긴 듯 온순해져서는, 졸졸 소리를 내며 달콤한 선잠에 빠져 있는 발랄한 실개천들을 자신으로부터 사방으로 내보내면서 조금씩 갈대들 사이로 미끄러져 흐르기도 한다.

반경 15 내지 20베르스타의 두메산골은 그 자체가 웃음을 한껏 머금은, 유쾌한 풍경을 스케치해놓은 한 폭의 그림에 다름아니다. 반짝거리는 냇물의 완만한 모래사장, 언덕에서 물로 쭉 내리뻗은 작은 관목 숲, 실개천이 굽이굽이 흐르는 골짜기 그리고 자작나무 숲, 이 모든 것이 일부러 하나하나 정돈되어 장인의 손에 의해 그려진 것만 같다.

제1부　161

모두에게 잊혀져버린 이 두메산골은 소란스러움에 지쳐버린 사람, 아니면 소란스러움을 전혀 모르는 사람의 마음이 숨어서 아무도 모르게 행복한 삶을 꾸리기에 안성맞춤이다. 모든 것이 그곳에선 백발이 될 때까지의 평온하고 오랜 삶과 꿈과 같은 눈에 띄지 않는 죽음을 약속하고 있다.

그곳에선 1년 주기가 규칙적이다 보니 그것에 따로 관심을 갖는 이 하나 없다. 달력에 표시되어 있는 대로 3월이면 봄이 오고, 뒷산에선 더러운 냇물이 달음박질을 치고 언 땅이 녹고 따뜻한 수증기가 모락모락 피어나기 시작한다. 농부가 털가죽 외투를 벗어던지고 달랑 셔츠 차림으로 밖에 나와, 두 눈을 손으로 가리고 오랫동안 햇빛을 즐기면서 만족스럽게 어깨를 들썩거린다. 다음엔 거꾸로 뒤집어져 있는 수레 채를 하나씩 번갈아 가며 들어올리거나 혹은 처마 밑에 놓여 있는 쟁기를 살펴보고 공연히 발로 차보기도 하면서 예의 바깥일을 준비한다.

갑작스런 눈보라가 되돌아와 들판을 덮어버린다든가 나뭇가지를 부러뜨리는 일은 적어도 봄에는 볼 수가 없다. 난공불락의 매서운 추위의 겨울 미녀는 정해진 따뜻함의 시기 전까지만 자신의 지조를 지킨다. 기대하지 않았던 해빙으로 약을 올리지도 않을뿐더러 듣도 보도 못 한 한파로 부담을 주지도 않는다. 모든 것이 통례대로의 일반적인 자연법칙에 따라 진행된다.

11월에 눈과 동장군이 찾아와 주현절*에 즈음하여 기승을 부리는데, 이 때문에 집 밖을 나선 농부는 채 1분도 못 견디고 턱수염에 고드름을 주렁주렁 달고 다시 집으로 발길을 돌린다. 2월이 되면 민감한 코가 이미 공기 중에서 임박한 봄의 산들바람 냄새를 맡는다.

---

* 구력으로는 1월 6일로 동방박사 세 사람이 베들레헴의 예수 앞에 나타난 날을 기념한 날.

그러나, 여름, 이 지방의 여름은 특히 멋지다. 거기에서는 구태여 레몬이나 월계수 향이 아닌 그냥 쑥과 소나무 그리고 벚꽃의 냄새로 그득한 신선하고 산뜻한 공기를 쫓아야만 하고, 약간 뜨겁긴 해도 너무 강렬하지 않은 햇빛이 내리쬐는 날을 거의 석 달 동안 구름 한 점 없는 하늘과 더불어 만날 수가 있다.

그토록 청명한 날이 서너 주일 계속된다. 바람도 따뜻하고 밤에도 후덥지근하다. 별들이 상냥하고 다정하게 하늘에서 반짝인다.

비라도 내리면 이는 또 얼마나 은혜로운 여름비인가! 양동이로 퍼붓듯 넉넉하게 쏟아져 내리고 즐겁게 흩날린다. 갑작스레 큰 기쁨을 만난 사람이 쏟아놓는 따뜻한 눈물처럼. 비가 그치기 무섭게 태양은 벌써 환한 사랑의 미소를 머금고 들판과 산기슭을 둘러보고 물기를 말려준다. 온 세상이 행복에 겨워 다시금 태양의 화답에 웃음짓는다.

농부는 기쁜 마음으로 비를 맞는다. "비가 내려 흠뻑 적셔주면 햇볕이 이를 말려주네!" 따뜻한 폭우를 얼굴에, 어깨에, 등에 기꺼이 맞으며 농부가 말한다.

뇌우도 무섭지 않고 그곳에선 단지 은혜로울 뿐이다. 매번 똑같은 때에만 내리칠 뿐이고 마치 사람들 가슴속에 전해오는 유명한 전설을 뒷받침해주기라도 하듯이, 절대로 성 일리야의 날*을 잊는 적이 없다. 내리는 양이나 세기 또한 매년 똑같아 보여, 정말로 어디 창고에라도 모아둔 벼락을 일정량 해마다 온 세상에 방출하고 있는 것만 같다.

어떤 무서운 폭풍우도, 어떤 붕괴도 이 산골에선 들어볼 수 없다.

신문에서도 신의 은총을 받은 이 두메산골에 대해서는 엇비슷한 기사조차 읽어볼 수가 없다. 스물여덟 살 난 과부 여편네 마리나 쿨리코바

---

* 구력으로 7월 20일.

가 단번에 네 쌍둥이를 낳아서 이 끔찍한 일이 신문에 실리지 않는 한, 이 지방에 대해서 신문 기사가 나거나 무슨 소식이든 듣게 되는 일은 없을 것이다.

하나님은 이 땅에 불가피한 역병으로도, 단순한 재난으로도 벌을 내린 적이 없다. 주민 가운데 그 누구도 둥근 모양의 불벼락이나 느닷없는 어둠 따위의 무시무시한 하늘나라의 징후를 본 적도 없을뿐더러 기억조차 못 한다. 독충이 있어본 적도 없고 메뚜기가 날아든 적도 없다. 울창한 숲이 없어서 포효하는 사자도, 으르렁거리는 호랑이도, 심지어 곰이나 늑대조차도 볼 수 없다. 들판과 시골엔 되새김질하는 수도 없이 많은 소와 우는 양, 꼬꼬댁거리는 닭만이 나돌아다닐 뿐이다.

시인 혹은 몽상가가 평화스러운 두메산골의 자연에 만족할는지 어떨지는 신만이 알 일이다. 이들은, 다 아는 사실이지만, 넋을 잃고 달을 바라보는 것, 꾀꼬리의 지저귐 소리를 듣는 것을 좋아한다. 그들은, 크림 색 구름 옷을 차려입고 나뭇가지 틈새로 몰래 엿보거나 은빛 광선을 자신의 추종자들의 눈에 흩뿌리는 달의 아양을 사랑한다.

그러나 이 산골짝에선 바로 그런 달을 아는 이 하나 없고, 모두들 그냥 달이라고 불렀다. 달이 인자하게 두 눈을 똑바로 뜨고 시골 들녘을 내려다보고 있는 모양은 영락없이 잘 닦여진 구리대야다. 시인이 환희에 찬 눈으로 달을 쳐다보는 것 또한 괜한 짓일 것이다. 달은, 열정적이고 언변이 좋은 도시 난봉꾼의 시선에 화답하여 던지는, 둥근 얼굴을 가진 시골 미인의 바로 그 냉담한 눈길로 시인을 바라보리라.

이 산골짝에선 꾀꼬리 울음 소리 또한 들리지 않는데, 아마도, 이는 그늘진 보금자리나 장미가 이곳엔 없는 까닭일 것이다. 하지만 대신에 메추라기는 어찌나 많은지! 여름, 곡식을 추수할 때면 아이들은 손으로 잡을 수 있을 정도다.

하지만, 이 메추라기가 식도락가의 사치품이 되겠거니 하고 생각하는 사람은 없다. 이 산골 주민들의 도덕 관념에 그런 방탕함이 끼어들 틈이 없음은 당연하다. 메추라기는 그냥 새일 뿐, 그들의 식생활과는 무관하다. 꾀꼬리는 노래를 불러 사람들의 귀를 즐겁게 해준다. 이 때문에 집집마다 처마 밑에는 실로 얽은 새장이 꾀꼬리를 위해 매달려 있다.

시인과 몽상가는, 소박하고 단순한 이 지방이 보여주는 일반적인 모습에 만족할 수는 없을 것이다. 온 자연, 이를테면 숲, 물, 초가집 담벼락, 모래둔덕 등이 모두 적자색 노을로 불타는 때에 거기서 스위스 혹은 스코틀랜드 풍의 저녁을 볼 수는 없으리라. 말 탄 기사들이 산책 나온 부인들을 호위하면서 구불구불한 모랫길을 따라 음침한 폐허로, 혹은 할아버지가 들려준 장미전쟁*에 대한 일화, 산양 고기로 준비한 저녁, 게다가 비파 소리에 맞춰 젊은 처녀가 부르는 발라드——이 장면들로 월터 스콧은 우리의 상상력을 풍부하게 해주었다지만——가 기다리는 견고한 성으로 서둘러 내달리는 장면은, 도대체가 이러한 적자색 배경에는 지나치게 두드러져 보이기 마련이다.

그렇다. 우리의 이 지방에선 전혀 볼 수 없는 것들이다.

이 지역을 이루는 서너 개의 시골 마을은 고요한 꿈결 자체다! 마을들은 서로 멀리 떨어져 있지도 않았는데, 마치 거대한 손으로 누군가 우연히 던져서 사방으로 흐트러뜨린 이래로 여태껏 그대로인 것만 같았다.

초가집 한 채가 계곡의 낭떠러지에 걸려, 반쪽은 허공에 떠 있고 세 기둥만으로 지탱을 하면서 태곳적부터 거기에 매달려 있다. 그 집에선 사람들이 증조할아버지 때부터 조용히 행복하게 살고 있다.

---

* 1455~85년에 걸쳐 벌어졌던 랭커스터 가문과 요크 가문 간의 왕위 쟁탈전.

닭조차 무서워 들어가기를 꺼릴 법한 그 집에서, 쭉 뻗으면 집이 자기 키에도 못 미치는 건장한 체구의 사내 아니심 수슬로프가 아내와 함께 살고 있다.

아니심의 집에는 누구라도 들어갈 수 있는 것은 아니다. 손님이라면 누구나 엉덩이를 숲 쪽으로 돌리고 그를 향해 앉으라고 요구할 것이다.

현관 계단이 낭떠러지 위에 매달려 있어서, 제대로 현관에 발을 들여놓기 위해서는 한 손으로는 풀을 움켜쥐고 다른 손으로는 처마를 붙잡은 다음, 현관으로 곧게 발을 내디뎌야만 했다.

또 다른 초가집은 마치 제비둥지처럼 언덕바지에 꼭 붙어 있었다. 눈을 떠보니 세 집이 공교롭게도 이웃하고 있었고 두 집은 계곡의 맨 바닥에 자리잡게 되었다.

시골 마을에선 모든 게 고요하고 꿈만 같다. 무언의 초가집들이 대문이 활짝 열린 채이다. 쥐새끼 하나 보이지 않는다. 한 무리의 파리 떼가 구름처럼 날아올라 무더위 속에서 윙윙거린다.

집 안으로 들어가 큰소리를 쳐보았댔자 아무 소용이 없다. 죽은 자의 침묵만이 화답할 것이다. 간혹 어떤 집에서는 병자의 신음 소리나 난로 위에서 자신의 마지막 생을 보내고 있는 노파의 마른기침 소리가 들려오기도 하고, 아니면 칸막이 뒤에서 긴 머리의 세 살배기 어린애가 맨발에 달랑 내복 하나 차림으로 나타나, 들어온 사람을 말없이 뚫어져라 쳐다보다가는 다시 잽싸게 숨어버리는 일도 있을 것이다.

그런 극도의 정적과 평화는 들녘에서도 마찬가지다. 어딘가에서 무더위에 새까맣게 그을린 농부가 개미처럼 우글대고, 땀을 뻘뻘 흘리면서 힘들여 쟁기질을 한다.

이 지방 사람들의 정신 속엔 고요와 무관심한 평온이 만연되어 있다. 도둑질이나 살인 따위의 그 어떤 무시무시한 우연한 사건도 여기선 찾아볼 수 없다. 강한 열정이나 대담한 계획이 그들을 자극한 적도 없다.

도대체 어떤 열정, 어떤 의도가 그들을 흥분시킬 수 있단 말인가? 거기서는 누구나 자신을 잘 알고 있다. 이 지방 주민들은 다른 사람들과 멀리 떨어져서 살아왔다. 가장 가까운 마을과 읍내는 20 내지 30베르스타 거리에 있다.

농부들은 일정한 때가 되면 그들의 칼히다*이자 헤라클레스의 기둥이었던, 가장 가까운 볼가 강 나루터로 곡식을 실어 날랐고, 1년에 단 한 번 그 중 몇몇이 장터에 다녀왔을 뿐 어느 누구와도 더 이상의 왕래는 하지 않았다.

관심은 오로지 자기 자신에게만 집중되어 있어서, 세례도 받지 않았을뿐더러 무엇과도 접촉하지 않았다.

그들은 80베르스타 떨어진 곳에 '현(縣),' 다시 말해 현청소재지가 있다는 사실을 알고 있었지만 그곳에 다녀오는 사람은 아주 드물었다. 더 가면 거기엔 사라토프나 니즈니**가 있다는 사실도 알고 있었다. 모스크바와 뻬쩨르***가 있고 뻬쩨르 너머엔 프랑스인과 독일인이 살고 있지만 더 나아가면 옛날 사람들이나 생각했던, 어두운 세상, 즉 머리 둘 달린 사람이나 거인과 같은 괴물들이 살고 있는 알려지지 않은 나라들이 존재한다고 듣고 있다. 암흑을 따라가다 보면 결국 땅덩어리를 떠받치고 있는 큰 물고기를 만나게 된다고 했다.

이 지방은 지나는 사람도 하나 없다 보니, 다른 세상에는 무슨 일이

* 흑해 동부 연안 지방. 여기서는 풍요의 땅이란 의미로 쓰임.
** 니즈니-노브고로드를 일컬음.
*** 상트-뻬쩨르부르그를 줄여 일컬음.

제1부 167

벌어지고 있는지에 대한 최신 소식들을 어디서고 들어볼 엄두조차 낼 수 없었다. 나무 그릇을 사용하는 병참부대 마부들이 단지 20베르스타 떨어진 곳에 살고 있었지만 주민들보다 더 안다고 할 수도 없는 형편이다. 잘살고 있는 건지 아니면 그렇지 않은지, 부자인지 가난뱅이인지, 다른 사람들이 가지고 있는 것 중에서 더 바랄 것은 있는지 없는지, 하여튼 지금 자신들의 사는 형편을 비교해볼 만한 것이 아무것도 없다.

행복한 사람들은, 달리 살아서도 안 되고 달리 살 수도 없다고 생각하면서 살아왔고, 다른 사람들도 자기들과 마찬가지로 살고 있고 다르게 산다는 것은 죄악이라고 확신하고 있다.

다른 사람들은 다른 방법으로 가축을 키우고 씨를 뿌리고 수확을 하고, 다른 방법으로 내다 판다고 이야기를 들려준다 한들 그걸 믿을 사람은 하나도 없을 것이다. 그러니 도대체 어떤 열정과 흥분이 그들에게 있을 수 있겠는가?

그들에게도 다른 사람들의 경우와 마찬가지로 세금을 내거나 연공을 바치는 따위 혹은 게으름이나 잠 따위의 고민 그리고 약점도 있다. 하지만 이 모든 것이 아주 싼 희생을 치르고, 즉 누구의 피를 보는 일도 없이 잘 극복되었다.

최근 5년 동안 수백 명의 주민 가운데 누군가에게 살해를 당한 경우는 물론 자연적으로 운명을 달리한 경우조차 단 한 차례도 없다.

하지만 만약에라도 누군가 나이가 너무 들어서 혹은 어떤 병으로 영원히 잠들기라도 하는 날이면, 그 일이 있고 난 후 그런 평범하지 않은 일로 놀랄 일이란 아주 오랫동안 경험하기 어려울 것이다.

하지만, 예를 들어, 대장장이 타라스가 움막에서 일을 하느라고 녹초가 되어 거의 죽음 일보 직전에 이르러, 그에게 물을 퍼부어야만 했을 정도가 되어도 사람들은 그리 놀라는 기색이 없다.

범죄 가운데 하나를 소개해보자. 텃밭의 콩, 당근 그리고 순무를 서리하는 짓이 유행처럼 번진 적이 있고, 언젠가는 닭과 돼지새끼가 감쪽같이 사라진 일이 있다. 이 일은 온 마을을 격분시켰고 결국엔 그 전날 마을을 지나간, 나무 그릇을 사용하는 병참부대 행렬의 소행이라는 결론을 내렸다. 그걸 감안하더라도 우연한 사건이란 참으로 드문 일이다.

언젠가, 동구 밖 다리 옆 도랑에서 사람 하나가 누운 채로 발견되었다. 보아하니 시내로 가던 조합원들 가운데 한 사람임이 분명했다.

사내아이들이 처음으로 그를 발견하고 무서움에 떨면서 마을로 달려와, 도랑에 누워 있는 무시무시한 뱀 아니면 나무귀신에 대한 소식을 전하면서 덧붙이기를, 그놈이 자기들을 뒤쫓아왔고 하마터면 쿠시카를 삼킬 뻔하였노라 했다.

건장한 남정네들이 갈퀴와 도끼로 무장을 하고서 도랑으로 떼를 지어 우르르 몰려갔다.

"무슨 일이라도 났는가?" 노인들이 사람들을 진정시키고자 하였다. "목덜미가 크다던가? 뭘 하겠다는 게야? 절대 건드리지 마. 그럼 쫓아오지 않을 테니까."

그러나 사내들은 괴물이 있는 장소에서 50사젠 거리에까지만 몰려가서는 갖가지 목소리로 고함을 쳐대기 시작했다. 대답이 없다. 그들은 멈춰 섰다가 다시 움직였다.

도랑에는 장정이 하나, 머리를 텃밭에 기댄 채 누워 있었다. 그의 주변엔 자루와, 짚신 두 짝이 매달려 있는 지팡이가 뒹굴고 있었다.

남정네들은 더 가까이 다가가거나 건드려볼 엄두도 내지 못했다.

"어이! 이보시게, 이봐!"

누구는 뒤통수를 쓰다듬으면서 누구는 등을 만지면서 번갈아 가며 고함을 쳤다.

"거기, 자네 괜찮아? 누구야, 자네? 어이, 이보시게! 거기서 뭐하는 건가?"

행인은 머리를 들기 위해 용을 써보지만 할 수가 없었다. 그는, 보아하니, 건강이 아주 안 좋거나 아니면 매우 지쳤음이 분명했다.

한 사내가 갈퀴로 그를 건드리려 하였다.

"건드리지 마! 건드리지 마!" 다른 많은 사람들이 소리지르기 시작했다. "누군지 알아서 뭐해, 말할 필요도 없어. 그저 그런 사람이려니 하면 되는 거지…… 건드리지 맙시다, 여러분!"

"돌아갑시다." 몇몇은 이렇게 말했다. "돌아가는 게 상책이라니까. 저자가 무슨 우리 아저씨라도 된답디까? 건드려봐야 좋을 일 없다구요!"

그렇게 사람들은 마을로 돌아가 노인들에게, 저기 누워 있는 사람은 외지 사람이고 말도 한마디 못 하며 저기 왜 저러고 있는지는 아무도 모를 일이라고 말했다.

"외지 사람이라면, 건드리지 말아야지!" 노인들이 팔꿈치를 무릎에 괸 채로 토담에 걸터앉아서 말했다. "알아서 하라고 그래! 게까지 우르르 몰려갔다 올 일이 뭐 있누!"

오블로모프가 꿈속에서 갑자기 옮겨간 곳은 바로 이런 곳이다.

서로 흩어져 있는 서너 마을 가운데 소스노프카란 마을이 있고 거기서 1베르스타도 떨어지지 않은 곳에 바빌로프카란 마을이 있다.

소스노프카도 바빌로프카도 오블로모프 집안의 세습 영지였기 때문에 오블로모프카란 이름으로 통용되고 있다.

소스노프카엔 영주의 대저택과 그 부속 건물들이 있다. 소스노프카에서 5베르스타 가량 떨어진 곳엔 작은 마을 베르흘료보가 있는데, 이 마을 또한 언젠가는 오블로모프 집안 소유였으나 오래 전에 남의 손에 들어가게 되었고, 어딘가 흩어져 있는 몇몇 가구들이 이 마을에 편입되어 있다.

마을은, 자신의 영지엔 코빼기도 보이지 않는 돈 많은 지주의 소유였다. 마을의 관리는 독일 태생 관리인이 맡아보고 있다.

여기까지가 이 지방 지형 설명의 전부다.

일리야 일리이치는 아침에 자신의 작은 침대에서 눈을 떴다. 겨우 일곱 살이다. 그는 민첩하고 명랑하다.

그 얼마나 착하고 예쁘고 나무랄 데 없는 아이인가! 어찌나 볼따귀가 동글동글한지, 다른 개구쟁이가 아무리 일부러 해보려고 해도 그렇게는 안 된다.

그가 깨기를 기다리고 있던 유모가 그의 스타킹을 잡아당겨 신기기 시작한다. 그도 질세라 장난을 치고 다리를 흔든다. 유모가 그를 붙잡는다. 그리고 둘은 깔깔거리기 시작한다.

결국 유모는 그를 똑바로 일으켜 세우는 데 성공한다. 그녀는 그의 얼굴을 씻겨주고 머리를 빗어주고 어머니에게로 데려간다.

오래 전에 돌아가신 어머니를 본 오블로모프는 꿈속에서나마 기쁨과, 그녀에 대한 열렬한 사랑에 가슴이 두근거린다. 꿈꾸고 있는 그의 속눈썹에서 천천히 흐른 따뜻한 눈물 두 방울이 꼼짝 않고 맺혀 있다.

어머니는 열정적인 키스를 아들에게 퍼붓고 탐욕스럽고 걱정스러운 눈빛으로 아들의 눈이 탁하지는 않은지 찬찬히 살펴본 다음, 어디 아픈 데는 없는지 물어보고, 아들이 잠은 편안히 잤는지, 한밤중에 깨지는 않았는지, 꿈속에서 몸부림은 치지 않았는지, 열은 없었는지 유모에게 꼼꼼히 따져 물었다. 다음 그의 손을 잡고 성상 앞으로 데리고 갔다.

거기서, 무릎을 꿇고 한 손으로 아이를 안고서 기도문 암송을 따라 하게 했다. 아이는, 방안으로 냉기와 풀 냄새를 실어오는 창 밖을 내다

보느라 딴전을 피우면서 어머니를 따라 기도문을 암송했다.
"엄마, 우리 오늘 놀러 가는 거지?"
기도문을 외우다 말고 느닷없이 묻곤 했다.
"가고 말고, 귀여운 내 새끼."
성상에서 눈을 떼지 않고 기도문 암송을 서둘러 끝내고서 그녀가 빠른 어조로 속삭였다. 아이가 건성으로 따라함에도 불구하고 엄마는 기도문 암송에 온 정신을 쏟아 부었다.
다음엔 아버지에게로 건너가 같이 차를 마시러 갔다.
차를 마시는 자리에서 오블로모프는, 자신의 몸종 할멈에게 쉼 없이 수다를 떠는 팔십 먹은 고령의 숙모를 보았다. 그녀 역시도 나이가 많은지라 제대로 고개를 가누지도 못하면서 시중을 드느라 식탁 옆에 서 있다. 거기엔 아버지의 먼 친척뻘 되는 중년의 세 여인과 정신이 오락가락하는 어머니 쪽의 시숙, 그리고 손님으로 와 있으면서 일곱 명의 농노를 소유하고 있는 지주 체크메네프, 그리고 몇몇 노부인과 노인들이 있다.
오블로모프 집안 모든 식구들이 너 나 할 것 없이 일리야 일리이치를 손에 받아들고 애무와 칭찬을 퍼붓기 시작했다. 달갑지 않은 입맞춤 세례의 흔적을 겨우 닦아낼 수 있을 정도였다. 이후에야 그에게 빵과 과자, 크림을 먹일 수가 있었다.
다음, 어머니는 다시 한 번 그를 안아본 후에야 정원이나 안마당 그리고 풀밭에서 노는 걸 허락했는데, 그것도 유모에게, 아이를 절대 혼자 놓아두지 말 것, 말이나 개 염소 따위에 가까이 가게 하지 말 것, 집에서 멀리 가도록 내버려두지 말 것, 그리고 무엇보다도 중요한데, 무섭기로 악명이 가장 높은 장소인 계곡으로 아이를 보내지 말 것 등에 대해서 신신당부를 한 다음이다.

언젠가 미친개로 소문난 개 한 마리가 발견된 적이 있는데, 그 소문의 진상은, 사람들이 잡겠다고 갈퀴와 도끼로 무장하고 달려들자 그 개가 사람들을 멀찍이 피하더니 결국엔 어딘가 산 너머로 사라졌다는 것이다. 계곡에 짐승의 시체가 버려져 있다는 말도 했다. 사람들은, 산적들과 늑대, 그리고 이 지방에는 없는, 혹은 이 세상엔 전혀 있지도 않은 존재가 계곡에는 있다고들 생각했다.

아이는 어머니의 당부를 끝까지 듣지도 않았다. 그는 벌써 안마당에 와 있다. 그는 처음 보는 사람처럼 기뻐 어쩔 줄을 몰라하며 집을 두리번거리고 집 주위를 뱅뱅 돌았다. 삐뚜름하게 휘어져 있는 대문, 중간 부분에 얹혀진 부드러운 초록의 이끼가 낀 목조 지붕, 흔들거리는 난간, 여러 별채들과 증축 건물들 그리고 손질하지 않은 정원.

집 전체를 빙 둘러서 드리워진 회랑에 뛰어 올라가는 것을 지독히도 그는 좋아했다. 거기서는 강이 한눈에 들어오기 때문이었다. 하지만 회랑은 너무나도 낡아서 간신히 매달려 있는 정도였기 때문에, 오로지 '하인들'이나 걸어다닐 뿐 주인나리들은 얼씬도 하지 않았다.

그는 어머니의 금기에는 아랑곳하지 않고 벌써 매혹적인 계단으로 향했다. 그러나 난간에 나타난 유모가 간신히 그를 붙잡았다. 그는 경사가 가파른 사다리를 이용해 그리로 올라갈 요량으로 유모에게서 빠져나와 곳간으로 몸을 날렸다. 거의 곳간 바로 앞까지 쫓아갔다. 비둘기 둥지로 올라간 다음 외양간을 통해서, 맙소사! 계곡으로 뛰쳐나가려는 그의 속셈을 서둘러 막지 않으면 안 되었다.

"아이구, 이런 도련님이 있나. 무슨 팽이도 아니고 이러시는 도련님이 어디 있을까! 좀 얌전히 앉아 있을 순 없나요, 도련님? 창피한 줄을 아셔야지!"

유모가 말했다.

하루 온종일, 밤낮 구별 없이 유모는 소란과 분주함에서 한시도 벗어날 수가 없었다. 어떤 땐 아이 때문에 고통스럽기도 했고, 어떤 땐 그와 반대로 말할 수 없이 기쁘기도 했고, 또 어떤 땐 아이가 넘어져 코라도 깨지지 않을까 무섭기도 했고, 어떤 땐 꾸밈없는 아이의 짓궂은 장난에 감동하는가 하면 아이의 먼 장래를 생각하며 뜻 모를 슬픔에 잠기기도 했다. 이 때문에 그녀의 심장은 뛰었고 이러한 흥분 덕에 노파의 피가 따뜻했으며 어떻게든 이로 인해 그녀의 꿈같은 삶은 유지되고 있었다. 사실 그렇지 않았다면 그녀의 삶은 벌써 오래 전에 꺼져버렸을 것이다.

하지만 아이는 장난만 심한 것은 아니었다. 그는 이따금 갑자기 얌전해져서는 유모 옆에 앉아서 모든 사물을 유심히 바라보기도 한다. 그의 어린 지성이 자신 앞에 벌어지고 있는 모든 현상을 관찰하고 있는 것이다. 그리고 그의 머리 속 깊은 곳에 쌓여서 그와 함께 자라고 성숙되어간다.

상쾌한 아침. 공기는 선선하고 태양은 아직 높지 않다. 집으로부터, 나무로부터, 비둘기 둥지로부터, 회랑으로부터, 이 모든 것으로부터 길게 드리워진 그늘이 멀리까지 내달린다. 정원과 안마당에는 생각과 꿈을 유혹하는 선선한 한 귀퉁이가 만들어진다. 단지 저 멀리 호밀밭만이 붉게 타오르고 있고 강 역시 눈이 시릴 정도로 햇빛에 반짝인다.

"왜 이래, 유모, 저기는 컴컴하고 저기는 밝고, 그럼 저기도 이제 밝아지나?"

아이가 묻는다.

"그건, 도련님, 태양이 달을 맞으러 가는데, 달은 아직 보이지 않고 해서 얼굴을 찡그리는 거랍니다. 멀리서 보이게 되면 금세 밝아지게 되요."

아이는 깊은 생각에 잠기고는 내내 주위를 살핀다. 그는, 안찌프가 강을 건너 길을 가고 있고 그와 함께 진짜보다 열 배는 더 큰 다른 안찌프가 그와 동행하고 있는 것을 본다. 나무통이 집채만큼 커 보이고 말의 그림자가 초원 전체를 덮어버렸다. 그림자는 초원을 따라 단지 두 걸음만을 내디뎠을 뿐인데도 산 너머로 움직여갔다. 그러나 정작 안찌프는 아직도 동구 밖을 빠져나가지 못했다.

아이는 자기도 두 걸음을 내디뎌보았고, 한 걸음을 더하면 그 역시도 산을 넘게 되리라.

산으로 달려가 말이 어디로 사라진 것인지 보고 싶었다. 문 밖을 나서려는 순간 창문으로 어머니의 목소리가 들렸다.

"유모! 아이가 햇볕으로 나가는 게 보이지 않아요! 그늘로 데려가요. 머리에 햇볕을 너무 쬐면 머리가 아프고 구역질이 나서 밥을 못 먹어요. 그러다 계곡에라도 나가면 어쩌려고!"

"우! 장난꾸러기!"

조용히 속삭인 유모가 그를 현관으로 끌어당긴다. 아이는 날카롭고 똘망똘망한 눈으로 어른들이 무엇을 하고 있고 아침을 어떻게 보내고 있는지를 관찰한다. 단 하나의 사소한 일도, 단 하나의 특징적인 일도 아이의 호기심을 피할 수는 없다. 집안의 살아가는 풍경이 마음속에 잊을 수 없는 추억으로 깊이 자리잡는다. 천진한 아이의 이성은 이들을 생생한 본보기로 삼고 무의식적으로 자신을 둘러싼 삶을 통해서 자신만의 삶의 설계도를 구상한다.

오블로모프 가(家)의 아침이 무익하게 지나갔노라고 말할 수는 없다. 부엌에서 고깃덩이와 야채를 써는 칼장단 소리가 이 인근 마을에까지 다다랐다.

하인의 방에선 물레 돌아가는 소리와 할멈의 조용하면서도 카랑카랑한 목소리가 들려왔다. 할멈이 울고 있는지 아니면 가사도 없는 침통한 노래를 자기 마음대로 흥얼거리고 있는지 판단하기는 어려웠다.

안마당에선, 안찌프가 나무통을 들고 돌아오자, 여기저기서 아낙들과 마부들이 양동이와 통 그리고 항아리를 들고 모여들었다.

한켠에선 노파가 창고에서 부엌으로 밀가루 한 대접과 수북이 쌓인 달걀을 나르고 있다. 요리사가, 아침 내내 눈을 떼지 않고 창문을 쳐다보고 꼬리를 흔들면서 핥고 있는 아라프카에게 느닷없이 창문 너머로 물벼락을 씌웠다.

노인 오블로모프 역시도 할 일 없이 앉아 있는 것이 아니다. 그는 아침 내내 창문 가에 앉아서 안마당에서 벌어지고 있는 모든 일을 하나도 빠짐없이 관찰한다.

"어이, 이그나쉬카! 뭘 나르는 거야? 멍청아!"

안마당을 걸어가고 있는 사내에게 묻는다.

"바깥채에 칼을 갈아주려고 그럽죠."

주인은 쳐다볼 생각도 않고 대답한다.

"그럼 가져가, 가져가라구. 잘 보고 제대로 갈아야지!"

다음엔 아낙을 멈춰 세운다.

"어이, 이봐, 자네! 어디 다녀오는 겐가?"

"음료 창고에요, 나으리." 그녀가 멈추어 서서 대답을 하고는 손으로 눈을 가리고 창문 쪽을 쳐다본다. "식탁에 내놓을 우유를 가져오는데요."

"그렇담, 어서 가봐!" 주인이 대꾸한다. "그리고 우유 흘리지 않게 잘 따르고. 이보게 망나니, 자하르카,* 어디로 또 뛰어가는 게야?" 고함

---

* 오블로모프의 몸종 자하르의 애칭.

을 친다. "좋아 뛰어가라구! 보니까 벌써 세번째 뛰는 거 같은데. 현관에나 나가봐!"

자하르카는 다시 졸러 현관으로 갔다.

소들이 들에서 돌아왔는지 어떤지 노인이 누구보다도 먼저 걱정을 한다. 이게 모두 소들을 충분히 먹이기 위해서다. 집 지키는 개가 닭 뒤꽁무니라도 쫓고 있는 건 아닌지 창문 너머로 망을 보다가 그러기라도 하는 날엔 무질서를 바로잡기 위해 과감한 방법도 불사한다.

그의 아내도 매우 바쁘다. 그녀는 어른 재킷으로 일류샤에게 윗도리를 만들어주기 위해 재단사 아베르카와 벌써 세 시간째 씨름 중이다. 직접 분필로 밑그림을 그려보기도 하고 아베르카가 옷감을 빼돌리지나 않는지 감시한다. 다음엔 젊은 여자들에게로 가서 하루에 얼마의 레이스를 짜라고 일일이 지시한다. 그리고는 나스타시야 이바노브나나 스쩨파니다 아가포브나 혹은 자기 휘하 하인 가운데 다른 이를 불러놓고 실제적인 목적을 위해 정원을 산책한다. 사과가 영글었는지, 이미 익은 사과가 떨어져 있지나 않은지를 살피기 위함이다. 바로잡기도 하고 잘라내기도 한다.

하지만 무엇보다도 중요한 관심거리는 역시 부엌과 식사 준비다. 식사 준비를 위해서는 집안 전체가 법석이다. 고령의 시숙도 조언을 위해 불려온다. 각자 자신의 음식을 내놓는다. 누구는 창자로 만든 수프를, 누구는 면류나 내장 요리를, 누구는 위(胃)요리를, 누구는 빨간색의 누구는 흰 빛깔의 소스를.

갖가지 조언이 다 고려의 대상이 되고 상황에 따라 검토가 된 연후에 안주인의 최종적인 결정에 따라 받아들여지기도 하고 물리쳐지기도 한다.

나스타시야 페트로브나나 스쩨파니다 이바노브나는 부엌에 수시로 불려갔다. 더 넣을 건 넣고 덜어낼 것이 있으면 덜어내고, 설탕과 꿀 혹은 맛을 내는 포도주를 가져가거나 내어온 것을 요리사가 제대로 음식에 넣고 있는지를 보기 위해서였다.

음식에 대한 걱정은 오블로모프카에서는 으뜸가는 가장 중요한 집안일이었다. 신년 잔칫상엔 어떤 살찐 송아지 고기가 알맞을까! 어떤 조류를 키울까! 그러기 위해서는 수도 없이 많은 치밀한 생각, 많은 지식과 고충이 따르기 마련이다! 명명일이나 다른 잔칫날에 쓰일 칠면조와 병아리는 호도를 먹여 살찌웠다. 거위 또한 산책을 금지시키고, 지방이 많아지게 하기 위해 축제날 며칠 전부터 옴짝달싹 못하도록 자루에 넣어서 매달아놓았다. 그밖에도 얼마나 많은 잼과 소금절임, 그리고 과자가 비축되어 있는가! 꿀은 또 어떻고, 숙성된 크바스하며 이 오블로모프카에서 구워지는 피로그는 또 어떠한가!

정오까지 온통 법석을 떨고 안절부절못하였으며, 그렇게 내내 개미의 그것과 같은 북적거리는 반나절의 삶을 보냈다.

휴일과 축제날에도 일개미들은 일을 멈추지 않았다. 부엌에서 들리는 도마질 소리는 더욱 잦아졌고 더욱 세졌다. 부엌대기 노파는 창고에서 부엌에 이르는 여행을 두 배나 되는 양의 밀가루와 달걀을 들고 몇 번에 걸쳐서 해야만 했다. 새장에선 더욱더 많은 양의 새 울음 소리가 들리고 피가 흘렀다. 주인 나리님들이 다음날에도 먹을 거대한 피로그를 구웠다. 셋째 날과 넷째 날에 남은 피로그는 아낙들의 차지가 되었다. 금요일까지 남게 되는 피로그도 있었다. 마지막 고물도 없는 바싹 마른 피로그는 주인의 총애를 받는 안찌프의 차지였다. 그는 성호를 긋고 딱딱 소리를 내면서 재미있게 굳어버린 이 피로그를 깨뜨렸다. 피로그 자체보다는 이것이 주인 나리가 먹는 피로그라는 사실에 노골적으로 더 흥미를 느끼는 것이다. 마치 어떤 천 년 묵은 질그릇의 파편에서 나온 더러운 포도주를 기꺼이 마시는 고고학자처럼.

한편 아이는 모든 것을 보고, 어느 것 하나 빠뜨리지 않는 어린애다운 지성으로 모든 것을 관찰했다. 유익하고 분주했던 아침이 지나고 어떻게 정오와 점심이 돌아오는지 그는 보았다.

무더운 정오. 하늘엔 구름 한 점 없다. 태양이 머리 위에서 꼼짝도 하지 않고 멈춰 서서 풀을 태운다. 공기가 유영을 멈추고 꼼짝 않고 걸려 있다. 나무도 물도 미동도 없다. 마을과 들녘 위에는 괴괴한 정적이 내려앉아 있다. 마치 모든 것이 죽은 듯하다. 허공 저 멀리서 카랑카랑한 사람의 목소리가 들려온다. 20사젠 떨어진 거리에서 딱정벌레가 날고 찌찌거리는 소리가 들린다. 무성한 풀밭에선 누군가 연신 코를 곤다. 마치 누군가 벌렁 나자빠져서 달콤한 꿈이라도 꾸면서 자고 있는 것만 같다.

집안에도 역시 죽음의 정적이 감돈다. 모두가 식후 낮잠을 즐기는 시간이 찾아온 것이다.

아이는, 아버지도 어머니도 고령의 숙모할머니도, 그리고 휘하 모든 사람들도 자신만의 구석을 찾아 흩어지는 것을 보았다. 자기만의 구석이 없는 사람은 헛간으로, 또 다른 사람은 정원으로 갔다. 어떤 이는 선선한 그늘을 찾았고 또 어떤 이는 수건으로 파리가 달려들지 못하도록 얼굴을 덮고서, 땡볕이 그대로 내리쪼이는 곳에서 잠을 청하고 육중한 배를 땅바닥에 뒹굴렸다. 정원사는 정원 그루터기 아래서 쇠지렛대를 팽개치고 뻗어버렸고 마부는 마구간에서 잠을 잤다.

일리야 일리이치는 하인들이 사는 바깥채도 들여다보았다. 바깥채에선 사람들이 나란히 누워 있었다. 긴 나무 의자에도, 맨바닥에도, 현관에도. 어린 아기들도 돌보지 않았다. 어린 아기들은 마당까지 기어 나와 모래를 헤적이고 있다. 개들도 움막의 꼭대기까지 기어 올라가 짖어

대고 있는데, 사실 그 누구라도 듣기 좋은 소리는 아니다.

누구와도 맞닥뜨리지 않고 집안 전체를 관통할 수 있다. 주위 무엇이든 훔치거나 손수레를 끌며 노는 것도 식은 죽 먹기였다. 이 지방에 도둑이 출몰한다면 아마 하등의 방해도 받지 않으리라.

이것은 몸과 마음을 온통 사로잡는 무엇과도 비교할 수 없는, 진정한 죽음과도 같은 것이었다. 온갖 귀퉁이에서 들려오는 각기 다른 높낮이와 화음의 코고는 소리를 빼고는 모든 것이 죽어 있다.

이따금 누군가가 갑자기 꿈결에 고개를 들고 아무 생각 없이 어리둥절해서 여기저기를 쳐다보고는 다시 돌아눕거나, 아니면 눈을 뜨지도 않고 잠결에 침을 뱉기도 하고, 입을 쩝쩝거리면서 혼자 중얼거리다가 다시 잠이 들기도 한다.

한편 어떤 이는 마치 매우 귀중한 시간을 허비하는 게 두려운 양 후다닥 아무 예비 동작도 없이 누워 있던 자리에서 벌떡 일어나 크바스 잔을 움켜쥐고는 잔 안에서 헤엄치고 있는 파리들을 한쪽 끝으로 몰기 위해 호호 불고 있다. 그때까지 꼼짝 않고 있던 파리들이 사태를 호전시키기 위해 맹렬히 움직이기 시작한다. 그 사람은 이렇게 목을 축이고서 총 맞은 사람처럼 침대에 다시 나자빠진다.

아이는 이 모든 것을 관찰하고 또 관찰했다.

그는 점심을 먹고 유모와 다시 바깥 공기를 쐬곤 했다. 그러나 유모도 주인 마나님의 호된 벌과 자신의 의지에도 불구하고 잠의 매력과 맞서 싸우지 못했다. 그녀 역시도 오블로모프카에 만연되어 있는 전염병에 감염되어 있다.

처음에는 열심히 아이를 주시하고 한시도 곁을 못 떠나게 하고 왜 그렇게 짓궂게 구느냐며 궁시렁거려보기도 하지만, 점점 다가오는 병의 전염 기운을 느끼면서 문을 나서지 마세요, 염소를 건드리지 마세요, 비둘기 둥지나 회랑에는 올라가지 마세요, 하며 말만 앞세우기 시작했다.

그녀 스스로도 어디든 서늘한 곳만 있으면 자리를 잡았다. 현관 계단도 좋고 지하 창고의 문턱도 좋고 아니면 그냥 풀밭도 좋았다. 단지 남이 보면, 양말을 뜨면서 아이를 보고 있구나, 하는 생각이 들도록 자세를 잡았다. 하지만 곧바로 그녀는 아이를 달래면서 꾸벅꾸벅 졸기 시작했다.

'저기 올라가면, 아이고, 천방지축 도련님이 회랑에 올라가는지 봐야 하는데.' 거의 꿈속을 헤매면서 그녀가 생각했다. '아니면…… 계곡에라도 나가면……'

바로 그 순간 노파의 머리는 무릎으로 떨궈지고 양말은 손에서 떨어졌다. 시야에서 아이를 놓친 것이다. 입을 어느 정도 벌리고서 아주 작게 코고는 소리를 내기 시작했다.

한편 그는 바로 이 순간만을 고대해왔다. 바로 이 순간부터 그의 독자적인 삶이 시작되었던 것이다.

그는 세상 전체에서 혼자인 듯했다. 그는 족쇄를 찬 채로 유모에게서 도망쳐서 누가, 어디에서 자고 있는지를 살펴보았다. 멈춰 서서, 누군가 잠에서 깨어 침을 뱉거나 아니면 잠꼬대하는 것을 유심히 쳐다본다. 다음엔 멎을 듯한 심장으로 회랑에 기어 올라가 삐그덕거리는 난간을 빙빙 돌아도 보고 정원 깊숙이 기어 들어가 딱정벌레가 우는 소리도 듣고 딱정벌레가 공중으로 날아오르는 것을 눈으로 쫓기도 한다. 누군가 풀밭에서 연신 잠꼬대하는 소리에도 귀를 기울이면서 이 정적을 깨는 사람이 누구인지도 알아맞혀본다. 잠자리를 잡아서 날개를 떼어내고 날개 없는 잠자리가 하는 짓을 보기도 하고, 아니면 몸통에 지푸라기를 찔러넣고 그 잠자리가 어떻게 나는지를 관찰하기도 한다. 또는 거미가, 잡은 파리의 피를 어떻게 빨아먹는지, 그리고 그 희생물이 거미의 손아

귀에서 어떻게 기를 쓰고 어떻게 윙윙거리는지를 흥미 반, 두려움 반으로 숨을 죽이고서 관찰하기도 한다. 아이는 희생물과 함께 학대자도 죽이는 것으로 관찰을 끝낸다.

그런 다음 그는 도랑으로 내려가 온통 헤적이면서 풀뿌리를 찾아내서 껍질을 손질하고는 배 터져라 먹는다. 엄마가 주는 사과나 잼보다도 그것을 그는 훨씬 좋아했다.

그는 달려가 문 뒤에 숨는다. 저기 자작나무까지 가보고 싶었다. 얼핏 보기에 가까워서 5분이면 돌지 않고 길을 따라서 달려도 도달할 수 있을 것만 같았다. 그런데 지름길로 가자면 도랑과 울타리 그리고 웅덩이를 통해서만 가능했다. 하지만 겁이 났다. 거기엔 나무귀신도 있고 산적도 있고 무시무시한 짐승도 있다고들 했던 것이다.

계곡에까지도 달려가보고 싶었다. 계곡은 정원에서 기껏해야 50사젠 거리에 있다. 아이는 마을 가장자리로 달려가고 있었다. 실눈을 가늘게 떴다. 화산의 분화구를 보고 싶지만…… 순간 갑자기 계곡에 대한 모든 얘기와 전설이 앞을 딱 가로막았다. 소름이 끼쳤다. 뒤로 돌아 죽기살기로 달렸다. 공포에 질려 온몸을 떨면서 유모의 품으로 달려와 노파를 깨웠다.

그녀는 놀라 눈을 뜨고 머리 수건을 바로잡고 밑으로 삐져 나온 새치를 가려내고는 마치 전혀 잠을 자지 않은 양 일류샤를, 다음엔 주인나리의 방 창문을 의심스런 눈길로 쳐다본다. 그리고는 태연히 떨리는 손으로 무릎에 떨어져 있는 뜨개바늘을 주어 한 바늘 한 바늘 뜨개질을 하기 시작한다.

그동안에 더위는 점점 식기 시작했다. 자연의 모든 것은 활기를 띠기 시작한다. 태양도 이미 숲을 향해 기울고 있다.

집 안에도 서서히 정적이 깨어지고 있었다. 어딘가 구석에서 삐걱

하는 문소리가 났다. 안마당에서도 누군가의 발자국 소리가 들렸다. 헛간에선 누군가가 재채기를 했다.

곧바로 부엌에서 누군가가 분주히 나와 무게 때문에 허리를 숙이면서 거대한 사모바르를 날랐다. 차를 마실 준비를 하는 것이다. 어떤 이의 얼굴은 고단해 보였고 눈에는 아직 눈물이 그렁그렁했다. 어떤 이의 뺨과 관자놀이에는 붉은 반점이 새겨져 있다. 또 어떤 이는 꿈결에 남의 목소리로 이야기한다. 모두들 씩씩거리고 한숨을 쉬고 하품을 하고 머리를 쓸어내리고 기지개를 펴면서 겨우 제정신으로 돌아온다.

점심과 꿈은 억제할 수 없는 갈증을 낳았다. 갈증에 목이 탄다. 열두 잔의 차를 연거푸 마셔보지만 전혀 도움이 안 된다. 한숨과 탄식이 들려온다. 어떤 이들은 딸기와 배로 만든 음료수로, 크바스로, 또 어떤 이들은 목이 타는 것만 막기 위해 의사의 처방전에 의지한다.

모두들 마치 주인의 벌을 피하듯 갈증 해소 방법을 찾아 나선다. 고통스러워하며 몸부림을 치는 꼴이 오아시스를 찾지 못해 안달하는 아라비아 사막의 대상 행렬을 연상시킨다.

아이는 엄마 곁에 있다. 그는 자기를 둘러싼 이상한 표정들을 쳐다보고 아직도 잠에서 덜 깬 축 늘어진 그들의 대화에 귀를 기울인다. 그들을 바라보는 것만으로도 즐거울 뿐만 아니라 그들의 황당무계한 이야기를 듣는 것 또한 그에게는 아주 흥미로운 일이다.

차를 마신 후에는 제각기 자기 할 일을 한다. 어떤 이는 강가로 나가, 발로 갈대를 물 쪽으로 밀어제치면서 강변을 거닐기도 하고, 어떤 이는 창턱에 기대앉아 매 순간에 벌어지는 일들에서 한 순간도 눈을 떼지 않는다. 안마당을 고양이가 가로질러 뛰지는 않는지, 까마귀가 날지는 않는지, 고개를 왼쪽으로 돌렸다 오른쪽으로 돌렸다 하면서 관찰자는 시선과 코끝으로 벌어지는 모든 일을 예의 주시한다. 이따금 개들도 하루 온종일 고개를 햇볕에 내밀고, 앞을 지나다니는 사람들을 하나도 놓치지 않고 살피면서 창문 밑에 앉아 있기를 즐긴다.

어머니는 일류샤의 머리를 잡아 자기 무릎 위에 올려놓고 천천히 그의 머리카락을 쓰다듬으면서 그 부드러움을 음미한다. 게다가 나스타시야 이바노브나와 스쩨파니다 찌호노브나에게도 한번 만져보라고 권하면서 일류샤의 장래에 대해 이야기를 주고받는다. 그러면 아이는 벌써 어머니가 지어낸 훌륭한 서사시의 주인공이 되어버린다. 그들은 입을 모아 지나치리만치 과장해서 아이를 치켜세우는 것이다.

이러는 사이 어둠이 깔린다. 부엌에선 다시 요란한 소리와 함께 장작에 불이 붙고 가는 도마질 소리가 들려온다. 저녁을 준비하는 것이다.

하인들이 문 옆으로 속속 모여든다. 거기선 발랄라이카 소리와 웃음 소리가 들려온다. 사람들은 술래잡기와 같은 놀이를 한다.

한편 태양은 숲에 걸려 있다. 태양이 던진 조금은 따뜻한 햇살은 불꽃 띠를 이루며 날카로운 바늘처럼 숲을 관통하고 소나무 꼭대기를 황금빛으로 물들인다. 그리고는 하나둘씩 그 빛은 꺼져간다. 마지막 한 가닥 햇살만이 오랫동안 남아 있다가 결국엔 무성한 가지들 속에 꽂히고 그렇게 꺼져버린다.

사물들도 자신의 형체를 잃어버린다. 처음에는 회색빛 무리 속으로, 나중엔 검정색 무리 속으로 녹아 들어간다. 새들의 노랫소리도 점점 약해져간다. 곧바로 그 노랫소리도 그치겠지만, 유독 한 마리가 마지막까지 남아 마치 모두에게 반기라도 드는 모양으로 잦아든 정적 속에서 여전히 간헐적으로 지저귀고 있다. 하지만 그것도 점점 간헐적이 되어가고, 결국엔 들릴 듯 말 듯 약하게 지저귀다가, 정말 마지막으로 날갯짓을 함으로 해서 주위 나뭇잎을 살짝 건드리고는…… 잠이 든다.

사위가 잠잠해진다. 한 떼의 귀뚜라미가 앞을 다투어 큰 소리로 운다. 땅속에서 수증기가 올라와 초원과 강으로 넓게 퍼진다. 강 역시 온순해진다. 마지막으로 누군가가 강에 침을 뱉고 나면 이윽고 강은 더 이상 꼼짝하지 않았다.

습한 냄새가 난다. 점점 어둠은 깊어만 간다. 나무들이 서로 짝을 이루며 괴물의 형체로 변해간다. 숲은 무시무시해진다. 거기서 갑자기 누군가의 사각거리는 소리가 들려온다. 흡사 괴물 가운데 하나가 자리를 다른 곳으로 옮기면서 그 발밑에 밟히는 마른 나뭇가지에서 나는 소리 같다.

하늘엔 첫 별이 마치 살아 있는 눈처럼 반짝이고 집집마다 창문에선 불빛이 새나오기 시작한다.

경사스런 자연의 시간이 찾아왔다. 다름아닌 창조적 지성이 맹렬하게 일고, 시적 명상이 뜨겁게 들끓고, 가슴속엔 열정이 활활 타오르고 슬픔이 더욱 깊숙이 파고들며, 잔인한 사람의 마음 속엔 범죄의 싹을 천연덕스럽게 틔우는…… 오블로모프카에서는 모두가 평화로이 깊은 잠에 빠져드는 바로 그런 시간이다.

"산책 나가, 엄마."

일류샤가 말한다.

"그게 무슨 소리니? 지금 산책을 가자니. 습해서 감기 든단다. 또 얼마나 무섭다구. 숲에선 지금 나무귀신이 나다닐 시간이야. 그놈은 아이들을 잡아간단다."

"어디로 잡아가는데? 어떻게 생겼어? 어디 살아?"

아이가 질문을 퍼붓는다. 엄마도 자유분방한 상상의 날개를 한껏 편다. 아이는 억지로 잠을 이기느라 눈을 감았다 떴다 하면서 귀를 기울이고 있다. 이윽고 유모가 와서 엄마의 무릎에서 꿈속을 헤매는 아이를 받아 안고 침대로 옮긴다. 고개가 유모의 등뒤로 떨구어졌다.

"이렇게 하루가 갔구나, 천만 다행이군!" 오블로모프네 사람들이 침대에 누우면서 성호를 긋고 중얼거린다. "탈 없이 하루가 갔어. 제발 내일도 오늘 같기만 하면 좋으련만! 하나님, 감사합니다! 하나님, 감사합니다!"

오블로모프의 꿈은 또 다른 시간으로 날아간다. 그는 지금 끝도 없는 겨울 저녁에 유모의 품에 폭 안기어 있다. 유모는 그에게 어떤 불가사의한 나라, 이를테면 밤도 없고 추위도 없는, 기적이 일어나는, 꿀과 우유가 흐르는 강이 있는, 누구 하나 1년 내내 아무 일도 안 하고 매일 살아가면서 단지 일류샤 같은 착하고, 정말이지 동화에서 한 번도 이야기된 적이 없을 뿐만 아니라 글로 쓰어진 적도 없을 정도로 잘생긴 아이들이 내내 놀기만 하는 바로 그런 나라에 대해서 속삭이고 있다.

거기엔 간혹 물고기의 모습으로 나타나는 마귀할멈도 등장한다. 그녀는 조용조용하고 마음씨 좋은 선량을, 다른 말로 표현하자면, 다른 모든 사람에게 괴롭힘을 당하는 건달 하나를 골라서, 이렇다 할 이유도 없이 융숭한 대접을 해준다. 그러면 그는 배가 터져라 잘 먹고 준비된 옷도 근사하게 차려입고 전대미문의 미인 밀리트리사 키르비찌에브나*와 혼인을 한다.

아이는 눈을 크게 뜨고 한마디라도 놓칠세라 이야기에 온 정신을 쏟는다.

유모 혹은 전설은 이야기를 하면서 실제로 존재하는 모든 것을 어찌나 교묘하게 피해 가는지, 허구로 가득 찬 상상력과 사고력은 아이에게 나이 들어서까지 절대적인 것으로 군림했다. 유모가 들려주는 바보

---

* 러시아 동화에 등장하는 아름다운 여주인공.

에밀랴에 대한 동화, 즉 사악하고 간교한 풍자는 친절하게도 우리의 선조들, 어쩌면 다름아닌 우리 자신을 향한 것일지도 모른다.

성인이 된 일리야 일리이치가, 설령 나중에 꿀과 우유가 흐르는 강이나 마음씨 좋은 마귀할멈이 존재하지 않는다는 사실을 알게 되어 유모의 이야기에 대해서 웃으면서 농담을 한다 해도, 사실 그 웃음은 진심이 아니며 반드시 남모르는 탄식과 함께 할 것이 분명하다. 그에게서 동화는 삶과 뒤엉켜 있었다. 간혹 왜 동화가 현실이 아니고, 현실이 왜 동화가 아닌지를 생각하면 왠지 모르게 기분이 씁쓸했다.

그는 자신도 모르게 밀리트리사 키르비찌에브나를 만나는 꿈을 꾼다. 그저 산책만 알고 고민도 슬픔도 없는 그런 나라로 마음이 이끌린다. 페치카 위에 눕고, 전혀 노동의 대가로 장만한 것이 아닌, 준비된 옷을 차려입고, 마음씨 착한 마귀할멈이 대접하는 음식을 먹으려는 경향은 앞으로도 영원히 그에게서 떠나지 않으리라.

오블로모프의 아버지도 할아버지도 어린 시절에 정형화된 틀 속에서 유모와 아저씨들의 입을 통해서 세대에 세대를 거듭하며 전해 내려온 동화를 들으며 자랐다.

유모는 그러는 사이 벌써 아이의 상상력에 또 다른 그림을 그려주고 있다.

그녀는 그에게 우리의 아킬레우스*와 율리시스**의 영웅적인 행위에 대해서, 일리야 무로메츠와 도브이리냐 니키찌치와 알료샤 포포비치***의 용기에 대해서, 영웅 폴칸****에 대해서, 나그네 칼레치쉐에 대

---

   * 호머의 『일리아드』에 나오는 등장인물.
  ** 『오디세이』의 주인공 '오디세우스'의 라틴어 이름.
 *** 러시아 영웅서사시에 등장하는 대표적인 세 영웅.
**** 칼레치쉐와 마찬가지로 러시아 영웅서사시의 주인공.

해서, 그리고 그들이 어떻게 고대 루시*를 여행하였고 구름 떼와 같은 회교도 대군을 어떻게 무찔렀는지, 단숨에 푸른 포도주 한 대접을 들이켜고 꺽꺽거리지 않는 사람이 이기는 경기에서 어떻게 승리를 다투었는지에 대해서 이야기를 해준다. 이어서 악당들에 대해서, 잠자는 미녀와 돌이 되어버린 도시와 사람들에 대해서도 이야기를 하고 마지막으로 우리의 귀신숭배 사상으로, 즉 죽은 사람, 괴물, 그리고 도깨비로 화제를 돌린다.

그녀는 호머의 단순함과 온화함을 지니고 놀랄 만치 진실하고 섬세한 장면 묘사를 해가면서 아득한 옛날, 이를테면 자연과 삶이 가져다주는 위험성, 신비로움과는 인간이 아직 화합하지 못하던 시절, 인간이 도깨비나 나무귀신 앞에서 부들부들 떨고 알료샤 포포비치에게서 그를 둘러싼 재난으로부터의 보호를 구하던 시절, 공기 중에도 물 속에서도 숲속에서도 들판에서도 기적이 지배적이던 시절에 우리의 음유시인들에 의해 창조된 러시아적인 삶의 일리아드를 아이의 기억력과 상상력에 깊이 새겨넣었다.

당시 인간의 삶은 무서웠고 위험천만한 것이었다. 집 문턱을 넘기도 위험했다. 짐승에게 잡아먹히거나 아니면 악당의 칼에 난도질을 당하기 일쑤였고 사악한 타타르인**에게 가진 걸 몽땅 빼앗기지 않으면 아무 소식도, 아무 흔적도 없이 어디론가 사라지기도 했다.

그러다 어느 순간 갑자기 하늘나라의 표식, 불기둥과 불공이 나타난다. 금방 사람을 매장한 무덤 위에서 불꽃이 타오르거나 아니면 숲속에서 누군가가 손전등이라도 손에 든 것처럼 산책을 하고, 무시무시한

---

* 고대 러시아.
** 터키계 제 민족의 총칭으로, 이들의 종교는 이슬람교였기에 역사적으로 러시아와는 적대 관계를 유지했다.

웃음 소리가 들려오고 어둠 속에서 눈이 반짝거리기도 한다.

인간 자체도 마찬가지지만 얼마나 많은 이해 못 할 일들이 그동안 벌어졌었던가. 태곳적부터 인간은 오랜 동안 아무 일도 없이 잘살아왔다. 그러다 갑자기 말도 안 되는 소리를 주절거리기 시작하고, 본인이 아닌 타인의 목소리로 소리치는 법과 밤마다 꿈결에 나와 거니는 방법을 배웠다. 그러는 사이 타인을 모욕하고 땅에 깔아뭉개기 시작했다. 이런 일이 있기 바로 전에 첫닭이 울고 까마귀가 지붕 위에서 까악까악 울어댔다.

공포로 혼비백산해서 현실에서 좌우를 둘러보던 연약한 인간은 그를 둘러싼 자연의 신비를 푸는 열쇠를 급기야 상상 속에서 찾게 되었다.

아마도 꿈, 생기 없는 현실의 영원한 정적 그리고 모든 현실적인 공포와 엽기, 위험, 활동의 부재는 인간에게 자연스런 세계에 살면서 다른 실현 불가능한 것을 창조할 것을, 예컨대, 방탕과 위안, 그리고 평범한 사건이 미궁 속으로 빠져드는 신비와 현상 자체의 외적 요인을 찾아줄 것을 무익한 상상력에 강요했으리라.

우리의 가엾은 선조들은 손으로 더듬으면서 살아왔다. 자신들의 의지를 고무시키지도, 지키지도 못했다. 그들은 순진하게 불편과 악에 놀라 치를 떨고는, 묵묵히 이해하기 어려운 자연의 상형문자에 그 이유를 묻곤 했다.

그들은, 죽음이란 바로 전에 죽은 사람을 집 밖으로 실어 나를 때 다리가 아닌 머리부터 문턱을 넘어간 경우에 야기되는 것이라고 믿었다. 밤 3시에 개가 창문 밑에서 짖으면 화재가 난다고 했다. 그들은 죽은 사람을 들어 다리부터 문턱을 넘게 하기 위해서 애를 썼고 간신히 그렇게 하고 나면 그만큼 또 힘을 들여 맨 풀밭에서 잠을 잤다. 짖어대는 개를 때리거나 안마당에서 내쫓느라 부산을 떨었고 여전히 나무에 불을 붙여 썩은 마룻바닥 틈새로 내던졌다.

요즈음의 러시아인은 자기를 둘러싸고 있는, 허구가 결여된 각박한 현실 속에서 매혹적인 옛날 이야기를 믿고 싶어한다. 아주 오랜 동안 아마도 이런 믿음을 버릴 수가 없을 것이다.

유모로부터 우리의 황금 양털―불새*와, 마법의 성에 있는 장애물과 은신처에 대한 동화를 들으면서, 아이는 자신이 영웅적 행동의 주인공이 되는 기분을 만끽하며 용기를 얻기도 했다. 실제로 개미가 등줄기를 타고 올라오는 착각에 빠지기도 했고 용자(勇者)의 실패에 마음 아파하기도 했다.

이야기가 꼬리에 꼬리를 물고 나온다. 유모는 어떤 대목에서는 격정적으로, 그림을 보듯 생생하게, 또 어떤 대목에서는 과장을 섞어가며 영감을 받은 듯이 이야기를 했다. 왜냐하면 그녀 역시도 이야기의 반은 실제로 믿고 있었기 때문이다. 노파의 두 눈은 불꽃처럼 이글거렸다. 흥분한 나머지 머리를 흔들기도 했다. 목소리 또한 보통 이상의 높이까지 올라가곤 했다.

알 수 없는 공포에 사로잡힌 아이는 눈에 눈물이 글썽한 채로 유모의 품을 더욱 바싹 파고들었다.

자정에 무덤에서 일어난 죽은 이, 아니면 어쩔 수 없이 괴물에게 핍박을 당하는 희생자, 혹은 잘려나간 진짜 발을 찾아 이 마을 저 마을을 뒤지는 나무 다리의 곰에까지 이야기가 미칠 때면, 아이의 머리카락은 공포 때문에 쭈뼛쭈뼛 서곤 했다. 아이의 상상력은 어느 땐 굳어버리는가 싶으면 금세 또 끓어올랐다. 고통스럽고 병적인 과정을 경험하며 자랐다. 그 긴장의 정도가 마치 현악기의 현과 같다고나 할까.

---

* 러시아 동화에 등장하는 새로 사람들에게 행복의 꿈을 가져다준다고 믿었음.

유모가 곰의 마지막 말, "나무 다리가 삐걱거리네 삐걱거려. 이 마을 저 마을 다니자니 할멈들이 모두 잠들어 있고, 한 할멈만 잠을 안 자고 내 가죽을 깔고 앉아서 내 살을 삶고 내 털로 실을 뽑고 있네" 등등을 반복하는 대목, 곰이 집 안으로 들어와 자기 다리를 잘라간 놈을 낚아채려 하는 대목에서 아이는 더 이상 참을 수가 없었다. 온몸을 떨면서 비명을 지르며 유모의 팔에 덥석 안겼다. 놀라 눈물을 흘리면서도 지금 자기가 짐승의 발톱에 쥐어 있는 게 아니라 유모가 곁을 지키고 있는 침대에 있다는 안도감에 피식 웃었다.

아이의 상상력은 괴상한 환영들로 가득 찼다. 무서움과 슬픔이 오랫동안, 아니, 아마도 영원히, 그의 마음 속에 남아 있으리라. 그는 슬픔에 젖어 주위를 둘러본다. 여전히 현실에서 해악과 재난을 보면서 악도 걱정도 슬픔도 없는 곳, 밀리트리사 키르비찌에브나가 살고 있는 곳, 공짜로 먹여주고 입혀주는…… 바로 그런 마법의 나라를 꿈꿔본다.

오블로모프카에서는 단지 어린이들뿐만 아니라 어른들에게서도 동화는 평생 자신의 권위를 지킨다. 집안에서건 마을에서건, 주인, 그 마누라에서 기골이 장대한 대장장이 타라스에 이르기까지 누구 할 것 없이 모두 컴컴한 밤이면 두려움에 몸을 떤다. 모든 나무는 그 순간 거인으로, 모든 관목 숲은 악당의 소굴로 변한다.

덧문 덜컹거리는 소리, 통에서 나는 바람 소리에도 남녀노소 모두 얼굴이 백짓장처럼 하얗게 변했다. 유현절날 10시가 넘은 시각엔 어느 누구도 자기 집 문턱을 넘지 않았다. 부활절 밤이면 마구간 가는 일로 대판 싸움을 벌이곤 했다. 혹시라도 집귀신을 보게 될까 무서웠기 때문이다.

오블로모프카에선 도깨비, 죽은 사람 할 것 없이 모든 걸 믿었다. 낟가리가 들판을 돌아다닌다고 이야기를 해준다면 생각할 여지도 없이 그냥 믿어버릴 것이다. 지금 눈앞에 있는 게 양(羊)이 아니라 어떤 다른 것, 이를테면 마르파나 혹은 스쩨파니다 따위의 마녀라는 소문이라도 흘리는 날엔 마르파를 무서워하듯 그렇게 양 또한 무서워할 것이다. 왜 양이 그냥 양일 수 없고, 마르파는 왜 마녀가 되었을까,라는 의문을 가질 생각은 누구도 하지 못했고, 혹시라도 이거 의심쩍은 구석이 있어, 하며 토를 다는 사람이 있다면 아마도 죽이겠다고 달려들 것이다. 기적에 대한 오블로모프카 사람들의 믿음이 얼마나 확고한가!

일리야 일리이치는, 세상이란 간단하게 만들어졌고, 무덤에서 죽은 자가 일어서는 일도 없고, 거인이 있다면 나타나자마자 광대놀음판에 붙들려 갈 테고 악당들 또한 감옥에 가게 되리라는 걸 나중에서야 알게 되었다. 하지만 환상에 대한 믿음이 사라진다면 공포와, 영문을 알 수 없는 우수의 잔재만이 남게 되리라.

일리야 일리이치는 괴물로부터의 재난은 없고, 만약에 괴물이 살고 있다고 믿는 사람은 매 걸음마다 뭔가 무서운 것을 기대하거나 아니면 겁이 많은 사람일 것이라는 사실을 알게 되었다. 지금도 여전히 캄캄한 방안에 혼자 남거나 혹은 죽은 사람을 보게 되면 불길한 생각에, 어릴 적에 마음속에 생겨난 우수 때문에 몸을 떤다. 아침이면 자신의 공포에 대해 너털웃음을 지으면서도 저녁이면 다시 얼굴이 하얗게 변한다.

다음엔, 일리야 일리이치는 열세 살 혹은 열네 살 난 소년이 된 자신을 발견했다.

그는 벌써 오블로모프카로부터 5베르스타 가량 떨어진 베르홀료보 마을에서 그곳 관리인인 독일인 슈톨츠 밑에서 공부를 하고 있다. 그는 그 일대 귀족 자제를 위한 기숙 학교를 운영하고 있다.

그에게는 오블로모프와 거의 동갑내기인 아들 안드레이가 있었고, 아들 하나를 더 두었는데, 그는 공부를 해본 적도 없고 임파선 종양을 앓고 있어서 항상 눈과 귀를 가리개로 덮고서 남몰래 눈물을 흘리며 어린 시절을 보내야 했다. 할아버지 댁이 아닌 낯선 집에서 좋지 못한 사람들 틈에 끼어 살다 보니 그를 귀여워해주는 이 하나 없고 아무도 그에게 그토록 좋아하는 피로그 하나도 구워주지 않았다.

이 아이들 말고 다른 아이들은 기숙 학교엔 아직 없다.

하는 수 없이 아버지와 어머니는 장난꾸러기 일류샤를 공부하라고 보냈다. 그러나 눈물, 통곡, 변덕의 연속이었다. 결국 다시 데려와야만 했다.

이 독일인은 모든 독일인들이 다 그렇듯이 진지하고 엄한 사람이다. 만약에 오블로모프카가 베르흘료보로부터 500베르스타 가량만 떨어져 있었어도 아마 그 사람 밑에서 일류샤는 무엇이든 좋은 것을 배웠을 것이다. 하지만 그렇다고 배움이 가능했을까? 오블로모프네 집의 집안 분위기, 생활 양식, 습관의 매력은 베르흘료보에도 널리 퍼져 있다. 사실 그곳도 언젠가는 오블로모프카였던 것이다. 슈톨츠의 집만 빼놓고 모든 집이 예전대로의 게으름, 풍습의 단순성, 정적과 부동성으로 호흡을 하고 있다.

아이의 머리와 가슴은 그가 첫번째 책을 펴들기도 전에 이미 이런 생활의 그림들, 장면들, 풍습들로 가득 찼다. 어린아이의 머리 속에 지혜의 맹아가 그토록 일찍 커버릴 줄이야 과연 누가 상상이나 했겠는가? 어린 마음 속에 일단 자리잡은 최초의 개념과 인상 또한 그렇게 줄곧 그를 쫓아다닐 줄이야?

아이가 아직 가까스로 말을 한다거나, 그도 아니면 차라리 아직 말을 배우지도 못하고 심지어 걸음마도 아직 못 하고 똘망똘망한 말없는 눈으로 모든 사물을 쳐다보는, 그래서 어른들이 멍청이라고 부르는 때라면 몰라도, 벌써 그를 둘러싼 환경의 다양한 현상들의 가치와 연관을 보고 알고 있으면서도 단지 자신에게뿐 아니라 타인에게 솔직히 고백하지 않는 나이가 된 다음에야 가당치도 않은 소리다.

어쩌면 일류샤는 그가 보는 앞에서 사람들이 하는 말이나 하는 행동을 오래 전에 다 알아듣고 분별하고 있는지도 모른다. 벨벳 바지와 갈색 나사지(羅紗紙) 솜 재킷 차림으로 뒷짐을 지고서 구석구석을 돌아다니고 담배 냄새를 맡고 코를 푸는 일이 하루 온종일 아버지란 사람이 하는 일의 전부이며, 덩달아 어머니란 사람은 커피를 마시고 다시 차를 마시고, 차를 마시고 다시 점심을 먹는 일을 반복할 뿐 하는 일이 없다는 사실을 말이다. 또 곡식을 얼마나 베어서 얼마를 수확했는지 아무리 이야기한다 해도 믿어볼 생각은 안 하고 어떻게 하면 게으름을 꼬투리 잡아 벌을 줄까, 하는 생각만을 하면서, 어쩌다 손수건이라도 즉시 대령하지 않으면 위계질서가 엉망이라며 집 안이 떠나갈 듯이 불호령을 내리는 위인들이 바로 자기의 부모라는 사실도.

아마도, 주변의 어른들처럼 살아야지 다르게 살아서는 큰일난다,라는 결론을 어린아이의 머리는 오래 전에 내렸는지도 모르겠다. 이런 판국에야 어떻게 다른 결론을 강요할 수 있겠는가? 오블로모프카의 어른들은 또 과연 어떻게 그간 살아왔던가?

삶이 주어진 이유는 무엇일까,라는 질문을 그들은 과연 자기 자신에게 던져보기나 했을까? 하나님이나 아실 일이겠지만. 질문에 대한 대답은 어땠을까? 십중팔구 대답은 무슨 대답. 그들에겐 대답이 필요 없는 아주 단순하고 분명한 일로 여겨졌음이 틀림없다.

이른바 고달픈 인생에 대한 괴로운 걱정거리를 가슴속에 간직하고, 왜 그런지는 모르겠지만 사방으로 땅만 쳐다보고 배회하는, 혹은 자신의 삶을 끝도 보이지 않는 영원한 노동에 내주어버리는 그런 사람들에 대해서 그들은 들어본 적도 없다.

오블로모프네 사람들은 정신적 불안에 대한 잘못된 믿음을 갖고 있었다. 어딘가로의, 무엇인가로의 부단한 노력의 연속이 곧 삶이라는 사실을 받아들이지 않았다. 불꽃과 커져만 가는 열정을 두려워했다. 다른 지방 사람의 육체가 내적인, 정신적인 불꽃의 활화산 같은 노동으로 인해 잿더미로 변한 것처럼, 오블로모프네 사람들의 영혼은 아무 장애 없이 평온하게 부드러운 육체 속에 빠져 익사해버렸다.

그들의 삶에서는 다른 사람의 경우 흔히 그렇듯 너무 빠른 주름살의 흔적도, 파괴적인 정신적 재난이나 질환의 흔적도 찾아볼 수 없다.

착한 사람들은 삶을 다름아닌 평안과 무위로 받아들였다. 사실 평안과 무위는 어디까지나 달갑지 않은 다양한 사건들, 이를테면 질병, 손해, 불화 그리고 더 말할 나위도 없이 노동으로 인해 자연스럽게 깨어지기 마련이다.

그들은 노동을 선조 대대로 물려받은 벌이려니 하며 견뎌왔기 때문에 도저히 좋아할 수가 없었고, 일이라도 맡겨지는 날이면 늘 피하려고만 애를 썼다. 사실 가능하기도 했고 또 그래야만 한다고 생각했다.

그들이 어렴풋한 지적인 혹은 정신적인 질문으로 자신을 힘들게 한 경우는 한 번도 없다. 이 때문에 그들은 늘 건강미가 넘쳤고 쾌활했다. 또 그곳은 장수 마을이었다. 나이 마흔 먹은 남자들도 청년이란 소리를 들었고, 노인들은 힘들고 고통스러운 죽음과 싸우기는커녕, 도저히 불가능한 나이까지 살다가 슬그머니 죽어갔고 조용히 손발이 굳어갔으며 아무도 모르게 마지막 숨을 거두었다. 이 때문에 말하기를, 옛날 사람들이 훨씬 강건하였다고들 한다.

그렇다. 실제로 더 강건하였다. 이전에는 아이에게 인생의 의미에 대해서 설명을 하고 어떤 지혜로운 그리고 뭔가 진지한 어떤 것으로서의 인생을 준비시켜주느라 서두를 필요가 없었다. 게다가 머릿속에 질문의 암흑만을 잉태시키는 책으로 아이를 괴롭히지도 않았다. 사실 그 질문들이란 머리와 가슴을 갉아먹고 생명을 단축시킬 뿐이다.

삶의 규범은 미리 준비된 채로 부모들로부터 물려받는 것이다. 부모들 또한 할아버지로부터, 할아버지는 다시 증조할아버지로부터 마치 베스타의 꺼지지 않는 불꽃* 같은 삶의 불가침의 권리를 보전하라는 유언과 함께 준비된 규범을 받았다. 할아버지 대, 아버지 대에 있어온 똑같은 일이 일리야 일리이치의 아버지 대에도 있고, 어쩌면 아직 오블로모프카에서도 여전히 똑같은 일이 반복되고 있으리라.

생각할 일이 무엇이고 흥분할 일은 또 무엇이란 말인가? 무슨 목적을 달성해야 할지를 알아내겠다고?

필요한 것은 아무것도 없다. 인생은 마치 평온한 강물처럼 그렇게 그들 곁을 흐르고 있다. 단지 이 강변에 앉아, 부르지도 않았는데 차례가 되면 각자에게 나타나는 피할 수 없는 현상들을 관찰하는 일만 남아 있다.

잠들어 있는 일리야 일리이치의 상상 속에서는 그의 가정에서와 마찬가지로 친척들과 지기들에게서도 변함없이 일어나는 인생의 첫 세 막이 마치 살아 있는 그림을 보듯 순서대로 펼쳐지기 시작했다. 탄생과 결혼과 장례.

다음엔 기쁜 축하와 슬픈 의식의 다채로운 과정이 이어진다. 세례식, 명명식, 가족 경사, 금욕주간, 부활주간, 떠들썩한 정찬, 배웅, 환영, 축하, 공식적인 눈물과 웃음.

모든 것이 중요성이나 경사스러움을 감안하여 정확하게 치러진다. 갖가지 의식을 치르는 중에도 낯익은 얼굴, 용모, 그들의 고뇌와 허

---

* 고대 로마에서 베스타 Vesta는 난로와 집의 신이었음.

무가 눈앞에 선하다. 원한다면 까탈스런 혼담, 경사스런 결혼식이나 명명식을 치르게 해보자. 아마도 정해진 규칙대로 눈꼽만큼의 실수도 없이 멋지게 해내고 말리라. 누구를 어디에 앉히고 어떻게 음식을 내가고 의식에 누구를 딸려서 누구를 보낼 것인가, 주의를 기울이고 있는지 어떤지⋯⋯ 오블로모프카에서는 어느 누구도 아주 조그마한 실수라도 결코 용납을 하지 않는다.

아이들은 거기에 나가볼 수가 있을까? 서서 그곳의 엄마들이 어떻게 순진하고 힘이 센 큐피드들을 안아서 데리고 다니는지를 살펴볼 뿐이었다. 그들 또한 서서 아이들을 살이 찌고 얼굴이 하얗게 되고 건강하게 만드는 데에만 신경을 썼다.

만약에 봄에 새 모양의 빵을 굽지 않는다면 그들은 봄맞이 의식에서 한 걸음 물러나 봄이 오는지 알고 싶어하지도 않으리라. 봄이 오는지 알고 싶지도 않고 그 의식도 치르지 않는다니?

그들의 모든 삶과 학문이, 모든 수치와 기쁨이 바로 거기에 집중되어 있다. 그들이 자신으로부터 모든 고민과 슬픔을 내쫓고 다른 기쁨을 전혀 알지 못하는 이유, 그 이유는 다름아니라 그들의 삶 속엔, 그들의 마음과 가슴에 무궁한 양식을 주는 뿌리깊은 필연의 사건들이 그득하기 때문이다.

그들은 흥분 때문에 두근거리는 가슴으로 의식과 잔치, 행사를 고대해왔고, 어떤 한 사람을 결혼시키고 장례식을 치러주고는 금세 그 사람 자체와 그의 운명에 대해서는 까맣게 잊어버리고 일상의 권태로 빠져들었다. 하지만 명명식, 결혼식 따위의 새로운 사건들이 막바로 그들을 그 권태에서 빼내주었다.

아이가 태어나기가 무섭게, 어떻게 하면 정확하게, 한 치의 오차도 없이, 요구되는 의식예절을 지킬까, 하는 것이 그 부모의 첫째가는 고민거리가 되었다. 즉 세례식 이후의 피로연을 어떻게 치르느냐 하는 문제다. 그런 다음에야 비로소 아이에 대한 이런저런 걱정스러운 보살핌이 시작되었다.

어머니가 자신과 유모에게 제시하는 과제는 하나다. 건강한 아이를 생산하고 감기나 나쁜 상황으로부터 아이를 보호하는 것이다. 아기가 늘 명랑하고 뭐든 많이 먹게 하는 데에만 온 지극정성을 쏟는다.

아이가 걸음마를 배우자마자, 그러니까 더 이상 유모가 필요 없는 때가 되자마자 어머니의 가슴 속엔 벌써 아이에게 여자 친구를, 당연히 더 건강하고 더 앳된 신부감을 찾아주어야겠다는 은밀한 바람이 생겨나기 시작한다.

다시 의식과 잔치의 시기가 찾아오고 결국은 결혼식을 거행한다. 모든 삶의 열정이 여기에 집중되어 있다.

이어서 이내 똑같은 일의 반복이 시작된다. 장례식이 그 무대 장치를 바꿔놓지 않는 한, 아이의 탄생, 의식, 잔치가 잇따른다. 그러나 그것도 얼마 안 가서 일군의 인물들이 다른 이들에게 자리를 양보하고, 아이들이 소년에서 금세 신랑이 되고, 결혼식을 올린다. 다시 그로부터 모든 일이 반복된다. 그렇게 삶은 이러한 계표표에 따라 끊임없이 단조로운 실처럼 이어져만 갔다. 자신의 주위에 무덤을 파면서.

간혹 다른 걱정거리가 그들을 귀찮게 하는 것도 사실이다. 그러나 오블로모프네 사람들은 대개 변함없는 단호함으로 이에 대처했다. 그들의 혼을 쏙 빼놓는 걱정거리들은 살짝 비껴 줄달음질을 쳤다. 마치 번들번들한 벽에 날아와 둥지를 틀 장소를 찾지 못하고 단단한 돌 주위에서 공연히 날개를 푸드득거리다가 멀리 날아가버리는 새와 같았다.

예를 들어, 언젠가 회랑의 한 부분이 집의 한쪽에서부터 와르르 무너져서 그 폐허의 잔재 아래 병아리와 더불어 어미닭을 생매장시킨 적이 있었다. 회랑 바로 아래서 물레를 돌리던 안찌프의 아내 악시니야도 변을 당할 뻔하였다. 그러나 바로 그 순간에 다행히도 그녀는 아마 다발을 가져오기 위해 자리를 떴던 것이다.

집안이 온통 난리였다. 남녀노소 할 것 없이 모두가 달려왔다. 끔찍스런 장면을 목격하고는, 병아리를 데리고 있던 어미닭 대신에 일리야 일리이치를 데리고 주인 마님이 저기를 걸어갔다면 어찌되었을까,라는 생각을 했다.

모두가 경악을 금치 못했다. 진작 보수할 생각을 못 했던 것에 대해서 서로를 탓하기 시작했다. 하나가 상기를 시키면 다음 사람은 지시를 내리고 세번째 사람은 보수를 하면 그만인 것을.

회랑이 무너져 내린 것은 모두에게 큰 충격이었다. 하지만 어제만 해도 회랑이 참으로 오랫동안 잘 견디고 있다면서 감탄을 아끼지 않았던 것이다.

어떻게 고칠 것인가에 대한 걱정과 궁리가 시작되었다. 병아리를 품고 있던 어미닭을 가여워했다. 그리고는 느릿느릿 자기의 자리를 찾아 돌아갔다. 일리야 일리이치를 회랑에 데려가는 것은 엄하게 금지되었다.

그 일이 있은 후 3주가 지나서 안드류쉬카와 페트루쉬카, 바시카에 겐 무너져 내린 널빤지와 난간을 헛간으로 치워 길 한가운데 널브러져 있지 않게 하라는 지시가 떨어졌다. 하지만 그것들은 봄까지 굴러다녔다.

노인 오블로모프는 창문을 통해서 회랑을 볼 때마다 보수할 생각으로 걱정이 이만저만이 아닐 것이다. 목수를 불러 어떻게 하는 게 좋을는지, 새 회랑을 짓는 게 나을는지 아니면 그나마 남은 것도 다 부수는 게 나을는지를 상담하기 시작할 것이다. 그리고는 "자, 가보게. 생각을 좀

더 해보도록 하지"라며 그를 집으로 보낼 것이 뻔하다.

바시카나 혹은 모찌카가, 이날 아침에 모찌카가 회랑의 폐허를 오르자니 귀퉁이가 완전히 떨어져 나가 눈앞에서 삽시간에 우르르 무너져 내리더란 말을 아뢰지 않았더라면, 이는 계속될 듯싶었다.

그제서야 마지막으로 상의를 한답시고 다시 목수가 불려오고, 이후에 폐허에서 건져낸 자재로 그나마 붕괴를 면한 회랑의 나머지 부분을 떠받치기로 결정을 내리고 이를 시행하는 데에는 다시 또 달포가 걸렸다.

"됐어! 회랑을 다시 다닐 수 있을 거야!" 노인이 아내에게 말했다. "잘 보라구, 표도트가 얼마나 멋지게 통나무를 얹었는지. 꼭 귀족위원회 위원장집 기둥 같다니까! 이제 됐어. 다시 오래가겠지!"

누군가가, 기왕지사 대문짝도 손을 보고 현관도 고칠 데가 있노라고, 그대로 놓아두면 고양이뿐만 아니라 돼지도 계단 틈새를 통해서 지하로 빠질 위험이 있노라고 말을 건넨다.

"그래, 그래, 그렇겠어."

일리야 이바노비치는 수심에 가득 찬 목소리로 대답을 하고는 살피러 가본다.

"정말 그렇군. 마구 흔들리는 게 다 보여."

요람을 흔들 듯 현관 난간을 발로 움직여보면서 말한다.

"일전에 손을 볼 때도 마찬가지로 흔들렸습죠."

누군가가 거들었다.

"전에도 흔들렸다니, 지금 그게 무슨 소리야? 아직 멀쩡하구만. 하나도 손본 데 없이 십육 년을 버티고 있는 데에는 이유가 다 있는 거지. 그때 루카가 얼마나 멋지게 만들었다구!…… 대단한 목수였지. 지금은 그 사람…… 이세상 사람이 아니지만. 천국에 갈 사람이지! 요즘 것들은 싹수가 노랗다구. 그렇게 만들려면 아직 멀었어."

그는 다른 쪽, 현관 난간으로 시선을 돌렸다. 현관 난간은 흔들리긴 해도 아직껏 무너져 내린 적은 한 번도 없다고들 했다.

실제로 목수 루카는 아주 훌륭한 목수였음이 분명하다.

말이 나온 김에, 사실 주인나리들의 입장도 생각해줄 필요가 있다. 무슨 재난이라도 있거나 안 좋은 일이라도 생기는 날이면 그들은 안절부절못하고 심지어는 열이 한껏 올라 화를 버럭 내기도 한다.

이도 저도 사실 우습게 보고 그냥 넘어갈 일은 아니지 않은가? 방법을 강구해야만 한다. 도랑을 지나는 조그마한 다리를 놓을 것인가 아니면 정원의 그 자리에 담장을 둘러서 돼지가 나무를 망가뜨리지 못하게 할 것인가에 대한 논의가 오랫동안 있어왔다. 왜냐하면 울타리의 일부가 완전히 땅바닥에 누워 있는 상태였기 때문이다.

걱정의 도가 얼마나 지나쳤던지 일리야 이바노비치는 어느 날 정원을 산책하면서 자신의 손으로 직접 낑낑거리면서 넘어진 울타리를 일으켜 세우고 정원사에게 두 개의 버팀목을 세우라고 지시를 하기도 했다. 울타리는 이러한 오블로모프의 신속한 조치 덕분에 여름 내내 버텨냈고, 겨울에 가서야 눈발에 다시 쓰러졌던 것이다.

마침내는 안찌프가 말과 나무통과 더불어 다리에서 도랑으로 떨어지는 사고가 발생하고 나서야 새 널빤지 세 개를 다리 위에 까는 지경에 이르고야 말았다. 그는 아직 타박상에서 완전히 회복된 상태가 아니며, 다리는 벌써 거의 새것처럼 보수되어 있다.

소와 염소는 울타리를 쓰러뜨리고 정원에 드나들었다. 그놈들은 유독 까치밥나무만을 먹어 치우고 열번째 보리수나무 껍데기를 벗겨먹었지만 사과나무까지는 다다르지 못했다. 결국 필요한 대로 울타리를 세우고 심지어는 도랑을 파라는 지시가 내려지기에 이르렀다.

그때 붙들린 두 마리의 소와 염소는 벌을 받았다. 호된 매질을 당한 것이다!

일리야 일리이치의 꿈은 아직 고향의 거실에 머물러 있다. 내내 덮개로 씌워져 있는 오래된 물푸레나무 의자, 모양새가 영 사납고 딱딱한 큰 소파, 닳고 빛 바랜 얼룩투성이 담요, 그리고 커다란 가죽 의자 하나.

길고긴 겨울 저녁이 찾아온다.

어머니가 소파에 쪼그리고 앉아 이따금 하품도 하고 뜨개바늘로 머리를 빗기도 하면서 어린아이의 양말을 뜨고 있다.

그녀 옆에는 나스타시야 이바노브나와 펠라게야 이그나찌에브나가 앉아 축제를 대비해서 일류샤 혹은 그 아버지, 그것도 아니면 자기 자신의 옷을 짓느라 정신이 없다.

아버지는 뒷짐을 진 채로 아주 만족해서 방안을 왔다갔다하거나, 혹은 의자에 앉았다가 조금 지났다 싶으면 다시 일어나 자신의 발자국 소리에 귀를 기울이며 방안을 서성댄다. 다음엔 담배 냄새를 맡고 코를 풀어 제치고는 다시 냄새 맡기를 반복한다.

방안엔 기름양초 하나가 희미하게 타고 있는데, 이는 겨울과 가을 저녁에만 유일하게 볼 수 있는 광경이다. 여름이라 할 몇 개월간에는 모두들 양초가 필요 없는, 바깥이 훤한 시간에 잠자리에 들고, 일어나려고 애를 썼다. 한편으로는 습관에 따라서, 한편으로는 절약을 위한 일이다. 집에서 만들어지지 않고 구입을 해야만 하는 물건들의 경우 오블로모프네 사람들은 극도로 인색했다.

마실 온 손님을 위해 칠면조 혹은 한 다스의 병아리도 마다 않고 기꺼이 잡으면서도 남는 포도 한 송이 식탁에 올리는 법이 없었고, 행여 손님이 자발적으로 자기의 포도주 잔을 채우기라도 하는 날에는 모두들 얼굴이 백짓장이 되었다.

그렇지만 그런 방탕은 그곳에선 거의 없는 일이었다. 누구도 부인 못 할 파렴치한이나 그런 짓을 할까. 그런 손님이라면 안마당에는 들여보내지도 않을 것이다.

하지만, 거기에 드나드는 손님들은 그런 사람들이 아니다. 세 번 권하기 전까지는 절대로 음식에 손을 대는 일이 없다. 한 번의 권유는 대부분의 경우 맛을 보라는 의미가 아니라 내놓아진 음식과 술을 거절해달라는 요구로 흔히 사용된다는 사실을 누구보다도 잘 알고 있는 까닭이다.

양초 두 개에 동시에 불을 붙이는 경우는 없었다. 양초는 시내에서 돈을 주고 살 수밖에 없는 물건이기 때문에 다른 모든 구입된 물품들과 마찬가지로 안주인의 열쇠로 따로 보관되었다. 타다 남은 양초도 조심스럽게 개수가 세어졌고 또 어디론가 자취를 감추었다.

전반적으로 돈을 쓰는 걸 달가워하지 않았다. 아무리 꼭 필요한 물건이라도 돈을 지불할 때는 엄청나게 아까워했다. 비록 가격이 별 볼일 없는 물건의 경우에도 마찬가지였다. 별 볼일 있는 큰 지출은 항상 신음과 통곡 그리고 욕설을 수반했다.

오블로모프네 사람들은 모든 종류의 불편함을 감수하는 데 기꺼이 동의를 했고 심지어 돈을 쓰기보다는 불편함을 불편함이 아닌 것으로 간주하는 데 익숙해졌다.

이 때문에 거실의 소파는 오래 전부터 온통 얼룩투성이였으며, 이 대문에 일리야 이바노비치의 가죽 의자는 말만 가죽 의자지 사실은 나 므껍질 의자라고도, 노끈으로 얼기설기 엮은 의자라고도 할 수 없을 지경이었다. 가죽이라고 해야 등판에 한 바닥이 고작이었고 나머지는 갈기갈기 찢긴 지 5년이 다 되었고 껍질은 온통 벗겨진 채였다. 문짝이 뒤

틀려 있고 계단이 삐걱거리는 이유 또한 마찬가지가 아닐까 싶다. 무언가를 위해서, 비록 반드시 필요한 것일지라도 난데없이 200, 300, 500루블을 쓴다는 것은 그들에게는 거의 자살 행위나 마찬가지로 보였다.

인근에 사는 젊은 지주 중 한 사람이 모스크바를 다녀왔는데 한 다스의 셔츠를 사느라고 300루블을, 장화를 사느라고 25루블을, 결혼식 조끼를 사는 데 40루블을 썼다는 말을 들은 노인 오블로모프가 성호를 긋고는 생각해볼 것도 없이 "그런 지주놈은 감방에 보내야 해"라며 아주 불편한 심기를 표현한 적도 있다.

빠르고 활기찬 자본 전환의 필요성, 즉 생산성과 상품교역의 증대에 대한 정치경제적 진실에 그들 모두는 전혀 귀머거리였다. 그들은 아주 단순하고 순수한 마음으로 이를 이해하고 단 한 가지 방법만으로 자본을 운용하고 있다. 다름아니라 돈을 궤짝에다 보관하는 것이다.

사는 사람들이나 일상적인 방문객들은 거실에 있는 의자에서 다양한 자세로 앉고 잠을 잤다.

이야기를 하는 사람들 사이에는 주로 깊은 침묵이 지배적이다. 모두들 하루도 거르지 않고 서로 만난다. 지적 보물들을 서로 끄집어내서 나누어 갖지만 외부에서 오는 새로운 소식은 아주 적은 게 보통이다.

적막하다. 집안일로 분주한 일리야 이바노비치의 무거운 장화 소리만이 들려올 뿐이다. 게다가 상자 속의 벽시계는 공허한 시계추 소리를 내고 이따금 펠라게야 이그나찌에브나 혹은 나스타시야 이바노브나의 손과 이빨에 끊겨버린 실만이 깊은 정적을 깨뜨린다.

누군가 소리내어 하품을 하거나 입을 향해서 성호를 그으며 "주여, 굽어살피소서!"라는 말을 덧붙이는 걸 제외하면 이런 정적이 30분 이상 갈 때도 간혹 있다.

그러면 옆 사람이 하품을 따라하고 그 다음 사람 역시 천천히, 마치 누가 명령이라도 내린 것처럼 입을 열고 또 다음 사람도 마찬가지고…… 공기의 돌림병 놀이가 예외 없이 모든 이들의 폐를 한 바퀴 돌고 어떤 이에게는 눈물을 글썽이게 한다.

아니면 일리야 이바노비치는 창가로 다가가 밖을 내다보고 당혹스럽게 말할 것이다.

"이제 겨우 5시군. 그런데도 벌써 밖은 어두워졌다니!"

"그렇습니다." 누군가 대답한다. "이맘때면 늘 어둡죠. 길고긴 밤이 오나 봅니다."

하지만 봄엔 길고긴 낮이 찾아옴으로 해서 사람들은 놀라고 기뻐한다. 낮이 왜 이리도 긴지 물어본댔자 그들 자신 또한 이유를 알지 못한다.

다시 입을 다물어버린다.

그리고 누군가가 양초 심지를 떼어낸다. 갑자기 불이 꺼진다. 모든 이들의 가슴이 설렌다. "뜻하지 않은 손님!" 하며 틀림없이 누군가 말을 뱉는다.

때때로 여기서부터 대화가 시작되기도 한다.

"손님이라니요, 누구 말씀이신가요?" 안주인이 묻는다. "나스타시야 파제에브나는 아닐 테죠? 아휴, 주여! 아니겠죠. 그녀라면 명절 전에는 오지 않을 텐데. 그래도 오면 기쁘련만! 와락 껴안고 둘이서 실컷 울어보았으면! 아침도 같이 먹고 점심도 같이 먹고…… 부르러 갈 수도 없고! 내가 나이는 아래면서도 어디 기력이 있어야지!"

"언제 우리에게서 떠났더라?" 일리야 이바노비치가 물었다. "일리야 명명일 후였지 아마?"

"무슨 말씀이세요, 일리야 이바노비치! 허구한 날 헷갈리시는구려! 그녀는 부활절 축제도 채 못 기다렸어요."

아내가 정정을 해주었다.

"성 표트르의 날*에도 여기 있었던 것 같은데."

일리야 이바노비치가 반박을 했다.

"당신은 매번 그런 식이군요!" 아내가 책망조로 말한다. "물어보세요. 괜히 창피만 당하실 게 뻔할 테니……"

"거, 성 표트르의 날에 없었다니, 말이 되오? 그때도 여전히 버섯을 넣은 피로그를 구웠는데. 얼마나 좋아하셨다구……"

"버섯 피로그를 좋아했던 사람은 마리야 아니시모브나지요. 정말 기억을 못 하시나 봐! 마리야 아니시모브나도 일리야의 명명일 전이 아니라 성 프로호르와 니카노르의 날** 전에 손님으로 왔었잖아요."

그들은 명절, 계절, 온갖 가족의 애경사를 가지고 날짜를 따졌을 뿐, 달이나 날짜를 정확하게 들먹여본 적은 한 번도 없다. 어쩌면 이런 일이 벌어지는 가장 큰 이유 중 하나가, 오블로모프 자신 말고는 다른 모든 이들이 달 이름도, 날짜의 순서도 완전히 혼동해서 알고 있다는 것이 아닐까 싶다.

우쭐했던 일리야 이바노비치는 다시 침묵을 지킬 테고, 그럼 다시 집안은 졸음 속에 빠지게 될 것이다. 엄마의 등에 찰싹 달라붙은 일류샤 역시도 졸거나 가끔은 잠에 떨어져 있다.

"그래요." 손님 가운데 누가 되었든 하나가 깊은 한숨과 함께 한마디 거들게 된다. "마리야 아니시모브나의 남편 말야. 우선 고(故) 바실리 포미치의 명복을 빕니다. 그분 정말 정정했었는데 돌아가셨죠! 육십도 채 못 사시고, 그런 분은 백 살까지는 사셔야 하는데 말입니다!"

"누구나 죽는 거 아닙니까. 누가, 언제 죽느냐는, 다 하나님 뜻이지

---

* 구력으로 7월 29일.
** 구력으로 7월 28일.

요!" 펠라게야 이그나찌에브나가 한숨과 함께 반박을 하고 나섰다. "죽어가는 사람이 있는가 하면, 저 홀로포프 내외는 아이 세례 줄 시간이 없다더군요. 안나 안드레브나가 또 아기를 낳았다나 봐요. 벌써 여섯번째 애라던가."

"어디 그런 사람이 안나 안드레브나 하나랍디까!" 안주인이 말했다. "그 여편네 오빠들도 장가를 가서 아기를 그렇게 잘 낳는대요. 애들 등쌀을 어찌 다 감당하려는지! 동생들도 벌써 커서 혼기가 꽉 찬 모양입디다. 그리고 거긴 딸들을 시집보내고 싶어도 신랑감이 없다고 합디다. 요즘 알다시피, 죄다 지참금만 원하지 않습니까. 다 그놈의 돈이 뭔지……"

"당신 지금 무슨 소리 하는 거요?"
아내에게 다가오며 일리야 이바노비치가 물었다.
"그러니까, 무슨 말인고 하니……"
다시 한 번 그에게 같은 이야기를 반복한다.
"그게 다 인생이라는 거 아니겠소!" 일리야 이바노비치가 훈계조로 한마디 했다. "하나가 죽으면 다른 하나는 태어나고, 또 다른 하나는 결혼하고. 우리 모두는 늙어가는 거지. 해마다 틀리고 나날이 같지 않은 게 당연하지! 왜 그러냐고? 만약 매일매일이 어제만 같고, 어제 또한 내일과 별반 다를 게 없다면 그게 더 큰일 아니겠소!…… 생각만 해도 슬픈 일이지……"

"노인은 늙어가는 거고, 젊은이들은 나름대로 또 커가는 거지!"
구석에서 누군가가 졸린 목소리로 한마디 거들었다.
"생각할 게 뭐 있담. 그저 하나님한테 기도하는 게 상책이지!"
안주인이 준엄하게 말했다.
"맞아, 백 번 옳은 소리오."

뭔가 철학적인 생각에 빠져 있던 일리야 이바노비치가 한 풀 꺾인 목소리로 말했다. 그리고는 다시 앞뒤로 왔다갔다한다.

오랫동안 다시 침묵이 흐른다. 앞뒤로 왔다갔다하는 뜨개바늘의 뜨개질 소리만이 들린다. 이따금 안주인이 침묵을 깨뜨린다.

"정말, 밖이 벌써 어두워졌네. 성탄절 주간까지 어떻게 기다린다지. 손님들이 들이닥칠 생각을 하니 벌써 마음이 들뜨기 시작하는군요. 어떻게 그 저녁 시간들을 보내야만 좋을지 모르겠어요. 말라니야 페트로브나가 오기라도 하면 정말 재미있을 텐데! 하여튼 못 해내는 생각이 없다니까! 주석으로 주형을 뜨고, 밀랍을 녹이고, 대문 밖으로 달려나가고. 여자 애들이 죄다 어디로 가야 할지 허둥대고 말이지. 무슨 놀이를 그리 많이 알고 있는지…… 하여튼 대단한 사람이야, 정말!"

"노는 데는 일가견이 있는 부인이지요!" 그 중 한 사람이 거들었다. "삼 년째 되던 해인가에는 그 부인이 산에서 미끄럼 타기를 생각해냈잖아요. 루카 사비치 씨가 그때 그러다가 눈가에 멍이 시퍼렇게 들었던 거 아닙니까……"

갑자기 모두들 부르르 몸을 떨고, 루카 사비치를 일시에 쳐다보고는 박장대소를 했다.

"자네 그때 어땠어, 루카 사비치? 어서, 자, 말 좀 해보라니까!"

일리야 이바노비치는 이렇게 말하면서도 웃느라 정신이 없다.

모두들 웃음을 그치지 않았고, 일류샤 역시 잠에서 깨어 덩달아 웃는다.

"아니, 말할 게 뭐가 있다고 그러세요!" 당혹감을 감추지 못하고 루카 사비치가 대꾸한다. "그게 다 알렉세이 나우므이치가 꾸며댄 얘기라구요. 아무 일도 없었어요."

"에게!" 모두들 합창하듯 말을 가로챘다. "아무 일도 없었다니, 무슨 그런 말을? 웃겨서 죽는 줄 알았는데 모두. 이마 보라구, 이마, 아직 상처가 남았는데……"

다시 웃기 시작한다.

"뭘 그렇게 웃으십니까?" 루카 사비치가 웃는 중간중간에 사람들을 설득하느라 애를 쓴다. "전…… 그때…… 그것 때문이 아니라…… 전부 바시카, 그 악당 같은 놈이 오래된 썰매를 들이미는 바람에…… 내 앞으로 확 몰려와서는…… 그 때문에 이렇게……"

좌중의 웃음 소리가 그의 목소리를 묻어버렸다. 자기가 넘어지게 된 경위를 설명하느라 애써보지만 헛수고였다. 웃음 소리가 온 방안에 가득했고 앞에 앉은 이부터 저 뒤의 처녀들에게까지도 모두 퍼져서 급기야 온 집안을 뒤흔들어놓고 좌중을 재미있는 사건의 기억 속으로 빠져들게 했다. 마치 올림픽 신전의 신들처럼 그렇게 오랫동안, 이루 표현할 수 없을 정도로 유쾌하게 웃는다. 좀 진정을 하는가 싶으면 누군가가 다시 말꼬리를 잡았다. 다시 웃음바다가 된다.

마침내 아주 어렵게 마음을 가라앉힌다.

"자네 이번 성탄절 주간에도 썰매를 탈 건가, 루카 사비치?"

입을 다물고 있던 일리야 이바노비치가 묻는다. 재차 웃음의 대폭발이 일어나 10여 분이 넘게 계속된다.

"안찌프카*에게 지시해서 산에 보초라도 서게 하면 될 거 아닌가?" 오블로모프가 난데없이 한마디를 더 덧붙인다. "루카 사비치, 이 사람이 대단한 사냥꾼이라서 잘 참을는지 몰라……"

방안 가득한 좌중의 웃음 소리 때문에 말을 끝내지 못한다.

"온전한가 몰라…… 그…… 썰매들은?"

---

* 안찌프의 애칭.

거의 웃음을 참지 못하고 좌중의 어떤 이가 말한다.

다시 웃음바다.

오랫동안 실컷 웃고서 결국 조금씩 안정을 찾기 시작한다. 어떤 이는 눈물을 훔치고 어떤 이는 코를 풀고, 또 어떤 이는 격렬하게 기침을 하고는 침을 뱉으며 겨우 입을 연다.

"아휴, 주여! 온통 물에 젖어서는…… 그때 어찌나 웃었는지, 정말! 그렇게 운이 없을라구! 발랑 나자빠진 꼴이라니, 윗옷의 반은 다 찢어지고……"

그러자 좌중엔 최종적인 일련의 웃음 폭발이 뒤를 잇고 잠시 후에 잠잠해졌다. 어떤 이는 한숨을 내리쉬고 어떤 이는 소리내어 웅얼거리며 하품을 하고, 그리고 다시 모두는 침묵 속으로 빠져들었다.

여전히 시계추 소리, 오블로모프의 장화 소리, 실 잘리는 가벼운 소리만이 들려왔다.

일리야 이바노비치가 별안간 방 한가운데에 멈추어 서서 근심스런 낯빛으로 코끝을 만졌다.

"이런 불행이 있나? 요것 보게! 죽고 싶은가. 코끝이 이렇게 가려워……"

"아휴, 맙소사!" 손을 내저으며 아내가 말한다. "코끝이 가렵다면서 죽는소리는? 미간이 가려울 때나 그런 말 쓰는 거라우. 일리야 이바노비치, 어째 그리도 건망증이 심하시우! 사람들 있는 데서 혹은 손님들 보는 데서 그런 말 했다간 창피당하기 꼭 알맞아요."

"그럼, 코끝이 가려운 건 무슨 의미요?"

당황한 일리야 이바노비치가 물었다.

"술 한잔 생각이 간절하신 게로군. 그걸 갖고 무슨 그런 망측스런 말을, 죽다니!"

"헷갈리지 않는 게 없군!" 일리야 이바노비치가 말했다. "기억이 날 듯 말 듯하네. 코 옆이 간지러우면, 끝부터 간지러우면, 아니면 눈썹이······."

"코 옆이면," 펠라게야 이바노브나가 거든다. "행운이 온다는 뜻이고, 눈썹이 간지럽다는 것은 눈물을, 이마는 인사를 의미하지요. 오른쪽에서부터 간지러우면 남자에게, 왼쪽부터이면 여자에게 그럴 일이 생긴다는 거지요. 귀가 간지러우면 비가 온다는 뜻이고, 입술이 간지러우면 키스를 한다, 콧수염이면 손님이 온다, 팔꿈치면 새집에서 잠을 잔다, 발바닥이면 길 떠날 일이 생긴다······."

"펠라게야 이바노브나, 정말 훌륭하구만!" 일리야 이바노비치가 말했다. "뒤통수가 가려우면 버터를 싸게 얻는다는 뜻은 아닌지······."

부인네들이 웃음을 터뜨리고 서로 소근거리기 시작한다. 남자 가운데 몇몇도 얼굴에 미소가 가득했다. 다시 한 번 웃음바다가 터지려는 찰나, 바로 그 순간 방안으로 마치 개 짖는 소리와 고양이 울음 소리가 동시에 뒤섞인 듯한 소리가 들려왔다. 서로 흡사 한바탕 붙으려는 것만 같았다. 다름아니라 시계의 둔탁한 소리였다.

"아이구! 벌써 9시군!" 일리야 이바노비치가 놀람 반 기쁨 반으로 말했다. "시간이 벌써 이렇게 된 줄 까맣게 모르고 있었네. 이보게, 바시카! 반카, 모찌카!"

졸린 듯한 인상의 세 사내가 나타났다.

"왜 여태껏 상을 차리지 않는 거야?" 오블로모프가 기가 차다는 듯 화난 목소리로 물었다. "여기 이분들 생각을 좀 해야지! 뭘 그렇게 서 있어? 어서, 보드카 가져오란 말야!"

"코끝이 간지러운 데는 다 이유가 있었군요!" 펠라게야 이바노브나가 활기를 띠며 말했다. "보드카 드시려거든 술잔을 좀 보세요."

저녁상을 물리고, 입맛을 쩍쩍 다시고 서로 성호를 그어주며 인사를 나누고서 모두들 자신의 침대로 뿔뿔이 흩어진다. 무사태평한 머리들 위에 꿈이 깃든다.

일리야 일리이치가 꿈속에서 본 것은 한두 저녁의 장면이 아니라 매주, 매달, 매년 어김없이 보내게 되는 낮과 저녁이었다.

이런 천편일률적인 삶의 모습을 깨뜨릴 그 무엇도 없었고, 오블로모프네 사람들 자신 역시도 그런 삶에 괴로워하지 않았다. 왜냐하면 다른 삶의 방식은 상상조차 할 수 없는 일이었기 때문이다. 행여 상상이라도 할 수 있었다면 당연히 놀라서 그런 삶을 내팽개쳤을 것이다.

다른 삶은 원치도 않았고 어쩌면 좋아하지 않을는지도 모른다. 만약에 상황이 그들의 생활방식에 어떤 변화를 가져온다면, 어떤 변화이든 상관없이 무척이나 안타깝게 생각할 것이다. 내일이 오늘과 같지 않고, 모레가 내일과 같지 않다면 그들은 너무나도 상심이 클 것이다.

다양성, 변화, 남들이 그토록 매달리는 이변이라는 것이 그들에게 무엇 때문에 필요하단 말인가? 남들이야 인생의 쓴맛을 보든지 말든지 마음대로 하라지. 그들, 오블로모프 사람들과는 아무 상관도 없는 남의 일일 뿐이다. 남들이야 살고 싶은 대로 살라지.

이변이라는 것은 제아무리 무슨 득이 되는 일이 있다손 쳐도 마음의 분란을 일으킴에는 틀림이 없다. 이변은 걱정과 근심, 분주함, 그리고 여기저기 돌아다니는 일을 요구한다. 한시도 자리에 앉아 있을 시간이 없고 장사를 하거나 편지를 써야만 한다. 한마디로 말해서, 뒤로 돌아!다. 농담이라고?

그들은 수십 년간을 잠을 자고 졸고 하품을 하고, 혹은 촌스런 농담에 넉살 좋게 웃음바다를 이루며 살아왔다. 아니면 조그만 모임을 만들어 한밤중에 꿈속에서 본 것을 이야기해왔다.

만약 꿈이 무섭기라도 하는 날엔 모두들 깊은 생각에 잠겨서, 농담은커녕 함께 겁을 집어먹었다. 만약 꿈이 예언적이면 꿈속에 나타난 것이 고통스러운 것이냐 혹은 안심이 되는 것이냐에 따라서 꾸밈없이 즐거워하기도, 슬퍼하기도 하였다. 꿈이 어떤 일을 행할 것을 요구하기라도 하면 곧바로 사람들은 실천에 옮기기까지 했던 것이다.

'원카드' 와 같은 아주 단순한 카드놀이를 하는 게 아니라, 축제 때마다 손님들과 함께 바스톤* 카드놀이를 하거나 혹은 그랑-파시앙** 패를 돌리면서 결혼에 대한 카드 점패를 치기도 하고 마리야쥐*** 놀이를 하곤 한다.

때때로 나탈리야 파제에브나라는 부인이 한두 주일 묵을 예정으로 손님으로 찾아오기도 한다. 처음엔 노파들이 누가 어떻게 살고 있고, 누가 무엇을 하고 있는지, 시골 구석에서 벌어지는 모든 일들을 시시콜콜하게 다 이야기를 한다. 그들은 가정 생활, 그 삶의 뒷얘기뿐만 아니라 개개인의 내밀한 생각과 의도까지도 파고들고 은밀한 부분까지 샅샅이 캐내고, 부정한, 무엇보다도 행실이 올바르지 못한 남편들을 나무라고 험담을 늘어놓는다. 또한 영지, 농부들, 고향 문제를 들먹이고, 누가 대접을 어떻게 했네, 누구를 초대하고 누구를 초대하지 않았네, 하며 이러쿵저러쿵 말이 많다.

그러다 지치면 새로 산 물건들, 옷들, 외투들, 심지어 치마와 양말까지도 보여주기 시작한다. 안주인은 아마포류, 옷감, 집에서 만든 레이스를 꺼내며 우쭐해한다.

자랑거리도 동이 나버리고 만다. 그러면 커피, 차, 잼 들 차례가 온

---

* 오랜 역사를 갖고 있는 카드놀이. 넷이 한 조를 이루어 할 수 있음.
** 두 패의 카드를 가지고 대개는 혼자서 하는 카드놀이. 보통 카드점을 본다.
*** 카드놀이에서 하트의 킹과 클럽의 퀸이 만나는 순간을 일컬음.

다. 결국엔 침묵이 찾아온다.

　서로 멀뚱하니 쳐다보며 한참을 앉아 있다가 점차로 숨소리가 가빠진다. 이따금 누군가가 우는 소리를 내기도 한다.

　"왜 그래, 무슨 일이야?"

　다른 이가 불안해서 묻는다.

　"아휴, 슬퍼서 그래, 이 양반아!" 무거운 한숨을 내쉬며 손님이 대답한다. "죄 많은 우리가 주님을 화나게 했다구. 착한 마음을 먹지 못하니."

　"아이고, 놀래키지 말아요. 겁나게 하지 말라고, 아시겠어요?"

　안주인이 끼어든다.

　"알았어, 알았다구요." 손님이 말을 잇는다. "마지막 그 날이 올 날도 머지 않았어. 민족이 민족을, 나라가 나라를 대적하여 일어나겠고…… 세상의 종말이 도래할지니!"

　기어코 나탈리야 파제에브나는 입을 열고, 둘은 섧게 통곡한다.

　나탈리야 파제에브나 쪽에서 보면 그런 결론을 내릴 만한 하등의 이유도 없었고, 누가 누구를 대적하여 일어선 적도 없었고 심지어 그 해에 혜성이 떨어지지도 않았지만 노파들에겐 종종 그런 불길한 예감이 있게 마련인 것이다.

　아주 드물기는 해도 어떤 뜻밖의 경우, 이를테면 남녀노소 불문하고 온 집안의 정신을 쏙 빼놓는 일로 분위기가 급변하는 경우도 있다.

　집에서건 마을에서건 다른 종류의 질병에 대해서는 여태껏 들어본 적도 없다. 누가 어둠 속에서 말뚝에 걸려 다쳤다거나 축사 다락에서 떨어졌다거나 혹은 지붕에서 널빤지가 미끄러져 내려와 머리를 다치게 하는 따위의 일을 제외하고 말이다.

　하지만 그것도 아주 드문 경우였다. 그리고 뜻밖의 재난에 대처하기 위해 민간요법이 사용되었다. 타박상엔 물풀이나 두릅을 발라주고 성수를 한 잔 들이켜게 하고는 귓속말로 소곤댄다. 그러면 말짱하게 다 낫는다.

그러나 가스중독은 비교적 잦았다. 그럴 때면 모두들 침대에 나란히 누워 있다. 탄식과 통곡만이 들려온다. 어떤 이는 머리를 오이로 덮고 수건으로 동여매기도 하고, 또 어떤 이는 월귤나무 열매를 귀에다 대고 고추냉이 냄새를 맡기도 하고, 또 어떤 이는 셔츠 하나 차림으로 영하의 추위에 밖으로 나가고, 또 어떤 이는 그냥 아무 생각 없이 들판을 나뒹군다.

이는 정기적으로 한 달에 한두 번씩은 있어왔는데, 왜냐하면 열기가 굴뚝을 통해서 빠져나가는 것이 싫어서 아직도 벽난로에 불길이 「악마 로버트」*처럼 한창인데도 굴뚝을 닫아버리기 때문이었다. 침상에도 벽난로 위에도 손을 대서는 안 된다. 그랬다가는 바로 물집이 생기기 십상이다.

언젠가 한 번 단조로운 그들의 일상이 정말 뜻밖의 일로 인해서 깨진 적이 있다.

고단한 점심을 끝내고 쉬느라 차를 마시려던 순간 시내에서 막 돌아온 오블로모프네의 농부 하나가 갑자기 뛰어 들어왔다. 품속에 무언가를 꼭 쥐고 있다가 급기야는 가까스로 일리야 이바노비치 오블로모프 앞으로 온 구겨진 편지를 꺼내놓았다.

모두들 어안이 벙벙하였다. 안주인은 심지어 표정까지도 약간 일그러뜨렸다. 모두의 눈은, 심지어 코마저도 편지 쪽으로 일제히 쏠렸다.

"이런 희한한 일이 있나! 누가 보낸 걸까?"

---

* 독일 작곡가 마이어베어 Giacomo Meyerbeer(1791~1864)의 오페라. 뻬쩨르부르그에는 1843년에 무대에 올려져 대단한 호평을 받은 바 있다.

마침내 정신을 가다듬고 안주인 마님이 말했다. 오블로모프는 편지를 받아들고 어찌해야 할지 영문을 몰라 편지를 만지작거리고만 있었다.

"어디서 편지를 받았는고?" 그가 농부에게 물었다. "누가 네게 편지를 주었느냐?"

"제가 시내에 당도해서 어떤 집 안마당에 있는데, 우체국에서 어떤 군인 복장의 사람이 나와서는 여기 오블로모프 씨 댁의 농부가 없는지 두 번이나 묻더군요. 주인님에게 온 편지가 있다면서요."

"그래서?"

"그래서, 처음엔 숨었죠. 그랬더니 편지를 가지고 그냥 가더라구요. 그런데 베르흘료보 수도사 하나가 절 발견하고는 가서 말을 한 겁니다. 재차 오더군요. 두번째 와서는 욕을 한 판 늘어놓더니 편지를 주고, 동전 한 닢도 빼앗아 갔어요. 제가 편지를 어째야 하느냐 어디로 가져가느냐고 물었습죠. 그랬더니 주인님께 갖다드리라는 겁니다."

"한치의 거짓말도 없으렷다."

안주인 마님이 화가 나서 말했다.

"거짓말하는 게 아닙니다. 저희들에게 편지가 무슨 소용이란 말입니까. 필요 없습니다. 저희들이 언제 편지를 훔쳐서 벌받은 적이라도 있습니까. 그럴 줄도 모릅니다. 편지를 가져가시오! 하면서 군인이 와서는 어찌나 욕을 하던지, 불평이라도 하고 싶었지만, 어쨌든 편지를 받았습니다."

"멍청한 것!"

안주인이 말했다.

"누구한테서 온 거지?" 주소를 살피면서 오블로모프가 생각에 잠겨 말했다. "필체가 눈에 익은 듯도 하고, 정말!"

편지는 이 손에서 저 손으로 왔다갔다했다. 온갖 추측이 난무했다. 누구에게서 온 편지며 그 내용은 어떨 것인가? 하지만 추측만으로는 아무것도 알 수 없었다.

일리야 이바노비치는 안경을 찾으라고 지시했다. 한 시간 반을 안경을 찾느라 허비했다. 그는 안경을 걸치고 편지를 개봉할 채비를 했다.

"개봉하지 맙시다, 일리야 이바노비치." 아내가 겁을 집어먹고 그를 말렸다. "이 편지가 여기 와 있다는 걸 누가 알겠어요? 그러다 무슨 무서운 일이나 아니면 나쁜 일이라도 생기면 어쩌시려고요. 요즘 사람들이 어떤 사람들인지 보고도 모르세요! 오늘 아니면 내일이라도 개봉하실 수 있잖아요. 그런다고 그 편지가 어디 가는 것도 아니고."

편지는 안경과 함께 자물쇠가 채워진 채로 숨겨졌다. 모두들 차 마시는 일에 열중했다. 만약에라도 정말 희한한 일이 발생해서 오블로모프 사람들의 마음을 흥분시키는 일만 없다면 몇 년이고 편지는 그 안에 탈 없이 있게 될 것이다. 차를 마시는 자리에서도, 그 다음날에도 모든 이들의 대화는 오로지 편지에 대해서뿐이었다.

마침내 더 이상 참지를 못하고 나흘째 되던 날 모두가 한 자리에 모여 불안한 마음으로 편지를 개봉했다. 오블로모프는 서명을 들여다보았다.

"'라지셰프'에게! 필리프 마트베이치가 보낸 편지군!"

"예? 누가 보냈다구요?" 모두들 이구동성으로 물었다. "아니 그분이 여태 살아 계신단 말입니까? 정말, 아직도 안 돌아가셨다구요? 거참, 정말 다행이네요! 뭐라 쓰셨나요?"

오블로모프가 소리내어 읽기 시작했다. 필리프 마트베이치가, 오블로모프카에서 특히 잘 만드는 맥주의 제조 방법을 알려달라고 부탁하는 듯했다.

"알려주어야지, 알려주어야지 암!" 모두가 이구동성으로 합창을 했다. "편지를 써서 보내야만 해."

그렇게 두 주일이 지났다.

"써야지, 편지를 써야만 해!" 일리야 이바노비치가 아내에게 다짐을 했다. "제조 방법 어디 있지?"

"어디 있냐고요? 찾아봐야지요. 서두르실 필요가 뭐가 있어요? 그냥 축제 때까지 기다리다 보면 절로 알게 될 테고, 그때 편지를 쓰면 되지요. 어디 가겠어요……"

"하긴, 축제에 대해서 쓰는 게 더 낫겠군."

명절에 다시 편지에 대한 이야기가 오간다. 일리야 이바노비치는 정말로 편지를 쓰고자 한다. 자기 서재에 틀어박혀 안경을 걸치고 책상에 앉는다.

집안에는 깊은 정적이 드리워져 있다. 쓸데없이 나돌아다니지도 소란을 떨지도 말라는 지시가 떨어진다. "주인님이 편지를 쓰고 계신다!" 집안에 죽은 이가 있을 때 말하는 듯한 경외의 목소리로 모두들 말한다.

그는 서두만을 끝낸 상태다. '그간 별고 없으신지요.' 느릿느릿, 삐뚤빼뚤, 떨리는 손으로 아주 조심스럽게, 마치 어떤 위험한 일을 도모하는 사람처럼 신중을 기한다. 그때 아내가 나타난다.

"아무리 찾아봐도 제조 방법이 없네요. 침실 장롱 속도 뒤져봐야겠어요. 편지는 어떻게 보내죠?"

"우체국에서 보내야지."

일리야 이바노비치가 대꾸한다.

"얼마나 드는데요?"

오블로모프가 옛날 달력을 꺼낸다.

"사십 코페이카."

"그깟 거 보내는 데 사십 코페이카나 든다고요? 기다리는 게 낫겠어요. 시내에 들렀다가 거기에 갈 일이 있을지 누가 알아요. 사람들 시켜서 알아보라 하세요."

"하긴 겸사겸사해서 보내는 게 낫겠군."

대답을 한 일리야 이바노비치가 펜으로 책상을 톡톡 두드리고는 잉크병에 다시 쑤셔넣고 안경을 벗었다.

"그래, 그게 낫겠어." 결론을 내렸다. "그 일이 어디 가나. 보낼 수 있겠지."

필리프 마트베이치가 결국엔 제조 방법을 받았는지는 아무도 모른다.

일리야 이바노비치는 이따금 책을 손에 들기도 했는데, 매번 어떤 책인지는 중요한 문제가 아니다. 독서가 반드시 필요한 일이라는 데에는 의심의 여지가 없다. 그러나 그는 독서를 사치이며 안 해도 사는 데는 별 지장이 없는 그런 일로 간주하고 있다. 벽에 그림을 걸든지 말든지 혹은 산책을 나가든지 말든지 상관없다는 식으로 독서 또한 생각했다. 그 때문에 어떤 책을 읽든 그에겐 마찬가지였다. 기분전환에 필요한 물건을 보듯이 그렇게 책을 보았다. 단지 심심하고 할 일이 없어서 하는 게 독서였다.

"책 읽은 지도 오래되었군." 이렇게 말을 하거나 아니면 간혹 "읽을 책 좀 없을까"라며 말만 바꾸어서 할 뿐이다. 혹은 그냥 지나는 길에 형이 죽으면서 남긴 많지 않은 책을 발견하고 고를 것도 없이 손에 걸리는 대로 집어든다. 골리코프*가 손에 잡히든 아니면 꿈에 관한 최근의 책이 걸리든 헤라스코프**의 로시야다***가 걸리든, 그것도 아니면 수마

---

* I. I. Golikov(1735~1801): 러시아의 역사가.
** M. M. Heraskov(1733~1807): 러시아의 시인.
*** 『로시야다 *Rossiyada*』(1779): 시베리아 왕국에 관한 장편 서사시.

로코프*의 비극이든, 그리고 마지막으로 3년 전의 신문 나부랭이가 걸리든, 그는 똑같은 만족감을 표현하며 때때로 중얼거린다.

"보라구, 다 꾸며낸 얘기야! 이런 도둑놈들이 있나! 어휴, 망할 놈들!"

이러한 고함 소리는 작가들 들으라고 하는 소리인데, 그 작가가 누가 되었든 그에게서 존경심이라고는 눈꼽만치도 찾아볼 수 없었다. 오래 전 사람들이 품었던 작가들에 대한 경멸마저도 그는 자신의 것으로 만들었다. 당시 다른 많은 사람들처럼 그 또한 작가라는 사람들을 한낱 우스갯소리 하는 사람, 방탕자, 술주정뱅이 그리고 광대와 비슷한 익살꾼으로 간주했다.

이따금 그는 3년 전의 신문에서 기사 하나를 골라 다들 들으라고 소리내어 읽어주기도 했고 아니면 소식거리를 전해주기도 한다.

"헤이그에서 전하는 소식에 따르면, 국왕 각하께서 짧은 시간이나마 궁궐 안을 순시하시고 무사히 돌아오셨다는군."

그러면서 안경 너머로 청중들의 반응을 살핀다. 아니면,

"빈에선 대사가 신임장을 받았다는군."

"여기엔 이렇게 쐬어 있어, 장리**라는 여류작가의 작품을 러시아어로 번역했다는구만."

"번역이란 게 다 우리들 지주들 돈을 갉아먹으려는 수작이지."

청중 가운데 한 소지주가 한마디 거들었다.

한편 불쌍한 일류샤는 공부를 하기 위해서 슈톨츠네로 다녀오고 있다. 월요일에 잠에서 깨자마자 우수가 그를 덮친다. 그는 지붕 위에서 고함치는 바시카의 목소리를 듣는다.

---

* A. P. Sumarokov(1717~77): 러시아의 희곡 작가.
** Stephanie-Felicite, Madame de Genlis(1746~1830): 프랑스 감상주의 소설 작가.

"안찌프카! 얼룩말을 수레에 매. 도련님을 독일 사람에게 모셔다 드려야 하니까!"

심장이 막 뛴다. 그가 슬픔에 잠겨서 어머니에게로 온다. 아들의 심정을 알고 있는 어머니는 위로의 말을 던지기 시작하고 일주일간의 생이별을 생각하며 남몰래 한숨을 내뱉는다.

월요일 아침이면 그에게 무엇을 먹여야 할지 몰라 빵과 크렌젤빵을 굽고, 소금절임, 비스킷, 잼, 갖가지 과자 그리고 다른 온갖 종류의 건과류나 물기가 많은 과자류 심지어 먹거리가 될 만한 모든 것을 내놓느라 부산을 떤다. 이 모든 것들은 기름기 있는 음식을 삼가는 독일 사람 집에서는 보기 힘든 것들이다.

"거기선 먹지 못할 거야." 오블로모프 사람들은 수근거린다. "기껏해야 수프나 탕요리, 감자, 그리고 차와 함께 먹는 버터가 점심의 전부일 테고, 저녁이라 해봐야 휘파람이나 불고 말겠지."

정작 일리야 일리이치는, 얼룩말을 매라고 지시하는 바시카의 목소리도 듣지 않고 어머니가 식탁에서 미소와 반가운 소식으로 그를 맞이하는 그런 월요일을 꿈꿔본다.

"오늘은 가지 않아도 돼. 목요일이 아주 성대한 명절이란다. 사흘 있다 오려고 왔다갔다할 필요는 없지 않겠니?"

혹은 갑자기 그를 품에 안으며 오늘은 추도식이 있는 날이라서 공부할 필요가 없고 블린*을 구울 거라는 말을 듣고 싶어한다.

어머니는 월요일 아침이면 그를 세심히 살펴보고서 이렇게 말할 것이다.

"어째 오늘은 네 눈빛이 안 좋구나. 괜찮은 거야?"

---

* 러시아식 팬케이크.

제1부　　**221**

그리고는 고개를 설레설레 흔든다. 약삭빠른 아이는 말짱하지만 그냥 침묵으로 일관한다.

"그럼 이번 주는 집에 있으렴. 거기야 무슨 별일 있을라구."

집안에는 학업과 추도 토요일이 결코 서로 일치해서는 안 된다는, 또는 목요일의 명절은 일주일 동안의 공부에 극복할 수 없는 장애라는 확신이 곳곳에 배어 있다.

하인이나 계집아이들이 아이와 부딪치게 되면 이렇게 중얼거릴 뿐이다.

"우, 개구쟁이 도련님! 독일 사람한테로 곧 떠나시려나?"

다음번엔 난데없이 안찌프카가 낯익은 얼룩말을 타고 주중이나 주초에 일리야 일리이치를 데려가기 위해 독일 사람 집에 나타난다.

"마리야 사비쉬나든가 나탈리야 파제에브나든가? 아니야, 그러니까, 쿠조프코프 내외분이 아이들을 데리고 오셨습니다요. 어서 집으로 가시죠!"

서너 주를 그렇게 일류샤는 집에서 놀면서 보낸다. 가만히 보자. 부활절 주간까지는 얼마 남지 않았고 그럼 또 명절이고, 그러다 보면 가족 가운데 누군가가 부활절 다음 주에도 공부를 안 하기로 결정을 해버리고 만다. 여름까지는 두어 주일 남았으니 다시 갈 필요는 없다. 사실 독일 사람도 여름에는 휴식을 취하기 때문이다. 가을까지 미루는 게 나아 보인다.

가만히 보니 반 년을 마음껏 놀면서 보낸 일리야 일리이치, 그동안 많이도 컸다! 얼마나 뚱뚱보가 되었는가! 잠은 또 얼마나 달게 자던가! 토요일에 독일 사람 집에서 돌아온 아이가 반대로 빼빼해지고 얼굴빛도 창백해진 걸 보면 집안 사람들은 모두 넋을 잃고 할 말을 잊는다.

"죄짓는다는 게 별 건가?" 아버지와 어머니가 말한다. "공부야 언제 해도 할 수 있는 거지만 건강이야 돈 주고도 못 사는 거지. 인생에서 건강만큼 값나가는 게 또 어디 있담. 보라구, 공부하고 돌아오는 꼴이 마치 병원에서 막 퇴원한 것 같으니. 살은 다 어디로 가고 수척해가지고…… 아직 철부진걸. 지금은 막 뛰어놀 때야!"

"맞소." 아버지가 거든다. "공부할 사람은 따로 있는 거지. 해봤댔자 겁쟁이밖에 더 되겠어!"

마음 약한 부모는 아이를 집에 머무르게 할 구실을 찾느라 여념이 없었다. 명절 말고는 딱히 핑계거리가 없었다. 겨울엔 너무 추워서 여름엔 너무 더워서 공부하러 보내기엔 적당치 않아 보였고 게다가 비도 오고, 가을이면 구질구질한 날씨를 탓하기도 한다. 이따금 안찌프카가 못마땅해 보이기도 한다. 술주정뱅이인데다, 혹 술을 안 먹더라도 너무 우왁스러워 보였다. 큰일은 아니더라도 진창에 빠지거나 어디에서건 굴러떨어지지 말란 보장은 못 하는 것이다.

오블로모프 내외는 가능한 한 자신들의 이 핑계가 그냥 핑계가 아님을 증명하려고 애썼고, 특히 슈톨츠가 보는 앞에선 더했다. 슈톨츠란 사람은 누가 보든 안 보든 장난질에 대해서는 호된 야단을 치는 사람이다.

프라스타코프와 스카찌닌*의 시대는 지나버린 지 오래다. 당시에는 아는 게 약이고 모르는 게 병이라는 속담이 책들과 색 바랜 고서적들과 더불어 마을 사람들 사이에 떠돌 때였다.

노인들은 계몽주의의 이점들을 이해했다곤 하지만 단지 외적인 이점에 한해서였다. 그들은 모든 이들이 세상 속으로 나가고 있음을, 다시 말해, 관직이나 훈장을 얻는 일, 돈을 버는 일도 배움의 길 말고는 달리

---

* 러시아의 희곡 작가 폰비진 D. I. Fonvizin(1745~92)의 작품 『미성년』의 등장인물.

방법이 없음을 잘 알고 있었다. 아주 어렵사리 관직의 길을 걸어왔고, 그러다 보니 습관적으로 무슨 일을 행하고 이름만 관리지 술수나 부릴 줄 아는 고리타분한 관리 나리들에게는 여간 어려워진 게 아니었다.

글을 아는 것뿐 아니라 뭔가 다른 것, 여태껏 살면서 들어보지도 못한 학문의 필요성에 대한 상서롭지 못한 소문이 나돌기 시작했다. 9등 문관과 8등문관 간의 차이 또한 너무나 커져서 그 다리를 건너기 위해서는 무엇이든 학위증이 필요하게 되었다.

옛 관리들, 즉 습관의 아들과 뇌물의 양자들은 점점 사라지기 시작했다. 죽지 못한 많은 사람들은 요주의 인물이라는 미명하에 쫓겨났고 그렇지 못한 사람들 또한 재판에 회부되기도 했다. 새로운 질서에 손을 내젓고 그나마 제 손으로 장만한 작은 보금자리로 향할 수 있는 사람들은 가장 행복한 사람들이다.

오블로모프 내외는 이를 터득하고 교육의 이점을 이해하고는 있지만 그것도 순전히 눈에 보이는 이점뿐이다. 교육의 내적 필요성에 대해서는 아직 그저 어렴풋하게 남의 일처럼 생각했고 이 때문에 일류샤에게 아직 몇 가지의 특별한 것만을 가르치면 되겠거니 하고 안심하고 있다.

그들은 자식이 자수가 놓여 있는 제복을 입게 될 날을 꿈꾸었고, 참의원이 된 아들을, 특히 어머니는 시장이 된 아들을 상상해보곤 했다. 하지만 이 모든 것을 어떻게든 값싸게, 갖가지 권모술수를 동원해서 얻고자 했고 어떻게든 은근슬쩍 당시 만연하고 있던 계몽사상과 정직이라는 돌과 장애물이 가로막고 있는 길을 아무 어려움도 없이 피해 건너가고자 했다. 이를테면 몸과 마음이 고단하게 된다거나 어린 시절부터 몸에 밴 행복의 충만을 해치지 않는 선에서, 그러니까 지시받은 규범을 잘 지키고 종류가 어떻든 아무런 증명서 하나만이라도 받기를 바랐다. 증명서에는 일류샤가 학문과 예술 전 과정을 이수했다는 글만 쐬어 있으면 그만이다.

이런 모든 오블로모프적인 교육 체계는 슈톨츠의 체계에서 강력한 저항에 부딪쳤다. 그 싸움은 서로 한 치의 양보도 없는 완강한 것이었다. 슈톨츠는 직접적이고 공개적으로, 그리고 완강하게 상대방을 격파했고, 상대방은 위에서 언급한 다른 권모술수로 그 타격을 교묘하게 피했다.

누구의 승리도 장담할 수 없었다. 어쩌면 독일인다운 완강함이 오블로모프 사람들의 고집과 완고함을 이길 수 있을지 모르겠지만 독일인 또한 나름의 난관에 부딪쳤고 그러다 보니 누가 이겼다고 함부로 결론을 낼 성질의 것도 못 되었다. 문제는 슈톨츠의 아들이 공부도 가르쳐주고 대신 번역도 해줘가며 오블로모프의 응석을 모두 받아주고 있다는 데에 있었다.

일리야 일리이치는 자기 집안의 가풍은 물론이거니와 슈톨츠 집안의 생활방식 또한 훤히 들여다보고 있다.

자기 집에서 눈을 뜨기 무섭게 그는 침대 옆에 서 있는 자하르카를 본다. 후에 이름을 떨칠 몸종 자하르 트로피므이치가 바로 그이다.

자하르는 유모가 하듯이 양말과 신발을 신겨주곤 했다. 벌써 열네 살의 소년이지만, 일류샤가 할 줄 아는 일이란 그저 누운 채로 그에게 이 발 저 발을 내미는 일뿐이다. 조금이라도 맘에 들지 않으면 곧바로 발이 자하르의 코로 날아간다.

행여라도 삐친 자하르가 불만을 표시하기라도 하는 날이면 어른들로부터 몽둥이 세례를 받기 십상이다.

다음 자하르카는 머리를 빗어주고 일리야 일리이치의 팔을 조심스레, 신경 쓰이지 않도록 소매에 꿰어주면서 겉옷을 입혀준다. 그리고 아침에 일어나 씻는 일을 잊지 않도록 일리야 일리이치에게 다시 한 번 상기시켜주는 일 또한 그의 일이다.

원하는 것이 있으면 그게 무엇이 되었든 눈짓 하나면 그만이다. 그럼 벌써 서너 명의 하인들이 달려들어 그가 바라는 바를 실행하느라 부산을 떤다. 뭘 빠뜨리지는 않았는지, 혹시 뭐 필요한 물건은 없는지, 필요한 게 없다 해도 그래도 가져올 게 있는지, 아니면 뛰어가서 들고 올 거라도 있는지…… 가끔 그 또한 다른 멀쩡한 소년들처럼 직접 달려들어 스스로 모든 일을 처리하고픈 때가 있다. 그럴 때면 아버지, 어머니 그리고 세 할머니들이 제각각의 다섯 목소리를 한데 모아서 소리치는 것이다.

"왜 그러니? 어디 가는 거야? 바시카, 반카, 자하르카는 뭐하고? 어이! 바시카! 반카! 자하르카! 네놈들은 멍하니 서서 뭘 보고 있는 거야? 말이 말 같지 않아!"

그런고로 일리야 일리이치가 제 손으로 할 수 있는 일이라곤 아무것도 없다.

후에 그 방법이 훨씬 더 낫다는 사실을 알고는 스스로 고함치는 법을 배웠다.

"어이, 바시카! 반카! 그것 줘봐, 다른 거 가져와! 이것 말고 다른 거 말야! 달려가서 얼른 가져와!"

이젠 부모에게 걱정을 끼치는 일도 그에겐 싫증이 났다.

계단에서 혹은 마당을 뛰기라도 하면 곧바로 열 개의 불안스런 목소리가 그의 뒤통수를 때린다. "아휴, 아휴! 누가 좀 잡아줘, 멈춰 세워! 넘어져 다칠라…… 서라니까, 서라구!"

겨울에 그늘에 가거나 환기창을 열려는 마음을 먹기가 무섭게 다시 어김없는 고함 소리가 따른다. "아니, 어디 가니? 그래선 안 되잖니?

뛰지도 걷지도 열지도 마라. 감기에 걸려 죽고 싶어서 그러니……"

일류샤는 온실에 갇힌 이국풍의 화초처럼 그렇게 슬프게 집 안에 남아 있어야 했다. 유리 안의 마지막 화초처럼 그는 서서히, 창백하게 자랐다. 무언가를 찾아 갈구하는 힘은 안으로만 침잠했고 점점 수렁에 빠져들면서 고개를 떨구고 말았다.

이따금 활기차고 참신하며 명랑한 자신을 느끼며 잠에서 깰 때도 있었다. 자신 안에서 무언가가 뛰어놀고 끓어오르는 것이 마치 작은 악마가 들어앉아 있는 것 같음을 그는 느낀다. 그 작은 악마는 그를 꼬여서 지붕에 기어오르게 하거나 적색 말을 덥석 타고 건초 베기가 한창인 초원을 내달리게 만들기도 하고, 그것도 아니면 담장 위에 올라 앉아 있게 하거나 동네 개들을 약올리게 만들곤 했다. 혹은 갑자기 마을로, 들판으로, 협곡으로, 자작나무 숲으로 내달리고 세 걸음 만에 계곡의 바닥으로 성큼 뛰어내리거나 눈싸움을 하자면서 동네 아이들을 귀찮게 따라다니고픈 충동이 일곤 했다. 자신의 힘을 시험해보고 싶어한 까닭이다.

작은 악마는 그를 충동질 못 해 안달이었다. 처음엔 참고 참다가 결국엔 더 이상 견디지를 못하고 느닷없이 겨울인데도 모자도 쓰지 않은 채로 현관 계단에서 마당으로, 거기서 다시 대문 밖으로 뛰어나가 두 손에 눈 무더기를 만들어 들고서 아이들 무리를 향해 돌진하곤 했다.

찬 공기가 그의 얼굴을 갈라지게 하고 두 귀는 동상에 걸리고 입과 목구멍에선 한기가 올라왔지만 가슴만은 기쁨에 뿌듯하기 이를 데가 없다. 그는 다리가 보이지 않을 정도로 줄달음질을 치고 쇳소리를 내며 깔깔대며 웃는다.

아이들이 눈에 띄기만 하면 눈을 뭉쳐서 명중은 못 시킨다 해도 무작정 던진다. 특별한 기술도 없다. 눈을 다시 뭉치려는 순간 눈덩이 하나가 그의 얼굴에 적중을 한다. 넘어진다. 맞아본 적이 없어 아프기는 해도 즐겁다. 깔깔대고 웃느라 눈가엔 눈물이 그렁그렁하다……

그 순간 집에서는 난리가 난다. 일류샤가 안 보이는 것이다! 고함소리와 북적거림. 자하르카가 마당으로 뛰어나가고, 그 뒤를 바시카, 미찌카, 반카가 따른다. 모두들 안마당을 뛰느라 정신이 없다.

뒤꿈치를 물려고 개 두 마리가 그들을 덮친다. 개들이 뛰어가는 사람을 태연하게 보지 못하는 성미를 갖고 있음은 세상이 다 아는 바다.

사람들은 고함을 치고 통곡을 하면서, 개들은 컹컹 짖어대며 온 마을을 뛰어다닌다.

결국 아이들에게까지 당도해서 재판을 행하기 시작한다. 누구는 머리채가, 누구는 귀가, 누구는 뒷덜미가 잡힌다. 아이들의 아버지들에게도 호통이 떨어진다.

도련님을 차지한 그들은 모피 외투로, 다음엔 아버지 모피 외투로, 다음엔 두 장의 이불로 그를 꼭꼭 씌워서 의기양양하게 손으로 안아들고 집으로 향한다.

들어오는 그를 보고는 죽은 줄로 착각하고 집에서는 울고불고 난리다. 그러나 다친 데 없이 멀쩡한 모습을 보고 노인 내외의 기쁨은 이루 헤아릴 수가 없다. 주 하나님의 은혜에 감사를 드리고 아이에게 박하와 접골목으로 달인 탕제를, 저녁 무렵엔 다시 산딸기로 만든 탕제를 마시게 하고는 사나흘 침대에서 꼼짝을 못 하게 한다. 하지만 아이에겐 단지 하나, 다시 눈싸움을 하는 것만이 보약이 아닐는지……

제10장

일리야 일리이치의 코고는 소리가 귀에 들리기가 무섭게 자하르는 소리가 나지 않도록 조심하면서 침상에서 뛰어내려 까치발로 현관으로 나와 자물쇠를 채우고 대문으로 향했다.

"아, 자하르 트로피므이치. 안녕하쇼! 오래간만이구려!"

마부, 하인, 여편네들과 아이들이 대문 옆에 모여 있다가 이구동성으로 소리쳤다.

"도련님은 어떠셔? 또 마당을 빠져나가신 건 아니고?"

문지기가 물었다.

"푹 잠이 드셨어."

자하르가 언짢은 듯 대꾸했다.

"무슨 말이여?" 마부가 물었다. "좀 이른 감이 없지 않군…… 몸이 안 좋으신 거 아녀?"

"에이, 몸이 안 좋기는! 술에 취하신 겨!" 마치 확신한다는 목소리로 자하르가 대꾸했다. "안 믿는 겨? 혼자서 마데이라 포도주 한 병 반 허구 크바스 두 통을 마시구서 지금 뻗어 있다니께 그러네."

"어이쿠!"

마부의 부러움이 담긴 목소리다.

"요즘 왜 그렇게 진탕 마신대요?"

여인네들 중 하나가 물었다.

"아냐, 타찌야나 이바노브나." 째려보며 자하르가 대답했다. "요즘만 그런 게 아니라우. 완전히 망가지셨다니께. 말하기두 망측시러!"

"그것도 말이 되네!"

그녀가 한숨을 내쉬며 한마디 거들었다.

"그건 그렇구 타찌야나 이바노브나, 그 여편네 오늘 워디 갈 데 있다구 그러던가?" 마부가 물었다. "멀지 않더라두 워디든 다녀오면 좋겠구먼."

"어디로 빼돌리려고!" 타찌야나가 대꾸했다. "홀딱 반한 여자와 앉아 있자니 서로 시간 가는 줄 모르겠는가 봐."

"저 사람 댁들한테 자주 가나 보군." 문지기가 끼어들었다. "밤마다 그러는 것도 싫증난 게지, 젠장할! 다들 벌써 나갔다가 죄다 돌아오는데, 저 작자만 맨 꼴찌야. 그러면서 정문 현관이 닫혀 있다고 맨날 욕이나 하고 말이지…… 내가 저 작자 때문에 맨날 현관에서 보초를 서야 할 판이라니까!"

"이런 멍청한 양반들 같으니라구." 타찌야나가 말했다. "맨날 그런 거나 들춰내고 있으니! 그래 그 여편네한테 갖다 바치지 않은 게 또 있긴 한 거야? 마치 제가 무슨 공작새라도 되는 양 거들먹거리면서 꼬리 치는 폼이라니. 무슨 치마를 걸치고, 무슨 양말을 신었는지 보면 아마 배알이 꼴려서 쳐다보기도 민망할 거야! 두 주일이나 씻지도 않은 쌍판엔 뭘 그리 덕지덕지 바르고 다니는지…… 기어코 잘못을 저지르고는 이렇게 생각할 게 뻔해. '아, 내 처지가 가련토다! 머리에 수건을 두르고 수도원에 들어가거나 순례길에 오르는 게 낫겠다……'"

자하르만 빼고 모두들 웃음을 터뜨렸다.

"아이구 타찌야나 이바노브나, 정말 정곡을 콕콕 찌르는구먼!"

목소리에 동의의 뜻이 느껴졌다.

"정말이야!" 타찌야나가 계속 말을 이었다. "이 양반들아 어떻게 그럴 수가 있는 거요?"

"어디로 행차하실 생각이신가?" 누군가 물었다. "손에 들린 보따리는 또 뭐고?"

"옷을 삯바느질하는 여자에게 갖다주려고요. 유행 따라 옷 잘 입으시는 분이 가보라더군요. 너무 펑퍼짐하지 않나요? 두나샤와 가축 잡느라고 어찌나 낑낑댔던지 손등이 아파서 사흘간 손으로는 아무 일도 못했어요. 잘들 타일러보시구려! 자 그럼 난 가요. 잘들 있어요, 안녕."

"잘 가시구려, 잘 가!"

몇몇이 인사를 했다.

"잘 가유, 타찌야나 이바노브나." 마부가 인사를 했다. "저녁에 들르시구려."

"잘은 모르겠지만, 가능하면 오도록 해보죠. 그때 가서 볼일이고…… 그럼 잘 있어요!"

"자, 잘 가요."

모두가 다시 인사를 했다.

"잘 있어요…… 잘들 지내시고!"

나가면서 그녀가 대꾸했다.

"잘 가시구려, 타찌야나 이바노브나!"

마부가 다시 한 번 소리를 질렀다.

"잘 있어요!"

역시 멀리서 그녀의 카랑카랑한 목소리가 다시 들렸다.

그녀가 떠나자 자하르는 마치 제 차례를 기다리기라도 한 사람처럼 입을 열었다. 그는 대문 옆 쇠말뚝에 걸터앉아 지나는 사람, 오가는 사람들에게 조금은 덜떨어진 듯한 언짢은 시선을 던지며 발을 이리저리 흔들기 시작했다.

"자네는 그래 오늘 어떤가, 자하르 트로피므이치?"

문지기가 물었다.

"노상 그렇지 뭐. 일거리를 못 만들어서 안달이지." 자하르가 대답했다. "자네 때문에, 다 자네 덕택에 슬픈 일이 한둘이 아녀. 시방 집 문제로 난리여! 한바탕 소란스러웠네. 죽어두 이사는 싫다 하니……"

"자네가 무슨 잘못이라도 했는가?" 문지기가 말했다. "내 생각엔, 제 분수껏 살밖에. 내가 무슨 주인이라도 되나? 난 그저 분부대로 할 따름이구먼서도…… 누가 주인 하라고 해도 하기 싫네……"

"아니 욕이라도 하시던가?"

누군가의 마부가 물었다.

"처음 태어나 입을 떼기가 무섭게 욕을 시작했다네!"

"아니, 그럴 리가? 욕은 해도 좋은 주인 아닌가!"

몸종 가운데 하나가 천천히 삐걱 소리를 내며 담뱃갑을 열자 자하르만 빼고 모인 사람 모두가 담배에 손을 내밀었다. 모두 일제히 냄새를 맡고 기침을 하고 가래침을 뱉기 시작했다.

"욕이라도 하면 낫지." 몸종 가운데 하나가 계속 말을 이었다. "상스럽게 욕을 하면 할수록 더 나은 법이지. 적어도 때리지만 않는다면야 욕쯤이야 어때. 어떤 사람을 모시고 산 적이 있는데 도대체가 왜 그런지를 몰라. 처다보기만 해도 머리채를 잡는 거야."

자하르는 이 작자가 자신의 장광설을 끝내기만을 애타게 기다렸지만 그는 마부를 보고 말을 계속했다.

"아무 이유, 근거도 없이 그냥 사람을 묵사발을 만드는 거야. 그 사람한텐 이건 아무것도 아니야!"

"꽤나 깐깐한 사람이었구만, 그렇지?"

문지기가 물었다.

"그렇지!" 자하르가 실눈을 가늘게 뜨고서 의미심장하게 쉰 소리를 냈다. "깐깐하다는 거 이거 문제지! 그런데 뭐가 좋은지 몰러. 걷지두 못 하구 뭘 대령해야 할지두 모르구 훔치구 먹을 줄이나 안다구 생각해 봐…… 정말, 제기랄!…… 워찌나 공격을 해대던지 듣기에두 민망할 정도였다니께! 뭣 때문이냐구? 저번 주에 먹던 치즈 한 조각이 남았더 랬지. 개한테 던져주기에두 창피한 정도로 말여. 개두 마다할 치즈를 사 람이, 생각할 것두 없이, 먹어 치운다구 생각해보라구! 묻길래 '없다구 하는디유' 하구서 나와버렸지. 그랬더니 '네놈 목을 매달아버려야 해, 네놈을 뜨거운 타르에다 삶아버려야 해, 달궈진 불집게로 네놈의 사지 를 찢어놓아야 해, 사시나무 꼬챙이로 네놈을 찔러야 해!'라며 난리여. 지는 그리구는 침대루 기어 올라가는 거여, 침대루…… 이보시게들, 그 래 어떻게 생각혀? 다음날인가 내가 뜨거운 물을 뷔버렸지. 누가 알았 겠어, 발에다 뜨거운 물을 부을 줄을. 월마나 빽빽거리던지! 내가 한 발 자국 물러나지 않았으면 주먹으로 가슴을 밀칠 뻔했다니까…… 기회만 엿보구 있더라구! 아마 밀어제쳤을 거여……"

마부는 고개를 끄덕이고 문지기는 이렇게 말했다.

"자네 대단한 주인을 모시고 있군. 전혀 용서라는 게 없어 보여!"

"욕만 할 줄 아는 주인은 그래도 훌륭하다 할 수 있지!" 그 몸종이 꾸물거리며 말했다. "차라리 욕하는 사람이 더 나아. 요렇게 쳐다보다 가 머리채를 휘어잡는다고 생각해봐. 당하는 사람은 무슨 영문인지도 모르는 채 말이지!"

"다 이유가 있겠지." 말 중간에 끼어든 몸종에게는 관심도 보이지 않고 자하르가 말했다. "여태껏 그렇게 연고를 바르는데두 상처가 아물 지 않은 데에는 말여. 될 대로 되라지!"

"주인 양반 성격 한번 괴팍하구만!"

문지기가 말했다.

"누가 아니래!" 자하르가 계속했다. "언젠가 누굴 잡구 말 거여. 꼭 초죽음을 만들구 말걸? 빈둥댄다구 이 대머리한티 욕할 기회만을 노리구 있다니께…… 이젠 말두 하기 싫어. 급기야 오늘은 듣도 보도 못 한 새로운 걸 생각해내더라구. '독을 품고 있다던가!' 말이면 다인 줄 아나 봐!"

"그럴 수도 있지?" 다시 몸종 하나가 말한다. "욕하는 건 아무것도 아니라니까 그러네. 잘 먹고 잘 살라고 그래…… 입 다물고 있는 게 상책이야. 옆을 지나고 있으면 가만히 쳐다보다가 냅다 낚아채는 거야, 내가 모시던 그분은 말이지. 욕하는 건 아무것도 아냐……"

"그야 자업자득이지." 자꾸 거듭되는 반대에 자하르가 독하게 일침을 놓았다. "난 그 정도는 아녀."

"그분이 왜 '대머리'를 욕한단 말인가요, 자하르 트로피므이치." 열댓 살 먹은 카자크 청년이 물었다. "대머리가 무슨 마귀라도 된답니까?"

자하르는 천천히 고개를 돌려 탁한 시선을 그에게로 고정시켰다.

"날 봐!" 자하르가 빈정거리듯 말했다. "아직 대가리에 피두 안 마른 것이! 네놈 주제를 모르고 어딜 끼어들어? 머리채를 잡아당기기 전에 네 자리로 썩 꺼지지 못해!"

카자크 청년이 두어 걸음 물러나 멈추어 서서 웃으며 자하르를 쳐다보았다.

"이빨을 드러내면 어쩌자는 겨?" 자하르가 화가 머리끝까지 나서 목쉰 소리를 냈다. "조심해, 다시 내 손에 안 걸리게. 내 앞에서 다시 이빨을 보였다간 두 귀를 찢어놓을 테다!"

바로 이때 현관에서 거대한 몸집의 하인이 뛰어나왔다. 견장이 달린 하인 제복 차림에 발목까지 올라오는 구두를 신고 있었다. 그는 카자크 청년에게 다가가 우선 따귀를 한 대 올려붙이더니만 멍청이라고 불렀다.

"왜 이러시는 겁니까, 마트베이 모세이치. 왜 때리세요?"

영문을 몰라 어리둥절한 카자크 청년이 뺨을 감싸고 불안스레 눈을 껌뻑이면서 말했다.

"아! 그래도 주둥아릴 나불대?" 하인이 대꾸했다. "네놈 찾는다고 온 집안을 다 뒤지고 다녔는데, 그래 여기 있다 이거지!"

그는 한 손으론 청년의 머리채를 거머쥐고서 고개를 들이밀고 정확히 세 번 아주 천천히 청년의 뺨을 주먹으로 갈겼다.

"주인님이 다섯 번이나 종을 울리셨어." 훈계조로 덧붙였다. "네놈 때문에 내가 얼마나 욕을 먹었다구, 이 개새끼야! 가 어서!"

그리고는 명령조로 계단을 향해 손짓을 했다. 청년은 도저히 영문을 모르겠다는 표정으로 1분 가량 그냥 서 있다가 두어 번 눈을 껌뻑이고서 하인을 쳐다보았다. 기다려보았댔자 다시 맞을 일밖에는 없겠다 싶은 생각이 들자, 머리채를 흔들고 천연덕스럽게 계단으로 향했다.

자하르에게는 얼마나 신나는 일인가!

"아주 잘하구 있어, 잘하구 있다구, 마트베이 모세이치! 더, 더 때리라니까!" 표독스레 기쁨을 감추지 못하고 자하르가 부추겼다. "아이구, 한참 더 때려야지! 이런 마트베이 모세이치! 고맙수! 대가리 피도 안 마른 것이 그래 아프겠지…… 다 그게 '대머리 마귀'가 붙어서 그래! 그래두 이빨을 드러낼 거냐?"

하인들이 웃음을 참지 못했다. 카자크 청년을 때린 하인도, 그걸 보고 신나 하는 자하르도 그렇고, 다들 한통속인 걸 어쩌랴.

"그러니까…… 우리 옛날 주인도 하나도 다를 게 없어, 똑같애." 자하르의 말을 자르면서 아까 전의 몸종이 다시 입을 열었다. "우리 기분이 좋아 보이기라도 하면 어느샌가 나타나 용케도 냄새를 맡고서는 은근슬쩍 옆을 지나다가 딱 낚아채는 거야. 마트베이 모세이치가 안드류샤를 낚아채듯이 말이지. 욕만 한다면야 어때! 그게 무슨 대수야. '대머리 마귀'라 욕하라지!"

"자네 저 사람 주인한테 한번 혼쭐이 나봐야 정신차리겠구먼." 마부가 자하르를 가리키며 그에게 대답했다. "머리채 잡힌 꼴이 눈에 선해! 자하르 트로피므이치한테 어디 잡힐 머리나 있나? 머리래 봐야 꼭 호박통 같은데…… 그렇다고 광대뼈에 있는 볼수염을 잡을라고…… 하여튼 잡을 게 있긴 하네!"

모두가 파안대소를 하자 자하르는 여태껏 유일하게 자기편을 들어주었던 마부의 돌발적인 행동에 한 대 얻어맞은 듯 어안이 벙벙하였다.

"주인한테 고대로 다 말할 거야." 마부에게 볼멘소리를 뱉기 시작했다. "꼬투리를 잡아서 자네를 혼찌검을 내주실걸. 자네 그 볼수염을 손봐주실 거라구. 아마 고드름이 주렁주렁 달릴 게다!"

"남의 마부 볼수염을 손봐주실 정도면 자네 주인도 대단하시게? 절대 아냐. 그럴 시간 있으면 제 하인들 간수나 잘하시고 손을 봐주시든지 말든지. 정말 인물값이라도 하시겠다?"

"누가 네놈 같은 도둑놈을 마부루 부리기나 한다던?" 자하르가 쇳소리를 냈다. "네놈은 주인님 마차에 맬 만한 가치두 없는 놈여!"

"주인님 좋아하시네!" 마부가 독살스럽게 말했다. "어디서 그런 분을 찾아내셨나?"

그 자신, 문지기, 이발사, 몸종, 욕의 대변인, 누구 할 것 없이 모두 배꼽을 잡고 웃기 시작했다.

"그래 웃어라, 웃어들. 주인님한테 다 일러바칠 테니까!"

자하르가 쇳소리를 냈다.

"자네." 문지기를 돌아보며 말했다. "이런 악당놈들 입다물게 하는 게 좋을걸. 웃지 못하게 말여. 자넨 여기서 뭐 하는 사람이여? 질서를 잡아야 할 것 아니냐구. 도대체 뭐하는 거여? 내 죄다 주인님한테 일러바치고야 만다. 각오해, 자네 차례가 올 테니께!"

"자, 됐어, 이제 그만둬, 자하르 트로피므이치!" 그를 진정시키려 애를 쓰면서 문지기가 말한다. "저 사람이 뭘 했다고 그래?"

"지놈 주제에 우리 주인님이 어쩌니저쩌니 할 수 있는 겨?" 마부를 가리키며 자하르가 분에 못 이겨 했다. "우리 주인님이 어떤 분인지 지놈이 알기나 하냐구?" 갑자기 경건해져서 물었다. "네놈은 죽었다 깨어나도 그런 주인은 못 만날 거다. 마음씨 좋지 똑똑하지 잘생겼지! 네놈 주인은 죽도 못 얻어먹은 말라깽이 아닌가 말여! 밤색 암말을 타구 마당을 떠나는 꼴을 민망해서 도저히 볼 수가 없어. 거지가 따로 있나! 크바스에 무나 먹구 말이지. 그 걸친 외투하며, 구멍난 건 안 기우구 뭐하는 거여!"

하나 지적하고 넘어갈 일은, 실제 마부가 걸친 외투에는 구멍이라곤 눈 씻고 봐도 없다는 것이다.

"아무리 그래도 요런 건 찾아내지 못할걸."

마부가 자하르의 말을 가로채고는 자하르의 겨드랑이에서 밖으로 삐져 나온 옷자락을 재빨리 잡아 뽑았다.

"됐어, 그만들 하라니까!"

그들 사이에 손을 내뻗으면서 문지기가 단호히 말했다.

"아하! 네놈이 내 옷을 찢었겠다!" 자하르가 옷자락을 더 잡아 빼며 소리질렀다. "두고 봐, 이것도 주인님한테 보여줄 테니! 자 보라구 이보게들, 저놈이 뭔 짓을 했는지. 내 옷을 갈기갈기 찢어놓았어!"

"그래, 내가 그랬다!" 약간 겁을 먹은 마부가 말했다. "주인이 벌도

주는가 보군……"

"당연히 벌을 주시지!" 자하르가 말했다. "얼마나 마음씨가 곱다구. 정말 주인이 아니라 보물단지여. 제발 건강하셔야 할 텐데! 그분 집에 있는 게 꼭 천국에 와 있는 기분이라니께. 없는 게 하나라두 있길 한가, 천성적으로 바보 취급과는 거리가 멀지. 걱정 하나 없이 편안하게 살구 있지, 식사도 주인님 식탁에서 하구, 가구 싶은 데가 있으면 가구, 그렇다니까! 시골엔 내 집, 내 채소밭, 할당량의 곡식도 있어, 왜 이래. 농부들이 다 내 앞에선 굽신거린다구! 내가 관리인이자 집사야! 아 자네들은 그래 어떤데……"

어찌나 악이 받치는지 목소리가 조절이 되지 않아 자신의 적을 결정적으로 깔아뭉갤 수가 없었다. 힘을 다시 모으고 좀더 독설적인 말을 궁리해내느라 1분쯤 입을 다물고 있었다. 하지만 그동안 짜증이 쌓일 대로 쌓여 아무것도 생각할 수가 없었다.

"좋아, 어쨌든, 내가 네놈 옷을 그냥 둘 것 같애? 갈기갈기 찢게 만들겠어!"

이렇게 끝을 맺었다.

주인을 건드리는 건 자하르의 아픈 곳을 건드리는 것과 마찬가지였다. 공명심과 자존심을 건드린 것이다. 충성심이 눈을 뜨고 한껏 표출되었다. 그는 자신의 적대자뿐만 아니라 그의 주인 그리고 있는지 없는지조차 모르지만 있다면 그 친척들, 그저 아는 사람들에게마저도 독물을 들이부을 준비가 되어 있었다. 그리고는 마부와 대화를 하는 와중에 알게 된 모든 독설과 험담을 구경꾼들에게도 정확하게 반복했다.

"네놈들이나 그 주인양반들이나 죄다 빌어먹을 거렁뱅이인데다, 독일놈보다두 못한 인간 쓰레기들이여! 네놈들 할아버지가 누구였는지두 난 알어. 누구긴 고물상 점원이지. 어제 네놈들 집에서 손님이란 작자들이 저녁 무렵에 나가는 걸 보구 웬 사기꾼들이 저렇게 저 집에 드나드는가 했다. 보기에두 얼마나 딱하던지! 엄마 역시 고물상에서 훔친 옷들 아니면 다 헐어빠진 옷들을 팔아먹었겠지."

"됐어, 그만두라니까!"

문지기가 만류를 했다.

"알았어! 난 얼마나 다행인지 몰러! 우리 주인님이 귀족두 아주 알짜배기 귀족인 게. 친하게 지내는 사람들두 죄다 장군 아니면 백작에 공작들뿐이라니께. 게다가 백작이라구 다 곁에 두시는 줄 알어? 개중엔 와서 현관에서 기다려야 하는 사람두 있다구…… 작가들두 연신 드나들지……"

"이보게나, 작가들은 또 뭐하는 사람들인가?" 싸움을 말리고자 하는 바람에서 문지기가 물었다. "관리들 말하는 건가?"

"아니지, 그 사람들은 소파에 앉아 빈둥대면서 스페인산 백포도주만 마시구 물부리로 담배를 피우는 그런 위인들이라네. 때로는 흙투성이 발을 해가지구는……"

거의 모두가 비웃고 있음을 눈치채고 자하르는 중도에 말을 끝냈다.

"네놈들은 몽땅 파렴치한들이야, 누가 뭐래두!" 말을 얼른 내뱉고서 모두를 휘 둘러보았다. "네놈에게 남의 옷을 찢어놓을 기회를 주지! 주인님에게 가서 이를 테다!" 마지막 말을 덧붙이고서 잽싸게 집으로 향했다.

"그만하면 됐어! 기다려, 기다리라니까!" 문지기가 고함을 쳤다. "자하르 트로피므이치! 선술집이나 갑시다, 가자니까……"

자하르는 잠시 걸음을 멈추어 섰다가 얼른 뒤를 돌아보고는 하인들에겐 눈길조차 주지 않고 더욱 빠르게 거리로 걸음을 옮겼다. 그는 누구도 돌아보지 않고 맞은편에 있는 선술집 문에 당도했다. 다시 뒤를 돌아보고 다시 모두에게 가엾다는 눈길을 보내고 더욱 가엾어서 죽겠다는 듯이 손짓으로 따라오라 하였다. 그리고는 문 안으로 사라졌다.

다른 모든 이들도 뿔뿔이 흩어졌다. 어떤 이는 선술집으로, 어떤 이는 집으로. 몸종 한 사람만이 남아 있었다.

'주인님에게 고해바치기라도 하면 웬 낭패야?' 혼자 생각에 잠겨 있다가 천천히 담뱃갑을 열면서 혼자 중얼거린다. '모든 정황으로 판단컨대 주인님은 좋은 분이셔. 욕을 좀 해서 그렇지! 욕 좀 하면 또 어때! 머리채를 잡아채는 사람두 있다잖아……'

제11장

4시가 조금 넘은 시각에 자하르는 조심스레 소리가 나지 않도록 현관 빗장을 벗기고 발뒤꿈치를 들고서 자신의 방으로 향했다. 거기서 그는 주인의 방문 쪽으로 다가가 처음에는 귀를 바짝 댔다가, 다음엔 앉아서 열쇠구멍에 눈을 갖다 댔다.

방안에선 코고는 소리가 박자를 맞춰가며 들려왔다.

"자고 있군. 깨워야겠어. 곧 4시 반이 될 텐데."

그는 기침을 하고 방안으로 들어갔다.

"일리야 도련님! 아, 일리야 도련님!"

오블로모프의 머리맡에 서서 자하르가 조용조용 깨우기 시작했다. 코고는 소리가 그치지를 않았다.

'한번 잠들면 누가 업어가두 모른다니께!'
"일리야 일리이치!"
자하르가 살며시 오블로모프의 옷소매를 건드렸다.
"일어나슈. 4시 반이유."
일리야 일리이치는 대답으로 잠꼬대 비슷한 소리만을 낼 뿐 눈을 뜨지 않았다.
"일어나라니께유, 일리야 일리이치! 이게 뭔 추태유!"
자하르가 목소리를 높였다. 대답이 없었다.
"일리야 일리이치!"
자하르가 주인의 옷소매를 흔들면서 힘을 주었다. 오블로모프는 고개를 약간 돌려 어렵게 한쪽 눈을 뜨고 마치 풍이라도 맞은 사람처럼 쳐다보았다.
"누구야?"
그가 잠긴 목소리로 물었다.
"누구긴 누구유, 지유. 일어나유."
"저리 꺼져!"
말이 나오기 무섭게 일리야 일리이치는 다시 깊은 꿈속에 빠져들었다. 코고는 소리 대신에 씩씩거리는 콧소리가 들리기 시작했다. 자하르가 그를 바닥으로 끌어 내리려 했다.
"너, 뭐하자는 거야?"
갑자기 두 눈을 부릅뜨고서 오블로모프가 화를 내며 물었다.
"깨우라구 말씀하셨잖유."
"나도 알아. 자, 네 할 일은 다 한 거니까 얼른 꺼져! 내가 알아서 할 테니까……"
"안 물러날 거유."

다시 그의 소매를 건드리면서 자하르가 말했다.

"알았어, 건드리지 말라니까!"

짧게 한마디를 던지고서 일리야 일리이치가 머리를 베개에 파묻었다. 코를 드르렁드르렁 골기 시작했다.

"안 돼유, 일리야 도련님. 지는 시방 날아갈 듯 기분이 좋다구유, 더할 나위 없이!"

그리고는 주인을 건드렸다.

"제발 부탁이니까, 방해 좀 하지 말아줘."

눈을 뜨면서 오블로모프가 못을 박듯 말했다.

"부탁은 지가 해야쥬. 안 깨웠다구 낭중에 화를 내실 게 뻔하잖유……"

"아휴, 정말 환장하겠군! 뭐 이런 인간이 다 있나! 일 분만 더 잔다잖아. 더도 말고 일 분, 알겠지? 내가 알아서 할 테니까……"

일리야 일리이치가 꿈을 꾸는지 갑작스레 잠꼬대를 했다.

"너무 잠이 많아 탈이여!" 주인이 듣고 있지 않다는 걸 확신한 자하르가 중얼거렸다. "어찌나 잠이 많은지 통나무라니께! 이 세상엔 그래 왜 태어났누?"

"자 일어나! 내 말 안 들려!……"

자하르가 호통을 쳤다.

"뭐? 뭐라고?"

오블로모프가 고개를 들면서 화난 목소리로 말했다.

"안 일어나실 거냐구요, 도련님?"

자하르가 부드러운 목소리고 대꾸했다.

"그거 말고, 너 방금 뭐라고 했어, 엉? 네가 그럴 수 있어, 엉?"

"지가 뭘 어쨌다구유?"

"대들 듯이 말했잖아?"

"꿈속에서 들으셨나 보네…… 분명 꿈속에서일 거유."

"내가 자고 있었는 줄 알아? 안 자고 있었어, 다 듣고 있었다고……"

하지만 벌써 곯아떨어졌다.

"아이구 정말." 자하르가 한심스럽다는 듯이 말했다. "어쩔 도리가 없는 양반이구만! 통나무가 누워 있는 꼴이지 뭐여? 보구 있는 것두 역겹다. 마음씨 좋은 사람들, 와서 한번 보시구려! 젠장할!"

"일어나유, 일어나!" 돌연 놀란 목소리로 자하르가 입을 다시 뗐다. "일리야 일리이치! 좀 보시라니께유, 밖엔 시방 뭔 일이 일어나구 있는지……"

오블로모프가 재빨리 고개를 들고 주위를 둘러본 다음 깊은 한숨을 내쉬고 다시 누웠다.

"날 좀 내버려둬!" 그가 위엄 있게 말했다. "내가 깨우라고 했지만 이젠 그 명령을 철회할 테니까, 알아들었어? 생각이 나면 내가 알아서 일어날게."

간혹 내버려두면서 이런 말도 했다. "그래, 퍼 자라 아주, 빌어먹을!" 때로는 의지를 굽히지 않았다. 지금도 마찬가지로 물러서지 않았다.

"일어나유, 일어나!"

목청껏 소리를 지르고서 그는 오블로모프의 앞 옷깃과 소매를 두 손으로 움켜쥐었다. 오블로모프도 뜻밖에 갑자기 벌떡 일어나 자하르에게 달려들었다.

"요놈 봐라, 알았어. 주인님이 주무시겠다는데 놀래키면 어떻게 되는지 내 본때를 보여주마!"

제1부 243

자하르는 그로부터 간신히 빠져나왔다. 세 걸음 만에 오블로모프는 완전히 꿈에서 깨어나 하품을 하면서 기지개를 켜기 시작했다.

"크바스…… 가져와……"

하품하느라 띄엄띄엄 말했다. 그때 자하르의 등뒤에서 누군가의 호탕한 웃음 소리가 들렸다. 둘 다 고개를 돌렸다.

"슈톨츠! 슈톨츠!"

오블로모프가 기쁨에 겨워 큰 소리를 내며 손님에게 몸을 날렸다.

"안드레이 이바느이치!"

자하르가 입을 크게 벌리고 히죽거리며 말했다. 슈톨츠는 연신 큰 소리로 웃고 있었다. 벌어진 모든 광경을 직접 보았던 것이다.

제2부

제1장

슈톨츠는 아버지 쪽으로 반만 독일인으로, 어머니는 러시아인이었다. 그의 신앙은 러시아정교였고 모국어는 러시아어였다. 그는 어머니가 권하는 책과 대학 강의실, 시골 아이들과의 장난과 아이들 아버지들과의 접촉을 통해서, 그리고 모스크바의 시장에서 러시아어를 배웠다. 독일어는 아버지로부터 물려받았고 아울러 책을 읽으며 따로 공부도 했다.

아버지가 관리인으로 있었던 베르흘료보 마을에서 교육을 받으며 자란 슈톨츠는 여덟 살이 되던 해부터 아버지와 함께 지도를 펴놓고 앉아서 헤르더*와 빌란트,** 그리고 『성경』을 구절구절 철자를 짚어가며 읽었고 농부, 소시민과 노동자가 문맹이라는 사실을 깨닫게 되었다. 어머니와는 종교사를 읽고 크르일로프***의 우화를 익히고 텔레마크****또한 겨우겨우 읽었다.

부모의 통제에서 벗어난 슈톨츠는 한달음에 달려가 아이들과 함께 새집을 망가뜨리기도 했다. 그러다 보니 수업 중이나 기도 중간에 주머니에서 까마귀새끼 울음 소리가 들리는 일도 종종 있는 일이었다.

---

* Johann Gottfried von Herder(1744~1803): 독일의 철학자이며 비평가이자 교육학자.
** Christoph Martin Wieland(1733~1813): 독일의 시인이자 소설가.
*** I. A. Krilov(1769~1844): 러시아의 우화 작가.
**** 프랑스 작가 페늘롱 Fénelon(1651~1715)의 소설 『텔레마크의 모험』의 주인공.

아버지가 점심을 먹고 난 후에 정원 나무 아래서 담배를 피우고, 어머니는 스웨터를 뜨거나 자수를 놓고 있노라면 갑작스레 길거리에서 왁자지껄한 소음과 비명 소리가 들리고 한 떼의 사람들이 집으로 들이닥치곤 했다.

"무슨 일이죠?"

깜짝 놀란 어머니가 물었다.

"보아하니, 또 안드레이를 데려오는 소리군."

아버지가 아무렇지도 않다는 듯 대꾸했다.

문이 활짝 열리고 장정들, 여인네들 그리고 아이들이 무리를 지어 정원으로 밀려들었다. 말 그대로 안드레이를 데리고 나타난 것이다. 그런데 그 데려온 모양새가 가관이었다. 장화도 신지 않고 옷은 다 찢어져 있고 안드레이,* 혹은 다른 아이의 코에선 피가 흐른다.

어머니는 늘 안드류샤**가 반나절 동안 집에서 어디론가 사라지는 것을 불안스레 쳐다보았다. 만약에 아버지가 좋은 말로 방해만 않는다면 어머니는 아들을 자기 옆에 꽉 붙잡아 둘 텐데.

그녀는 아들을 씻기고 속옷과 웃옷을 갈아입힌다. 그러면 안드류샤는 그렇게 말쑥하고 가정교육을 잘 받은 아이의 모습으로 반나절을 돌아다닌다. 그러나 저녁 무렵 옷은 더러워지고 머리는 헝클어진 그래서 제대로 알아보기도 힘든 아들을 누군가가 데려온다. 간혹 새벽에 들어오는 경우도 있다. 아니면 사내들이 건초더미를 실은 짐수레에 태워 데려오기도 하고 그것도 아니면 어망 위에서 잠든 채로 어부들과 함께 배를 타고 오기도 한다.

어머니는 눈물을 글썽이지만 아버지는 아무렇지도 않게 그저 미소

---

* 슈톨츠의 이름.
** 안드레이의 애칭.

를 짓기만 한다.

"총명한 사람이 될 게야, 총명한 사람!"

간혹 이렇게 말할 때도 있다.

"당치도 않아요, 이반 보그다느이치." 어머니는 불평을 늘어놓는다. "시퍼런 멍이 들지 않으면 코피를 터뜨리지 않는 날이 하루도 없잖아요."

"단 한 번도 제 코에서 코피를 보지 않거나 혹은 다른 놈의 코에서 피를 흘리게 하지 않는대서야 어디 그게 어린애라고 할 수 있겠소?"

아버지가 웃으며 말한다.

어머니는 울다 지쳐 피아노 앞에 앉아 헤르츠*를 연주함으로써 잊으려 한다. 눈물이 한 방울 두 방울 건반에 떨어진다. 하지만 안드류샤는 이에 아랑곳하지 않고 예전 그대로 돌아오거나 장정들의 손에 이끌려 온다. 그리고는 아주 씩씩하고 활달하게 이야기를 늘어놓음으로 해서 어머니로 하여금 웃게 만든다. 그는 그렇게 총명한 아이다! 얼마 안 있어 그는 어머니처럼 텔레마크를 읽고 그녀와 더불어 피아노 연주를 하기 시작했다.

언젠가 한 번은 일주일간 어디론가 사라진 적이 있다. 어머니는 어찌나 울었던지 눈이 퉁퉁 부어 올랐다. 하지만 아버지는 아무렇지도 않게 정원을 거닐며 담배를 피우고 있었다.

"들어봐요, 만약에 오블로모프의 아들이 없어졌다면." 안드레이를 찾아 나설 채비를 하며 아버지가 아내에게 하는 말이다. "당장 일어나서 시골 구석구석을 뒤지고 경찰서에도 가보았을 테지만, 우리 안드레이는 돌아올 거요. 아 얼마나 총명한 아이라구!"

---

* Henri Herz(1803~88): 프랑스의 피아노 연주자이자 작곡가.

다음날 자기 침대에서 평온하게 잠들어 있는 안드레이가 발견되었다. 침대 밑에는 누군가의 총과 1푼트의 화약과 산탄이 놓여 있었다.

"어디로 사라졌었니? 총은 또 웬 거고?" 어머니는 질문 공세를 퍼부었다. "왜 말이 없어?"

"그렇게 됐어요!"

이 대답으로 그만이었다. 아버지는 코넬리우스 네포스를 독일어로 번역할 준비가 되었는지 물었다.

"아직요."

그가 대답했다. 아버지는 한 손으로 그의 옷깃을 움켜쥐고 문 밖으로 끌고 나가 챙 달린 모자를 머리에 덮어씌우고 발로 밀어 넘어뜨렸다.

"있던 데로 다시 돌아가라. 이번엔 한 장이 아니라 두 장 번역해 와야만 해. 네 엄마가 내준 프랑스어 대사도 완벽하게 외우고. 그렇지 않으면 다신 발도 들여놓을 생각일랑 하지 마!"

안드레이는 일주일 후에 번역을 가지고 돌아왔다. 대사도 완벽히 외운 채였다.

그가 사춘기 나이가 되자 아버지는 그를 작은 스프링 짐마차에 태우고 고삐를 손에 쥐어주고는 공장으로, 들판으로, 다음엔 시내 상인들에게로, 그리고 여기저기 관청으로 몰라고 지시를 내렸다. 다음엔 손에 직접 점토를 찍어 냄새를 맡고 가끔은 핥기까지 하는 시범을 직접 보여주고는 아들에게도 냄새를 맡게 하고 무엇이며 어디에 쓰이겠는지를 설명하게 했다. 보는 것에 만족하지 않고 탄산칼륨이나 타르를 얻는 법, 수지를 녹이는 법을 가르쳤다.

열넷, 열다섯 살의 소년은 자주 혼자서 짐마차에 아니면 안장에 궤짝을 매단 말을 직접 타고 아버지가 맡긴 임무를 수행하기 위해 도시로 향하곤 했다. 무엇을 잊는다거나, 혼동을 한다거나, 주의를 기울이지 않는다거나, 공연히 헛수고를 하는 일은 한 번도 없었다.

"Recht gut, mein lieber Junge!"* 결과 보고를 듣고는 아버지는 항시 이렇게 말했고, 널찍한 손바닥으로 그의 어깨를 두드리면서 임무의 경중에 따라서 2루블 혹은 3루블을 주었다.

어머니는 아버지의 이런 의식이 끝이 난 후에야 한참 동안 안드류샤에게서 그을음과 때, 그리고 타르와 수지를 씻어내야만 했다.

그러한 실전 노동 교육이 그녀의 마음에 들 리 만무했다. 그녀는 남편이 그렇듯 아들이 속물적인 독일인이 될까봐 노심초사했다. 그녀는 독일 민족 보기를 속물근성으로 똘똘 뭉친 무리 보듯 했고 무례함, 독립심과 거만함을 탐탁지 않게 생각하고 있었다. 바로 그런 속성을 지닌 독일 군중은 수천 년 갈고 닦은 속물적 권리를 아무 데서나 내보이고 있었다. 마치 뿔 달린 소가 자신의 뿔을 숨길 생각은 전혀 하지 않는 것처럼.

그녀가 보기에, 전체 독일 민족을 통틀어서 단 한 사람의 젠틀맨도 없었고 있을 수도 없었다. 그녀는 독일 민족성에서 어떤 부드러움도 어떤 섬세함도 어떤 관용도 발견할 수 없었다. 인생을 이 좋은 세상에서 달콤하게 만들어주는 그 어떤 것도, 무엇이 되었든 원칙을 비껴가게 해주는, 일반 관습을 깨뜨려주는, 법규에 복종하지 않게 해주는 그 어떤 것도 그 안에는 없어 보였다.

이 교양머리 없는 사람들이 자신들의 고집을 꺾는다거나, 이미 그들 사이에 굳어져버린 것, 이를테면 언제나 잘난 체를 하고 이마로 벽을 박을지언정 원칙대로 밀어붙이는 황소고집만은 어찌해볼 도리가 없는 것이었다.

---

* 독일어: 아주 잘했어, 내 귀여운 아들아!

부유한 집에서 가정교사로 일할 때 외국 생활을 해볼 기회가 있었던 그녀는 독일 전역을 돌아다니기도 했다. 그녀는 짧은 담배를 피우는 사람들, 이빨 사이로 침을 뱉는 점원들과 장인들, 상인들, 막대기처럼 길쭉한 병사 얼굴의 장교들, 죽는 날까지 음흉한 짓만을 일삼으며 돈 버는 일, 이를테면 속물적인 질서, 답답한 인생 원칙, 융통성이라곤 전혀 찾아볼 수 없는 임무 수행에나 제격인 살풍경한 얼굴의 관리들 일단을 독일 민족이라 착각하고 있었다. 즉 어설픈 매너에 크고 거친 손을 갖고 있고, 그리고 얼굴엔 소시민적인 냉담함이 보이고, 무례한 언사를 일삼는 그런 속물들.

'차림새가 어떻든, 이를테면 아무리 세련된 하얀 셔츠를 입고, 에나멜 장화를 신고, 심지어 노란 장갑을 낀다 해도 여전히 독일인은 마치 장화용 가죽으로 재단을 해 입힌 것만 같아. 하얀 소매 깃 아래 뻣뻣하고 불그레한 손이 모습을 드러내고 우아한 정장 아래에선 제빵공 아니면 술집 점원이 고개를 내밀고 있지. 이 뻣뻣한 손은 송곳, 혹은 쓰는 김에 아량을 베푼다면, 관현악단의 현악기 줄을 잡는 데에나 필요할 것만 같군.'

그녀는 아들에게서 지주 귀족의 이상을 보았다. 비록 그 아버지는 협잡꾼에다 보잘것없는 출신의 소시민이라 해도 어쨌든 아들은 러시아 귀족의 아들이며, 하얀 피부에 유복하게 성장한 아이임엔 틀림없지 않은가. 또 조그마한 손발에 깨끗한 용모를 타고났고, 그리고 러시아의 유복한 집에서나 봄직한, 당연히 독일인에게서는 아니더라도 외국에서 그녀가 실컷 보았던 밝고 호탕한 시선을 갖고 있는 소년이 아닌가!

그런 기대에 부풀어 있던 어느 날 갑자기 그도 방앗간에서 직접 맷돌을 돌리고 공장에서, 들판에서 꼭 제 아버지처럼 그렇게 돌아오게 될는지 그 누가 알겠는가. 기름과 거름을 온통 뒤집어쓰고 불그스레 지저분하고 꺼칠꺼칠한 손을 가진, 늑대와 같은 왕성한 식욕의 소유자 말이다!

그녀는 안드류샤의 손톱을 깎아주고 곱슬머리를 손질해주고 우아한 옷깃과 옷가슴판을 짓는 데 열을 올렸다. 재킷을 시내에 주문하기도 했다. 아이에게 헤르츠의 명상의 소리에 귀 기울이는 법을 가르쳤고 꽃에 대한, 그리고 삶의 시에 대한 노래를 불러주었으며, 어떤 때는 무사의, 또 어떤 때는 작가의 빛나는 사명에 대해 속삭여주었다. 더불어 다른 사람에게 운명지어진 고매한 역할에 대해서 그와 함께 꿈꾸었다……

이러한 모든 전망도 주판알을 튕기고 농부들의 기름에 찌든 영수증을 고려하고, 직공들에 대한 대우를 따져보자면 산산이 깨어져야 마땅하다.

그녀는 심지어 안드류샤가 타고 시내에 다니는 마차와 아버지로부터 선물을 받은 풀먹인 망토, 그리고 양가죽 초록색 장갑까지도 마음에 들어 하지 않았다. 이 모든 것들이 노동하는 삶의 변변치 못한 징표였던 것이다.

불행하게도 안드류샤는 공부를 뛰어나게 잘했고, 아버지는 그를 자신의 작은 기숙 학교의 개인교사로 만들었다.

자, 그것도 좋다 치자. 하지만 아버지는 그에게 장인(匠人)을 대하듯 그렇게 독일식으로 봉급을 주었다. 한 달에 10루블씩. 게다가 장부에 서명까지도 강요했다.

마음씨 착한 어머니에게 그나마 위안이랄 수 있는 것은, 아들이 속물근성의 콧대와, 절구를 돌리는 손을 가진 사람으로서 살풍경한 군중 속에서가 아닌 바로 러시아의 토양에서 자랐다는 사실이다. 가까이에 오블로모프카가 있다는 점도 이에 한몫 했다. 그곳엔 끊일 줄 모르는 축

제가 있다! 압제와 같은 노동의 부담이 어깨를 짓누르는 일도 없다. 그곳 지주 귀족은 동트기 전에 잠에서 깨는 법도 없고 타르와 기름 범벅의 바퀴와 스프링에 바짝 붙어서 이 공장 저 공장을 전전할 필요도 없다.

실제로 베르홀료보에도 1년 중 대부분 문이 굳게 잠겨진 채로 비어 있는 집이 있었고 장난꾸러기 아이는 그리로 자주 숨어 들어가 널찍한 홀과 기다란 회랑을, 벽에 걸려 있는, 투박한 쌀쌀함도 우악스런 큰 손도 갖고 있지 않은 어두운 빛깔의 초상화들을 보곤 했다. 고단해 보이는 푸른 눈, 백발이 성성한 머리칼, 희고 연약한 얼굴, 풍만한 가슴, 하늘거리는 소맷단 아래 푸른 심줄이 보이는 부드러운 손, 오만하게 칼집에 꽂혀 있는 긴 칼. 그리고 그 안에 흐르는 고상하지만 무익한 일련의 세월들을 비단과 벨벳과 레이스에서 보았다.

그는 초상화의 얼굴에서 융성했던 시대의 전쟁사를 훑는다. 거기에서 여태껏 아버지가 담뱃대를 물고 침을 뱉어가며 백 번도 넘게 들려주었던 작센에서의 삶, 순무와 감자, 시장과 텃밭을 오가는…… 그런 삶에 대한 이야기가 아닌 또 다른 옛날 이야기를 읽는다.

3년에 한 번씩 이 성채는 돌연 사람들로 가득 메워지고 축제와 파티로 사람 사는 기분을 느낄 수 있게 된다. 기다란 회랑엔 밤마다 불꽃이 반짝인다.

공작 내외가 가족과 함께 찾아오기도 한다. 공작은 퇴색한 주름진 얼굴에 흐리멍덩한 퉁방울 눈과 훤한 대머리 이마를 가진 백발의 노인으로, 별 세 개와 황금 담뱃갑, 그리고 사파이어 손잡이가 달린 지팡이를 지니고 벨벳 장화를 신고 다녔다. 공작 부인은 미모로 보나 키로 보나 체구로 보나 위풍당당한 여인으로, 어느 누구 하나 가까이 다가가 포옹을 한다거나 키스를 할 엄두도 내지 못할 것만 같아 보였다. 비록 그녀에게서 다섯 아이들을 둔 공작조차도 예외는 아니었다.

그녀는 3년에 한 번씩 왕림하시는 그 세계보다 한참 위에 있는 분으로 보였다. 누구와 이야기를 나누는 적도 없고 어디를 다녀오는 적도 없이 그저 구석 초록색 방에 세 노파와 앉아 있거나 아니면 정원을 지나 지붕이 있는 회랑을 따라 걸어서 교회에 다니거나 그도 아니면 병풍을 바람막이 삼아 의자에 앉아 있곤 했다.

그에 반해서, 집 안은 공작 내외를 제외하곤 죄다 들떠서 생기가 넘쳐 있는 또 하나의 세계를 보는 듯했고, 그 덕택에 안드류샤는 어린 아이의 푸른 눈으로 한꺼번에 서너 세계를 바라보고 가장무도회의 다채로운 현상을 보듯 그렇게 이 다양한 군중의 유형을 기지로 탐욕스럽게 그리고 무의식적으로 관찰할 수 있었다.

거기에는 피에르 공작과 미셸 공작도 있었는데, 피에르 공작은 당시 처음으로 안드류샤에게 가르침을 준 사람이었다. 기병대나 보병에서는 어떻게 기상나팔을 부는지, 경기병의 군도와 박차는 어떠하며 또 용기병의 그것들은 어떠한지, 각각의 연대에 있는 말 색깔은 어떠한지, 그리고 교육을 끝내고 나서 창피를 안 당하려면 곧바로 어디부터 가야만 하는지 따위 말이다.

또 다른 공작 미셸은 안드류샤와 인사를 나누기가 무섭게 그로 하여금 방어 자세를 취하게 만들고는, 주먹으로 요상한 재주를 피워가며 안드류샤의 코에 주먹을 대는가 싶더니 이번엔 배에다 적중을 시키면서 이게 바로 영국식 싸움이라고 말했다.

사나흘 후에 안드레이는 단지 시골의 우직함에 근거한 근육질의 손으로 아무 사전 지식 없이 한 번은 영국식으로, 또 한 번은 러시아식으로 그의 코를 부러뜨렸고, 결국 두 공작으로 하여금 두 손을 들게 만들었다.

그리고 두 공작 영애가 더 있었는데, 하나는 열한 살, 다른 하나는 열두 살이었다. 훤칠한 키에 균형 잡힌 몸매를 지니고 옷차림새도 화려한 그들은 누구와도 이야기를 나누는 일도 없고 누구에게건 인사 한 번 하는 적도 없는, 정말 사내를 아직 두려워하는 소녀들이었다.

그들의 가정교사 마드모아젤 어네스틴도 있었는데, 안드레이의 어머니를 찾아와 커피를 마시곤 하더니만 안드레이에게 머리를 곱슬거리게 만드는 방법을 가르쳐주었다. 그녀는 이따금 그의 머리를 잡아 무릎에 놓고 종이를 이용해서 무척이나 아프게 머리를 말아 올리고는 흰 손으로 두 볼을 잡아 다정스레 키스를 하곤 했다!

다음으로는 작업대에다 담뱃갑과 단추를 갈아 만드는 독일인, 일요일부터 시작해서 다음 일요일까지 술을 곤드레가 되도록 퍼마시는 음악 선생, 한 무리의 여자 하인, 마지막으로 새끼를 거느린 한 떼의 어미개가 있었다.

이 모든 것들이 왁자지껄한 소음과 부딪는 소리, 고함 소리와 음악과 어우러져서 집 안과 온 마을을 떠들썩하게 하고 있었다.

한편 오블로모프카이면서 다른 한편으로는 귀족 나리님들의 유유자적한 생활이 있고 독일적인 요소 또한 엿볼 수 있는 공작님들의 요새이기도 했던 이곳에서는 안드레이에게 대단한 용자(勇者)나 심지어 속물(俗物)도 기대할 수가 없었다.

안드류샤의 아버지는 농학자이자 기술자, 교사였다. 농장주였던 자신의 아버지로부터 그는 농장 경영에서 실무 교육을 받았고 작센 공장에서 기술을 익혔으며, 거의 마흔 명의 교수가 재직하고 있던 근처 대학에서 교육에 대한 재능을 전수받았는데, 사실 그 재능이란 마흔 명의 현인들조차도 가까스로 해석해내는 데 성공한 것이었다.

하지만 그는 더 이상 나아가지를 않고 곧바로 뒤로 돌아서서 일을 해야겠다고 결심하고 아버지에게로 돌아와버렸던 것이다. 아버지는 그에게 100탈레르*의 돈과 새 배낭을 주고 큰 세계로 그를 떠나보냈다.

그때부터 이반 보그다노비치는 고향도 아버지도 한 번 찾은 적이 없었다. 여섯 해 동안 그는 스위스와 오스트리아를 여행했고, 스무 해 동안 러시아에 살면서 자신의 운명에 감사하고 있었다.

그는 대학 시절에 결심한 바, 아들만은 대학에 진학시켜야 하는데, 그것이 독일 대학이 아니더라도 아무 문제가 없으며, 러시아 대학이 아들의 인생을 180도 변화시키고, 아버지가 아들의 삶에서 마음속으로 줄 창 그려왔던 인생 궤도에서 멀찌감치 아들을 떼어놓는다 해도 별반 상관이 없다고 작정하기에 이르렀다.

한편 슈톨츠의 아버지는 이 일을 아주 간단하게 해치웠다. 자신의 할아버지로부터 인생 궤도를 전수받아 일직선으로 곧게 자신의 후대에까지 대물림하기를 멈추지 않았다. 그러면서도 그는 전혀 흔들림이 없었을 뿐 아니라, 헤르츠의 변주곡, 어머니의 이상과 이야기, 공작의 집과 같은, 회랑과 규방이 왜소한 독일식 궤도를 널따란 대로로 만들 것이라는 사실을 단 한 번도 의심해본 적이 없었다. 물론 할아버지도, 아버지도 심지어 자신마저도 그런 널찍한 길은 정작 단 한 번도 꿈꿔본 적이 없었다.

그렇지만 이 경우 절대 공론가일 수 없었던 아버지는 자기 아들에게까지 자기의 발자국을 쫓으라고 강요할 수는 없는 노릇이었다. 단지 아들을 위해서 머리 속에 또 다른 길을 그릴 만한 능력이 모자란다고나 할까.

아버지는 이런 걱정을 많이도 하지 않았다. 서너 달 쉬기 위해 대학에서 집으로 돌아온 아들을 앉혀놓고 아버지는 말하길, 베르흘료보에서

---

* 옛 독일의 화폐 단위로서, 1탈레르는 지금의 3마르크에 해당.

는 더 이상 할 일도 없고 심지어 오블로모프 또한 벌써 뻬쩨르부르그에 보낸 판국이니 당연히 너도 때가 되었노라고 하였다.

뻬쩨르부르그에 아들을 보내야 하는 이유가 도대체 무언지, 아들이 베르흘료보에 남아 영지 관리를 도와서는 안 되는 이유가 무엇인지에 대해서 아버지는 자문조차 허용하지 않았다. 아버지는 그저 자기가 학업을 마쳤을 때도 마찬가지로 그의 아버지 역시 자신을 떠나보냈다는 사실만을 기억하고 있었다.

그래서 아버지는 자식을 떠나보내게 되었는데, 그렇게 하는 것이 독일에서는 관례로 통했다. 세상에 어머니도 안 계신 이상, 반대할 이 또한 아무도 없었던 것이다.

아들이 떠나던 날에 이반 보그다노비치는 그에게 100루블짜리 지폐를 쥐어주었다.

"말을 타고 달려 현까지 가거라. 거기서 칼린니코프한테 삼백오십 루블을 받고 말은 그 사람한테 주어라. 혹시라도 그에게 돈이 없거든 말을 팔거라. 장이 멀지 않을 게야. 사백 루블은 족히 받겠지. 모스크바까지 가는 데 사십 루블이면 되고 거기서 다시 뻬쩨르부르그까지는 칠십 루블이면 되니까 돈은 충분할 게다. 그 다음은 네 하고 싶은 대로 해라. 넌 나하고 함께 일을 해왔기 때문에 내게 얼마의 자금이 있다는 것쯤은 알고 있겠지. 하지만 내가 죽기 전엔 절대 그 돈을 생각해서는 안 돼. 모르긴 해도 난 이십 년은 더 살 게다. 돌이 머리 위에 떨어지지 않는다면 말이다. 등잔이 밝게 타고 있고 그 안에 기름도 아직 많다. 넌 교육도 잘 받았어. 네 앞에는 출세길이 열려 있다. 관청에서 일을 할 수도, 장사를 할 수도, 글쟁이가 될 수도 있겠지. 네가 무엇을 선택하든, 네 마음이 더 끌리는 것이 무엇이든 그건 내 알 바가 아니다……"

"알았어요, 혹시 한꺼번에 다 할 수는 없는지 살펴보지요."

안드레이가 말했다. 아버지는 껄껄 웃고서 말을 잡고 있기도 힘들 정도로 세게 아들의 어깨를 흔들기 시작했다. 안드레이는 아무 말이 없었다.

"자, 만약에 능력이 못 쫓아가고 스스로 자신의 길을 찾지 못해 조언을 들을 필요가 생기면 레인골드를 물어 찾아뵈어라. 그가 가르쳐줄 게다. 오!" 그가 손가락을 위로 쳐들고 머리를 설레설레 흔들면서 덧붙였다. "그러니까…… 그 사람은(그는 칭찬의 말을 찾고 싶었지만 적절한 말을 생각할 수가 없었다)…… 우리와 같은 작센 출신이다. 그이한테는 4층집이 있다. 주소를 알려주마……"

"필요 없습니다, 말씀하지 마세요." 안드레이가 말을 막았다. "제게도 4층집이 생기거든 그분을 찾아뵙겠습니다. 지금은 제가 알아서 하지요……"

아버지의 손아귀에서 재차 아들의 어깨가 흔들렸다.

안드레이는 말에 올라탔다. 안장에는 자루 두 개가 매어져 있었다. 한 자루에는 우비가 들어 있었고 뒷창에 못이 박힌 두툼한 장화와 베르홀료보에서 만든 의복 몇 벌, 아버지의 강권에 따라 구입해서 챙긴 몇몇 물건들이 눈에 띄었다. 다른 자루에는 얇은 양복감으로 지은 우아한 프록코트와 털이 북실북실한 외투, 그리고 어머니의 충고에 따라 모스크바에서 주문한 열댓 벌의 얇은 셔츠와 신발들이 들어 있었다.

"자!"

아버지가 말했다.

"자!"

아들이 말했다.

"준비되었느냐?"

아버지가 물었다.

"준비되었습니다."

아들이 대답했다.

그들은 서로를 말없이 쳐다볼 뿐이었다. 마치 서로를 꿰뚫어보고 있는 듯했다.

주위엔 관리인이 어떻게 아들을 타지로 떠나보내는지를 입을 떡 벌리고 쳐다보느라 한 무리의 이웃이 모여들었다.

아버지와 아들이 악수를 했다. 안드레이가 큰 걸음으로 길을 떠났다.

"저런 도련님이 또 있을까. 눈물 한 방울을 볼 수가 없군!" 이웃들이 수군거렸다. "저기 까마귀 두 마리가 담장에 앉아서 녹초가 되도록 까악까악거리며 울고 있군. 마치 기다리라고 깍깍 울고 있는 것만 같아!"

"도련님이 까마귀가 운다고 눈이나 깜빡할 분이신가? 도련님은 세례 요한의 날 밤에도 숲속을 헤매고 다니고도 남으실 분이라구. 이보게들, 도련님한테는 그런 건 안중에도 없다니까. 러시아인한테는 어림 반 푼어치도 없는 일이지!"

"노인장이 그리스도인이 아닌 게 다행이지!" 한 아이의 엄마가 맞는 소리를 했다. "막말로 고양이를 길거리에다 내다버리는 거와 뭐가 달라. 끌어안길 하나, 울길 하나!"

"기다려! 기다려, 안드레이!"

노인이 고함을 쳤다. 안드레이가 말을 멈춰 세웠다.

"아! 드디어 가슴이 입을 연 게 분명하군!"

군중 속에서 당연하다는 듯한 말들이 튀어나왔다.

"뭐죠?"

안드레이가 물었다.

"말의 복대가 느슨하구나. 다시 단단히 잡아당겨야겠어."

"샴쉐프카까지 일단 가서 제가 고칠게요. 헛되이 쓸 시간이 없어요. 날 밝을 때 도착하려면."

"자!"

아버지가 손을 흔들며 말했다.

"자!"

고개를 끄덕이고 아들이 따라했다. 약간 허리를 굽혀 말에 박차를 가하려는 찰나였다.

"나리님네들은 개나 다를 게 없어, 영락없는 개야! 남이나 진배없어!"

이웃들이 이구동성으로 수군거렸다. 순간 갑자기 군중 속에서 누군가의 커다란 흐느낌 소리가 들렸다. 한 여인이 더 이상 참을 수가 없었던 것이다.

"우리 귀하신 도련님!" 머리수건의 끝으로 눈을 훔치며 그녀가 말했다. "불쌍해라, 고아나 다를 바가 없어! 어머니도 없으시니 축복을 해줄 분은 한 분도 없는 거야…… 나라도 성호를 그어드리지요, 잘생기신 도련님!"

안드레이가 그녀에게로 말을 몰았다. 말에서 뛰어내려 노파를 껴안았다. 곧바로 갈 길을 재촉하고 싶었지만 갑자기 눈물이 앞을 가렸다. 그새 그녀는 성호를 긋고 키스를 해주었다. 그녀의 다정한 말에서 그는 마치 어머니의 목소리를 듣는 것만 같았다. 그리고 어머니의 부드러운 모습이 순간 눈앞에 나타난 것만 같았다.

그는 더욱더 세게 여인을 껴안고 눈물을 얼른 닦고서 말에 올라탔다. 말 옆구리를 걸어차고 먼지구름을 피우며 사라졌다. 양쪽에서 세 마리의 개가 곧바로 그를 쫓으며 짖어대기 시작했다.

제2장

　슈톨츠는 오블로모프와 동갑내기다. 그 역시도 벌써 나이 서른이 넘었다. 관청에서 일을 하다 퇴직을 해서 자영업에 종사하고 있었다. 실제로 그는 집도 장만했고 돈도 모은 상태였다. 그는 물건을 해외로 보내는 어떤 회사일에 참여하고 있었다.
　그는 끊임없이 움직였다. 벨기에나 영국에 대표자를 파견할 필요가 있을 때면 회사는 그를 파견하곤 했다. 기안에 서명을 하거나 새로운 아이디어를 가지고 일에 착수하려고 할 때면 그를 선택하곤 했다. 어쨌든 그는 온 세상을 돌아다니면서도 책을 읽는 것을 게을리 하지 않았다. 언제 그런 시간을 내는지는 하나님만이 아실 일이다.
　그의 몸은 마치 영국 종마(種馬)처럼 뼈와 근육 그리고 신경으로 이루어져 있는 것 같았다. 좀 마른 편이었다. 볼은 거의 없다고 해도 과언이 아니다. 즉 뼈와 근육만이 있을 뿐 도톰한 지방질의 징후는 전혀 엿볼 수가 없었다. 얼굴빛은 고르게 거무튀튀하고 홍조라고는 보이지 않았다. 두 눈은 약간 초록빛을 띠면서도 총명해 보였다.
　쓸데없는 동작은 그에겐 있어본 적도 없었다. 자리에 앉아 있을 때면 평온하기 이를 데 없다가도 일단 행동을 시작하고 나면 할 수 있는 온갖 표정을 다 동원했다.
　신체 구조상 불필요한 것은 하나도 없는 것이, 마치 영혼의 섬세한 요구 사항과 실제적인 측면과의 균형점을 삶의 정신적 기능 속에서 찾고 있는 듯했다. 이 두 측면은 서로 나란히 가는가 하면 서로 교차를 하기도 하고 서로의 앞길을 가로막기도 했다. 하지만 결코 풀 수 없는 힘

겨운 매듭으로 서로 뒤엉키는 적은 한 번도 없었다.

그는 굳건하게 그리고 용감무쌍하게 자신의 길을 걸었다. 그는 단 1루블이라도 예산에 맞추어 쓰듯이 하루하루를 계획에 따라서 살기 위해 노력했다. 단 1분도 자신이 소비한 시간, 노동, 그리고 영혼과 가슴의 힘에 대한 통제력을 잃은 적이 없었다.

손을 움직이고 발자국을 내딛듯 혹은 나쁜 날씨와 좋은 날씨를 구별하여 대하듯 그렇게 그는 슬픔과 기쁨의 감정조차도 자유자재로 조절하고 있는 것만 같이 보였다.

그는 비가 내리는 동안 우산을 펴고 있었다. 즉 슬픔이 계속되는 동안 내내 고통스러워했고, 겁에 질려 무릎을 꿇는 따위의 일은 생각지도 않고 고통을 감내했다. 외려 참을성 있게 분을 삭였는데, 왜냐하면 모든 고통을 자신의 탓으로 돌렸기 때문이다. 그는 외투를 남의 못에 걸듯 그렇게 남 탓하는 일 따위는 결코 하지 않았다.

길에서 꺾은 꽃송이를 보며 손아귀에서 시들 때까지 즐기듯 그렇게 기쁨에 취하곤 했다. 쾌락의 마지막 순간에 놓여 있는 뜨거운 차의 마지막 한 방울조차도 그는 그냥 마셔버리는 적이 없었다.

삶을 바라보는 단순한, 이를테면 직선적이고 진실한 시선, 이것이 바로 그의 끊임없는 과제였다. 그리고 점차로 그 과제의 해결에 다가가면서 그는 모든 난관을 이해했다. 또 자기가 나아가는 길 앞에 놓인 굴곡을 눈치채면서도 곧장 다음 발을 똑바로 내딛는 매 순간마다 그는 내적으로 자신감에 차 있었고 또한 행복했다.

'단순하게 산다는 것은 현명하면서도 힘든 일이야!'

그는 자주 이런 생각을 하면서 뭔가 삐딱하고 뭔가 기울어져 있는 곳, 삶이라는 실타래가 옳지 않은 복잡한 매듭으로 뒤엉키기 시작하는 그곳을 서두르는 듯한 눈빛으로 바라보았다.

무엇보다도 그는 공상, 즉 친구 같기도 하고 어느 때는 원수 같기도 한 이 두 얼굴의 동반자를 무서워했다. 친구로서의 공상은 무엇보다도 믿음이 가지 않는 것이며, 원수로서의 공상은 때에 따라서 달콤한 속삭임을 들으며 잠을 청할 수도 있는 것이었다.

그는 모든 이상을 두려워했다. 이상의 영역으로 들어갈라치면 마치 다음과 같은 비문이 적힌 암굴에라도 들어가듯 했다. ma solitude, mon hermitage, mon repos.* 또한 그곳에서 다시 나와야 할 시와 분을 정확히 알고 있었다.

그의 마음 속엔 수수께끼의 비밀스러운 이상의 자리는 없었다. 경험과 실제적인 진리의 분석을 통하지 않은 것은 그의 눈에는 그저 눈속임, 그러니까 시신경 조직에 의한 빛과 색채의 이러저러한 반영에 불과했고, 혹은 경험의 차례가 아직 오지 않은 사실 또한 마찬가지였다.

기적의 영역에서 무언가를 찾거나 아니면 무작정 추측과 발견이라는 들판에서 돈키호테식으로 밀어붙여 천 년을 앞서 나아가는 것을 좋아하는 도락주의적 취미는 그에겐 없었다. 그는 비밀의 문턱에 완고하게 멈추어 서서, 어린아이의 믿음도 멋쟁이의 의심도 폭로할 생각은 전혀 하지 않고 오로지 법칙의 출현을, 그럼으로 해서 비밀의 열쇠가 그 법칙과 더불어 나타나기만을 고대했다.

그렇게 섬세하게, 조심스럽게 그는 상상력을 좇듯 가슴을 좇았다. 바로 여기에서 자주 발을 헛디디면서 그는 심장의 작용 영역이 아직은 terra incognita**라는 사실을 인정해야만 했다.

만약 이 보이지 않는 영역에서 파리한 낯빛의 진실로부터 화장으로 치장한 거짓을 미리 구별해내는 데 성공했더라면 그는 운명에 대단히

---

* 프랑스어: 나의 은둔처, 나의 사원, 나의 휴식.
** 라틴어: 미지의 영역.

감사했을 것이다. 교묘하게 꽃으로 뒤덮인 속임수에서 멀어졌을 때 그는 애통해하지 않았다. 단지 심장이 열광적으로 열심히 뛰기만 한다면 그는 절대 넘어지지 않았다. 심장이 피로 가득 차기만 하면, 이마에 식은땀이 송글송글 맺히지만 않으면, 그리고 그의 인생에 기다란 그림자가 오랜 동안 드리워지지만 않으면 그는 뛸 듯이 기뻐했다.

그는 자신을 행복한 사람이라고 생각했다. 왜냐하면 감정의 말을 타고 뛰어오르면서 늘 일정한 높이를 유지할 수 있었을 뿐 아니라, 거짓과 감상의 세계로부터 감정의 세계를, 우스꽝스러운 것의 세계로부터 진실의 세계를 분리시키는 예민한 경계를 뛰어넘지 않을 수 있었기 때문이었다. 혹은 거꾸로 뛰어오르면서 잔인함과 거만함, 불신, 옹졸함, 냉혹함이라고 하는 모래로 이루어진 건조한 지반으로 뛰어 넘어가지 않을 수 있었기 때문이었다.

그는 무엇엔가 열중하는 와중에서도 발아래 땅과 자신 안의 충분한 힘, 최악의 경우에도 뜀박질을 할 수 있고 자유인이 될 수 있는 그런 힘을 느꼈다. 그는 아름다움에 현혹되지 않았다. 왜냐하면 남자의 위엄을 한 순간 잊은 적도 없고 멸시해본 적도 없기 때문이다. 그는 무엇에도 노예가 되어본 적도 없고 미인의 '발아래 누워본 적도 없다.' 비록 불같은 기쁨을 경험해본 적은 없다 해도.

우상이 없는 대신 그는 강한 영혼과 강건한 육체를 보존하고 있고, 순수하게 자신만만했다. 그에게서는 어떤 신선함과 힘이 느껴졌고 그 힘 앞에서는 수줍음을 모르는 여인도 쩔쩔매지 않을 수 없었다.

그는 이런 드물고 귀한 덕목의 가치를 알고 있었고 이런 덕목을 소비하는 데 어찌나 인색했던지 그를 일컬어 사람들은 피도 눈물도 없는 이기주의자라고 불렀다. 충동을 가급적 억제하고, 자연스럽고 자유로운 정신상태의 경계를 벗어나지 않는 능력은 남을 비난하는 데 사용되기도 하고, 가끔은 부러움과 당혹감을 불러일으키면서 다른 사람, 맹렬한 기세로 회색분자들의 무리로 날아가 자신은 물론 타인의 존재에 치명상을 입히는 그런 사람의 편을 들어주기도 했다.

"고난과 역경이 모든 걸 정당화한다고는 하지만," 주위 사람들은 이렇게 말하곤 했다. "당신은 자신의 이기주의 안에서 오로지 자신만을 아끼고 있는 거요. 한번 봅시다, 누굴 위하는 것인지."

"누구를 위하든 하여튼 아끼는 마음이지요."

생각에 잠겨 이렇게 대꾸하면서도 먼 곳을 바라보는 그의 눈빛엔 그래도 여전히 열정의 시를 믿지 않을 것이고 그 불같은 발현과 파괴적인 흔적에 전혀 놀라지 않겠다는 기색이 역력했다. 그리고 그는 여전히 인간의 삶과 열정의 이상을 삶에 대한 엄격한 이해와 그 기능 속에서 보고자 했다.

그를 논박하면 할수록 그는 자신의 아집에 더욱 깊숙이 빠져들었고 최소한 논쟁에서만큼은 금욕주의적인 환상에 젖어들기도 했다. '인간의 정상적인 사명은 사계절을, 이를테면 네 단계의 터울을 도약 없이 사는 것, 그리고 한시도 소홀히 하지 않음으로 해서 삶의 명맥을 마지막 날까지 이어가는 것이며, 제아무리 시가 번뜩이는 성난 큰불이라 해도 균등하게 천천히 타오르는 불꽃만은 못하다는 것'이 바로 그의 지론이었던 것이다. 결론적으로 덧붙이길, 그는 '자신의 확신을 스스로에게 정당화시키는 데 성공할 수만 있다면 정말 자신은 행복한 사람이라 할 수 있을 터이지만, 그걸 꼭 이루어내고자 하는 바람 같은 건 갖고 있지 않다. 왜냐하면 이는 매우 어려운 일이며 또 인간이란 대개가 지나치리만치 이미 타락했고 아울러 아직은 참다운 교육이란 존재하지 않기 때문이다.'

그 자신은 선택된 길을 따라서 꿋꿋하게 나아가고 또 나아갔다. 무엇에 관해서건 그가 병적으로 고통스러워하며 생각하는 것을 그 누구도 보지 못했다. 보아하니 지쳐버린 양심의 가책도 그를 통째로 먹어 치우진 못했다. 그는 정신적으로 아파본 적이 없었고 이따금 있게 되는 복잡하고 험난한 혹은 전혀 새로운 상황 속에서도 정신을 잃어본 적도 없었다. 그저 그런 상황에 마치 예전부터 알고 있기라도 하는 양 정면으로 돌진을 했다. 흡사 죽었다가 다시 태어나는 바람에 당연히 익히 아는 장소를 지나듯 그렇게 쓱 지나가면 그만이었다.

무슨 난관에 봉착을 하든 그는 이러한 현상에 꼭 필요한 해결 방법을 사용했다. 마치 열쇠공이 허리에 걸려 있는 수도 없이 많은 열쇠 중에서 이런저런 문을 여는 데 반드시 필요한 열쇠를 바로바로 선별해내듯이 말이다.

그는 불요불굴의 의지를 목표 달성을 위한 제일의 덕목으로 간주했다. 이것은 그의 두 눈에서 엿보이는 성격의 징표였다. 그리고 이러한 불요불굴의 의지를 가진 사람이면 그의 목표가 중요하든 안 하든 관계없이 무조건 존경하기를 결코 마다하지 않았다.

"사람이라면 바로 이래야지!"

이런 말을 그는 자주 하곤 했다.

이 말까지는 할 필요가 있나 싶기도 하지만 내친김에 말하자면, 그 자신은 용감무쌍하게 모든 난관을 성큼성큼 걸어 넘어가면서 자신의 목표를 향해 나아가긴 했지만, 그것도 도중에 장애물을 만나거나 아니면 도저히 건널 수 없는 나락이 입을 크게 벌리고 있어 목표에서 물러나게 되는 경우가 발생하지 않는 한에서만이었다.

그렇다고 그는, 눈을 감고 나락을 뛰어넘거나 요행을 바라면서 장애물을 향해 돌진하는 과감성으로 굳게 무장할 만한 능력은 없는 사람이었다. 그는 나락과 장애물을 꼼꼼히 재어보고 만약에 극복할 만한 확실한 방도가 없다 싶으면 애시당초 말이 나올 싹을 없애기 위해서 그냥 돌아가고 마는 위인이다.

그런 성격을 만드는 데에는, 아마도, 지금의 슈톨츠가 있게 해준 바로 그 뒤섞인 요소가 필요했는지도 모를 일이다. 활동가들의 유형은 오래 전에 우리나라에서는 대여섯 가지로 추려볼 수가 있는데, 그들은 눈을 게슴츠레 뜨고서 굼뜨게 주위를 살피며 사회적 기계에 손을 대고는 선조들이 남겨준 자취에 발을 갖다 대면서, 반은 졸면서 일반적인 궤도를 따라서 그 기계를 돌리고 있는 것이다. 그러다가도 졸음에서 눈을 갑작스레 뜨고 대담하고 크게 내딛는 발자국 소리에, 생생한 목소리에 귀를 기울인다…… 얼마나 더 많은 슈톨츠가 러시아의 이름 아래 나타나야만 하겠는가!

바로 그런 사람이 어떻게 오블로모프와 가까워질 수 있었을까? 성격 하나하나에서, 내딛는 발자국 하나하나에서, 다시 말해 존재 그 자체가 슈톨츠의 인생에 대한 저항의 외침에 다름아닌 오블로모프와 말이다. 이것은 진작에 결판이 난 문제라는 생각이 든다. 상극이라는 것이 만약에 전에 생각해왔던 대로 호감의 동기로서 작용하지 않는다면 절대로 그 호감을 저해하는 일 또한 없다는 것을 의미하기 때문이다.

게다가 강력한 두 원동력이랄 수 있는 어린 시절과 학교가 그들을 얽어 매어놓고 있다. 다음엔 오블로모프의 가족 사이에 분별없이 행해지는 독일 아이에 대한 러시아적이고 선량하며 포근한 사랑도, 오블로모프와 함께 있으면서 육체적인 그리고 정신적인 관계에서 슈톨츠가 차지하고 있는 강자의 역할도 이에 단단히 한몫 했다. 마지막으로 무엇보다도 중요하다고 할 수 있는 것은, 오블로모프의 천성에는 깨끗하고 해맑고 선한 면이 자리하고 있다는 것이다. 좋으면 좋은 대로, 그리고 단순하고 꾸밈이 없으며 영원히 믿음직스러운 가슴의 부름에 그대로 열려

응답하게 되는 모든 것에 대한 깊은 호감으로 가득한 그의 성격 말이다.

우연이든 의도적이든 이러한 해맑은 어린아이의 영혼을 들여다보게 되는 사람이면 누구나, 아무리 그가 우울하고 악하다 해도, 서로간의 교감을 절대 부인할 수가 없었고, 만약 상황이라는 것이 서로 가까워지는 것을 방해한다면 머리 속에서라도 오랫동안 좋은 기억으로 남을 수밖에 없었다.

안드레이는 자주 일과 세속적 군중, 저녁 모임과 파티를 마다하고 와서 오블로모프의 널찍한 소파에 앉아서 이런저런 이야기를 나누며 시간을 보내면서 뒤숭숭하고 지친 마음을 달래곤 했다. 그리고 항상 자기만의 소박한 지붕 아래 멋진 홀에서 나와 남부 자연의 아름다움으로부터 언젠가 어린 시절 뛰어놀던 자작나무 숲으로 돌아오면서 체험하게 되는 그런 평온한 감정을 느끼곤 했다.

제3장

"잘 있었나, 일리야. 자네를 보니 얼마나 기쁜지 모르겠군! 그래, 자넨 어떻게 지내는가? 건강은 괜찮고?"

슈톨츠가 물었다.

"아휴, 전혀, 안 좋아, 안드레이." 한숨을 내쉬며 오블로모프가 대답했다. "건강은 무슨 건강!"

"그럼, 어디 아프기라도 하단 말인가?"

슈톨츠가 걱정스런 투로 물었다.

"다래끼가 났었어. 저번 주에 오른쪽 눈에 나더니 이제는 왼쪽 눈이 그 모양이야."

슈톨츠가 웃음을 터뜨렸다.

"겨우? 잠을 많이 자니 그렇지."

"'겨우'라니. 가슴앓이를 앓고 있다네. 일전에 의사가 말한 걸 자네가 들었어야 하는데. '외국에 나가세요. 잘못되면 치명적일 수 있단 말입니다'라고 하더라니까."

"그래서 자네는 어쩌려구?"

"외국은 무슨 외국."

"왜 안 가겠다는 거지?"

"제발! 그 사람이 뭐라고 했는지 자네 아나? 나보고 '어디든 산에 들어가 지내시고, 이집트나 미국······으로 떠나세요' 하더라니까."

"그래서?" 슈톨츠가 냉담하게 대꾸했다. "이 주 후에 이집트에 삼 주 후엔 미국에 가 있게 되겠군 그래."

"무슨 소리야? 안드레이. 자네도 한통속이군! 똑똑하던 사람이 영 정신이 나갔군. 미국으로 이집트로 가는 사람들이 누구야? 영국인들 아닌가 말야. 그 사람들이야 하나님 하시는 일대로 그렇게 살아가게 마련인 사람들이지. 자기 집으로 알고 살 만한 곳은 어디에도 없는 사람들 아닌가? 그런데 우리들은 어때? 아무리 실의에 차 있는 사람일지라도 사는 데는 문제가 없잖아."

"이런 훌륭한 일이 또 어디 있겠어? 한번 생각해보세. 마차나 배에 몸을 싣고 신선한 공기를 호흡하고 생판 보도 못 한 다른 나라, 도시, 관습을, 모든 기적을 눈으로 직접 확인한다······ 아휴, 이보게! 자, 한번 얘기나 해보게, 도대체 오블로모프카에서 자네가 무슨 일을 하겠다는 건가?"

"아휴!"

손을 내저으며 오블로모프가 한숨을 내쉬었다.

"무슨 일이라도 있었나?"

"그럼 있었지. 사는 게 다 그런 거 아닌가!"

"그런 거라면 다행이군!"

"다행이라고? 천만에! 인생이라는 것이 머리를 어루만지면 얼마나 귀찮은지 몰라. 마치 학교에서 시비꾼들이 착한 학생을 귀찮게 하듯이 말이지. 몰래 귀를 잡아당기지 않으면 머리로 박치기를 해대고, 그것도 아니면 모래를 확 뿌리기도 하는…… 정말 더 이상 참을 수가 없을 정도야!"

"자넨 너무 착해빠져서 문제야. 그래 무슨 일이야?"

"안 좋은 일이 둘이나 돼."

"무슨 일인데?"

"완전히 망했어."

"그건 또 왜?"

"촌장이 써보낸 걸 읽어주겠네…… 편지가 어디 있더라? 자하르, 자하르!"

자하르가 편지를 찾아왔다. 슈톨츠는 대강 훑어보고서 웃음을 터뜨렸다. 촌장의 문제 때문인 게 분명했다.

"촌장이란 놈 순전히 사기꾼이군! 농부들을 제멋대로 하게 놓아두고서 되려 불평을 하고 있군! 농부들에게 증명서라도 나누어주고 사방으로 흩어지게 하는 게 더 낫겠어."

"다들 원하는 바가 바로 그건데도?"

오블로모프가 반박을 했다.

"그럼 그러라고 해!" 슈톨츠가 태평하게 말했다. "한 자리에서 진득하게 사는 게 좋고 이득이 된다 싶은 놈은 안 떠날 테고 득 될 것이 없다 생각하는 놈은 자네에게도 전혀 득이 될 리 없지. 그런 놈이라면 붙잡아놓는다고 별 수가 있겠어?"

"도대체 무슨 소릴 하는 건가? 오블로모프카의 농부들은 모두 순해 빠진 샌님들이야. 동요할 이유가 없지……"

"자넨 아마 모르고 있는 모양인데, 베르홀료보에 항구를 건설하려 고들 하고 있고 고속도로가 관통을 하게 되겠지. 그렇게 되면 오블로모프카도 큰길에서 멀지 않게 되고, 시내에는 장이 설 테지……"

"아휴, 세상에나! 정말 야단났구만! 그토록 평온하고 한적한 오블로모프카에 이제 장이 서고 큰길이라니! 농부들이 뻔질나게 시내를 나다니고 장사치들이 귀찮게 찾아오겠군! 모든 게 끝장이야! 재앙이라고!"

슈톨츠가 웃음을 터뜨렸다.

"재앙이 아니면 뭐야? 농부들은 이럭저럭 살고 있었는데, 좋은 일이든 나쁜 일이든 듣는 거 하나 없이 제 일에 충실하며 말이지. 전혀 마음이 들뜰 이유가 없었는데, 이젠 타락하는 것도 시간 문제야! 차나 커피, 벨벳 바지, 아코디언, 기름칠한 구두들이 판을 칠 테니…… 이젠 돈벌이 될 만한 일도 없어지는 거지!"

"그야 물론, 만약 그렇게 된다면 무슨 돈벌이가 되겠어. 자네, 시골에 학교를 하나 세워보는 게 어떤가……"

"좀 이르지 않을까? 농부들에게 글을 가르친다는 건 해로운 일이야. 글을 가르치게 되면 농부들은 아마도 더 이상 땅을 파려 들지 않을 걸……"

"농부들이 땅 파는 기술에 대한 책을 읽게 되리라는 생각은 왜 못하는 거야, 멍청하긴! 내 말 좀 들어보게. 농담으로 하는 소리가 아니라, 자네, 올해에는 직접 시골에 다녀와야만 해."

"그래, 그건 자네 말이 맞아. 그런데 아직 계획이 완벽하지 못해서……"

오블로모프가 겸연쩍어하며 말했다.

"아무것도 필요가 없어! 자네는 그냥 다녀오기만 하면 돼. 가보면 뭘 해야 할지 다 알게 마련이야. 자네 그 계획인지 뭔지 오래 전부터 끼고 있지 않았나? 그런데 아직도 준비가 덜 되었단 말야? 도대체 자넨 뭘 하고 있는 거야?"

"아휴, 이보게나 친구! 나한테 영지와 관련한 일만 있는 게 아니라네. 다른 불미스런 일은 어쩌고?"

"무슨 일인데?"

"집에서 쫓겨날 판이라네."

"쫓겨나다니?"

"무턱대고 나가라는데 어쩌나."

"그래서, 뭐가 어쨌다고?"

"뭐가 어쨌다니? 이 골칫거리 때문에 뒤척이다 보니 등이고 옆구리고 할 것 없이 다 닳아 문드러졌단 말일세. 그것도 혼자서. 이 일도 해야지 저 일도 해야지, 비용이 드는 게 어디 한두 군데인가? 여기서 돈 내라 저기서 돈 내라. 이번엔 이사 비용도 내야 하고! 여태껏 얼마나 많은 지출이 있었는지 아나? 어디에 그렇게 돈이 들어가는지 나 자신도 모르겠다니까! 눈 한 번 깜짝하면 돈 한 푼 안 남아난다네……"

"사람이 형편없어졌구만. 집 비워주는 일이 그리도 힘이 든단 말이지!" 슈톨츠가 어이가 없다는 투로 말했다. "말 나온 김에 돈 얘기부터 하지. 자네 돈 많은가? 오백 루블만 주게. 지금 보내야만 해. 내일 사무실에서 받아 줌세……"

"기다려봐! 생각할 시간을 주게나…… 얼마 전 시골에서 천 루블을 보내왔는데, 지금…… 그러니까 남은 게, 잠깐만……"

오블로모프가 상자마다 뒤지기 시작했다.

"그래…… 십 루블, 이십 루블…… 저기 이백 루블…… 이십 루블이 더 있군. 여기 어디 동전이 더 있었는데…… 자하르, 자하르!"

자하르가 전에 하던 대로 침상에서 뛰어내려 방안으로 들어왔다.

"책상 위에 놓여 있던 이십 코페이카 어디 갔어? 어제 내가 올려놓았는데……"

"일리야 도련님, 이십 코페이카 받으신 분이 도련님이잖유! 지가 말씀드렸듯이, 책상엔 한푼두 없었다니까 그러시네……"

"한푼도 없었다니! 오렌지를 사고 거스름돈을 받아서는……"

"남한티 주구서 잊으신 모양이쥬."

문 쪽으로 몸을 돌리며 자하르가 대꾸했다. 슈톨츠가 웃음을 터뜨렸다.

"아휴, 둘 다 누가 오블로모프 사람 아니랄까봐!" 그가 핀잔을 주었다. "도대체가 주머니에 돈이 얼마가 있는지를 모른단 말이지?"

"아 일전에 미헤이 안드레이치에게 얼만가를 주시지 않았나유?"

자하르가 기억을 더듬었다.

"아하, 맞아, 타란찌에프가 십 루블을 가져갔지." 오블로모프가 슈톨츠를 보며 환하게 웃었다. "까맣게 잊고 있었군."

"자넨 왜 그런 짐승이 들락거리게 놓아두는 건가?"

슈톨츠가 말했다.

"들락거리게 놔두다니유!" 자하르가 끼어들었다. "지 집 아니면 선술집 드나들다시피 하는 걸유. 도련님의 셔츠나 조끼를 집어들기가 무섭게 그냥 사라져버린다구유! 일전엔 프록코트를 내놓으라구 난리를 쳤던 걸유. '입게 내놔!' 라면서 말유. 안드레이 도련님, 도련님께서 다시는 그러지 못하도록 못을 박으셨으면 좋겠슈……"

"상관 말고, 자하르, 네 일이나 잘해!"

오블로모프가 엄하게 나무랐다.

"우체국 소인이 찍힌 종이 좀 주게." 슈톨츠가 말했다. "메모를 좀 해야겠군."

"자하르, 종이 가져와. 안드레이 이바느이치가 필요하다잖아……"

오블로모프가 말했다.

"종이가 어디 있어야쥬! 일전에도 찾느라 허탕만 친걸유."

자하르가 현관에서 소리쳤다. 방안엔 들어와보지도 않은 채였다.

"조각이라도 있으면 가져와봐!"

슈톨츠가 재촉했다. 오블로모프도 책상을 뒤졌지만 종잇조각 하나 없었다.

"그럼, 명함이라도 있으면 줘봐."

"명함 같은 거 구경해본 지 오래야."

오블로모프가 대꾸했다.

"대체 이게 무슨 일이야?" 슈톨츠가 반색을 하며 물었다. "일을 도모하고 있다며, 계획도 세우는 중이라며. 자네 솔직히 대답해보게, 어디 다니는 데는 있나? 무슨 모임에라도 나가냐구? 만나는 사람은 있고?"

"그럼 가는 데야 있지! 적어서 그렇지. 거의 집에 박혀 있는 편이지만. 계획 때문에 마음이 항시 불안하고, 게다가 집 문제까지 터져서…… 고맙게도, 타란찌에프가 백방으로 집을 찾아주곤 있지만……"

"자넬 찾아오는 사람은 있는가?"

"있지…… 타란찌에프가 그렇고, 알렉세에프도 있고. 일전엔 의사 선생도 다녀갔고…… 펜킨도 왔었고, 수지빈스키, 볼코프도……"

"책 한 권 눈에 띄지 않는군."

"이게 책이 아니고 무언가?"

책상 위에 놓여 있는 책을 가리키며 오블로모프가 볼멘소리를 했다.

"무슨 책이야?" 책을 들여다보며 슈톨츠가 물었다. "『아프리카 여행』이라. 자네가 펴놓은 책장에 곰팡이가 다 피었군. 신문도 안 보여. 신문이라도 읽긴 해?"

"안 읽어. 글자가 작아서 눈만 나빠져…… 필요성도 못 느끼겠고. 뭔가 좀 새로운 게 있다 싶으면 하루 온종일 사방에서 그 소리들만 한다니까."

"당치도 않아, 일리야!" 오블로모프에게 놀란 시선을 던지며 슈톨츠가 말했다. "자넨 도대체 하는 일이 뭐야? 둘둘 말린 반죽덩어리처럼 하릴없이 누워서는."

"맞아, 안드레이, 반죽덩어리나 마찬가지야."

오블로모프가 풀이 죽어 대꾸했다.

"안다고 해서 모든 게 정당화된다고 생각해?"

"그렇지 않아, 난 그저 자네 말에 대답을 했을 뿐이야. 정당화하자는 말이 아니라고."

오블로모프가 한숨을 내쉬며 말했다.

"당장 이 꿈에서 깨어나야만 해."

"전에 시도해본 적도 있지만 성공하지 못했어. 그런데 이제 와서…… 무엇 때문에? 어느 것도 열정을 불러일으키지 못할 뿐만 아니라 그럴 마음도 없다네. 지성도 편안히 잠을 자고 있단 말일세!" 그의 말 속에선 어떤 비애가 느껴졌다. "이런 얘길랑 이제 그만 하지…… 어디서 오는 길인지 이야기해보게."

"키예프에서 오는 길이야. 이 주 후에 외국에 나갈 생각이야. 자네도 가면 좋을 텐데……"

"좋아, 그러지 뭐……"

오블로모프가 쉽게 결론을 내렸다.

"자 앉아서, 신청서를 작성하게나. 내일이면 회답을 받을 걸세……"

"뭐, 내일!" 정신이 퍼뜩 난 오블로모프가 입을 열었다. "아니, 왜 그렇게 서두르는 거야? 누가 쫓아오기라도 한다던! 좀더 생각해보고, 좀더 상의도 해보아야 하지 않을까? 우선은 시골에 다녀오고, 외국에 나가는 일은…… 나중에……"

"나중은 무슨 나중? 의사가 그러라고 했다면서? 자넨, 우선은 살을 빼도록 해봐. 몸이 무겁지도 않은가? 그래야 마음의 근심도 사라지는 거고. 육체적, 정신적 운동이 필요해."

"그렇지 않아, 안드레이. 이 모든 게 날 지치게 해. 요즘 건강이 그리 좋지 않아. 안 돼, 날 내버려두게. 자네 혼자 떠나는 게 낫겠어……"

슈톨츠는 누워 있는 오블로모프를 훑어보았고, 오블로모프 또한 그를 쳐다보았다. 슈톨츠는 고개를 설레설레 저었고, 오블로모프는 한숨을 내쉬었다.

"마치 사는 것도 귀찮다는 듯이 들리는데?"

슈톨츠가 물었다.

"그 말도 틀린 말은 아니지. 만사가 귀찮아, 안드레이."

안드레이의 머리 속엔 어떻게 하면 그에게 삶의 활력을 불어넣을 수 있을까 그리고 그의 어디에 그 활력이 숨어 있을까 하는 의문만이 맴돌았다. 그런 생각에 그를 찬찬히 살펴보다가 느닷없이 웃음을 터뜨렸다.

"자네 한쪽 발엔 털양말, 다른 발엔 면양말을 신고 있잖아?" 오블로모프의 발을 가리키며 그가 갑자기 말했다. "그리고 셔츠도 뒤집어 입고?"

오블로모프가 발을, 다음엔 셔츠를 쳐다보았다.

"정말이군." 그가 겸연쩍어하며 말했다. "이놈 자하르는 날 벌주려고 보내진 놈이야! 내가 얼마나 이놈 때문에 고통을 당하고 있는지, 자네는 믿지 못할 거야! 툭하면 대들지, 무례하기 이를 데 없지, 묻지도 않고 다 제멋대로라니까!"

"아휴, 일리야, 일리야! 안 되겠어. 난 절대 자넬 이대로 방치할 수는 없어. 일주일 후면 자네는 자네 자신을 알아보지 못할 거야. 저녁때 구상 중인, 나와 자네가 해야 할 일에 대해서 자세히 이야기해주겠네. 우선은 옷부터 입게. 각오해, 내 자네의 원기를 회복시켜줄 테니. 자하르! 일리야 도련님 옷 입혀드려야지!"

"어디로 가려고? 곧 타란찌에프와 알렉세에프가 식사하러 올 텐데. 그런 다음에 가도 괜찮으면……"

"자하르." 그의 말은 듣지도 않고 슈톨츠가 말했다. "어서 옷 입혀드려."

"알겠습니다유 안드레이 도련님. 바로 구두 닦아서 대령합쥬."

자하르가 신이 나서 말했다.

"뭐라구? 지금이 벌써 5시인데 닦아놓은 구두가 아직 없단 말야?"

"닦아놓기야 다 닦아놓았습쥬. 그런디 이번 주엔 도련님이 아직 외출을 하신 적이 없어서 먼지가 다시 앉았다 이 말씀이쥬……"

"그럼, 있는 대로 그냥 내와. 내 짐가방 거실에 갖다놓고. 여기서 묵을 거니까. 난 옷을 갈아입을 테니, 자넨 준비하게, 일리야. 가는 길에 식사를 하고 두서너 집을 들러야 하니까……"

"아니 자넨 어떻게…… 그렇게 갑작스레…… 기다려봐…… 생각할 시간을 달라니까…… 난 아직 면도도 안 했는데……"

"생각할 것도 머릴 긁적거릴 필요도 없어…… 길에서 면도하면 되지. 내가 동행할 테니까."

"어떤 집을 들른다는 거야?" 오블로모프가 침울해져서 소리쳤다. "모르는 사람들인가? 무슨 꿍꿍이속이야! 난 이반 게라시모비치에게나 가는 게 나을 듯한데. 안 들른 지 한 사나흘 됐거든."

"이반 게라시모비치가 누구야?"

"예전에 나하고 같이 근무한 적이 있는 동료인데……"

"아! 그 백발의 회계검사관! 거기서 자넨 뭘 하는데? 그런 멍청이와 시간을 죽이겠다는 이유가 뭐야!"

"안드레이, 자네 사람들에 대해서 너무 심하게 말하는 거 아닌가? 좋은 사람이야. 단지 네덜란드산 아마포로 지은 셔츠 차림이 아닌 것만 빼고는……"

"그 작자 집에서 자넨 뭘 하는데? 그 작자와 무슨 대화를 나누고?"

"그 사람 집에 가면 내 집처럼 자유롭고 편해. 방들도 작고 소파들도 어찌나 깊은지 일에 몰두하다 보면 사람이 있는지도 모른다니까. 창문도 담쟁이와 선인장으로 완전히 차단되어 있고, 카나리아도 한 다스가 넘고, 개도 세 마리나 있지, 하여튼 썩 훌륭해! 탁자에 안줏거리가 떨어질 날이 없어. 판화들은 모두 가족의 장면들을 묘사하고 있지. 한번 들르면 나오기가 싫단 말야. 아무 고민 없이, 옆에 누가 있는지 없는지도 생각할 필요도 없이 그저 앉아 있으면 그만이지…… 물론 그 사람은 총명해 보이지는 않지. 그러다 보니 그 사람과 무슨 이념을 나누어 갖거나 생각을 한다거나 하는 일은 없어. 대신 그 사람은 교활하지도 않고 착하고 친절하고, 불평을 늘어놓는 일도 전혀 없고 절대 남에게 해를 끼치는 사람이 아니라는 거지!"

"그럼 둘이서 하는 일은 뭔데?"

"뭘 하냐고? 내가 가면, 둘이서 발을 쭉 뻗고 소파에 마주 앉아 있지. 그 사람은 담배를 피우고……"

"그럼 자넨?"

"나야…… 마찬가지로 담배를 피우고 카나리아가 지저귀는 소리를 듣지. 그러다 보면 마르파가 사모바르를 내오고."

"타란찌에프, 이반 게라시모비치라!" 어깨를 들썩이며 슈톨츠가 말했다. "자, 어서 옷이나 입게나." 그가 서둘렀다. "타란찌에프가 오면 이렇게 일러둬." 자하르를 보며 덧붙였다. "우리는 집에서 식사를 하지 않을 테고 일리야 일리이치는 여름 내내 집에서 식사를 하지 않을 것이다, 그리고 가을엔 할 일이 너무 많아서 만날 수가 없을 것이다,라고 말야……"

"그렇게 이르지유, 안 잊고 모두 전하겠슈. 식사는 워쩔까유?"

"자네나 누구하고든 같이 잘 먹게나."

"알아 먹겄슈, 도련님."

10여 분이 지나서 슈톨츠는 면도도 말끔하게 하고 빗질도 하고서 정장 차림으로 나왔다. 하지만 오블로모프는 시무룩해져서 침대에 앉아서는, 잘 들어가지 않는 단추를 단춧구멍에 우겨넣으면서 천천히 셔츠를 여미고 있었다. 그 앞에는 닦지 않은 구두와 어떤 음식을 손에 든 자하르가 주인님이 셔츠의 단추를 모두 채우기만을 기다리면서 한쪽 무릎을 꿇고 구두를 신길 준비를 하고 있었다.

"자네 아직도 구두를 안 신었구만!" 슈톨츠가 못마땅하다는 투로 말했다. "자, 일리야, 어서 서둘러, 어서!"

"어디로 가자는 거야? 이유는 또 뭐고?" 오블로모프가 수심이 가득한 얼굴로 말했다. "내가 뭘 더 볼 게 있다고? 어차피 뒤처진 거, 가고 싶지도 않은데……"

"서둘러, 어서!"

슈톨츠가 재촉을 했다.

제4장

비록 이른 시각은 아니었지만, 그들은 어딘가에 가서 일처리를 할 수 있었다. 슈톨츠는 한 금광업자를 만나 식사를 해결했고, 그들은 다시 차를 마시기 위해 그의 별장으로 향했으며, 거기서 한 무리의 모임에 낄 수가 있었다. 한편 오블로모프는 완벽한 고립에서 빠져나와 별안간 사람들의 무리 속에 섞여 있는 자신을 발견할 수 있었다. 아주 늦은 밤이 되어서야 그들은 집으로 돌아왔다.

다음날도, 그 다음날도 역시 마찬가지였고, 한 주가 눈 깜짝할 사이에 지나갔다. 오블로모프는 반항도 해보고 불평도 해보고 말다툼도 해보았지만, 정신을 차릴 겨를도 없이 자신의 친구를 따라 여기저기를 동행해야만 했다.

어느 날인가 한번은 어딘가에서 집에 늦게 돌아오던 날에 그는 이러한 분주함에 예사롭지 않게 반항을 해보았다.

"요 며칠 동안," 실내복을 갈아입으면서 오블로모프가 볼멘소리를 했다. "구두도 벗지 못했어. 발이 간질거려 죽을 지경이라고! 이런 뻬쩨르부르그 생활은 전혀 마음에 안 들어!" 소파에 누우면서 그가 말을 이었다.

"그럼 어떤 생활이 마음에 드는데?"

슈톨츠가 물었다.

"여기 이런 생활만 빼고."

"구체적으로 여기 무엇이 마음이 안 드냐니까?"

"전부 다. 끊임없이 앞을 다투어 뛰는 거 하며, 쓸데없는 카드놀음 탐닉, 특히 욕심, 서로의 길을 막는 일, 유언비어, 험담, 서로에 대한 멸시, 머리에서 발끝까지 훑어보는 일 따위. 사람들이 무슨 얘길 하나 들어보면 머리가 핑핑 돌고 얼이 빠지는 것 같아. 시선만 보면 다들 똑똑해 뵈고 얼굴엔 품위가 넘쳐 보이는데, 들어보면 하는 얘기라니. '그 사람은 저번에도 훈장을 받았던 사람이라니까.' '그 이유가 뭔가요'라며 고함을 지르는 거야. '그 사람은 어제 클럽에서 돈을 다 잃었어. 바로 그 사람이 삼십만을 땄대!' 무료해, 무료해, 무료하다고!…… 도대체 사람이 어디 있는 거야? 인간의 가치는 어디에 있어? 어디로 다 숨어버렸어? 어떻게 그 따위 사소한 일에 재능을 낭비할 수가 있냐고?"

"어찌 되었든 사교계와 사회를 끌어당기는 그 무엇인가가 있어야만 해. 누구나 다 자신만의 이해관계가 있게 마련이지. 산다는 게 뭐 그렇지……"

"사교계, 사회라! 자넨, 아마도, 사교계와 사회에 대한 내 열망을 깨부수기 위해서 일부러 날 그리로 내몰아본 거겠지. 삶이라. 삶은 얼마나 좋은 것인가! 거기서 무얼 찾아야 하나? 지성과 가슴의 흥미? 직접 한번 보게. 도대체 이 모든 것이 주위를 돌게 되는 그 중심은 어디에 있는지. 중심이 없어. 아픈 곳을 찌르는 어떤 깊은 것이 없어. 모두 다 죽은 자들이고 잠자는 자들이며, 사교계와 사회의 구성원들도 나보다 나을 것이 하나도 없어! 그들이 삶에서 이끌어내는 것이 무엇이지? 물론 그들은 누워 있는 게 아니라 매일 하릴없이 배회를 하지. 마치 파리처럼 앞뒤로. 하지만 그게 무슨 소용이야? 홀에 들어가보면 손님들이 서로 마주보고 앉아 있는 꼴도, 평화롭고 의미심장하게 자리에 앉아 카드놀이를 하고 있는 꼴도 보이지 않아. 더 이상 무슨 말을 하겠어. 인생의 과제치고는 훌륭하다 훌륭해! 무언가를 끊임없이 찾아 헤매는 이성의 활동이라 하기에 손색이 없지 않나? 허, 참! 도대체 이게 죽은 사람들 아니고 뭐야? 평생을 앉아서 잠을 자는 건 아니겠지? 쓸데없는 카드패로 골머리를 썩히는 일도 없을 뿐 아니라 제 집에서 그냥 누워만 있는 내가 어째서 그들보다 못하다는 거야?"

"고리타분해, 벌써 수천 번도 더 했던 말이잖아. 뭐라도 새로운 거 좀 없어?"

"그럼 우리 훌륭한 젊은이들을 예로 들어보자고. 그들이 하는 일이 뭐야? 걸으면서, 넵스키 거리를 활보하면서, 춤을 추면서도 잠을 자고 있는 건 아닐까? 허구한 날 반복되는 공허한 카드 섞기! 보라고. 어떤 자만심과 이해할 수 없는 우월감으로 가득 찬 이들이, 누가 자기들과 다르게 옷을 입고 있고 또 누가 자기들과는 전혀 다른 이름과 직책을 갖고 있는지를 혐오스러운 시선으로 내려다보는 꼴을 말야. 그리고는 그 불행하기 이를 데 없는 자들이 '저 군중들보다는 내가 더 고상해'라고 생각한다니까. '우리는 우리 말고는 그 누구도 일할 수 없는 관청에서 일을 하고 있어. 우리는 맨 앞줄 의자에 앉지. 우리는 N 공작 댁에서 여는 연회에도 가잖아. 거긴 아무나 갈 수 있는 데가 아니지.' 정신들이 나가서 폭음을 하고 서로 치고받고, 짐승이 따로 없어! 이들을, 그래, 살아 있는, 잠을 자고 있지 않은 사람들이라 할 수 있겠어? 젊은이들만 그런 게 아냐. 어른들도 한번 보라니까. 하릴없이 모여서 서로를 대접한다고 하지만, 친절도 선량도 서로간의 애정도 눈 씻고 봐도 보이지가 않아! 식사 모임이다 연회다 해서 모여들긴 해도 그게 다 어쩔 수 없어서 하는 짓거리들이다 보니 즐거움도 없고 썰렁하고, 그저 요리사나 응접실 자랑을 늘어놓기 일쑤지. 다 알고 보면 남몰래 조롱이나 하고 남 험담이나 하려는 속셈인 게지. 삼 일째 되던 날에 식사를 하면서 어디에 시선을 두어야 할지 막막하더라고. 자리에 없는 사람들을 헐뜯기 시작할 무렵엔 정말 식탁 밑으로라도 기어 들어가고 싶은 심정이었어. '누구는 멍청하고, 누구는 천하고, 또 누구는 날강도고 또 누구는 웃기는 인간이야'라면서, 정말 사람 사냥 그 자체라고나 할까! 이런 말을 하면서 서로 쳐다보는 모양이 마치 '네놈도 문을 나서기만 하면 별 수 없이 똑같은 처지가 될 거다' ……라고 말하는 것 같더라고. 다들 그 모양인데 왜들 엉겨붙어서 서로 친한 척하고 있는 거야? 진심에서 우러나오는 웃음도 실낱 같은 호감도 서로에게선 찾아볼 수가 없어! 과장된 관등과 명예만 내세우려고 안달들이야. '저는 왕년에 이런저런 관직에…… 전 이런저런 분 댁에 간 적이 있습니다만' 하면서 우쭐해하는 꼴이라니…… 인생이라는 게 도대체 뭐야? 그런 인생이라면 난 사양하겠네. 거기서 내가 배울 것은 무엇이며 또 어떤 교훈을 끄집어낼 수 있겠어?"

"자넨 알면서 하는 소린가, 일리야? 나름대로 생각은 많이 하고 있는 것 같은데, 다 오래 전 이야기야. 옛날 성현들의 책을 펼쳐보면 그런 얘긴 거기 다 적혀 있어. 그렇지만, 위안이 되는 것 하나는, 적어도 자네가 잠을 자지 않고 무언가를 생각하고 있다는 사실이야. 그래서 또 할 말이 있는가? 계속해봐."

"뭘 계속하라는 거야? 자네가 직접 보란 말야. 여기 어느 누구에게서도 신선함이나 건강한 얼굴을 발견할 수가 없잖아."

"그야 기후 탓이라 할 수 있겠지. 자네 얼굴엔 기름기가 좔좔 흐르는군. 자네가 뛰어다니지 않고 노상 누워 있어서 그래."

"누구에게서도 환하고 평온한 시선을 발견할 수가 없어. 모두들 서로에게 어떤 괴롭기 그지없는 근심과 우수라는 전염병을 옮기고 있고 병적으로 무언가를 찾고 있어. 진리며 선행도 자신에게나 관대할 뿐 남을 위한 것들은 전혀 없고, 동료의 성공에 얼굴이 백짓장으로 변해버린 단 말일세. 어떤 이는 근심을 하지. 내일 관청에 출근을 해야 하는데, 일이 오 년째 답보상태를 벗어나지 못하고 있고 반대파가 치고 올라오고 있어. 그러니 오 년 내내 머릿속에서 생각하고 바라는 것은 오직 하나야. 어떻게 해서든지 반대파를 막고 공격에 대비해서 자신의 행복이라는 건물을 쌓아올리고야 말겠다는 야심. 오 년 동안을 하루같이 왔다 갔다하고, 사무실에 앉아서 한숨만 내쉰다네. 바로 이것이 삶의 이상이자 목표란 말일세! 또 어떤 사람은, 매일 관청에 출근해서 오후 5시까지 근무를 해야만 한다는 사실에 괴로워하고, 왜 나에겐 행운이 찾아오지 않을까,라는 생각을 하면서 무거운 한숨을 내쉬기도 한다네……"

"자네 철학자가 다 되었군, 일리야! 모두들 분주한데, 자네만 아무 것도 필요 없다 이 말씀이로군!"

"얼굴이 누렇게 뜬 안경잡이 한 신사는, 내가 어떤 대의원의 말을 읽었는지를 따져 묻기도 한다네. 내가 신문을 전혀 읽고 있지 않다고 말하면 그 신사는 눈이 휘둥그레져서 날 쳐다보지. 프랑스 황제 루이–필립* 이야기를 할 때면 마치 황제가 제 친아버지나 되는 양 수선을 떤다니까. 그런 다음엔 왜 프랑스의 대사가 로마를 떠났는지에 대한 내 견해를 이야기해보라고 귀찮게 굴기도 하지. 어떻게 평생 자신을 온 세상의 사건들에 대한 소식으로 매일매일 충전을 시킬 수가 있으며, 일주일 내내 소리를 지른다 한들 어떻게 하고 싶은 말을 다 할 수 있겠냐구! 오늘 모하메드 알리**가 콘스탄티노플로 전함을 보냈다는 말을 하면서 그는

---

* Louis-Philippe(1773~1850): 1848년 프랑스 혁명으로 폐위된 프랑스의 마지막 왕.
** Mohammed Ali(1769~1849): 이집트의 총독으로 콘스탄티노플을 점령하기 위해 터키와 전쟁을 일으켰음.

여간 심각한 게 아냐. 왜 그럴까? 이튿날 돈 카를로스*는 성공하지 못했지. 그는 지금 끔찍한 불안에 떨고 있어. 거기선 지금 운하를 파고 있고, 군부대를 동부로 파견했지. 정말 큰일 아닌가, 전쟁이 발발한 거야! 공포에 질려 얼굴색이 변해서 뛰고 소리치고, 마치 군대가 자기에게로 오고 있기라도 하는 듯이. 사람들은 아무렇게나 생각하고 판단하면서도 스스로는 지겨워 미치려고 해. 사실 자기들과는 아무 상관이 없는 일임을 잘 알고 있거든. 이러한 비명 소리에서 죽음이 엿보인다고나 할까! 그들에게 이건 단지 부차적인 일일 뿐이야. 그들은 돌아다니긴 하되 자기 모자가 아닌 다른 모자를 쓰고 다니는 꼴이라고. 자신의 일도 갖고 있지 않은 그들은 사방으로 뿔뿔이 흩어질 줄이나 알지 정작 향해서 가야 할 곳이 마땅히 없는 거지. 이러한 오지랖 아래 공허가, 모든 이들에 대한 애정의 결핍이 가득한 거야! 검소한 노동의 오솔길을 찾아서 그 길을 따라 나아가고, 깊이 패인 바퀴자국을 파헤친다는 것이, 그러니 얼마나 갑갑할 테고, 또 눈에 띄지 않는 일이냐고. 그런 데선 아무리 해박한 지식을 가지고 있어보았댔자 속일 사람도 없거니와 그런 일에 전혀 도움이 될 리 만무하거든."

"하지만, 나나 자네는 허우적거린 적도 없는데, 일리야. 우리의 검소한 노동의 오솔길은 도대체 어디에 있는 거지?"

오블로모프가 돌연 잠시 입을 다물었다.

"그러니까, 계획을 끝내기만 하면…… 그래 맘대로들 하라지 뭐! 난 그런 사람들과는 아무 상관도 없고, 찾고 싶은 것도 아무것도 없어. 난 그저 이런 세상에선 정상적인 삶이 보이지 않는다는 말을 하고 싶을 따름이야. 이건 아냐. 정말 이건 삶이 아니라, 자연이 인간에게 나름의

---

* Don Carlos(1788~1855): 스페인 국왕 찰스 4세의 아들이자 1833년에 사망한 페르디난드 7세의 동생.

목적을 가지고 제시해주었던 삶의 표준과 이상의 왜곡일 뿐이라고나 할까……"

"삶의 어떤 표준과 이상을 말하는데?"

오블로모프는 대답을 하지 않았다.

"어서, 말해보게나. 자넨 어떤 삶이었으면 하고 바라는데?"

"생각해둔 바가 있지."

"그게 도대체 어떤 거냐니까? 제발, 말 좀 해보게, 어떻게 해야 하는지?"

"어떻게?" 벌렁 누워 천장을 응시하면서 오블로모프가 말했다. "어떻게는 무슨 어떻게! 시골로 내려갈 거야."

"도대체 자넬 방해하는 것이 뭔데?"

"계획이 아직 끝나지 않았어. 그리고 나중에 혼자가 아니라 아내하고 함께 내려갈 참이네……"

"아! 그렇구만! 그래, 그렇게만 되면 좋으련만. 그렇다면 자넨 뭘 망설이나? 서너 해가 더 지나면 자네한테 시집올 처자가 과연 있을까?"

"그럼 할 수 있나, 운명이 아닌 게지!" 한숨을 내쉬며 오블로모프가 말했다. "상황이 허락지 않는다는 데야!"

"당치도 않아. 그럼 오블로모프카는 어쩌고? 농노가 삼백 명이야!"

"그게 뭐 어쨌다고? 되는대로 살면 되지 않을까, 아내와?"

"아내와 지지고 볶으며 살아보시겠다?"

"애들도 생길 거 아냐?"

"애들이란 키워만 놓으면 다 자기들이 알아서 하는 거야. 자넨 그저 어디로든 내보내기만 하면 돼……"

"그렇지 않아. 귀족 집안에서 장인이 나올 수는 없어!" 오블로모프가 무뚝뚝하게 잘라 말했다. "아이들이 없다면 도대체 어디서 둘이 산

단 말야? 아내와 둘이서, 어쩌니 하는 말은 그저 하는 말일 뿐이지, 정작 결혼이라도 하게 되면 여편네들이 떼로 집에 기어 들어온다니까. 어느 가정이든 한번 들여다봐. 여자 친척들은 친척도 아니고 더더구나 집안의 안주인은 될 수 없어. 만약 그들이 함께 살고 있지도 않으면서 매일 커피를 마시네, 식사를 하네, 하며 제집 드나들 듯한다면…… 삼백 명의 농노와 함께 어떻게 그 사람들을 다 먹여 살릴 수가 있겠어? 뭐 기숙사라도 차리란 말이야?"

"그래, 좋아. 그럼 만약 누군가 삼십만 루블을 자네에게 거저 준다면 자넨 무얼 할 텐가?"

잔뜩 호기심 어린 말투로 슈톨츠가 물었다.

"곧장 전당포에 가겠네. 이자를 받아 살면 되겠지."

"전당포는 이자를 적게 주는데도? 어째서 자넨 어디든 회사에 투자할 생각은 하지 않는 거지? 이를테면 우리 회사에라도."

"그러지 말게나, 안드레이. 나한테 바람 넣을 생각은 말아."

"무슨 소리. 자넨 날 못 믿겠다는 건가?"

"천만에. 자넬 못 믿어서가 아니라, 무슨 일인들 안 일어난다고 장담할 수는 없잖아. 파산이라도 하는 날이면 난 알거지가 될 테고. 은행이 차라리 낫지 않을까?"

"그래, 좋아. 자넨 그래서 무얼 할 작정인데?"

"그러니까, 한적한 곳에 지어진 새집으로 이사를 해서는…… 주위에 마음씨 좋은 이웃이 살면 더 좋고, 이를테면 자네 같은…… 그럴 순 없겠지. 자네가 어디 한 곳에 주저앉을 위인이던가……"

"그럼 자네는 정말로 한 곳에서 영원히 정착을 하겠단 말야? 아무 데도 안 가보고?"

"아무 데도."

"만약 삶의 궁극적인 목표가 한 곳에 주저앉는 것이라면 어째서들 여기저기서 철도를 놓네, 선박을 만드네 하며 수선을 떨겠는가? 어디에 머무를지 계획을 세워보세, 일리야. 아무렴 우리가 아무 데도 가지 않는 다는 게 말이 되나."

"우리 말고도 사람들은 많아. 관리인, 집사, 상인, 관료, 제 집구석도 없는 한가로운 여행객들의 수가 어디 적은가? 그런 사람들보고 알아서 돌아다니라고 해!"

"자넨 도대체 어떤 위인이야?"

오블로모프가 입을 다물었다.

"도대체 자넨 사회의 어떤 부류에 자신이 속해 있다고 생각하나?"

"자하르에게 물어보게."

슈톨츠는 오블로모프의 바람을 말 그대로 실천에 옮겼다.

"자하르!"

자하르가 들어왔다. 두 눈엔 잠이 가득했다.

"여기 누워 있는 위인은 누구야?"

자하르는 갑자기 잠이 확 달아남을 느꼈다. 처음엔 슈톨츠를 다음엔 오블로모프를 의심쩍은 눈으로 힐끗 쳐다보았다.

"누구 말씀이시쥬? 도련님두 보구 계시잖유?"

"보이지 않으니 하는 소리지."

"별 희한한 일두 다 있네유? 우리 주인 나으리, 일리야 일리이치쥬."

그는 웃음을 터뜨렸다.

"좋아, 가봐."

"주인 나으리라!"

슈톨츠가 반복을 하고는 배꼽을 잡고 웃었다.

"그럼, 신사지."

오블로모프가 화난 목소리로 정정을 했다.

"아냐, 아냐, 자넨 주인 나으리야!"

슈톨츠가 연신 웃으면서 말을 이었다.

"무슨 차이가 있담? 신사가 주인 나으리인 거지"

"신사라 하면, 스스로 양말을 신고 스스로 구두를 벗는 사람을 일컬을 때 쓰는 말이야."

"그래, 영국 사람들은 스스로 하지. 왜냐하면 그렇게 많은 하인을 두고 있지 않기 때문이야. 하지만 우리 러시아 사람들은……"

"자네가 의미하는 삶의 이상이 어떤 것인지 구체적으로 이야기를 계속해보게…… 그러니까, 마음씨 좋은 사람들이 주위에 있고, 그 다음엔 또 뭐지? 자네 자신의 시간은 또 어떻게 보낼 생각인가?"

"이를테면, 아침에 눈을 뜨면," 두 손을 뒤통수에 포개면서 오블로모프가 설명을 하기 시작했다. 얼굴엔 평온한 표정이 역력했다. 그는 상상 속에선 이미 시골에 와 있었다. "화창한 날씨, 구름 한 점 없는 청명한 하늘, 설계도상의 집의 한쪽은 발코니로 되어 있는데, 동쪽 정원과 들판을 향하고 있고, 다른 쪽은 시골 마을을 향하고 있지. 아내가 눈을 뜨기를 기다리는 동안 나는 헐렁한 실내복을 걸치고 정원을 거닐면서 아침의 수증기를 마음껏 호흡하는 거야. 거기서 정원사를 발견해내고, 함께 화초에 물을 주고 관목과 나무의 가지를 쳐준다네. 그리고는 아내를 위하여 꽃다발을 만드는 거야. 다음엔 목욕을 하러 가거나 아니면 강으로 가서 멱을 감지. 돌아오는 길에 보면 발코니가 열려져 있어. 그녀는 블라우스 차림에, 가벼운 목욕 수건을 걸친 듯 만 듯 머리에 두르고 있는데, 그런 그녀를 바라보고 있노라면 눈알이 다 빠져나갈 것만 같은 거야…… 아내가 나를 기다리고 있어. '차 마실 준비가 되었어요.' 그녀가 소리친다네. 얼마나 환상적인 키스인가! 차의 맛은 또 어떻고! 편안하기 그지없는 안락의자! 탁자 주위에 자리를 잡고 앉지. 탁자엔 과자와 크림과 신선한 버터가……"

"다음엔?"

"다음엔 헐렁한 프록코트나 아무 반코트를 걸치고, 아내의 허리를 감싸안고서 그녀와 함께 끝도 없는 어두운 오솔길 깊숙이 들어가는 거야. 조용히 생각에 잠겨서 아무 말도 없이 걷거나 아니면 속으로 생각을 하고, 꿈을 꾸고, 심장의 박동 수를 세듯 그렇게 행복의 순간을 세는 거지. 뛰었다 멈췄다를 반복하는 심장 소리를 듣는 거야. 자연 속에서 공감을 찾다가는…… 나도 모르게 시냇가로, 들녘으로…… 나가게 되지. 시냇물이 겨우겨우 물결을 일으키고 있어. 이삭들이 바람과 더위에 마음을 졸이고…… 배를 탄다네. 아내가 노를 간신히 들어올리면서 배를 저어가고……"

"그래, 자넨 시인이 다 됐군, 일리야!"

"맞아, 인생의 시인이지. 왜냐하면 인생이라는 것이 바로 시일 테니까. 무엇 때문에 사람들은 삶을 왜곡하고 있는 것일까! 다음엔 온실에 들어가본다네. 묘사된 행복의 극치를 마음껏 즐기면서 말이야."

그는 상상 속에서 준비된, 이미 오래 전에 그려진 정경을 끄집어냈고, 그 때문에 숨도 고를 새 없이 흥분된 어조로 말을 이어나갔다.

"복숭아, 포도를 쳐다보고, 식탁에 내어놓으라고 말을 해놓고는 돌아와서 가볍게 아침을 먹은 다음, 손님들을 기다리는 거야…… 아내에겐 이를테면 마리야 페트로브나로부터 책과 악보들과 더불어 쪽지가 날아들지 않으면, 선물이라며 파인애플을 누군가 보내오기도 하지. 온상에선 끔찍하게 커다란 수박이 익고 있는데, 마음씨 좋은 친구에게 내일 정찬 때 먹으라고 보내고 또 직접 그리로 마실을 가기도 한단 말일세…… 그 시간에 부엌에서는 음식 끓는 냄새가 진동을 하지. 눈처럼 흰 앞치마를 두른 요리사가 모자를 쓰고서 부산을 떨고 있어. 냄비 하나를 화덕에 올려놓고 또 다른 냄비를 화덕에서 들어내고, 이쪽에서 뭔가를 휘휘 젓다가는 금세 저쪽으로 가서 반죽을 굴리고, 물을 쏟아 붓고…… 칼질하는 소리가 요란스럽고…… 야채를 잘게 썰고…… 아이스크림을 돌리고…… 정찬 전에 부엌을 들여다보고 냄비를 열어보고 냄새를 맡고, 어떻게 피로그를 뒤집는지, 어떻게 크림을 만드는지 보는 것은 얼마나 유쾌한지 몰라. 그런 다음엔 소파에 눕지. 그럼 아내가 뭐든 새로운 책을 소리를 내어 읽어주지. 그러다 잠시 그만두고 우리는 논쟁을 하기도 하지…… 그 참에 손님들이 들이닥치는 거야. 이를테면 자네가 아내와 함께 말이지."

"와, 자네가 나마저도 장가를 보낸단 말인가?"

"당연히 그래야지! 두서너 명의 친구들이 더 찾아오는데, 한결 같이 매일 보던 얼굴들이지. 어제 채 못 다한 이야기를 시작하는 거야. 농담이 오가거나 아니면 의미심장한 침묵과 명상의 시간이 찾아오기도 하지. 하지만 그것은 자리를 빼앗겨서도 아니고 원로원의 일 때문도 아니고, 더 이상 바랄 것이 없을 정도로 만족스럽기 때문이지. 만족을 즐긴다고나 할까…… 자리에 없는 사람에다 대고 침을 튀기며 해대는 매도성 발언도 들을 수가 없고 누가 간다고 문 밖을 나선다 해도 눈총을 주는 사람도 없어. 사람들이 탐탁지 않게 생각하는 사람이나 좋은 사람이 못 된다 싶은 사람들과는 상종을 하지 않는 거야. 대화 상대방의 눈에선 애정을, 농담에선 진심 어린, 악의라고는 찾아볼 수 없는 웃음을 발견하게 되고…… 모든 일에 마음을 열게 되는 거지! 눈빛 하나, 말 한마디 한마디, 진심에서 우러나오지 않은 것은 하나도 없어! 식사 후에는 테라스에서 모카커피와 쿠바의 하바나산(産) 시가를 즐긴다네……"

"자넨 지금 아버지, 할아버지 대에 누렸던 것과 하나도 다를 바가 없는 것을 내게 묘사하고 있어."

"그렇지 않아, 그것과는 다르지." 거의 모욕을 느낀 듯한 말투로 오블로모프가 반박했다. "어떤 점에서 그렇다는 거야? 내 아내가 잼을 만든다 버섯을 딴다 하며 퍼지고 앉아 있길 한가, 아니면 실다발을 셈하고 시골산 아마포를 정리하길 한단 말인가? 그도 아니면 처녀의 뺨을 때린단 말인가? 악보, 책, 피아노, 우아한 가구들에 대해서 벌써 이야기했잖아?"

"그렇다면, 자네는?"

"나야 해 지난 신문을 읽는 일도 없고 짐마차를 타고 다닐 일도 없고, 국수나 오리를 먹을 일도 없지 않겠어? 요리사를 영국식 클럽이나 공사에게로 보내서 요리를 배우도록 해야겠지."

"그럼, 그 다음엔?"

"다음엔, 무더위가 기승을 부릴 때면 사모바르와 후식거리를 실은 수레를 자작나무 숲으로 보내는 거야. 그냥 들판이 아니라 잘 베어진 풀밭으로 말이지. 건초더미 사이에 양탄자를 깔고 거기서 수프와 비프스테이크 맛을 맘껏 즐긴다 이거야. 농부들이 어깨에 큰 낫을 걸치고 들녘에서 나온다네. 지나는 짐수레엔 얼마나 많은 건초더미를 쌓아 실었는지, 짐수레는 고사하고 말조차 건초에 묻혀 보이지가 않을 정도야. 건초더미 위로는 꽃을 꽂은 농부의 모자 그리고 아이의 작은 머리가 솟아 나 있어. 또 한 무더기의 낫을 든 맨발의 여편네들이 큰 소리로 노래를 부르지…… 그러다 주인을 보기 무섭게 움찔하며 하던 노래를 멈추고 허리를 잔뜩 구부려 인사를 한다네. 그을린 볼과 드러난 팔꿈치, 고단해 보이기는 해도 교태가 흐르는 눈을 가진 한 여인이 여봐란 듯이 주인의 눈 애무로부터 피하는 몸짓을 해 보이지만, 그녀 역시 행복해하고 있어…… 쯧!…… 아내가 절대 보아서는 안 되지. 제발!"

말이 끝나기 무섭게 오블로모프는 물론이고 슈톨츠 역시 배를 부여잡고 웃음을 터뜨렸다.

"들판이 눅눅해지고, 땅거미가 내려앉게 되면, 마치 광활한 바다와도 같은 안개가 호밀밭 위에 드리워진다네. 말들이 어깨를 떨고 말발굽질을 해대지. 이젠 집으로 돌아갈 시간이야. 집 안엔 벌써 환하게 등불이 밝혀지고 부엌에선 다섯 개의 칼질 소리가 요란하다네. 버섯이 담긴 프라이팬, 커틀릿, 딸기…… 저쪽엔 음악…… Casta diva…… Casta diva!"* 오블로모프가 노래를 읊조리기 시작했다. "무심하게 Casta diva를 생각한다는 건 불가능해." 아리아의 첫 부분을 노래하고 나서 그가 말했다. "그 여인의 노랫소리에 얼마나 가슴이 저며오던지! 이 노래에 담겨 있는 그 엄청난 슬픔!…… 주변에 무슨 일이 일어나고 있는지 아는 사람은 아무도 없어…… 단지 그녀 혼자일 뿐…… 비밀스러움이 그녀를 끌어당긴다고나 할까. 그녀는 자신의 비밀을 달에 맡겨버리고……"

"자네가 이 아리아를 좋아해? 그거 참 기쁜 일이군. 그 아리아라면야 올가 일리인스카야가 불러야 아주 제격이지. 내 자네에게 소개시켜 줌세. 목소리 그 자체가 노래라니까! 게다가 얼마나 매혹적인 아가씨인지 몰라! 어쩌면 내가 공정치 못한 생각을 하고 있는지는 몰라도, 그녀 앞에만 가면 왜 그리도 약해지는지…… 그건 그렇고 하던 얘기나 마저 하세. 자 어서 얘기해보게!"

---

* 이탈리아의 음악가 벨리니 Vicenzo Bellini(1801~35)의 동명 오페라에 등장하는 여주인공 노마의 아리아의 첫 부분. 이탈리아어로 '순결한 여신'의 의미. 달의 신 다이아나의 드루이드 Druid교적 추종자인 노마는 순결의 서약을 하지만 뜻하지 않게 사랑에 빠지게 됨. 오페라는 상트-뻬쩨르부르그에서는 1837년 처음 무대에 올려졌다.

"아이고, 뭘 더 얘기하란 말야?…… 여기까지가 전부야!…… 손님들은 곁채나 사랑채로 뿔뿔이 흩어지고, 내일이면 제각각 하고 싶은 대로 하는 거지. 어떤 이는 낚시를 하고 어떤 이는 사냥을 나가고, 이도 저도 아닌 사람은 그냥 집이나 지키고 있고……"

"그냥, 손에 든 것도 아무것도 없이 앉아 있는다고?"

"자넨 뭐가 필요한데? 그럼, 손수건이나 하나 들고 있던가, 자. 그럼, 자네는 정녕 이렇게 살고 싶지 않다는 건가? 엉? 이런 건 인생이 아니라 이거야?"

"평생을 그렇게 산다고?"

"검은 머리가 파뿌리가 될 때까지, 눈에 흙이 들어갈 때까지. 그런 게 인생이야!"

"그렇지 않아, 그건 인생이랄 수 없어!"

"인생이 아니라니? 거기 없는 게 뭔데? 생각을 해보라니까. 병약해 보이거나 고통스러워 보이는 얼굴은 눈 씻고 봐도 없고, 원로원이네, 투기네, 주식이네, 보고네, 장관 댁에서의 만찬이네, 상사네, 그리고 식대의 증가 어쩌고 하는 문제로 고민할 필요가 없어. 진정 가슴에서 우러나오는 그런 대화만이 오간다고! 결코 이사할 필요도 없지. 가치 있는 것은 오로지 하나야! 그래도 이게 인생이 아니라고?"

"그건 인생도 아냐!"

슈톨츠는 고집스럽게 반복해서 말했다.

"인생이 아니라면 도대체 뭐라는 거야?"

"그건…… 뭐랄까(슈톨츠는 생각에 잠겨서 자신이 생각하는 인생에 적당한 단어를 찾아보았다). 어떤…… 오블로모프 기질이라고나 할까."

결국 그는 나름의 적당한 단어를 찾았다.

"오-블로-모프 기질이라!" 일리야 일리이치는 이 괴상한 단어에 어안이 벙벙해서 철자 하나하나를 또박또박 발음하면서 천천히 말했다. "오블-로-모프-기질!"

그는 야릇한 시선으로 슈톨츠를 뚫어지게 쳐다보았다.

"자네가 생각하는 인생의 궁극적 목표는 어디에 있는 거지? 만약 오블로모프 기질이 아니라면, 자넨 대체 무얼 말하고 싶은 거야?" 냉정하지만 움찔하는 목소리로 오블로모프가 물었다. "모든 이들이 다, 내가 꿈꾸고 있는 바로 그것을 얻기 위해 살아가고 있는 것이 아니라는 뜻? 당치도 않은 소리!" 그는 용기를 내어 덧붙였다. "우리들의 분주함, 열정, 전쟁, 상업과 정치의 목적이 정녕 평안을 가져오고자 함이 아니고, 또 잃어버린 천국의 궁극의 목표를 향한 갈망이 아니더란 말인가?"

"자네만의 유토피아에 불과해."

슈톨츠가 반박을 했다.

"모두들 휴식과 평화를 갈망하고 있어."

오블로모프도 질세라 대꾸했다.

"모두 다라고는 할 수 없거니와, 자네 역시도 수십 년이 지나도록 살면서도 그것을 찾아내지 못하고 있잖아."

"내가 찾고 있는 것이 과연 무엇인데?"

지난 과거를 하나둘씩 떠올리면서 오블로모프가 이해가 안 된다는 표정으로 물었다.

"기억을 되살려봐, 생각해보라고. 자네 책이며, 번역 원고들은 어디에 있지?"

"자하르가 어딘가에 치워놓았겠지. 저기 구석 어딘가에 놓여 있을 거야."

"구석에!" 슈톨츠가 나무라듯이 말했다. "바로 이 구석에 자네의 포부, 이를테면 '아직 힘이 남아 있는 한 일을 해야만 한다. 왜냐하면 무궁무진한 자원들을 제대로 가공하기 위해서는 러시아에 손과 머리가 필요하다' 던, 바로 그 포부가 내던져져 있는 꼴이나 마찬가지야. '꿀맛 같은 휴식을 위해서는 일을 해야 하고, 휴식을 취한다는 것은 삶의 또 다른, 연극에나 나올 법한, 고상한 측면으로 산다는 것, 즉 예술가, 시인의 삶을 산다는 것을 의미한다' 고 자네가 직접 말했지. 이 모든 포부를 자하르가 저 구석에 내던져 놓았다고? 기억나나? 자넨 책을 읽고 난 후에 자신의 것을 더 제대로 알고 더 사랑하고 싶다며 남의 나라를 두루 돌아보고 싶어했었지. '모든 삶은 사고이며 노동이다' 라고 당시에 역설을 하곤 했어. '노동은, 비록 그것이 흔적도 전혀 없고 막연하다 해도 중단 없는 것이며, 스스로 자신의 일을 해냈다는 의식을 갖고 죽어야만 한다' 라고도 말했었어. 엉? 그래, 이건 도대체 어느 구석에 팽개쳐져 있는 건가?"

"그래…… 그래……" 슈톨츠의 한마디 한마디에 안절부절못하며 오블로모프가 말했다. "정말 그렇게 말했던 게…… 기억은 나는데…… 아마도…… 어쩌면." 지난 일들을 갑작스레 기억해낸 그가 말했다. "우리 말야, 안드레이, 처음엔 유럽을 가로지르고, 걸어서 스위스를 다녀오고, 베수비오 화산*에서 두 발을 다 지지고 헤르쿨라네움**으로 내려오려고 했었지. 거의 정신들이 나갔었다고나 할까! 얼마나 바보 같은 짓이야!"

"바보 같은 짓이라고!" 슈톨츠가 나무라듯 반복했다. "자네, 라파엘로의 마돈나상, 코리지오의 '밤' 이라 이름 붙은 그림 그리고 아폴로 상을 보고는 눈물을 글썽이며 이렇게 말하지 않았던가? '세상에나! 정

---

* 이탈리아 나폴리 지방의 활화산.
** 서기 79년 베수비오 화산 폭발 때 화산재에 묻혀버린 나폴리 인근의 고대 도시.

녕 그 원본을 쳐다볼 기회조차 가질 수가 없단 말인가? 정녕 미켈란젤로와 티치아노의 작품 앞에 서보고 로마의 땅을 밟아봄으로 해서 그 경이로움에 온몸이 마비되는 경험을 해볼 수가 없단 말인가? 정녕 도금양나무, 삼나무 그리고 등자나무를 그 원산지가 아닌 식물원에서만 보면서 살아야만 한단 말인가? 정녕 이탈리아의 공기를 깊이 들이마신다거나 푸른 하늘을 마음껏 향유할 수는 없단 말인가?' 라고. 자네는 머리에서 수없이 많은 꽃불을 그냥 바닥으로 내던졌어! 바보 같은 짓이지!"

"그래, 그래, 생각이 나!" 지난 과거를 생각하며 오블로모프가 말했다. "자네는 내 손을 부여잡고 이렇게 말하기까지 했어. '죽을 때 죽더라도 반드시 이것들을 보기로 약속하자' 라고 말이지……"

"기억나는데, 자네가 언젠가 한 번은 내 명명일 선물이라며 세*의 러시아어판 책을 내게 준 일도 있어. 아직도 그대로 가지고 있어. 자넨 또 수학 가정교사와 함께 집 안에 틀어박힌 적도 있었지. 왜 원과 사각형을 알아야만 하는지를 이해하고 싶어했지. 하지만 중도에 포기해서 성공할 수 없었어. 영어 공부도 시작을 했지…… 그것 역시도 끝까지 해내지 못했고! 내가 외국으로의 여행 계획을 세워놓고 독일의 대학들을 둘러보자고 자넬 불렀을 때, 자네는 기뻐 어쩔 줄을 모르며 나를 끌어안고 환희에 찬 손을 내밀었지. '난 말일세, 안드레이, 자네가 가는 곳이라면 어디든 함께 하겠네.' 다 자네가 한 말이야. 자네에겐 항상 어딘가 배우 같은 면이 있었어. 그런데, 자넨 어떻게 된 거야, 일리야? 우리들의 학창 시절 이후 난 벌써 두 번씩이나 외국에 다녀왔고, 본, 비엔나, 에를랑겐에 있는 대학의 책상에 겸손하게 앉아보기도 했어. 그리고는 유럽을 내 영지처럼 그렇게 훤히 알게 되었지. 하지만, 설령 여행이

---

* Jean-Baptist Say(1767~1832): 프랑스의 경제학자. 세의 법칙으로 유명하다.

라는 것이 사치이고, 누구나가 다 그런 방법을 이용할 만한 상태에 있는 것도, 또 이용해야만 하는 것도 아니라고 가정해볼 수 있지. 그렇다면 러시아는? 난 러시아를 손바닥 보듯 잘 알고 있어. 또 계속 노력하는 중이고……"

"언젠가는 하던 일도 다 그만둘 때가 오겠지."

"절대 그만둘 수 없어. 왜 그만둬야 하는데?"

"자네 자산이 두 배로 늘게 되면."

"네 배가 되어도 그만두지는 않을 거야."

"만약에," 잠시 입을 다물고 있던 오블로모프가 다시 입을 열었다. "자네의 목표라는 것이 후에 영원한 평화와 휴식을 보장해주지 않는다 해도 자넨 그렇게 기를 쓰고 고생을 해야만 하겠나?"

"촌스런 오블로모프 기질이야!"

"아니면 사회에서 관직과 위치를 확고하게 다지고 그런 다음 영광스런 무위 속에서 당연한 휴식을 즐길 때가 온다면……"

"뻬쩨르부르그식의 오블로모프 기질이야!"

슈톨츠가 역시 반박을 했다.

"그럼 인생은 언제 즐기는데?" 슈톨츠의 말에 불만을 표시하며 오블로모프가 물었다. "도대체 무엇을 위해서 그토록 평생 자신을 괴롭혀야만 하는 거야?"

"노동 그 자체를 위해서지, 다른 이유가 없어. 노동이란 삶의 양식이자 내용이고 자연 현상이며 또 목표랄 수 있지, 적어도 내 경우에 있어선. 자네는 노동을 삶에서 멀리 쫓아버렸어. 자네의 삶이란 것이 무엇과 흡사한지를 보라구. 아마도 마지막이 될지 모르겠지만, 난 자네를 끌어 올려보려고 해. 만약 자네가 그 이후에도 여전히 그 자리에 그렇게 앉아서 타란찌에프나 알렉세에프와 같은 작자들과 노닥거리기나 한다면 영원히 추락을 하고 말 테고 자신에게조차 역겨운 존재로 전락해버리고 말 거야. 지금이 아니면 영원히 아무것도 할 수 없어!"

슈톨츠가 결론적으로 말했다. 오블로모프는 곤혹스런 시선을 던지며 그의 말을 들었다. 마치 갑작스레 누군가 그를 거울 앞에 세워놓기라도 한 것처럼, 그는 거울 속의 자신을 발견하고 깜짝 놀랐다.

"날 욕하지 말고, 안드레이, 정말 좀 날 도와주게나!" 한숨을 내쉬며 입을 열었다. "나 스스로도 이 때문에 괴로워하고 있어. 스스로 자신의 무덤을 파고 있는 나를 자네가 오늘만이라도 보아주고, 자신을 애도하고 있는 내 통곡 소리를 들어준다면 아마도 그런 비난을 퍼붓지는 못할 거야. 다 알고, 다 이해해. 하지만 힘이 없고 의지가 없어. 제발 내게 스스로의 의지와 지혜를 주고, 어디든 자네가 원하는 곳으로 나를 좀 데려가줘. 자네를 쫓아서라면 어디든 가겠네. 하지만 나 혼자는 자리를 뜰 수가 없어. 자네가 한 말이 맞아. '지금이 아니면 더 이상은 불가능해.' 한 해가 더 지나면 늦고 말 거야!"

"자네 맞아, 일리야? 비쩍 마르고 생기발랄하던 소년이었던 자네가 생각나는군. 매일 프레치스쩬카 거리에서 쿠드리노까지 걸어다니곤 했지. 거기, 정원에서…… 자네, 자매를 잊진 않았겠지? 그들이 항시 들고 다니던 루소, 실러, 괴테, 바이런의 책들 잊지 않았지? 자매에게서 코탱*과 장리의 책을 빼앗아 달아나기도 했고, 자매들 앞에서 괜히 우쭐거리기도 했고, 그녀들의 취미를 방해하고 싶어했잖아?"

오블로모프는 침대에서 벌떡 일어났다.

"어떻게 자넨 그걸 여태 기억해, 안드레이? 정말 대단하군! 자매와 함께 꿈을 꾸고, 미래에 대한 희망을 속삭이고 포부와 생각 그리고……

---

* Marie Risteau Cottin(1770~1807): 프랑스의 작가. 역사소설 『마틸다』의 작가로 유명함.

감정마저도 발전을 시켰지. 하지만 당시 자네가 비웃지 못하도록 자네와는 거리를 조금씩 두었었어. 모든 게 다 당시뿐, 다 죽어버렸어. 이후에 한 번도 그런 감정이 되살아난 적이 없어! 도대체 이 모든 것이 다 어디로 사라져버린 걸까, 어째서 꺼져버린 걸까? 전혀 모르겠어! 정말 나에겐 당시에 폭풍우도 격동도 없었던 것일까? 난 아무것도 잃은 것이 없는데. 양심의 가책을 받을 만한 어떤 멍에도 지어본 적이 없어. 내 양심은 유리처럼 깨끗하니까. 내 자존심엔 어떤 타격도 받은 적이 없는데, 왜 이 모든 것이 다 사라져버렸는지 정말 모르겠어!"

그는 한숨을 크게 내쉬었다.

"안드레이, 내 평생 유익하건 파괴적이건 간에 그 어떠한 불꽃도 활활 타오른 적이 없었다는 것을 자넨 아는가? 내 인생은, 점차로 화사한 빛, 즉 불꽃을 발산하는 그런 아침과는 전혀 비슷하지도 않았어. 대개 다른 사람들의 경우를 보면 그 아침은 낮으로 변해가고, 뜨겁게 타오르고, 내내 들끓고, 청명한 정오에 활발하게 움직이고, 그런 후엔 점점 고요해지고 또 점점 생기를 잃어가고, 모든 것이 저녁 무렵 자연스럽게 점차로 시들어가는, 바로 그런 것이 당연한 게 아니겠어? 그런데, 내 인생은 그렇지 않았어. 쇠퇴로부터 출발을 했다니까. 참 신기하기도 하지, 어떻게 그럴 수가 있냐고! 자신을 의식했던 그 순간부터 난 내가 벌써 꺼져가는 불길과도 같다는 것을 직감할 수 있었어. 사무실에서 서류를 끄적거리던 그때부터 난 시들기 시작한 거지. 그리고 그 이후로는, 살아가며 어떻게 적용시켜야 하는 줄을 몰랐던, 책 속에 담긴 진실들을 찾느라 허우적거리면서 난 시들어갔고, 소문과 유언비어, 조롱과 사악하고 차가운 수다, 공허한 메아리를 들으면서, 또 목적도, 애정도 없는 모임에 근거한 우정을 쳐다보면서 또한 나는 시들어갔어. 미나라는 아가씨와 얽히면서 시들고 또 정력을 헛되이 써왔어. 수입의 반 이상을 그녀에게 갖다 바치면서도, 막연히 그녀를 사랑하고 있다고 생각했지. 넵스키 대로를 의기소침해서 어기적어기적 걸어다니면서, 너구리 목도리와 비바털 깃 사이에서, 마치 나에게 허우대 멀쩡한 신랑에게나 어울림직한 친절을 베푸는 파티와 환영만찬에서 나는 시들어갔고, 또 시내에서 별장으로, 별장에서 가로호바야 거리로 왔다갔다하며, 봄을 굴과 왕새우로, 가을과 겨울을 방탕한 나날들로, 여름을 방황으로 그리고 한평생을 다른 사람들과 마찬가지로 게으르고 편안한 졸음으로 단정하면서……그렇게 난 사소한 일에 인생과 지혜를 탕진하고 말았어. 심지어 자존심마저도 무엇에다 써버렸는지 아나? 유명한 재단사에게 옷을 맡기기 위해? 유명 인사의 집에 들락거리기 위해? P*공작이 내게 손을 내밀게 하기 위해? 자존심이란 인생의 소금이 아니던가! 도대체 어디로 사라진 거야? 아니면 내가 이런 인생을 이해를 못 한 것일까, 그도 아니면 인생이란 것이 아무짝에도 쓸모 없는 것이기 때문인가? 난 더 나은 어떤 것도 알지 못했고 보지도 못했고, 어느 누구 하나 내게 그걸 지적해주지 않았어. 자네는 혜성처럼 반짝 나타나는가 싶으면 아주 빠르게 어디론가 사라지다 보니, 나는 이 모든 걸 하나씩 잊어왔고 그리고 시들어버렸어……"

슈톨츠는 오블로모프의 말에 더 이상 안일한 비웃음으로 대답하지 않았다. 그는 귀를 기울였고 암담한 기분에 입을 꾹 다물고 있었다.

"좀 전에 자네, 내 얼굴에 전혀 핏기가 없고 또 지친 기운이 역력하다고 말한 것 같은데, 맞아, 난 축 늘어지고 오래되어 다 해진 외투에 불과해. 하지만 날씨 탓도 아니고 일 탓도 아니야. 십이 년 동안이나 내 안에는 등불이 감금되어 있었기 때문이야. 출구를 찾고 또 찾았지만 자

---

* 익명의 존재를 뜻함.

신의 감옥만을 태워버리고, 자유의 나래를 펼쳐보지도 못한 채 그냥 꺼져버린 등불. 이보게 안드레이, 그렇게 십이 년의 세월이 흘렀어. 이제 더 이상 잠에서 눈을 뜨고 싶지 않아."

"자넨 도대체 왜 벗어나지를 못하고 또 어디로든지 도망을 치지도 못하고, 입을 꾹 다문 채 죽어가고 있었던 건가?"

슈톨츠가 더 이상은 못 참겠다는 듯 물었다.

"어디로 도망을 쳐?"

"어디로냐고? 농부들을 데리고 볼가 강으로라도 가면 되잖아. 거기 가면 할 일도 많고 이런저런 흥밋거리도 있고 목적도, 노동도 있을 텐데. 나라면 시베리아나 알래스카의 시트하로라도 떠났겠다."

"자네답게 정말 강력한 처방을 하는군!" 오블로모프가 의기소침해져서 말했다. "나만 그런 줄 알아? 보라구. 미하일로프, 페트로프, 세묘노프, 스쩨파노프…… 일일이 다 열거할 수도 없을걸. 나 같은 사람이 얼마나 많은지 자네는 몰라서 하는 소리야!"

슈톨츠는 아직도 이러한 넋두리나 듣고 있어야 하는 신세가 너무도 처량해서 아무 말도 할 수 없었다. 나오느니 한숨뿐이었다.

"그래, 많은 물이 벌써 흘러 내려갔어! 나는 자네를 이렇게 놓아두지 않을 거야. 여기서 자네를 끌어내어 우선은 외국으로, 다음엔 시골로 데려갈 테야. 살이 좀 빠질 테고 우울해하는 일도 줄어들겠지. 그리고 할 일도 같이 찾아보고……"

"그래, 어디로 가든 우선 여기를 벗어나자!"

오블로모프가 자신도 모르게 소리쳤다.

"여권을 만들려면 내일부터 바삐 뛰어다닐 각오를 해야 할 거야. 그 다음엔 짐을 싸고…… 난 꾸물거릴 여유가 없어. 내 말 듣고 있는 거야, 일리야?"

"자네, 내일이라고 했어?" 마치 구름에서 막 내려온 사람 같은 표정을 지으며 오블로모프가 못마땅한 체를 했다.

"적어도 '오늘 할 수 있는 일을 내일로 미루고 싶은 마음'은 없겠지? 속전속결! 오늘은 늦었지만, 이 주 후면 우린 벌써 저 멀리에 있게 될 거야……"

"웬 날벼락인가, 이보게나. 이 주 후라니, 그건 당치도 않아. 어떻게 그렇게 갑작스레!…… 좀 생각하고 준비할 시간을 주게나…… 어쨌거나 큰 사륜마차도 필요할 테고…… 적어도 석 달 후라면 몰라도."

"기껏 생각해낸 게 그래 큰 사륜마차인가? 국경까지 우리는 역마차를 타거나 아니면 뤼벡 항까지 기선을 타고 가게 될 거야. 훨씬 더 편해. 거기 가면 여기저기 철로편이 있거든."

"집은, 자하르는, 시골은 어쩌고? 조치를 취해야만 할 텐데."

오블로모프가 계속 고집을 부렸다.

"오블로모프 기질, 오블로모프 기질이야!" 슈톨츠는 웃으며 말한 다음, 촛불을 집어들고 잘 자라는 말과 함께 잠자리에 들기 위해 발걸음을 옮겼다. "지금이 아니면 영원히 불가능하다는 말, 명심해!" 오블로모프에게로 몸을 돌려 그렇게 덧붙이고는 문을 닫았다.

제5장

'지금이 아니면 영원히 불가능해!'

아침에 눈을 뜨자마자 오블로모프의 두 눈 앞에는 이 무서운 말이 나타났다.

그는 침대에서 일어나 세 번 방안을 왔다갔다하고 응접실을 들여다 보았다. 슈톨츠가 앉아서 무언가를 쓰고 있었다.

"자하르!"

그가 소리쳤다. 난로에서 뛰어내리는 소리가 들리지 않았다. 자하르는 오지 않을 것이다. 왜냐하면 슈톨츠가 그를 우체국에 보낸 것이다.

오블로모프는 먼지가 소복한 자기 책상으로 다가가 앉아서 펜을 들고 잉크병에 집어넣었다. 그러나 잉크는 없었고 종이를 찾아보았지만 역시 없었다.

그는 생각에 잠겨 있다가 기계적으로 먼지 위에 손가락으로 무언가를 끄적이고는 그것을 물끄러미 쳐다보았다. '오블로모프 기질'이라는 단어였다.

그는 재빠르게 옷소매로 씌어진 것을 지웠다. 이 단어는 밤에 꿈속에서도 나타났다. 마치 주연에서 벨샤르자*가 보았던 불꽃 단어와 같았다.

자하르가 돌아왔다. 침대에 있지 않은 오블로모프를 발견한 자하르는 몽롱한 눈으로 주인을 찬찬히 훑어보고는 주인이 서 있다는 사실에 깜짝 놀라지 않을 수 없었다. 놀란 그의 생기 없는 눈길에도 '오블로모프 기질!'이라는 단어가 씌어져 있었다.

'단어 하나가 이리도…… 끔찍할 수가!……'

자하르는 예의 하던 대로 빗과 칫솔 그리고 수건을 들고 주인의 머리를 빗어주기 위해 다가왔다.

---

* Belshazzar: 기원전 6세기, 바빌론의 마지막 황제의 아들로 궁궐에서 주연을 베풀던 벨샤르자는 벽에 적힌 해독할 수 없는 난해한 글귀를 발견했는데, 나중에 그것이 적에게 포로가 되는 자신의 앞날에 대한 예언이었음이 밝혀졌다.

"저리 꺼져!"

무섭게 한마디를 쏘아붙인 오블로모프는 자하르의 손에서 칫솔을 쳐서 떨어뜨렸다. 자하르는 벌써 빗과 수건마저도 바닥에 떨어뜨렸다.

"다시 자리에 눕지 않으실 거유? 그럼 침대를 정리할까 하는데."

"잉크와 종이나 가져와."

그는 '지금이 아니면 영원히 불가능해'라는 말을 곱씹어 생각하고 있었다. 이성과 힘의 이러한 필사적인 호소에 귀를 기울이면서 그는, 아직 앙금의 형태이긴 하나 의지가 그에게 남아 있다는 사실과 그리고 그 것을 어디로 가져가야 할지, 또 보일 듯 말 듯하는 이 앙금을 어디에 저장해놓아야 할지를 헤아려 알 수 있을 것만 같았다.

고뇌에 찬 생각을 끝낸 그는 펜을 들고 구석에서 책 한 권을 꺼내서, 10년 동안 읽지 않고 쓰지 않고 생각하지 않았던 모든 것을 읽어보고 적고 생각을 곱씹어보고 싶었다.

이제 무엇을 해야 한단 말인가? 앞으로 나아가느냐 아니면 그대로 주저앉느냐? 이러한 오블로모프식의 물음은 그에겐 햄릿의 그것보다 더 심오하게만 느껴졌다. 앞으로 나아간다는 것은 어깨에서뿐 아니라 영혼에서, 이성에서 별안간 헐렁한 실내복을 벗어던진다는 것을 뜻한다. 먼지와 거미줄을 벽에서 걷어냄과 동시에 거미줄을 눈에서 걷어내고 시력을 회복하는 것이다!

이를 위해서는 어떤 첫발을 내디뎌야만 할 것인가? 어디서부터 시작을 한담? 모르겠어, 난 못 해…… 안 돼…… 요령이 있을 텐데, 아는 대로…… 그래 슈톨츠가 저기 바로 곁에 있는데, 뭐. 지금이라도 말을 해줄 거야.

그는 무슨 말을 할까? '일주일 만에 자세한 교시를 대리인에게 알려주고 그를 시골, 오블로모프카에 보내서 땅을 저당 잡혀 더 구입을 하게 하고, 개혁안을 보내주고 집을 세를 준 다음 여권을 들고 반 년 정도 예정으로 외국으로 나가야만 한다. 그래서 불필요한 지방을 없애고 체중을 줄이고 언젠가 친구와 함께 꿈꾸었던 바로 그 공기로 영혼에 새바람을 넣어주고, 실내복 없이, 자하르와 타란찌에프도 없이 지내고, 잠은 밤에만 자고, 남들이 가는 데면 어디든지 기차를 이용하든, 기선을 이용하든, 어쨌거나 가야만 한다. 그런 다음엔, 다음엔…… 오블로모프카에 정착을 하고, 파종이 무엇인지, 탈곡이 무엇인지, 그리고 어째서 빈농과 부농이 생기는지를 알아내고, 들녘에도 걸어서 나가보고 선거판으로, 공장으로, 방앗간으로, 항구로 쭉 돌아다녀야만 한다. 동시에 신문과 책도 읽고 왜 영국인들은 배를 동양으로 보내야만 했는가를 고민해보아야 한다……'

아마 이렇게 말할 게 틀림없어! 이게 바로 앞으로 나아간다는 것을 의미하는 거지…… 그렇게 평생을 살아야 한단 말이지! 잘 있거라, 인생의 매혹적인 이상이여! 이건 대장간이지 인생이 아냐. 거기엔 불꽃과 굉음, 폭염, 소음이 끊일 새가 없어…… 도대체 인생은 언제 즐긴다지? 그냥 가만히 있는 게 더 낫지 않을까?

가만히 있다는 것은 셔츠를 뒤집어서 입고, 침상에서 뛰어내리는 자하르의 발소리를 듣고, 타란찌에프와 식사를 같이하고, 모든 일에 대해서 덜 생각하고, 『아프리카 여행』을 끝까지 읽지 않고, 타란찌에프의 대모의 집에서 평화롭게 늙어간다는 것을 의미한다……

'지금이 아니면 영원히 불가능해!' '사느냐 죽느냐!'

오블로모프는 소파에서 발을 쭉 뻗어보았지만 단번에 신발로 쑤셔 넣지 못하고 다시 그냥 앉았다.

2주 후에 슈톨츠는 오블로모프로부터 곧장 파리로 가겠다는 약속을 받아내고는 영국으로 먼저 떠나버렸다. 일리야 일리이치의 여권은 이미 준비가 끝났고, 그는 심지어 값비싼 외투를 주문해놓고 연미복도 이미 구입해놓은 터였다. 일의 진행 상황은 그러했다.

자하르는 이미 한 켤레의 장화를 주문하고 다른 또 한 켤레의 장화엔 새 밑창을 다는 것으로 모든 준비가 끝났음을 은근히 증명하곤 했다. 오블로모프는 모포와 털스웨터, 그리고 값비싼 여행 가방을 구입했고, 게다가 식료품을 담을 수 있는 자루를 사고 싶어했지만, 열이나 되는 사람들이 외국에선 식료품을 갖고 다니지 않는다고 했다.

자하르는 작업장과 가게를 들락날락하느라고 땀으로 범벅이 되었고, 들르는 가게마다 수십 코페이카씩이나 되는 돈을 거스름돈으로 받아 제 주머니에 털어넣으면서도 안드레이 이바노비치는 물론이고 여행을 생각해낸 모든 이들에게 저주를 퍼부었다.

"거기서 주인님은 혼자서 무얼 하신다는 거여?" 가게에서 그는 자주 이런 말을 했다. "거기선, 듣자 하니, 여자들이 죄다 주인들 시중을 든다던데. 장화를 여자들한테 잡아당기게 하는 곳이 워디 있어? 주인님의 맨발에다가 여자가 워떻게 양말을 신겨드리느냐구?"

그는 심지어 볼수염이 한 옆으로 기울어질 만큼의 씁쓸한 웃음을 지어 보였다. 그리고 고개를 가로저었다. 오블로모프는 게으름을 피우지 않고 무엇을 가져갈지, 무엇을 집에 놓고 갈지를 조목조목 적었다. 가구와 다른 물건들은 타란찌에프에게 위임해서 브이보르그 방면의 대모의 집으로 옮겨 방 세 개에다 넣어 걸어 잠그고 외국에서 돌아올 때까지 지키도록 조치했다.

오블로모프의 지기들 중 어떤 이들은 도저히 믿을 수 없다는 표정으로, 또 어떤 이들은 비웃으면서, 또 다른 이들은 왠지 놀라는 듯한 기색으로 쑥덕거렸다.

"떠나려나 봐. 생각해봐, 오블로모프가 자리에서 움직였어!"

그러나 오블로모프는 한 달이 지나고도, 석 달이 지나고도 떠나지 않았다.

떠나기로 한 바로 전날 밤에 그의 입술이 부어올랐다. "모기한테 물렸어. 이런 입술로는 도저히 바다를 건널 수 없어!" 이렇게 말하고 그는 다음 배를 기다리기 시작했다. 벌써 8월이 되었다. 파리에 온 지 벌써 오래인 슈톨츠는 펄쩍 뛰며 편지를 보내왔지만 답장은 받지 못했다.

왜 그랬을까? 아마도 잉크병의 잉크가 다 마르고 종이가 없었기 때문은 아닐까? 혹은, 어쩌면, 오블로모프의 문체에서 관계대명사와 접속사가 자주 서로 충돌했기 때문이거나, 그도 아니면 마지막으로, 청천벽력과 같은 함성 속에 그냥 일리야 일리이치가 정신을 잃어버린 때문은 아닐까? 지금과 영원 사이에서 오락가락하다가 그냥 포기하고, 두 손을 머리 뒤로 깍지를 껴버렸는지도 모를 일이다. 그렇다면야 자하르가 그를 깨워본다 한들 무슨 소용이랴.

그렇지가 않다. 그의 잉크병엔 잉크가 가득 차 있었고, 책상 위에는 편지와 종이가, 심지어 자신의 손으로 직접 뭔가를 끄적인, 인장이 찍혀 있는 종이마저도 놓여져 있는 것이다.

몇 줄의 글을 쓰면서도 그는 한 번도 관계대명사를 두 번 반복하지 않았다. 그의 문장은 활력이 넘쳐 있었고 어느 것 하나 표현력이 풍부하지 않다거나 유려하지 않은 것이 없었다. 마치 일하는 삶에 대해서 그리고 여행에 대해서 슈톨츠와 함께 꿈을 꾸며 소설과 시를 공책에 적어넣고 시인들을 생각하며 눈물을 흘리던 '바로 그 시절'을 연상시켰다.

그는 7시에 일어나 책을 읽었는데, 어디를 가든 책을 손에서 놓지 않았다. 얼굴에선 잠도, 피곤도, 권태도 찾아볼 수 없었다. 대신 심지어 홍조가 나타났고, 두 눈에선 뭔가 과감성과 유사한, 아니면 적어도 자신감이랄 수 있는 광채가 번뜩였다. 그의 몸에선 실내복을 볼 수가 없었다. 타란찌에프는 그를 짐과 함께 아주머니의 집으로 이사시켰다.

오블로모프는 책을 든 채로 앉아 있거나 집에서 입는 외투를 걸치고 무언가를 적고 있다. 목에는 가벼운 삼각수건을 감고 있었다. 넥타이 밖으로 드러낸 셔츠 깃은 눈처럼 희게 반짝였다. 외출을 할 때는 멋지게 재단된 프록코트 차림에 세련된 모자를 썼다…… 그는 활기가 넘쳤고, 노래를 흥얼거리곤 했다…… 이건 또 무슨 조화인가?

그는 지금 별장의 창가에 앉아 있는데(그는 지금 시내에서 몇 베르스타 떨어진 별장에서 살고 있다), 그 옆에는 꽃다발이 놓여져 있다. 그는 기민한 손놀림으로 무언가를 적고 있는데, 그의 시선은 관목 너머, 신작로에 내내 고정되어 있다. 다시 서둘러 쓰기 시작한다.

갑자기 사뿐한 발걸음에 모래먼지가 풀풀 날리기 시작했다. 오블로모프는 펜을 집어던지고 꽃다발을 들고서 창가로 바짝 달려갔다.

"당신이요, 올가 세르게브나? 잠깐만, 내가 가리다!"

이렇게 말을 던지고 그는 연미복과 지팡이를 집어들고 쪽문으로 달려가, 어떤 아름다운 여인에게 손을 내주고 그녀와 함께 숲속으로 사라졌다. 커다란 전나무 그림자가 드리워져 있는……

자하르는 저 한켠 구석에서 나와 그의 뒷모습을 눈으로 쫓다가 방문을 잠그고 부엌으로 갔다.

"나가셨어!"

그가 아니시야에게 말했다.

"식사는 하신다던가요?"

"누가 아누?"

잠에 취한 목소리로 자하르가 대답했다. 자하르는 여전히 그대로였다. 예의 그 거대한 볼수염, 면도하지 않은 구레나룻, 예전과 똑같은 잿빛 조끼와 구멍 난 외투. 그러나 그는 아니시야와 혼인을 했다. 이혼을 하더라도 인간이란 자고로 결혼을 해야만 한다는 확고한 신념 때문이었는지는 모르겠지만, 어쨌든 그는 결혼을 했고, 더구나 속담과는 다르게 한결같았다.*

슈톨츠는 오블로모프를 올가와 그녀의 숙모에게 소개시켜주었다. 슈톨츠가 오블로모프를 처음 올가 숙모의 집으로 데리고 갔을 때, 거기엔 손님들이 와 있었다. 오블로모프는 갑갑함을 느꼈고 언제나 그렇듯 어색했다.

'장갑은 벗는 게 나을 거야, 방안은 더울 테니까. 난 왜 이렇게 모든 일에 습관이 안 되어 있을까!'

슈톨츠는 올가의 곁에 앉아 있었는데, 그녀는 혼자 티테이블에서 조금 떨어진 곳, 등 밑에 자리를 잡고 소파 등받이에 기대고 앉아 있었다. 주위에서 벌어지고 있는 일들에 별 관심이 없는 표정이었다.

그녀는 슈톨츠의 방문을 매우 반갑게 맞았다. 비록 그녀의 두 눈은 이글이글 타는 듯 반짝거리지는 않았고 볼은 홍조를 띠고 있지는 않았지만, 얼굴 전체에는 온화하고 평온한 빛이 역력했고 미소 또한 머금은 채였다.

그녀는 그를 친구라 불렀고, 항시 그녀를 웃게 만들고 잠시도 지루할 틈을 주지 않기 때문에 그를 좋아했다. 그러나 조금은 그를 두려워하고 있었다. 왜냐하면 그의 앞에만 서면 왠지 어린애가 되어버리는 느낌을 감출 수 없었기 때문이었다.

지적 의문과 의혹이 생길 때면 그녀는 주저할 것도 없이 그에게 의지를 했다. 그는 그녀보다 아주 저만치 앞서 있었고 한참 높은 곳에 있었다. 그런고로 그녀의 자존심은 이러한 미성숙 때문에, 지식이나 연령

---

* 러시아 속담에 결혼하고 나면 사람이 달라진다는 말이 있음.

에서 오는 거리감 때문에 가끔은 상처를 입곤 했다.

슈톨츠 또한 지성과 감정의 향기로운 신선함을 지닌 절묘한 창조물로서의 그녀에게 푹 빠져 있었다. 그녀는 그의 눈엔 단지 큰 희망을 선사하는 귀여운 아이에 다름아니었다.

슈톨츠는, 그럼에도 불구하고, 다른 어떤 여자들보다도 자주 기꺼이 그녀와 대화를 나누었다. 왜냐하면 그녀는, 비록 무의식적이긴 해도, 평범하고 자연스러운 인생길을 걸어왔고, 선한 천성과 건강하고 요령을 피우지 않는 교육으로 판단하건대, 생각과 감정, 그리고 의지, 심지어 거의 눈에 띄지 않는 눈과 입술과 팔의 아주 작은 움직임까지도 자연스럽게 표현하는 데에 전혀 주저함이 없는 여자이기 때문이었다.

그녀가 이 길을 따라서 그렇게 확신에 찬 행보를 해올 수 있었던 것 또한, 어쩌면, 그녀가 굳게 믿고 있고 함께 자신의 보폭을 재어볼 수 있는 '친구'의 훨씬 더 위풍당당한 발자국 소리를 이따금 곁에서 들을 수 있었기 때문이었는지도 모를 일이다.

어쨌든 그토록 단순하면서도 자유분방한 시선과 말과 행동을 거침없이 표출하는 처녀를 만나기란 그리 쉬운 일이 아니다. 눈을 보고서 그녀가 무엇을 생각하는지 알아낸다는 것은 불가능하다.

'이제 입술을 지그시 깨물고 생각을 좀 해볼까? 사실 난 상당히 아름다워. 시선을 저리로 던지고 놀란 표정을 지으며 살짝 비명을 지르면 사람들이 달려오겠지. 피아노에 앉아서 발끝을 아주 조금만 내보여줘야지······.'

내숭도, 아양도, 어떤 거짓말도, 어떤 허세도, 흉계도 없다! 바로 그렇기 때문에 거의 슈톨츠만이 유독 그녀를 높게 평가하고 있고, 그녀가 홀로 앉아 단 한 곡의 마주르카라도 거르는 일이 발생하지 않는 이유가 바로 여기에 있는 것이다. 그러니 지루함을 억지로 감추는 따위의 일이 생길 리 만무하다. 때문에, 잘 보면, 젊은이들 가운데 그녀에게 가장 호의적인 사람들은 과묵한 성격의 소유자들이었다. 그들은 사실 무슨 말을 어떻게 건네야 할지도 모르는 위인들이기도 했지만……

어떤 이들은 그녀를 단순하면서도 착하지만 생각이 깊지 않은 처녀로 생각했다. 그 이유인즉슨, 인생과 사랑에 대한 어떠한 현명한 말 한마디도, 또 예기치 않았던 과감하고 순발력 넘치는 어떤 비판도, 음악과 문학에 대한, 어디서 읽었든지 아니면 들었든지 간에, 어떤 견해도 그녀의 입에서 들어본 적이 없다는 것이었다. 그녀는 말수가 적었고, 한다고 하는 말들이 사실 그렇게 중요한 말이라고 보긴 힘들었기 때문에 영리하고 민첩한 '남자 파트너들'은 그녀를 피하곤 했다. 머리 회전이 빠르지 못한 치들은, 그와는 반대로, 그녀가 지나치게 현명하다면서 조금은 무서워하기도 했다. 슈톨츠만이 유독 그녀에게 쉴새없이 지껄여댔고 그녀를 웃겨주었다.

그녀는 음악을 사랑했지만, 대개는 혼자 있을 때만 몰래 노래를 불렀고, 이따금 슈톨츠나 아니면 기숙 학교 동창 여자 친구가 청중이 되는 경우도 있었다. 슈톨츠의 말을 빌리자면, 그녀만큼 노래를 잘 부르는 여가수는 이 세상천지에 없었다.

슈톨츠가 그녀의 곁에 자리를 잡기가 무섭게 방안에는 그녀의 웃음소리가 울려 퍼졌다. 그 웃음 소리는 어찌나 맑고 꾸밈없고 전염성이 강하던지, 누구든지 듣는 바로 그 순간, 이유도 모른 채 자신도 반드시 웃음을 터뜨리고야 만다.

하지만 슈톨츠가 그녀를 내내 웃길 수는 없었다. 반 시간이 지나서 그녀는 호기심을 가지고 그의 말에 귀를 기울였고, 동시에 그 두 배의 호기심 가득한 눈길을 오블로모프에게로 돌렸다. 한편 오블로모프는 이 시선 때문에 쥐구멍에라도 들어가고 싶었다.

'나에 대해서 무슨 얘기들을 저렇게 한담?'

그는 초조함에 그들을 곁눈질해가며 생각했다. 그는 벌써 여기서 나가고 싶어졌다. 그러나 올가의 숙모가 그를 테이블로 불러 자기 옆에 자리를 마련해주었다. 모든 사람들의 불같은 시선을 한몸에 받았다.

그는 겁에 질려 슈톨츠 쪽으로 몸을 돌려보았지만 그는 이미 온데간데없었다. 이번에는 올가를 쳐다보고 그에게로 쏠린 관심 어린 시선과 맞닥뜨렸다.

'여전히 쳐다보고 있어!'

난처함에 어쩔 줄을 몰라 자기 옷만을 쳐다보며 생각했다. 그는 심지어 혹시라도 콧잔등에 무엇이 묻었나 하는 생각을 하면서 손수건으로 얼굴을 닦아도 보았고, 혹시 풀어지지나 않았나 싶어서 넥타이 매무새를 만져보기도 했다. 가끔 그런 일이 있는 경우도 있으니까. 하지만 그렇지도 않고, 십중팔구 아무 문제가 없을 텐데도 여전히 그녀는 그에게서 눈을 떼지 않고 있다!

하인이 차 한 잔과 빵 한 접시를 내왔다. 그는 어떻게든 당혹감을 억누르고 거리낌없는 처신을 하고 싶어서 얼른 한 무더기의 건과류와 비스킷, 빵을 움켜쥐었다. 그 때문에 옆에 앉은 처녀의 웃음을 샀다. 다른 이들도 호기심을 가지고 쌓인 과자를 힐끔거렸다.

'맙소사, 아직도 보고 있어! 이 과자들을 다 어떻게 처치한담?'

그는 일부러 쳐다보려고 그런 것은 아니지만, 올가가 자기 자리에서 일어나 다른 구석으로 갔다는 것을 알 수 있었다. 불안이 사라지는 듯했다.

한편 옆의 처녀는 과자들을 과연 어떻게 처치할지 내심 궁금하다는 듯 내내 그를 주시했다.

'얼른 먹어 치우자.'

이렇게 생각한 그는 재빨리 비스킷을 먹어 치우기 시작했다. 다행히도 과자들은 입 안에서 살살 녹았다.

건과 두 개만이 남았다. 안도의 한숨을 내쉰 그는 올가가 간 곳을 쳐다볼 용기를 냈다…… 그녀는 반신상 옆에 서서 그 받침대에 몸을 기댄 채로 그를 주시하고 있었다. 그녀는, 아마도, 좀더 그를 자유롭게 보기 위해서 자리를 옮긴 듯했다. 그녀는 건과와 끙끙거리며 씨름을 하고 있는 그를 안쓰럽게 쳐다보았다.

저녁식사 시간에 그녀는 식탁의 반대편 끝에 앉아서 담소를 나누고 음식을 먹었다. 마치 오블로모프는 안중에도 없다는 투였다. 그러나 오블로모프는 겁을 잔뜩 집어먹고 그녀 쪽으로 겨우겨우 몸을 살짝 비틀고 앉았다. 십중팔구 그녀가 보고 있지만 않다면, 호기심 가득한 그녀의 시선을 훔쳐볼 수 있을 텐데, 하는 기대가 있었다. 하지만 동시에 그런 선량해 뵈는 시선 또한……

오블로모프는 저녁식사 후에 서둘러 숙모와 작별 인사를 나누었다. 그녀는 다음날 식사에 그를 초대하면서, 슈톨츠에게도 역시 말을 전해 달라고 부탁했다. 일리야 일리이치는 인사를 깍듯하게 하고서 시선을 떨군 채 그대로 홀을 가로질러 갔다. 이제 피아노만 지나면 병풍과 문이다. 그는 고개를 들었다. 피아노 뒤에는 올가가 앉아서 호기심 어린 눈으로 그를 응시하고 있었다. 그가 보기에는, 그녀가 웃고 있는 듯했다.

'안드레이가 했던 말이 맞는 게야. 어제 내가 짝이 다른 양말을 신고 셔츠를 뒤집어서 입었다던 말!'

이렇게 결론을 내린 그는 어지러운 마음으로 집으로 향했다. 물론 그의 마음이 불편한 이유는 이런저런 생각 때문이 아니라 순전히 내일의 식사 초대 건 때문이었다. 목례로 화답을 했다는 것은 응낙을 의미하기 때문이다.

이때부터 올가의 집요한 시선은 오블로모프의 머리에서 떠날 줄을 몰랐다. 벌렁 누워봐도 소용이 없었고, 가장 게으르고 편안한 자세를 취해봐도 전혀 소용이 없었다. 잠도 오지 않고 오직 그 생각뿐이었다. 실내복도 역겹게 느껴졌고, 자하르도 멍청하고 견디기 힘든 위인으로 느껴졌으며, 먼지와 거미줄도 더 이상 참을 수 없었다.

그는 몇 장의 지저분한 그림을 멀리 치우도록 했다. 가난한 예술가들의 한 비호가가 핑계 삼아 그의 발목을 죄고 있는 그림들이었다. 오랫동안 걷어올려지지 않았던 커튼도 손수 손을 보고 아니시야를 불러서 창문을 닦으라고 지시를 했으며, 거미줄도 걷어냈다. 그런 다음엔 옆으로 누워서 한 시간 동안이나 올가에 대한 생각을 했다.

그는 처음엔 집중적으로 그녀의 외모에 대해서 생각을 했는데, 내내 머릿속으로 그녀의 초상화를 그리느라 열심이었다.

올가는, 엄격한 의미에서 말하자면, 미인은 아니었다. 즉, 그녀에겐 광채도, 볼과 입술의 핏기도 없었다. 내적으로 불빛을 발하며 이글이글 타오르는 눈의 소유자도 아니었다. 산호 같은 입술도, 입 안의 진주도 없었고, 다섯 살 어린애에게서나 볼 수 있을 것만 같은, 포도 모양의 손가락을 지닌 작은 손도 갖고 있지 못했다.

하지만 만약에 그녀의 입상을 만든다면 틀림없이 우아함과 조화로움을 겸비한 그것이 되리라. 제법 큰 키에 좀 크다 싶은 머리가 적절히 조화를 이루고 있고, 큰 머리에는 계란형 얼굴이 또한 잘 어울려 보인다. 이 모든 것이 이번엔 어깨와 조화를 이루고, 어깨는 몸매와 제격이다 싶다……

그녀를 만나는 사람이면 누구든, 멍청한 사람까지도, 순간 이토록 엄격한 각고의 노력 끝에 예술적으로 창조된 피조물 앞에서 걸음을 멈추지 않을 수 없으리라.

코는 조금은 눈에 띄게 볼록하면서 우아한 선을 이루고 있다. 입술은 가늘고 대개 꾹 다물어져 있다. 무언가를 향한 끝없는 생각의 징표라고나 할까. 생각을 입을 빌려 이야기할 때면 똑똑해 뵈고 항상 거침없으며 어느 것 하나 놓치지 않는, 어두우면서도 청회색을 띤 시선은 더욱 빛을 발한다. 눈썹은 눈에 특별한 아름다움을 더해준다. 예컨대, 활모양을 하고 있지도 않은 것이, 손가락으로 잘 정돈된 섬세한 두 눈썹꼬리 덕에 눈이 동글게 보이지도 않는다. 그보다는 아마빛을 띤 보송보송한 털의 두 직선이라 해야 할 것 같다. 그렇다고 좌우가 딱 대칭인 경우는 흔치 않다. 한 선은 다른 선보다 위에 있기 때문에 눈썹 위에는 작은 주름이 나 있다. 그런고로 그 주름을 보노라면 속에서 뭔가를 이야기하고 있는 듯한, 어떤 생각이 깊은 잠을 자고 있는 듯한 착각을 하게 마련이다.

걸을 때 올가는 고개를 조금 앞으로 숙이는 버릇이 있는데, 가늘고 오만한 목 덕택에 걸음걸이 또한 고상하면서도 균형 잡혀 보였다. 거의 눈치챌 수 없을 정도로 사뿐히 걸음을 떼어놓기 때문에 온몸이 스르르 움직이는 것 같았다.

'어제 그녀는 왜 나를 그토록 뚫어져라 쳐다보았을까? 안드레이가 우기는 대로라면, 양말과 셔츠에 대해서는 한마디도 하지 않았고 단지 우리의 우정과 우리가 어떻게 자라고 공부했는지에 대해서만 이야기를 했다던데. 다 좋은 말뿐이고 더군다나 나는 불행한 사람이고 참여와 활동이 부족해서 내 선한 면이 다 죽게 되리라는 것과 삶의 빛이 약하다는 말도 덧붙였다던데 말야……'

'그렇담 뭐 때문에 웃었지? 정녕 그녀가 가슴이 있는 여자라면, 그 가슴은 얼어붙고, 연민으로 피가 거꾸로 솟아야 하는 거 아냐? 그런데 그녀는…… 그래, 아무렴 어때! 생각 따윈 집어치우자! 오늘 가서 식사만 하고 발을 끊는 거야.'

몇 날 며칠이 흘렀다. 그는 거기에 발을 끊기는커녕 시간만 나면 수시로 드나들게 되었다.

어느 화창한 날 아침에 타란찌에프는 그의 짐을 모두 브이보르그 방면의 골목길에 위치한 프쉐니찌나 부인의 집으로 옮겨놓았다. 오블로모프는 사나흘을 침대도, 소파도 없이 지내야 했고, 올가의 집을 드나들면서 식사를 해결했다. 그런 식으로 시간을 보낸 것은 참으로 오래 전 일이다.

올가네 별장 맞은편에 빈 별장이 별안간 생겼다. 오블로모프는 부재중 집을 세내어 지금 거기서 살고 있다. 그는 올가와 아침부터 저녁까지 함께 시간을 보냈다. 함께 독서를 하기도 하고, 꽃다발을 보내기도 하고, 호수와 산길을 따라서 산책을 하기도 했다. 다른 사람도 아닌 바로 이 사람, 오블로모프가 말이다.

정말 세상에는 있을 법하지 않은 일이란 없는가 보다! 어떻게 이런 일이 일어날 수 있었을까? 대답은 간단하다.

그들이 슈톨츠와 함께 그녀 숙모의 집에서 식사를 할 때, 오블로모프는 식사 시간만 되면 예의 전날과 똑같은 고통을 경험하곤 했다. 즉, 그녀의 시선을 받으며 음식을 오물거려야만 했고, 머리 위에 태양과도 같은 그 시선이 붙박혀 있어 그를 자극하며 불안에 떨게 하고 신경과 피를 거꾸로 흐르게 한다는 사실을 알고 느끼면서 이야기를 해야만 했던 것이다. 어쩌다가 발코니에서나, 시가를 핑계 삼아 그 연기 속에 묻혀서 순간이지만 이러한 말없는 집요한 시선으로부터 숨을 수가 있었다.

"도대체 이게 뭐야?" 사방을 돌아보며 그가 말했다. "징역살이가 따로 없어! 내가 무슨 그녀의 놀림감이나 되자고 태어난 사람이야? 다른 사람한텐 누구에게도 그런 눈길을 주는 적이 없어. 그렇게 웃지도 않고. 침착하자, 그녀도 알고 보면…… 얘기를 해보는 거야! 얼마나 눈길로 내 마음을 뒤숭숭하게 하는지 직접 말로 하는 게 낫겠어."

느닷없이 그녀가 발코니 문턱에서 그 앞에 모습을 나타냈다. 그가 의자를 권하자 그녀가 옆에 앉았다.

"따분해하시는 것 같은데, 그런가요?"

그녀가 물었다.

"그렇습니다. 하지만 꼭 그렇다기보다는…… 그냥 좀 할 일이 있어서."

"안드레이 이바느이치가 그러던데, 무슨 계획인가를 지금 구상 중이시라면서요?"

"네, 시골로 내려가 살고 싶어서 조금씩 그 준비를 하고 있습니다."

"외국에 다녀오실 거라면서요?"

"그럴 것 같아요. 안드레이 이바느이치가 지금 한창 준비 중이랍니다."

"그러실 마음은 있는 건가요?"

"그럼요, 당연한 말씀을……"

그가 그녀를 쳐다보았다. 만면에 미소를 머금은 채였고, 때문에 눈도 반짝이고 양 볼 또한 미소가 가득했으며, 단지 항상 그렇듯 입술만이 굳게 다물어져 있었다. 아무렇지도 않다는 듯이 거짓말을 한다는 게 왠지 꺼림칙했다.

"저는 조금…… 게으른 사람이라서…… 하지만……"

동시에 화가 치밀었다. 아주 손쉽게, 거의 별 말 하지도 않고 그의 게으름에 대한 자백을 받아내고야 마는 그녀를 생각하니 그랬다.

'도대체 그녀는 나에게 어떤 존재인가? 내가 그녀를 두려워하고 있는 것은 아닐까?'

"게으름뱅이시라뇨!" 아주 능청스럽게 그녀가 반박을 했다. "그럴 수가 있나요? 남자가 게으르다, 전 이해 못 하겠어요."
 '뭘 이해 못 한다는 거야? 아주 간단해 보이는구만.'
 "전 대부분의 시간을 집에서 보내거든요. 그래서 안드레이는 생각하길, 제가 좀……"
 "아뇨, 아마 집에서 글쓰실 일이 많은가 보죠. 독서도 하시고. 책은 많이 읽으시는 편이세요?"
 그녀가 뚫어지게 그를 쳐다보았다.
 "아뇨, 책 안 읽어요!"
 혹시라도 그녀가 시험이라도 할까봐서 깜짝 놀란 그는 마음에 없는 말을 그냥 내뱉고 말았다.
 "뭐라고요?"
 한바탕 웃음을 터뜨린 그녀가 물었다. 그리고는 다시 웃기 시작했다……
 "당신이 어떤 소설에 대해서고 질문을 하시면 어쩌나 하는 생각을 했어요. 전 소설 따위는 읽지 않거든요."
 "잘못 짚으셨어요. 전 여행에 대해서 묻고 싶었는걸요……"
 그는 그녀를 주의 깊게 쳐다보았다. 만면에 웃음을 머금었지만, 여전히 입술만큼은 그렇지 않았다……
 '이런! 그래…… 좀더 조심할 필요가 있겠어……'
 "그럼 무슨 책을 읽으세요?"
 그녀의 호기심이 발동했다.
 "전, 정확히 말해서, 여행 서적을 무엇보다 좋아합니다……"
 "아프리카 여행이요?"
 그녀가 능청스럽게 조용조용 물었다. 그녀가 그에 대해 알고 있는 정도가, 아무 근거 없는 것이 아니며, 그가 읽고 있는 것이 무엇인가를 넘어서 어떤 독서풍을 갖고 있는가, 하는 수준에까지 미치고 있다는 생각을 하자, 오블로모프는 얼굴이 화끈거림을 느꼈다.

"혹 음악가는 아니신가요?"

그를 난처함에서 끄집어내기 위해서 던진 질문이었다. 바로 그때 슈톨츠가 다가왔다.

"일리야! 내가 전에도 올가 세르게브나에게 말했었는데, 자네 열정적으로 음악을 좋아하잖아. 뭐든 좀 불러달라고 부탁해보게나…… 오페라 Casta diva라든가."

"자넨 무슨 그런 말을 하는 거야? 내가 언제 음악을 열정적으로 좋아한 적이 있다고……"

"어때요? 저 친구, 화가 난 모양입니다! 썩 괜찮은 사람으로서 이 친구를 추천하는 바입니다만, 제풀에 금세 기가 꺾이는 위인이라서!"

"전 단지 애호가의 역할을 벗어나고픈 생각뿐입니다. 그 역할이라는 것이 의심스럽기도 하면서 더구나 어렵잖아요!"

"어떤 음악을 그 중 좋아하세요?"

올가가 물었다.

"대답하기 곤란한 질문이군요! 가리지 않아요! 가끔은 씩씩거리는 오르간 소리나 기억 속에 오래 남는 그런 멜로디를 만족스럽게 듣기도 합니다만, 어떤 경우엔 오페라 중간에 나가버리는 때도 있지요. 마이어베어의 음악에 감동을 받을 수도 있고요. 또 짐배 갑판에서 들려오는 노래에도 마찬가지고요. 다 기분 문제인 것 같아요! 간혹 모차르트를 들으면서도 귀를 틀어막고 싶을 때도 있어요……"

"진정 음악을 좋아하신다는 뜻으로 들리는군요."

"뭐든 괜찮으니까, 노래 한 곡 부탁드릴게요, 올가 세르게브나."

슈톨츠가 청했다.

"만약 지금 오블로모프 씨의 기분이 안 좋아 귀를 틀어막고 싶으시면 어쩌죠?"

고개를 돌려 그를 보면서 그녀가 말했다.

"거기선 무슨 말이든 칭찬을 해야만 할 텐데, 전 그런 재주 없어요. 만약 그런 재주만 있다면 뭘 망설이겠어요······"

오블로모프가 겸연쩍어하며 말했다.

"그건 또 무슨 말씀인가요?"

"만약에 당신이 노래를 형편없이 부를 수도 있잖아요!" 그가 순진하게 말했다. "그럼 전 난처해지거든요······"

"어제 과자더미와 씨름하시던 것과 마찬가지로······" 갑자기 튀어나온 말에 그녀 역시도 얼굴이 빨개졌다. 하긴 그 말을 안 했으며 무슨 말을 했을지 그 누가 알겠는가. "용서하세요. 제가 잘못했어요!"

그녀가 사과했다. 오블로모프는 전혀 예기치 못했던 상황에 당황해서 어쩔 줄을 몰라했다.

"이건 지독한 배신이군!"

그가 혼잣말로 중얼거렸다.

"그렇지 않아요. 맹세코 고의는 아닌데, 저를 위해서 해줄 칭찬 한 마디 생각해내실 수 없다 하셨던 데 대한 작은 보복이라 생각해주세요."

"들어보면, 또 모르죠, 생각이 날는지도."

"제가 노래를 불렀으면 좋겠어요?"

"아뇨, 원하는 사람은 따로 있는 것 같군요."

슈톨츠를 가리키며 오블로모프가 대꾸했다.

"당신은요?"

오블로모프는 거절의 표시로 고개를 가로저었다.

"알지도 못하는 것을 원할 수가 없어요."

"자넨 어째 그렇게 멋대로야, 일리야! 그러니까 집에 가서 침대 위에서나 뒹굴고 양말이나 신겠다는 뜻인가 본데……"

"당치도 않아, 안드레이." 더 이상 말할 기회도 주지 않고 오블로모프가 재빠르게 그의 말을 낚아챘다. "더 이상 아무 할 말이 없어. 아휴! 전 지금도 매우 기쁘고, 또 행복합니다. 물론, 당신은 노래를 잘 부르시니까…… 전 더 이상 바랄 게 없군요." 올가를 보며 이런 말도 했다. 과연 이런 말이 필요했을까?

"하지만 적어도 제가 노래를 불렀으면 좋겠다는 생각은 하셔야 맞는 게 아닌가요…… 호기심에서라도 말이죠."

"그럴 용기가 없습니다. 당신이 배우도 아닌 다음에야 어떻게……"

"좋아요, 당신을 위해 노래하겠어요."

그녀가 슈톨츠에게 말했다.

"일리야, 칭찬 한마디만 준비하면 되잖아."

그럭저럭 땅거미가 지기 시작했다. 등불을 밝히기 시작했는데, 이는 마치 담쟁이덩굴의 시렁을 관통하는 달빛 같았다. 어둠은 올가의 얼굴과 몸매의 윤곽을 삼켜버려, 그녀에게 마치 비단 면사포를 씌운 것만 같았다. 얼굴은 어둠 속에 묻혔다. 단지 부드럽지만 힘이 있는 목소리만이, 감정의 신경질적인 떨림과 함께 들려올 뿐이었다.

그녀는 슈톨츠의 신청에 따라서 많은 아리아와 로망스를 불렀다. 어떤 노래 속에는 행복의 분명치 않은 직감이 담긴 고통이, 또 다른 노래 속에는 기쁨이 표현되어 있었지만, 음성 속엔 슬픔의 싹이 숨겨져 있었다.

노랫말과 음성, 즉 이토록 순결하고 강인한 여인의 목소리에 가슴이 뛰었고 신경이 떨림을 느낄 수 있었으며, 눈이 홍건하게 고인 눈물로 반짝였다. 바로 그 순간 차라리 죽고만 싶었고 소리에 묻혀 그냥 잠들고

만 싶었다. 이 참에 이제 다시 가슴은 삶을 갈망하게 되는 것이다……

오블로모프는 얼굴이 확 달아올랐고 맥이 탁 풀리면서, 간신히 눈물을 참고 있었다. 하지만 저 마음 깊은 곳에서 뛰쳐나올 채비를 하고 있는 기쁨의 함성을 억제하는 것이 더욱 힘들게만 느껴졌다. 그가 그런 과감성과 힘을 느껴본 지도 오랜만이었다. 마치 영혼의 밑바닥에서 위로 솟구쳐, 영웅적 행동을 준비하고 있는 것만 같았다.

이 순간 그는 외국에 나가는 일도 문제가 아닐 듯싶었고, 그저 마차를 타고 떠나면 그뿐일 것만 같았다.

그녀는 Casta diva로 대미를 장식했다. 모두 한껏 고무되었고 번개와 같은 어떤 생각들이 머릿속을 질주하는 것을 느꼈는데, 이는 마치 바늘이 온몸을 빠르게 휘젓고 다니는 듯한 전율 그 자체였다. 이 모든 것이 오블로모프를 오그라들게 했다. 그는 기진맥진했다.

"오늘 제 노래에 만족하세요?"

노래를 끝내고 올가가 슈톨츠에게 갑자기 물었다.

"오블로모프에게 묻지 그래요, 할 말이라도 있는지?"

"아휴!"

오블로모프의 입에서 탄성이 절로 새어나왔다. 오블로모프는 느닷없이 올가의 손을 잡아챘다가는 곧바로 놓고, 아주 당혹스러워했다.

"죄송합니다……"

그가 중얼거렸다.

"들으셨어요?"

슈톨츠가 그녀에게 말했다.

"솔직히 말해봐, 일리야. 이런 경험 정말 오랜만이지?"

"창문 옆으로 쉰 목소리의 거리의 악사 하나가 지나가기라도 했다면 오늘 아침에 벌써 경험하고도 남을 일인걸요……"

올가가 너그럽게 말을 하며 끼어들었는데, 어찌나 부드럽던지, 벌써 독설에서 독을 제거했음을 알 수 있었다.

그는 나무라듯이 그녀를 쳐다보았다.

"지금 이 친구 창을 아직 달아놓지 않아서 밖에서 무슨 일이 벌어지고 있는지 듣지를 못해요."

슈톨츠가 덧붙였다. 오블로모프는 슈톨츠를 노려보았다. 슈톨츠가 올가의 손을 잡고는……

"덧붙일 말이 있을는지는 모르겠지만, 오늘처럼 그렇게 노래한 적은 한 번도 없었던 것 같군요, 올가 세르게브나. 적어도 난 들어본 지 오래요. 내 칭찬입니다!"

그녀의 손가락 하나하나에 입을 맞추면서 그가 말했다.

슈톨츠는 떠날 채비를 했다. 오블로모프 역시 집으로 돌아갈 채비를 서둘렀다. 하지만 슈톨츠와 올가가 극구 만류를 했다.

"난 할 일이 있어. 자넨 잠들기 전까지만 가면 되잖아…… 아직 이른 시각이야……"

"안드레이! 안드레이!" 오블로모프가 애원하는 듯한 목소리로 말했다. "안 돼, 난 오늘 더 남아 있을 수가 없어. 갈 테야!" 그리고는 그렇게 그도 떠났다.

그는 밤새 잠을 이루지 못했다. 슬픔에 빠진 그는 이 생각 저 생각에 방안을 왔다갔다만 했다. 먼동이 틀 무렵 집에서 나와 네바 강가와 거리를 걸어다녔다. 무엇을 느끼고 무슨 생각을 하는지 누가 알겠는가……

사흘이 지나서 그는 다시 거기에 가 있었고, 다른 손님들이 카드에 열을 올리던 저녁엔 피아노 옆에서 올가와 단둘이만 남게 되었다. 숙모는 두통이 심했다. 그래서 자기 서재에 앉아서 알코올 냄새를 맡아야만 했다.

"원하신다면, 안드레이 이바느이치가 오데사에서 제게 가져다준 그림들을 보여드릴까요?" 올가가 물었다. "그분이 당신께는 보여드린 적 없어요?"

"안주인의 의무감에서 절 상대하시는 건 혹시 아니겠죠? 그렇다면 헛수고하시는 겁니다!"

"뭐가 헛수고라는 거죠? 전 단지 당신이 지루해하지 않고, 집처럼 편하고 자유롭게 생각하고 거리낌없이 행동하고, 잠이나 자겠다고 집으로 돌아가시는 일이 없었으면 하는 마음에서 그러는 거예요."

'이 여자, 지독하면서도 웃기는 구석이 있는 여자야!'

의지에 반하여 그녀의 일거수일투족에 관심을 보이면서 오블로모프가 생각을 했다.

"제가 부담 없이 자유롭게 행동하고 그리고 따분해하지 않았으면 좋겠어요?"

그가 그녀의 말을 반복했다.

"그럼요."

그녀가 어제와 똑같은 눈길로 그를 쳐다보았다. 물론, 호기심과 호감의 정도가 더해졌음을 알 수 있었다.

"정말 그렇게 원하신다면, 첫째로, 어제를 포함해서 요즈음 저를 쳐다보았던 것과 같은 그런 눈빛으로 쳐다보지 말아주었으면 합니다만……"

그녀의 두 눈에 호기심이 더욱 불거졌다.

"바로 그런 눈빛 때문에 전 무척이나 불편하답니다…… 제 모자가 어디 있죠?"

"왜 불편하시다는 거예요?"

상냥하게 묻고 있는 그녀의 시선에선 이미 호기심은 찾아볼 수 없었다. 친절과 호감만이 남아 있었다.

"저도 모르겠어요. 제 생각에, 당신이 그런 눈빛으로 내게 있는 모든 것, 다시 말해서 남들에게는 전혀 알리고 싶지 않은, 특히 당신만은 몰랐으면 싶은, 그런 것을 제게서 다 알아내시는 것만 같아서……"

"그게 무슨 말씀이세요? 당신은 안드레이 이바느이치의 친구이자 제 친구이기도 하니까, 당연히……"

"당연히, 안드레이가 저에 대해서 알고 있는 모든 것을 당신이 알아야만 할 이유는 없죠."

"이유야 없지만, 가능성은 있는 것 아닐는지요……"

"내 친구의 솔직함 덕분이긴 해도, 그 친구 입장에서 보자면 저에 대한 얘기를 하는 것이 그리 유쾌한 노력 봉사는 아닐 거다, 이거죠!"

"무슨 비밀이라도 갖고 계신가요? 예컨대, 범죄라든가?"

웃느라 그에게서 한 걸음 물러서며 그녀가 덧붙였다.

"그럴 수도 있겠죠."

한숨을 내쉬고 그가 대꾸했다.

"맞아요, 그건 중요한 범죄죠." 그녀가 수줍어하며 조용한 목소리로 말했다. "짝이 맞지 않는 양말을 신는 것, 말입니다."

오블로모프가 모자를 들었다.

"못 말리는 친구네! 제가 진정 편하게 마음먹기를 바라신다고 하지 않으셨던가요? 이제 안드레이와도 끝입니다…… 그 친구 그런 얘기까지 당신한테 했단 말이죠?"

"오늘 그 말로 저를 얼마나 웃게 만들었다고요. 안드레이 때문에 배꼽을 잡고 웃었어요. 미안해요. 더 이상은 하지 않을게요. 그리고 당신을 다른 눈빛으로 보도록 노력해보겠어요……"

제2부

그녀는 능청맞으면서도 진지한 표정을 지어 보였다.

"아직 첫번째라고 말씀하신 것에 대해서인데, 자, 이제 어제와는 사뭇 다른 눈빛으로 보고 있으니까, 당신도 이제 자유롭게, 부담 갖지 말고 행동하시면 되겠네요. 당신이 지루하지 않게 하려면, 두번째로 또 내가 할 일은 무엇인가요?"

그는 그녀의 사랑스런 청잿빛 두 눈을 똑바로 쳐다보았다.

"이젠 당신이 절 이상한 눈으로 쳐다보시는군요……"

그는 실제로 눈이 아닌 생각으로, 최면술사처럼, 모든 기를 다 모아서 그녀를 쳐다보고 있는 것만 같았다. 하지만 쳐다보지 않고는 견뎌낼 수 없는 본능적인 눈길이었다.

'하나님 맙소사, 이 얼마나 근사한 여인인가! 이 세상에 이런 여자도 다 있군!'

거의 놀란 눈으로 그녀를 쳐다보면서 생각했다.

'눈이 부시다. 마치 심연처럼 까맣고 그러면서도 동시에 무언가가 반짝이는 두 눈, 마음 쏨쏨이하며! 미소를 읽을 수도 있어, 마치 책을 읽듯이. 미소를 지을 때마다 보이는 저 치아들. 그녀의 머리는…… 어깨 속에 살짝 제 몸을 숨긴 채, 간간이 미동을 하면서, 마치 꽃처럼 향기를 내뿜는구나……'

'맞아, 그녀에게서 무언가를 얻고 있는 사람은 바로 나야. 무언가가 그녀에게서 내게로 옮겨오고 있어. 가슴 언저리에서, 맞아 바로 거기야, 무언가가 끓어오르기 시작했어. 쿵쾅쿵쾅거리면서…… 거기에서 뭔가 느낌이 오고 있어. 예전에 없던 무언가 새로운 것이…… 맙소사, 그녀를 바라본다는 것이 이토록 행복할 줄이야! 심지어 숨조차 콱콱 막혀온다.'

이런 생각들이 질풍처럼 몰려왔다. 그는 여전히 그녀를 보고 있다. 마치 무아의 경지에 푹 빠져서 끝도 알 수 없는 저 먼 곳을, 또 바닥도 보이지 않는 심연을 쳐다보고 있는 사람들처럼.

"그만하면 됐어요, 오블로모프 씨. 이젠 당신이 저를 그렇게 쳐다보시는군요!"

수줍은 듯 고개를 돌리면서 그녀가 말했다. 그러나 호기심은 수그러들지 않았다. 그녀는 그의 얼굴에서 눈을 뗄 수가 없었다.

그에게는 아무 소리도 들리지 않았다.

그는 정말로 내내 보기만 할 뿐, 그녀의 말을 듣고 있지 않았다. 그저 말없이 자신 안에서 일어나고 있는 것을 고백하고 있는 것이다. 머리의 경우, 거기서도 역시 무언가가 동요를 일으키며 아주 빠른 속도로 오락가락했다. 그는 도무지 생각을 정리할 수가 없었다. 마치 한 떼의 새처럼, 생각들이 이리저리 날아다녔고, 한편 왼쪽 옆구리 쪽의 가슴 언저리가 마치 아픈 것만 같았다.

"그런 이상한 눈으로 절 쳐다보지 마세요. 저도 몸둘 바를 모르겠어요…… 분명 당신도 제 마음에서 무언가를 얻어가고 싶으신 모양인데……"

"당신에게서 제가 무얼 얻어갈 수가 있겠어요?"

그가 기계적으로 물었다.

"제게도 시작만 했지 끝을 보지 못한 계획들이 있다고요."

그는 자신의 끝을 보지 못한 계획에 대한 암시에 정신이 번쩍 들었다.

"이상하군요! 당신은 나쁜 사람인데, 눈길만큼은 선량해요. 여자를 믿어선 안 된다는 말이 결코 그냥 나온 말이 아닌가 봅니다. 여자들은 꿍꿍이속이 있을 때는 혀로, 그렇지 않은 경우엔 시선과 미소와 홍조, 심지어는 졸도로 거짓말을 한다던데……"

그녀는 크게 감동하는 빛을 보이지 않았다. 그저 조용히 그에게서 모자를 받아들고 자신의 의자에 앉았다.

"그만 하겠어요, 그만 하겠어요." 그녀가 활기차게 되풀이했다. "아휴! 미안해요, 지긋지긋한 혀! 하지만, 제발, 이것이 조롱은 아니었으면 해요!" 그녀는 거의 노래를 부르다시피 했는데, 이 대목의 노래에는 감정이 이입되어 있었다.

오블로모프도 이젠 진정이 되었다.

"안드레이, 이 친구!"

그가 나무라듯 말했다.

"자, 당신이 지루하지 않게 하려면 두번째로 어떻게 해야 하는지 말씀해주세요."

"노래를 불러주세요!"

"바로 그게 제가 기다리던 것, 그 칭찬이에요!" 기분이 갑자기 좋아진 그녀가 그의 말을 바로 받았다. 그녀가 생기발랄한 목소리로 말을 이어나갔다. "만약에 당신이 셋째 날에도 제 노래가 끝나고 이 말, '아' 소리를 안 했으면, 아마도, 전 밤에 잠을 못 이룰 뻔했어요. 눈물도 흘렸겠죠."

"왜죠?"

깜짝 놀란 오블로모프가 물었다. 그녀가 잠시 생각에 잠겼다.

"저도 모르겠어요." 잠시 후 입을 열었다. "당신은 자존심이 강해요. 바로 그 때문이죠."

"그래요, 물론 그 때문일 거예요." 생각에 잠겨서 한 손으로 건반을 문지르며 그녀가 말했다. "하지만 자존심이란 어디에나 있는 거 아닌가요? 게다가 많아요. 안드레이 이바느이치가 그러는데, 이것이 바로 의지를 조종하는 거의 유일한 동력이래요. 아마도 당신에겐 자존심이 없는 것 같아요. 그러니까 매사에……"

그녀는 할 말을 다 하지 못했다.

"뭐라구요?"

"아니에요, 아무 말도 아녜요. 전 안드레이 이바느이치를 사랑해요. 그 이유는 단순히 절 웃겨서도 아니고, 가끔 이야기를 해서 제가 눈물을 찔끔거리게 해서도 아니고, 더군다나 저를 사랑하기 때문도 아니고, 가만히 생각해보면, 다른 여자들 다 제쳐두고 절 가장 사랑하기 때문이 아닌가 싶어요. 자존심이 어디로 숨어들었는지 아시겠어요?"

"당신은 안드레이를 사랑하시나요?"

오블로모프가 그녀에게 물었다. 긴장된, 타는 듯한 시선을 그녀의 두 눈에 고정시킨 채였다.

"그럼요, 당연하죠. 그가 다른 여자들 다 마다하고 저를 제일 사랑해주는데, 저도 당연히 그래야죠."

그녀가 의미심장하게 대답했다. 오블로모프는 말없이 그녀를 바라보았다. 그녀는 그에게 단순하면서도 말없는 시선으로 화답해주었다.

"그는 안나 바실리에브나도, 지나이다 미하일로브나도 사랑하지만, 그렇다고 그게 전부가 아니에요. 그 여자들과는 두 시간도 채 같이 앉아 있지 못하고 그들을 재미있게 해주지도 않고 진심에서 나온 말들을 하지도 않아요. 그들에겐 일과 극장과 새로운 소식들에 대해서 이야기를 하는데, 저와 이야기를 할 때는 마치 누이에게 하듯, 아니, 딸에게 하듯 해요. 이따금, 제가 말귀를 못 알아듣거나 제대로 듣지 않거나, 또 동의를 할 수 없다고 떼라도 쓰면 호통을 치기도 해요. 물론 그들에게 호통을 치는 경우는 없죠. 그래서 제가 그를 더욱 사랑하게 되지 않나 싶어요. 자존심이죠! 하지만 저도 잘 모르겠어요. 어떻게 자존심이 여기로, 제 노래로 들어오게 되었는지. 오래 전부터 그에 대해서라면 많은 좋은 이야기를 들어왔는데, 당신은 심지어 제 노래를 들으려고 하지도 않았고 거의 등을 떠밀다시피 했잖아요. 만약에 이 일 이후에 당신이 한

마디 말도 없이 그냥 떠나버렸다면, 그런 당신의 얼굴에서 제가 아무 눈치도 채지 못했다면…… 전 아마도 병들어 자리에 눕지 않았을까 싶네요…… 그래, 맞아요, 이게 바로 자존심이란 거겠죠!"
 의미심장하게 그녀가 말을 끝냈다.
 "내 얼굴에서 알아차린 거라도 있으신가 보군요?"
 "눈물, 비록 당신이 숨겼지만. 이건 남자에겐 좋지 않은 점이죠. 자신의 감정을 부끄러워한다는 거잖아요. 이것 또한 자존심이지만, 단지 가짜일 뿐이에요. 차라리 자신의 이성에 부끄러워한다면 몰라도. 이성이란 흔히 실수를 하는 법이니까. 안드레이 이바느이치, 그분도 감정을 부끄러워하는 경우가 있을 정도죠. 제가 이 얘길 했더니, 그분도 제 말에 동의하더라고요. 당신은 어때요?"
 "당신을 쳐다보면서 동의하지 않을 사람이 과연 있을까요!"
 "또 칭찬을 하셨네! 그러니까 그건……"
 그녀는 말을 잇는 데 아주 어려움을 느꼈다.
 "저속한 아첨이랄까!"
 그녀의 눈에서 눈길을 떼지 않고 오블로모프가 말했다. 그녀는 미소로 말의 의미를 확인시켜주었다.
 "당신에게 노래를 청하지 않았을 때 제가 두려워했던 것이 바로 이거예요…… 처음 들어보고서 무슨 말을 한담? 말은 해야 하고. 동시에 영리한 사람, 진실한 사람이 되기란 어렵죠, 더구나 감정의 문제라면 특히. 그때그때의 분위기에 영향을 쉽게 받으니까요. 왜냐하면……"
 "정말로 그때 오랜만에 노래를 부른 거였어요. 정말 한 번도 불러본 적이 없는 것만 같더라니까요…… 청하지 않으면 이젠 절대 부르지 않을 작정이에요…… 잠깐만요, 한 곡만 더 부르고요……"
 그 순간 그녀의 얼굴이 마치 부어오른 것 같았고, 두 눈은 이글거렸다. 피아노 의자에 앉아서 힘있게 두세 개의 화음을 짚어본 다음, 노래를 부르기 시작했다.

맙소사, 이 노래에서 들리는 것은 무엇인가! 희망, 뇌우에 대한 뜻 모를 두려움, 뇌우 그 자체, 행복의 충동, 이 모든 것이 노래가 아닌 그녀의 목소리로 울려 퍼졌다.

그녀는 한참 동안 노래했다. 시간이 지남에 따라서 그를 쳐다보면서 어린애처럼 이렇게 묻고 있는 것만 같았다. '만족하세요? 아니면, 다른 곡을 하나 더 불러드리지요.' 그리고 다시 부르고 또 불렀다.

그녀의 양 볼과 두 귀가 흥분으로 붉어졌다. 이따금 그녀의 생기 넘친 얼굴에서는 사랑스런 번개의 장난이 갑작스레 번쩍이기도 했고, 농익은 열정의 한 줄기 빛이 별안간 타오르기도 했다. 마치 인생의 먼 미래의 시간을 가슴으로 체험하고 있는 듯했다. 그리고는 느닷없이 이 순간의 불빛이 사라지는가 하면, 다시 목소리가 생기 있고 명랑하게 울려 퍼졌다.

오블로모프 역시 그러한 인생의 유희를 느낄 수 있었다. 이 모든 것을 느끼며 살고 있다는 생각이 들었다. 단지 한두 시간이 아닌, 수년 동안을……

두 사람은 겉으로는 미동도 하지 않았지만 내심은 불꽃으로 타올랐고, 똑같은 전율에 몸을 부들부들 떨어야 했다. 눈가에는 같은 기분에 서로 휩싸여 눈물이 그렁그렁했다. 이 모두가 젊은 영혼이라면 언젠가는 통과의례처럼 치러야만 하는 열정의 징후였다. 물론 지금은 단지 잡으면 날아갈 듯한 일시적인 암시에, 휴면 중인 삶의 힘의 폭발에 완전 포로가 되어버린 터이지만.

그녀는 아름다운 긴 협화음으로 노래를 끝냈다. 그녀의 목소리도 그 속으로 사라졌다. 그녀는 순식간에 노래를 끝내고, 지쳤는지 두 손을 무릎에 가지런히 얹었다. 스스로도 감동의 물결에 휩싸여 흥분된 눈으로 오블로모프를 쳐다보았다. 그렇다면 그는?

그의 얼굴에도 영혼의 밑바닥에서 치고 올라온 한껏 고양된 행복의 노을이 빛났다. 눈물 가득한 시선이 그녀를 향해 있음은 말해 뭣하랴!

그녀가 자신도 모르게 그의 손을 잡았다.

"어디 편찮으세요? 얼굴색이 말이 아니군요! 왜 그러세요?"

하지만 그녀는 그의 얼굴이 왜 그런지를 알고 있었다. 마음속으로는 자신이 발산해낸 이러한 힘에 자신도 놀라며 조심스럽게 기쁨을 즐기고 있었다.

"거울 한번 보세요." 미소를 지으며 그녀가 거울에 비친 그의 얼굴을 가리켰다. "어쩜 이렇게 반짝거리는 눈이 다 있담, 어머나, 눈물이 고여 있네! 당신은, 정말, 음악을 깊이 느끼시는군요!"

"아뇨, 제가 느끼고 있는 건…… 음악이 아니라…… 사랑입니다!"

오블로모프가 조용히 말했다. 그녀는 순간 그의 손을 놓았다. 얼굴색이 변해 있었다. 그녀의 시선은 자신을 향한 그의 시선과 마주쳤다. 이 시선은 한 곳에 꼭 붙박혀 있었는데, 마치 광기 어린 그것이었다. 시선의 주인공 또한 오블로모프가 아닌 열정이었다.

올가는 드디어 그가 입을 열기 시작했다는 것, 그러면서도 절대 말장난을 하고 있지 않다는 것, 그것이 바로 진실이라는 것을 이해할 수 있었다.

그가 정신을 차리고는 모자를 집어들었다. 그리고 돌아보지도 않고 방에서 뛰어나갔다. 그녀는 이미 호기심 가득한 시선으로 그를 배웅하지 않았다. 오랜 시간, 그녀는 피아노 옆에 입상처럼 꼼짝 않고 서서 집요하게 바닥만을 주시했다. 겨우 기운을 차렸지만 가슴이 무너져 내렸다……

제6장

어정쩡한 자세로 누운 채로 아무 기운도 없이 졸면서, 즉 영혼의 단절기에 오블로모프가 항시 꿈에 그려왔던 제일의 여인상은 아내였지, 연인은 결코 아니었다.

그 앞에 펼쳐진 꿈속에서 보았던 여인은 큰 키에 균형 잡힌 몸매, 가슴에 살며시 올려진 팔, 조용하지만 자신감에 가득 찬 눈빛의 소유자로, 잘 가꿔진 작은 뜰에서 담쟁이덩굴에 싸여 느긋하게 앉아 있고 양탄자와 모래 오솔길을 따라 사뿐사뿐 걸음을 옮기고, 하늘거리는 허리, 어깨에 우아하게 얹힌 머리, 그리고 언제나 생각에 잠긴 듯한 표정을 지니고 있었다. 그 여인은 안일과 흥겨운 평안이 충만되어 있는 삶의 궁극적인 목적이자 구현이며, 또 평안 그 자체였다.

꿈에 그 여인은 처음에는 결혼식장에서 온몸을 꽃으로 두르고 긴 면사포를 쓴 모습으로, 다음엔 신혼방의 베개맡에서 수줍은 듯 눈을 내리깔고 있는 새 신부로, 그리고 마지막으로는 한 무리의 아이들에 둘러싸인 어머니의 모습으로 나타났다.

꿈에 본 그녀는 열정적인 입가의 미소, 희망에 눈물이 고인 눈도 갖고 있지 않았지만, 다른 모든 사람에게는 냉소적이더라도 그에게는, 즉, 남편에게만은 사랑스런 웃음을 지니고 있었다. 시선 또한 그에게만 호의적일 뿐 다른 사람에게는 수줍기도 하면서 엄한 편이었다.

그는 그녀가 놀라 전율하는 모습을 결코 보고 싶지 않았고, 성급한 꿈도 듣고 싶지 않았으며, 예기치 않은 눈물, 피곤, 쇠약, 기쁨으로의 격렬한 이동 또한 원치 않았다. 불길함도 슬픔도 전혀 필요 없다. 그녀에겐 갑자기 얼굴이 백짓장처럼 하얗게 변하는 일도, 실신을 하는 일도, 강렬한 폭발을 경험하는 일도 없어야만 한다……

'그런 여자라면 당연히 애인이 있지'. 그럼, 얼마나 집적대겠어. 박사 나리들, 골빈 놈들, 수도 없이 많은 변태들이며, 잠 한숨 편히 못 잘걸!'

오만한 듯하면서도 수줍음을 타고, 말수가 적은 여자 친구 옆에서는 누구든 아무 근심 없이 단잠을 즐길 수 있는 법이다. 믿고 잠을 청했다가, 깨어나서는 상냥하고 매혹적인 시선을 만날 수가 있다. 20년이 지나고 30년이 지나도 자신의 따뜻한 시선에 대한 대가로 여자의 눈에서 상냥하고, 조용히 반짝이는 애정의 한 줄기 빛을 언제나 기대할 수 있으리라. 그렇게, 눈에 흙이 들어갈 때까지 사는 것이 인생이다!

'친구에게서 결코 변치 않는 평정의 진면목을, 영원불변의 감정이입을 발견해내는 것, 바로 이것이 모든 남자와 모든 여자의 비밀스런 목적이 아닐까? 과연 이것이 사랑의 표준이다 보니, 하찮은 일을 가지고도 멀어지게 되고 변심을 하고 애정이 식어서, 결국엔 우리 모두가 고통을 당하는 것인지도 모르겠다. 그렇다면, 내가 꿈꾸는 이상이 보편적 이상이란 말인가? 그렇다면, 이것이 두 성(性) 사이에 상호관계를 구축하고 해명하는 결혼관이 될 수는 없을까?'

온전한 천국의 행복을 위해서 욕망에 합당한 결말을 제공하고, 마치 물길을 바로잡듯 운행 질서를 제시하는 것, 바로 이것이 인류 보편의 과제이자 모든 진보주의자들이 길을 잃고 헤매면서도 그토록 오르기를 갈망하는 진보의 최정상인 것이다. 그것만 해결된다면 배신도 무관심도 없어지고, 평온하고 행복한 심장의 영원토록 변함없는 고동만이 남게 되며, 당연히, 충만된 삶, 영원한 생명수(生命水), 영원한 정신적 평안이 뒤를 따르게 되리라.

그러한 행복의 예는 있으되, 드물다. 그래서 실제 아주 보기 드문 현상으로 지적하곤 한다. 자고로 행복은 주어지는 것이라는 말도 있다. 하지만 후천적인 노력에 의해 얻어질 수 있는 것이 행복이고 끊임없이 추구할 수 있는 것이 행복이라고 말할 수도 있지 않을까?

열정! 시(詩)에서나, 그리고 배우들이 망토를 뒤집어쓰고 손에는 칼을 들고서 서성거리다가 잠시 후에는 살해당한 사람이나 살인자나 할 것 없이 함께 식사를 하러 가는 연극무대에서는 하등의 문제가 될 일이 없겠지만……

열정이 그런 결말로 끝나버린다면 나쁠 일이야 전혀 없겠지만, 정작은 연기와 악취만이 남아 진동을 하고, 행복이란 없는 것이다. 추억은 치욕과 분통에 다름아니다.

결국, 만약에 그러한 불행, 즉 열정이 일단 닥치면, 이는 말들이 넘어지고 그 승객들이 기진맥진하는, 넌덜머리 나는 몹쓸 산길로 벌써 접어들었다는 것을 의미한다. 저 앞에 뻔히 고향 마을이 보이는데. 방법은 오직 하나, 절대 눈을 떼지 말고 서둘러 위험한 장소에서 빠져나가야만 한다.

그렇다. 열정이란 경계를 분명히 하고 목을 조르고 결혼 속에 익사를 시켜야만 한다……

만약에 여자가 갑자기 몸이 달아올라 그를 뚫어져라 쳐다보거나, 아니면 신음 소리를 내면서 눈을 지그시 감고서 그의 어깨에 기대고는, 잠시 후에 눈을 뜨고서 호흡이 곤란할 정도로 그의 목을 꼭 감싸안으면, 그는 아마도 그런 여자에게서 줄행랑을 칠 것이다…… 이것은 화약통의 폭발에서 오는 불꽃놀이다. 그렇다면 그 다음은? 귀와 눈이 멀고 머리털이 다 타버리는 거지!

이젠 올가가 도대체 어떤 여자인지 보도록 하자!

그의 갑작스런 고백이 있고 난 후에 한참을 그들은 단둘이 만나지 못했다. 그는 마치 초등학생처럼 숨어버렸고, 다만 멀찍이 떨어져서 올가를 바라볼 뿐이었다. 그녀는 예전과는 다르게 그를 대했지만, 그렇다고 도망을 치지도 않았고 냉랭한 태도를 보이지도 않았으며, 단지 골똘히 생각하는 시간이 많아졌다.

어쨌든 무언가 일이 벌어졌고, 그로 인해 호기심 어린 눈길로 오블로모프에게 더 이상의 괴로움을 줄 수가 없고, 왜 누워만 있느냐, 왜 게으름을 피우느냐, 왜 늘 어색해하느냐며 농담 섞인 말로 그의 마음에 상처를 주지 못하게 된 것이 그녀에겐 사뭇 안타깝기만 했다.

그녀 안에선 웃음이 한창이었는데, 이는 아들의 우스꽝스러운 외모를 보고 웃지 않고는 견딜 수가 없는 어머니의 웃음이었다. 슈톨츠가 떠나자 그녀는 더 이상 노래를 불러줄 사람이 없어서 마음이 갑갑했다. 그녀의 피아노는 덮개가 씌워져 있었다. 다시 말해, 그들에게는 억지와 속박이 가로놓여 있었고, 둘 다 어색하기만 했다.

그동안 얼마나 행복했었던가! 둘의 만남 또한 얼마나 단순했던가! 얼마나 자유롭게 어울렸던가! 오블로모프는 슈톨츠보다 단순했고 또 너그러웠다. 비록 그녀를 재미있게 해주지는 못했고, 스스로 웃음의 대상이 되긴 했어도, 또 얼마나 수월하게 조롱을 용서했던가.

나중에 슈톨츠는 떠나면서 그녀에게 오블로모프를 떠맡겼다. 그를 자주 들여다보면서 집 안에 틀어박히지 못하도록 해달라는 부탁을 했던 것이다. 영민한 그녀의 머리 속에는 이미 구체적인 계획이, 즉 어떻게 하면 식사 후에 잠을 자는 오블로모프의 버릇을 고쳐줄 것인가, 비단 잠을 못 자게 하는 데서 그치는 게 아니라, 대낮에 소파에 눕는 것을 어떻게 하면 허용하지 않을 것인가, 어떻게 그 약속을 받아낼 것인가에 대한 계획이 세워져 있었다.

그녀는 나름대로 작정을 하고 있었다. 슈톨츠가 남겨놓은 책을 읽도록, 매일 신문을 읽고 새로운 소식을 그녀에게 이야기하도록, 시골에 편지를 쓰고 영지 개혁에 대한 계획을 마무리한 다음, 외국으로 떠날 채비를 하도록 그에게 '명령'을 내릴 계산이었다. 한마디로 말해, 그녀가 있는 한 그는 이제 졸 수도 없다. 그녀는 그에게 목적을 제시하고 전에 무관심해진 모든 것들에 다시 애정을 갖도록 만들어서 슈톨츠가 돌아와서는 전혀 못 알아보게 할 생각이었다.

그녀는 이 모든 기적을 이루어내고자 했다. 소심하고 과묵한, 여태껏 어느 누구도 말로 순종시켜본 적이 없는, 아직 인생을 시작조차 안 했던 그녀가! 그녀는 그러한 변화의 주범인 것이다!

이미 시작이 되었다. 그녀가 다시 노래를 부르기 시작하는 순간, 오블로모프는 이제 예전의 그가 아니었다……

그는 새로운 삶을 시작하고 행동하고 삶과 그녀를 축복하리라. 인간에게 생명을 돌려준다는 것, 예컨대 의사가 전혀 가망 없는 환자를 구한다면 이는 그에게 얼마나 큰 영광이랴! 하물며 정신적으로 죽어가는 이성과 영혼을 구원한다는 것은?

그녀는 심지어 자부심과 기쁨에 전율마저 느낄 지경이었다. 이 사명을 하나님으로부터 내려진 것이라 여겼다. 그녀는 의도적으로 그를 자신의 비서이자 사서(司書)로 만들었다.

그런데 갑자기 이 모든 것이 수포로 돌아갈 운명에 처했다! 그녀는 어디서부터 시작을 해야 할지 몰라 오블로모프를 만나면 침묵으로 일관했다.

오블로모프는 그녀를 놀라게 하고 모욕을 주었다는 사실에 괴로워했다. 그리고 번개처럼 빠른 눈길과 차디찬 위엄을 기다렸지만, 결국은 그녀를 멀리서 바라보며 몸을 떨고서 그녀를 아예 피해버렸다.

그 와중에 그는 별장으로 이사를 했다. 사나흘 혼자서 둔덕을 따라 내려가 습지를 지나 숲속을 헤매기도 했고, 시골로 내려가 농가의 대문 옆에 태평하게 앉아서 아이들과 송아지가 뛰어노는 모습과 거위들이 못에서 물장구치며 먹감는 모습을 감상하기도 했다.

별장 주변에는 호수와 거대한 공원이 있었다. 그는 혹시 올가와 단 둘이 딱 마주치지나 않을까 싶어 겁이 나서 그쪽으로는 얼씬도 하지 않았다.

'초조해, 한 대 얻어맞은 것 같아!' 하고 생각했다. 심지어 정말 진실이 갈기갈기 찢어져버렸는지, 이것이 단순히 음악의 순간적인 신경 작용이었는지에 대해 자문조차 하지 않았다.

어색함, 부끄러움, 혹은 그의 표현대로 하면, 그가 저지른 치욕의 감정 때문에 그는 이러한 단절이 도대체가 무엇인지 도무지 납득할 수 없었다. 도대체 올가란 여자는 그에게 무슨 의미인가? 그의 마음에 첨가되어 나타난 불필요한 것, 전에는 없던 이 응어리가 과연 무엇인지 그는 분석조차 하지 않았다. 모든 감정이 하나의 응어리, 즉 부끄러움으로 변해버렸다.

부끄러운 마음이 잠깐 동안 스치고 지나갔다. 구현된 삶의 평화와 행복의 바로 그 형상, 바로 그 궁극의 목표가 생겨난 것이다. 이 궁극의 목표란 다름아닌 올가였다! 두 형상이 서로 만나 어울리다가 하나로 결합을 했다.

'아하, 내가 도대체 무슨 짓을 한 거야? 다 망쳐놓았어! 천만다행이지 뭐야. 슈톨츠가 떠나서 그녀가 그에게 말을 할 수 없었으니. 정말 쥐구멍에라도 들어가고 싶다! 사랑, 눈물, 이 따위 것들이 내게 어울리기나 하나? 올가의 숙모가 사람을 보내지도 않고 부르지도 않는 걸 보면, 틀림없이, 그녀가 말을 한 거야…… 맙소사!'

그는 생각에 잠겨서 공원 더 깊숙이, 측면의 오솔길로 들어갔다.

올가는 그를 만나면 어떻게 해야 할지, 이 난국을 어떻게 타개해야 할지를 생각하며 전전긍긍해했다. 아무 일도 없었던 듯이 침묵으로 일관을 해야 하나, 아니면 그에게 무슨 말이든 해야만 하나?

말을 한다면 무슨 말을 한다? 험상궂은 표정을 짓고 그를 거만하게 쳐다보고 아니면 완전히 안면몰수를 하고, 거드름을 피우며 한마디 쏘아붙여버려? "당신이 그렇게 나오실 줄은 정말 몰랐어요. 절 뭘로 보시고 그런 파렴치한 짓을 하시는 거죠?" 마주르카 춤을 출 때 소네치카가 어떤 기병소위의 환심을 사려고, 푹 빠져서 정신을 못 차리고 있는 사람은 정작 자신임에도 불구하고 그에게 그렇게 대답했었다.

'거기서 파렴치한 점이 무엇이 있었을까? 자, 만약에 진정 그가 무언가를 느끼고 있다면 왜 말을 하지 않는 거지? 서로 인사를 나누자마자 벌써 이게 무슨 일이람…… 여자를 두 번, 세 번 만나고 나서 그렇게 말 못 할 사람이 누가 있어. 그렇게 빨리 사랑을 느낄 수 있는 사람은 정말 아무도 없어. 오블로모프 그 사람만이 할 수 있는 일이야……'

그러나 그녀는 어디선가 듣고 읽은 적이 있는, '사랑은 이따금 갑작스레 찾아오기도 한다'는 말을 떠올렸다.

'그에게도 충동과 집착이 있던 때가 있었어. 지금은 코빼기도 보이지 않지만. 부끄러운 거야. 필시, 이것이 파렴치한 것은 아니야. 그럼 누구의 잘못인가? 당연히 안드레이 이바느이치지. 왜냐하면 억지로 내게 노래를 시켰으니까.'

그러나 오블로모프는 처음엔 노래를 듣지 않겠다고 했고, 그래서 그녀는 화가 났던 것이다. 그럼에도 그녀는 애를 썼다……(그녀는 얼굴을 붉혔다) 그렇다. 그의 마음을 움직여보려고 그녀는 전력을 다해 노력했다.

슈톨츠가 그에 대해서 말하길, 그는 둔감한 사람이고, 그의 관심을 사로잡을 일이란 없으며, 그 안의 모든 것이 죽어버렸다,고 했다. 그녀는 정말 모든 것이 죽었는지를 눈으로 보고 싶었던 것이다. 그래서 그녀는 노래를 부르고, 또 불렀다…… 전엔 한 번도 그런 적이 없었지만……

'맙소사! 그래 내가 잘못한 거야. 그에게 용서를 빌어야 해…… 그런데 뭘 잘못했다 하지? 무슨 말을 하지? 오블로모프 씨, 제가 잘못했어요. 제가 못된 짓을 했어요…… 이런 부끄러운 노릇이 있나! 이건 진실이 아냐!' 얼굴이 달아오른 그녀는 발을 동동 굴렀다. '그런 생각을 어떻게 할 수 있담?…… 이렇게 될 줄을 내가 알기나 했나? 그런 일만 없었더라도, 그가 그렇게 충동적인 행동만 하지 않았더라도…… 그때는 그럼?…… 정말 모르겠어……'

그 날 이후로 그녀는 가슴이 답답함을 느꼈다…… 큰 수모를 당한 것만 같았다…… 몸에 열이 오르고 양 볼에는 진홍빛 반점이 불거졌다……

"신경쇠약으로…… 가벼운 오한입니다."

의사가 말했다.

'오블로모프가 이럴 수가 있나! 오, 앞으로 다시는 이런 일이 없도록 가르쳐주어야 해! Ma tante(숙모)에게 그를 집에 들이지 말라고 해야겠어. 그는 모든 걸 다 잊어선 안 돼…… 어떻게 그가 그럴 수가 있어!'

공원을 따라 걸으며 그녀는 생각했다. 두 눈이 반짝였다……

문득 누군가 걸어오는 소리가 들렸다.

'누군가 오고 있어……'

오블로모프는 생각했다. 둘이 딱 마주쳤다.

"올가 세르게브나!"

사시나무 이파리처럼 몸을 부르르 떨며 그가 소리쳤다.

"일리야 일리이치!"

그녀 역시 겁먹은 듯 대답했고, 둘은 멈추어 섰다.

"안녕하세요?"

"안녕하세요?"

"어디 가시는 길이세요?"

그가 물었다.

"그냥……"

눈을 들지 못하고 그녀가 대답했다.

"제가 방해가 되었나요?"

"오, 천만에요……"

그를 호기심 어린 눈으로 힐끔 쳐다보고서 그녀가 대꾸했다.

"동행해도 괜찮을까요?"

눈치를 보면서 그가 갑자기 물었다. 그들은 말없이 길을 따라 걸었다. 이때껏 살면서 오블로모프의 심장이 지금처럼 쿵당쿵당 뛰어본 적은 없었다. 선생님의 대나무 자 앞에서도, 교장 선생님의 눈앞에서도 그 정도는 아니었다. 그는 무슨 말이든 하고 싶어서 마음을 가다듬고 또 가다듬었지만 혀끝에서는 말이 떨어지지 않았다. 단지 심장만이 재난을 만난 것처럼 무섭게 뛰었다.

"안드레이 이바느이치한테 편지 못 받으셨나요?"

그녀가 물었다.

"받았습니다."

"뭐라고 씌어 있던가요?"

"파리로 오랍니다."

"어쩌실 건데요?"

"가야죠."

"언제요?"

"벌써…… 아니, 짐이 꾸려지는 대로…… 내일이라도……"

"그렇게나 빨리요?"

그녀가 다시 물었다. 그는 아무 말도 하지 않았다.

"별장이 마음에 안 드시나요? 그렇지 않으면…… 말씀해보세요, 왜 떠나시려고 하는지."

'파렴치한! 게다가 떠나겠다고!'

그녀가 속으로 생각했다.

"왜 그런지 몸도 아프고, 마음도 편치 않고, 초조하기만 해요."

그녀에겐 눈길도 주지 않고 오블로모프가 중얼거렸다. 그녀는 말이 없었다. 라일락 가지를 꺾어서 냄새를 맡았다. 가지가 얼굴과 코를 덮었다.

"한번 맡아보세요, 얼마나 향기가 좋은데요!"

그리고는 그의 코에 갖다 댔다.

"저기 은방울꽃이 있군요! 잠깐만요, 제가 꺾어오죠." 풀밭으로 몸을 숙이며 그가 말했다. "이 향기가 더 나을걸요. 들판과 숲의 향기 말이죠. 자연의 향기가 더한 법이죠. 라일락은 집 근처에서 자라서 가지들이 창을 타고 기어오르잖아요. 그 향기 정말 달콤하죠. 저기 은방울꽃에 이슬이 아직 마르지 않았네요."

그는 몇 송이의 은방울꽃을 그녀에게 내밀었다.

"혹시 물푸레나무 좋아하세요?"

그녀가 물었다.

"아뇨. 향기가 너무 강해서요. 물푸레나무도 장미도 좋아하지 않아요. 전 전반적으로 꽃을 좋아하지 않아요. 들판에서는 좋은데, 방안에서는 얼마나 번거로운지…… 꺾어버리기도……"

"방안이 깨끗한 게 좋으신가 보죠?" 수줍은 듯 그를 힐끔 쳐다보면서 그녀가 물었다. "지저분하면 참지 못하시나요?"

"네. 하지만 우리집 하인이 그렇지를 못해서……" 그가 얼버무렸다. '오, 나쁜 여자 같으니라구!' 마음속으로만 덧붙였다.
"파리로 직접 가실 건가요?"
그녀가 물었다.
"네. 슈톨츠가 오래 전부터 기다리고 있어요."
"편지 좀 전해주세요. 제가 쓸 테니까."
"그럼 오늘 주세요. 내일 아마 시내로 옮길 것 같거든요."
"내일요? 그렇게 빨리요? 쫓아오는 사람이라도 있는 것 같군요."
"네, 쫓기고 있어요······"
"누군데요?"
"부끄러움이······"
그가 중얼거렸다.
"부끄러움이라니요!" 그녀 역시 기계적으로 반복했다. '자 이제 말해야지. 오블로모프 씨, 저는 전혀 기대하지 않았어요······'
"그래요, 올가 세르게브나." 드디어 마음을 굳게 먹었다. "제 생각에, 놀라시고······ 화가 나시겠지만······"
'어서, 지금이야······ 진짜 때가 온 거라구.' 그녀의 심장도 두근거렸다. '못 하겠어, 맙소사!'
그는 그녀의 얼굴을 힐끔 쳐다보고 그녀의 상태를 알려고 애썼다. 그러나 그녀는 은방울꽃과 라일락의 향기를 맡고 있었다. 그녀 자신도 무슨 말을 해야 할지, 어떻게 해야 할지 알지 못했다.
'아휴, 소네치카라면 무슨 말이든 궁리해낼 수 있을 텐데, 난 왜 이리도 멍청하담! 할 줄 아는 게 아무것도 없어······' 그녀는 몹시 괴로웠다.
"전 다 잊었어요······"
그녀가 말했다.
"절 믿어주세요. 정말 고의가 아니었어요······ 전 견딜 수가 없었어요……" 용기백배해서 그가 입을 열었다. "천둥이 몰아치고 머리에 바위를 맞는다 해도 전 말할 수 있어요. 어떤 힘으로도 견딜 수가 없었어요…… 제발, 제가 그럴 마음이 있었다고는 생각지 말아주세요…… 일 분 후면 생각 없이 내뱉은 말을 주워 담기 위해 무슨 짓을 할지 저 자신도 모르겠어요……"

그녀는 고개를 숙여 꽃내음을 맡으며 계속 걸어갔다.

"잊어버리세요. 잊어버리세요. 더구나 이건 거짓이에요……"

"거짓이라뇨?"

자세를 바로 세우며 그녀가 갑자기 반복했다. 꽃이 떨어졌다. 그녀의 두 눈이 놀란 나머지 휘둥그레지고 번뜩였다……

"뭐가 거짓이라는 거죠?"

"네, 제발, 화내지 마시고 잊어버리세요. 실토하건대, 순간의 충동이랄까…… 음악 때문에."

"순전히 음악 때문이었다고요?"

그녀의 안색이 확 변했다. 두 진홍빛 반점도 없어지고 눈앞이 캄캄해졌다.

'아무것도 아냐! 그가 경망스레 내뱉은 말을 주워 담느라 그런 거야. 화낼 필요도 없어! 이제 됐어…… 이제 마음을 가다듬고…… 여태껏 해왔던 대로 말을 하고, 농담도 하고 그러는 거야……'

그녀는 지나는 길에 나무에서 가지를 세게 꺾어서 입술로 잎 하나를 물어뜯고는, 곧바로 가지와 잎을 길바닥에 내던졌다.

"화 안 내시는 거죠? 다 잊으신 거죠?"

그녀에게 몸을 굽히며 오블로모프가 말했다.

"지금 뭐하시는 거예요? 어떻게 해달라는 거죠?" 흥분해서, 거의 화가 머리끝까지 난 그녀가 그를 돌아보며 대답했다. "전 다 잊었어요…… 기억력이 무척이나 나쁜 여자거든요!"

그는 입을 다물었다. 어찌해야 좋을지 알 수가 없었다. 갑자기 화를 내는 그녀를 보고 있으되 그 원인은 도무지 알 수 없었다.

'맙소사! 이제 정리가 되는군. 이런 경우는 난생처음이야, 제발! 도대체…… 아휴, 맙소사! 뭐 이런 일이 다 있담? 아휴, 소네치카, 소네치카! 넌 얼마나 행복하니!'

"집에 가겠어요."

걸음을 재촉해서 다른 쪽 오솔길로 접어들며 갑자기 그녀가 말했다. 목이 메어왔다. 그녀는 눈물이 쏟아질까봐 두려웠다.

"그쪽 말고, 이쪽이 지름길인데……"

맥이 탁 풀린 그가 혼잣말하듯 말했다. '바보, 설명을 해야만 했어! 화만 더 돋우어 놓았어. 상기시키는 게 아닌데. 그냥 놔두었으면 다 지나갈 일을, 저절로 다 잊혀지고. 용서를 빌어야지, 달리 뾰족한 방법이 없어.'

'더 화날 수밖에 없지. 할 말을 못했으니까. 오블로모프 씨, 당신이 그렇게 나오실 줄은 꿈에도 생각 못 했어요…… 선수를 치다니…… '거짓말!'이라고 다시 한 번 말씀해보시지. 아직 거짓말을 하고 있어! 어떻게 그럴 수가?'

"정말 다 잊으셨나요?"

그가 조용히 물었다.

"잊었어요, 전부 다 잊었다고요!"

집으로 발걸음을 재촉하며 그녀가 빠르게 쏘아붙였다.

"화를 안 내신다는 징표로 제게 손을 주세요."

그녀는 그에겐 눈길조차 주지도 않고 손가락 끝을 내밀었다. 그가 살짝 손을 대기가 무섭게 그녀는 손을 도로 뺐다.

"아니군요, 당신은 지금 화내고 있어요!" 한숨을 내쉬며 그가 말했다. "어떻게 하면 제가 납득을 시켜드릴 수가 있겠어요, 충동이었지만 전 절대 잊지 않을 거라는 걸? 아니, 물론, 다시는 당신 노래를 듣지 않을 테고……"

"절대 납득시키실 수 없을 거예요. 더 이상 당신의 해명은 필요 없어요……" 그녀가 생기발랄하게 말했다. "노래라면 제가 다시는 부르지 않을 거예요!"

"좋습니다, 제가 입을 다물죠. 하지만 제발 이렇게 떠나지는 말아주세요. 제게 그토록 커다란 마음의 짐을 안기신 채로 떠나신다면……"

그녀는 조용히 걸어 나갔다. 하지만 그의 말에 더욱 귀를 쫑긋거렸다.

"당신의 노래를 듣고 제가 감탄할 겨를도 없이 당신이 눈물을 터뜨리신다는 게 참말이라면, 이제, 당신이 그렇게 떠나시고 웃지도 않으시고 우정의 손길도 제게 내밀어주시지 않으신다면 저는 이제 정말…… 제발, 올가 세르게브나! 전 건강을 해쳐서 무릎도 떨리고 서 있기조차 힘에 부칠 겁니다……"

"왜죠?"

그를 쳐다보며 그녀가 불쑥 물었다.

"저 스스로도 잘 모르겠어요. 수치심도 제겐 지금 다 사라졌어요. 제가 한 말이 이제 부끄럽지가 않아요…… 제 생각엔, 말 속에……"

다시 가슴이 싸하게 저며왔다. 다시 무언가 불필요한 것이 나타난 모양이었다. 다시 그의 다정하고 호기심에 가득한 시선이 그를 압도하기 시작했다. 그녀는 우아하게 그에게로 몸을 돌리고 불안한 눈빛으로 그의 대답을 기다렸다.

"말 속에 뭐죠?"

그녀가 초조하게 물었다.

"아뇨, 말하기가 무서워요. 당신이 다시 화를 내실 것만 같아서."
"말씀해보세요!"
윽박지르듯이 그녀가 말했다. 그는 말하지 않았다.
"어서요?"
"당신을 보고 있자니, 다시 눈물이 나려고 하네요…… 제겐 자존심도 없다는 걸 이제는 아셨을 거예요. 하지만 전 진정 부끄럽지가 않아요……"
"왜 눈물이 난다는 거죠?"
그녀가 부드럽게 물었다. 양 볼에도 두 진홍빛 반점이 불거졌다.
"당신의 목소리가 들리기 시작하는군요…… 다시 느낄 수가 있을 것 같아요……"
"뭘 말이죠?"
눈물이 다시 가슴에서 솟구쳤다. 그녀는 초조하게 기다렸다.
그들은 현관 계단으로 다가갔다.
"느낄 수가 있어요……"
오블로모프는 서둘러 끝까지 말을 하려다 말고 멈췄다. 그녀는 마치 힘에 겨운 듯이 천천히 계단을 오르기 시작했다.
"그때 그 음악을…… 그때 그 흥분을…… 그때 그 감정…… 미안합니다, 미안해요, 제발. 저도 어쩔 도리가 없군요……"
"오블로모프 씨……" 처음에는 굳어 있던 그녀의 표정이 갑자기 미소로 환하게 밝아졌다. "화나지 않았어요, 용서할게요. 하지만 절대 앞으로는……"
그녀는 돌아보지도 않고 그에게 다시 손을 내밀었다. 그는 손을 잡고 손바닥에 입을 맞추었다. 그녀는 조용히 그의 입술을 쥐는가 싶더니 순간 유리문 쪽으로 폴짝 뛰어갔다. 하지만 그는 장승처럼 서 있기만 했다.

제2부　349

제7장

그는 큰 눈으로 오랜 시간 그녀를 배웅했다. 입을 딱 벌리고서 관목 하나하나를 한참 동안 유심히 관찰했다……

전혀 낯모르는 사람들이 지나갔고, 새가 눈앞을 날았다. 시골 아낙이 지나는 길에 딸기가 필요하지 않은지를 물었다. 그는 요지부동이었다.

그는 다시 조용히 바로 전의 오솔길을 따라 걸었다. 중간쯤 왔을 때, 그는 올가가 떨어뜨렸던 은방울꽃과 그녀가 꺾었다가 홧김에 던져버린 라일락 가지를 문득 발견했다.

'왜 이것들을 집어던졌더라?'

열심히 생각에 생각을 거듭한 끝에 그는 기억을 더듬을 수 있었다……

"바보, 멍청이!" 그는 갑자기 소리를 지르고, 은방울꽃과 가지를 움켜쥐고서 오솔길을 따라 내달렸다. "용서를 빌었는데, 그렇다면 그녀가…… 아휴, 정말? 이제서 생각이 나면 어쩌자는 거야?"

행복한 빛이 역력한, 유모의 표현대로 하자면, '나 행복해,라고 이마에 써 붙인' 그는 집에 돌아와 소파의 한 구석에 앉아서 탁자의 먼지 위에다 큰 글씨로 빠르게 다음과 같이 썼다.

'올가.'

"아휴, 이게 웬 먼지야!" 환희에서 깨어난 그가 말했다. "자하르! 자하르!" 한참을 그는 소리쳤다. 왜냐하면 자하르는 그때 골목길로 나 있는 대문 옆에 마부들과 모여 앉아 있었기 때문이다.

"이봐요, 좀 가봐요!" 그의 옷소매를 잡아끌며 아니시야가 다급하게 귓속말로 속삭였다. "주인님이 벌써부터 찾고 계시다우."

"네 눈으로 좀 봐, 자하르, 이게 도대체 뭐야?" 말투만큼은 부드러웠고 다정했다. 지금의 그의 상태로는 전혀 화낼 이유가 없었다. "넌 그래 여기를 아수라장으로 만들기로 작정을 한 거야? 먼지와 거미줄로? 안 돼, 미안하지만, 내가 허락 못 해! 올가 세르게브나가 얼마나 집요하게 나를 물고 늘어지는데. 나보고 '쓰레기를 좋아하냐'고 묻더라니까."

"그야, 그 사람들 말하기 좋아서 하는 거쥬. 거긴 일하는 사람들이 다섯이나 되잖유."

문 쪽으로 몸을 돌리며 자하르가 대꾸했다.

"어디 가? 어서 쓸고 닦기나 해. 여긴 어디 앉을 수가 없어. 팔꿈치를 괼 곳도 없고…… 이럴 때 역겹다고 하는 거야. 이건…… 오블로모프 기질이지!"

자하르는 뾰로통한 표정으로 주인을 쩨려보았다.

'얼씨구! 워디서 몹쓸 말은 하나 주워듣구 와설랑은! 어째 낯설지가 않은 말이네!'

"어서 청소 안 하고 왜 서 있어?"

"뭘 청소하라구유? 오늘 다 쓸었는디!"

자하르가 강하게 버텼다.

"쓸었는데, 그럼 이 먼지는 웬 거야? 네 눈으로 봐, 저기, 저기! 눈에 안 띄게! 당장 좀 싹 치워봐!"

"지는 청소했슈." 자하르의 고집도 만만치가 않았다. "도대체 하루에 몇 번을 청소하라는 거유! 먼지야 다 길거리에서 날아오는디…… 여기가 들판의 별장인디, 길거리엔 먼지가 또 오죽이나 많아유."

"이봐요, 자하르 트로피므이치." 다른 방에서 엿보던 아니시야가 불쑥 끼어들었다. "먼저 바닥을 쓸고 다음에 다시 책상을 훔쳐야 할 거 아녜요. 먼지란 게 도로 죄다 앉아서는…… 먼저…… 뭐를 하냐면……"

"괜히 와서 뭔 놈의 명령이라냐?" 자하르가 펄쩍 뛰며 쇳소리를 냈다. "지 일이나 잘하더라구!"

"책상 훔치고 낭중에 바닥 쓰는 사람을 어디서 봤대? 바로 그 땜시 주인님이 성내고 그러시는 거 아니냐구……"

"됐어, 됐어, 됐다구!"

그녀의 가슴을 팔꿈치로 밀쳐대며 그가 소리쳤다. 그녀는 한껏 비웃고서 어디론가 사라졌다. 오블로모프는 나가 있으라며 그에게도 손짓을 했다. 그는 자수무늬가 있는 베개에 얼굴을 묻고, 손을 가슴에 대고는 그 박동 소리에 귀를 기울였다.

'좋지 않은데, 어떻게 하지? 의사와 상의를 하면, 십중팔구 에티오피아로 가라고 할 텐데!'

결혼하기 전까지 자하르와 아니시야는 서로 각각 자신만의 영역이 있어서 남의 영역에 침범하는 일이 없었다. 즉 아니시야는 시장과 부엌 살림에 대해 잘 알고 있고 방청소에는 1년에 단 한 번, 그것도 바닥 물청소를 할 때만 참여를 했다.

그러나 결혼 이후에는 주인의 방 출입도 허용된 만큼 그녀의 운신의 폭도 넓어졌다. 그녀가 자하르를 도와준 덕분에 방도 더 깨끗해졌다. 뿐만 아니라 남편의 몫에서 몇 가지를 그녀는 자기의 일로 떠맡았다. 일부는 물론 자의에 의한 것이기도 했지만 자하르가 강압적으로 떠넘긴 것도 상당 부분을 차지했다.

"인자부터, 양탄자 먼지 털어." 그는 고압적으로 쉰 소리를 냈다. 혹은 이렇게 말하기도 했다. "저기 좀 싹 정리혀. 저 구석에 뭐가 그리

많이 쌓여 있는지, 남는 게 있으면 다 부엌에다 옮겨놓구."

그렇게 자하르는 달포를 더할 나위 없이 만족스럽게 보냈다. 방안은 깨끗했다. 주인 또한 잔소리를 늘어놓지도, '섭섭한 말'을 하지도 않았기 때문에, 자하르는 아무 일도 하지 않았다. 그러나 이 축복도 어느덧 지나가버렸다. 그 연유는 이러했다.

아니시야와 함께 주인의 방에서 주인 행세를 하기 시작한 이후로 자하르는 자신이 하는 모든 일이 바보 같은 짓처럼 느껴졌다. 발걸음 하나도 이전과는 사뭇 달랐다. 그는 55년을 한결같이 자부심을 갖고 세상을 활보하고 다녔다. 예컨대, 무엇이든 그의 손을 거친 것이라면 어느 누가 만든 것보다 월등하리라는 자부심이었다.

그러나 단 2주 만에 아니시야가, 그가 얼마나 쓸모 없는 인간인가를 입증시켜주었던 것이다. 게다가 그녀의 말하는 품 또한 치욕적이리만큼 건방지고 거리낌이 없었다. 마치 아이들이나 천치바보를 대하듯 그를 대했고, 그를 보면서 연신 킥킥대며 비웃기까지 했던 것이다.

"이봐요, 자하르 트로피므이치." 그녀가 다정하게 말했다. "먼저 굴뚝을 닫는 건 아무 짝에도 쓸모 없는 거라우. 어차피 나중에 환기구를 열어야 할 텐데. 그럼 다시 방안에 찬 기운이 들어오게 되고."

"그럼 어쩌라구?" 남편으로서의 거친 말투로 그가 물었다. "언제 열라구?"

"난로에 불을 지필 때 열라는 거죠. 환기가 될 테고, 그러면 잠시 후 다시 방안이 따뜻해질 테니까요."

그녀가 조용조용 대답했다.

"이런 천치를 봤나! 20년 동안 내동 그렇게 해왔는걸. 하지만 까짓거 임자를 봐서 내가 바꾸지 뭐……"

그의 장롱 선반에는 차(茶)와 설탕, 레몬, 은(銀)세공품, 구두약, 구듯솔과 비누가 한데 뒤엉켜 있었다.

언젠가 집에 돌아온 그는, 비누가 세면대 위에, 구둣솔과 약이 부엌 창문턱에, 그리고 차와 설탕이 찬장의 서랍에 들어가 있는 것을 우연히 발견했다.

"내 물건을 왜 임자 맘대루 뒤죽박죽을 만들어놓은 겨, 어?" 화가 난 그가 물었다. "손만 뻗으면 닿으라구 일부러 한 구석에 죄다 모아놓은 건디, 이렇게 중구난방으로 치워놓으면 워쩌란 말이여?"

"그렇게 놓으면 차에서 비누냄새가 나잖수."

그녀가 상냥하게 대꾸했다.

언젠가 또 한 번은 좀이 슬어서 구멍이 두세 군데가 난 주인의 옷을 가리키며, 일주일에 한 번은 반드시 옷의 먼지를 털고 세탁을 해야 한다고 말하기도 했다.

"내가 털이개로 먼지를 털게요."

그녀가 다정다감하게 말했다. 그는 그녀가 들고 있던 털이개와 연미복을 낚아채고는 있던 자리에 다시 갖다놓았다.

언젠가는, 늘 있는 일이지만, 바퀴벌레 때문에 주인에게 공연히 야단을 맞고는 '내가 만들어내기라도 했냐'며 주인에게 대드는 그를 보다 못 한 아나시야가 아무 말 없이 오래 전부터 나뒹굴고 있는 흑빵 부스러기들을 선반에서 치우고, 장(藏)과 접시들을 쓸고 닦기도 했다. 그러자 바퀴벌레들이 오간 데 없이 사라졌다.

자하르는 일의 전후 사정을 제대로 이해하지 못하고, 그저 무슨 일이든 그녀의 공연한 부지런 탓으로 돌려버리기 일쑤였다. 그러나 언젠가 그가 찻잔과 유리잔이 담긴 쟁반을 나르다가 유리잔 두 개를 박살내고는, 늘 하던 대로 욕을 하기 시작하면서 쟁반째로 바닥에다 집어던지려고 할 때, 그녀는 그의 손에서 쟁반을 받아들고 다른 유리잔과 설탕

그릇과 빵을 다시 올려놓고는 찻잔 하나까지도 전혀 흔들림이 없도록 배치했다. 그리고 한 손으로는 쟁반을 잡고 다른 손으로는 흔들리지 않도록 지탱하는 법을 가르치면서 직접 두 번이나 쟁반을 좌우로 돌리면서 방안을 왔다갔다하는 시범을 보여주었다. 정말 숟가락 하나 꼼짝하지 않았다. 그제서야 자하르는 아니시야가 자기보다 더 똑똑하다는 것을 꼼짝없이 인정해야만 했다.

그는 그녀에게서 쟁반을 빼앗아 유리잔을 다 깨버렸다. 이 일에 대해서라면 그 이후로도 그녀는 그를 용서하지 않았다.

"어떻게 해야 하는지 이제 좀 아시겠수?"

그녀는 조용조용 덧붙였다. 그는 거만하게 그녀를 노려보았다. 그녀는 비시시 미소를 지었다.

"아휴, 이봐, 아줌씨, 인물 나셨구먼. 그래 잘난 척이라두 해보시겠다! 우리 오블로모프카에 그런 집이 워딨어? 나 아니었으면 워찌 됐겄어. 애들 포함해서 열다섯이나 되는 몸종들이 있었지만서두. 당신네 오빠들, 아줌씨들, 일일이 이름을 댈 수도 없지…… 임자두 거기 있었구…… 아휴, 이보라구!"

"잘해보자구 좋은 맘으로 하는 거잖수."

"그래서, 그래서, 그래서?" 팔꿈치로 그녀를 협박하는 자세를 취하며 그가 쉿소리를 냈다. "당장 여기, 주인님 방에서 부엌으로나 꺼져버려…… 아줌씨들이 할 일은 따로 있는 법이여!"

그녀는 피식 웃고서 방을 나갔다. 그는 언짢아서 그녀의 뒷덜미에 대고 눈을 흘겼다.

그는 자존심에 큰 상처를 입었다. 그 이후로 그는 아내를 시큰둥하게 대했다. 하지만 언제고 일리야 일리이치가 어떤 물건을 가져오라 했는데 아무리 찾아도 없거나 찾는 물건이 깨져 있을 때, 그리고 집 안이

하도 어수선해서 자하르의 머리 위에 '섭섭한 말'을 수반한 뇌성(雷聲)이 떨어질 때면, 자하르는 아니시야에게로 쪼르르 달려가 고갯짓과 큼지막한 손가락으로 주인의 방을 가리키면서 고압적인 목소리로 속삭이곤 했다. "주인님한테 가봐. 뭐가 필요하다는 건지 알 수가 있나!"

아니시야가 일단 방안에 들어가면, 뇌성도 간단한 설명으로 늘 해결되곤 했다. 오블로모프의 말 속에서 '섭섭한 말'이 새어나올 기색이라도 보이면, 자하르도 이제는 제가 알아서 아니시야를 부르는 것이 어떻겠냐며 은근히 주인의 의향을 떠보기까지 했다.

만약 아니시야가 아니었더라면 오블로모프의 방안의 모든 것은 말짱 도루묵이 되어버렸을 것이다. 그녀는 자신을 이미 오블로모프 가(家)의 일원으로 생각했고, 급기야 무의식적으로 오블로모프 나으리님의 인생과 남편, 그 가문과 남편의 떼어놓을 수 없는 관계를 공유했다. 그녀의 여자로서의 눈길과 오지랖 넓은 손은 황폐한 평온 속에서 한시도 쉴 날이 없었다.

자하르가 그저 빈둥거리고 있는 때에도, 아니시야는 탁자와 소파의 먼지를 털어내고, 환기구를 열고, 병풍을 바로 세우고, 방 한가운데에 여기저기 널브러져 있는 장화와 일렬로 정렬해 의자들에 걸려 있는 바지들을 제자리에 갖다놓고, 의복들과 책상 위에서 돌아다니고 있는 서류들, 연필, 칼, 펜까지도 죄다 정리해놓았다. 엉망이 된 침구의 괴깔을 깨끗이 하고 베개를 정리했는데, 그것도 세 차례나 그렇게 했다. 다음엔 온 방안을 두루 훑어보고, 의자를 바로 놓고, 반쯤 나와 있는 장롱 서랍을 밀어넣고, 책상에서 휴지를 다른 데로 옮겨놓고는 자하르의 장화 끄는 소리에 잽싸게 부엌으로 달려가곤 했다.

그녀는 활력 있고 민첩한 마흔일곱의 여인이었는데, 세심한 미소와 사방을 살피느라 부릅뜬 눈, 튼튼한 목과 가슴 그리고 벌겋고 예리하며 결코 지치지 않는 손의 소유자였다.

그녀의 몰골은 사실 말이 아니었다. 크지는 않았지만 코만이 유독 눈에 띄었다. 마치 얼굴에서 떨어져 나와 있거나 아니면 어색하게 그냥 붙어 있는 것만 같이 보였다. 게다가 아랫부분이 어찌나 위로 솟아올라 있는지 코에 가려진 얼굴이 눈에 잘 들어오지 않을 정도였다. 피부는 탄력을 잃고 안색 또한 안 좋아서 코에 대해서는 할 말도 많았지만 누구 하나 얼굴에 대해서는 말하는 이가 없었다.

이 세상엔 자하르와 같은 남편은 부지기수다. 아내의 조언이라면 콧방귀도 뀌지 않고 그저 어깨만 씰룩이는 외교관도 알고 보면 아내의 조언에 따라 서류를 작성하는 경우가 있다.

중요 사안에 대한 아내의 잔소리에 휘파람을 불며 마지못해 들어주는 듯한 찡그린 표정으로 대꾸를 하면서 다음날이면 이 잔소리를 장관에게 정식으로 보고하는 관리 또한 존재한다.

이들 나리님들의 아내와의 부부생활은 암담하지 않으면 경박하다. 아내에게 건네는 말에도 성의라고는 찾아볼 수가 없다. 자하르도 마찬가지지만, 아내를 그냥 부엌일이나 하는 여편네, 심각하고 사무적인 생활로부터 벗어나 위안을 삼는 꽃 정도로 취급하기 때문이다……

벌써 정오의 태양이 공원길을 달구고 있다. 사람들이 아마포 차양 아래 드리워진 그늘에 앉아 있다. 단지 아이들을 데리고 있는 유모들만이 무리를 지어서 대담하게 돌아다니거나 정오의 뙤약볕 아래 풀밭에 앉아 있다.

오블로모프는 내내 소파에 누워서 아침에 올가와 나눈 대화의 의미를 곱씹어보고 있다.

"그녀는 날 사랑하고 있어. 그녀 안에 나에 대한 감정의 변화가 일어난 거야. 이게 과연 생시인가 꿈인가? 그녀가 나를 그리워하고 있다니. 나를 위해서 그녀가 그토록 열정적으로 노래를 부를 줄이야. 음악이 우리 둘에게 사랑이라는 전염병을 옮겨놓은 거야."

샘솟는 자신감을 느꼈다. 인생의 서광이 비친 것이다. 인생의 저 신비한 먼 나라, 얼마 전까지만 해도 없었던 색조와 빛줄기. 그는 벌써 외국, 스위스의 호수에, 이탈리아에 그녀와 함께 있는 자신의 모습을 그려본다. 로마의 폐허를 산책하고, 곤돌라를 타고, 다음엔 파리와 런던의 군중들 사이에서 어찌할 바를 모르는 두 사람. 마지막으로 자신의 지상낙원, 오블로모프카.

그녀는 여신(女神)이다. 사랑스런 속삭임과 단아하고 하얀 얼굴, 그리고 가늘고 보드라운 목……

농부들 중에 비슷하기조차 한 사람은 눈 씻고 보아도 없다. 그들은 이 천사 앞에서 넙죽 엎드린다. 그녀는 풀밭을 조용히 거닐고 자작나무 그늘에서 그와 함께 산책을 한다. 그리고 그에게 노래를 불러준다……

그 역시도 삶 자체와 삶의 조용한 흐름, 그리고 달콤한 잔물결과 파도 소리를 느낀다…… 그는 문득 가득한 희망과 충만한 행복 앞에서 주저하는 자신을 발견한다……

별안간 그의 얼굴에 암운이 드리워졌다.

"아냐, 절대 그래선 안 돼!" 소파에서 벌떡 일어나 방안을 서성이며 그가 큰 소리로 중얼거렸다. "나를 사랑한다고? 이 우스꽝스럽고, 눈엔 잠이 덕지덕지 붙어 있고, 볼도 축 늘어진 나를?…… 그녀는 아직도 나를 비웃고 있는 거야……"

그는 거울 앞에 멈춰 서서 한참을 거울에 비친 자신의 모습을 들여다보았다. 처음엔 영 마음이 내키지 않았지만, 잠시 후엔 표정이 밝아졌다. 그리고 미소까지 지어 보였다.

"시내에서 지낼 때보다 훨씬 나아진 것 같은데, 더 신선해 뵈기도 하고. 눈도 그리 퀭하지는 않군…… 다래끼가 났었는데 지금은 없어졌어…… 필시, 여기 공기가 좋아서 그럴 거야. 산책도 많이 하지, 술은 입에도 대지 않지, 눕지도 안잖아…… 이집트까지 갈 필요는 없을 것 같다."

올가의 숙모인 마리야 미하일로브나로부터 식사하러 오라는 전갈이 왔다.

"그럼, 가야지!"

심부름꾼이 막 떠나려 했다.

"잠깐만! 받아둬."

그에게 돈을 주었다.

그는 날아갈 듯 기분이 좋았다. 자연 속에선 모든 게 다 명료하다. 모든 사람들이 다 착하고 즐겁게 살고 있다. 누구의 얼굴에도 행복이 써 있다. 단지 자하르만이 입이 튀어나와서, 주인을 힐끔거리고 있지만, 대신 아니시야가 선량한 미소를 짓고 있다. '개라도 한 마리 길러야겠어, 아니면 고양이라도…… 고양이가 낫겠다. 고양이는 훨씬 순하고 우는 것도 조용하니까.'

그는 올가에게로 달려갔다.

'그런데, 그건 그렇고…… 올가가 나를 사랑하고 있어!' 길을 가며 그가 생각했다. '그녀는 정말 젊고 풋풋한 미인이야! 그녀의 마음엔 지금 인생의 가장 시(詩)적인 영역이 열려져 있어. 올가 정도의 처녀라면 반드시 검은 곱슬머리에 키가 훤칠하고 균형 잡힌 몸매를 자랑하는, 그리고 뭔가 생각이 깊은 비밀의 힘과, 얼굴엔 담대함과 자신만만한 미소가 가득한, 게다가 눈에선 불이 번쩍이면서도 눈길만큼은 불을 녹이고 살며시 떨려 사람의 마음속까지 꿰뚫어보는, 마지막으로 금속 현처럼 울려 퍼지는 부드럽고 시원한 목소리를 가진 바로 그런 청년을 꿈꿔야만 해. 그런데도 보면, 젊음, 얼굴에 비치는 대담성, 숙련된 마주르카 춤솜씨, 말 타는 솜씨만으로 사랑을 얻는 것은 아닌가 봐. 올가는 예사 처녀가 아냐. 보통의 처녀들은 콧수염에 마음이 뒤숭숭해지고 군도(軍刀) 소리에 솔깃하기 마련이거든. 그런 땐 다른 것이 필요하지…… 이성의 힘이랄까. 예컨대, 여자가 이성 앞에서 주눅이 들어서 고개를 숙이고 들어오길 원하거나, 세상이 그에게 간청하길 바란다면…… 혹은 평판이 좋은 배우라면 또 모르지…… 그럼, 난 어떻지? 오블로모프라는 것 말고는 쥐뿔도 없군. 슈톨츠의 경우는 전혀 달라. 슈톨츠는 자신과 타인, 운명까지도 마음대로 주무를 수 있는 이성과 힘과 능력을 갖고 있어. 어디를 가든, 누구와 어울리든, 순식간에 상대방을 압도하고 악기를 다루듯이 갖고 놀아…… 그럼 나는? 자하르란 놈 하나도 제대로 다루지 못하고…… 자신은 물론이고…… 천상 난 오블로모프야! 슈톨츠라! 맙소사! 그녀가 혹 그를 사랑하고 있는 것은 아닐까.' 그는 화들짝 놀랐다. '그녀 스스로도 말한 적이 있어. 물론 우정이라 했지만. 그래 그건 아마 거짓말일 거야. 그럴 수밖에 없었겠지…… 남녀간에 우정은 없어……'

그는 점점 조용히, 조용히, 조용히 걸어갔다. 그럴수록 의심에 사로잡혔다.

'만약 그녀가 내게 아양을 떠는 거라면, 어쩐다? 단지 그뿐이라면……'

그는 완전히 멈추어 섰다. 잠시 망연자실했다.

'거기에 간교가, 음모가 있다면…… 그녀가 나를 사랑하고 있다는 걸 어떻게 확신했던 거지? 그녀가 그런 말 한 적은 없어. 이건 자존심이라는 악마의 속삭임이야! 안드레이! 정말일까? 그럴 리가 없어. 그녀가 어떤 여자인데, 어떤 여자인데…… 그래 바로 저 여자야!' 멀리 자기를 향해 걸어오고 있는 올가를 발견하고, 그는 기쁨에 탄성을 질렀다.

'아냐, 그녀는 그런 여자가 아니야, 그녀는 거짓말쟁이가 아냐. 저렇게 다정한 눈으로 쳐다보는 거짓말쟁이가 세상천지에 어디 있어. 거짓말쟁이라면 진실한 미소도 지을 줄 모르고, 불평이나 늘어놓기 일쑤지…… 하지만…… 그녀는, 그렇지만, 사랑한다는 말은 아직 하지 않았어!' 다시 갑자기 놀라서 생각했다. 그는 열심히 자기에게 해명을 했다…… '그런데 부아가 치미는 이유가 뭐지? 오, 하나님! 왜 이리도 혼란스러운 것일까!'

"갖고 계신 게 뭐죠?"

"나뭇가지요."

"무슨 나뭇가지요?"

"보시다시피, 라일락이요."

"어디서 났어요? 여기는 라일락이 없는데. 어디 다녀오셨어요?"

"일전에 당신이 꺾었다가 버리신 적 있잖아요."

"왜 주워오셨어요?"

"그냥 마음에 들어서요. 당신이…… 화가 나서 버렸다니까, 왠지."

"화낸 게 마음에 드신다니, 이것도 희소식이네요! 그런데 왜죠?"

"말 안 할래요."

"말씀해보세요, 제가 이렇게 부탁드릴게요……"

"천만에요, 무슨 일이 있어도 안 돼요!"

"이렇게 애원해도요?"

그는 거절의 의미로 고개를 가로저었다.

"그럼 제가 노래를 불러드리면요?"

"그렇다면…… 생각해볼 수도……"

"당신을 움직이는 건 음악밖에는 없군요?" 그녀가 눈살을 찌푸리며 말했다. "정말이죠?"

"네, 당신이 부르는 노래라면……"

"그럼, 노래할게요…… Casta diva, Casta di……"

노마의 호소가 울려 퍼졌다. 그리고 노래가 끝났다.

"자, 이제 말씀해주세요!"

그는 잠시 주저하고 있었다.

"아뇨, 아뇨!" 전보다 더한 확고함이 느껴지는 그의 말이었다. "무슨 일이 있어도 못 해요…… 절대로! 만약 거짓이라면, 만약 제게 그렇게 느껴진 것뿐이라면? 절대로! 절대로!"

"뭔데 그러세요? 무슨 끔찍한 일이라도."

궁금해 못 견디겠다는 투로 그녀가 말했다. 그를 향한 시선에는 호기심이 가득했다.

그녀의 얼굴은 점차 생각으로 가득 찼다. 생각하고 추측할 때마다 그녀의 표정은 각양각색으로 변했다. 얼굴 전체가 생각 속에 몰입했다…… 태양은 이따금 구름 사이로 모습을 드러내 차례로 관목 하나씩을 비추다가 지붕을 비추고, 그러다가는 갑자기 온 천지를 빛으로 덮어버렸다. 그녀는 이미 오블로모프의 생각을 알고 있었다.

"아뇨, 아뇨, 혀가 말을 듣지 않네요…… 묻지 말아주세요."

"전 묻지 않아요."

그녀가 관심 없다는 듯 말했다.

"묻지 않는다고요? 지금 당신이……"

"그만 집으로 가요." 그가 하는 말은 아랑곳하지 않고 그녀가 의미심장하게 말했다. "Ma tante(숙모)가 기다리세요."

그녀가 성큼성큼 앞장서 갔다. 그와 숙모를 남겨놓고 곧장 자기 방으로 들어가버렸다.

제8장

오블로모프에게 그 날은 온종일 환멸의 연속이었다. 그의 기분은 올가의 숙모와 함께 있을 때도 마찬가지였다. 올가의 숙모는 매우 지혜롭고 고상한 여인으로, 늘 멋진 옷을 입고 있었다. 그녀에게는 안성맞춤인 깨끗한 명주옷에 늘 우아한 레이스 깃을 달고 있고, 게다가 두건 또한 멋질 뿐만 아니라 리본 역시 쉰다섯 나이의, 그러나 아직도 고운 얼굴에 어울리게 깜찍하게 정돈되어 있었다. 목에는 손잡이가 달린 접이식 금테 안경이 걸려 있다.

그녀의 자세와 몸짓은 더할 나위 없이 훌륭하다. 값비싼 숄을 아주 절묘하게 두르고, 자수무늬 베개에 팔꿈치를 걸치고 위풍당당한 풍채로 소파에 앉아 있는 모습이 그랬다. 그녀가 일하는 모습은 결코 볼 수가 없었다. 허리를 굽힌다거나 뜨개질을 한다거나 자질구레한 일에 신경 쓴다는 것은 그녀의 얼굴, 위엄 있는 자태와는 전혀 어울리지 않았다. 하인이나 여종에게 지시를 내릴 때의 그녀의 말투는 무덤덤하고 간결하며 매정했다.

그녀는 책은 간혹 읽지만 결코 글을 쓰는 법은 없었다. 하지만 말은 청산유수로 잘했다. 더군다나 프랑스어로 할 때가 더 나았다. 하지만 그녀는 오블로모프가 프랑스어를 자유롭게 구사하지 못한다는 사실을 눈치채고 곧바로 다음날부터는 러시아어로 대화를 하는 아량도 보였다.

대화 중에 그녀는 꿈을 꾸는 법도, 똑똑한 척하는 법도 없었다. 그녀의 머리 속엔 이성이 결코 뛰어넘을 수 없는 엄격한 특징 하나가 떡하니 자리를 차지하고 있는 것만 같았다. 모든 정황으로 판단하건대, 감정, 사랑을 포함한 온갖 정(情)이 기타 다른 요소들과 어깨를 나란히 하고 그녀의 삶 속으로 들어오고 있고, 또 들어왔음이 분명했다. 왜냐하면 다른 여자들의 경우, 사랑이, 일에서가 아니면 말에서라도, 삶의 모든 문제에 관여하고, 기타 나머지 것들은 사랑이 차지하고 있는 공간을 제외한 여분의 공간이 얼마나 남아 있느냐에 따라 외면당하기도 한다는 사실을 금방 알 수 있기 때문이었다.

이 여인의 경우는 생(生)을 영위하고 자신을 통제하고, 생각과 의도, 의도와 실천의 균형을 유지하는 수완이 무엇보다도 빼어났다. 이런 여인은 매복하는 이에게서 한시도 눈을 떼지 않는 용의주도한 적(適)처럼, 절대 기습을 허용하지 않는다.

그녀의 고향은 사교계인지라 절도(節度)와 경계(警戒)는 온갖 생각이나 말, 그리고 행동보다 앞서 있었다.

그녀는 절대 숨겨진 감정을 드러내지 않을뿐더러 누구에게도 속마음을 털어놓지 않았다. 그녀 주변에서 커피 한 잔을 마시며 도란도란 얘기를 나눌 수 있는 마음 착한 친구나 노파 하나 찾아볼 수가 없었다. 그녀와 단둘이 시간을 보낼 수 있는 사람은 독일 귀족 출신인 랑바겐 남작뿐이었다. 저녁이면 그는 이따금 자정까지도 남고는 했는데, 대개는 올가와 함께였다. 하지만 그들은 거의 대부분의 시간을 침묵으로 일관했다. 그 침묵에는 어떤 비장함과 영민함이 깃들어 있는 것만 같아서 마치 남들이 모르는 무언가를 알고 있는 것은 아닌가 하는 착각을 불러일으켰다.

겉보기에 그들은 함께 있는 것을 좋아하는 것만 같았다. 바로 이것이 그들을 보면서 도출해낼 수 있는 마지막 결론이다. 그녀는 다른 사람과 만나듯이 그렇게 그와 어울렸다. 호의적으로, 친절하게, 그리고 동시에 변함없이, 편안하게.

흉물스런 혀들이 이를 가만두지 않았다. 함께 외국에 나간다느니 어쩌니 하며 오랜 우정에 대해서 이러쿵저러쿵 입방아를 찧었다. 그러나 그에 대한 그녀의 관계에서는 감춰진 특별한 애정의 일말의 그림자도 엿보이지 않았는데, 이는 겉으로만 보아도 금방 알 수 있는 일이었다.

사실 그는 얼떨결에 청부계약으로 저당이 잡혀버린 올가의 작은 영지의 피신탁인(彼信託人)이었다. 그리고 지금도 마찬가지로 그 임무는 유효하다.

남작은 지금도 일을 진행하고 있었다. 예컨대, 그는 어떤 관리로 하여금 문서를 작성하도록 지시도 하고, 돋보기 안경 너머로 문서를 검토도 하고, 필요하면 결재를 하기도 하며, 관리를 문서와 함께 관청으로 보내기도 했다. 그리고 자신은 일이 제대로 진행되도록 사교계의 연줄을 이용했다. 그는 일이 하루빨리 잘 마무리되기를 기대했다.

마흔 남짓의 나이에도 그는 동안(童顔)을 가졌다. 단지 수염만을 염색했고 한쪽 다리를 약간 절뿐이었다. 그는 세련되리만큼 매우 친절해서 부인들 앞에서는 절대 담배를 피우지 않았고 발을 꼬고 앉지도 않았으며, 모임에서 멋대로 의자에 푹 퍼져 앉아 무릎과 장화를 코 높이까지 올리는 버릇없는 젊은이들을 엄하게 꾸짖었다. 그는 방안에서도 장갑을 낀 채로 의자에 앉았는데, 단지 식사를 할 때만 장갑을 벗었다.

그는 최신 유행으로 옷을 입었고, 연미복의 단춧구멍에는 많은 외국 훈장을 매달았다. 또 사륜마차를 타고 다녔는데, 끔찍이도 말을 아꼈다. 마차에 올라탈 때도 그는 한 바퀴를 빙 돌면서 마구(馬具)와 말발굽을 살펴보았다. 이따금 흰 손수건을 꺼내 들고 말들이 제대로 씻겨졌는지를 살피기 위해서 말의 어깨와 등을 문지르기도 했다.

안면이 있는 사람을 만났을 때는 호의적이고 친절한 미소로 인사를 하되, 모르는 사람에게는 처음엔 쌀쌀했다. 그러나 소개가 끝나고 나면 쌀쌀함도 예의 미소로 바뀌어 다음부터는 언제까지나 그 미소를 기대해도 좋았다.

그는 오지랖이 넓었다. 그래서 선행에 대해서도, 고물가(高物價)에 대해서도, 과학에 대해서도, 사교계에 대해서도 똑같이 걱정이 많았다. 자기의 견해를 피력할 때에도 분명하고 원숙했다. 마치 어떤 수업을 위해 미리 준비되고 기록된, 그리고 사회적 지침을 위해 세상에 공표된 잠언으로 말하는 것만 같았다.

숙모에 대한 올가의 태도는 지금까지 매우 단순하면서도 좋았다. 호의적 관계 속에서 그들은 결코 중용의 선을 넘지 않았고, 둘 사이에 불만족의 그늘이 결코 드리워진 적이 없다.

그럴 수밖에 없었던 데에는 올가의 숙모인 마리야 미하일로브나의 성격도 한몫을 했고, 두 사람 다 달리 처신할 하등의 이유를 발견하지 못했다는 사실 또한 큰 역할을 했다. 숙모는 올가가 마다하는 일을 강요하지 않았다. 올가는 올가대로 숙모의 바람을 저버리고 충고를 듣지 않겠다는 생각은 꿈에도 해본 적이 없었다.

그렇다면 숙모의 바람이란 어떤 것들일까? 다름아니라 옷을 고르고 머리 모양을 결정하고, 예컨대, 프랑스식 극장*을 갈까 아니면 오페라를 들으러 갈까 하는 따위의 선택이다.

올가는 숙모가 바라는 만큼만, 충고하는 만큼만 따를 뿐 그 이상을 하겠다는 생각은 해본 적도 없었다. 사실 숙모도 숙모로서의 권리로 허용될 수 있을 정도까지만 충고를 했다. 너무 심하다 싶은 정도로 중립을 지키긴 했지만 어쨌든 일정한 선을 넘는 법이 없었다.

---

* 상트-뻬쩨르부르그에 있는 미하일로프스키 극장을 일컬음.

이 관계라는 것이 너무도 무미건조해서 숙모가 올가에게 순종과 상냥함을 강요하네 마네, 마찬가지로 올가가 숙모에게 순종적이고 고분고분하네 마네 하며 왈가왈부하는 것은 전혀 무의미했다.

함께 있는 그들을 처음 보는 사람이라면 둘의 관계를 숙모와 조카딸의 관계가 아니라 어머니와 딸의 관계로 판단할 소지도 충분히 있었다.

"상점에 다녀오려고 하는데, 혹시 뭐 필요한 거라도 있니?"

숙모가 묻는다.

"네, ma tante, 보라색 옷을 바꿔야 해요." 올가가 대답을 한다. 그리고는 같이 간다. 아니면, "아뇨, ma tante, 일전에 다녀왔어요"라고 하든가.

숙모가 두 손가락으로 그녀의 양 볼을 잡고 이마에 입을 맞추면 올가 역시 숙모의 손에 입을 맞춘다. 숙모는 떠나고, 올가는 남는다.

"우리 다시 그 별장이나 빌릴까?"

숙모가 질문도 아니고 의향을 떠보는 말도 아닌 말을 불쑥 던진다. 마치 스스로도 생각만 할 뿐 작정한 것은 아닌 듯 보인다.

"네, 거기 지금 참 좋을 거예요."

그리고 별장을 빌린다.

"아휴, ma tante, 이 숲과 모래사장이 싫증도 안 나세요? 다른 데로 좀 가보는 게 좋지 않겠어요?"

"생각해보자꾸나. 올렌카,* 극장에 갈래? 그 연극 좋기로 소문이 자자하던데."

"당연히 가야죠."

---

* 올가의 애칭.

대답은 하지만 서둘러 기쁜 내색을 하고픈 생각도 없고 고분고분 따르는 기색도 전혀 없다.

가끔 대수롭지 않게 옥신각신하기도 한다.

"미안한데, ma chere,* 초록색 리본이 네 얼굴에 어울리니? 크림 색을 하지 그러니."

"아휴, ma tante! 벌써 여섯 번이나 크림 색 리본을 했어요, 이젠 싫증이 났다고요."

"그렇다면, 팬지 색으로 하든가."

"크림 색이 마음에 드세요?"

숙모가 쳐다보고는 천천히 고개를 흔든다.

"마음대로 하렴, ma chere, 내가 너라면 크림 색이나 팬지 색을 하겠다 이거지."

"아뇨, ma tante, 전 그래도 이걸 고르겠어요."

올가가 상냥하게 말하면서도 끝내 원하는 것을 집는다.

올가는 판결이 자신에게 법적 효력을 가지는 권위자로서가 아니라 마치 보다 경험이 풍부한 다른 여자에게 묻듯 그렇게 숙모에게 충고를 구한다.

"Ma tante, 이 책 읽으셨어요? 어떤 내용이에요?"

"아휴, 정말 졸작이야!"

움찔하며 숙모가 대답한다. 하지만 그녀는 올가가 책을 읽지 못하도록 책을 숨긴다거나 어떤 조치를 취하지도 않는다. 그러면 올가도 그 책은 다시 거들떠보지도 않는다. 조금 판단이 어렵다 싶은 문제는 랑바겐 남작이나 슈톨츠의 몫이다. 물론 그가 자리에 있다면. 그리고 읽느냐

---

* 프랑스어: 내 귀여운 아가.

마느냐의 결정은 전적으로 그들에게 맡긴다.

"Ma chere, 올가! 자바스키에서 자주 네게 찾아오던 그 젊은이에 대해서, 듣자니, 사람들이 말도 안 되는 소리를 하고 다니더구나."

그게 전부다. 올가가 원하느냐 원치 않느냐는 다음 문제다. 말을 하느냐 마느냐도 마찬가지고.

집에 오블로모프가 나타나도 숙모와 남작, 심지어 슈톨츠마저도 질문하는 법이 없고 특별한 관심을 보이지도 않았다. 슈톨츠가 친구를 소개시켜주고자 했던 이 집의 분위기를 살펴보자. 매사에 조금은 격식이 있어 보이는 이 집에선 식사 후에 누구도 잠을 잘 수가 없을 뿐만 아니라 심지어는 어색해서 다리를 꼬고 앉을 수도 없었다. 옷차림새도 말쑥해야 하고 오가는 말을 기억해야만 했다. 한마디로, 졸아서도 안 되고 긴장을 놓아서도 안 되는 것이다. 또 늘 생기 넘치고 시대에 뒤떨어지지 않는 대화가 오가는 집인 때문이었다.

만약 오블로모프의 꿈꾸는 듯한 인생에 젊고, 매력적이고, 똑똑하며 생기발랄하고, 일부 재담도 늘어놓을 줄 아는 여인을 끌어들인다면, 이는 어두컴컴한 방안으로 등불을 가져와 음침한 방안 구석구석에 고른 빛과 온기를 두루 퍼트려서, 끝내는 활기 넘치게 만드는 것과 같은 효과를 보지 않을까 하는 생각을 슈톨츠는 오래 전부터 하고 있었다.

이것이 바로 그가 자기 친구와 올가를 인사시키며 얻고자 했던 결과의 전부였다. 그는 자신이 사랑의 불씨를 옮기게 되리라고는 전혀 생각조차 못 했다. 하물며 올가와 오블로모프는 어떠하랴.

일리야 일리이치는 두어 시간 동안이나 숙모 곁에 예의바르게 앉아서 단 한 번도 다리를 포개지 않고 다방면에 걸친 문제에 대해서 점잖게 담소를 나누었다. 심지어 그는 두 번에 걸쳐서 그녀의 의자를 능숙하게 빼주기도 했다.

제2부 369

남작이 와서는 친절하게 미소를 지어 보이고 다정하게 그의 손을 잡았다.

오블로모프는 아직까지는 점잖게 처신하고 있고, 나머지 세 사람도 더할 나위 없이 서로에게 만족하고 있다.

대화를 나누거나 산책을 하는 오블로모프와 올가를 숙모는 구석에 앉아서 쳐다보았다…… 혹은, 전혀 보지 않았다고 말하는 것이 더 나을 듯싶었다.

젊은 멋쟁이와 산책을 하는 것, 이것은 또 다른 문제다. 바로 그 순간에는 아무 말도 하지 않을는지 몰라도 자기만의 고집스런 방식을 갖고 있는 그녀는 어떻게든 암암리에 다른 방법을 궁리해낼 것이 뻔하다. 처음 한두 번은 직접 그들과 같이 산책을 나가다가 나중엔 누구든 제3의 인물을 함께 동행시키고, 그러다 보면 결국엔 산책이 그냥 산책으로 끝이 나게 마련이었다.

그러나 올가와 산책을 하고 큰 홀의 구석, 발코니에 나란히 앉아 있는 사람이 '오블로모프' 라면…… 이것은 도대체 어떤 의미로 받아들여야만 한단 말인가? 그의 나이 갓 서른. 그는 그녀에게 시시콜콜한 얘기를 한다거나 무슨 종류가 되었든 책 나부랭이를 건네지도 않을 것이다…… 누군들 그런 생각을 하겠는가 말이다.

게다가 슈톨츠가 떠나기 하루 전날 올가에게 하는 말을 숙모는 우연히 엿듣게 되었는데, 무슨 얘기인고 하니, 절대 오블로모프로 하여금 좋게 하지도 말고 잠을 재우지도 말며, 되도록 그를 괴롭히고 포악하게 다루고 또 온갖 임무를 주라는 것, 한마디로, 그를 관리해달라는 당부였다. 그리고 그녀에게 부탁하기를, 절대 오블로모프에게서 한시도 눈을 떼지 말고 더 자주 집으로 초대를 하고 산책과 여행에 끌어들이고, 만약에 그가 외국으로 떠나지 않으면 어떻게 해서든 그를 가만 놔두지 말라고 했다.

올가는 그가 숙모와 앉아 있는 동안에는 나타나지 않았다. 시간이 지리하게 흘렀다. 오블로모프는 다시 갈팡질팡하기 시작했다. 그제서야 그는 올가의 변화의 원인을 짐작할 수 있었다. 이 변화는 그에게 왜 그런지 이전보다 더 버겁게 느껴졌다.

이전에 헛다리를 짚었을 때는 단지 무섭고 창피하기만 했다. 그런데 지금은 버겁고 어색하고, 마치 습도가 높고 비가 내리는 날씨처럼, 마음이 춥고 슬프다. 슈톨츠에 대한 그녀의 사랑을 이미 눈치챘다는 암시를 오블로모프는 그녀에게 주었다. 물론 엉뚱한 추측이 될 수도 있다. 이것은 정말로 결코 돌이킬 수 없는 치욕이었다. 만약 추측이 얼토당토않다면 이 얼마나 꼴사나운 일인가! 그는 그냥 호기를 부려보았다.

그는 조심조심 사뿐히 나뭇가지에 내려앉는 새를 쫓아버리듯이 그렇게 젊고 활달한 가슴을 수줍게 두드리는 감정을 물리칠 수도 있었다. 저 너머의 소리, 속삭임. 그러다가는 날아가겠지.

그는 심장이 멎을 듯한 전율을 느끼며 올가가 식사하러 나오기만을 학수고대했다. 그녀는 무슨 말을 어떻게 할 것인가, 어떤 눈으로 그를 쳐다볼 것인가……

드디어 그녀가 나왔다. 그녀를 보는 순간 그는 꼼짝도 할 수 없었다. 그는 그녀를 겨우 알아보았다. 그녀의 얼굴, 심지어 목소리까지도 변해 있었다.

거의 아이의 것이라고 할 정도의 천진난만한 미소는 입술에서 사라졌고, 눈이 커서 순박해 보이던 이전의 시선 또한 찾아보기 힘들었다. 의문이나 망설임 혹은 순박한 호기심이 잔뜩 배어 있던 예의 그 시선이 아니었다. 마치 이젠 더 이상 물어볼 말도 없고 더 알 것도 없으며 놀랄 일도 없다고 말하고 있는 듯했다!

그녀의 눈길이 예전처럼 그를 쫓지도 않았다. 그녀는 그를 보면서 마치 더 이상은 알 필요가 없는 오랜 지기(知己)를 보듯, 또 남작이나 똑같이 그녀에게 전혀 무의미한 사람을 보듯 했다. 예컨대, 1년 만에 만난 사람처럼 그녀가 못 알아볼 정도로 훌쩍 성숙해버린 것만 같았다.

전날의 냉랭함과 분노는 없었다. 그녀는 농담을 하고 심지어 웃기까지 했으며, 전 같으면 아무 대꾸도 하지 않았을 것 같은 질문에 대해서도 진지하게 대답했다. 그녀는 전 같으면 의당 마다했을 남들의 방법을 이젠 부득이 써먹어야겠다고 작심한 것이 분명했다. 머릿속에 떠오르는 대로 아무 말이나 다 할 수 있게 해주었던 자유와 격의 없음도 이젠 없다. 다 어디로 사라져버린 것일까?

식사를 마치고 그는 그녀에게 다가가 산책을 하지 않겠느냐고 물었다. 그런데 그녀는 그에게 아무런 대꾸도 없이 숙모에게 이렇게 묻는 것이었다.

"우리 산책 나갈까요?"

"멀리 가지만 않는다면. 우산 좀 가져오라고 해주렴."

그렇게 모두가 산책을 나갔다. 그들은 축 늘어져서 걷다가 멀리 뻬쩨르부르그 시내도 보고, 숲에까지 갔다가 발코니로 다시 돌아왔다.

"오늘은 노래를 부르실 만한 심기가 아니신 것 같군요. 청하기도 두렵습니다."

행여 이런 어색함이 끝나고 그녀에게 쾌활함이 다시 돌아오지는 않을까, 말 한마디, 웃음, 노래 속에 진실함과 순진함 그리고 신뢰의 빛이 반짝이지는 않을까 하는, 혹시나 하는 생각에 오블로모프는 넌지시 말을 건넸다.

"덥구나!"

숙모가 말했다.

"상관없어요, 한번 불러나 보죠."

그리고 올가는 로망스를 불렀다. 그는 노래를 들었다. 귀를 의심하지 않을 수 없었다.

여기 이 사람은 그녀가 아니다. 도대체 이전의 열정적인 음성은 어디로 사라진 걸까? 그녀는 모임에서 요청이 있을 때 다른 처녀들이 부르듯이 깨끗하고 정확하게…… 그렇게 노래를 불렀다. 열정은 찾아볼 수 없다. 그녀는 노래에 혼을 담지 않았고 청중은 아무 감흥을 느끼지 못했다.

교활하게도 짐짓 화난 척을 하는 것인가? 예측불허다. 그녀는 다정다감하게 바라보고 시키지도 않은 말을 주절거리고 있다. 하지만 노래할 때와 마찬가지로 다른 사람과 별반 다를 게 없이 그렇게 말을 하고 있다…… 도대체 이게 무슨 일인가?

오블로모프는 차가 나오기를 기다리지도 않고 모자를 집어들고 인사를 했다.

"자주 놀러 와요. 평일엔 항상 우리 둘만 있으니까. 지루하지 않으시면. 일요일엔 항상 일이 좀 있는데, 그렇다고 고새를 못 참고 답답해하지 마시고."

남작이 점잖게 일어나 그에게 인사를 했다.

올가는 마음 착한 지기(知己)에게 하듯 고개인사를 했다. 그가 나가자 올가는 창가로 다가가 그쪽을 보면서 점점 멀어지는 오블로모프의 발자국 소리에 귀를 기울였다.

이 두 시간과 다음 사나흘, 그리고 또 몇 주의 시간은 그녀에게 큰 영향을 미쳤다. 그녀를 앞으로 저만치 떠민 것이다. 오로지 여자만이 에너지의 그토록 빠른 개화, 심정의 다양한 변화에 탁월한 능력을 갖는 법이다.

그녀는 마치 삶의 교훈을 매일이 아닌 매 시간 듣고 있는 듯하다. 매 시간 너무나도 사소해서 거의 눈에 띄지도 않는 체험을 하고 있는 것이다. 이는 남자 코앞을 지나던 새가 눈 깜짝할 사이에 여자의 손아귀에 잡히고 마는 경우와 다를 바가 없겠다. 그녀는 저 멀리 그의 비행을 눈으로 쫓고 있다. 비행으로 그려진 곡선이 그녀의 뇌리에 씻기 어려운 기호로, 지표로, 교훈으로 남는다.

남자라면 이정표가 필요한 곳에서도 여자에게는 윙윙거리는 바람소리와 귀로는 가까스로 포착 가능한 공기의 진동만으로 충분한 법이다.

별안간 어째서, 무슨 곡절이 있기에 지난주까지만 해도 그토록 무사태평하던, 절로 웃음이 나올 정도로 순박해 뵈던 아가씨의 얼굴에 난데없이 잔인한 생각이 자리잡게 된 것일까? 어떤 생각일까? 무슨 생각을 하고 있는 걸까? 모르긴 몰라도 이 생각 속에는, 예컨대, 남자의 모든 논리, 모든 사변 및 경험철학, 모든 인생 방식을 총망라하는 그 어떤 것이 담겨 있으리라!

소녀였던 그녀를 두고 얼마 전에 떠나서 학업을 마치고 견장을 단 사촌이 그녀를 보고는 기뻐서 달려온다. 전에 그랬듯이 그녀의 어깨를 흔들고 그녀의 손을 잡아 돌리고 의자와 소파 위를 뛰어볼 심산인데…… 문득 그녀의 얼굴을 뚫어지게 쳐다보고는 황당하고 겁에 질린 얼굴로 뒷걸음질을 친다. 그리고 깨닫게 되는 것이다. 자신은 아직 소년인데 그녀는 이미 여인이라는 사실을!

어찌 된 일일까? 무슨 일이 있었을까? 연극? 무슨 큰일이라도? 도시 전체가 알고 있는 무슨 새 소식이라도?

어머니(maman)고 숙부(mon oncle)고 숙모(ma tante)고 유모고 하녀고 할 것 없이 그 누구도 도무지 아는 바가 없다. 언젠가 이런 경우는 있었다. 예컨대 마주르카 두 곡과 카드릴 몇 곡을 연이어 추고서 심한 두통을 앓아 밤에 잠을 이루지 못 했던……

그후 모든 문제가 해결되고 이제야 얼굴에 새로운 그 무엇이 첨가된 것이다. 예전과는 사뭇 다르게 쳐다보고 더 이상 큰 소리로 웃지도 않고 단번에 배 하나를 통째로 먹어치우는 일도 그만두고 '기숙 학교에서 있었던 일'을 더 이상 이야기하지도 않았다. 그녀 역시도 학업을 마쳤다.

오블로모프는 다음날에도 그 다음날에도 마치 사촌처럼 겨우 그녀를 알아보고 겁먹은 눈초리로 바라보았다. 하지만 그를 바라보는 그녀의 눈길엔 이전의 호기심과 애정은 오간 데 없고 그저 다른 사람들과 마찬가지로 평범함만이 남아 있다.

'그녀에게 도대체 무슨 일이 있었던 것일까? 지금 무슨 생각을 하고, 무엇을 느끼고 있을까?' 그는 이러한 의문에 고통스러웠다. '정말, 도무지 이해할 수가 없어!'

죽었다 깨어나도 그로서는 이해 못 하는 것이 당연하다. 왜냐하면 그녀에게서 벌어졌던 일은 스물다섯 명의 철학자들과 도서관의 도움으로 온갖 충고들 사이에서 고민깨나 했을 스물다섯 살 나이의 남자에게서나 벌어짐직한 일이기 때문인데, 가끔은 심지어 영혼의 도덕적 향기의 상실, 명쾌한 사고력의 상실마저 도움이 되는 경우도 있다. 다시 말해, 이는 그녀가 자각의 영역으로 진입했음을 의미한다. 그녀에겐 정말 값싼 대가를 치른 손쉬운 진입이었다.

"아냐, 정말 버겁고 답답한 노릇이야! 브이보르그 쪽으로 이사해서 일도 하고 책도 읽고, 오블로모프카로 떠나야겠어…… 혼자서!" 맥이 탁 풀려서 그가 말했다. "그녀와 같이 말고! 잘 있거라, 내 낙원이여, 내 밝고 평화로운 인생의 이상이여!"

그는 넷째 날도 다섯째 날도 떠나지 않았다. 책을 읽지도, 글을 쓰지도 않았다. 산책을 나가고 먼지가 풀풀 나는 길거리로 나왔다. 산으로 가자면 더 가야만 한다.

"완전히 더위 사냥에 끌려나온 꼴이구만!"

그는 혼잣말을 하고 하품을 늘어지게 한 다음 오던 길을 돌아가서 소파에 누워 깊은 잠에 빠졌다. 마치 가로호바야 가(街)의 먼지투성이 방안에서 커튼을 내리고 잠에 빠져들던 때와 마찬가지로.

그는 불길한 꿈을 꾸었다. 잠에서 깨자 물건들로 빼곡히 덮여 있는 책상과 야채 냉수프, 다진 고기가 곧장 눈에 들어왔다. 자하르는 졸린 눈으로 창 밖을 내다보며 서 있었다. 다른 방에서는 아니시야가 접시를 딸그락거리고 있었다.

그는 식사를 하고 창턱에 앉았다. 답답하고 어리석기 짝이 없다. 역시 혼자다! 다시 외출도 일도 내키지 않게 되었다!

"한번 보세요, 나으리. 이웃에서 고양이 새끼 한 마리를 가져왔어요. 필요 없을까요? 어제 물어보셨잖아요."

그의 기분을 전환시켜줄 생각으로 아니시야가 새끼 고양이를 무릎에 올려놓으며 말했다.

그는 새끼 고양이를 쓰다듬기 시작했다. 고양이와 있어도 여전히 지루했다!

"자하르!"

"뭔 일이시래유?"

자하르가 축 늘어져서 대꾸했다.

"아무래도 시내로 이사를 해야겠어."

오블로모프가 말했다.

"시내 어디루유? 집두 없는디."

"브이보르그 방면으로."

"뭔 일이랴. 별장에서 또 다른 별장으로 옮기신다는 건가유? 누구 만날 사람이라도 있어유? 미헤이 안드레이치, 맞아유?"

"여긴 별로 편하지가 못 해서……"

"그럼 물건들두 죄다 옮기나유? 맙소사! 이제 완전히 죽었구먼. 아직 찻잔 둘하구 누런 솥두 못 찾았는디. 미헤이 안드레이치가 그리루 안 가져갔으면 찾기는 영 글렀구먼."

오블로모프는 아무 말도 하지 않았다. 나간 줄 알았던 자하르가 금방 트렁크와 여행가방을 낑낑거리며 들고 돌아왔다.

"워디다 놓을까유? 행여 팔아먹으려구 하는 건 아니쥬?"

발로 트렁크를 밀면서 그가 말했다.

"너, 정신 나갔어? 며칠 짬을 내서 외국에 다녀올 거야."

오블로모프가 화가 나서 쏘아붙였다.

"외국이라구 하셨유?" 갑자기 자하르가 비아냥거리는 말투로 중얼거렸다. "말이 좋아 외국이지!"

"뭐 그럼 안 될 거라도 있어? 난 간다구. 그리고…… 여권도 벌써 준비됐어."

"게선 그럼 주인님 장화는 누가 벗겨드리나유?" 자하르가 비꼬듯이 말했다. "여자들이 할 것 같아유? 지 없이는 거기서 아무 일두 안 돼유!"

그는 다시 이죽거렸다. 때문에 볼수염과 눈썹이 옆으로 갈라졌다.

"하는 말마다 멍청하긴! 이거 가지고 썩 꺼져!"

오블로모프가 화를 버럭 내며 대꾸했다.

다음날 오블로모프가 아침 10시에 눈을 뜨자마자 자하르가 그에게 차를 내오며 빵가게에 갔다가 거기서 아가씨를 만났다고 말했다.

"어떤 아가씨?"

오블로모프가 물었다.

"어떤 이라구 했슈? 주인님의 아가씨, 올가 세르게브나."

"그래서?"

오블로모프가 혹해서 물었다.

"그러니까, 지보구 안부를 전하라 하시구서 주인님 건강이 어떠신지 요즘엔 무얼 하시는지를 물으시대유."

"그래서 뭐라고 했어?"

"건강하시다, 뭐 하실 일이나 있으시겠냐,라구 했쥬."

"왜 시키지도 않은 바보 같은 소리를 해? '하실 일이나 있으시겠냐 니!' 내가 뭘 하는지 네가 어떻게 알아? 또 다른 말은 없었어?"

"어제 저녁식사를 워디서 하셨냐구 물으셨슈."

"그래서?"

"집에서, 그러니까 집에서 밤참을 드셨다구 대답했슈. '밤참도 드세요?' 하고 아가씨가 묻길래 병아리 두 마리를 자셨다구 했쥬……"

"멍-청-이!"

오블로모프가 힘을 주어 말했다.

"거기서 왜 멍청이가 나온댜! 거짓말이라두 했당가?" 자하르가 툴툴거렸다. "저기 뼈다귀라두 원하시면 보여드릴 수가 있는디……"

"정말 멍청이가 따로 없어! 아가씨는 뭐래?"

"웃으시대유. 낭중에 '그렇게 적게 드세요?' 라고 하시던데유."

"멍청이도 상멍청이야! 네가 나한테 셔츠도 뒤집어 입혀준다는 말도 하지 그랬어."

"묻지두 않는 말을 뭐하러 해유."

"더 뭘 물어보시던?"

"요즈막에 뭘 하셨는지 물으셨슈."

"그래서, 넌 또 뭐라 대답하고?"

"아무 일도 안 하구 내내 누워만 있다구 했쥬."

"아휴!" 오블로모프는 화가 머리끝까지 나서 주먹을 관자놀이까지 들어올렸다. "저리 꺼져!" 그가 소리를 버럭 질렀다. "내 얘기를 하면서 그렇게 멍청한 소리를 또 한 번만 더 하면 두고 봐, 내가 어떻게 하나! 인간이 아니라 독(毒)이야 독!"

"지보구 이 나이 먹어서까지 거짓말이나 하란 말유?"

자하르가 합리화를 했다.

"꺼지라고 했잖아!"

일리야 일리이치가 재차 고함을 쳤다. 주인이 '섭섭한 말'을 하지만 않는다면 자하르로서는 굳이 상스러운 소리를 하며 대들 이유가 없었다.

"주인님이 브이보르그 방면으루 이사하시길 원한다는 말두 했슈."

"나가!"

오블로모프가 강압적으로 명령했다. 자하르는 나가서 현관이 무너져라 한숨을 내쉬었다. 오블로모프는 차를 마셨다.

그는 차를 반쯤 마시고서 수북이 쌓여 있는 많은 빵 중에서 단지 하나만을 집어먹었다. 다시 자하르의 뻔뻔스러움에 넌더리가 났다. 그리고는 시가를 피우고 책상에 앉아서 아무 책이나 집히는 대로 펼쳐서 읽어 내려갔다. 책장을 넘기고 싶었는데 책이 아직 쪽대로 잘려 있지 않았다.

오블로모프는 손가락으로 책장을 찢었다. 이 때문에 책장의 끝이 너덜댔다. 자기 책도 아니고 슈톨츠의 것이었다. 그에게는 특히 책에 관해서는 어느 누구도 엄두도 내지 못할 아주 엄격한, 그래서 달갑지 않은 규칙이 하나 있었다. 종이고 연필이고 간에 하여튼 자잘한 것까지도 원래 있던 자리에 반드시 놓아두는 것이다.

종이 자르는 칼을 찾는데 없으면 물론 식칼이라도 가져오라 하면 된다지만, 오블로모프는 책을 제자리에 놓기보다는 소파로 가져가는 걸 더 좋아했다. 누울 자리를 고르기 위해서 자수무늬 베개에 손을 대기가 무섭게 자하르가 방으로 들어왔다.

"그러고 보니, 아가씨께서 주인님보구 거기…… 뭐라구 하더라, 하여튼 거기루 오시라구 했던 것 같은디!"

"아까, 두 시간 전에는 왜 그 말 안 했어?"

오블로모프가 조바심을 내며 물었다.

"나가라구 호통만 치셨잖유. 말을 끝까지 할 기회를 주시구서나 그런 소리 하면……"

자하르가 대들듯 말했다.

"내가 너 때문에 못 살아, 자하르!"

오블로모프가 거의 통곡하는 투로 말했다.

'하여튼, 내가 말을 하는 꼴을 못 본다니께!' 자하르가 벽을 보는 척하면서 왼쪽 볼수염을 주인에게로 겨냥하고 생각했다. '요즘은…… 왜 그렇게 남의 말을 톡톡 가로채는지!'

"어디로 오래?"

"저기 그러니께, 뭐라더라? 그래 정원이라던가……"

"공원 아냐?"

"공원, 맞아유. '괜찮으시면 산책 어떠시겠냐고 물어봐줘요. 나도 갈 테니까' 그러시대유……"

"옷 준비해!"

화단이란 화단, 정자란 정자를 다 뒤지며 공원을 온통 헤집고 뛰어다녔지만 올가는 어디에도 없었다. 그는 전에 속마음을 털어놓았던 그 오솔길로 가보았다. 결국 전에 그녀가 나뭇가지를 꺾었다가 도로 던져 버린 그 장소로부터 그리 멀지 않은 벤치에서 그녀를 찾을 수 있었다.

"나오시지 않는 줄 알았어요."

그녀가 그에게 다정하게 말했다.

"당신을 찾느라 공원 전체를 한참 헤매고 다녔어요."

"절 찾으실 줄 알고 일부러 이 오솔길의 벤치에 앉아 있었죠. 분명이 오솔길을 지나실 거라고 생각했거든요."

그는 '왜 그렇게 생각하셨어요?' 라고 묻고 싶었다. 그러나 그녀를 보는 순간 입이 떨어지지 않았다.

그녀의 얼굴은 완전히 딴사람의 얼굴이 되어 있었다. 단둘이 여기서 산책을 하던 때의 얼굴이 아니라 그가 마지막으로 그녀를 남기고 떠났을 때의 얼굴, 또한 그에게 불안감을 안겨주었던 바로 그 얼굴이었다. 친절도 어딘지 모르게 절제된 듯했고 표정 또한 긴장의 빛이 역력했다. 그는 추측과 암시, 순진한 질문을 가지고 그녀와 유희를 해서는 안 되며 이러한 어린애 같은 즐거운 순간은 곧 사라지게 되리라는 것을 깨달았다.

아직도 못 다한 많은 이야기, 약아빠진 질문으로 충분히 다가갈 수 있을지도 모르는 많은 이야기들이 그들간에는 아무 말도 없이, 설명도 없이 해결되어버렸다. 어떻게 해야 하는지 누가 알겠냐마는 다시 되돌린다는 것은 이미 불가능해 보였다.

"왜 그토록 한참 동안 뵙기가 힘들었죠?"

그는 아무 말도 하지 못했다. 그는 어떻게 해서든 넌지시 그녀에게 이해를 시키고 싶었다. 그들 관계의 은밀한 매력이 사라졌고 그녀가 마치 구름으로 휘어 감듯 자신을 감싸고 있다가 결국엔 그 때문에 그녀를 자신 속으로 빠져버리게 만든 그 긴장이 그를 압박하고 있다는 사실을. 하지만 그는 어떻게 해야 할지, 그녀와의 관계에서 어떻게 처신을 해야 할지 도무지 알 수 없었다.

그러나 그는 이에 대한 아주 작은 암시 하나도 그녀의 놀란 시선을 불러 일으켜서 다음엔 태도에서도 쌀쌀함을 더하게 되리라는 것을 느낄 수 있었다. 아마도 그가 애초에 꺼버렸던 관심의 불꽃이 완전히 사라져 버리게 될지도 모를 일이었다. 그 불꽃을 다시 불어서 살려야만 한다. 그것도 조용히 그리고 조심스럽게. 그러나 어떻게 해야 할지 결정적으로 그는 알지 못했다.

그는 그녀가 어쩌면 그보다 한 수 위라는 사실, 이제 무엇이나 잘 믿는 어린아이의 마음으로 돌아갈 수는 없다는 사실, 그들 앞에는 루비콘 강이 펼쳐져 있고 이미 물 건너간 행복을 찾기 위해서는 강을 건너야만 한다는 사실을 어렴풋이 이해할 수 있었다.

하지만 어떻게? 그가 혼자 강을 건너게 된다면?

지금 그에게서 벌어지고 있는 일들이 무엇인지 차라리 그보다도 그녀가 더 훤하게 내다보고 있었기 때문에 승산은 그녀에게 있었다. 그녀는 그의 마음을 꿰뚫어보고 있었기 때문에 그의 마음의 밑바닥에서 어떤 감정이 생겨나고 있는지, 어떻게 활동을 하고 밖으로 표출되고 있는지에 대해서 뻔히 보고 있었다. 그러니 그를 다룸에 있어 여성의 간교, 교활, 교태──소네치카의 무기이기도 한데──는 아무 쓸모가 없다는 사실도 잘 알고 있었다. 왜냐하면 당장 앞에 놓인 문제는 싸워서 해결될 일이 아니었기 때문이다.

그녀는 심지어 나이는 어리지만 이런 서로의 애정에서 주연은 바로 자신이라는 사실, 그에게서 단지 깊은 감화, 아주 게을러터진 순종, 그녀의 맥박 하나하나와의 영원한 조화만을 기대할 수 있을 뿐, 어떠한 의지의 실천도, 어떠한 진취적인 생각도 기대할 수 없을 것이라는 사실 또한 잘 알고 있었다.

그녀는 순간적으로 그에 대한 자신의 권위를 저울질해보았다. 북극성, 고여 있는 호수 위에 흩뿌려서 다시 호수에서 그 반영을 보는 한 줄기 빛의 역할이 마음에 들었다. 그녀는 이 결투에서의 승리를 다양하게 자축했다.

상황을 고려할 때 이 희극 혹은 비극에서의 두 등장인물은 거의 늘 같은 성격을 갖는다. 고난자 혹은 고난녀와 희생자.

올가는 주연급 여배우 모두가 그렇듯 고난녀의 역할에서, 물론, 다른 사람들보다 어리고 무의식적이지만, 어느 정도 고양이처럼 노는 데서 오는 스스로의 만족감을 거부할 수 없다. 이따금 그녀에게서 마치 번개처럼, 마치 예기치 않았던 변덕처럼, 감정의 섬광이 작렬한다. 그러다 갑자기 그녀는 다시 정신을 집중하고 자신을 되찾는다. 그러나 무엇보다도 그녀는 그를 앞으로 저만치 밀쳐놓았다. 그가 스스로는 절대로 한 발짝도 안 움직일 테고 그녀가 세워놓았던 그 자리에서 꼼짝 않고 남아 있으리란 사실을 누구보다 잘 알고 있기 때문이다.

"바쁘셨나 봐요?"

큰 헝겊 조각에 수를 놓으며 그녀가 물었다.

'자하르란 놈이 바쁘다고 했어야 하는데!' 가슴에서 신음 소리가 새어나왔다.

"네, 읽을 게 좀 있어서요."

그가 태연하게 말을 툭 던졌다.

"뭔데요, 소설인가요?"

그녀는 시선을 그에게로 들어올리고 그가 어떤 얼굴로 거짓말을 하는지 똑바로 쳐다보았다.

"아뇨, 소설은 거의 읽지 않아요." 그가 아주 침착하게 대답했다. "저는 『발견과 발명의 역사』를 읽고 있었어요."

'오늘 책 한 쪽이라도 훑어보길 정말 잘했군!'

"러시아어로 말인가요?"

"아뇨, 영어로요."

"영어도 읽을 줄 아세요?"

"겨우긴 해도, 읽을 수는 있어요. 시내에 어디 다녀오신 데는 없으세요?"

책 얘기를 그만 하고 싶어서 딴청을 피웠다.

"아뇨, 내내 집에만 있었어요. 전 여기, 이 오솔길에서 내내 일을 하고 있었지요."

"내내 여기서요?"

"네, 전 여기 이 오솔길이 마음에 들어요. 여기를 알려주신 당신께 감사드려요. 여기는 거의 사람들이 다니지 않아서……"

"제가 알려드린 게 아닌데. 우리, 기억하세요? 둘이서 우연히 여기서 만났던 거."

"네, 정말 그러네요."

둘 다 잠시 침묵을 지켰다.

"참, 다래끼는 다 없어졌나요?"

그녀가 그의 오른쪽 눈을 똑바로 쳐다보면서 물었다. 그의 얼굴이 새빨개졌다.

"다행히도 다 없어졌어요."

"눈이 가렵다 싶을 땐 보드카를 취하도록 드셔보세요. 그러면 다래끼가 나지 않아요. 유모가 가르쳐준 거예요."

'왜 자꾸 다래끼 얘기만 하는 거야?'

"참 밤참 안 드세요?"

그녀가 심각하게 덧붙였다.

'자하르!' 자하르에 대한 분노가 목구멍까지 차올랐다.

"밤참은 잘 챙겨 드셔야 해요." 그녀가 수놓는 일에서 눈을 떼지 않고 말을 이어나갔다. "낮 3시에 자리에 누우면, 그것도 벌렁, 반드시 다래끼가 나는 법이죠."

'멍-청-이!' 오블로모프의 마음 속에서 자하르에 대한 분노가 들끓었다.

"지금 하시는 건 뭐죠?"

화제를 돌리기 위해서 그가 물었다.

"실내용에 달 리본이요." 그녀가 헝겊 두루마리를 펴서 그에게 무늬를 보여주며 말했다. "남작님께 드릴 건데, 괜찮아요?"

"네, 아주 멋져요. 무늬가 썩 근사하군요. 이건 라일락 가지던가요?"

"아마도…… 네." 그녀가 무관심하게 대꾸했다. "무턱대고 골랐더니, 이 모양이 되어버려서……" 얼굴이 약간 빨개진 그녀가 재빠르게 헝겊을 뒤집었다.

'계속 이런다면, 그래서 그녀에게서 더 이상 나올 게 없다면 정말 답답한 일이군. 예컨대 슈톨츠라면 뭔가를 얻어내고도 남았을 텐데, 난 그런 재주가 없어.'

그는 인상을 쓰고 꿈꾸는 듯한 눈으로 주위를 둘러보았다. 그녀는 그를 쳐다보고 일거리를 바구니에 집어넣었다.

"숲에 가요."

그에게 바구니를 건네고서 말했다. 그녀는 양산을 펴고 옷매무새를 고친 다음 앞으로 걸어 나갔다.

"왜 그렇게 우울하세요?"

"저도 모르겠어요, 올가 세르게브나. 뭐 기뻐할 일이 있나요? 뭘 한다 한들."

"일을 하세요, 사람들과도 자주 만나고요."

"일을 하라고요! 목적이 있을 땐 일을 할 수도 있죠. 제게 무슨 목적이 있겠어요? 그런 거 없어요."

"사는 게 목적이죠."

"왜 사는지 모를 땐 하루하루 그냥저냥 살게 되는 법이죠. 낮이 가고 밤이 찾아옴을 기뻐하고 꿈속에서 오늘을 왜 살았고 내일은 또 왜 살게 될 것인가라는 지긋지긋한 질문을 던지고 또 던지고 말입니다."

그녀는 아무 말도 하지 않고 그저 엄하게 꾸짖는 듯한 시선을 한 채 그의 말을 듣고 있었다. 찌푸린 눈살엔 혹독함이 숨어 있었고 입술선을 따라 불신이 아닌 경멸이 마치 뱀처럼 기어다녔다……

"이제껏 살아온 목적이 뭐예요! 존재 자체가 불필요한 사람이 있다고 생각하시나요?"

"그럴 수도 있죠, 예를 들면 저 같은."

"지금까지도 당신의 삶의 목적이 뭔지를 모른다는 말씀이세요?" 걸음을 멈추며 그녀가 물었다. "전 믿을 수가 없어요. 당신은 스스로를 비하하고 있어요. 마치 그렇지 않고는 도저히 살 가치를 못 느끼는 사람처럼……"

"전 벌써 삶이 그래야만 하는 바로 그곳을 지나쳤어요. 앞엔 더 이상 아무것도 없단 말입니다."

그는 한숨을 토해냈다. 그녀는 웃음밖에 나오지 않았다.

"아무것도 없다고요?"

그녀가 의아하다는 듯이 물었다. 하지만 생기발랄하고 쾌활한 웃음 속에는 마치 그에 대한 믿음이 도사리고 있는 듯했다. 앞으로 그에게서 벌어질 일을 예견하고 있기나 한 듯.

"웃으세요, 사실이 그런 걸 어쩌겠어요!"

그녀는 조용히 앞서 나가며 고개를 떨구었다.

"뭘 위해서, 누굴 위해서 제가 살 수 있겠어요?" 그녀의 뒤를 따르며 그가 말했다. "무엇을 찾고 또 무엇을 위한 생각을 하고 의욕을 갖겠어요? 인생의 꽃은 떨어졌고 단지 가시만 남았어요."

그들은 조용히 걸어나갔다. 그녀는 듣는 둥 마는 둥 했다. 그리고는 라일락 가지를 꺾었다. 그를 쳐다보다가 그에게 그 가지를 내밀었다.

"이게 뭐예요?"

그가 망연자실해서 물었다.

"보시다시피, 나뭇가지죠."

"무슨 나뭇가진데요?"

똥그래진 눈으로 그녀를 쳐다보며 그가 물었다.

"라일락이요."

"저도 알아요…… 하지만 이게 무슨 뜻이죠?"

"인생의 꽃 그리고……"

그가 걸음을 멈추었고, 그녀 역시도 그 자리에 섰다.

"그리고 뭐죠?"

그가 어안이 벙벙해서 물었다.

"제 분노."

긴장된 눈길로 그를 똑바로 쳐다보면서 그녀가 대답했다. 미소가 그녀가 무엇을 하고 있는지 알고 있음을 말해주고 있었다.

칠흑 같은 구름이 그녀에게서 걷혔다. 그녀의 눈길은 말을 하고 있었고 모든 걸 이해하고 있는 듯했다. 그녀는 마치 일부러 잘 알려진 책의 한 장을 펼쳐서 중요한 부분을 읽으라고 권하는 것만 같았다.

"제가 희망을 가질 수 있는 것이라고는……"

그가 갑자기 기쁨에 겨운 한숨을 쉬며 말했다.

"전부 다예요! 하지만……"

그녀는 입을 다물었다. 그는 갑자기 원기를 되찾았다. 이번엔 그녀가 오블로모프를 알아볼 수가 없었다. 잠에 취한 듯한 얼굴이 순간적으로 변화되었고 눈이 띄었으며 양 볼에선 홍조가 나타나기 시작했다. 생각이 밀려왔다. 눈에선 욕망과 의지가 번뜩였다. 그녀 역시도 이 말없는 표정놀이에서 오블로모프에게 순간적으로 삶의 목표가 나타났음을 읽을 수 있었다.

"삶이, 삶이 다시 내게 문을 열고 있어요." 그가 꿈꾸듯 말했다. "삶이 여기, 당신의 눈에, 미소에, 이 나뭇가지에, Casta diva에…… 전부 다 여기에 있어요……"

그녀가 고개를 끄덕였다.

"아뇨, 전부가 아니라…… 절반만이죠."

"나은 절반이겠죠."

"물론이에요."

"나머지 절반은 어디에 있죠? 다음엔 또 뭔가요?"

"찾아보세요."

"왜 찾아야 하죠?"

"처음 절반을 잃지 않기 위해서죠."

그에게 손을 건네며 그녀가 말했다. 그리고 그들은 집으로 향했다.

그는 기쁨에 넋을 잃고 그녀의 머리, 몸매 그리고 곱슬머리를 훔쳐보기도 하고 나뭇가지를 꽉 움켜쥐기도 했다.

"이 모든 것이 다 내 것이야! 내 것!"

그는 확신했다. 도저히 믿기지가 않았다.

"브이보르그 방면으로 이사는 안 하실 거죠?"

그가 집으로 향하려 할 때 그녀가 물었다. 그는 미소를 지어 보였다. 심지어 자하르를 멍청이라 부르지도 않았다.

제9장

그 일이 있고 난 후로 올가에게서 갑작스런 변화는 없었다. 숙모와의, 사교계에서의 그녀의 생활은 순조롭고 평화로웠다. 하지만 그런 생활, 느낌도 단지 오블로모프와 함께 하는 순간뿐이었다. 그녀는 이제 뭘 해야 하고 어떻게 처신해야 할지 더 이상 묻지 않았다. 의식적으로 소네치까의 권위를 인용하는 일도 그만두었다.

그녀 앞에 삶, 곧 감정의 단계들이 하나둘씩 펼쳐짐에 따라서 그녀는 현상들을 통찰력 있게 관찰했고 자신의 본능의 목소리에 귀를 기울였으며 마침 가지고 있던 얼마 안 되는 관찰과 가볍게 교합(校合)하였다. 그리고 밟고 지나갈 수밖에 없는 지반을 한 발 한 발 디뎌가면서 조심스레 앞으로 나아갔다.

그녀에겐 물어볼 사람도 없었다. 숙모에게? 그러나 숙모는 그와 같은 의문들을 어찌나 수월하게, 빈틈없이 헤쳐나갔던지 올가로서는 어떤 경구에 대한 자신의 반응을 보일 수도 없었고 또 기억 속에 각인시킬 수도 없었다. 슈톨츠는 지금 여기 없다. 오블로모프에겐? 그러나 그는 갈라테아로서 그녀 자신이 피그말리온이 되어야만 했던 것이다.*

---

* 그리스 신화에 따르면, 조각가 피그말리온은 자신의 손으로 만든 여인상을 사랑하

그녀의 평화로 가득 찬 삶은 모두에게 전혀 눈에 띌 것이 없었다. 그녀는 자신의 새로운 삶의 영역 안에서 누구의 주의도 끌지 않고 살고 있었다. 눈에 보이는 격앙이나 소동도 전혀 없었다. 그녀는 예전이나 똑같이 다른 모든 사람들을 위한 일을 했다. 하지만 그 방식은 전혀 달랐다.

그녀는 프랑스 연극 공연을 보러 다니기도 했는데, 번번이 희곡의 내용이 자신의 삶과 어떤 연관성을 갖고 있다는 느낌을 받았다. 책을 읽다 보면 책 속에는 꼭 그녀의 이성의 불꽃과 관련 있는 대목이 있었고 어디선가 그녀의 감정의 불길이 번쩍였으며 어제 분명 했던 말이 씌어 있기도 했다. 마치 작가가 지금 그녀의 심장 고동 소리를 엿듣고 있는 것만 같았다.

숲에 가보면 나무는 예전의 나무 그대로이되, 나무들의 속삭임에는 특별한 의미가 배어 있었다. 나무들과 그녀 사이에는 생생한 조화가 자리잡은 것이다. 새들의 요란스런 지저귐도 예사롭지가 않았다. 모두들 서로 어떤 대화를 나누고 있다. 모든 것이 주위에서 이야기를 건네고 있고 모든 것이 그녀의 기분에 화답하고 있다. 꽃이 꽃봉오리를 내민다. 그녀에겐 그 숨소리마저도 들린다.

꿈속에서도 역시 자신의 삶이 나타나곤 했다. 그녀가 이따금 소리 내어 함께 이야기를 나누었던 어떤 유령들과 환영들이 꿈속에 정착해 살고 있었는데…… 그들은 그녀에게 무언가를 줄곧 이야기한다. 하지만 너무나도 분명치가 않아 그녀로서는 도무지 이해할 수 없다. 그들과 이야기를 하고 묻기 위해서 있는 힘을 다 써보지만 그녀 역시도 전혀 알아들을 수 없는 말을 주절거린다. 아침이면 어김없이 카쨔가 이야기하

게 되어 갈라테아라 이름 붙이고 사랑의 여신 아프로디테에게 동상에 영혼을 불어넣어달라고 청하였는데 아프로디테는 그의 청을 들어주었다고 함.

기를, 그녀가 밤새 헛소리를 했다는 것이다.

그녀는 슈톨츠의 예언을 기억했다. 그는 자주 그녀가 아직 인생의 참맛을 모른다고 말하곤 했는데, 이따금 그녀는 모욕감을 느끼곤 했다. 그녀 나이 벌써 스물인데도 그는 그녀를 소녀 취급했던 것이다. 이제야 그녀는 그가 옳았으며 자신이 막 인생의 참맛을 알기 시작했음을 깨달을 수 있었다.

"당신의 유기체 속에서 힘이 제 역할을 시작할 때가 되면 삶도 당신의 주변에서 활동을 시작하게 되죠. 그러면 지금 무언가에 가려서 보이지 않는 것이 그때는 보이게 되고 들리지 않던 것이 들리게 된답니다. 신경의 음악이 연주되기 시작하면 주변 소리에 귀가 열릴 테니까 풀의 성장에 귀를 기울여보세요. 잠깐만요, 서두르지 말아요. 제 스스로 그런 날이 찾아옵니다!"

바로 그 날이 도래한 것이다. '힘이 제 역할을 하고 있는 거야. 유기체가 깨어났어……' 그녀가 그의 말을 빌려 말했다. 그녀는 전례 없는 전율에 민감하게 귀를 기울이고, 막 잠에서 깨어난 새로운 힘의 새로운 출현을 잔뜩 겁먹은 눈으로 쳐다보았다.

마치 누군가가 밤에 그녀의 귀 바로 위에 고개를 숙이고 어떤 분명치도 않고 이해할 수도 없는 말을 속삭이는 착각을 불러일으킬 때에도 그녀는 몽상의 세계에 빠져들지 않았고 갑작스런 나뭇잎의 떨림 소리, 밤의 환영, 은밀한 속삭임에 굴복하지 않았다.

"신경이 너무 날카로워졌어!"

이따금 그녀는 미소를 머금고서 눈물을 글썽이며 말하곤 했다. 겨우겨우 공포를 이겨내면서 아직 강화되지 않은 신경과 소생한 힘과의 싸움을 이끌고 있었던 것이다. 그녀는 침대에서 벌떡 일어나 물 한 잔을 들이켜고 창문을 열고서 자신의 얼굴을 손수건으로 마구 부쳤다. 그리고 비로소 꿈에서도 깨어났다.

한편 아침에 눈을 뜬 오블로모프의 머리 속에 처음 떠오르는 형상은 바로 올가의 형상, 그것도 라일락을 두 손에 들고 있는 온전한 모습의 올가다. 그녀에 대한 생각에 잠을 깨고 산책을 나가고 책을 읽었다. 여기저기 그녀가 없는 곳이 없었다.

그는 일부러 그녀와 밤이고 낮이고 가리지 않고 끝없는 대화를 나누었다. 올가의 외모에서나 성격에서나 새롭게 발견한 모든 것을 그는 줄곧 『발견과 발명의 역사』와 연관을 시키고 무심코 그녀와 만나고 책을 보내고 선물을 하는 경우를 생각해냈다.

그녀와 만나 이야기를 하던 대로 그는 집에서도 이야기를 계속했다. 그러다 자하르라도 들어오면 마치 올가와 이야기를 하기라도 하는 듯한 매우 부드럽고 상냥한 말투로 그에게 말하곤 했다. "이 대머리 귀신아, 일전엔 또 내게 닦지도 않은 장화를 내왔지. 나와 인연을 끊기 싫으면 좀 보란 말야……"

하지만 그녀가 처음 그에게 노래를 불러주었던 바로 그 순간부터 안일(安逸)은 그에게서 떠났다. 만사가 별반 다를 게 없던 예전의 삶의 방식은 지금은 찾아볼 수 없다. 예컨대, 벌렁 누워서 벽을 멍하니 보고 있다든지, 알렉세에프가 찾아와 방에 앉아 있다든지, 혹은 자신이 이반 게라시모비치의 집에서 시간을 보내는 따위는 이젠 없었다. 낮이건 밤이건 상관없이 기다릴 사람도 기대할 그 무엇도 없이 살던 때는 이미 지난 지 오래다.

이제는 밤낮 가리지 않고, 아침저녁으로 매 시간 그는 자신의 모습을 찾고 있었고, 이 순간 올가를 생각하느냐 아니면 그녀에 대한 생각 없이 시간을 보내느냐, 즉 무기력하고 지루한 시간을 보내고 있느냐에 따라서 그의 마음 속엔 무지갯빛이 가득 차기도 하고 전혀 무채색의 어둠이 내려 깔리기도 했다.

　이 모든 것은 그의 본질 자체에 영향을 미쳤다. 그의 머리 속엔 매일의, 매 순간의 상상, 추측, 예견, 미지(未知)의 것에 대한 고통의 그물이 쳐져 있었다. 모든 일은 그녀를 만나느냐 만나지 않느냐, 그녀가 무슨 말을 하고 무슨 일을 하느냐의 문제에 달려 있었다. 그녀가 어떤 눈길로 쳐다보고 어떤 과제를 그에게 내주느냐, 무슨 질문을 하고 그녀가 만족하느냐 하지 않느냐 등. 이 모든 상상이 그의 삶의 초미의 관심사가 되었다.

　'아휴, 이런 사랑의 온기만을 경험할 수만 있다면! 그녀의 불안을 보지 않을 수만 있다면!' 그는 바라고 또 바랐다. '아냐, 삶은 쉽게 상처받는 것이어서 누가 뭐래도 초조할 수밖에! 얼마나 많은 새로운 움직임, 일들이 그녀에게 비집고 들어갔던가! 사랑은 가장 어려운 삶의 학교라고나 할까!'

　그는 이미 몇 권의 책을 읽은 터였다. 올가는 그에게 내용을 이야기 해달라고 부탁했고 믿기 어려운 인내심을 갖고 그의 이야기를 들어주었다. 그는 몇 통의 편지를 이미 시골로 써보냈고 촌장을 교체했으며 슈톨츠의 중개로 이웃 가운데 한 사람과 교섭을 시작했다. 올가의 곁을 떠나는 것이 가능하다고 여겼다면 아마도 시골에도 다녀왔을 것이다.

　그는 밤참도 먹지 않았고 낮에 눕는다는 것이 무얼 뜻하는지 새로이 깨달을 사이도 없이 벌써 2주일을 보냈다.

　2, 3주일 동안 그들은 뻬쩨르부르그 교외 구석구석을 돌아다녔다. 숙모와 올가, 남작과 그는 교외의 음악회나 성대한 축제에 모습을 나타냈다. 핀란드의 이마트라 폭포에 다녀오자는 말도 오갔다.

　오블로모프에 대해서 말하자면, 그는 공원보다 더 멀리로는 절대 나갈 생각을 안 했을 것이다. 이것저것 궁리하는 것은 순전히 올가의 몫이었다. 초대를 받은 그가 갈지 말지 대답을 못 하고 주저하는 사이 벌써 떠날 채비가 끝이 나곤 했다. 그럴 때의 올가의 웃음은 끝이 보이지 않았다. 별장 주변 5베르스타 내에는 그가 몇 번이고 오르지 않은 언덕이 없을 정도였다.

그 와중에 그들의 애정은 커져만 갔다. 저만의 불변의 법칙을 따라서 발전했고 진가를 발휘했다. 올가는 감정과 더불어 활짝 만개(滿開)했다. 두 눈에는 빛이 어렸고 우아한 거동에도 또한 마찬가지였다. 한껏 부풀어오른 가슴은 리듬감 있게 동요했다.

"별장에서 지내는 동안 아주 좋아졌구나, 올가."

숙모가 말하곤 했다. 남작의 미소에서도 같은 칭찬을 읽을 수 있었다.

올가는 얼굴이 빨개져서 숙모의 어깨에 고개를 기댔다. 숙모가 다정하게 그녀의 양 볼을 어루만졌다.

"올가, 올가!"

어느 날 한번은 산책을 하자며 만나기로 약속한 산 밑에서 오블로모프가 올가를 향해 조심스레, 거의 속삭이듯이, 소리친 적이 있었다.

대답이 없었다. 그는 시계를 보았다.

"올가 세르게브나!"

큰 소리로 또 불렀다. 침묵.

올가는 산속에 앉아 부르는 소리를 듣고 있으면서도 웃음을 참으며 입을 꾹 다물고 있었다. 그녀는 그로 하여금 산속으로 들어오게 만들고 싶었다.

"올가 세르게브나!"

그는 연신 이름을 불러대며 관목 숲을 헤치고 산중턱에까지 왔다. 위를 쳐다보았다. '5시 반에 만나자고 했는데.' 그는 속으로 말했다.

그녀는 더 이상 웃음을 참을 수가 없었다.

"올가, 올가! 아니, 당신 거기 계시군요?"

그가 산을 오르며 말했다.

"휴! 산속에 숨는 게 취미신가 봐요?" 그는 그녀 옆에 앉았다. "절 괴롭히자고 당신이 괴로우시겠어요."

"어디서 오시는 길이세요? 집에서 곧장 오시는 건가요?"

"아뇨, 당신한테 들렀더니 벌써 나가셨다고 그러더군요."

"오늘은 뭘 하셨어요?"

"오늘은……"

"자하르하고 또 말다툼이라도 하셨나요?"

그는 무슨 터무니없는 말을 듣기라도 한 듯이 웃음을 터뜨렸다.

"아뇨, 오늘은 잡지 『리뷰』를 읽었어요. 그런데, 들어보세요, 올가……"

그러나 그는 아무 말도 하지 않고 그녀 곁에 자리를 잡고 앉아서 그녀의 옆얼굴, 머리, 그녀가 화포에 바늘을 꽂았다가 다시 빼내느라 앞뒤로 왔다갔다하는 손동작을 보느라 정신이 없었다. 그는 마치 점화용 렌즈처럼 그녀에게 시선을 고정시켰다. 다시 원래대로 되돌릴 수가 없었다.

그는 꼼짝도 하지 않고 그녀의 손이 움직이는 대로 좌우상하로 시선만을 이리저리 돌렸다. 그에게도 활동적인 일이 있었으니 그것은 다름아닌 빠른 속도의 혈액순환, 배가된 맥박과 가슴의 들끓음이었다. 이 모든 것이 너무도 강력하게 작용해서 그는 마치 형 집행을 앞두고 마음의 최고 안일의 순간을 맛보기라도 하는 양 숨을 버겁게 헐떡이고 있었다.

그는 이 순간만큼은 벙어리였고 심지어는 꼼짝도 할 수 없는 형편이었다. 단지 감동의 물결에, 눈물에 젖은 두 눈만이 그녀를 뚫어져라 바라볼 뿐이었다.

그녀는 시간이 감에 따라 그에게 깊은 눈길을 보내면서 그의 얼굴에 나타난 그다지 어렵지 않은 의미를 읽고 있었다. 그리고 생각했다. '세상에나! 정말 나한테 폭 빠지셨어! 얼마나 온화한가, 얼마나 온화해!' 그녀 역시도 자신의 발아래 자신의 힘에 머리를 조아리고 있는 이 사람을 사랑하지 않을 수 없었고, 또 자랑스러웠다!

상징적 암시, 의미 있는 미소, 라일락 나뭇가지의 순간은 다시 돌아오지 않으리! 사랑은 더욱 준엄해지고 더욱 까다로워졌으며 급기야 어떤 의무로 발전하기 시작했다. 서로간의 권리가 나타난 것이다. 양 측면이 더더욱 부각됐다. 오해와 불신은 사라졌다. 아니 훨씬 더 명백하고 긍정적인 문제들에 자리를 양보했다.

그녀는 내내 헛되이 써버린 시간들을 구실 삼아 가벼운 비난의 바늘로 그를 쿡쿡 쑤셔댔고 중형을 언도했으며, 그의 둔감을 슈톨츠보다 더욱 깊이 있고 실제적인 벌로 다스렸다. 그와 가까워짐에 따라 그녀는 의기소침해서 축 늘어진 오블로모프라는 존재에 대한 비난을 전제(專制)적인 의욕의 표출로 대신했고 삶의 목적과 의무에 대해서 그에게 과감하게 상기시켰으며 준엄하게 활동을 요구했다. 게다가 어떤 땐 그녀에겐 익숙한 첨예하고 중요한 문제 속으로 그를 끌어들이기도 하고, 어떤 땐 그녀로서는 도저히 이해할 수 없는 불분명한 문제를 가지고 그를 직접 찾기도 하면서 그의 이성을 밖으로 끌어내느라 부단히 애를 썼다.

그는 사시나무 떨듯 벌벌 떨면서 이 난국을 빠져나가기 위해서 머리를 쥐어짜고 있었다. 어떻게 하면 그녀의 두 눈 속으로 빠지지 않을까, 어떻게 하면 그녀가 매듭을 푸는 걸 도울 수 있을까, 그것도 아니면 용감하게 절단하도록 도울 방법은 없을까 하는 생각뿐이었다.

그녀의 모든 여성스런 전술에는 부드러운 애정이 가득했다. 그녀의 이성의 움직임을 따라잡기 위한 그의 모든 노력 또한 열정으로 넘쳐 있었다.

그러나 그는 지쳐만 갔다. 그러다 보니 그녀의 다리 옆에 누워 손을 가슴에 포개 얹고서 전혀 미동도 없는 황홀한 시선을 그녀에게서 잠시도 떼지 않은 채 심장의 박동 소리에 귀를 기울이는 일이 더욱 잦아졌다.

'정말 나한테 폭 빠지셨어.'

그녀는 이런 그를 보면서 순간 확신할 수 있었다. 이따금 오블로모프의 마음 속에 숨겨져 있는 이전의 특징들, 예컨대 손톱만큼의 지친 기색, 거의 알아차릴 수 없는 침체된 생활 등이 그녀의 눈에 띄기라도 하는 날이면 참회의 비애, 실수에 대한 불안이 뒤섞인 비난이 그에게로 쏟아지곤 했다.

하품을 하느라 입을 벌리는 순간 그녀의 놀라 휘둥그레진 시선을 보고 당혹감을 감추지 못했던 적도 많았다. 순간적으로 입을 꽉 다무느라 이가 서로 심하게 부딪치기도 했다. 얼굴에 나타난 아주 조그만 졸음의 그림자마저도 그녀의 눈을 피할 수는 없었다. 그녀는 그가 무엇을 했는지에 대해서뿐 아니라 무엇을 할 것인지에 대해서도 묻곤 했다.

정작 그가 기운이 솟는 것을 느끼는 경우는 그녀의 비난을 받는 때보다도 자신의 피로 때문에 그녀가 힘들어하고 결국엔 무관심해지고 또 냉랭해졌음을 눈치채는 때였다. 그 순간 그에게선 삶과 힘 그리고 활동의 열병이 나타나고 그림자는 사라지며 사랑은 다시금 강렬하고 또렷하게 용솟음쳤다.

그러나 이 모든 고민들은 아직 사랑의 불가사의한 원형틀로부터 빠져나오지 못했다. 그의 활동은 부정적이었다. 그는 잠도 안 자고 읽지도 않고 간혹 계획 작성에 대한 구상을 하면서 여기저기 들락날락 수도 없이 돌아다니기만 했다. 이후의 향방, 인생의 의미 자체, 일에 대해서는 그저 생각만 할 뿐이었다.

"안드레이는 도대체 어떤 인생과 활동을 더 원하는 걸까?" 오블로모프가 식사 후에 잠을 쫓기 위해 눈을 크게 뜨면서 말했다. "이건 그럼 인생이 아니고 뭐람? 사랑은 일이 아니란 말인가? 저도 해보라지! 매일 십 베르스타씩 걸어다녀보라구! 어제는 시내에서 아주 불결한 여관방에서 장화만 벗고 옷을 다 입은 채로 하룻밤을 보냈어, 그것도 자하르도 없이 말이지. 이게 다 그녀가 내준 과제 덕택이지!"

올가가 특수 과제를 내주면서 마치 어떤 교수에게 하듯 그에게 절대 만족스러운 해답을 요구할 때, 그로서는 무엇보다도 고통스러웠다. 이는 그녀에겐 다반사로 일어나는 일이었는데, 박식한 티를 내고자 함이 아니라 사건의 개요를 알고자 하는 단순한 바람이 그 이유였다. 그녀는 심지어 오블로모프에 관한 자신의 목적도 자주 잊었고 질문 자체에만 심하게 집착을 하곤 했다.

"왜 우리들한텐 이걸 안 가르쳐주는 거지?"

그녀는 여자에겐 불필요한 것이라고 보통 받아들여지고 있는 것들에 대한 대화를 열중해서 들으면서 중간중간 화를 내며 말하곤 했다.

어느 날인가는 그녀가 느닷없이 이중성(二重星)에 대한 질문을 가지고 다짜고짜 그를 찾아왔다. 경솔하게 허셜*을 예로 들었다가 결국 시내로 보내져 책을 읽고 그녀가 만족할 때까지 설명해야만 했던 적도 있었다.

또 한번은 남작과 대화를 나누는 와중에 다시 경솔하게 회화(繪畵)

---

* William Hershel 경(1738~1822): 영국의 천문학자.

학파에 대한 말 두 마디를 입 밖에 내었다가 일주일 동안이나 책을 읽고 그녀에게 이야기를 하느라 경을 친 일도 있었다. 그리고 에르미타쉬 박물관에 다녀온 적도 있었다. 읽었던 것을 그녀에게 확신시켜주는 것이 그곳에서의 그의 임무였던 것이다.

그가 만약 허튼소리 한마디라도 하면 그녀는 그를 가만 놓아두지 않았다.

한번은 일주일 동안이나 상점마다 최고의 그림들이 들어 있는 판화 책을 찾아 돌아다녀야만 했던 적도 있었다.

불쌍한 오블로모프는 복습을 하기도, 실속 있는 논문을 찾아 책방을 전전하기도 하고, 때로는 다음날 아침에 짐짓 기억 속에서 끄집어낸 지식인 양 어제의 질문에 대한 대답을 하기 위해서 책을 뒤적이고 읽느라 밤새 잠을 설치기도 했다.

그녀는 여성 특유의 산만함도 아니고 그렇다고 이걸 알고 싶다 했다가 금방 또 저걸 알고 싶다 하는 찰나적인 변덕에 따라서가 아니라 일관된 인내심을 가지고 이러한 질문들을 던지곤 했다. 오블로모프가 말을 못 하고 우물쭈물하기라도 하면 그녀는 계속되는 날카로운 눈길로 그를 벌주곤 했다.

"왜 아무 말씀도 안 하시는 거죠, 입다물기로 작정하셨나요? 무엇 때문에 그렇게 지루해하시는지 생각을 해보자고요."

"아하!" 마치 졸도에서 금방 깨어난 사람처럼 그가 탄식을 내뱉었다. "당신을 제가 얼마나 사랑하는지!"

"정말요? 그게 어디 제 책임인가요, 말도 안 돼요."

"정녕코 못 느끼시겠어요? 제 안에서 지금 무슨 일이 벌어지고 있는지를. 전 정말 말하기도 어렵다는 거, 아세요? 그러니까 여기가…… 손 좀 줘보세요. 마치 뭔가 육중한 것이, 맞아요, 깊은 산중에서나 봄직한 바위가 여기에 놓여 있는 것만 같이 뭔가가 탁 가로막고 있어요. 더구나 참 신기한 것은 슬플 때도 행복할 때도 유기체 속에 똑같은 현상이 진행된다는 사실입니다. 숨을 쉰다는 것이 어찌나 힘이 드는지 아플 지경이라고요. 울고만 싶어요! 제가 눈물을 흘리게 된다면 이는 슬플 때 그렇듯이 그 눈물로 한결 마음이 가뿐해질 텐데……"

그녀는 그를 말없이 쳐다보기만 했다. 마치 그의 말을 의심해서 그의 얼굴에 씌어져 있는 것과 비교하는 것만 같았다. 그리고는 미소를 지어 보였다. 결과는 만족할 만한 수준인 것 같았다. 그녀의 얼굴엔 그 무엇으로도 깨뜨릴 수 없는 평화로운 행복의 숨결이 넘쳐흘렀던 것이다. 보아하니 그녀는 마음이 답답하기는커녕 마치 고요한 아침에 자연에 나와 있는 것처럼 만사가 다 좋아 보인다.

"도대체 나한테 무슨 일이 일어난 거람?"

오블로모프가 마치 혼잣말을 하듯 말했다.

"말씀드릴까요?"

"네, 말씀 좀 해주세요."

"당신은…… 사랑에 빠진 거예요."

"네, 물론이죠." 그는 그녀의 손을 화포에서 떼어내면서 힘을 주어 말했다. 입을 맞추지는 않고 단지 그녀의 손가락을 꼭 쥐어 입술로 가져갈 뿐이었다. 그렇게 오랫동안 쥐고 있으려는 속셈인 것 같았다.

그녀는 조용히 손을 빼려고 했지만 그가 잡고 있는 손에 더욱 힘을 주었다.

"놓아주세요, 그만하면 됐어요."

"당신은요? 당신은…… 사랑에 빠지지 않았나요?"

"사랑에 빠졌죠, 하지만…… 전 이러시면 싫어요. 당신을 사랑해요!"

그녀는 말을 하고 그를 오랫동안 쳐다보았다. 마치 정말 자신이 사랑을 하고 있는지 확인하는 것만 같았다.

"사랑……합니다! 하지만 어머니, 아버지, 유모, 심지어 강아지까지도 사랑한다 말할 수 있을 테죠. 이 모든 것이 보편적이고 집단적인 '사랑한다' 라는 개념으로 포장되어 있어요. 마치 오랜……"

"잠옷처럼요?" 그녀가 웃음을 터뜨리며 말했다. "그건 그렇고 잠옷은 어디에 있죠?"

"무슨 잠옷 말인가요? 제겐 그런 건 있어본 적이 없는데."

그녀는 힐난의 미소로 그를 쳐다보았다.

"낡은 잠옷 말씀인가 보군요! 전 고대하고 있어요. 당신의 가슴에서 당신 나름대로 명명한 감정의 폭발이 일어나는 소리를 빨리 듣고파서 제 마음이 다 얼어붙어버렸어요. 당신은…… 용서하세요, 올가! 맞아요, 전 당신을 사랑하게 되었죠. 그래서 말인데, 이것 없이는 참다운 사랑도 없는 법이랍니다. 아버지, 어머니, 유모에게 느끼는 사랑은 다른 거죠. 그런 사랑은 단지……"

"모르겠어요." 그녀가 생각에 잠겨 말했다. 마치 자신을 다시 한 번 깊이 돌아보면서 자신 안에 무슨 일이 벌어지고 있는지를 이해하기 위해 애쓰는 것만 같았다. "전 제가 당신을 사랑하고 있는지 정말 모르겠어요. 그렇지 않다면 아마도 다음 순간이 오지 않았겠죠. 하나는 알아요. 제가 아버지 어머니 유모에게서 느끼는 사랑과는 분명 다르다는 것 말입니다……"

"무슨 차이점이 있죠? 당신이 지금 느끼는 감정은 뭔가 좀 색다른가요?"

"알고 싶으세요?"

그녀가 능청맞게 물었다.

"네, 네, 네! 좀 자세히 말씀해주실 수는 없을까요?"

"왜 알고 싶으신데요?"

"순간순간을 이 느낌으로 살고 싶어서요. 오늘, 밤새, 내일 다시 만날 때까지…… 제가 유일하게 현재를 살고 있는 이유니까요."

"그것 보세요, 당신은 당신의 부드러움을 비축했다가 매일 새롭게 하시려는 거예요! 여기에 바로 사랑에 빠진 사람과 사랑하는 사람의 차이점이 있는 거라고요. 저는……"

"당신은요?"

그가 애타게 다음 대답을 기다렸다.

"제 사랑은 좀 달라요." 벤치에 등을 털썩 기대고 질주하는 구름을 멍하니 바라보면서 그녀가 말했다. "당신이 없으면 제 마음은 너무도 갑갑해져요. 당신과 잠시라도 떨어져 있으면 안타깝고 한참이면 아파 견딜 수가 없어요. 언젠가 당신이 저를 사랑하신다는 사실을 알게 되고 보게 되고, 그리고는 믿게 되었죠. 전 행복해요. 절 사랑한다는 말을 다시 반복하지 않으시더라도 말이죠. 전 더 이상의 더 나은 사랑을 할 만한 재주를 갖고 있지 못해요."

'이 말은…… 코델리아*의 그것과 같구나!' 올가를 열정적인 시선으로 보면서 그가 생각했다.

"당신이…… 죽기라도 한다면." 그녀가 더듬거리며 말을 이었다. "전 영원히 상복을 입고 살아가며 절대 다시는 웃지 않겠어요. 다른 여인을 사랑하시게 되더라도 저는 불평도, 원망도 하지 않겠어요. 그저 속으로 당신의 행복만을 기원하렵니다…… 저의 사랑은 이런 거예요. 삶이라는 건 다 마찬가지고, 또 삶이란 것은……"

---

* Cordelia: 셰익스피어 비극 『리어 왕』에 나오는 리어 왕의 막내딸.

그녀는 적절한 표현을 찾고 있었다.

"삶이 도대체 무엇인가요, 당신에게는?"

오블로모프가 물었다.

"삶은 의무이자 책무이니까 사랑 역시도 의무죠. 제겐 사랑을 보낸 건 하나님이라 여겨져요." 눈을 들어 하늘을 보면서 그녀가 말을 맺었다. "사랑하라, 명령을 내리신 거죠."

"코델리아!" 오블로모프가 소리쳤다. "그녀의 나이 또한 스물한 살! 당신의 사랑이 바로 이거로군요!"

"맞아요, 평생을 살면서 사랑을 할 힘이 제겐 주어졌노라고 생각해요……"

'누가 그녀에게 이런 걸 불어넣어주었을까!' 오블로모프는 생각을 하면서 거의 경건해지는 자신을 발견했다. '경험, 고민, 불꽃과 연기의 길을 통하지도 않고 그녀는 이런 명백하고 단순한 삶과 사랑의 이해 수준에까지 다다랐다.'

"그렇다면 삶의 기쁨과 열정은 있나요?"

"모르겠어요, 전 경험해본 적이 없어서 이것이 무엇인지 이해할 수 없어요."

"아니, 너무도 머리에 콕콕 박히는 말씀만 하시네!"

"아마도 시간이 지남에 따라서 경험을 하게 될 테고, 아마도 당신에게 있었던 감정의 폭발이 제게도 찾아오겠죠. 당신과 만나서 당신을 보면서도 앞에 있는 당신이 정말 당신인지 믿지 못하는 때 말입니다…… 하지만 분명 우스꽝스러울 거예요!" 그녀가 쾌활하게 덧붙였다. "가끔 당신의 그 눈길, 제 생각에, 아무래도 ma tante가 눈치채고 계신 것 같아요."

"당신의 사랑에서 행복은 어디에 있나요? 만약 당신에게 제가 경험하고 있는 삶의 기쁨이 없다면……"

"어디에 있냐구요? 바로 여기에 있지요!" 그와 자신을, 그들을 둘러싼 주위를 가리키며 그녀가 말했다. "정녕 이것이 행복이 아닌가요? 정녕 언젠가 제가 그렇게 살지 않았나요? 예전 같으면 전 4시경에 여기에 혼자 앉아 있었을 거예요. 책도, 음악도 없이 여기 이 나무 사이에서 말이죠. 안드레이 이바느이치를 제외한 다른 남자들과의 대화는 그 내용이 뭐가 되었든 지루했어요. 전 내내 혼자 내버려두면 좋겠는데 하는 생각만 했죠…… 하지만 지금은…… 둘이서 아무 말도 하지 않아도 즐거워요!"

그녀는 주위를, 나무와 풀 하나하나를 둘러보았다. 다음엔 그에게 시선을 고정시키고 미소를 지어 보이고는 손을 내밀었다.

"정말 당신이 자리를 떠도 이젠 더 이상 마음이 아프지 않을 수 있을까요? 얼른 잠들어서 지루한 밤을 보내지 않으려고 정말 서둘러 잠자리에 들게 되지 않을까요? 내일 아침 일찍 정말 당신을 찾아가게 되지 않을는지? 정말……"

'정말'이란 말이 나올 때마다 오블로모프의 얼굴은 점점 활짝 피었고 시선은 광채로 가득 찼다.

"네, 네. 저 역시도 아침이 오기만을 고대하고 있어요. 제게 밤은 너무도 답답합니다. 저도 내일 당신을 찾아올 거예요. 일 때문이 아니라 그저 당신의 이름을 한 번 더 불러보고 당신의 이름이 어떻게 울리는지 들어보기 위해서, 그리고 사람들에게 당신에 관한 자세한 이야기를 듣기 위해서, 그들이 벌써 당신을 보았다는 사실 때문에 그들을 부러워하기 위해서 말이죠…… 우리는 똑같이 생각하고 기다리고 살고 있고 또 똑같은 희망을 품고 있어요. 올가, 저의 의심을 용서해주세요. 전 확신합니다. 당신이 저를 사랑하고 있음을. 그리고 이 사랑은 아버지와 숙모에 대한 사랑과는 전혀 다른 사랑이라는 사실을."

"강아지에 대한 사랑과도 달라요." 그녀가 말을 하고는 환하게 웃었다. "절 믿어주세요." 그녀가 다시 말을 이었다. "제가 당신을 믿듯이. 그리고 의심도 품지 마시고 공허한 의심으로 이 행복을 불안하게 만들지도 마세요. 안 그러면 다 날아가버려요. 한 번 이건 내 거야 하고 말했으면 전 절대로 다시 내놓지 않아요. 강제로 빼앗아가지 않는 이상. 제가 알아요. 제가 이렇게 젊은데 무슨 문제가 있어요. 하지만…… 혹시 알고 계실는지 모르겠는데." 그녀가 목소리에 확신을 담아서 말했다. "제가 당신을 알고 지낸 한 달 동안 전 많은 생각을 고쳐먹었고 마치 두꺼운 책을 독파한 듯한 경험을 했어요. 그래서 자신에 대해서 점차로…… 제발 의심하지 말아주세요……"

"의심하지 않을 수가 없군요. 그런 말씀일랑 하지 마세요. 당신과 함께 있는 지금 저는 만사를 다 확신해요. 당신의 시선, 목소리조차 제게 웅변을 한답니다. 당신은 이야기를 하듯이 저를 보고 계세요. 제겐 말이 필요 없어요. 전 당신의 시선을 읽는 능력을 지니고 있답니다. 그러나 당신이 없을 때에는 그러한 의심과 의혹의 고통스러운 장난이 시작됩니다. 그럼 전 당신에게로 달려가 다시 당신을 보아야만 합니다. 그러지 않고는 전 아무것도 믿을 수가 없어요. 도대체 이게 뭐죠?"

"저도 당신을 믿어요. 그런데 뭐가 문제죠?"

"만약에 당신이 믿지 않으신다면! 당신 앞엔 열병에 전염된 미치광이가 있어요! 제 생각입니다만, 내 두 눈에서 당신은 거울을 보듯 당신 자신을 보고 있지는 않나요? 게다가 당신 나이 스물. 자신을 쳐다보세요. 당신을 만나서 경탄의 찬사를 당신께 바치지 않을 남자가 과연 있을까요? 눈길만이라도 말입니다. 그럴진대, 당신을 알고 듣고 당신을 한참 동안을 바라보고, 게다가 사랑까지 한다니, 오, 정말 미칠 노릇 아니겠어요! 당신은 참으로 변함이 없고 평온한 분입니다. 만약 하루가 지나고 이틀이 지나 더 이상 당신으로부터 '사랑합니다' 라는 말을 듣지 못한다면, 바로 여기에서 다시 불안이 시작되곤 한답니다……"

그는 가슴을 가리켰다.

"사랑해요, 사랑해요, 사랑한다고요. 자 이렇게 삼 일 분량이면 되겠죠?"

그녀가 벤치에서 일어서며 말했다.

"그렇게 내내 농담만 하시면, 전 어쩌란 말입니까!"

한숨을 내쉬고, 그녀와 산을 내려오면서 말했다.

그들 사이에서는 내내 똑같은 멜로디의 다양한 변주곡이 그렇듯 활기차게 연주되고 있었다. 만남, 대화, 이 모든 것들은 하나의 노래, 하나의 소리이자 활활 타오르는 하나의 빛이었다. 그 빛줄기는 굴절되고 장밋빛으로, 푸른빛으로, 담황색으로 세분되고, 둘러싼 주변 대기 속에서 흔들거렸다. 매일 그리고 매 시간은 새로운 소리와 빛을 가져다 주었지만 빛은 홀로 타오르고 있었고 똑같은 멜로디가 울려 퍼지고 있었다.

그도, 그녀도 이 소리에 귀를 기울이고 그 의미를 포착했으며 노래를 빨리 끝내려고 서둘렀다. 그들은 각각 서로가 서로의 앞에 서서 소리를 듣고 있는데, 내일이면 다른 소리가 울려 퍼지고 다른 빛줄기가 나타나리라는 사실을 추호도 의심치 않았음은 물론 그 다음날엔 어제 부른 노래가 또 다른 노래였다는 사실 또한 까맣게 잊었다.

그녀는 현재 이 순간 타오르는 상상력의 불꽃에 감정의 토로라는 옷을 입혔다. 이러한 감정이 실제에 가깝다고 믿고 있는 그녀는 순박하며 전혀 무의식적인 아양을 떨면서 자신의 친구 눈앞에 근사한 복장으로 나서려고 서두르고 있었다. 이 마법의 소리, 당연한 빛을 더욱 굳게 믿고 있는 그는 열정으로 무장을 철저히 하고서 그녀 앞에 나서기 위해, 그녀에게 그의 마음을 온통 태워버린 불꽃의 휘황찬란함과 힘 전부를 보여주기 위해 서둘렀다.

그들은 자신 앞에서도 서로의 앞에서도 절대 거짓말을 하지 않았다. 가슴이 하는 말을 상상의 목소리로 듣고서 그저 되뱉을 뿐이다.

올가가 코델리아가 된다 한들, 혹은 이 인물에 충실한 사람으로 남든, 그도 아니면 새로운 인생의 길을 걷든, 또 전혀 딴사람으로 변해버리든, 그녀가 그의 가슴 속에 살았던 바로 그 색조와 빛을 발하며 나타나만 준다면, 그래서 그냥 좋기만 하다면 오블로모프에게는 본질적으로 아무 상관이 없었다.

올가 또한 그녀가 장갑을 벗어서 사자의 입에 집어던졌을 때 열정적인 친구가 그 장갑을 주워올까, 자신을 위해서 심연에라도 뛰어들까, 라는 등의 시험을 하고픈 생각이 없었다. 단지 이러한 열정의 징후만이라도 볼 수 있다면, 그가 남자, 그것도 그녀를 통해서 삶의 눈을 뜬 남자의 이상에 충실한 사람으로 남을 수만 있다면, 그녀의 눈빛과 미소로 그의 용기의 불꽃을 타오르게 하고 그가 인생의 목적을 이루는 것을 포기하지 않게만 된다면 아무래도 좋았다.

그런고로 코델리아의 반짝이는 형상과 오블로모프의 열정의 불꽃 속에는 단지 어떤 순간, 사랑의 어떤 덧없는 숨결, 사랑의 어떤 아침과 변덕스러운 어떤 무늬가 반영되어 있는 것이다. 하지만 내일, 내일엔 이미 다른, 여전히 근사하지만 어쨌든 다른 무엇이 반짝일 것이다……

제10장

지금 막 지는 여름 태양을 눈으로 전송하며 그 붉은 여운을 즐기는 한 사람이 있었으니 그는 다름아닌 오블로모프였다. 그는 노을에 시선을 고정시키고 어디서 밤이 나타나는지 뒤를 돌아볼 생각도 하지 않고 따스하고 찬란한 내일이 오기만을 고대하고 있었다.

그는 벌렁 누워서 어제 만남의 마지막 여운을 즐기고 있었다. '사랑해요, 사랑해요, 사랑한다고요.' 그의 귓전을 때리는 이 세 마디의 말이 올가의 어떤 노래보다도 감미로웠다. 아직도 그녀의 마지막 깊은 눈빛을 떨쳐버릴 수가 없었다. 그는 눈길에 담긴 의미를 끝까지 읽고 사랑의 정도를 가늠해보았다. 그러다 예의 꿈속으로 빠져들었다.

다음날 아침 눈을 뜬 오블로모프의 안색이 파리하고 우울해 보였다. 얼굴엔 불면증의 흔적이 역력했다. 이마는 온통 주름투성이고 눈에선 불꽃도 의지도 보이지 않았다. 자신감과 쾌활하고 호방한 시선, 일에 바쁜 사람에게서 엿볼 수 있는 절도 있고 의식적인 행동의 서두름 또한 죄다 어디론가 사라져버렸다.

그는 축 늘어져서 차 한 잔을 마셨다. 책 한 권 거들떠보지도 않고 책상에 앉지도 않았으며, 그저 생각에 잠겨 시가를 피우고는 소파에 앉았다. 전 같으면 누웠겠지만 지금은 습관이 없어져서 베개로 손이 가지 않았다. 그러나 팔꿈치 아래 베개를 깔고 있는데, 이는 전의 성벽(性癖)을 암시하는 징표였다.

우울해진 그는 이따금 한숨을 내쉬었다. 그러다 갑자기 어깨를 으쓱이더니 상심에 젖어 고개를 좌우로 흔들었다.

그의 내부에서 무언가가 심한 활동을 하고 있는데, 사랑은 분명 아니었다. 그의 눈앞에 보이는 올가의 모습은 저 멀리 안개 속에서 아무 빛도 없어 마치 낯모르는 사람 같았다. 그는 병약한 시선으로 올가의 모습을 보고는 한숨을 내쉬었다.

'하나님이 명하는 대로 그렇게 좀 살아라, 그냥 하고 싶은 대로 맘대로 살지 말고. 이게 정말 현명한 처신인데, 하지만……' 그는 생각에 잠겼다.

'맞아, 저 하고 싶은 대로 살아선 안 돼, 이건 분명해.' 내부의 어떤 음울하고 고집 센 목소리가 말을 하기 시작했다. '한 인간의 이성으로는 절대 풀 수 없는 자가당착의 혼란에 빠져버리는 거지. 인간이란 얼마나 심오하지 못하고 오만불손한가! 어제 바람을 갖고 오늘 열렬하게 바라는 바를 얻으려 하지, 기진 맥진할 때까지. 그리고는 모레가 되면 바랐다는 사실에 얼굴이 붉어지면서 성취된 소망 때문에 급기야는 삶을 저주하게 되는 거야. 이게 바로 삶에서의 독자적이고 오만불손한 행보와 방자한 '하고 싶다' 라는 말의 결과라고 할 수 있지. 손으로 더듬으면서 앞으로 나아가고 많은 것들에 대해서 눈을 감아야만 하고, 행복이라는 헛된 꿈을 꾸어서도, 행복이 달아난다고 감히 불평을 해서도 안 돼. 이게 바로 삶이지! 삶은 행복이며 기쁨이라 말한 사람이 누구야? 미친 놈들! 올가가 말했었지. '삶은 삶 자체이며 의무이자 본분이고, 본분은 힘든 것이다. 우리는 그런 의무를 다해야 한다……' 라고.' 그가 긴 한숨을 내쉬었다.

"올가와 더 이상 만나지 말자…… 하나님! 당신이 내 눈을 뜨게 하고 의무를 알려주셨군요." 그가 하늘을 보면서 중얼거렸다. "그럼 어디서 힘을 얻으란 말인가? 헤어져야만 한다! 비록 고통이 따르겠지만 그나마 지금 할 수 있을 때 헤어지는 거야. 또 그래야 나중에 왜 헤어졌을까,라면서 자신을 저주하는 일 따위는 하지 않게 돼…… 그녀는 기대하지도 않아……"

　도대체 이유가 뭘까? 별안간 오블로모프에게 불어닥친 바람은 어떤 바람일까? 무슨 구름을 몰고 온 것일까? 어째서 그는 그토록 슬픈 짐을 제 어깨에 짊어지려는 것일까? 아마도 어제 올가의 마음을 들여다보고 그 안에 있는 밝은 세계와 밝은 운명을 보고는 자신과 그녀의 별점을 쳐보았던가 보다. 도대체 무슨 일이 일어난 것일까?

　필시, 그는 밤참을 먹었거나 아니면 침대에 벌렁 나자빠졌을 것이다. 그리고는 시적인 기분 대신 어떤 공포감이 그 자리를 꿰차고 들어앉았을 것이다.

　구름 한 점 없는 고요한 여름날 저녁에 깜빡거리는 별들을 친구 삼아 잠자리에 들면서 내일은 아침의 밝은 색조로 해서 들녘이 정말 근사하리라는 생각을 하는 것은 아주 흔한 일이 아닌가! 우거진 숲속 깊숙이 들어가 더위를 피하는 것은 정말 생각만 해도 즐겁다! 그리고는 문득 빗소리와 잿빛 슬픈 구름에 잠을 깬다. 서늘함과 축축함이……

　오블로모프는 해왔던 대로 초저녁부터 자신의 심장 박동 소리에 귀를 기울이고 손으로 가만히 가슴 쪽을 만져보았다. 응어리가 더 커진 건 아닌지 검사를 해보았다. 그런 다음 자신의 행복을 면밀히 분석하고는 문득 비애감을 맛보았다. 독이 퍼진 것이다.

　독은 아주 강하고 빠르게 번졌다. 지난 세월이 주마등처럼 스쳐 지나갔다. 백번째로 회한과 지난 세월에 대한 안타까운 마음이 가슴으로 물밀듯이 밀려들었다. 과감하게 앞으로 나아갔더라면 지금의 나는 어떻게 되었을까, 좀더 활동적이었다면 좀더 내실 있고 다양한 삶을 살 수 있었을 텐데, 하는 생각을 하면서 이제는 어찌해야 하며 어떻게 올가가 자신을 사랑할 수 있었는지, 어떻게 그럴 수가 있는지, 그리고 그 이유는 도대체 무엇인지 따위의 문제에 의문을 품기 시작했다.

'이건 실수가 아닐까?' 그의 머리 속에 문득 이런 생각이 번개처럼 스치고 지나갔다. 이 번개는 그의 가슴에 적중하여 엉망진창으로 만들어버렸다. 그는 통곡하기 시작했다. '실수야! 그래…… 바로 그런 거야!' 머릿속이 뒤숭숭했다.

'사랑해요, 사랑해요, 사랑한다고요.' 갑자기 올가의 말이 기억 속에서 울려 퍼졌고 가슴이 뜨거워지기 시작했다. 그러다 갑자기 다시 차가워졌다. '사랑해요'라는 올가의 이 세 마디 말은 도대체 무어란 말인가? 눈속임이자 텅 빈 가슴의 간사한 속삭임. 사랑도 아닌 단지 사랑의 예감일 뿐!

이 목소리는 언젠가는 협화음이 울리듯 강하게 울려 퍼져서 온 세상을 잠에서 깨우리라! 숙모도 남작도 알게 되고 이 목소리의 울림은 저 먼 곳까지 다다르리니! 감정이란, 실개천이 풀섶에 몸을 숨기면서 겨우 들릴락 말락 한 졸졸 소리를 내듯이, 그렇게 조용히 찾아들지는 않는 법.

그녀는 지금 화포에 수를 놓듯 사랑을 하고 있다. 조용히 그리고 느릿느릿 형지(型紙)를 꺼낸 그녀는 더욱 느려터지게 그것을 펼치고 신기한 듯 관심을 보이다가는 내려놓고 까맣게 잊고 만다. 그렇다, 이것은 단지 사랑의 준비이자 경험일 뿐이며, 그는 뜻밖에 처음으로 나타난, 경험을 위해서는 그런대로 참을 만한 사람일 뿐이다. 그런고로……

그들이 가까워진 것도 알고 보면 다 우연이다. 그녀가 그를 안중에 두지 않을 수도 있었다. 슈톨츠가 젊고 민감한 가슴에 자신의 동정을 감염시켜 놓았기 때문에 그의 상태에 대한 동정, 곧 게을러터진 영혼으로부터 잠을 쫓아내고 다음엔 그냥 버리려는 이기적 배려가 나타난 것이다.

"일이 그렇게 된 거군!" 침대에서 일어나 떨리는 손으로 불을 지피면서 그가 놀라 말했다. "더 이상은 아무 일도 없을 테고 아무 일도 없었어! 그녀는 사랑을 지각할 만한 준비가 되어 있었던 것이고 가슴은 아주 민감하게 그 사랑을 고대했던 거야. 그러다 뜻하지 않게 나를 만나 실수를 하게 된 거지…… 다른 사람이 나타나기 무섭게 그녀는 놀라 실수로부터 깨어날 테고! 그때 그를 바라보는 그녀의 눈길은 어떠할 것이며 또 나를 외면하는 눈길은 또한…… 끔찍한 일이야! 내가 남의 여자를 납치한 거라 할 수 있어! 난 도둑놈이야! 내가 지금 무슨 짓을 하고 있담, 내가 지금 무슨 짓을 하고 있냐고? 내가 눈이 멀었어! 하나님, 맙소사!"

그는 거울을 쳐다보았다. 핏기가 하나도 없고 누렇게 떠 있으며 두 눈은 퀭하다. 그는 생각에 잠긴 듯하면서도 힘있고 깊은, 그녀와 마찬가지로 촉촉이 젖은 눈길을 가진 젊은 행운아들을 떠올렸다. 두 눈에 불꽃이 타오르고 웃음엔 승리에 대한 확신이 있으며 위풍당당한 걸음걸이에 청명한 목소리의 소유자들. 그는 그들 가운데 하나가 나타나기만을 고대했다. 그녀가 갑자기 얼굴을 붉히면서 그를, 오블로모프를 쳐다보고 있었다. 그리고는 웃음을 터뜨렸다!

그는 다시 거울을 들여다보았다. "누가 이런 인물을 사랑하겠어!" 그가 중얼거렸다.

그리고는 누워서 베개에 얼굴을 묻었다. '안녕, 올가, 부디 행복하길.'

"자하르!"

그가 아침부터 소리를 쳤다.

"일리인스카야 댁에서 날 찾는 사람이 오거든 난 집에 없고 시내에 갔노라고 말해."

"그러쥬."

"그래…… 그래선 안 돼, 차라리 편지를 쓰자." 혼잣말로 그가 중얼거렸다. "내가 갑자기 사라진다는 것은 그녀에겐 너무 잔인한 짓일는지 몰라. 해명이 반드시 필요해."

그는 책상에 앉아 열을 내며 경기라도 하는 듯 서둘러 빠르게 글을 쓰기 시작했다. 5월 초에 집주인에게 편지를 쓸 때와는 전혀 딴판이었다. 두 관계대명사와 두 관계사의 근접과 별로 신통치 않은 충돌은 단 한 번도 발생하지 않았다.

올가 세르게브나, 우리가 이렇게 자주 만나고 있는 시점에서 저 대신에 이 편지를 받는다는 것이 기이하게 여겨지실는지도 모르겠습니다. 끝까지 읽고 나면 제가 달리 처신할 수 없었음을 아시게 될 겁니다. 이 편지로부터 모든 걸 시작했어만 했는데, 그랬으면 우리 둘 다 이후의 양심의 가책에서 벗어날 수 있었지 않았을까 싶습니다. 하지만 지금도 늦지 않았습니다. 우리는 서로에게 너무도 뜻하지 않게, 너무도 빨리 사랑에 빠져서 마치 우리 둘 다 갑작스런 열병에 걸리지나 않았던가 하는 착각을 불러일으킵니다. 바로 이 때문에 전 좀더 빨리 정신을 차리지 못했던 거죠. 더군다나 당신을 바라보고 당신의 음성을 몇 시간 내내 들으면서 황홀경에서 깨어나는 엄청나게 무거운 짐을 자발적으로 지고 싶어하는 사람이 그 누가 있겠습니까? 비탈길을 만날 때마다 그 경사에 정신을 잃지 않기 위해 매 순간 뒤를 돌아보고 의지력을 비축해둘 사람 또한 어디에 있겠습니까? 저 역시 매일 생각하곤 했습니다. '더 이상은 정신을 잃지 않겠다. 이젠 멈추어 서겠다. 다 나 하기 나름이다.' 그러면서도 정신을 잃었고 이제 싸움의 시간이 도래했습니다. 당신의 도움이 요구되는 싸움입니다. 전 바로 오늘에서야 제가 얼마나 빠르게 발을 헛디뎠는지를 깨달았습니다. 어제 제가 굴러떨어졌던 낭떠러지를 보다 깊이 들여다볼 수가 있었습니다. 그래서 전 이제 멈추기로 작정을 했습니다.

제 얘기만 늘어놓고 있습니다만 이는 이기주의 때문이 아니라 제가 낭떠러지의 밑바닥에 누워 있게 될 때 당신은 순결한 천사와도 같이 여전하실 테고 높이 날아오르실 것이기 때문입니다. 하지만 전 여전히 모르겠어요. 당신이 그런 제게 눈길이라도 주고 싶으실는지 말이죠. 잘 들어보세요. 돌려서 말하지 않고 그냥 단도직입적으로 쉽게 말씀드리겠습니다. 당신은 절 사랑하지 않을 뿐 아니라 사랑할 수도 없습니다. 제 경험에 귀를 기울이신다면 무조건 믿게 되실 겁니다. 제 가슴이 뛰기 시작한 지는 오래되었습니다만 그것이 거짓이었고 전혀 엉뚱했다고 가정해봅시다. 그러나 바로 이 때문에 전 가슴이 올바르게 뛰는 것과 우발적으로 뛰는 것을 구분하는 법을 배웠습니다. 당신은 절대 그러실 수 없겠으나 전 진실이 어디에 있는지, 미혹(迷惑)이 어디에 있는지 알 수 있고 또 알아야만 합니다. 이것을 아직 알지 못하는 사람에게 미리 경고를 하는 것이 바로 제 의무입니다. 그래서 당신에게 감히 경고하건대, 당신은 미혹에 빠져 있습니다. 주위를 둘러보세요!

우리들간의 사랑이 마냥 미소를 짓고 있는 경쾌한 유령의 모습으로 나타났을 때까지만 해도, 사랑이 Casta diva에서 울려 퍼지고 라일락 나뭇가지 향과 말로 다 못 한 관심 그리고 수줍은 듯한 시선 속에 그나마 남아 있을 때까지만 해도 전 사랑을 상상의 장난이나 자존심의 속삭임으로만 여겼지 절대 믿지 않았습니다. 하지만 장난은 금방 지나가버렸습니다. 전 상사병을 앓았고 열정의 징후를 느낄 수 있었습니다. 당신은 생각에 잠기는 시간이 많아졌고 진지해 졌습니다. 또한 제게 시간을 내주셨죠. 당신의 신경이 입을 열기 시작했습니다. 당신은 그때 흥분하기 시작했습니다. 저는 지금에서야 깜짝 놀라 가던 발걸음을 멈추고 도대체 이것이 무엇인지에 대해서 말을 해야 할 의무가 제겐 있음을 느끼게 되었습니다.

전 당신을 사랑한다고 말씀드렸고 당신 또한 같은 대답을 제게 주셨습니다만, 직접 들어보세요, 여기에 어떤 불협화음이 울리고 있는지를! 들리지 않으세요? 그렇다면 더 나중에 제가 저 밑바닥에 떨어져 있게 될 때 들으실 수 있을 겁니다. 저를 쳐다보시고 제 존재에 대해서 곰곰이 생각해보세요. 당신이 과연 절 사랑하실 수 있는지, 절 지금 사랑하고 계신지? '사랑해요, 사랑해요, 사랑한다고요!' 라고 어제 당신이 말씀하셨죠. '아뇨, 아뇨, 아니라고요!' 라고 제가 확답을 드리는 바입니다.

당신은 절 사랑하고 있지 않습니다. 서둘러 덧붙여 말씀드리건대, 당신은 거짓말도 못 하고 절 속이지도 못하는 분입니다. 당신은 당신 내부에서 아뇨,라고 말하는 때에 네,라고 말하지도 못하는 분이란 말씀입니다. 제가 당신께 드리고 싶은 말씀은 당신의 현재의 사랑해요는 현재의 사랑이 아니라 미래의 사랑이라는 사실입니다. 이는 단지 사랑하고픈 무의식적인 충동으로서, 진정한 양식의 부족과 불꽃의 부재에서 비롯되어 나타나는 따뜻하지도 않은 거짓의 빛이랍니다. 이를테면 이따금 여자들이 어린아이나 다른 여자를 달랠 때 흔히 써먹기도 하고 심한 경우엔 눈물을 글썽이기도 하며 히스테리의 발작을 보이기도 하면서 말이죠. 애초에 당신에게 단호하게 말씀을 드렸어야 했습니다. '당신은 실수하고 계신 겁니다. 당신 앞에 있는 사람은 당신이 그토록 고대하고 꿈꾸었던 사람이 아니랍니다. 좀더 기다리세요. 진정 그 사람이 나타나면 당신은 잠에서 깨어날 것입니다. 당신은 자신의 실수에 역정을 내고 수치심을 느끼실 게 뻔합니다. 전 이 역정과 수치심으로 인해 찢어지는 아픔을 겪게 될 테고요.' 제가 본래 조금만 더 이성적으로 현명했더라면, 결단성을 지녔더라면, 그리고 좀더 솔직했더라면 아마도 전 이렇게 당신께 말했을 텐데…… 기억해주세요. 전 두려움에 떨며 당신이 절 믿지 않도록, 이런 일이 생기지 않도록 하기 위해서 여러 말씀을 드려왔지요. 전 다른 사람이라면 나중에 할 수 있는 모든 말을 미리 다 했습니다. 제 말씀을 듣지 않을 준비, 절 믿지 않을 준비를 당신께 미리 시켜드리기 위해서 말이죠. 그래서 당신과의 만남을 서두르며 생각했습니다. '언젠가 딴사람이 나타나겠지만 그동안은 난 행운아다.' 바로 이것이 집착과 열정의 논리입니다.

지금 전 이미 다르게 생각하고 있습니다. 제가 그런 사랑의 논리에 꽉 붙들려서, 당신을 만나는 것이 삶을 화려하게 해주는 치장이 아니라 의무가 되어버린다면, 그래서 사랑이 가슴속에서 통곡을 하게 된다면 그때는 어떻게 되겠습니까(가슴에 뭔가 응어리를 느끼는 데엔 그만한 이유가 있는 법이지요)? 그땐 어떻게 서로 떨어질 수가 있습니까? 이 아픔을 견뎌낸다고요? 제겐 더 어려워집니다. 전 지금 이걸 생각하면서도 불안감을 떨쳐버릴 수가 없습니다. 당신이 저보다 경험이 훨씬 많고 나이도 더 많다면 전 아마도 자신의 행복에 감사를 드리고 당신에게 영원히 손을 내밀었을 겁니다. 하지만 그것은……

제가 편지를 쓰는 이유는 무엇일까요? 당신과 만나고픈 바람은 커져만 가는데 만나서는 안 된다는 말을 왜 직접 찾아뵙고 말씀드리지 못하는 걸까요? 당신 얼굴을 보면서 이 말을 하기엔 도저히 용기가 나지 않습니다. 알아서 판단해주세요! 이따금 비슷한 말을 하고 싶기도 하지만 정작 말을 하면 전혀 다른 말만 나옵니다. 아마도 당신 얼굴엔 슬픈 기색이 나타날는지도 모르겠고(만약 저와의 시간이 정말로 지루하지 않으시다면) 혹은 당신께서는 제 선한 의도를 이해 못 하시고 모욕을 당하셨다고 생각하실 수도 있을 겁니다. 이도 저도 전 견딜 수가 없을 겁니다. 다시 하고자 하는 말을 하지 못하겠지요. 제 순수한 동기는 박살이 나고 다음에 다시 만나자는 약속으로 끝이 나버리겠지요. 이제 당신이 없는 이 세상은 전혀 딴 세상입니다. 당신의 다정한 눈도, 착하고 어여쁜 얼굴도 더 이상 떠오르지 않는군요. 종이가 말없이 잘도 참아내고 있군요. 전 침착하게 편지를 쓰고 있습니다(거짓말을 하고 있습니다). 우리는 더 이상 볼 수가 없을 겁니다(거짓말이 아닙니다).

  딴사람이라면 이렇게 덧붙였을는지도 모르겠군요. 눈물에 젖어 편지를 쓰고 있습니다,라고요. 하지만 당신 앞에서 아닌 척하면서 자신의 슬픔을 짐짓 가장하고픈 생각은 없습니다. 왜냐하면 고통을 크게 하거나 안타까운 마음과 슬픔을 상기시키고 싶지 않기 때문입니다. 이 모든 가장은 감정의 지반 깊숙이 뿌리를 박고자 하는 의도를 보통 감추지만 전 당신은 물론 저에게서도 그 싹을 근절하고 싶습니다. 운다는 것은 말로써 여인의 경박한 자존심을 이해할 방법을 애써 찾고 있는 유혹자나 혹은 지친 몽상가에게는 썩 어울려 보입니다. 전 이 말과 함께 작별을 고합니다. 마치 좋은 친구를 먼 곳으로 떠나보내며 작별을 하듯 말입니다. 서너 주, 달포 후가 되면 그땐 이미 늦고 또 더 어려울 테죠. 사랑은 대단한 성공을 거듭니다만 이는 정신적 탈저(脫疽)입니다. 전 정말 구제불능입니다. 시분도 헤아리지 못하고 일출과 일몰도 알지 못하니 말입니다.

전 결심했습니다. 뵙더라도 본 척을 하지 않을 것이며 다녀가시더라도 아예 안 오셨다 여기고 오시더라도…… 이 모든 것은 기분이 좋은 흥분이든 나쁜 흥분이든 가리지 않고 대수롭지 않게 견뎌내는 청춘에나 어울리는 일입니다. 제겐 비록 지루하고 잠이 오긴 해도 평온이 어울립니다. 제게 익숙하니까요. 폭풍은 도저히 감당할 수가 없습니다.

많은 이들이 제 행동을 보고 놀라겠죠. 왜 도망가는 거지?라며 수군대리라는 것도 잘 압니다. 어떤 이들은 절 조롱할 겁니다. 어쩌겠습니까, 다 제가 저지른 일인걸요. 제가 이미 당신과 만나지 않기로 작정을 했다는 것은 모든 게 다 끝났다는 걸 의미합니다.

깊은 우수의 와중에서도 우리 인생의 이 짧디짧은 에피소드가 제게 항상 그러한 순결하고 향기로운 추억을 남겨놓았다는 사실에 전 어느 정도 위안이 됩니다. 꿈꾸는 듯한 이전의 마음상태로 다시 되돌아가지 않기 위해서 이것 하나면 충분합니다. 더구나 당신에게 더 이상의 해를 끼치지 않고 미래의 정상적인 사랑의 지침서 역할을 했다는 사실에 또한 만족합니다. 안녕히 계세요, 천사. 어서 빨리 날아가세요. 놀란 새가 실수로 내렸던 나뭇가지에서 날아가듯. 새처럼 경쾌하면서도 과감하고 활기차게 우연찮게 앉았던 그 나뭇가지를 떠나세요!

오블로모프는 상기된 얼굴로 편지를 써 내려갔다. 펜이 종이를 따라서 날아다녔다. 눈은 반짝였고 볼은 뜨겁게 타올랐다. 예의 연애편지처럼 장문의 편지가 되었다. 연인들은 지독한 수다쟁이다.

'거 참 이상하네! 지루하지도 힘들지도 않아! 거의 행복한 수준이야…… 도대체 무슨 영문이지? 필시 마음의 짐을 편지에 다 쏟아부은

게야.'

그는 편지를 다시 한 번 읽어보고는 봉투에 넣어서 인장을 찍었다.

"자하르! 누가 오거들랑 이 편지 주면서 아가씨께 전하라고 해."

"그러쥬!"

정말 오블로모프는 기분이 좋아졌다. 그는 소파에 책상다리를 하고 앉아서 심지어 아침거리가 없는지를 묻기도 했다. 계란 두 개를 먹고 시가를 피웠다. 가슴과 머리가 뭔가로 충만해 있었다. 그가 다시 살아난 것이다. 그는 올가가 편지를 받아들고 읽어 내려가면서 놀라서 어떤 표정을 지을까, 상상해보았다. 그 다음엔 어떻게 되는 걸까?

그는 이날의 전망, 새로운 상황 변화를 즐기고 있었다…… 그는 심장이 오그라드는 기분으로 문소리에 귀를 기울였다. 누가 찾아오지나 않았는지, 올가가 편지를 이미 읽은 건 아닌지…… 그러나 현관은 조용하다.

'이건 또 무슨 뜻일까?' 그가 불안에 떨며 생각했다. '찾아오는 사람이 하나도 없어. 도대체 이건 또 어찌 된 일이야?'

은밀한 목소리가 그에게 속삭였다. '넌 왜 불안에 떨고 있지? 아무 일도 없던 일로 하고 관계를 끊기 위해서는 당연히 해야 할 일이었는데?' 하지만 그는 이 목소리를 무시했다.

반 시간이 지나서 그는 마부와 문 옆에 앉아 있는 자하르를 불러들였다.

"아무도 찾아온 사람 없었어? 아무도 안 왔었냐고?"

"아뉴, 찾아왔었어유."

"그래서 뭐라고 했어?"

"주인님이 집에 안 계신다, 그러니까 시내에 출타 중이시다 그랬습쥬."

오블로모프의 두 눈이 휘둥그레졌다.

"왜 그 따위 소릴 했어? 사람이 오거든 어떻게 하라고 했어?"

"다른 사람이 온 게 아니라 하녀가 왔었어유."

자하르가 능청스럽게 대꾸했다.

"그럼 편지는 전했고?"

"편지를 뭔 수로 전해유? 처음엔 집에 안 계신다고 말하라셨잖유. 나중에 편지를 전하라시면서. 그래서 사람이 오면 건네주려구 하던 참이쥬."

"아니지, 아냐, 네놈은 원수야 원수! 편지는 어디 있어? 이리 가져와!"

자하르가 이미 더럽혀질 대로 더럽혀진 편지를 갖고 나왔다.

"손 좀 씻어라, 좀 쳐다봐!"

얼룩을 가리키며 오블로모프가 악에 받친 소리를 했다.

"지 손은 깨끗해유."

자하르가 짐짓 외면을 하며 대꾸했다.

"아니시야, 아니시야!"

오블로모프가 소리쳤다. 아니시야가 현관에 몸뚱이 절반을 드러냈다.

"좀 봐, 자하르가 무슨 짓을 해놨는지." 그가 그녀에게 불평을 했다. "일리인스카야 댁에서 사람이든 하녀든 누구라도 오거들랑 이 편지를 건네주고 아가씨께 전하라 해, 알아들었어?"

"알았어요, 주인님. 틀림없이 전할게요."

그러나 그녀가 현관으로 나오자마자 자하르가 그녀에게서 편지를 낚아챘다.

"가봐, 가보라니께. 여편네가 할 일이나 잘하셔!"

곧바로 하녀가 달려왔다. 자하르가 문의 빗장을 열기 시작했다. 아니시야가 문 쪽으로 다가가자 자하르가 그녀를 무섭게 노려보았다.

"거기 뭐 볼일이 있어?"

그가 쉿소리를 내며 물었다.

"그냥 당신이 어떻게 말하는지 들어보려고 왔는데……"

"됐어, 됐어, 됐다구!" 그녀에게 팔꿈치를 휘두르며 그가 호통을 쳤다. "저리 가!"

그녀는 웃음을 흘리면서 물러났다. 하지만 그녀는 어느새 다른 방에서 틈새로 주인님이 이르는 대로 자하르가 잘하는지 훔쳐보고 있었다.

일리야 일리이치도 시끄러운 소리를 듣고 자리를 박차고 일어났다.

"어쩐 일이야, 카쨔?"

그가 물었다.

"도련님께서 어디로 출타를 하셨는지 알아보라고 아가씨께서 말씀하셨어요. 그런데 아무 데도 안 나가시고 집에 계시네요! 얼른 달려가서 말씀드려야겠어요."

그리고 그녀는 막 뛰어갈 채비를 했다.

"난 집에 있어. 이 녀석이 순전히 거짓말을 한 거지. 참 아가씨께 편지 꼭 전해드려!"

"알겠습니다, 전해드릴게요!"

"지금 아가씨는 어디 계시지?"

"아가씨는 마을을 이리저리 둘러보시고서 만약 도련님이 책을 마저 다 읽으셨으면 2시경에 정원으로 나와주십사 하고 말씀드리라 하셨어요."

그녀는 떠났다.

'아냐, 가지 않을 거야…… 모든 걸 끝내야만 하는 시점에서 감정을 흐트러뜨릴 이유가 없지…….' 마을로 내려가면서 오블로모프가 생각했다.

그는 멀리서 올가가 산을 오르는 모습을 보았다. 카쨔가 그녀를 따라잡고는 편지를 건네고 있었다. 올가는 순간 멈칫하더니 편지를 보고 잠시 생각에 잠겼다가 카쨔에게 고개를 끄덕이고서 공원 오솔길로 들어서고 있었다.

오블로모프는 옆길로 빙 돌아서 반대편에서 그 오솔길로 들어가 중간까지 다다라서는 관목 사이 풀밭에 앉아서 기다리기 시작했다.

'그녀는 여기를 지나갈 거야. 그녀가 뭘 하는지 살짝 훔쳐보고서 영원히 사라지는 거야.'

그는 심장이 얼어붙는 기분으로 그녀의 발자국 소리를 기다렸다. 아무 소리도 없다. 고요하다. 자연은 활기찬 삶을 살고 있었다. 주변은 잘 보이지 않는 자잘한 일들로 들끓고 있었다. 만사가 성대한 평정 속에 놓여 있는 것만 같았다.

그 와중에도 풀밭의 모든 것은 움직이고 기어다니느라 분주했다. 조금 떨어진 곳에서 개미들이 사방으로 분주하게 뛰어다니고 서로 엉키는가 싶다가는 다시 뿔뿔이 흩어지며 아주 바쁜 발걸음을 더욱 재촉하고 있었다. 아주 높은 곳에서 사람들의 저잣거리를 내려다보는 듯했다. 무리지어 운집해 있는 모양새, 번잡스러움 그리고 우글거리는 사람들.

땅벌이 꽃 주위에서 앵앵거리며 꽃받침을 기어오르고 있다. 파리 떼가 보리수나무의 갈라진 틈새로 삐죽이 새어나온 한 방울의 액즙 주변을 기어오르고 있다. 숲속 어딘가에선 새 한 마리가 오래 전부터 똑같은 소리로 반복해 지저귀고 있다. 아마도 짝을 부르는가 보다.

저기 나비 두 마리가 공중에서 서로의 주위를 빙글빙글 돌다가는 황급히 마치 왈츠라도 추는 양 나무 줄기 옆으로 줄달음질 친다. 풀냄새가 코를 찌른다. 그리고 거기서 그칠 줄 모르는 다양한 소리들이 연신 들려온다……

'이게 웬 소란이야!' 이런 소동에 눈을 돌리고 자연의 사소한 소음에 귀를 기울이며 오블로모프가 생각했다. '바깥 세상은 이리도 고요하고 평온하기만 한데!'

발자국 소리는 여전히 들리지 않는다. 드디어, 올 것이 오는구나…… '오호!' 살며시 가지를 젖히며 오블로모프가 숨을 죽였다. '그녀야, 그녀는 그녀인데…… 뭐하는 거야? 울고 있잖아! 맙소사!'

그녀는 조용히 발걸음을 옮기면서 손수건으로 눈물을 훔치고 있었다. 하지만 닦아내자마자 또 새로운 눈물이 흘러내리는 것이 아닌가. 그녀는 부끄러운지 눈물을 삼키고 있었다. 심지어 나무한테도 우는 모습을 보이고 싶지 않은 듯했다. 하지만 숨길 수가 없는 모양이었다. 오블로모프는 여태껏 올가의 눈물을 한 번도 본 적이 없었다. 그가 전혀 예기치 못했던 상황이었다. 마치 그는 눈물에 화상을 입은 듯했다. 하지만 그로 인한 상처 부위는 뜨겁다기보다는 따뜻했다.

그는 잽싸게 그녀의 뒤를 쫓았다.

"올가, 올가!"

그녀의 뒤를 따르며 그가 부드럽게 그녀를 불렀다. 그녀는 움찔하더니 주위를 한 번 둘러보고는 놀라 그를 쳐다보았다. 그리고는 돌아서서 다시 발걸음을 옮겼다.

그가 그녀와 나란히 걸었다.

"울고 계신가요?"

그가 말했다. 눈물이 더욱 하염없이 흘렀다. 그녀는 눈물을 그칠 수가 없는지 손수건을 얼굴에 갖다 댔다. 그녀는 복받쳐오는 슬픔을 달래려 첫번째 벤치에 앉았다.

"내가 도대체 무슨 짓을 한 거야!"

그녀의 손을 잡고 얼굴에서 떼어내려고 애쓰면서 그가 놀라 속삭였다.

"절 내버려두세요! 가세요! 무슨 볼일로 여기 계시는 거죠? 저도 잘 알아요, 절대 울어선 안 된다는 것을. 울 일이 있나요? 당신이 옳아요. 네, 다 일어날 수 있는 일이죠."

"이 눈물을 거두시게 하려면 제가 어떻게 하면 되겠어요?" 그녀 앞에 무릎을 꿇고 그가 물었다. "말씀해주세요, 명령을 내려달라고요. 전 무슨 짓이라도 할 준비가 되어 있습니다……"

"눈물을 흘리게는 하셨지만 그치게 하는 것은 당신 권한이 아니랍니다…… 당신은 그렇게 강한 분이 아니죠! 그냥 내버려두세요!"

자신의 얼굴에 손수건을 부치면서 그녀가 말했다. 그는 그녀를 쳐다보고 자신을 저주했다.

"편지로 불행을 자초했어!"

그의 말엔 후회의 빛이 역력했다. 그녀는 바구니를 열어 편지를 꺼내고는 그에게 내밀었다.

"받으세요. 그리고 제가 이 편지를 보면서 더 이상 눈물을 흘리는 모습을 안 보시려거든 가지고 가버리세요."

그는 말없이 편지를 받아 호주머니에 쑤셔넣고 고개를 떨구고 그녀 옆에 바싹 다가앉았다.

"적어도 당신은 제 의도가 그르지 않았음을 입증해주신 셈이군요, 그렇죠, 올가? 이것은 바로 당신의 행복이 제게 소중하다는 증거입니다."

"네, 소중하죠!" 그녀가 한숨을 쉬고는 말했다. "아뇨, 일리야 일리이치, 당신은 필시 제가 그렇게 행복한 것을 시샘하셨던 거예요. 그래서 그토록 서둘러서 제 행복을 깨뜨리려 한 겁니다."

"깨뜨리다니요! 제 편지를 읽어보시고도 그런 말씀을 하세요? 다시 반복하건대……"

"끝까지 읽을 수가 없었어요, 눈물이 앞을 가려서. 제가 바보예요! 하지만 전 나머지도 다 짐작할 수 있어요. 반복하실 필요 없어요. 정녕 제가 더 이상 우는 꼴을 보고 싶지 않으시다면 말이죠……"

눈물이 다시 흘러내렸다.

"제가 당신을 거절하는 것은 당신 앞날의 행복을 내다보고 있기 때문이 아니던가요? 제 한 몸 희생코저 함이 아니던가요? 과연 이러는 제가 아무렇지도 않아 보이나요? 내 안의 복받치는 이 설움을 모르시겠나요? 제가 왜 이러겠어요?"

"왜냐고요?" 울음을 그치고 그에게로 몸을 돌리면서 그녀가 반복했다. "그렇다면 관목 숲에 몸을 숨기고서 제가 울지 안 울지, 또 울면 어떻게 울까, 훔쳐보시는 이유가 뭔가요? 그게 바로 이유죠! 당신이 만약 편지에 쓰어 있는 대로 진실코저 하신다면, 당신이 만약 우리의 이별을 확신하신다면 지금 저와 만나지 말고 외국에 나가셔야 맞는 말 아닌가요?"

"어떻게 그런 생각을!"

아니라고 말하고 싶지만 그는 말끝을 맺을 수가 없었다. 이 가정이 그를 당혹스럽게 만들었다. 왜냐하면 이 말이 전적으로 옳다는 것을 깨달았기 때문이다.

"그렇군요." 그녀가 힘을 얻은 듯했다. "어제는 제 사랑 고백을 필요로 하시더니 오늘은 눈물을 원하시고 그럼 내일은 아마도 제가 어떻게 죽는지 보기를 원하시겠군요."

"올가, 그렇게 절 모욕하셔도 되는 건가요! 당신은 정녕 믿지 않는군요. 이 순간 당신의 웃음 소리를 듣고 당신의 눈물을 더 이상 보지 않기 위해서라면 이 한 목숨 버릴 각오가 되어 있다는 사실을 말입니다······"

"네, 당신 때문에 여자가 우는 모습을 이젠 이미 보았다 이거겠죠······ 안 돼, 당신은 가슴도 없는 사람이에요. 진정 제 눈물을 원치 않으셨다면, 말씀해보세요, 진정 원치 않으셨다면 그런 행동을 안 하면 될 일이 아닌가요······"

"제가 그걸 왜 모르겠어요?!"

두 손바닥을 가슴에 얹으며 의문 반 감탄 반의 목소리로 그가 말했다.

"사랑을 할 땐 가슴엔 이성이 있어요. 가슴은 무엇을 원하는지, 앞으로 무슨 일이 있게 될는지 다 알아요. 어젠 여기에 올 수가 없었죠. 손님들이 찾아왔었거든요. 전 당신이 저를 기다리며 고통스러워하고 잠도 편히 주무시지 못하리라고 생각했죠. 당신의 고통을 원치 않았기 때문에 이렇게 온 거예요······ 그런데 당신은······ 제가 우는 것을 보고 즐거워하시다니. 보세요, 실컷 보시고 맘껏 즐기세요!"

그리고 그녀는 다시 흐느끼기 시작했다.

"말씀하신 대로 잠을 편히 잘 수 없었어요, 올가. 밤새 얼마나 괴롭던지······"

"제가 잠을 잘 자고 괴로워하지 않아서 안타깝기라도 하신가 보군요. 그렇지 않은가요? 제가 지금 이렇게 섧게 울지 않았더라면 오늘 잠을 편히 못 주무실 뻔했군요."

"이제 전 어떻게 해야 하죠? 용서를 구해야 하나요?"

그가 순종적인 부드러운 목소리로 말했다.

"용서는 어린애들이나 구하죠. 혹은 사람 많은 데서 누군가의 발을 밟았을 경우에도 그렇고요. 하지만 여기서 용서는 아무 도움도 못 돼요."

손수건으로 다시 얼굴을 부치면서 그녀가 말했다.

"그러나, 올가, 제 말이 사실이라면. 제 생각이 정당하고 당신의 사랑이 실수라면요? 당신이 다른 누군가를 사랑하게 되고 그때 저를 보면 얼굴이 빨개지실 텐데……"

"어떻게 그런 말씀을?"

그가 움찔할 정도의 역설적이면서도 깊은 눈으로 뚫어져라 그를 쏘아보면서 그녀가 물었다.

'뭔가 내게서 얻고자 하는 게 있는 거야! 정신 차려, 일리야 일리이치!'

"'그런 말씀을 어떻게' 라니?"

불안스럽게 그녀를 보면서 오블로모프는 기계적으로 말을 받았다. 그는 그녀의 머리 속에 어떤 생각이 들어 있는지, 사랑이 실수라면 이 사랑의 결과를 절대 합리화해서는 안 되는 게 분명한 경우에 어떻게 그녀가 자신의 '어떻게 그런 말씀을'이란 말을 합리화하게 되는지, 전혀 짐작조차 하지 못하고 있었다.

그녀는 의미심장하면서도 확신에 찬 눈길로 그를 쳐다보았다. 자신의 생각에 대해서 훤히 꿰뚫어보고 있는 것이 분명했다.

"당신은 두려워하고 있어요." 그녀가 신랄하게 반박을 하고 나섰다. "'낭떠러지의 밑바닥'으로 떨어질까봐 말예요. 제 사랑이 식으면 어쩌나 하는 생각에 당신은 지레짐작으로 모욕당할 일을 두려워하고 있는 거죠! '제겐 더 나빠질 뿐입니다'라고 쓰셨더군요……"

그는 아직도 그녀의 말이 분명하게 이해되지 않았다.

"그렇다면 제가 다른 사람을 사랑하는 게 더 낫다는 말씀인데, 이는 진정 제가 행복하게 된다는 걸 의미할까요? 또 말씀하시기를, '장래의 제 행복을 미리 내다보시고 저를 위해서라면 어떤 희생이라도, 심지어 목숨까지도 내던질 각오가 되어 있다'고 하셨는데, 맞나요?"

그는 그녀를 뚫어져라 쳐다보았다. 눈도 거의 깜빡이지 않고 더 크게 눈을 떴다.

"정말 대단한 논립니다! 고백하건대, 제가 기대했던 건 이런 게 아니라……"

그녀는 머리끝에서 발끝까지 그를 훑어 내렸다.

"당신을 그토록 미치게 만들었던 행복은 어쩌고요? 요즘의 아침과 저녁, 이 공원, 저의 '사랑해요'라는 고백, 이 모든 게 소중하지도 않고 어떤 희생, 고통의 가치도 하나 없단 말씀이군요?"

'아휴, 쥐구멍이라도 있으면 들어가련만!'

올가의 생각이 점점 명백해짐에 따라서 그는 마음이 점점 어지러워졌다.

"만약에," 그녀가 매섭게 질문 공세를 퍼붓기 시작했다. "책과 관직, 사교계에 염증을 느끼셨듯이 이 사랑에 다시 염증을 느끼신다면? 시간이 흐르고 흘러 경쟁자도 없고 다른 사랑도 못 느끼면서 예의 당신 소파에서와 마찬가지로 문득 제 옆에서 잠이 드시고는 아무리 소리쳐도 깨어나시지 않는다면? 가슴에 난 종기가 사라지고 다른 여인도 아닌 바로 그 당신의 실내복이 더욱더 소중하게 생각되신다면?"

"올가, 그건 가당치도 않은 말씀입니다!"

그가 그녀에게서 한 발 물러서며 더 이상 듣고 있을 수 없다는 듯 그녀의 말을 가로챘다.

"왜 가당치 않다는 거죠? 당신이 말씀하시기를, 제가 '실수를 하고 있고 다른 사람을 사랑하게 될 것이다'라고 하셨지만 전 이따금 저를 더 이상 사랑하지 않으시는 당신을 생각해보곤 합니다. 그땐 어떻게 되죠? 지금 제가 하고 있는 행동에 대해서 스스로 어떻게 합리화를 하죠? 만약 다른 사람들도 아니고 세상도 아닌 저 자신이 스스로에게 그런 말을 한다면요? 저 또한 이 때문에 가끔 잠을 못 이룹니다만, 미래에 대한 추측으로 당신을 괴롭히진 않아요. 왜냐하면 더 나은 것에 대한 믿음이 있기 때문입니다. 제 경우 행복이 두려움을 극복해내고 있어요. 당신의 두 눈이 저로 인해서 빛을 발하고 당신이 저를 찾아 언덕을 오르고 게으름을 잊고 저를 위해서 그 무더운 날에 꽃다발과 책을 사려고 시내로 바쁜 걸음을 재촉하실 때 전 무언가를 소중하게 생각하게 되었어요. 저로 인해 당신이 미소를 지으시고 삶의 활력을 되찾으실 때도 마찬가지고요…… 제가 고대하고 찾는 것은 단 하나, 행복뿐입니다. 그리고 이미 찾았노라고 확신하고 있어요. 만약 제가 실수를 하고 있고 만약 제가 스스로의 실수로 인해 눈물을 흘리게 된다면 적어도 저는 여기서(그녀는 손바닥을 가슴에 댔다) 제 잘못이 아니라는 것을 느낄 수가 있습니다. 운명이 원치 않고 신의 뜻이 아니라는 걸 의미하는 거죠. 하지만 전 미래에 흘릴 눈물을 두려워하지 않아요. 전 눈물을 흘릴 테고 이는 헛된 눈물이 아닐 겁니다. 그 눈물로 무언가를 사게 되겠죠…… 전 참…… 행복했어요!"

"다시 그렇게 되도록 합시다!"

오블로모프가 애원했다.

"당신은 앞으로 슬픔만을 보게 될 겁니다. 당신에겐 행복이 전혀 가치가 없어요…… 이는 배은망덕입니다. 이건 사랑도 아니고 이건……"

"이기주의죠!"

오블로모프가 마저 말을 끝내주었다. 올가를 쳐다볼 용기도 말을 할 용기도 용서를 구할 용기도 나지 않았다.

"가세요, 가시고 싶었던 곳으로 말입니다."

그는 그녀를 쳐다보았다. 그녀의 두 눈이 말라 있었다. 그녀는 생각에 잠겨 아래를 내려다보면서 우산으로 모래에 무언가를 그리고 있었다.

"다시 가서 누우세요. 실수도 하지 마시고 '낭떠러지로 떨어지지도 마세요'."

"제 스스로 독을 마셨고 행복을 드리기는커녕 당신에게도 독을 먹였습니다……"

그가 후회 막심하다는 목소리로 중얼거렸다.

"크바스를 마시세요. 독이 풀리겠죠."

그녀가 가시 돋친 말을 내뱉었다.

"올가! 너무하십니다! 제가 스스로의 죗값을 치르고 난 후에……"

"네, 말로서 자신을 벌하시고 낭떠러지에 처박혀서는 남은 반평생을 그냥 내놓으시겠다 이거군요. 그러면 의구심과 잠 못 이루는 밤이 찾아오겠죠. 정말 자신에게 자상하면서도 조심스럽고 걱정이 많은 분이 되셨군요. 앞을 멀리도 내다보시고요!"

'틀린 말이 하나도 없어. 얼마나 순박한 여인인가!'

오블로모프는 차마 부끄러워서 소리내어 말을 못 하고 생각만 할 뿐이었다. 도대체 왜 그는 진실을 스스로에게 납득시키지 않고 여자에게, 그것도 이제 막 인생의 초년생에게 그런 역할을 맡긴 것일까? 그렇게 빨리 모든 것을 파악하고 있다니! 얼마 전까지만 해도 그녀는 마치 어린아이처럼 그를 바라보았지 않은가!

"더 이상 우리에겐 할 말이 없을 것 같군요." 그녀가 일어서며 말했다. "그럼 안녕히, 일리야 일리이치, 부디⋯⋯ 평안하세요. 당신의 행복이 여기에 있을 테니까요."

"올가! 아뇨, 제발, 그렇지 않아요! 모든 것이 다시 분명해진 이 마당에 절 쫓아버리지 마세요⋯⋯"

그녀의 팔을 붙들며 그가 말했다.

"제게 더 이상 무슨 볼일이 있으시죠? 당신에 대한 제 사랑이 실수가 아닌가 하는 의심을 하고 계시잖아요. 전 당신의 의심을 진정시켜드릴 수가 없어요. 아마도 정말 실수인지도 모를 일이죠⋯⋯"

그가 그녀의 팔을 놓았다. 정신이 아찔해졌다.

"모르다니 그게 무슨 말씀이죠? 정말 못 느끼시겠어요?" 그가 다시 의아스럽다는 얼굴로 물었다. "정녕코 의심을 한단 말씀인가요?"

"전 아무것도 의심하지 않아요. 어제 전 제가 느끼고 있는 모든 것을 말씀드렸고, 일 년 후엔 어떻게 될는지 저도 모르겠어요. 행복이 하나 지나고 나면 제2의, 제3의 행복이 오곤 하는 건가요, 그런 거예요?" 그녀가 그를 노려보면서 물었다. "말씀해보세요, 당신은 저보다는 경험이 풍부하시잖아요."

하지만 그는 이미 이런 의미에서 그녀를 확신시키고픈 생각이 없었다. 그는 한 손으로 아카시아 나뭇가지를 흔들기만 할 뿐 아무 말도 하지 않았다.

"그렇지 않죠, 한 번의 사랑을 하게 되죠!"

말을 갓 배운 학생처럼 그가 말했다.

"그것 보세요. 전 그걸 믿는다니까요. 만약 그런 것이 아니라면 아마도 저 또한 당신을 더 이상 사랑하지 않게 되고, 아마도 실수 때문에 마음이 아플 거예요. 그건 당신도 마찬가지고요. 그리곤 우린 헤어지겠죠! 두 번, 세 번 사랑을 한다는 건 있을 수 없어요, 없어요⋯⋯ 전 이

제2부　431

런 말을 믿을 수가 없다고요!"

그가 한숨을 몰아쉬었다. 이 아마도,란 말이 그의 마음을 어지럽혔다. 그는 생각에 잠겨 그녀의 뒤를 따랐다. 걸음을 떼어놓을 때마다 그는 마음이 한결 가벼워짐을 느꼈다. 밤새 생각해낸 실수가 아주 먼 미래의 일로 생각되었기 때문이다…… '이건 무수히 많은 사랑 중의 하나인 사랑이 아니다, 인생이란 게 다 그런 거지……' 문득 이런 생각이 그의 머리를 스쳤다. '실수를 멀리하듯 그렇게 모든 경우를 떠밀어버린다면 그땐 어떻게 되는 거야? 이 또한 실수가 아닐까? 그럼 난 뭐야? 눈이 멀어버린 듯하군……'

"올가." 두 손가락을 그녀의 허리에 댈 듯 말 듯하면서 그가 입을 열었다(그녀가 멈추어 섰다). "당신이 저보다는 훨씬 더 현명하군요."

그녀가 고개를 흔들었다.

"아뇨, 훨씬 단순하고 용감하죠. 뭘 그리도 두려워하시죠? 정말로 절 사랑하지 않을 수 있다고 생각하세요?"

그녀가 자신감에 가득 차서 물었다.

"이제 제겐 무서울 게 없어요!" 그 역시 단호하게 말했다. "당신과 함께라면 그 어떤 운명도 두렵지 않아요!"

"요전에 이 말을 어디선가 읽은 것 같은데…… 아마 외젠 쉬*의 책이었던 것 같군요." 갑자기 그녀가 그에게로 돌아서며 돌려 말했다. "거기서는 여자가 남자에게 그 말을 하고 있지만요……"

오블로모프의 얼굴이 새빨개졌다.

"올가! 모든 일을 어제대로 다 돌려놓읍시다." 그가 애원했다. "더 이상 실수를 두려워하지 않을게요."

---

* Eugene Sue(1804~57) : 프랑스의 소설가.

그녀는 말이 없었다.

"네?"

그가 다시 겁먹은 목소리로 물었다. 역시 그녀는 아무 대답이 없다.

"말씀을 하고 싶지 않으시면 무슨 징표라도…… 라일락 나뭇가지라도 제게 주세요……"

"라일락이라…… 벌써 끝이 났어요, 다 사라졌다고요! 저기, 보이세요, 어떤 게 남았는지? 전부 색 바랜 것뿐이에요!"

"끝이 났고, 색이 다 바랬다고요!" 그가 라일락을 보면서 반복했다. "편지도 다 끝이 났겠네요!"

그녀가 아니라는 고갯짓을 했다. 그는 그녀의 뒤를 따르면서 속으로 편지에 대해서, 어제의 행복에 대해서, 색 바랜 라일락에 대해서 곰곰이 생각에 잠겼다.

'정말 라일락이 다 시들어버렸군! 편지를 왜 썼을까? 왜 밤새 잠 못 이루고 아침에 썼을까? 지금은 이렇게 마음이 다시 편안한데…… (그가 하품을 했다)…… 정말 자고 싶다. 편지만 없었어도 지금 아무 일도 없는 건데. 그녀가 눈물을 흘리지도 않았을 테고 모든 게 다 어제와 별반 다를 게 없었을 텐데. 저기 오솔길에 조용히 자리를 잡고 앉아서 서로를 바라보며 행복에 대해 이야기를 나누었을 텐데. 오늘도 마찬가지고, 내일도……'

그가 입이 찢어져라 크게 하품을 했다. 그리고는 다시 문득 이런 생각도 들었다. 만약 편지가 제 목적을 달성했더라면, 그녀가 그의 생각을 받아들이고 그처럼 실수와 먼 미래의 위협에 깜짝 놀랐더라면, 만약 그녀가 이른바 그의 경험과 사려분별을 믿고 헤어져서 서로를 잊는 데 동의를 했더라면 어떻게 되었을까?

맙소사! 헤어져서 시내 새집으로 이사를 했겠지! 이후로도 길고긴 밤이 연이어 계속되고 지루한 내일, 참을 수 없는 모레 그리고 그 다음 날도 역시 점점 생기를 잃고 또 잃고……

어떻게 이런 일이? 그래 이건 죽음이야! 과연 그럴 수 있을까! 그는 몸져누웠으리라. 그는 이별을 원치 않았다. 그는 이별을 이겨내지 못하고 찾아와 한 번만 만나달라고 애걸복걸할 것이다.

'내가 편지를 왜 쓴 거야?' 그는 자문해본다.

"올가 세르게브나!"

"왜 그러세요?"

"제 모든 고백에 덧붙여서 이 한마디 말만은 해야겠어요……"

"무슨 말씀이시죠?"

"편지란 원래 필요 없었는데……"

"그렇지 않아요, 편지는 반드시 필요했어요."

그녀가 단호하게 말했다. 그녀는 그를 살펴보았다. 그리고는 그의 표정을 보고, 그에게서 졸음이 갑작스레 없어지고 두 눈이 놀라 휘둥그레지는 모습을 보고 웃음을 터뜨렸다.

"반드시 필요했다고요?"

놀란 시선을 그녀의 등뒤로 숨기며 그가 천천히 반복했다. 그녀의 등뒤에는 망토의 두 소매만이 보였다. 이 눈물과 비난의 의미는 무엇인가? 진정 간교함일까? 하지만 올가는 간교하지 않다. 이는 그가 똑똑히 본 바이다.

어느 정도 현명치 못한 여자들이나 간교를 부리고, 그 간교함으로 근근히 살아갈 수 있는 것이다. 그들은 참다운 이성의 결핍 때문에 간교함이라는 방법을 통해 일상의 사소한 삶의 용수철로 움직이고 마치 레이스처럼 자신의 집안 정책을 날조하면서도 정작 그들 주위에 어떻게 삶의 중요한 날줄이 얽혀 있는지, 그것들이 어디로 향하고 어디에서 모이는지 전혀 눈치를 못 채고 있다.

간교함은 많은 것을 사지 못하는 한낱 동전에 불과하다. 하찮은 동전으로 한 시간, 두 시간을 살 수 있는 것과 마찬가지로 간교함으로는 뭔가를 숨기고 속이고 바꿀 수는 있겠지만 저 멀리 수평선을 바라보고 중요하고 커다란 사건에 동기를 부여하고 결말을 내기에는 턱없이 부족하다.

간교함은 근시안적이다. 단지 자기 코앞만 잘 보고 멀리는 보지 못하기 때문에 흔히 제가 파놓은 함정에 빠지기 일쑤다.

올가는 순수하게 영민하다. 오늘의 문제만 해도 그렇게 수월하고 분명하게 해결하는 것을 보면 다른 문제야 안 보아도 뻔하지 않은가! 그녀는 사건의 참된 의미를 볼 줄 알고 또 그래서 곧장 문제 해결에 접근한다.

하지만 간교함은 쥐와 같다. 주위를 빙글빙글 돌다가 숨어버리는 것이 쥐다…… 올가의 성격은 그렇지 않다. 그럼 그것은 무엇인가? 새로운 것은 또 무엇인가?

"편지가 반드시 필요한 이유가 뭐죠?"

"이유가 뭐냐고요?" 그녀가 환한 얼굴로 그를 돌아보았다. 한 걸음 한 걸음 떼어놓을 때마다 그를 막다른 골목으로 몰아가고 있음을 즐기고 있었다. "왜냐하면," 잠시 머뭇거리다가 다시 입을 열었다. "당신이 밤새 한잠도 주무시지 않고 제게 편지를 썼기 때문이죠. 저 또한 이기주의자니까요! 이게 첫번째 이유고……"

"당신이 만약 지금 제게 동의를 하신다면 여태껏 저를 비난하신 이유가 도대체 뭐죠?"

"그건 당신이 고통을 자초하신 때문이죠. 제가 자초한 일도 아니고, 기왕지사 생긴 일이니까 벌써 그 일이 다 지난 일임을 즐기고 있는 거죠. 당신은 준비를 하고 저보다 더 일찍 즐기신 것뿐이고요. 당신은 악한 분이세요! 제가 당신을 비난하는 이유가 바로 여기에 있어요. 그리고…… 당신의 편지엔 이런저런 생각과 감정이 드러나 있던데…… 이는 밤새 나름의 삶의 의욕을 갖고 있었지만 아침엔 전혀 자기 의도와는 달랐다는 얘기고 당신 혼자만 살고자 저나 당신 친구는 안중에도 없었다는 거죠. 이게 바로 두번째 이유고, 마지막으로, 세번째는……"

그녀는 피가 그의 심장과 머리에 튈 정도로 그렇게 바싹 그에게 다가섰다. 그는 처음에는 흥분해서 숨조차 쉬기 힘들 정도였다. 그녀는 그의 눈을 똑바로 쳐다보았다.

"세번째는, 당신의 편지 속에 마치 거울을 보는 것처럼 당신의 다정함과 당신의 조심성, 저에 대한 염려, 제 행복을 걱정하는 마음, 당신의 깨끗한 양심이 보이더라는 거죠…… 안드레이가 당신이 어떤 사람이라면서 제가 말해주었던 모든 것, 제가 사랑했던 모든 것, 때문에 당신의 게으름…… 당신의 나태를 잊게 되었던 그 모든 것이 말입니다…… 당신이 편지에 쓴 것은 모두 고의가 아니었어요. 당신은 이기주의자가 아니에요, 일리야 일리이치. 당신은 결코 헤어지고자 편지를 쓴 것이 아니었어요. 당신이 원했던 건 그게 아니라는 거예요. 단지 저를 속이는 것이 두려웠던 거죠…… 당신의 정직함이 이를 웅변하고도 남습니다. 그렇지 않다면 편지에 전 모욕을 느꼈을 테고 울지도 않았을 거예요, 자존심 때문에! 보시다시피 전 제가 왜 당신을 사랑하는지 왜 실수를 두려워하지 않는지 잘 알고 있어요. 전 당신을 잘못 보지 않았어요……"

이 말을 하는 동안 그녀는 오블로모프에게 훤하게 빛나 보였다. 그녀의 두 눈은 사랑의 승리, 자신의 힘에 대한 자각으로 반짝였다. 볼에는 두 장밋빛 반점이 나타났다. 바로 그가, 바로 그가 이 모든 것의 이유였다! 자신의 정직한 가슴의 움직임으로 그는 그녀의 마음에 이 불꽃을, 이 광채를, 이 빛을 던진 것이다.

"올가! 당신은…… 그 어떤 여자보다 훌륭하고 당신은 이 세상에서 최고예요!"

그는 기쁨에 환호성을 올렸다. 아무 생각도 없이 두 손을 비비며 그녀에게 몸을 숙였다.

"제발…… 키스 한 번만 해주세요, 형용할 수 없는 행복의 징표로."

그가 꿈을 꾸듯 속삭였다. 그녀는 순간 한 발짝 뒤로 주춤거렸다. 기쁨의 광채도 홍조도 그녀의 얼굴에서 사라졌다. 부드러운 두 눈만이 무섭게 번뜩이기 시작했다.

"안 돼요, 절대로 안 돼요! 가까이 오지 마세요!"

거의 까무러치듯 놀라며 그녀가 말했다. 그리고는 두 팔을 뻗어 그 사이에 우산을 들었다. 마치 화석이 된 듯 꼼짝 않고 서서 숨도 쉬지 않고 화난 자세를 취했다. 눈에도 화가 가득했다.

그가 갑자기 온순해졌다. 앞에는 다정한 올가가 아니라 모욕 받은 오만함과 분노의 화신이 입술을 굳게 다물고 두 눈에서 번개를 번쩍거리며 서 있는 것이다.

"용서하세요!"

당혹감에 갑자기 기가 꺾인 그가 기어 들어가는 목소리로 말했다. 그녀는 천천히 다시 돌아서서 가던 길을 재촉했다. 겁에 질린 듯 자꾸만 어깨 너머로 그를 힐끔거렸다. 그는 아무 일도 없었다는 듯 조용히 걸음을 옮기고 있었다. 그 꼴이 마치 사람들의 위협을 받아 꼬리를 내리고 있는 개를 연상시켰다.

그녀는 걸음을 재촉했다. 하지만 그를 보고는 미소를 보냈는데 가끔 몸을 떨 뿐 발걸음은 더욱 평온해 보였다. 장밋빛 반점이 양 볼에 번갈아가며 나타났다.

그녀가 걸음을 옮겨놓을수록 그녀의 얼굴은 빛을 내기 시작했고 가빠졌던 호흡 또한 다시 느려지고 안정을 찾았다. 다시 규칙적인 발걸음을 되찾은 것이다. 그녀는 자신의 '안 돼요'라는 말이 오블로모프에게 얼마나 신비한 위력이 있는지를 보았다. 분노의 폭발도 점점 누그러지고 안타까운 마음에 자리를 양보하고 있었다. 더욱더 조용한 발걸음으로 그녀는 앞으로 나아갔다……

그녀는 자신의 격노를 누그러뜨리고 싶었다. 그래서 그럴싸한 구실을 생각해보았다.

'일을 다 망쳐놓았어! 이게 진짜 실수야! '안 돼요!' 저런! 라일락이 다 시들어버렸어.' 걸려 있는 라일락을 보며 그가 생각했다. '어제도 끝났고 편지 역시도 끝장이야. 여자가 생전 처음으로 내게 마치 하늘에서 내려온 목소리처럼 내 안에 좋은 점이 있다고 말한 이 순간, 내 인생의 최고의 순간도 끝장나버렸어!'

그는 올가를 쳐다보았다. 그녀가 서서 눈을 내리뜨고 그를 기다리고 있다.

"편지 저한테 주세요!"

그녀가 나지막이 말했다.

"다 끝났어요!"

편지를 건네며 그가 슬프게 말했다. 그녀는 다시 그에게로 다가와 머리를 숙였다. 시간이 완전히 멈춰버린 것만 같다…… 그녀는 거의 떨고 있었다. 편지를 건넸다. 그녀는 고개를 들지도 않았고 물러서지도 않았다.

"절 놀라게 하셨어요."

그녀가 부드럽게 덧붙였다.

"용서하세요, 올가."

그가 중얼거렸다. 그녀는 말이 없었다.

"정말 분노의 '안 돼요!' 였어요."

그가 슬프게 말을 하고 한숨을 내쉬었다.

"다 지나갈 텐데요!" 얼굴이 새빨개진 그녀가 들릴락 말락 한 목소리로 속삭였다. 그녀는 수줍은 듯하면서도 다정한 눈길을 그에게로 던지고 그의 두 손을 잡아 꼭 쥐고는 자신의 가슴에 얹었다.

"심장 뛰는 소리가 들리세요? 절 놀라게 하셨어요! 이젠 그만 하세요!"

그리고는 그를 한 번 쳐다보고 돌아서서 옷 앞부분을 살짝 들어올린 채 좁은 길을 따라 뛰어갔다.

"어디로 가시는 거예요? 전 이제 지쳐서 당신을 쫓아갈 수가 없어요……"

"절 내버려두세요. 빨리 뛰어가서 노래를 할까봐요, 노래, 노래!" 화끈거리는 얼굴로 그녀가 말했다. "가슴이 저미는 게, 아플 지경이에요!"

그는 그 자리에 서 있었다. 날아가는 천사를 보듯 그렇게 오랫동안 그녀의 뒷모습을 바라보았다.

'정말 이 순간도 끝나버리는 것인가?' 그가 슬피 생각에 잠겼다. 자신 또한 가야 할지 서 있어야 할지 도무지 감이 잡히지 않았다.

'라일락이 졌어. 어제도 멀어졌고 환영이 나타나고 호흡이 곤란하던 밤도 멀어져버렸어…… 맞아! 이 순간도 라일락처럼 져버린 거야! 하지만 오늘밤이 지나면 그 순간 내일의 아침이 피어나는 법……'

"이게 도대체 무슨 일인가?" 그가 멍한 상태에서 소리내어 말했다.

"그리고…… 사랑 또한 그런가? 무더운 정오와도 같은 그녀가 사랑하는 사람 위에 턱 걸리면 꼼짝할 수 있는 건 아무것도 없고 그 분위기에 질식해버릴 것이라고 생각했어. 사랑엔 절대 평온함이 없고 사랑은 계속해서 어디론가 앞으로, 앞으로 움직인다고 말이지. 슈톨츠의 말마따나 '인생이 다 그렇고 그런 거지.' 분명 인생에다 대고 '멈추어라 그리고 움직이지 마라!' 하고 말할지도 모를 여호수아*도 아직 태어나지 않았어. 내일은 또 무슨 일이 있을까?"

그가 불안한 듯 자문을 하고는 느릿느릿 집으로 걸음을 옮겼다.

올가의 방 창문을 지나면서 그는 그녀의 답답한 가슴이 슈베르트의 음악 속에서 편해지는 소리를 들을 수 있었다. 마치 행복에 겨워 흐느끼는 듯했다.

아니, 이 세상에 산다는 것이 이렇게 좋을 수가!

제11장

오블로모프는 집에서 슈톨츠로부터 온 또 하나의 편지를 발견했다. 편지는 '지금 아니면 영원히 안 돼!' 라는 말로 시작해서 끝을 맺고 있고 부동성에 대한 비난으로 가득 차 있으며 슈톨츠 자신이 다음 행선지로 점찍어놓은 스위스로, 다음엔 이탈리아로 오라는 말도 썩어 있다.

그렇게 하지 않으려면 시골로 가서 일을 검토하고 농부들의 황폐해

---

* Joshua: 『구약성서』에 나오는 모세의 후계자. 자신의 백성에게 약속했던 전쟁을 끝내 승리로 이끌기 위해 태양을 멈춰 세워서 하루를 길게 늘였다고 함.

진 삶에 자극을 주고 자신의 수입을 검토 및 규정하고 새집 건축을 지도하라고 오블로모프에게 충고하고 있다.

'우리가 약속했던 말을 기억해. 지금 아니면 영원히 안 돼!' 그렇게 편지는 끝을 맺고 있었다.

"지금, 지금, 지금이라! 지금 내 인생에 어떤 서사시가 씌어지고 있는지 안드레이는 알 턱이 없지. 또 무슨 일이 그리 많은 거야? 나에게도 언젠가는 그렇게 바쁜 나날이 오려나? 안드레이는 애를 쓰겠지! 프랑스인, 영국인에 대한 얘기를 읽어보라니까. 마치 그들은 쉼도 없이 일을 하고 머릿속엔 온통 일뿐인 것 같아! 유럽 전역을 제집 드나들 듯하고 어떤 이들은 심지어 별일도 없으면서 아시아와 아프리카까지도 여행을 하고 있어. 화첩을 그리네, 고대 유물을 발견하네, 사자 사냥을 하네, 뱀을 잡네, 하며 난리야. 집에서 점잖게 무위를 즐기는 건 그것과는 달라. 친구들, 여자들과 더불어 아침, 점심을 같이하는 것, 이게 바로 일이지! 내가 무슨 죄수야? 안드레이가 생각하는 건 뻔해. '일해라 일해라, 마치 말처럼!' 도대체 왜 그러는데? 난 배도 부르고 옷차림도 말끔하지. 하지만 올가는 내가 오블로모프카로 갈 의향이 있는지를 묻고 있어……"

그는 일에 착수했다. 궁리를 하고 심지어 건축가에게까지 다녀왔다. 곧 그의 작은 책상엔 집과 정원의 설계도가 펼쳐졌다. 가족 중심의 발코니가 둘 딸린 널찍한 집이었다.

'여기는 내 방, 저기는 올가 방, 또 저기는 침실, 아이들 방……' 그가 미소를 머금고 생각했다. '그럼 농부들은, 농부들은……' 미소가 사라지고 걱정 때문에 이마에 주름이 잡혔다. '이웃이 편지를 보내서는 일일이 간섭을 하고 경작과 곡물에 대해서도 이러쿵저러쿵 말이 많아…… 갑갑하구만! 맞아 큰 상업도시로 연결된 도로를 공동 경비로 건설하자는 제의도 있었어. 개울을 가로지르는 다리도 놓고. 돈 삼천을 요구하면서 내가 오블로모프카를 담보로 저당 잡히길 원할는지도 몰라…… 이게 필요한 일인지 내가 알 게 뭐야? 무슨 득이 되기라도 하려나? 날 속이지는 않을까? 그가 만약 정직한 사람이라면 어떨까? 슈톨츠도 아는 사람이고. 그래도 날 속일 수는 있어. 그럼 난 돈만 모조리 날리는 거지! 삼천이면 큰돈인데! 그 돈을 어디서 만들어? 안 돼, 무섭구만! 그리고 또 편지를 쓰기를, 몇몇 농부들을 황무지에 이주시키자면서 즉답을 요구하고 있어. 즉답이라. 영지를 위원회에 저당 잡히려고 온갖 서류들을 다 보내왔어. '위원회에 위임을 하니 의회로 출두하여 증언할 것,' 안 봐도 속을 다 들여다볼 수 있지! 의회가 어디 있는지도 난 모르고 문이 어떻게 열리는지도 난 몰라.'

오블로모프는 한 주가 지나고도 이웃에게 답장을 보내지 않았고 올가 역시도 심지어 그가 의회에 출두를 했는지에 대해서 여전히 묻곤 했다. 얼마 전엔 슈톨츠까지도 그와 그녀에게 편지를 보내 '그가 지금 무엇을 하고 있는지'를 물었다.

어쨌거나 올가는 자신의 친구의 활동에 대해서 자기가 아는 영역에 한해서 표면적으로만 관찰을 할 수 있었다. 그의 눈빛은 즐거워 보이는지, 여기저기 흔쾌히 돌아다니고 있는지, 약속된 시간에 숲에 나타나는지, 얼마나 시내의 소식과 공통의 화제가 그의 관심을 끌고 있는지 따위 말이다. 그가 혹시나 인생의 중요한 목적에서 한눈은 팔고 있지 않은지를 그녀는 무엇보다 열심히 살핀다. 만약 그녀가 의회에 대해서 그에게 물었다면 그 이유는 단지 친구의 일에 대해서 슈톨츠에게 무슨 답변이라도 주기 위함이었다.

여름 더위가 절정에 달했다. 6월이 가면서 쾌청한 날씨가 찾아왔다. 오블로모프는 올가와 거의 한시도 떨어지지 않았다. 청명한 날이면 그는 그녀와 함께 숲속으로 달려가곤 했다. 소나무 사이에서 그녀의 발 옆에 붙어 앉아 책을 읽어주곤 했다. 그녀는 이미 다른 자수를 놓고 있다. 그를 위한 것이다. 그들의 여름은 무더웠다. 이따금 구름이 달려와 곁을 스쳐 지나가곤 했다.

그가 악몽에 시달리고 의심으로 가슴이 마구 뛸 때면 올가는 마치 천사와도 같이 그를 굳건히 지켜주었다. 그녀는 자신의 밝은 눈으로 그의 얼굴을 쳐다보고 그의 가슴에 있는 것을 걷어주었다. 그러면 다시 고요해지고 다시 감정은 마치 하늘의 새로운 무늬를 수면에 수놓고 있는 강물처럼 그렇게 막힘없이 흘렀다.

삶과 사랑, 기타 모든 사물을 바라보는 올가의 시선은 더욱 밝아지고 또렷해졌다. 그녀는 예전보다 훨씬 당당하게 주위를 둘러보고 미래 때문에 괴로워하지도 않는다. 그녀 안에선 이성의 새로운 측면, 성격의 새로운 특징이 자리를 잡았다. 어떤 땐 매혹적이리만큼 다양하면서도 깊게, 어떤 땐 올바르고 명명백백하게, 차츰차츰 자연스럽게…… 그렇게 성격이 나타나기 시작했다.

그녀에겐 운명의 갖은 위협뿐만 아니라 오블로모프의 게으름과 나태를 이겨내는 어떤 집요함이 있다. 일단 어떤 일이든 하려는 마음만 먹으면 일은 척척 진행된다. 곧 이에 대한 소식을 듣게 된다. 만약 듣지 못한다면 보게 되리라. 그녀의 머리 속엔 오직 한 생각뿐이라는 것을. 절대 잊거나 물러서거나 한눈을 파는 법 없이 생각에 생각을 거듭해서 끝내 찾고자 했던 것을 얻어내고 만다.

그녀의 그런 힘과 전략이 어디에서 오는 것인지 그는 도무지 이해할 수가 없었다. 하등의 문제를 일으키지 않고 무슨 일을 어떻게 처리해야 할지 속속들이 다 꿰뚫고 있고 그럴 만한 능력을 갖추고 있으니 말이다.

'아마도 그건, 그녀의 눈썹이 반듯하게 있는 때가 없고 항상 조금은 위로 추켜올라가 있기 때문일 거야. 눈썹 밑에 아주 가는, 그래서 거의 눈에 띄지 않는 주름이 있고…… 바로 그 주름에 그녀의 고집이 둥지를 틀고 있지.'

아무리 평온하고 밝은 표정을 지으려 해도 이 주름은 펴지지 않고 눈썹은 반듯하지가 않다. 하지만 외적인 힘도 격한 태도와 경향도 그녀에게선 찾아볼 수 없다. 불요불굴의 의지와 집요함도 그녀를 여인의 영역에서 단 한 발자국도 끌어내지 못한다.

그녀는 암사자가 되고 싶은 생각도 없고, 독설로 어줍잖은 흠모자를 꼼짝 못 하게 하거나 구석에서 누군가의 '브라보! 브라보!'라는 탄성을 자아낼 정도의 번뜩이는 지혜로 좌중을 놀라게 하고 싶지도 않다.

그녀에겐 심지어 많은 여자들의 고유한 특성이라 할 소심함도 있다. 쥐를 보고도 떨지도 않고 의자가 넘어졌다고 실신하는 법도 없는 건 사실이지만, 그녀는 집에서 멀리 나다니는 것을 두려워하고, 의심스러운 사람이다 싶은 남자를 보면 피하고 밤에는 도둑이 기어 올라오지 못하도록 창문을 걸어 잠근다. 모든 게 여성적이다.

더욱이 그녀는 동정과 연민의 감정을 이해한다! 그녀의 눈물을 불러내는 것은 어려운 일이 아니다. 그녀의 호의를 얻어내기도 쉽다. 사랑에서 특히 그녀는 부드럽다. 누구든지 상관 않고 상대를 대하는 그녀의 태도는 얼마나 부드러우며 보이는 관심 또한 얼마나 다정다감하던가! 한마디로 그녀는 영락없는 여자다!

이따금 그녀의 말은 신랄한 풍자의 불꽃으로 타오르기도 하는데, 거기에선 모두가 손바닥으로 이마를 때릴 정도의 우아함과 온화하면서도 사랑스런 지혜가 번뜩인다.

대신 그녀는 맞바람을 두려워하지 않고 어둠 속에서도 가벼운 차림으로 산책을 한다. 전혀 개의치 않는다! 그녀는 또한 건강하다. 식욕도

왕성하며 자신만의 잘 먹는 음식도 있다. 또한 그 요리법까지도 잘 알고 있다.

요리법을 다 알고 있는 것처럼 큰소리를 치는 많은 이들도 각각의 경우에 정작 어떻게 대처해야 하는지를 모르는 경우가 태반이고 설사 안다 하더라도 판에 박은 듯이 귀동냥으로 알 뿐 그 이유에 대해서는 깜깜한지라 달리 해보라고 하면 요리에 일가견이 있다는 숙모나 언니에게 쪼르르 달려가기 일쑤다……

많은 이들이 심지어 자신이 무엇을 원하는지도 모르는 경우가 태반이고 일단 결정했다 해도 그게 필요한 것인지 필요치 않은 것인지에 대해서는 전혀 자신을 갖지 못한다. 이는 필시 그들의 눈썹이 반듯하고 활 모양을 하고 있으며 손가락으로 잡아당겨 이마에 주름이 없기 때문이리라.

오블로모프와 올가 사이에는 다른 사람들이 전혀 눈치채지 못하는 비밀스러운 관계가 맺어졌다. 시선 하나도, 다른 사람 앞에서 뱉은 의미 없는 말 한마디도 그들에게는 나름의 의미를 갖고 있다. 그들은 매사에서 사랑의 징후를 보았다.

식사 중에 그녀의 경우와 유사한 어떤 사랑 이야기가 화젯거리가 되면 이따금 올가는 확신에 가득 차서 감정이 격해지기도 했다. 사실 사랑 이야기라는 것이 서로 엇비슷하기 때문에 그때마다 그녀는 얼굴을 붉히지 않을 수 없었다.

오블로모프 역시 이런 암시가 있을 때면 저도 모르게 차를 마시다가 당황해서 한 무더기의 과자를 집어들곤 했기 때문에 다른 이의 웃음을 자아내기도 했다.

그들은 예민해지고 조심스러워졌다. 오블로모프와의 만남에 대해서 올가가 숙모에게 입을 다무는 경우도 간혹 있었고 그 또한 시내에 간다고 해놓고서 공원으로 달려가는 때도 있었다.

그러나 올가의 마음이 밝아지면 밝아질수록, 그녀가 주위를 의식적으로 바라보면 바라볼수록, 그녀가 생기가 넘치고 건강이 좋으면 좋을수록 그녀에게는 새로운 병적인 징후가 나타나기 시작했다. 아무리 생각을 해보아도 어떻게 이해해야 좋을지 감을 잡을 수 없는 불안감이 점점 그녀를 사로잡았다.

가끔 무더운 정오에 오블로모프의 손을 잡고 걸으면서도 그녀는 그의 어깨에 척 기대고서 기계적으로 걸음을 떼어놓고 힘이 빠져서 고집스레 침묵을 지키는 경우도 있었다. 용기가 그녀에게서 사라져버린 것이다. 지친 시선은 생기 없이 꼼짝도 하지 않고서 저 멀리 한 점만을 응시하곤 했다. 시선을 다른 대상으로 돌리는 것조차 귀찮은 기색이다.

그녀는 갈수록 힘들어하고, 뭔가에 가슴을 짓눌리는 듯 불안해했다. 그녀는 망토와 두건을 어깨에서 벗어보지만 도움이 되기는커녕 더 짓눌려 답답하기만 했다. 그녀는 나무 아래 누워 몇 시간이고 그렇게 있고만 싶었다.

오블로모프는 영문을 몰라 나뭇가지를 그녀의 눈앞에서 흔들어보지만 그녀는 못 참겠다는 듯한 눈치를 보내며 안절부절못했다.

그러다 갑자기 한숨을 몰아쉬고는 주위를 의미심장한 눈으로 둘러보고 그를 쳐다보았다. 손을 꼭 쥐고서 미소를 지어 보였다. 다시 용기와 웃음이 나타났다. 그녀가 정신을 차린 것이다.

언젠가 한번은 저녁에 불안한 상태, 즉 사랑의 어떤 몽유병에 빠졌다가 이른 새벽 오블로모프에게 들이닥친 적도 있었다.

답답하고 무더웠다. 숲으로부터 황량한 더운 바람 소리가 들려왔다. 하늘이 먹구름 뒤로 숨었다. 점점 어둑어둑해졌다.

"비가 오겠군."

남작은 집으로 향했다. 숙모는 자기 방으로 들어갔고 올가는 오랫동안 생각에 잠겨 피아노를 연주하다가 그만두었다.

"손가락이 떨려서 더 이상 칠 수가 없어요. 숨이 막히네요." 그녀가 오블로모프에게 말했다. "정원을 산책해야겠어요."

그들은 한참을 손을 꼭 잡고 묵묵히 오솔길을 따라 걸었다. 그녀의 두 손은 촉촉하고 부드러웠다. 다시 공원으로 들어갔다.

나무들과 관목들이 어두운 군락을 이루고 있었다. 두어 발자국 앞도 전혀 분간을 할 수가 없었다. 단지 모랫길만이 허연 띠처럼 꾸불꾸불했다.

어둠 속을 뚫어져라 보고 있던 올가는 오블로모프에게 꼭 달라붙었다. 그렇게 그들은 말없이 배회했다.

"무서워요!"

손으로 더듬다시피 하며 시커멓고 전혀 빈틈이 없는 두 숲의 방벽 사이, 좁은 오솔길을 지나고 있을 때 갑자기 벌벌 떨며 그녀가 말했다.

"뭐가요? 무서워할 것 없어요, 올가. 내가 있잖아요."

"당신도 무서워요! 하지만 무서우면서도 기분은 좋아요! 심장이 오그라드는 것 같아요. 손 이리 주세요. 심장이 뛰는 걸 한번 느껴보세요."

그녀 자신이 벌벌 떨면서 주위를 둘러보았다.

"보이세요, 보이세요?" 두 손으로 그의 어깨를 꽉 붙들며 그녀가 떨리는 목소리로 속삭였다. "안 보여요, 저기 어둠 속에서 뭔가가 번쩍이는 것?"

그녀가 더욱 바짝 그에게 달라붙었다.

"아무것도 없어요"

그렇게 말은 했지만 그 역시 개미가 등을 기어오르는 느낌이었다.

"제 눈을 무엇으로라도 얼른 가려주세요…… 완전히! 지금은 아무 것도 없네…… 신경과민인가 봐요." 그녀가 흥분해서 덧붙였다. "저기 다시! 보세요, 뭐예요? 어디든 벤치에 좀 앉아요……"

그가 손으로 더듬어 벤치를 찾아서 그녀를 앉혔다.

"집으로 갑시다, 올가. 몸이 안 좋은가 봐요."

그녀는 그의 어깨에 얼굴을 묻었다.

"아뇨, 여기 공기가 더 신선해요. 우리집은 가슴이 답답해져요."

그녀는 그의 양 볼에 뜨거운 숨을 토했다. 그가 그녀의 머리를 손으로 만져보았다. 열이 있었다. 가슴이 힘겹게 숨을 쉬다가 간헐적인 한숨에 진정된다.

"집에 가는 게 더 낫지 않겠어요?" 오블로모프가 걱정스럽게 다시 물었다. "좀 누워야 할 것 같은데……"

"아뇨, 아뇨, 절 그냥 내버려두세요. 건드리지 말아요……" 거의 들릴락 말락 한 목소리로 그녀가 속삭였다. "여기가 지금 타는 것만 같아요……" 그녀가 가슴을 가리켰다.

"정말 집에 갑시다……"

오블로모프가 재촉했다.

"아뇨, 잠깐만요. 다 괜찮아질 거예요……"

그녀는 그의 손을 꼭 잡고 아주 가까이서 그의 눈을 쳐다보았다. 그리고 한참 말이 없었다. 처음엔 조용히 흐느끼는 것 같더니만 나중엔 통곡을 하며 울기 시작했다. 그는 망연자실했다.

"제발, 올가, 얼른 집에 갑시다!"

그가 불안감에 싸여 말했다.

"괜찮아요." 여전히 흐느끼면서 그녀가 대꾸했다. "방해하지 말고 울게 놔두세요…… 펑펑 울고 나면 나아질 거예요. 신경이 너무 예민해져서 그런가 봐요……"

그는 어둠 속에서 그녀가 얼마나 힘겹게 숨을 고르고 있는지를 들었고 그녀의 뜨거운 눈물이 그의 손에 뚝뚝 떨어지는 것을 느낄 수 있었다. 또한 그녀는 경련을 일으키듯 그의 손을 쥐고 있다.

그는 손가락도 꼼짝하지 않았고 숨도 쉬지 않았다. 그녀의 머리는 그의 어깨 위에 올려져 있는데, 그녀가 토해내는 숨결에 양 볼이 뜨거울 지경이었다…… 그 또한 떨고 있으면서도 그녀의 볼에 입술을 댈 생각은 감히 하지 못했다.

잠시 후 그녀가 점점 안정을 찾으면서 숨소리 또한 고르게 되었다…… 그녀가 잠시 침묵했다. 혹시나 잠이 들지 않았나 싶어서 그는 움직이기조차 두려웠다.

"올가!"

그가 속삭이는 목소리로 불렀다.

"뭐예요?" 그녀 역시 속삭이는 목소리로 대꾸를 하고는 한숨을 크게 몰아쉬었다. "이제…… 괜찮아졌어요……" 그녀가 괴로운 듯 말했다. "이제 됐어요, 살 것 같아요."

"갑시다."

"가요!" 그녀가 내키지 않는 목소리로 대답했다. "오, 내 사랑!" 애무하듯 그렇게 속삭이고는 그의 손을 꼭 잡고 그의 어깨에 기댄 채로 그녀는 터벅터벅 집으로 발걸음을 옮겼다.

응접실에서 그는 그녀를 살펴보았다. 힘은 없어 보였지만 이상하면서도 무의식적인 미소를 지어 보였다. 마치 꿈속을 헤매는 듯했다.

그는 그녀를 소파에 앉히고 그녀 옆에 무릎을 꿇고 앉아 몇 차례에 걸쳐서 눈물을 글썽이며 그녀의 손에 입을 맞추었다.

그녀 역시 예의 미소를 지으며 그를 쳐다보고는 두 손을 빼고 문까지 그를 눈으로 배웅했다.

그는 문에서 뒤를 돌아보았다. 그를 쳐다보는 그녀의 얼굴엔 기진맥진한 기색과 자기로서도 어쩔 도리가 없어 보이는 격한 미소가 여전했다……

그는 태산 같은 걱정을 하며 올가의 집을 나섰다. 어디선가 본 듯한 미소다. 그런 미소를 머금은 여인이 묘사되어 있는 어떤 그림을 떠올렸다. 물론 코델리아는 제외하고……

다음날 그는 그녀의 건강이 어떤지 알아보라고 사람을 보내면서 이렇게 이를 작정이었다. '건강이 허락하면 오늘 같이 식사를 하고 저녁에 같이 불꽃놀이 구경을 갔으면 한다더라. 한 5베르스타 거리면 된다.'

하지만 그는 믿을 수가 없어서 자신이 직접 그리로 향했다. 올가는 꽃처럼 싱싱했다. 눈에는 광채와 용기가 번뜩이고 양 볼엔 두 장밋빛 반점이 나타나 있었다. 낭랑한 저 목소리! 그러나 그녀는 오블로모프가 가까이 다가가자 갑자기 괴로워하며 거의 비명을 지를 뻔했다. 그리고 그가 "어제 이후에 기분이 어떠세요?"라고 묻자 얼굴이 새빨개지는 것이었다.

"조금 신경이 예민해져 있을 뿐이에요. ma tante가 그러는데, 일찍 잠자리에 들래요. 그냥 얼마 전부터 좀……"

그녀는 말도 다 하지 못하고 얼굴을 돌렸다. 마치 용서를 구하는 것만 같았다. 괴로운 이유를 그녀 자신도 알 수가 없었다. 어제 저녁에 대한 기억, 이 혼란에 대한 기억이 왜 그녀의 마음을 쑤셔대며 괴롭히는 것일까?

그녀에겐 무언가 부끄러운 일이 있었고 누군가에게 화가 난 일이 있는데, 자신은 물론 오블로모프 때문은 아닌 것은 분명하다. 어떤 경우엔 오블로모프가 더욱 사랑스러워지고 가까워졌다고 그녀는 생각하기도 했다. 눈물이 날 정도로 그에게 푹 빠진 자신을 느낄 수 있기 때문이다. 마치 그녀는 어제 저녁부터 그와 어떤 비밀의 인척 관계를 맺은 듯한 기분이었다……

그녀는 오랫동안 잠을 이루지 못하고 아침에도 오랫동안 흥분해서 오솔길을 왔다갔다했다. 공원에서 집까지 그리고 다시 반대로. 그러면서 내내 생각에 생각을 거듭했다. 어떤 생각에 정신이 아찔해지기도 하고 인상을 잔뜩 찌푸리기도 하고 갑자기 얼굴이 새빨개져서 이유 없이 웃기도 했다. 하지만 아무것도 해결할 수가 없었다. '아, 소네치카!' 화가 잔뜩 난 그녀가 생각했다. '지금 결정을 내릴 수만 있다면! 얼마나 행복할까!'

한편 오블로모프는? 어제 그녀와 있을 때 꾸어다 놓은 보릿자루처럼 벙어리가 되어버린 이유가 무얼까? 그녀의 뜨거운 입김이 볼을 화끈거리게 하고 그녀의 따뜻한 눈물이 그의 손을 적시고 그녀를 거의 안다시피 하며 집에 데려다주고 주저함 없는 그녀의 가슴의 속삭임을 들었다는 사실도 문제가 되지 않았다…… 그렇다면 다른 이유라도? 그들을 보는 남들의 시선이 곱지 않았다든가……

오블로모프는 비록 인생의 모든 문제들에 대해서 훤히 알고 있고 따라서 오래 전에 다 해결한, 그러면서 사물에 대한 어떠한 믿음도 갖고 있지 않고 만사를 냉정하고 현명하게 분석해내는 젊은이의 패거리 속에서 청춘을 보냈지만, 그의 마음 속에는 우정과 사랑, 그리고 인간 존중에 대한 믿음이 잠재해 있었을 뿐 아니라 여태껏 사람들과 부대껴 살아오면서 아무리 그가 실수를 해왔고 또 실수를 한다 하더라도, 그래서 마음 고생이 이만저만하지 않았다손 치더라도 단 한 번도 선(善)과 사랑에 대한 믿음의 근거가 흔들린 적이 없었다. 그는 남몰래 여인의 순결을 숭배해왔고 여인의 권위와 권리를 인정해왔으며 여인에 몸을 바쳐왔다.

하지만 그에게는 선의 가르침과 순결성에 대한 존경의 가르침을 전적으로 인정하는 성격상의 결함이 있었다. 차츰차츰 그는 순결성의 향기에 도취되어갔다. 하지만 가끔은 심지어 순결성에 대한 의혹이나 존경마저도 두려워하는 냉소주의자들의 합창에 동조를 하기도 했다. 그들의 격렬한 합창에 자신의 경박한 말 한마디를 덧붙이기도 하면서.

그는 분명 너나없이 해대는 말의 홍수 속에 던져진 선한 말 한마디, 진실한 말 한마디, 순수한 말 한마디가 얼마나 값진 것인지에 대해서, 그 말 한마디가 얼마나 깊은 굴곡을 가져오는지에 대해서 단 한 번도 깊이 있게 생각해본 적이 없다. 거짓 부끄러움의 치장을 하지 않고 용기 있고 호탕하게 큰 목소리로 외친 말 한마디는 음란한 인간의 꼴사나운 비명에 절대 파묻히는 법이 없고 사회 생활의 구렁텅이로 흡사 진주처럼 가라앉아 결국엔 늘 진주를 위한 조가비를 발견하게 되리라는 생각을 하지 못했다.

많은 이들이 선한 말 한마디 하면서도 부끄러움에 얼굴이 새빨개져서는 말을 더듬다가 용기백배해서 큰 소리로 결국엔 생각 없는 말을 내뱉기 일쑤다. 심지어 그런 말이 불행히도 그냥 흔적 없이 사라지는 경우란 절대 없고 기다란 악(惡)의, 때때로 근절키 어려운, 흔적을 남긴다는 사실에 대해 추호의 의심도 하지 않는다.

그에 반해서 오블로모프는 사실 옳다. 냉담하고 고루한 냉소주의에 근거해서 비난을 일삼는 일을 그는 양심상 하지 못한다. 그러다 보니 집착도, 다툼도 없음은 물론이다. 어떤 이가 말과 가구를 새로 들였는데, 바로 그 사람이 다시 여자도 바꿨고, 그 교체 경비가 얼마가 들어갔다는 등의 일상적인 대화를 그는 끝내 참고 들어줄 수가 없었다.

남자에 의해 손상된 가치와 명예 때문에 괴로워하고 그와는 상관도 없는 여인의 추악한 타락에 대해서 듣고는 울음을 터뜨리고 세상이 무서워 그가 입을 다물어버린 것도 한두 번이 아니었다.

바로 이것을 짐작할 수 있어야 했다. 올가가 바로 그랬다.

남자들은 그런 괴짜들을 조롱하지만 여자들은 그들을 금방 알아본다. 순수한 여자들은 그들을 사랑하기 마련인데 그 이유는 단지 서로 공감을 하기 때문이다. 타락한 이들은 그들과 가까워지고자 노력한다. 퇴폐로부터 새로운 활력을 되찾기 위해서.

더위가 한풀 꺾이더니 어느새 여름이 지나가고 있다. 아침과 저녁엔 어두컴컴해지고 습기가 많아졌다. 라일락뿐 아니라 보리수의 꽃도 지고 산딸기도 제철을 잃었다. 오블로모프와 올가는 매일 만났다.

그는 삶을 따라잡았다. 다시 말해 오래 전에 잃어버렸던 모든 것을 되찾아 나갔다. 왜 프랑스의 대사가 로마를 떠났는지, 영국인들이 군함을 왜 동양(東洋)으로 보냈는지 알게 되었다. 독일 혹은 프랑스에 건설된 새로운 길에 대해서도 관심을 보였다. 그러나 오블로모프카를 관통해서 큰 도시로 나가는 도로에 대해서는 더 이상 생각조차 하지 않았고 의회에 위임장을 보내지도 않았으며 슈톨츠에게 답장을 쓰지도 않았다.

그는 올가의 집에서의 일상적인 대화의 테두리 내에서 돌아가는 것과 거기서 받아본 신문에서 읽은 것, 올가의 고집 덕택에 꽤 열심히 달라붙었던 것만을 터득했고, 당시 외국 문학에서도 눈을 떼지 않았다. 나머지 모든 것들은 순수한 사랑의 영역 속에 묻혀버렸다.

이러한 장밋빛 분위기에서의 잦은 변화에도 불구하고 구름 한 점 없는 수평선이 주요 토대였다. 오블로모프와 그를 향한 사랑에 대해서 가끔은 숙고를 해야만 하는 일이 생기거나, 이러한 사랑으로 인해 가슴에 빈 시간과 빈자리가 남았을 때, 그녀의 모든 질문이 그의 머리 속에 항시 준비된 완벽한 대답을 매번 발견하지 못하고 그의 의지가 그녀의 의지의 부름에 침묵으로 일관하고 그녀의 삶의 용기와 인내에 대해 단지 꿈쩍도 않는 정열적인 눈길로만 그가 대답했을 때는, 올가는 비참한 생각을 떨쳐버릴 수 없었다. 무언가 뱀처럼 차디찬 것이 가슴 안에 기어 다니면서 그녀를 꿈에서 깨우고, 따뜻하고 신비로운 사랑의 세계가 모든 사물이 침침한 색깔을 띠고 있는 것처럼 보이는 가을 어느 날로 변했다.

그녀는 이러한 불완전하면서도 불만족스러운 행복의 원인이 과연 무엇일까에 대한 해답을 찾고 싶었다. 더 필요한 것이 무엇이란 말인가? 오블로모프를 사랑하는 사명, 과연 이것이 운명인가? 이 사랑은 그의 온화함, 선에 대한 순수한 믿음, 무엇보다 그녀가 남자의 눈에서는 단 한 번도 본 적이 없는 부드러움에 의해 보상받는다.

이따금 그녀의 시선에 이해할 수 없는 시선으로 그가 화답하고 꿈인지 생시인지는 잘 모르겠지만 여태껏 한 번도 들어본 적이 없는 듯한 생소한 소리가 그의 목소리에서 울리는 것은 도대체 어찌 된 일일까…… 이는 상상이자 신경과민이다. 그런 소리에 귀 기울이며 잘난 척할 필요가 있겠는가?

그리고 마지막으로 만약 그녀가 이 사랑에서 떠나고 싶다 한들 어떻게 떠날 수 있으랴? 엎질러진 물이다. 그녀는 이미 사랑에 빠졌고 사랑이란 옷을 벗듯 그렇게 맘대로 벗어던질 수는 없는 것이다. '한평생을 살면서 보통 두 번 사랑하진 않아. 말마따나 그건 비도덕적인 거지……'

그렇게 그녀는 사랑을 배웠고 사랑을 경험했으며 매번의 새로운 일보(一步)를 눈물과 미소로 맞고 깊이 생각에 빠졌다. 그 결과 눈물과 미소가 감추어져 있어 오블로모프를 놀라게 하는 긴장된 표정이 나타났다.

하지만 이러한 고민에 대해서, 이러한 싸움에 대해서 오블로모프에게 그녀는 전혀 내색을 하지 않았다.

오블로모프는 사랑에 관한 한 아직 맹추나 다름없었고 언젠가 슈톨츠 앞에서 자신의 꿈이라며 목소리를 높였던 자신의 가수(假睡) 속에서 잠이 들곤 했다. 때때로 그는 구름 한 점 없이 맑은 무궁한 인생에 대한 기대를 싹틔우기도 했다. 선량하고 우정 어린, 그리고 태평한 면면(面面)들이 거주하고 있는 오블로모프카, 테라스에 앉아 즐기던 시간, 행복 충만에서 오는 설렘이 다시 오블로모프의 꿈에 보였다.

그는 지금도 이따금 올가 모르게 이러한 설렘을 맛보고 있다. 그녀가 오기만을 기다리다가 숲속에서 깜빡 잠이 든 적도 두어 번 있다…… 마치 느닷없이 뜻하지 않았던 구름이 몰려오듯이.

어느 날 그들은 둘이서 느긋하게 입을 꾹 다문 채 어디선가 돌아온 적이 있는데, 큰길을 건너자마자 먼지구름이 그들을 향해 달려들었다. 먼지구름 속에선 사륜마차가 내달리고 있었고, 사륜마차에는 소네치카가 남편과 그리고 어떤 신사, 귀부인과 함께 타고 있었다……

"올가! 올가! 올가 세르게브나!"

외침 소리가 들리고 사륜마차가 멈추어 섰다. 귀족 나리들이 죄다 마차에서 내려 올가를 빙 둘러싸고는 인사를 나누고 서로서로 입을 맞추기 시작했다. 모두는 한참을 오블로모프가 옆에 있다는 사실을 잊은 채 이야기를 나누었다. 그러다 느닷없이 모두 그를 쳐다보았고 그 중엔 손잡이가 달린 안경을 쓴 사람도 있었다.

"이분은 누구시죠?"

소네치카가 나지막이 물었다.

"일리야 일리이치 오블로모프세요!"

올가가 소개를 했다. 모두는 걸어서 집에까지 당도했다. 오블로모프는 어찌나 거북살스럽던지 사람들에게서 멀찍이 떨어져서 호밀밭을 가로질러 집으로 몰래 새기 위해 바자울 밖으로 발을 쑥 내밀었다. 올가의 시선이 그를 가로막았다.

별로 신경 쓸 일은 아니었지만 모든 신사와 부인들이 그를 이상한 눈으로 쳐다보았다. 물론 그래도 상관없는 일이다. 언제나 그렇듯이 그의 졸린 듯하면서도 지루해하는 눈길, 대충 입은 듯한 차림새를 보고도 다시 한 번 그를 돌아보지 않을 사람은 없는 것이다.

그러나 신사, 숙녀들은 그 이상한 시선을 그로부터 올가에게로 돌렸다. 그녀를 보는 못마땅한 시선 때문에 그의 가슴은 갑자기 차가워졌다. 무언가가 콕콕 찌르는데, 어찌나 아프고 괴롭던지 그는 더 이상 참지 못하고 집으로 향했다. 만감이 교차하며 왠지 서글퍼졌다.

다음날 올가의 귀여운 잔소리와 다정한 장난도 그의 기분을 달랠 수 없었다. 그녀의 집요한 질문에 두통으로 대답을 해야만 했고 심지어는 75코페이카짜리 향수를 머리에 뒤집어쓰는 일도 감내해야만 했다.

셋째 날, 그들이 늦은 시간에 집으로 돌아왔을 때 숙모가 너무나 똑 부러진 눈으로 그들을, 특히 그를 쳐다보고는 조금은 부은 듯한 큰 눈꺼풀을 내리깔았다. 마치 두 눈이 눈꺼풀을 통해서 무언가를 훔쳐보고 있는 듯했다. 연신 그녀는 생각에 잠겨서 알코올 성분이 있는 음료수의 냄새를 맡았다.

오블로모프는 괴로웠지만 입을 꾹 다물었다. 올가에게 자신의 의구심을 말할 용기가 없었다. 그녀에게 혹 걱정을 끼치지는 않을까, 그녀를 놀라게 하지는 않을까 하는 두려움이 앞섰다. 진실을 말해야만 한다고 생각하면서도 왠지 자신이 없었고 또 구름 한 점 없는 이 평화를 그런 심각한 질문으로 깨고 싶지 않았다.

이것은 이미 그녀가 그를 사랑하게 된 것이 실수냐 아니냐, 그들의 사랑 자체, 곧 이러한 숲속에서의 둘만의 만남이나 어쩌다가 늦게 되는 그들의 귀가가 실수는 아닌가 하는 문제는 아니었다.

'입을 맞추려 했는데.' 그가 부들부들 떨며 생각했다. '도덕률이란 측면에서 이게 과연 형사범죄에 해당하는 것은 아닐까? 비록 첫째가는 중범은 아니라 해도! 그 전에도 여러 단계가 있었어. 손을 잡는다든가 고백, 편지…… 다 우리가 거쳐 지나간 일이지.' 고개를 곧추세우며 그가 생각을 진전시켰다. '하지만 내 의도는 누가 뭐래도 떳떳해, 나도……'

그리고는 갑자기 구름이 걷히고 마치 축제처럼 들뜬 오블로모프카가 온통 광채에, 햇빛에 휩싸여서 녹음 우거진 언덕, 은빛 실개천과 더불어 그의 눈앞에 활짝 열렸다. 그는 올가의 허리를 감싸고서 긴 오솔길을 따라 생각에 잠겨 나란히 함께 걷다가 정자에 그리고 테라스에 앉는다……

그녀 주위의 모든 것들이 열렬한 연애 감정으로 그녀에게 고개를 숙인다. 이 모든 것은 언젠가 그가 슈톨츠에게 했던 말이다.

'그래, 맞아. 하지만 과연 이렇게 시작해야만 했더란 말인가!' 다시 두려움에 떨며 그가 생각을 했다. '이 모든 것은 평생의 행복의 담보가 되어야만 하고 순결한 여인에게는 반복되어서는 안 돼. 난 뭐야? 난 도대체 누구야?' 마치 망치로 머리를 한 대 얻어맞은 기분이다.

'난 여자 뒤꽁무니나 쫓아다니는 유혹자야! 혐오스럽기 그지없는 늙어빠진 난봉꾼인 내가, 눈빛은 욕정에 불타고 코는 새빨간 내가 여인에게서 훔친 장미꽃을 단춧구멍에 끼우고 연인에게 귓속말로 승리를 속삭이려 하다니, 정말 이건 말도 안 돼…… 아휴, 내가 지금 어디까지 온 거야! 벌써 낭떠러지군! 올가는 낭떠러지 위로 높이 날지 않고 지금 그녀는 그 밑바닥 위를 날고 있어…… 왜, 무엇 때문에……'

그는 기진맥진해서 어린아이처럼 목놓아 울었다. 갑자기 그의 무지

갯빛 인생이 희끄무레하게 변했다. 올가가 희생양이 되리라는 생각 때문이었다. 그의 모든 사랑이 범죄이자 양심의 한 점 얼룩이었다.

잠시 후 모든 일엔 그에 합당한 결말이 있기 마련이라는 데에까지 생각이 미치자 순간 오블로모프는 당혹스러웠다. 올가에게 반지가 끼워져 있는 손을 내밀어본다……

"그래, 맞아." 이윽고 기쁨에 겨워 떨리는 목소리로 그가 중얼거렸다. "동의는 하면서도 부끄러워하는 듯한 눈길로 대답하겠지…… 그녀는 아무 말도 하지 않고 얼굴만 붉히고는 마음속으로 웃을 테고, 두 눈엔 눈물이 고이겠지……"

눈물과 미소, 묵묵히 내민 손, 그리고 생기발랄하고 귀여운 기쁨, 서둘러 찾아드는 행복에 겨운 몸짓, 길고긴 대화, 둘만의 속삭임, 더욱 믿음이 가는 마음의 속삭임, 두 인생을 하나로 결합시키는 비밀 서약!

일상의 것들에 대한 아주 사소한 대화 속에서는 눈에 보이지 않는 사랑이란 것은 그들 말고는 그 누구에게도 비쳐 보이지 않으리라. 그리고 어느 누구도 눈길로 그들을 모욕할 수 없으리니……

느닷없이 그의 얼굴이 엄숙해지고 진지해졌다.

'그래, 바로 여기에 참다우면서 고결하고 견고한 행복의 세상이 있어! 이 꽃을 여태껏 숨기고 흡사 소년처럼 사랑의 향기 속을 헤매고 돌아다니고 만남을 찾고 달빛 아래 배회하고 처녀의 심장 소리를 엿듣고 여인의 꿈의 설렘을 잡으려 한 내가 얼마나 파렴치한 놈인가…… 맙소사!'

그의 얼굴이 새빨갛게 달아올랐다.

'오늘 저녁이면 올가도 알게 되겠지, 사랑이 그 대가로 요구하는 의무가 얼마나 준엄한지를. 오늘의 만남이 우리의 마지막 만남이 될 거야, 오늘이……'

그는 가슴에 손을 얹어본다. 심장이 빠르지만 고르게 뛴다. 정직한 사람의 심장이라면 반드시 그러하리라. 더 이상 만날 필요가 없노라고 말할 때 올가가 얼마나 슬픔에 젖을까, 생각하니 가슴이 미어진다. 곧바로 자신의 의도를 아주 능숙하게 설명이야 하겠지만, 무엇보다도 그녀가 무슨 생각을 하고 있는지를 잘 캐낼 필요가 있으며, 그런 다음엔 그녀의 당혹스러움을 나름대로 즐기면 그만이다……

그 다음엔 그녀의 부끄러운 듯한 동의, 미소와 눈물, 묵묵히 뻗은 손, 은밀한 긴 속삭임과 백주대낮의 입맞춤이 꿈에 보이리라.

제12장

그는 올가를 찾기 위해 뛰어갔다. 집에서 말하기를 그녀는 외출 중이란다. 마을에 내려가보았지만 거기에도 그녀는 없다. 그녀가 저 멀리에서 마치 천사가 승천을 하듯 산을 오르는 것이 보인다. 발걸음은 경쾌해 보이고 그녀의 몸은 사뭇 떨려 보인다.

그녀의 뒤를 따라가보지만 그녀는 풀밭에 거의 발을 대지 않고 흡사 정말 허공을 날고 있는 것만 같다. 그는 산중턱에서 그녀를 부르기 시작했다.

그녀는 그를 기다리다가 그가 2사젠 정도의 거리까지 다가오자 다시 앞으로 움직이기 시작한다. 거리 차이가 어느 정도 난다 싶을 때 그녀는 걸음을 멈추고 웃음을 터뜨린다.

그도 결국 발걸음을 멈춘다. 적어도 그녀가 다시 그로부터 더 멀어지지는 않으리라는 확신을 한 때문이다. 그녀 쪽에서 그에게로 몇 걸음을 달려와 손을 내밀고는 웃으면서 그를 잡아당긴다.

그들은 숲속으로 들어갔다. 그는 모자를 벗었고 그녀는 손수건으로 그의 이마를 닦아주고는 얼굴 앞에서 우산을 흔들기 시작했다.

올가는 특히 생기발랄하고 수다스러웠으며 격렬하게, 혹은 갑작스럽게 부드러운 감정의 동요를 일으키더니 이윽고 느닷없이 신중해졌다.

"맞혀봐요, 내가 어제 뭘 했는지?"

그늘에 앉자마자 그녀가 물었다.

"책을 읽었나요?"

그녀가 고개를 저었다.

"편지 썼어요?"

"아뇨."

"노래부른 게로군요?"

"아뇨. 점괘를 봤어요! 백작부인의 가정부가 어제 왔었어요. 카드로 점을 칠 줄 안다고 하길래 내 점괘도 봐달라고 부탁했죠."

"그래서 어떻게 됐어요?"

"별 건 없어요. 길이 나오고 다음엔 어떤 군중이 나오고, 사방엔 금발이, 사방에…… 카짜도 있는 데서 다이아몬드 킹이 제 생각을 하고 있노라고 말하지 않겠어요? 얼굴이 화끈거려서 혼났어요. 보니까 내가 안중에 두고 있는 사람이 누군지 물어보려는 것 같아서 카드를 확 섞어버리고 도망쳐버렸죠. 내 생각, 하고 있나요?"

그녀가 느닷없이 질문을 던졌다.

"아휴, 조금만 덜 생각할 수 있으면 좋으련만!"

"나도 그래요! 난 벌써 다른 사람들이 어떻게 사는지 잊었어요. 저번 주에 당신이 골을 내고 이틀 동안 나타나지 않았을 때, 기억나요? 화를 냈잖아요! 하여튼 그때 난 갑자기 사람이 변해서 아주 사악한 여자가 되어버렸죠. 당신이 자하르와 그러하듯이 카쨔하고도 티격태격했다니까요. 보니까 눈물을 찔끔거리는데 하나도 불쌍한 생각이 안 드는 거 있죠. 숙모에게 대꾸도 안 하고 숙모가 뭐라 해도 듣지도 않고 아무것도 하지 않고 어디 나가고 싶은 생각도 안 나더군요. 그러다 당신이 오니까 갑자기 싹 달라진 거예요. 카쨔한테 보라색 옷을 하나 선물했어요······"

"그런 걸 사랑이라 하죠!"

그가 애절하게 말했다.

"뭐라고요? 보라색 옷 말예요?"

"전부 다요! 당신 말을 듣고 있노라면 그게 꼭 내 얘긴 것 같은 착각을 해요. 당신 없는 하루하루, 아니 인생 자체가 내겐 무의미해요. 또 밤이면 밤마다 꽃이 만발한 계곡이 꿈에 보여요. 당신을 보면 전 마음이 선량해지고 기운이 막 솟는답니다. 당신을 보지 못할 땐 갑갑하고 축 늘어지고 눕고 싶기만 하고 아무 생각도 하기 싫어져요······ 사랑하라, 자신의 사랑을 부끄러워 말라······"

갑자기 그가 입을 다물었다. '내가 지금 무슨 말을 하고 있는 거야? 이 말 하려고 온 게 아니잖아!' 라는 생각을 하며 기침을 하기 시작했다. 미간이 찌푸려졌다.

"내가 만약 갑자기 죽어버리면요?"

"왜 그런 생각을 해요!"

그가 나무라듯 말했다.

"이를테면, 독감에 걸려서 열이 펄펄 끓을 수도 있잖아요. 당신은 여기로 왔다가 내가 없으니까 집으로 오겠죠. 사람들이 내가 아프다고 하겠죠. 그 다음날엔 덧문이 내려지고 의사가 고개를 젓는 거예요. 카쨔가 눈물을 흘리며 당신에게로 총총히 달려가 속삭이기를, 내가 아프다,

제2부 461

그리고 죽어가고 있다……"

"아!"

갑자기 오블로모프에게서 탄식이 새어나왔다. 그녀는 웃음을 터뜨렸다.

"그럼 어쩔 거죠?"

그의 얼굴을 쳐다보며 그녀가 물었다.

"어쩌긴? 미치든지 아니면 총으로 자살하는 수밖에. 그런데 갑자기 또 당신의 건강이 나아진다면!"

"아뇨, 아뇨, 그만 해요!" 그녀가 겁에 질려 말했다. "지금 우리가 무슨 말을 하고 있는 거죠! 절대 죽어서 날 찾아오면 안 돼요. 난 죽은 사람 무섭거든요……"

그 역시 웃음을 터뜨렸고 그녀도 마찬가지였다.

"맙소사, 무슨 이런 어린애 같은 생각을 하고 있담!"

이런 공연한 말장난에서 정신을 퍼뜩 차린 그녀가 말했다. 그가 다시 기침을 했다.

"내 말 좀 들어봐요, 할 얘기가 있는데……"

"뭔데요?"

그녀가 쾌활하게 그에게로 몸을 돌리며 물었다. 그는 왠지 두려워 입을 다물었다.

"어서, 어서 말해요."

그의 소매를 잡아당기며 그녀가 재촉했다.

"아무것도 아녜요, 그냥……"

겁에 질려 그가 말꼬리를 흐렸다.

"아뇨, 당신 분명히 나한테 무슨 할 말이 있는 거죠?"

침묵.

"무서운 얘기면 하지 않는 게 나아요. 아녜요, 말해보세요!"

갑자기 다시 태도를 바꾸었다.

"정말 아무것도 아니라니까요. 그냥 시시한 소리예요."

"아녜요, 아녜요. 뭔가가 있어요, 어서요!"

그녀가 그의 코트의 앞섶을 세게 잡아당기며 졸랐다. 어찌나 가까이로 끌어당기던지 그녀에게 입을 마주치지 않으려고 머리를 좌우로 내둘러야만 했다. 그는 내심 고개를 돌리고 싶지 않았지만 그때마다 그녀의 청천벽력 같은 '안 돼요'라는 말이 그의 귓전을 때렸다.

"말하라니까요!"

그녀가 다시 재촉했다.

"말 못 해요, 할 필요도 없고……"

그가 잘라 말했다.

"'신뢰가 서로간의 행복의 기본이다' '마음 한 구석에도 삐뚤어진 곳이 있어선 안 된다. 친구의 눈은 못 읽을 것이 없다'라고 설교를 하지 않았던가요? 이건 누가 한 말이죠?"

"내가 하려던 얘기는, 당신을 사랑한다는 것, 너무나 사랑해서 만약에라도……"

그가 말꼬리를 흐렸다.

"그래서요?"

그녀가 조급하게 물었다.

"만약에라도 당신이 지금 다른 사람을 사랑하고 있고 그 역시 당신을 누구보다도 행복하게 해줄 능력의 소유자라면, 난…… 묵묵히 내 고통을 삼키고 그에게 양보를 할 수도 있겠다, 뭐 이런 얘기죠."

그녀가 갑자기 그의 코트 자락을 놓았다.

"왜죠?" 그녀가 당혹스러워 하며 물었다. "난 도저히 이해할 수가 없군요. 나라면 그 누구에게도 당신을 양보하는 일 따윈 하지 않을 거예요. 난 당신이 다른 여자와 행복해하는 꼴을 보고 싶지 않아요. 뭔가 속뜻이 있는가 본데, 난 이해 못 하겠어요."

그녀의 시선이 나무와 나무 사이를 배회했다.

"그러니까 당신은 날 사랑하지 않는다는 뜻인가요?"

잠시 후 그녀가 물었다.

"정반대예요. 난 당신을 내 목숨보다 더 사랑해요. 당신을 위해서라면 목숨이라도 내놓을 각오가 되어 있어요."

"그런데 왜죠? 누가 당신한테 그런 부탁이라도 하고 있나요?"

"내 말은, 당신이 다른 사람을 사랑하게 될 수도 있다, 뭐 그런 거죠."

"다른 사람이라니! 지금 제정신 맞아요? 내가 당신을 사랑한다는데 왜 그래요? 혹 다른 여자라도 생겼나요?"

"내 말을 지금 뭐로 듣고 있어요? 내가 무슨 말을 하고픈지 당신도 알잖아요! 내가 하고자 하는 말이 그런 말이 아니란 것을……"

"하고 싶은 말이 뭐죠?"

"그러니까 당신에게 내가 죄가 많다, 오래 전부터 난 죄인이다……"

"어떤 점에서요? 왜요? 날 사랑하지 않나요? 행여 장난이었나요? 어서 말해보세요!"

"아뇨, 아뇨, 전혀 그렇지 않아요!" 그가 난감해하며 말했다. "당신도 알다시피……" 그가 말을 채 다 못 하고 뜸을 들였다. "우리의 만남이란 것이…… 남에게 함부로 드러내지도 못하고……"

"드러내지 못한다뇨? 왜요? 난 거의 매번 당신과 만난 것을 숙모에게 다 말하는데……"

"정말 매번요?"

그가 당황해하며 물었다.

"뭐 잘못됐나요?"

"내 탓이에요. 당신한테 그러니까 그런 말을…… 진작 했어야만 했는데, 그러지 못해서……"

"벌써 말했어요."

"말했어요? 아! 정말로 내가…… 그런 암시를 했단 말이군요. 그러니까 내 할 일을 내가 했다는 뜻이군요."

기운이 좀 나는 것이, 올가가 그렇게 쉽게 자신의 책임감이란 짐을 벗겨주었다는 사실에 기쁘기까지 했다.

"그리고 또 할 말은요?"

"또…… 이게 전부예요."

"거짓말." 올가가 금방 알아차렸다. "뭔가가 더 있어요. 할 말을 다 안 하고 있어요."

"내 생각엔……" 짐짓 태연한 척을 하며 그가 입을 열었다. "그러니까……"

그가 다시 말을 하다 말았다. 그녀는 기다렸다.

"그러니까 우리가 이젠 만남을 자제해야만 하겠다……"

그가 겸연쩍게 그녀를 쳐다보았다. 그녀는 아무 말도 하지 않았다.

"이유가 뭐죠?"

한참을 생각에 잠겨 있던 그녀가 물었다.

"뱀이 절 갉아먹고 있어요. 양심의 가책이…… 오랫동안 우린 함께 해오고 있어요. 난 흥분이 되고 심장이 얼어붙는 것만 같아요. 당신 역시도 평온해 보이지는 않고…… 두려워요……"

그가 겨우겨우 말을 이었다.

"뭐가요?"

"당신은 아직 젊어서 온갖 위험을 다 알 순 없어요, 올가. 이따금 자신을 통제할 수 없는 때가 누구에게나 찾아오게 마련이죠. 어떤 흉악한 힘이 깊이 뿌리박기도 하고 가슴엔 어둠이 깔리고 두 눈에 번개가 번쩍이는 경우도 있죠. 날카로운 이성이 흐릿해지고 순결과 무구에 대한 사랑, 이 모든 것을 질풍이 다 가져가버리기도 한답니다. 그럼 그 사람은 자신을 더 이상 기억하지 못하죠. 그에게선 공포가 숨을 쉽니다. 결국 자신을 통제할 힘을 잃는 거죠. 바로 그때 발아래 낭떠러지가 활짝 열립니다."

그는 심지어 몸을 부들부들 떨기까지 했다.

"그게 어쨌다는 거죠? 까짓것 열릴 테면 열리라죠!"

그의 눈을 똑바로 쳐다보며 그녀가 말했다. 그는 입을 다물었다. 더 이상 말을 해야 하나 그럴 필요가 없나, 아니면 이런 말을 할 필요가 아예 없었던 것은 아닐까?

그녀는 한참 동안 그를 쳐다보았다. 마치 행간의 뜻을 음미하듯 그렇게 그의 이마의 주름 속에서 무언가를 읽고 있는 듯했다. 그가 했던 한마디 한마디의 말과 눈길을 떠올리니 그간 나누었던 사랑의 모든 역사가 주마등처럼 뇌리를 스치고 지나갔다. 그리고는 급기야 정원에서의 어두컴컴했던 저녁에까지 생각이 미치니 저도 모르게 얼굴이 붉어졌다.

"당신은 바보 같은 말만 하고 있군요!" 억지로 외면을 하면서 빠르게 쏘아붙였다. "당신의 눈에선 난 어떤 번개도 본 적이 없어요…… 당신이 날 보는 그 눈길은 대개…… 내 유모 쿠즈미니치나의 그것과 별반 다를 게 없는데!"

그녀가 억지 미소를 지어 보였다.

"농담하나요, 올가. 난 농담으로 하는 말이 아녜요…… 그리고 아직 말 다 하지 않았어요."

"더 할 말이 남았나요? 그곳의 낭떠러지는 그래 어때요?"

그가 한숨을 토해냈다.

"그러니까 우린 더 이상 만나선 안 된다…… 그것도 단둘이서는……"

"왜요?"

"좋아 보이지가 않고……"

그녀가 생각에 잠겼다.

"좋아 보이지가 않는다는 건 남들 얘기라 쳐요." 그녀가 주저하며 말했다. "그런데 왜죠?"

"사람들이 알게 되고 소문이 돌면 뭐라고들 수군거릴는지……"

"누가 수군거린단 말예요? 내겐 어머니가 안 계세요. 나한테 당신을 왜 만나는지에 대해 물을 수 있는 사람은 어머니뿐이고 대답 대신 눈물을 흘리고 난 전혀 나쁜 짓을 하지 않았다고, 그리고 당신 또한 마찬가지라고 말할 수 있는 사람 또한 어머니가 유일해요. 어머니라면 아마도 절 믿겠죠. 그 외에 누가 또 있겠어요?"

"숙모가 있잖아요."

"숙모요?"

올가는 슬픔에 겨워 아니라는 고갯짓을 해 보였다.

"숙모는 그런 질문을 할 사람이 아녜요. 내가 만약 집을 완전히 나가버린다 해도 그녀는 찾으러 나서지도 않을뿐더러 수소문도 하지 않을 거라고요. 나 또한 다시 찾아와 어디에 있었고 무얼 했는지에 대해 시시콜콜 말할 생각도 없고요. 또 누가 있죠?"

"다른 사람들, 모두…… 요전에 소네치카가 당신과 나를 보고서 웃었잖아요. 같이 있던 신사들, 부인들도 마찬가지고요."

그는 그 이후 그가 겪어왔던 모든 불안감을 그녀에게 털어놓았다.

"그녀가 단지 나만을 쳐다보았을 때만 해도, 전 괜찮았어요. 하지만 그 눈길이 당신에게로 향하자 내 손과 발이 꽁꽁 얼어붙는 기분이었어요……"

"그래서요?"

그녀가 쌀쌀맞게 물었다.

"그래서 난 그 이후로 밤낮 가리지 않고 괴로움에 견딜 수가 없었죠. 어떻게 하면 이 심정을 알릴까 머리를 쥐어뜯었어요. 당신을 놀라게 할까봐 얼마나 걱정이 되던지…… 이런 얘기를 오래 전부터 당신과 하고 싶었죠……"

"괜한 걱정을 하고 있네요! 당신이 말하기 전부터 난 알고 있었어요……"

"어떻게 알았죠?"

그가 놀라 물었다.

"그냥요. 소네치카가 나와 얘기하면서 꼬치꼬치 캐묻고는 싫은 소리를 하고, 내가 당신과의 관계에서 어떻게 처신해야 하는지를 가르치려 들더군요……"

"왜 그런 말을 내겐 한마디도 안 한 거죠, 올가!"

그가 언짢아하며 말했다.

"당신도 자신의 걱정에 대해서 여태껏 한마디도 말을 안 했잖아요!"

"그래서 당신은 뭐라고 대답했어요?"

"아무 대답도 안 했어요! 대답할 게 뭐 있어요? 그냥 얼굴만 붉혔죠, 뭐."

"맙소사! 올 것이 오고야 말았어. 당신이 얼굴을 붉혔다니!" 그가 난감해하며 말했다. "얼마나 우리가 부주의했던가! 이젠 어쩐다지?"

그가 대답을 구하는 듯한 표정으로 그녀를 쳐다보았다.

"내가 어떻게 알아요?"

그녀가 짤막하게 대꾸했다. 오블로모프는 올가와 걱정을 나누어 가짐으로써 그 짐을 덜고 그녀의 두 눈과 카랑카랑한 말 속에서 원기를 얻으려 했지만 생기 넘치는 결정적인 대답을 듣지 못하자 그만 의기소침해져버렸다.

그의 얼굴엔 망설임의 빛이 역력했고 시선은 쓸쓸히 사방을 배회했다. 그의 내부에선 이미 가벼운 오한이 느껴졌다. 거의 올가에 대해선 잊고 있었다. 그의 눈앞에 사람들이 무리지어 나타났다. 소네치카와 남편 그리고 손님들. 그들의 이러쿵저러쿵 하는 소리와 웃음 소리가 들렸다.

올가는 예의 자신의 기지 대신 침묵으로 일관하고 차가운 시선으로 그를 쳐다보았다. 그에게 '어떻게 알아요?' 라는 말을 할 때보다도 더 차갑게만 느껴졌다. 그는 '어떻게 알아요?' 란 말의 숨은 뜻을 애써 헤아리려고도 하지 않았고 또 그럴 능력도 없었다.

그 역시 침묵했다. 남의 도움이 없이는 그의 의미 혹은 의도가 여물기는 틀려 보인다. 마치 잘 익은 사과가 결코 저절로 떨어지는 법이 없는 것과 같다. 누군가 따야만 하는 것이다.

올가는 몇 분 동안에 걸쳐 그를 쳐다보다가 숄을 두르고 나뭇가지에서 두건을 끌어내려 전혀 서두르는 기색도 없이 머리에 쓴 다음 우산을 집어들었다.

"어디 가게요? 벌써!"

갑자기 정신이 퍼뜩 든 그가 물었다.

"아뇨, 늦었어요. 당신 말이 다 옳아요." 그녀가 의기소침해져서 말했다. "우리는 너무나 멀리 지나왔어요. 달리 방법이 없어요. 하루빨리 헤어져서 지난날의 흔적을 지워버려야만 해요. 안녕히!" 비애감에 매정하게 말을 내뱉은 그녀는 고개를 숙이고 막 길 쪽으로 걸음을 내디디려 했다.

"올가, 제발 이러지 말아요! 어떻게 안 만날 수가 있어요! 물론 내가…… 올가!"

그녀는 들은 척도 안 하고 걸음을 재촉했다. 발아래 모래가 마른 발자국 소리를 내며 밟힌다.

"올가 세르게브나!"

그가 소리쳤다. 그녀는 듣지도 않고 그냥 가고 있다.

"제발, 돌아와줘요!" 목소리가 아닌 눈물로 그가 소리친다. "범죄자의 말도 들어주는 것이 인지상정인데…… 이런! 도대체 가슴이 있는 여자야? 천상 여자는 여자군!"

그는 자리에 털썩 주저앉아 두 손으로 눈을 가렸다. 발자국 소리도 더 이상 들리지 않았다.

"가버렸어!"

거의 떨리는 목소리로 한마디를 토해내고는 고개를 들었다. 올가가 앞에 서 있다.

그는 기쁨에 어쩔 줄을 모르며 그녀의 손을 덥석 잡았다.

"가지 않았군요. 떠나가지 않을 거죠? 떠나지 말아요. 당신이 만약 떠난다면 난 그 순간 죽은 사람이라는 것만 알아줘요!"

"하지만 내가 떠나지 않으면 난 범죄자가 되고 당신도 마찬가지예요. 이걸 잊어선 안 돼요, 일리야."

"아휴, 안 돼요……"

"안 되다니요? 소네치카와 그 남편이 우리가 함께 있는 걸 다시 본다면 전 죽고 싶을 거예요."

그가 파르르 떨었다.

"내 말 들어봐요." 그가 서둘러 더듬거리며 말했다. "내 말이 다 끝나지 않았어요……" 그리고는 다시 말을 잇지 못했다.

집에서만 해도 그렇게도 간단하고 당연하며 필연적이라 여겨져 그에게 미소를 머금게까지 했던 것이, 그래서 차라리 행복이라고까지 생각했던 것이 지금은 갑자기 어떤 깊은 낭떠러지가 되어버렸다. 그 낭떠러지를 뛰어 건너고야 말겠다는 각오가 무엇보다 필요한 때다. 단호하고 용기 있는 걸음으로.

"누가 오고 있어요!"

올가가 말했다. 옆길에서 발자국 소리가 들렸다.

"소네치카 아냐?"

오블로모프가 공포에 질려 두 눈을 크게 뜨고서 물었다. 두 남자와 한 여자가 지나갔다. 모르는 사람들이다. 오블로모프가 안도의 숨을 내쉰다.

"올가." 서둘러 입을 떼며 그가 그녀의 손을 잡았다. "아무도 없는 저쪽으로 가서 좀 앉읍시다."

그는 그녀를 벤치에 앉히고 자신은 그녀 옆 풀밭에 앉았다.

"할 말도 다 못 했는데 그렇게 얼굴을 붉히고 가버리면 어떻게 해요, 올가."

"당신이 날 갖고 장난치면 다시 가버릴 거예요. 그리곤 다신 돌아오지 않을 거라고요. 언제는 내 눈물을 보고 좋아하더니 이젠 당신의 발 아래 무릎 꿇고 있는 나를 보고, 점점 날 당신의 노예로 삼을 작정인가 보군요. 변덕을 부리다가 도덕을 가르치고, 다음엔 울다가 스스로 놀라고 날 또 놀라게 해놓고는 그래 고작 던지는 질문이 우린 어떻게 해야 할까,인가요? 잘 기억해두세요, 일리야 일리이치." 벤치에서 일어선 그녀가 갑자기 당당한 어조로 말했다. "당신을 처음 알게 된 그 이후로 전 많이 성숙해졌고 당신이 나와 더불어 즐기는 그 유희가 무엇인지도 난 잘 알고 있다는 걸 말예요…… 하지만 더 이상의 내 눈물은 볼 수 없을 겁니다……"

"맹세컨대, 난 절대 유희 같은 건 하고 있지 않아요!"

그가 확신 있는 목소리로 말했다.

"그렇다면 당신에겐 더 안된 일이군요." 그녀가 매정하게 쏘아붙였다. "모든 당신의 우려, 경고와 수수께끼에 대해서 한마디로 말씀드리자면, 오늘 이 만남까지 난 당신을 사랑했고 어떻게 해야 할지 몰랐어요. 하지만 지금은 알아요." 그녀가 떠날 채비를 하며 단호하게 말했다. "당신과 다시는 어떤 일이건 간에 상의하지도 않겠어요."

"나도 알아요." 그가 그녀의 팔을 잡고 그녀를 벤치에 앉혔다. 순간 정신을 집중하느라 침묵이 흘렀다.

"생각해봐요. 가슴은 하나의 바람으로 가득 차 있고 머리는 하나의 생각뿐인데 의지와 혀가 말을 듣지 않아요. 말은 하고 싶은데 차마 입이 떨어지지 않는군요. 이건 정말 아주 단순한 일인데, 마치…… 도와줘요, 올가."

"지금 당신이 머릿속으로 무슨 생각을 하고 계신지 전 모르겠어요……"

"오, 제발 그런 극존칭의 말은 하지 말아요. 당신의 오만한 눈길이 날 죽이고 있고 얼음과도 같은 당신의 말이 날 얼어붙게 만들고 있어서……"

그녀가 웃음을 지어 보였다.

"당신, 정신 나갔군요!"

그녀가 그의 머리에 손을 대며 말했다.

"바로 이거예요. 이제야 원래의 말투로 돌아오는군요! 올가." 그가 그녀 앞에 무릎을 꿇고 말했다. "아내가 되어줘요!"

그녀는 아무 말도 못 하고 그저 그의 반대쪽으로 몸을 돌렸다.

"올가, 내게 손을 줘요!"

그녀는 손을 내밀지 않았다. 그 자신이 그녀의 손을 잡아 입술에 포갰다. 그녀는 손을 빼지 않았다. 그녀의 손은 따뜻하고 부드러웠으며 약간은 촉촉했다. 그녀의 얼굴을 살피느라 그는 애를 쓰고 있었다. 그럴수록 그녀는 더 그에게서 고개를 돌렸다.

"침묵이라면?"

그녀의 손에 입을 맞추면서 그가 불안에 떨며 대답을 해달라는 듯이 말했다.

"동의의 표시!"

그녀가 나지막하게 대답했다. 하지만 여전히 그를 외면한 채였다.

"지금 기분이 어때요? 무슨 생각을 하고 있죠?"

부끄러운 듯한 동의와 눈물에 대한 자신의 꿈을 떠올리며 그가 물었다.

"당신과 같겠죠."

숲속 어딘가를 바라보며 그녀가 대답했다. 단지 흥분된 가슴만이 그녀가 지금 애써 자제하고 있음을 보여주었다.

'눈에 눈물이 글썽이는 거야 뭐야?' 이런 생각을 하며 그녀를 쳐다보지만 그녀의 시선은 끈질기게 아래를 향하고 있다.

"별로 관심이 없고 마음도 편한가 보죠?"

그녀의 손을 자기 쪽으로 끌어당기려 애를 쓰면서 그가 말했다.

"관심이야 없지 않지만 마음은 편해요."

"왜요?"

"하도 오래 전부터 미리 생각해두었던 터라 이제는 적응이 되어서 그렇죠."

"오래 전부터!"

그가 놀라 반복했다.

"그래요, 당신에게 라일락 가지를 주었던 그 순간부터…… 다 일부러 당신을 부른 거였고……"

그녀는 말꼬리를 흐리지 않을 수 없었다.

"그 순간부터라!"

그가 두 팔을 크게 벌렸다. 그녀를 그 안에 가두고만 싶었다.

"낭떠러지가 활짝 열리고 번개가 번쩍거려요…… 조심해요!"

잽싸게 그의 포옹을 빠져나가 우산으로 그의 손을 치우며 그녀가 능청맞게 말했다. 청천병력과도 같던 '절대 안 돼요'라는 말을 떠올리자 그의 마음이 한결 안정이 되었다.

"하지만 그런 말을 내비친 적도 한 번 없고 심지어 비슷한 표현조차도 한 적 없잖아요……"

"우리가 서로 결혼을 하지 않으면 누가 되었든 우리의 등을 떠밀거나 아니면 우리를 따로 데려가버릴걸요."

"그 순간부터라…… 정말인가요?"

그가 생각에 잠겨 같은 말을 반복했다.

"내가 당신을 이해도 못 하면서 혼자서 이렇게 여기서 당신과 함께 있고 저녁마다 벤치에 앉아서 당신의 말을 듣고 당신을 믿어 의심치 않는, 그런 맹추인 줄 생각하셨나 보군요?"

그녀가 의기양양해서 말했다.

"그게 그러니까……"

그의 안색이 변하면서 잡고 있던 그녀의 손도 놓았다. 아무리 생각해도 이상하기만 했다. 그녀는 차분한 자신감에 차서 그를 바라보고 확신을 갖고 기다려왔다. 이 순간에 그가 바랐던 것은 자신감도, 확신도 아닌 눈물과 열정 그리고 비록 단 1분간만이라도 흥분된 행복이었다. 그 이후에 태평한 삶이 오든 말든 알 바 아니었다!

게다가 뜻하지 않던 행복에 겨워 펑펑 쏟아내는 눈물도 없고 부끄러운 동의도 없지 않은가! 이걸 어떻게 이해할 수 있으랴!

그의 마음 속에서 의구심이라는 뱀이 잠에서 깨어 다시 거동을 시작했다…… 도대체 사랑을 하는 거야 아니면 단지 시집가고 싶어 저러는 거야?

"하지만 행복으로 가는 다른 길도 있죠."

"어떤 길요?"

"때론 사랑은 기다림도 인내도 배려도 모를 때가 있는데…… 여자는 온통 불꽃과 전율에 휩싸여서 단번에 고통과 일종의 기쁨을 경험하기도 하죠……"

"그게 무슨 길이란 건지 난 도통 모르겠어요."

"여자가 모든 것, 평안과 기도, 그리고 애정을 희생하고 사랑에서 훈장을 발견하는 그런 길…… 이를테면 사랑을 위해서 모든 걸 바꾸어야 한다는 거죠."

"그런 길이 우리에게 필요하단 말인가요?"

"아뇨."

"당신은 이 길을 따라서 행복을 찾고 싶은 건가요? 내 평안을 희생하고 애정을 상실해가면서."

"오, 아뇨, 그렇지 않아요! 맹세컨대 천만의 말씀이에요."

그가 열을 올렸다.

"길에 관한 얘기를 꺼낸 이유가 뭐죠?"

"왜 그랬는지 나 자신도 정말 모르겠어요……"

"난 알아요. 당신은 알고 싶은 거예요. 내가 당신을 위해 내 평안을 희생하고 당신과 더불어 이 길을 갈 준비가 되어 있는지를 말이죠. 내 말이 틀렸나요?"

"맞아요, 거의 알아맞힌 것 같아요…… 어쩌겠어요?"

"절대로 그럴 수 없어요, 천만의 말씀입니다!"

그녀가 딱 잘라 말했다. 그가 생각에 잠겼다가 한숨을 내쉬었다.

"그래요, 그 길이란 것이 아주 끔찍하고 또 여자가 그런 길을 따라 남자의 뒤를 쫓기 위해서는 엄청난 사랑이 필요하죠. 죽을 각오를 하고 사랑을 해야 할 거예요."

그가 대답을 구하는 듯한 눈빛으로 그녀의 얼굴을 응시했다. 그녀는 아무 반응도 보이지 않았다. 단지 눈썹 위 주름만이 움직일 뿐 표정은 평온함 그대로다.

"상상해보세요, 당신과는 비교도 할 수 없는 소네치카가 당신과 만나고서도 당신을 알아보지 못하는 걸!"

올가가 미소를 지었다. 눈빛 또한 반짝였다. 오블로모프는 어떻게 해서든지 올가의 마음에서 희생 정신을 불러일으키고 그래서 그것을 향유하는 것만이 상처받은 자존심을 회복할 수 있는 유일한 길이라 생각했다.

"남자가 당신에게 다가와서는 수줍은 애정이 담긴 두 눈을 아래로 떨구지도 않고 당신을 쳐다보면서 스스럼없는 능청스러운 미소를 흘리는 광경을 상상해봐요……"

그는 그녀를 쳐다보았다. 그녀는 우산으로 부지런히 모래 속 작은 돌을 이리저리 굴리고 있다.

"당신이 큰 홀로 들어갔더니 몇몇 신사들이 못마땅해하며 수군거리고 급기야 그 중 한 명이 슬그머니 당신에게서 먼 곳으로 자리를 옮겼다 쳐요…… 그럼에도 불구하고 당신의 자존심이 여전할는지, 게다가 당신이 그들보다 고상하며 더 낫다는 확신을 변함없이 가질 수 있을는지."

"그런 끔찍한 말씀을 하시는 이유가 도대체 뭐죠?" 그녀가 침착하게 말했다. "난 절대로 그런 길을 따라가지 않을 거예요."

"절대로요?"

오블로모프가 의기소침해져서 물었다.

"절대로!"

그녀가 반복했다.

"좋아요. 그런 모욕을 참아낼 만한 힘이 없을걸요. 아마도 당신은 죽음 따위는 두려워하지 않을지도 모르겠지만, 정작 두려운 것은 형벌이 아니라 형벌을 준비하는 것, 즉 시시각각 다가오는 고통이란 말입니다. 모르긴 몰라도 당신은 견뎌내지 못하고 점점 쇠약해져만 갈 겁니다. 그렇죠?"

그는 내내 그녀가 어떻게 반응하는지를 살폈다. 그녀의 눈빛은 여전히 밝았다. 이런 끔찍한 장면도 그녀를 괴롭게 하지 못했다. 입술은 가벼운 미소를 머금고 있다.

"난 기력이 쇠약해지는 것도, 죽는 것도 원치 않아요! 전혀 그렇지 않아요. 그런 길을 따라서 가지 않을 수도, 더욱더 뜨겁게 사랑을 할 수도 있다고요……"

"왜 이 길을 그토록 마다하는 거죠?" 그가 거의 화를 내며 집요하게 물었다. "만약 전혀 두렵지가 않다면……"

"왜냐하면, 그런 길엔 후에 항상…… 이별이 따르게 돼요. 따라서 저 또한 당신과 이별을 해야 할지도 모르니까요!"

그녀는 더 이상 말을 잇지 못하고 그의 어깨에 팔을 얹고는 한참 동안 그를 쳐다보았다. 그러다 갑자기 우산을 옆으로 던지고 재빠르고 격렬하게 그의 목을 팔로 끌어안고는 입을 맞추었다. 그리고 얼굴이 새빨개져서 얼굴을 그의 가슴에 묻고 나지막이 덧붙였다.

"절대로!"

그는 기쁨에 겨운 통곡을 토해내고 그녀의 발아래 풀밭으로 쓰러졌다.

대산세계문학총서

001-002 소설　**트리스트럼 샌디** (전 2권)　로랜스 스턴 지음 | 홍경숙 옮김
003 시　**노래의 책**　하인리히 하이네 지음 | 김재혁 옮김
004-005 소설　**페리키요 사르니엔토** (전 2권)
　　　　　　호세 호아킨 페르난데스 데 리사르디 지음 | 김현철 옮김
006 시　**알코올**　기욤 아폴리네르 지음 | 이규현 옮김
007 소설　**그들의 눈은 신을 보고 있었다**　조라 닐 허스턴 지음 | 이시영 옮김
008 소설　**행인**　나쓰메 소세키 지음 | 유숙자 옮김
009 희곡　**타오르는 어둠 속에서 / 어느 계단의 이야기**
　　　　　안토니오 부에로 바예호 지음 | 김보영 옮김
010-011 소설　**오블로모프** (전 2권)　I. A. 곤차로프 지음 | 최윤락 옮김
012-013 소설　**코린나: 이탈리아 이야기** (전 2권)　마담 드 스탈 지음 | 권유현 옮김
014 희곡　**탬벌레인 대왕 / 몰타의 유대인 / 파우스투스 박사**
　　　　　크리스토퍼 말로 지음 | 강석주 옮김
015 소설　**러시아 인형**　아돌포 비오이 까사레스 지음 | 안영옥 옮김
016 소설　**문장**　요코미쓰 리이치 지음 | 이양 옮김
017 소설　**안톤 라이저**　칼 필립 모리츠 지음 | 장희권 옮김
018 시　**악의 꽃**　샤를 보들레르 지음 | 윤영애 옮김
019 시　**로만체로**　하인리히 하이네 지음 | 김재혁 옮김
020 소설　**사랑과 교육**　미겔 데 우나무노 지음 | 남진희 옮김
021-030 소설　**서유기** (전 10권)　오승은 지음 | 임홍빈 옮김
031 소설　**변경**　미셸 뷔토르 지음 | 권은미 옮김
032-033 소설　**약혼자들** (전 2권)　알레산드로 만초니 지음 | 김효정 옮김
034 소설　**보헤미아의 숲 / 숲 속의 오솔길**　아달베르트 슈티프터 지음 | 권영경 옮김
035 소설　**가르강튀아 / 팡타그뤼엘**　프랑수아 라블레 지음 | 유석호 옮김

036 소설	**사탄의 태양 아래**	조르주 베르나노스 지음 | 윤진 옮김
037 시	**시집**	스테판 말라르메 지음 | 황현산 옮김
038 시	**도연명 전집**	도연명 지음 | 이치수 역주
039 소설	**드리나 강의 다리**	이보 안드리치 지음 | 김지향 옮김
040 시	**한밤의 가수**	베이다오 지음 | 배도임 옮김
041 소설	**독사를 죽였어야 했는데**	야샤르 케말 지음 | 오은경 옮김
042 희곡	**볼포네, 또는 여우**	벤 존슨 지음 | 임이연 옮김
043 소설	**백마의 기사**	테오도어 슈토름 지음 | 박경희 옮김
044 소설	**경성지련**	장아이링 지음 | 김순진 옮김
045 소설	**첫번째 향로**	장아이링 지음 | 김순진 옮김
046 소설	**끄르일로프 우화집**	이반 끄르일로프 지음 | 정막래 옮김
047 시	**이백 오칠언절구**	이백 지음 | 황선재 역주
048 소설	**페테르부르크**	안드레이 벨르이 지음 | 이현숙 옮김
049 소설	**발칸의 전설**	요르단 욥코프 지음 | 신윤곤 옮김
050 소설	**블라이드데일 로맨스**	나사니엘 호손 지음 | 김지원·한혜경 옮김
051 희곡	**보헤미아의 빛**	라몬 델 바예-인클란 지음 | 김선욱 옮김
052 시	**서동 시집**	요한 볼프강 폰 괴테 지음 | 안문영 외 옮김
053 소설	**비밀요원**	조지프 콘래드 지음 | 왕은철 옮김
054-055 소설	**헤이케 이야기**(전 2권)	지은이 미상 | 오찬욱 옮김
056 소설	**몽골의 설화**	데. 체렌소드놈 편저 | 이안나 옮김
057 소설	**암초**	이디스 워튼 지음 | 손영미 옮김
058 소설	**수전노**	알 자히드 지음 | 김정아 옮김
059 소설	**거꾸로**	조리스-카를 위스망스 지음 | 유진현 옮김
060 소설	**페피타 히메네스**	후안 발레라 지음 | 박종욱 옮김
061 시	**납**	제오르제 바코비아 지음 | 김정환 옮김
062 시	**끝과 시작**	비스와바 쉼보르스카 지음 | 최성은 옮김
063 소설	**과학의 나무**	피오 바로하 지음 | 조구호 옮김
064 소설	**밀회의 집**	알랭 로브-그리예 지음 | 임혜숙 옮김
065 소설	**홍까오량 가족**	모옌 지음 | 박명애 옮김
066 소설	**아서의 섬**	엘사 모란테 지음 | 천지은 옮김
067 시	**소동파 사선**	소동파 지음 | 조규백 옮김
068 소설	**위험한 관계**	쇼데를로 드 라클로 지음 | 윤진 옮김

번호	분류	제목	저자 / 옮긴이
069	소설	거장과 마르가리타	미하일 불가코프 지음 | 김혜란 옮김
070	소설	우게쓰 이야기	우에다 아키나리 지음 | 이한창 옮김
071	소설	별과 사랑	엘레나 포니아토프스카 지음 | 추인숙 옮김
072-073	소설	불의 산(전 2권)	쓰시마 유코 지음 | 이송희 옮김
074	소설	인생의 첫출발	오노레 드 발자크 지음 | 선영아 옮김
075	소설	몰로이	사뮈엘 베케트 지음 | 김경의 옮김
076	시	미오 시드의 노래	지은이 미상 | 정동섭 옮김
077	희곡	셰익스피어 로맨스 희곡 전집	윌리엄 셰익스피어 지음 | 이상섭 옮김
078	희곡	돈 카를로스	프리드리히 폰 실러 지음 | 장상용 옮김
079-080	소설	파멜라(전 2권)	새뮤얼 리처드슨 지음 | 장은명 옮김
081	시	이십억 광년의 고독	다니카와 슌타로 지음 | 김응교 옮김
082	소설	잔지바르 또는 마지막 이유	알프레트 안더쉬 지음 | 강여규 옮김
083	소설	에피 브리스트	테오도르 폰타네 지음 | 김영주 옮김
084	소설	악에 관한 세 편의 대화	블라디미르 솔로비요프 지음 | 박종소 옮김
085-086	소설	새로운 인생(전 2권)	잉고 슐체 지음 | 노선정 옮김
087	소설	그것이 어떻게 빛나는지	토마스 브루시히 지음 | 문항심 옮김
088-089	산문	한유문집-창려문초(전 2권)	한유 지음 | 이주해 옮김
090	시	서곡	윌리엄 워즈워스 지음 | 김숭희 옮김
091	소설	어떤 여자	아리시마 다케오 지음 | 김옥희 옮김
092	시	가윈 경과 녹색기사	지은이 미상 | 이동일 옮김
093	산문	어린 시절	나탈리 사로트 지음 | 권수경 옮김
094	소설	골로블료프가의 사람들	미하일 살티코프 셰드린 지음 | 김원한 옮김
095	소설	결투	알렉산드르 쿠프린 지음 | 이기주 옮김
096	소설	결혼식 전날 생긴 일	네우송 호드리게스 지음 | 오진영 옮김
097	소설	장벽을 뛰어넘는 사람	페터 슈나이더 지음 | 김연신 옮김
098	소설	에두아르트의 귀향	페터 슈나이더 지음 | 김연신 옮김